Diese Geschichte ist rein fiktiv. Ich lege größten Wert darauf keinen Bezug zu aktuellen Tagesgeschehen, Themen oder Personen herzustellen.

Mein Dank gilt allen Personen und Ereignissen, die diesem Buch zur Geburt verholfen haben.

Peter Rupprecht

Peter Rupprecht

Kore Tomps

- Die Geschichte einer Fee -

Version v. 08. 04. 2019

Bibliografische Information der Deutschen Nationalbibliothek
Die Deutsche Nationalbibliothek verzeichnet diese Publikation in der Deutschen Nationalbibliografie; detaillierte bibliografische Daten sind im Internet über http://dnb.d-nb.de abrufbar.

1. Auflage September 2015
2. Auflage März 2017
3. Auflage April 2019

©2015 Peter Rupprecht
Herstellung und Verlag:
BoD - Books on Demand, Norderstedt

ISBN: 978 3 7386 4105 9

Inhaltsverzeichnis

Kapitel 1 Indreen 9

Kapitel 2 Neko 27

Kapitel 3 Dora und Edward 33

Kapitel 4 Adalmus 54

Kapitel 5 Einen Schritt zurück 77

Kapitel 6 Feenstaub 89

Kapitel 7 Ipsy 113

Kapitel 8 Elisabeths Erbe 127

Kapitel 9 Eine weitere Lektion 142

Kapitel 10 Feenkraft 169

Kapitel 11 Phileas 190

Kapitel 12 Tabacot 211

Kapitel 13 Der Weg des Löwen 221

Kapitel 14 Im Doppel 245

Kapitel 15 Kaimlakhan 256

Kapitel 16 Feenmacht 271

„Wahre Helden handeln im Verborgenen."
(Ipsy)

Prolog

Manche sagen, wenn sie zu den Sternen hinaufsehen, dass von dort oben die Seelen der Verstorbenen auf sie herabblicken. Es wären, so sagen sie, sowohl mächtige Herrscher der vergangenen Zeiten darunter als auch die engsten Verwandten und Freunde. Von dort oben wachen sie über die Lebenden und beobachten ihre Nachkommen dabei, wie sie ihr Erbe fortführen.

Andere wiederum behaupten, dass die Sterne nichts anderes seien als leuchtende Kugeln aus Gas. Ihr Licht wäre bereits vor langer Zeit in die Ewigkeit des Alls ausgesandt und erreicht erst jetzt seinen Beobachter. Gerade dieses eindrucksvolle Leuchten zeigt, wie groß und mächtig die Schöpfung ist. Der Kosmos wäre sowohl eine Wiege neuer Sonnensysteme und Lebensformen als auch ein Grab der vergangenen Zeiten. Aus dem Staub vergangener Welten entstehen neue Welten. Auch sie würden einer Blume gleich, aus dem Samen keimen, in die Höhe wachsen, erblühen, verwelken und zu Staub zerfallen, damit wieder neue Welten aus ihnen entstehen. Die Erde selbst wäre ebenso Teil dieses Kreislaufes und täte es den anderen Planeten im Weltall gleich.

Aber eigentlich ist es egal, was ein jeder in den Sternen zu sehen glaubt, denn in einem haben all diese Sichtweisen etwas Gemeinsames. Wer in das All sieht, sieht eine Momentaufnahme der Vergangenheit. Es ist ein Moment, der sich im ewigen Kreislauf des Werdens und Vergehens zu wiederholen scheint. Er vermittelt den Eindruck, dass es eine klare Antwort über die Sterne geben müsse. Trotz allem aber bleibt es nur eine von vielen möglichen Antworten, da ein jeder Beobachter sein ganz eigenes Verhältnis zum Universum hat. Hinzu kommt, dass er sich nur solange mit dieser Antwort begnügt, wie sie der eigenen Vorstellung entspricht. Der Lauf des Lebens aber ist dazu bestimmt neue Erfahrungen zu sammeln und sich so unendlich, wie die Schöpfung selbst, auszudehnen. Gerade deswegen wird sich die Beziehung des Beobachters zum Universum laufend verändern. Die Sterne sind und müssen daher ein ewiger Diskussionsstoff der Generationen bleiben. Solange sich der Betrachter der einen Frage nicht entziehen kann, was er beim Blick in das Sternenzelt vor sich sieht, wird er zu reifen angehalten sein. Er wird jeden Tag aufs Neue eine Antwort darauf suchen und er wird immer eine Erklärung dafür finden, die für ihn die absolute Wahrheit darstellt. Nach dieser Wahrheit lebt und handelt er. Sein ganzes irdisches Leben lang.

Der erste Teil dieses Buches befasst sich mit dem, was die Einen Physik und die Anderen eine Frage des Glaubens nennen. Es ist die Erzählung von einer Fee, von einem Jungen und von einem mächtigen Feind. Ihren Anfang und ihr Ende, wenn es denn dergleichen gibt, nimmt sie in einer sternenklaren Nacht, am gleichen Ort und zur gleichen Zeit ...

Kapitel 1

Indreen

Wallendes Blut. Tiefrot und aufgewühlt. Ein ganzes Meer davon umgab Indreen. Doch es beeindruckte ihn nicht im Geringsten. Er wusste genau, was was er tat. Obwohl das Blut direkt in seinen Kahn hinein spitzte und dort eine immer größere Lache bildete, brachte ihn nichts von seinem Kurs ab. Es besudelte sogar die goldglänzende Rüstung, die er an seinem stämmigen Körper trug. Vergeblich versuchte es dort anzuhaften, wie der Efeu an einer Hausfassade. Der edle Panzer aber ließ es abperlen, gleich der Regentropfen von einem Lotusblatt. Der Pfleger setzte fest entschlossen seinen Weg fort. Heroisch starrte er, mit gezücktem Schwert in seinen kräftigen Händen, am Bug seines Nachens über den Horizont hinweg. Den Blick immer nach vorne geheftet. Nie zurück. Er hielt direkt auf ein grelles Licht zu. Es blitzte und glänzte in der Ferne gleich eines Sterns, der hell erleuchtet am Himmel steht. Ihm folgte er schon seit vielen Jahren, was nicht immer so war. Seine Vergangenheit brodelte aus der Tiefe empor und stellte sich dem Kurs seines Bootes entgegen. Eine starke Strömung suchte ihn von dem Licht wegzutragen. Sie zog ihn wieder zurück. Zurück in eine vertraute Ordnung, in der alles seinen Platz hatte. Auch er. Drohende Stimmen verfolgten seinen einsamen Ritt durch die widerspenstigen Wellen. Er ließ sich nicht von ihnen vereinnahmen, auch wenn ihre Worte seine Seele bei der Ehre packten. Seine Ohren verschlossen sich ihrer boshaften Predigt. Als das nichts half, goss sie über ihn Schande und Verderben, Verrat und den Vorwurf der Feigheit aus. Indreen aber durchschaute ihre düstere Absicht. Sie wollte ihn mit allen Mitteln stoppen. Versuchte die Zweifel in ihn zu schüren und seinen Mut sinken zu lassen. Dunkle, turmhohe Wolken zogen über ihn auf und verliehen der verbalen Anfeindung eine hässliche Fratze. Geschwärzt wie die Dunkelheit der Nacht, thronte sie über ihn. Aus ihren leeren Augenhöhlen zuckten grelle Blitze, die nach ihm schlugen. Die Urgewalten, die einen tosenden Sturm über ihn entfesselten, fixierten sich vollends auf seinen Standort.

„Du bist voller Blut, wie wir alle", rief die donnernde Stimme. „Wie lange willst du mich verleugnen? Gib auf und stehe zu mir."

Starker Wind voller Moder blies ihm ins Gesicht. Er stank bestialisch nach verwesendem Fleisch. Ein blutrotdurchwirkter Dunst hüllte ihn bald vollends ein. Es versuchte ihm, die Sicht zu nehmen. Indreen blieb hartnäckig. Sogar im Nebel hielt er Kurs. Je mehr der Druck anhielt, umso mehr sein Feind ihn in Versuchung führte, desto entschlossener wurde er, nicht locker zu lassen.

„Mich kriegst du nicht", schrie er der tobenden See entgegen. „Du hast mich lange genug beherrscht und meine Seele vergiftet. Es gibt keinen Lohn mehr, den du mir bieten könntest."

„Versuch nicht zu leugnen, was doch so offensichtlich ist", brüllte ihn der Sturm unaufhörlich an. „Du bist noch immer der Diener meines Tempels und du wirst es immer bleiben. Deine Flucht vor mir ist zwecklos."

„Dem dessen einziger Diener ich bin ...", trotzte er keck zum wütenden Orkan, „... ist jenes Licht, dort am Horizont. Du wirst mich nicht daran hindern, zu ihm zu gelangen."

„Es gibt kein Licht. Es gibt nur mich."

„Wenn es dich gibt, gibt es auch das Licht."

„Was für eine seltsame Logik? Bin ich dir nicht Beweis genug?"

„Was ich erschaffen habe, muss nicht so bleiben. Ich werde meine Macht wieder an mich nehmen und dich dahin bringen, wohin du gehörst."

„Das werde ich zu verhindern wissen", giftete der Sturm voller Bosheit entgegen. Die Strömung des Blutes verstärkte sich und wirbelte ihn mit seinem Boot herum. Es bildete sich ein immer größerer Strudel, dessen Kraft Indreens Boot unweigerlich erfasste. Der Sog zog ihn in seine Mitte hinein. Indreen blieb dennoch standhaft auf Position. Aufrecht stehend, Haltung bewahrend. Ungebrochen.

„Du wirst in mir zugrunde gehen ...", lachte die Stimme, als eine gellende Sirene durch seinen Albtraum heulte. Sie ließ das Licht am Horizont ruckartig aufblitzen. Indreen schreckte auf.

Aufgerüttelt und tief durchatmend starrte der Erzieher auf die digitale Plasmauhr seines Dienstraumes. Sie blendete gerade die Mitternachtsstunde ein.

„Schon wieder", dachte er angespannt zu sich. Das Grauen seiner Vergangenheit hatte sich erneut im Schlaf zu Wort gemeldet. Wie lange musste er diese ständig wiederkehrenden Albträume noch aushalten? Indreen erinnerte sich gerade daran, warum es ihn hierher verschlug. Es machte ihn glücklich, wenn er daran dachte und es vertrieb den Schrecken seiner Träume. Glaubte er hier im Waisenhaus eine Schuld einzulösen? Doch in sich zu gehen, um darüber nachzudenken, blieb keine Zeit. Erneut ging das scheppernde Hämmern der mechanischen Glocke, die ihn aus seinem Albtraum holte. Die nervtötende Klingel machte ihm klar, seinen Blick wieder nach vorne zu richten. Denn obwohl sie ihn aus dem Schlaf riss, teilte ihr Ertönen mit, dass das Leben weiter ging. Das Leben selbst forderte ihn jeden Tag aufs Neue auf, sich Perspektiven zu verschaffen und nicht dauerhaft in seiner Vergangenheit festzuhängen.

Die Glocke besaß in dem Waisenhaus eine einfache Aufgabe. Sie ertönte immer dann, wenn jemand ein Kind durch die Babyklappe schob. Für die Bediensteten bedeutete ihr Auslösen eine Arbeit, die einem Ritual glich. Dabei war es eher selten, dass überhaupt jemand die Babyklappe gebrauchte. In den Aufzeichnungen des Archives fanden sich nur wenige Fälle. Die letzten beiden Neuzugänge über die Babyklappe gab es vor sieben Jahren. Die meisten Kinder, die das Heim der Stadt Presson aufnahm, kamen ganz offiziell. Entweder brachte sie die Polizei hier hin oder sogar die leiblichen Eltern selbst. Daher kannte die Anstaltsleitung die Mütter und Väter der Kinder. Der häufigste Hintergrund, der die frischgebackenen Eltern erfahrungsgemäß dazu trieb, ihr Kind dem Tompswaisenhaus anzuvertrauen, lag an befürchteten Versorgungsproblemen oder auch daran, dass die Eltern sich ihrer künftigen Rolle nicht gewachsen fühlten. Bevor aber ein Kind verwahrlost aufwuchs und somit wertvolle Zeit verlor, nahm sich das Waisenhaus ihrer an. Es gab ihnen eine Grundausbildung, bestehend aus Rechnen, Lesen und Schreiben mit auf ihren Lebensweg. Nicht selten bestand für die Kinder die Aussicht, in der Verwaltung in einem der städtischen Magistrate auf dem Planeten unterzukommen. Diese Hauptorte des Erdballs beschäftigten überwiegend ehemalige Waisen. Gerade sie galten als absolut zuverlässig und loyal. Dass überhaupt Neugeborene ihren Weg über die Babyklappe in diese Einrichtung fanden, war nicht selbstverständlich. Damals, an seinem ersten Arbeitstag, war es Indreen gegönnt, die Ankunft der Zwillinge Karol und Holger mitzuerleben. Zunächst dachte er, dass das Heim bald rappelvoll wäre, wenn jede Nacht auf diese Art und Weise ein Kind zu ihnen käme. Seine Befürchtung der Überbelegung blieb aus. Ganze sieben Jahre lang blieb die Glocke stumm. Auch untertags kamen keine Eltern, die ihr Baby dem Waisenhaus anvertrauten. Es wirkte so, als raubte jemand bewusst diesem Haus seine Bestimmung. Dabei besaß das Heim schon immer eine große Kapazität und wäre mit einem Kind pro Nacht spielend fertig geworden.

Als die Heimleiterin Miss Conners ihn und Michelle an seinem ersten Tag durch das Haus führte, erzählte sie von seiner bewegten Geschichte und dem großen Eichenhain, in dem es stand. Die Historie des Hauses verknüpfte sich eng mit der des Waldes. Beide waren nicht älter als 286 Jahre. Die Bäume wuchsen mittlerweile so hoch, dass sogar deren Kronen über das spitze Giebeldach der Einrichtung ragten. Im Sommer spendete ihr hellgrünes Laub einen dichten Schatten gegen die Hitze. Der Wald selbst bedeckte eine riesige Fläche, die sogar bis zum Rifgensteinmassiv reichte. Einem aus geologischer Sicht sehr jungen Gebirgszug, auf dessen Gipfeln fast das ganze Jahr über Schnee zu finden war. Doch so abgesondert lag das Heim nicht, wie es auf den ersten Blick erschien. Es war sogar von der nächsten Stadt Presson aus in nur einer Viertelstunde zu erreichen. Das lag an der globalen Hypertrasse, die gerade hier einen Haltepunkt unterhielt. Von hier aus gelangte man innerhalb weniger Stunden in jeden Winkel des Planeten. Die Stadt Presson wählte den Standort ihres Waisenhauses aus gutem Grund hier aus. Alle anderen Heime des Planeten standen in den Wohnzentren. Für seine ungewöhnliche Lage sorgte der Standort der zentralen Gedenkstätte des letzten kriegerischen Konflikts der Menschheit. Von oben wirkte die Gestaltung des Memorials wie ein einziger Krater, den ein Meteorit durch einen Einschlag auf der Erdoberfläche hinterlässt. Etliche, pechschwarze Granitstelen ragten darin krumm und schief aus der Erde hervor. Sie symbolisierten die ungeheure Zerstörungskraft, die während der Auseinandersetzung wütete. Außerdem versinnbildlichten sie die zahllosen Schicksale, die der "Mystische Krieg", so benannten die Historiker dieses Ereignis, auf brutale Art und Weise aus dem Leben riss. Die sakral wirkende Stätte beeinflusste die Erziehung der Kinder in aller Welt und prägte deren Charakter.

„Bereits früh müssen Kinder lernen …", erklärte Miss Conners damals Indreen geduldig, „ … dass nichts auf dieser Welt selbstverständlich ist. Schon gar nicht der

Frieden. Die Wunden des "Mystischen Krieges" sind heute immer noch zu sehen und auf der ganzen Erde spürbar. Von seiner gesellschaftlichen Auswirkung ganz zu schweigen. Er schuf erst die gegenwärtigen Lebensumstände. Das ist heute leider in Vergessenheit geraten."

Diese Gründe des Vergessens verstand Indreen aufgrund seiner eigenen Erfahrung in dieser Sache recht gut. In dem, dass einer der Orte der totalen Vernichtung direkt vor der Haustüre lag, blieb die Erzählung von dem schrecklichen Krieg vor über 286 Jahren kein bloßes Geschwafel. Lebhaft wurde gerade hier den Nachfahren bewusst gemacht, dass die Gefahren, denen der Frieden ausgesetzt ist, viel schlimmer sind, als die in einem bewaffneten Konflikt. In einem offenen Krieg gibt es klare Fronten. Im Frieden aber, und das lehrte die Vorgeschichte des religiösen Konflikts, ist es nicht so leicht zu erkennen, was sich hinter der Fassade der Kriegsparteien abspielt. Bewusst streuten diese Falschinformationen, um sich der Zustimmung des Pöbels sicher zu sein. Es bestätigte sich eine alte Regel: Krieg bleibt immer gleich. Es spielt keine Rolle, wer gegen wen einen Konflikt austrägt. Es gibt immer nur Verlierer. Selbst die, die glauben, sich damit bereichern zu können, werden letzten Endes von ihrer eigenen Gier verschluckt. Die Waffen wurden zwar immer mächtiger und brutaler, aber das Prinzip blieb immer dasselbe. Die Krux dieses Ereignisses war es, dass gerade dieser Auseinandersetzung ein massiver gesellschaftlicher Umbau folgte. Der Ära nach dem Religionskrieg entsprang eine Gesellschaft, in der es den Begriff der Völker nicht mehr gab. Die Nachfahren verschmolzen zu einer globalen Gemeinschaft, in der die Begriffe Rassismus oder Religion keinen Platz mehr fanden. Ebenso endete damals der Wettlauf der Nationen um Ressourcen mit samt ihrer Finanz- und Währungssysteme. Diesen Hintergrund an die künftigen Generationen weiterzugeben, war die Aufgabe der Erzieher der Heime. Einem Erzieher wie Indreen. Ja, er sehnte sich danach, dies tun zu können und wurde enttäuscht. Denn je länger er hier seinen Dienst tat, umso erstaunlicher fand er es doch, dass seither kein Kind mehr hier ankam. Dabei las man oft in der Multimedialzeitung von Babys, welche man leblos in der Gegend auffand. Gerade für solche Fälle hielt man das Waisenhaus noch immer in Betrieb. Hier lehrte man dem Aufgenommenen alles, was er brauchte, um im Leben überhaupt eine Chance zu haben. Mit dem Schlag der Glocke heute Nacht keimte in Indreen eine neue Hoffnung auf, am Anfang eines beginnenden Lebens, einer sich entwickelnden Ordnung zu stehen. Er durfte sich als erste Person mit dieser neuen Perspektive befassen. Das Leben in dem Hause, so erklärte es ihm die Waisenhausleiterin Miss Conners schon an seinem ersten Arbeitstag, ist jeden Tag immer ein Anderes. Stetig ist nur der Wandel. Mit jedem Tag lernen nicht nur die Kinder hinzu, sondern auch das Personal. Gerade der Erzieher zeigt durch sein Vorbild seinen Schösslingen, wie Verantwortung aussieht. Dazu gehörte auch die Nachtwache, die Indreen heute ableistete. Oftmals sorgten zu dieser späten Stunde die ruhelosen Waisenkinder unterschiedlichsten Alters für die nächtliche Störung. Gerade dann, wenn sie nicht einschliefen, verursachten sie durch ihr reges Tun eine gespenstische Unruhe im

Haus. Sie wanderten trapsend in der Dunkelheit umher und suchten sich einen der Erzieher, der sich ihrer annahm. Am allerliebsten besuchten die Kinder Indreen. Natürlich nur, wenn er die Nachtwache hielt. Wenn sie in ihren Schlafanzügen vor ihm standen und ihn mit großen Augen anstarrten, konnte der Pfleger nicht nein zu ihnen sagen, um sie auf den Schoß zu nehmen. Von ihm sehnten sie sich nach einem Wort der Zuneigung und der Nähe. Sie wollten ihn spüren. Nicht wenige fühlten sich einsam in den Nächten. Es kam darum oft vor, dass Indreen sich aufregende Geschichten für seine ruhelosen Besucher einfallen ließ, um sie wieder ins Bett zu kriegen. Wenn er erzählte, handelten seine improvisierten Stücke von mutigen Helden, die gefährliche Monster besiegen. Von Fantasiewesen, die mit ihrem mystischen Zauber die kleinen Zuhörer in den Bann zu ziehen verstanden. Manchmal beruhigte auch eine romantische Geschichte über Mut und Liebe die Kinder mit einem versöhnlichen Ende. Das war gut so, denn nur wenn eine Geschichte gut endete, schliefen die Kinder ohne weitere Fragen ein. Für seine selbst erdachten Märchen liebten die Waisenkinder den Pfleger sehr, denn Indreen verstand es, sehr anschaulich und facettenreich seine Ideen darzustellen. Der Zuhörer glaubte nur zu oft, selbst dabei zu sein. Direkt bei den Hauptdarstellern zu stehen und sich in die Geschichte einfühlen zu können.

Pflichtbewusst erhob sich der Pfleger aus seinem Nachtlager und schlurfte in den breiten Flur hinaus. Er dehnte unterm Gehen seine Glieder. Es knackte in seinem Rücken. In der Nacht lag der Korridor wie ausgestorben da, was nicht hieß, dass man in ihm kein Licht sah. Die Wände des Ganges waren übersäht mit winzigen Bildpunktzellen. Die kleinen Leuchtzellen strahlten unterschiedlich stark auf das Auge des Betrachters ein. Nur für sich gesehen wirkte der einzelne Punkt langweilig und wenig aussagekräftig. Zusammengenommen aber ergaben die Punkte das vergrößerte Bildnis der Mondoberfläche. Den ganzen Durchgang hinunter leuchteten sie in unterschiedlicher Intensität und sorgten erst für die Konturen, damit das ganze Bild seine Wirkung bekam. Sie zeigten den nächtlichen Flurgänger genau die tiefen Mondkrater, die die Meteoriten im Laufe der Zeit auf der Mondoberfläche hinterließen. Sie gaben seiner Außenhülle die Gestalt, die den Mond zu dem machte, wofür ihn die irdischen Beobachter bewunderten. Zu einem geheimnisvollen Ort, der Fantasie und Neugierde anregt. Für Indreen bedeutete der Mond, bevor er hier anfing zu arbeiten, nichts. Doch mit der Zeit lernte er, eher beiläufig zu dem Unterricht, den Miss Conners den Kindern gab, dass der Mond erst das ihm bekannte Leben auf der Erde ermöglichte. Ohne Mond gäbe es keine Menschen und Tiere. Es gäbe keine Jahreszeiten und keine Ebbe und Flut. Ohne Mond wäre die Erdgeschichte anders verlaufen und hätte niemals an dem heutigen Punkt gestanden. Seine Entstehung verdankte er einem kosmischen Unfall. Vor vielen Jahrmillionen stieß die Protoerde mit einem riesigen Brocken zusammen. Dabei sprengte sich jenes Stück heraus, das sich zum gegenwärtigen Mond verformte.

Tapsend näherte er sich dem Kontaktmikro auf dem Flur und rief aufscheuchend zu den mittlerweile schlafenden Kolleginnen in dem Ruheraum hinein: „Raus aus den Federn, Mädels. Die Klappe hat ausgelöst, wenn ihr es nicht schon gehört habt. Wir haben einen Neuen. Mildred, Michelle, geht ihr schon mal in den Untersuchungsraum. Macht den Archivierer an. Ich komme mit dem Kleinen zu euch."

Der Pfleger tippelte anschließend weiter in die kreisförmige Empfangshalle des Heimes. Der Ort, an dem Miss Conners die Paare willkommen hieß, welche ein Kind adoptieren oder dem Heim übergaben. Gerade hier flossen die meisten Emotionen zwischen den leiblichen Eltern und ihren Kindern, wenn sie sie ins Heim brachten. Im umgekehrten Fall wurden die adoptierten Kinder hier offiziell verabschiedet, was nicht ohne Rührung blieb. Die Angestellten nannten den Raum daher die Halle der Tränen. Bis auf eine weiße Sitzreihe und einer Kübelpflanze besaß er keinerlei Einrichtung. Auf die Besucher wirkte er kahl und schmucklos. Sogar der Fußboden erstrahlte in hellem schlichten Weiß. Seine Wände jedoch und die leicht gewölbte Decke waren, wie alle anderen Wände des Waisenhauses auch, mit Bildpunktzellen versehen. In dieser Nacht zeigte jener Teil des Hauses abwechselnd Nahaufnahmen von der Venus, dem Abendstern. Sie stammten von einem Röntgenteleskop, mit dem die Kosmologen das Weltall erforschten. Die Atmosphäre, des der Erde am nächsten gelegenen Planeten, durchdrang hauptsächlich das Treibgas Kohlendioxid. Es bildete dichte gelbliche Wolken aus Schwefelsäure. Sie gaben dem, nach der römischen Göttin der Liebe benannten Himmelskörper seine wohl bekannte Farbe. Allein schon wegen der astronomischen Darstellungen an seinen Wänden und Decken konnte man das Tompswaisenhaus von Presson nicht mit den anderen Waisenhäusern auf der Erde vergleichen. Das lag an dem speziellen Unterricht des Hauses. Miss Conners vermittelte den Waisenkindern neben den Grundfächern mit ihrem Gehilfen Godje zusätzlich ein weiteres Fach. Sie nannte es Kosmologie oder die Lehre vom Allergrößten: dem Universum. Dieses Fach stellte die Heimleiterin mit großer Leidenschaft dar. Miss Conners liebte das Weltall und scheute sich nicht, dies offen zu sagen. Sie erklärte, dass nur dank ihm der Platz zu verstehen ist, den jeder Einzelne einnimmt. Wenn man das Wunder des Diesseits begreifen will, kam man nie am Kosmos vorbei. Dem trügerischen Ort des Friedens und der Zerstörung, der Kollisionen, der Sternenexplosionen, der schwarzen Löcher, deren Gravitation so stark ist, dass sogar das Licht angezogen wurde. Er war der Platz riesiger Staubwolken. Die Kinderstube neuer Sonnensysteme inmitten eines gigantischen Raumes. Seine Materie wird sich eines Tages wieder bündeln, um irgendwann wieder neu zu expandieren. Ein ewiger Kreislauf des Werdens und des Vergehens. Am Anfang eines jeden neuen Zyklus stand die Zerstörung. Lag nicht in der Zerstörung aller Anfang eines jeden neuen Werdens und Vergehens?

Für Indreen hatten diese Betrachtungsweisen von Miss Conners über das Universum keine Bedeutung. Der Beruf selbst und seine Idee dahinter trieben den Pfleger an, hier sein Lebensglück zu suchen. Auf die Bezahlung kam es ihm dabei nicht an.

nicht an. Sein Verdienst als Pfleger des Waisenhauses war klein. Kost und Logis waren frei. Er lebte zwar wie seine Kolleginnen Mildred und Michelle ein gutes Stück abseits der Hauptstadt Presson, aber Indreen drängte es nicht dorthin. Wenn man von der Welthauptstadt Presson sprach, durfte man sich nicht die Metropolen vor dem "Mystischen Krieg" vorstellen. Damals gab es unvorstellbar große Menschenansammlungen auf engstem Raum. Freier Boden wurde zu einem lukrativen Spekulationsobjekt. Man baute daher riesige Wohnkomplexe in die Höhe, errichtete ganze Wälder aus Beton und Stahl, die dennoch nicht genug fassten, um die Millionenmassen an Menschen auf engsten Raum unterzubringen. Die Enge sorgte für massive logistische Probleme. Angefangen von der Entsorgung der Abfälle bis zur Versorgung mit sauberem Wasser und Elektrizität. Hinzu kamen die sozialen Kluften, was vor allem bei Krisen schnell zum gesellschaftlichen Sprengstoff mutierte. Wenn eine Megacity sich auf nur einem Wirtschaftszweig konzentrierte, führte eine Flaute in dieser Branche zu besonders hoher Arbeitslosigkeit. Weil es innerhalb kurzer Zeit keine neuen Beschäftigungsmöglichkeiten gab, lagen soziale Unruhen förmlich in der Luft. Vor dem "Mystischen Krieg" gab es das zuhauf und die Regierungen schickten meist das Militär aus, um die Aufstände brutal niederzuschlagen. So eine Stadt war Presson nicht. Gegründet wurde sie auf den Ruinen einer Vorgängerstadt. Kurz nach dem "Mystischen Krieg". Sie entstand auf dem Reißbrett. Die Linien und Strukturen waren genau vorgegeben. Eine jede Institution hatte dort ihren festen Platz. Von oben wirkte sie wie ein großer Kreis, den vier Hauptachsen durchschnitten. Diese vier Hauptwege dienten als zentrale Versorgungsrouten und endeten direkt an der Stadtgrenze. Wenn man nun in die anderen Städte der Welt reisen wollte, benutzte man dafür die Hyperbahn. Die Hyperbahnhöfe befanden sich immer im Zentrum einer jeden Siedlung. Direkt neben dem Ideenmarkt und dem Meditationszentrum. Im südlichen Halbkreis lagen die beiden Wohnbezirke Hailwood und Dails. Im Norden lag der Akademiedistrikt und im Osten der städtische Magistrat mit samt der Versorgungseinrichtungen. Hier gab es außerdem noch das Medizinzentrum, die Polizei und die Feuerwehr mit dem Recyclinghof. Außerhalb der Stadtgrenzen richteten sich die Forschungs- und Produktionszentren der Nanotecmaschinen und Rohstoffgewinnung ein, welche die Arbeitgeber der ansässigen Bevölkerung waren. Zwischen den meist einstöckigen individuell gestalteten Häusern der Stadtteile und im Stadtpark reckten sich noch die Ruinen der Vorgängerstadt in die Höhe, welche man seinerzeit „Wolkenkratzer" nannte. Diese spitzen Reste der Vergangenheit zu beseitigen, wäre ein Leichtes für die Techniker des städtischen Magistrates. Der Rat der Sechs verfügte aber, dass diese „Skulpturen" der Geschichte als Mahnmal stehen blieben. Ein jeder solle für immer sehen, auf welch tönernen Füßen die Lebensverhältnisse der Einwohner standen. Ein produzierendes Gewerbe gab es in der ganzen Stadt nicht, weil Nanotecapparate alle Alltagsgegenstände vor Ort herstellten. In diesen Tagen bezeichnete man bereits eine Stadt schon dann, wenn sie mehr als fünftausend Einwohner beherbergte. Die Welthauptstadt Presson brachte es sogar auf knapp zweihunderttausend Einwohner und diese Zahl blieb alles in allem konstant. Dies lag zum einen an der Geburtenrate, welche der Rat der Sechs festlegte. Zum Anderen auch daran, dass sich der Generationenvertrag erübrigte. Ein jedes Paar musste, wenn es eigene leibliche Kinder zur Welt bringen und groß ziehen wollte, eine Pflichtuntersuchung des Erbgutes beim örtlichen Medizinzentrum über sich ergehen lassen. Erst bei einwandfreier genetischer Struktur, durften Kinder gezeugt werden. Die tompschen Gesetze ermöglichten eine kostenlose DNA-Analyse im Medizinzentrum. Verstießen Eltern gegen diese Auflagen und zeugten mit defektem Erbgut Kinder, verdonnerte das Gesetz die Eltern zu einer langwierigen DNA-Therapie. In der Bevölkerung war die Maßnahme der Genetikkur für die Väter und Mütter nicht sonderlich beliebt, weil sie vollends zulasten der Freizeit der Patienten ging. Der Rat kannte aber in dieser Hinsicht nicht die geringste Milde. Er sagte schlicht und einfach dazu: Wenn Eltern verantwortungslos ihrem Nachwuchs genetische Defekte auferzwingen unter dem es ein Leben lang leidet, ist der Freizeitentzug für die Korrektur, nur ein geringes Opfer. Die meisten Menschen unterwarfen sich so einem Diktat für das werdende Leben nicht und empfanden es als einen tiefen Eingriff in die Privatsphäre. Die Heimleiterin Miss Conners verteidigte hingegen die Haltung des Rates zu dieser Frage vehement. Sie meinte dazu, dass ein jeder von den Menschen nicht nur die Verantwortung für sein Leben trug, sondern auch das der künftigen Generationen. Sie sah daher in den abgelieferten Kindern die stummen Opfer dieser gesellschaftlichen Haltung. Gerade weil viele der werdenden Eltern davor fürchteten, brachten sie nicht selten diese Kinder um. Wegen dieser Problematik hielt der Rat an den Waisenhäusern fest, obwohl der ursprüngliche Hintersinn der Einrichtung bereits abhanden kam. Man verbreitete öffentlich, dass ein jedes Baby, das anonym zur Welt kam, in den Waisenhäusern Aufnahme fand. Dort konnte ein Kind unerkannt durch die Babyklappe abgegeben werden und keiner müsste Angst vor einer Bestrafung haben. Durch die enormen medizinischen Errungenschaften der letzten Jahrhunderte sahen die Heilungschancen von Erbkrankheiten wesentlich besser aus. Vor allem durch bahnbrechende Leistungen auf dem Gebiet der Zellforschung seit den religiösen Konflikten, wurden nun einstmals unheilbar geltende Behinderungen kurierbar. Der Rat verfügte, dass jedes dort abgegebene Kind medizinisch zu versorgen und, wenn möglich, zu heilen war.

Miss Conners selbst wohnte ebenso wie Indreen im Tompswaisenhaus. Allerdings in einem besonderen Trakt. Sie und ihr Nanoroboter Godje. Letzterer, ein Wunderwerk der Nanotechnik, war ihr, noch vor Indreens erstem Arbeitstag im Waisenhaus, geschenkt worden. Verpackt in einer schlichten Holzkiste. Seine Ankunft im Waisenhaus erfolgte durch eine Transportdrohne, die direkt in den hufeisenförmigen Innenhof des Waisenhauses seine Fracht ablud. Per digitalisierter Post musste Miss Conners den Empfang bestätigen, bevor sie sich an das Öffnen des Paketes machte. Ihre erste Reaktion auf ihn war abwartend, als sie ihn vor versammeltem Personal und den Kindern auspackte. Zunächst hielt man ihn für einen schlichten Eisenwürfel bis Godje sie mit seinen Fähigkeiten eines Besseren belehrte. Niemand der Angestellten wusste, wer Godje konstruierte. Denn obwohl er auf dem ersten Blick einfach und primitiv wirkte, erwies er sich auf dem zweiten Blick als gut durchdacht und ausgereift. Die Kinder fingen just an, ihn mit ihren bunten Wachsfarben zu bemalen. Die Farbpartikel saugte Godje in seine Robotermasse auf und fügte sie in seine außergewöhnliche Fähigkeit ein, dreidimensionale Objekte plastisch darzustellen. Seine Oberfläche wirkte glatt und geschmeidig. Wenn er durch die Gänge des Heims schwebte, glaubte man einen stupiden Eisenklotz vor sich zu haben. Er war aber alles andere als das. Godjes Sprachausgabe hörte sich elektrifiziert an. Es übersteuerte immer etwas, wenn er seine Lauttöne aussendete. Mit der Farbe, mit der ihn die Kinder beschmierten, schrieb er in deutlich lesbaren Lettern ganze Bücher, wenn es sein musste. Die Heimleiterin nutzte ihr Geschenk seither für ihren Unterricht. Natürlich um drei dimensionale Planetenmodelle oder ganze Sonnen- und sogar Galaxiesysteme zu formen. Sie sagte dem Roboter nur, welchen Himmelskörper er darstellen sollte und Godje verformte sich entsprechend zu einem passenden Modell. Zu seinem größten Kunststück gehörte die Darstellung der Plejaden; einem mit bloßem Auge von der Erde aus zu erkennenden Sternhaufen im Sternbild des Stiers. Er verfärbte und teilte dazu seine Oberfläche in den entsprechenden Leuchttönen der jeweiligen Sonnen, Planeten oder Monde, wie es sie im Weltall gab. Als Miss Conners neugierig Godje fragte, wer ihn gebaut und ihr zum Geschenk machte, spukte der Roboter das Wort „Sumdala" aus. Sie reagierte scheinbar ratlos darauf. Mildred bekam aber einen anderen Eindruck. Sie erlebte als Einzige noch diensthabende Angestellte die Amtseinführung von Miss Conners vor achtzehn Jahren im Waisenhaus. Es wirkte, als ob Miss Conners ihren Mitarbeitern und den Kindern nur etwas vorspielte. Sie vermutete schon damals, dass sie einen heimlichen Verehrer besaß. Bereits bei der Einführung in ihr Amt benahm sich Miss Conners noch in manchen Dingen selbst wie ein kleines Kind. Sie kannte sogar die einfachsten Dinge, wie das Flurmikrofon nicht, obwohl dieser Einbau in allen Waisenhäusern zum Standard gehörte. Als sie die neue Heimleiterin auf ihre Unbeholfenheit mit der technischen Ausstattung ansprach, sagte Miss Conners, dass sie einen langen Aufenthalt in einem der Rehabilitationszentren hinter sich hatte. Auf die nun folgende verständliche Frage, was denn mit der Heimleiterin zuvor passiert sei, antwortete Miss Conners nicht. Sie sagte ihr: „Mildred, seien sie mir bitte nicht böse, aber ich will diese Sache für mich behalten. Ich weiß selbst nicht alles darüber und ich ergieße mich nicht gerne in Spekulationen, die mir den Blick auf meine Zukunft verstellen."

Schon bald verstand Mildred, warum der Rat Miss Conners zur Heimleiterin berief. Selten begegnete sie in ihrem Leben einem so aufgeschlossenen und wahrhaftigen Charakter. Gegenüber ihren Angestellten verhielt sie sich absolut fair und delegierte nur Arbeiten an sie weiter, wenn es gar nicht anders ging. Ebenso ließ sie es sich nicht nehmen selbst in die Erziehung der Kinder einzugreifen. Das Halten des Unterrichts war da nur ein Bruchteil davon. Die Heimleiterin achtete sehr darauf den Zusammenhalt unter den Kindern zu fördern und duldete keine Konkurrenz unter ihnen. Für sie gab es ein höher- oder minderwertig nicht. Sie begründete dies auf simple Art und Weise: „Gerade das Konkurrenzdenken hat zu einem Irrweg in der Menschheitsgeschichte geführt und trägt Mitschuld am Ausbruch des "Mystischen Krieges". Im Wahn seine Mitmenschen überbieten zu müssen, werden Versagensängste erzeugt. Jeder weiß, dass die Angst ein schlechter Ratgeber ist und ein weiteres Verfolgen nur in einer Katastrophe endet. Ich knüpfe meine Liebe nicht an Bedingungen und nehme ein jedes Kind so an, wie es ist. Es darf laut sein. Es darf wütend sein. Es darf Angst haben. Es darf traurig sein, es darf lachen. Immer werde ich es so lieben, wie es ist. Auch wenn es neidisch ist oder missgünstig gegenüber seinen eigenen Brüdern oder Schwestern auftritt. Das sind alles Erfahrungen, die die Kinder machen müssen. Sie brauchen sie, damit sie mit ihnen umzugehen lernen. Mir ist wichtig, dass sie lernen Konflikte aufzuarbeiten und sie selbst zu lösen. Denn nur dann sind sie in der Lage, ihr Leben in die eigene Hand zu nehmen."

In diesem Zusammenhang erlernten die Kinder die Artikulation und Sprechweisen. Diesen Unterricht hielt Indreen ab, denn er studierte einmal Sprachwissenschaft auf der Akademie. Etwas, dass seiner einzigartigen Erzählkunst zugutekam. Indreen betonte die Wichtigkeit der Kunst der freien Rede. Jemand, der dies nicht lernte, geriet in Versuchung, sich laufend wie ein Schaf zu verhalten, das blökend einem Leithammel folgt. Diese Lebensweise, so Indreen, ist einem Menschen nicht würdig. Wir sind Individuen, die keinen Hirten brauchen, der uns den Weg weist.

Indreen ließ auf seinem Weg die breite Eingangshalle hinter sich. An seine Zeit bei der Akademie dachte der Pfleger verschlafen, als er sich den Weg zur Babyklappe bahnte. Nur noch wenige Schritte trennten sie voneinander. Er dachte an seine Freunde und auch an die Mädchen, mit denen er gemeinsam im Aditorsaal lernen durfte. Seine Kameraden von damals waren größtenteils in der städtischen Gesellschaft untergekommen und ergriffen Berufe, die wesentlich mehr Komfort und Beachtung versprachen. Dass ausgerechnet er als einer der Wenigen seines Jahrgangs das Tompswaisenhaus als seinen Arbeitsplatz auswählte, überraschte Indreens Freunde dann doch. Sie sagten zu ihm, dass er lange in seinem Leben weit abgeschieden von der Zivilisation blieb. Ein Mann, der mit solchen beachtlichen Fähigkeiten gesegnet wäre, müsse sein Potenzial doch viel effizienter einsetzen. Als Kindererzieher führe er ein karges Dasein. Auch wenn ihm für den Lebensabend ein Platz in einem altersgerechten Wohnheim sicher war. Dass Indreen all ihre Einwände in den Wind schlug und dennoch sein Schicksal in dem Waisenhaus zu finden glaubte, lag daran, dass er mit seinem ganzen Herzen hinter dem Zitat des Mannes stand, der dem Waisenhaus seinen Namen gab. Es hieß: „Schließe mit dir selbst den Frieden."

Dieses Zitat stand über dem Eingang des Hauses und wirkte wie ein Kainsmal auf der Anstalt. Es gab noch ein weiteres Gebäude, das ein anderes Zitat des Gründers Tomps trug. Dieses war im Gegensatz zum Waisenhaus keine soziale Einrichtung. Viele sichtbare Hinterlassenschaften des Waisenhausgründers gab es sonst nicht. Obwohl er bereits vor 221 Jahren verstarb, wirkte sein Geist im nichtsichtbaren Bereich unverändert weiter. Außer dem Nachnamen der Waisenkinder und der

Betitelung ihrer Heime trug, auf Anordnung des Rates, wegen eines historischen Ereignisses, die Zeitrechnung seinen Namen.

„Tomps...", so erklärte sich der Rat hierzu „... sah sich nicht als Mensch einer neuen Zeit. Er begriff sich selbst als jemand, mit dem eine Ära zu Ende ging. Er sagte, um wirklich frei sein zu können und Neues zu beginnen, muss man loslassen. Es war seine Absicht, dass wir loslassen und die Vergangenheit mit dieser Tat würdigen, damit sie in Liebe gehen kann. Erst nach seinem Tod bräche eine neue Zeit an. Eine Zeit, die mit dem großen Leid und der Ohnmacht seiner Epoche nichts mehr zu tun hat. Deshalb ist sein Sterbedatum als der Beginn der neuen Zeitrechnung zu verstehen."

Indreens Freunde vermuteten aber auch einen anderen, unterschwelligen Grund für seinen Dienst im Tompswaisenhaus. Michelle nämlich, das Latinomädchen im gleichen Alter wie er. Indreen kannte sie schon seit der Einschulung an der Akademie. Beide waren in der Tat gute Freunde. Sie besuchten zwar nie die gleichen Kurse, trafen sich aber oft in ihrer Freizeit. Seine Freunde glaubten zu merken, dass Indreen sich nach ihr sehnte. Sein Schwarm reagierte nüchtern auf seine galanten Offerten, ihre Freundschaft weiter zu vertiefen. Für Michelle bedeutete ihr Dienst an den elternlosen Kindern mehr als ein Techtelmechtel mit ihrem ehemaligen Akademiekollegen. Indreen akzeptierte für sich längst Michelles Neigung zu ihrem Beruf. Auch wenn es für ihn nicht leicht erschien, sich damit abzufinden. Er tröstete sich mit seiner verantwortungsvollen Aufgabe, denn nicht jeder durfte in einem der Tompswaisenhäuser arbeiten. Der Rat der Sechs lud hierzu alle in Frage kommenden Personen zu sich ein und unterhielt sich mit ihnen unter vierzehn Augen. Auch Indreen erinnerte sich noch gut an seine Vorstellung beim Rat aufgrund seiner Bewerbung als Erzieher. Diese tiefgreifende Begegnung hätte er am Liebsten aus seinem Gedächtnis gelöscht. Aber sein Unterbewusstsein war gnadenlos mit ihm. In den Nächten, wenn er seine Wache hielt, träumte er ab und zu davon. In einem schummrigen Weiß sah er sich dann wieder dem Rat gegenüberstehen. Sie überreichten ihm die goldene Rüstung. Dazu hörte er allzu deutlich die Worte des Hausspruches in seinen Kopf nachhallen. Seither nahm er sich vor, nur nach vorne zusehen. Keinesfalls wollte Indreen weiter in seiner Vergangenheit leben und er glaubte fest daran, hier mit ihr am Besten fertig zu werden. Es machte den Pfleger glücklich, den Kindern bei ihrem Werdegang zuzusehen und er freute sich über jeden einzelnen Fortschritt, den sie schafften. Egal ob es ihre ersten Worte waren, oder der erste Schritt. Er fühlte sich, als wäre er ihr Vater und doch war er sich seiner Rolle bewusst, die er tatsächlich spielte.

Der Pfleger näherte sich nun der angenehm warmen Kammer, in der die Babyklappe ihre Funktion erfüllte. Dort konnte man unerkannt ein Kind abgeben. Niemand filmte oder überwachte die Abgebenden dabei, wenn sie ihren Nachwuchs hier herbrachten. Allerdings gab es ein verstecktes Fenster im Gebäude, das einen risikolosen Blick auf die Klappe von innen heraus ermöglichte. Um die Klappe zu betätigen, musste der Abgebende nur den bereitgestellten Korb hinter der Öffnung hervorholen, das Baby in den Korb hineinlegen und wieder durch die durch die Klappe schieben. Sobald sie sich schloss, löste sich die mechanische Glocke aus. Wie in dieser Nacht. Sie rief einen der Pfleger herbei, um sich dem Baby anzunehmen. Es kam auch vor, dass die Eltern sich nach der Abgabe wieder im Waisenhaus meldeten, um ihr Kind abzuholen. Wenn das geschah, dann wurden sie von den Angestellten des Waisenhauses aufopferungsvoll empfangen. Michelle kümmerte sich dann fürsorglich um die Eltern und versprach mit Rat und Tat bei ihrer Lebensaufgabe zu helfen.

Indreen seufzte, als er die Tür zu der Kammer öffnete. In seinem Geiste malte er sich ein kleines Bündel aus weißem Leinen in dem bereitgestellten Korb liegend aus. Der Pfleger trat über die Schwelle und ging auf den Korb zu. Er beobachtete das eingewickelte Knäul in ihm, dessen Atmung die Tücher auf und ab bewegten. Deutlich vernahm er die Geräusche der Luftzüge des elternlos Gewordenen, dass die ersten Lebensmomente auf diese Weise so unwirtlich zu spüren bekam.

„Na warte, mein Kleiner. Onkel Indreen ist schon bei dir", sagte er Mut machend zu ihm und legte seine Hand an.

Indreen wog schon oft Babys mit seinen Händen. So wusste er in etwa ihre Größe und das Gewicht einzuschätzen. Nie und nimmer rechnete er damit, dass es bei diesem Kind anders war. Als er das Neugeborene aus dem Korb hob, glaubte er eine Feder in seinen Armen zu halten. Es wirkte, wie wenn das Kind reine Luft wäre.

„Was zum Henker …", murmelte er überrascht, als er das Leichtgewicht in der Hand wiegte.

„Das gibt es ja nicht", staunte er und schwenkte es ungläubig in den Armen. Bis zu den saphirblauen Augen, mit dem das Neugeborene ihn anblinzelte, reichte sein Blick nicht. Auch nicht in das sonnige Lächeln des rosigen Mundes, mit dem das Baby ihm ein „Hallo" signalisierte. Seine Verwunderung über die kuriose Eigenschaft des Kindes war viel zu groß dafür.

„Bist du nur aus Pappmaschee? Du wiegst ja fast nichts. Das muss ich sofort Michelle zeigen."

Hastend legte Indreen das Kind wieder in den Korb zurück und lief damit zu seinen Kolleginnen in den Aufnahmeraum. Michelle und Mildred richteten dort bereits alles für den Neuankömmling her. Maßband, Waage und das Wichtigste, der Achivierer. Indreen glaubte, während seines Weges durch die verwinkelten Gänge der Anstalt, einen leeren Korb zu tragen. Normalerweise besaßen Babys ein Gewicht von etwa dreieinhalb Kilo. Dieses hier wog nicht einmal halb so viel. Auch von der Größe her war es deutlich kleiner als alle anderen.

Mildred saß bereits am Archivierer, als Indreen ankam. Ihre langen, bereits mit grauen Strähnen durchzogenen Haare waren zu einem Dutt zusammengebunden. Ihre Frisur wirkte immer sehr geglättet. Das milchige Gesicht dazu zog bei der ganzen Prozedur eine steife Mine.

„Na Indreen", begrüßte Michelle ihn ohne Umschweife und warf dem Korb in seinen Händen einen herausfordernden Blick zu. „Wen haben wir diesmal?"

„Leute", haspelte Indreen mitgenommen, als er zur Tür herein stolperte und den Korb mit dem Kind auf der Arztliege abstellte. „Das ist unglaublich. Hebt es mal hoch. So etwas hab ich noch nicht erlebt."

„Gut", sagte Michelle beruhigend und nahm behutsam das Kind aus dem Korb in ihre Arme. Erstaunlicherweise blieb es ruhig und ließ sich von der rasanten Aufnahmeprozedur nicht beirren. Vielmehr nahmen seine Augen neugierig den Blickkontakt zu den Pflegern im Raum auf.

„Indreen", fuhr Mildred dazwischen. „Hast du den Korb durchsucht? Manchmal lassen die Eltern Dinge zurück, damit sich die Kinder ihr restliches Leben lang den Kopf darüber zerbrechen können, wer ihre Eltern waren."

„Äh, ja", merkte Indreen auf. „Nur das Kind war drin. Sonst nichts."

„Das ist ja unfassbar", bestätigte Michelle erstaunt und runzelte die Stirn, nachdem auch sie sich von dem Fliegengewicht des Neuankömmlings überzeugte. Ihre Augen trafen sich mit dem Blick des Neugeborenen. Michelle glaubte, in einen tiefblauen Ozean zu blicken. So unergründlich und weit wie das Universum selbst kam es ihr vor. Sie glaubte, ein Leuchten darin spiegeln zu sehen. Gleich einer aufgehende Sonne.

„Es lebt tatsächlich. Nach normalen Maßstäben müsste es Tod sein. Für gewöhnlich bringt ein Baby etwa drei bis vier Kilo auf die Waage, aber dies hat ja nur ...", sagte sie verwundert und legte es in die Messingschale der Waage „... achthundertdreiundvierzig Gramm."

„Also gut, dann notier ich mal achthundertdreiundvierzig", bemerkte Mildred kühl und tippte kommentarlos das Gewicht des Kindes in das Archiviergerät ein. Ein lautes Tastenklappern erfüllte den Raum. „Weiter. Größe? Vergiss dieses Mal nicht, den Kopfumfang zu messen."

Michelle zog das Maßband hervor. Sie wickelte das Baby von den Leinentüchern auf, welches seltsamerweise keine Windel trug. Meist ließen die unbekannten Eltern dem Kind wenigstens dieses Kleidungsstück auf dem Leib. Dieses hier lag nur mit dem eingehüllt im Korb, was das Heim bereitstellte. Das Band legte sie zuerst um den Kopf und dann der Länge nach an.

„Einmal einundzwanzig Kopf und dann achtunddreißig Zentimeter Körperlänge", sagte sie nicht ohne ihr Erstaunen zu verbergen. „Die Neuen sind sonst immer viel größer. Ist es etwa ein Frühchen? Aber das kann auch nicht sein. Ein Frühchen von dieser Größe und Gewicht kann nur in einer Geburtsklinik großgezogen werden. Normalerweise wäre es nicht überlebensfähig. Aber es scheint dennoch wohl auf zu sein."

„Größe Kopf Einundzwanzig, Körperlänge Achtunddreißig", wiederholte Mildred monoton und fragte nüchtern weiter: „Junge oder Mädchen?"

„Es ist ein ... ein ...", murmelte Michelle noch über die eigenartigen Maße rätselnd und erwähnte das Geschlecht eher beiläufig dabei ", ... ein Mädchen."

„Gut, ein Mädchen, also", sagte Mildred unberührt und nannte auch gleich den Namen ihres Neuzugangs. Der Archivierer vergab automatisch einen Namen, so-

sobald das Geschlecht feststand. Dies war in allen Tompswaisenhäusern der Erde schon seit der Gründerzeit so üblich.

„Also gut. Kore heißt sie, unsre Neue. Kore Tomps", sagte Mildred zufrieden die Bildanzeige des Archivierers lesend und beendete ihre Eingabe.

Alle Waisenkinder hießen Tomps mit dem Nachnamen, weil der Waisenheimgründer Tomps die Patenschaft der Elternlosen übernahm. Diesen Namen konnten sie erst ab ihrem achtzehnten Lebensjahr abändern, wenn sie das Waisenhaus verließen oder wenn sie zuvor adoptiert wurden. Der Nachname Tomps verriet die Herkunft des Erdenbürgers. Etwas, das unzähligen Kindern zum Anstoß genügte, um über die elternlosen Sprösslinge herzuziehen.

„Ich fasse zusammen", räusperte sich Mildred und las laut vor: „Heute dem 12. Tag des dritten Monats im Jahr 221 nach Tomps, wurde bei uns Kore Tomps über die Babyklappe abgegeben. Eltern unbekannt. Keine Gegenstände im Korb gefunden. Ihr Gewicht bei Aufnahme im Pressonwaisenhaus ist achthundertdreiundvierzig Gramm, Kopfumfang 21 Zentimeter, Körperlänge 38 Zentimeter. Gibt es weitere Besonderheiten an dem Kind, außer dass es nicht weint?"

Kore erschrak ob des harschen Tons, den Mildred anschlug und erfüllte alsbald den Raum mit einem lauten Flennen. Michelle versuchte die kleine Kore wieder zu beruhigen. Sie wog das Baby in ihren warmen Händen, was es wieder besänftigte. Kore kuschelte sich in ihren Oberkörper hinein, während sie dabei ihren Rücken zu Mildred drehte.

„Ah, zwei Narben auf der Kehrseite", sagte Mildred mit ihrem scharfen Blick. „Knapp zwei Zentimeter groß. Längs auf gleicher Höhe unter den Schulterblättern."

„Was? Das kannst du auf die Entfernung sehen?", fragte Indreen erstaunt.

„Ja. Ich habe ein Auge für so was. Das Mal, das ich nicht sehe, muss erst erfunden werden", antwortete Mildred salopp und ergänzte die Eintragung.

„Gut, dann wickle ich sie und lege sie in den Säuglingsraum. Indreen, du wirst zuerst Miss Conners von unserer Neuen unterrichten, bevor du dem Rat und den Magistrat über sie verständigst. Wie ich sie kenne, wird sie unsere Neue gleich ansehen wollen. Kore braucht jetzt erst mal Ruhe und viel Schlaf", sagte Michelle aufopferungsvoll und ging mit ihr nach draußen. Indreen verdrehte nur verwundert den Kopf und dachte bei sich: „So ein eigenartiges Kind habe ich noch nie gesehen. Es ist so leicht und so klein. Aber was soll es, sich darüber Gedanken zu verlieren. Morgen ist auch noch ein Tag. Vielleicht wissen wir mehr, wenn der Doktor morgen kommt und sie eingehend untersucht hat."

Indreen machte sich auf dem Weg zum Kontaktmikro auf dem Flur. Er betätigte die Taste für den Rufton in das Büro der Heimleiterin.

„Miss Conners", meldete er sich. „Sind sie wach?"

„Ich bin wach. Was gibt es Indreen?", antwortete Miss Conners wie aufgetaut. Sie schien aus ihren Gedanken gerissen worden zu sein.

„Wir haben eine Neue. Es ist ein Mädchen. Kore heißt sie. Kore Tomps. Miss Conners, sie müssen sie sich ansehen. Sie ist viel kleiner als die anderen Babys. Genau achtunddreißig Zentimeter und wiegt nur achthundert Gramm", sagte er aufgeregt. „Michelle sagt, dass ein Baby mit diesen Werten normalerweise tot sein müsste."

„Danke Indreen. Ich sehe sie mir gleich an. Und Indreen, sagen sie bitte dem Arzt wegen der Untersuchung morgen Bescheid."

„Soll ich den Rat wegen des Kindes unterrichten? Die wird das bestimmt interessieren, zumal wir nicht wissen mit was wir es zu tun haben", fragte er vorsichtshalber nach.

„Tun sie das", sagte Miss Conners nachdenklich und fügte hinzu. „Mit dem Mädchen stimmt was nicht, das ist klar. Aber das Kind deswegen Sonderzubehandeln halte ich allerdings für falsch. Wer auch immer sie herbrachte. Ich ziehe sie genauso auf, wie jedes andere Kind, das den Weg in unsere Einrichtung findet. Sagen sie das dem Rat."

„Jawohl, Miss Conners", bestätigte Indreen und meldete sich ab.

Wie es Michelle vorhersah, ließ es Miss Conners sich nicht nehmen, auf Kore einen Blick zu werfen. Egal wie spät es schon war. Sie begab sich umgehend nach dem Gespräch zu Michelle. Der Pfleger brachte den Korb zurück und nahm sich vor, den Rest der Schicht vor sich hinzuduseln. Am nächsten Tag käme ohnehin der Arzt. Er nahm dem Kind mit dem pistolenartigen Transleptor Blut ab und impfte es mit seiner spritzenförmigen Serumatix. Eventuell erfuhren sie alle nach seiner Diagnose mehr über die seltsamen Eigenschaften und vielleicht sogar etwas über die Herkunft des eigenartigen Mädchens. Indreen dämmerte alsbald wieder in seinem Stuhl ein und ein leises Schnarchen erfüllte sogleich den Nachtdiensttraum. Auf dem Flur herrschte nun wieder die unheimliche Stille, wie schon in den Nächten zuvor. Dennoch schreckte Indreen wenig später hoch, als er ein paar leise Atemzüge neben sich zu hören glaubte. Im Nu umrangen den Pfleger gut zwanzig Kinder unterschiedlichsten Alters, die vorwitzig auf ihren geliebten Erzieher starrten.

„Oh, ihr seid es Kinder. Zum Glück", sagte Indreen erleichtert, als er seine vertrauten Waisen bemerkte. „Ich dachte schon, es wäre wieder so ein Vieh, das sich hier drin verirrt hat."

„Was ist passiert?", fragte ein etwa achtjähriges Mädchen neugierig stellvertretend aus der Gruppe.

„Ihr habt eine neue Schwester bekommen", antwortete Indreen zufrieden.

„Welchen Namen hat der Computer ihr gegeben?", fragte das Mädchen weiter.

„Sie heißt Kore. Er stammt, soweit ich weiß, aus dem griechischen Sagenkreis", antwortete Indreen.

„Ja, das lese ich gerade im Mediaraum", sagte ein weiteres der Waisenkinder. „In der Sage ist Kore die Tochter von Zeus, dem Göttervater und Demeter, der Fruchtbarkeitsgöttin. Ihr Name bedeutet übersetzt nichts anderes als Mädchen. Zeus widerstand ihrer anmutigen Schönheit nicht und schwängerte Kore. Sie bekam einen Sohn, der von Titanen zerfetzt wurde. Zeus nahm Rache und verwandelte sie alle zu Asche. Prometheus formte aus dieser Asche den Menschen, was nach der griechischen Sage, das Gute und Böse im Menschen erklärt. Hades, der Gott der Unterwelt, raubte später Kore und machte sie zu seiner Frau. Er gab ihr den Namen Persephone, jedoch wollte Demeter ihre Tochter wiederhaben und Hades gab sie nicht so ohne weiteres her. Die Götter einigten sich auf einen Kompromiss. Seither ist Kore neun Monate auf dem Olymp, was den Frühjahr, den Sommer und den Herbst beschert und drei Monate in der Unterwelt. Das erklärt den Winter. Demeter, die Göttin der Fruchtbarkeit, trauert in dieser Zeit um ihre Tochter. Neun Monate lang heißt sie Kore und drei Monate Persephone."

„Meine Güte, Harol, du weißt aber viel darüber", lobte Indreen ihn anerkennend. „Ihr werdet sie morgen sehen, aber nun lasst mich und eure Schwester schlafen. Die Kleine braucht jetzt, wie ich, viel Ruhe", sagte Indreen gähnend. Eigentlich wollte er ein Nickerchen machen, aber die Kinder waren auf den Geschmack gekommen, eine seiner improvisierten Erzählungen zu hören.

„Erzähl uns eine Geschichte", bettelte daraufhin ein stämmiger Junge und die anderen stimmten wie im Chor das wichtigste Wort bei einem Gefallen ein: „Bitte."

„Also schön. Wie ihr wollt", murmelte Indreen müde und riss sich zusammen. Denn er wusste, dass ihn alle Kinder des Hauses für seine Geschichten liebten. „Aber dann geht ihr wieder in euer Bett. Versprecht es mir", sagte er auffordernd.

„Versprochen", sagten die Kinder aus einem Mund und lauschten gespannt, was Indreen sich heute Neues ausdachte.

„Etwas Schönes oder etwas Gruseliges?", fragte er freundlich.

„Etwas Gruseliges", sagten die Kinder voller Erwartung.

„Also etwas Gruseliges", bestätigte Indreen den Wunsch und richtete sich auf. In seinem Kopf spulte sich der grobe Ablauf seiner Erzählung vor dem geistigen Auge ab und er begann, ein improvisiertes Stück zu schildern.

„Es war einmal ein einfacher Holzfäller. Er lebte in einer Blockhütte in einem großen Eichenwald so wie der, der unser Waisenhaus umgibt. Morgens, wenn die Sonne aufging, verließ er seine Heimstatt, fällte einen ausgewachsenen Baum und spaltete ihn zu Holzscheiten auf. Abends, wenn die Sonne sich hinter den Horizont senkte, kehrte er von der Arbeit zurück. Erschöpft zwar, doch glücklich den Tag gut überstanden zu haben. Obwohl er mit einer einfachen Axt seine Arbeit verrichtete und er sich enorm plagte, fühlte er sich glücklich. Den ganzen Tag stählte er an der frischen Luft seinen Körper durch seine mühselige Arbeit. Vor allem ging er einer Beschäftigung nach, die seine Seele erfüllte. Ihm kam es nicht in den Sinn, etwas daran zu verändern, denn dort, wo man sich wohl fühlt, da ist man wirklich glücklich. Dass der Holzfäller dem Wald jeden Tag einen Baum aus seinem Bestand nahm, war nicht schlimm. Zum einen verfügte der Wald über riesige Holzreserven. Zum anderen wuchsen mit der Zeit so viele junge Bäume nach, dass selbst nach dem Tod des Holzfällers der Wald noch größer wäre als zuvor. Eines Tages aber kam ein Mann aus dem Tal mit einer eleganten Gleiterlimousine zu ihm in den Wald. Er bot ihm ein neuartiges Gerät, eine Motorsäge an. Mit der könne er innerhalb der Zeit, in der er einen Baum mit der Axt zum Fällen benötigte, sechs

Bäume fällen, sie zerlegen und zu Stapel verarbeiten. Die Arbeit ginge ihm spielend von der Hand, da die Motorsäge dank seiner scharfen Sägeblätter, mit bedeutend weniger Kraftaufwand von statten ging. Der einfältige Holzfäller kaufte dem Vertreter das Gerät ab und begeisterte sich schon bald dafür. Seine Arbeit flutschte wie von selbst von der Hand. Wie ein Berserker stürzte er sich auf die Bäume und zerlegte sie in Rekordzeit zu handlichen Holzstößen. Die giftigen Gase und der grässliche Lärm, den das Gerät absonderte, waren seinem ohnehin nicht bewandertem Verstand schädlich. So merkte der Holzfäller nicht, was er da eigentlich anrichtete. Er kannte ja auch keinen, der ihn darauf aufmerksam gemacht hätte. Er lebte einsam und abgeschottet von jeglicher Zivilisation. Wenn man mal von dem Holzhändler absah, der ihm das handelsfertig gespaltene Holz abkaufte. Von dem Verkauf des Holzes häufte sich der Waldmann ein beträchtliches Vermögen an, das auf irgendeinem Bankkonto in der Stadt vor sich hindümpelte. Das gab er aber nie aus, weil er seine Erfüllung in seiner Arbeit sah und alles, was er zum Leben brauchte, vor Ort in dem Wald fand. Wer gab freiwillig auf, was er am Liebsten tat? Der Wald litt unter dem zunehmenden Kahlschlag des Holzfällers, aber sein riesiger Baumbestand verkraftete diese Verluste spielend. Wenn der Holzfäller starb, wären immer noch genügend Bäume da, die die ihm beigebrachten Wunden durch ihre Samen heilten. Nach mehreren Monaten kam der Mann, der ihm die Motorsäge verkaufte, wieder und schlug ihm ein neues Geschäft vor. Seine Firma, die er vertrat, bot ihm eine einzigartige Innovation an. Den ultimativen Umhauer, wie sie ihn tauften. Mit ihm fegte man über den Wald, wie mit dem Rasenmäher über einen Gartenrasen. Mit seinen unzähligen Klingen und Messern schält und stapelt das Ding in Handumdrehen Hunderte von Bäumen pro Tag zu verkaufsfertig verpackter Brennholzware. Das vom Holzfäller auf dem Konto angesparte Geld könne er als Anzahlung für das Wunderwerk nehmen und der Rest machte sich durch den Verkauf des noch zu schlagenden Holzes verdient. Der Holzfäller, mittlerweile verdummt von seiner eintönigen Arbeit, den Gasen und dem Lärm der Motorsäge, ging auf den Handel ein und kaufte sich das einmalige Hochleistungsgerät. Er pflügte damit über den Wald wie ein Bauer mit dem Traktor über ein Getreidefeld bei der Ernte und rodete ihn in Nullkommanichts vollständig ab. Wofür der Wald Jahrhunderte brauchte, um sich aufzubauen, entstand innerhalb weniger Wochen eine kahle Einöde. Die Baumstümpfe glichen geköpfter Leichen. Aus ihren abgetrennten Hälsen sprudelte das Harz, wie Blut und vermochte nicht die schrecklichen Wunden zu heilen, die das Klingenmonster anrichtete. Wie es der Vertreter vorhersagte, reichte das Geld gerade aus, den Kauf des Gerätes vollends zu bezahlen. Das war es auch schon. Aber nun gab es weit und breit keine Bäume mehr, die er hätte fällen können. Wie ein Bettler musste er nun von der Sozialhilfe des Staates leben. Er selber war zu ungebildet und zu alt etwas anderes zu tun. So fand er kein neues Auskommen mehr. Zudem zerfraßen ihm die giftigen Gase und der Lärm das Gehirn, wodurch er nicht mehr alles wahrnahm, was um ihn herum passierte. Er verstand sich als Einziges nur auf das Bäumefällen. Von da an besaß der Holzfäller keine Beschäftigung mehr und saß trübsinnig in seiner Blockhütte herum. Es fröstelte ihn in der Einsamkeit seiner schlichten Behausung und er wurde senil. Nur ab und zu ging er nach draußen. Dann musste er wieder mit Wehmut an die alte Zeit denken. Er stellte sich im Geiste vor, wie es früher war, als der Wald da stand. Er erinnerte sich mit Freude daran, wie er mit der Axt bepackt fröhlich singend in den Wald ging. Dazu die gute Luft atmend und die Wildtiere und Vögel beobachtend. Nun standen tote Baumstümpfe herum, die den Humus nicht mehr hielten. Der Regen wusch die fruchtbare Erde weg und zurück blieb nur nacktes Gestein, auf dem keine Pflanzen mehr wurzelten. Im Winter pfiff Eiseskälte über das nun baumlose Plateau und im Sommer herrschte eine brütende Hitze. Die Sonne drang ungehindert auf den blank gewaschenen Fels und heizte ihn auf wie eine Herdplatte. Das Einzige, was in dieser Gegend so etwas wie einen Schatten spendete, war das Monstergerät mit seinen unzähligen Stahlmessern, Walzen und Sägeblättern neben seiner Hütte. Dieses Ding rostete nun langsam dahin. Genauso wie er jetzt auch. Verkaufen konnte er den Koloss nicht. Wer kauft schon einen Baumfäller, wenn es keinen Wald mehr gibt? Aber auch die Firma des Mannes im Tal, die ihm den Umhauer verkaufte, kam nicht ungeschoren davon. Durch die Rodung des Waldes hielt sich das Wasser bei Regengüssen nicht mehr im Erdreich. Es schwemmte, wozu es vorher Wochen durch den Erdboden brauchte, auf einem Schlag zu Tal. Der Fluss trat dort mit einer nie da gewesenen Schlammflut über die Ufer. Die Überschwemmung betonierte mit ihrem Schlick alles vernichtend ganze Dörfer und die Städte an seinem Lauf ein. Es entstand ein solch immenser Schaden, der den Kaufpreis des Umhauers um ein Vielfaches übertraf. Ganz zu schweigen von den zahllosen Tier- und Menschenleben, die das reißerische Hochwasser einforderte. Diejenigen die überlebten standen von heute auf morgen vor dem Nichts. Schlimme Seuchen, wie der Ausbruch des Infinityvirus, drohten wegen des verunreinigten Wassers und mancher zog von dem Unglücksort weg, um sein Überleben zu sichern.

Wir Menschen, Kinder, glauben oft, dass wir die Erde im Griff hätten, aber das ist ein fataler Irrtum. Wer unüberlegt in das Ökosystem der Natur eingreift, riskiert irreparable Folgen. Die Natur kann sich im Laufe der Jahrtausende wieder erholen. Wir Menschen aber haben diese Jahrtausende nicht. Dem sollten wir uns immer bewusst sein. Am Ende ergeht es uns wie dem Holzfäller. Wir sitzen auf einer kargen Einöde fest, die wir durch unsere Arroganz und Gier selbst geschaffen haben. Zunächst glauben wir daran, ein gutes Geschäft zu machen, was auch die Kunst des Betruges ist. Bald aber müssen wir feststellen, dass sie zu Lasten unserer Lebensgrundlage ging. Es gibt für uns keine Zukunft mehr und uns bleibt es nur, auf den Tod zu warten. So Kinder. Jetzt lasst es gut sein und nun schlaft schön. Bis Morgen früh dann", beendete Indreen seine kurze Geschichte und scheuchte sie aus dem Dienstraum. Ruhig und leise gingen die Kinder aus dem Zimmer hinaus in ihre Betten. Leise diskutierten die Waisen lange in ihrer Stube über seine Geschichte. So wie jede Nacht, wenn er ihnen etwas zum Einschlafen erzählte. Indreen selbst fielen alsbald die Augen zu und er fand endlich einen gnädigen Schlaf.

Kapitel 2

Neko

Kore lugte neugierig durch das mit frischem Tau beschlagene Fenster hinaus. Ihr wissbegieriger Blick aus ihren unübersehbaren kristallblauen Augen fiel durch ihre dicht gelockte blonde Strähnenmähne. Er erfasste den Haupt-Haupteingang des Waisenhauses, der im tristen dampfigen Wetter an diesem Tag verschwommen erschien. Direkt neben dem Haupteingang befand sich die Babyklappe in der Wand eingelassen. Jener Klappe, durch die sie vor etwa vier Jahren in das Waisenhaus gelangte. Neugierig fragte sie heute Morgen Indreen, woher sie kam. Der Pfleger zeigte ihr die Babyklappe von dem Fenster aus, an dem sie jetzt stand. Dem Einzigen, von dem man von Innen heraus auf das Gebäudeteil mit der Klappe einsah. Indreen führte Kore anschließend in den Nebenraum beim Haupteingang und führte ihr den Korb mit der Decke vor. Schnell erfuhr das kleine Mädchen, dass es nicht hier geboren wurde. Woher sie stammte, hatte ihr keiner sagen können. Dabei interessierte sie sich ungemein dafür. Wie es so oft auch die anderen Kinder interessierte, wer ihre Eltern waren, von denen sie allerdings nie etwas erfuhren. Sie lief anschließend zu dem Sichtfenster zurück, an dem sie jetzt schon seit fast einer Viertelstunde in sich verharrend stand. Ihr Blick ruhte in sich gekehrt auf der Öffnung. Indreen mutmaßte nur, was in ihr vorging. Es musste das kleine Mädchen sehr bewegen, denn Kore befasste sich selten so lange mit einer Sache.
Seit ihrer Ankunft vor vier Jahren wurde er Zeuge ihrer atemberaubenden Entwicklung. An sich war es schon ungeheuerlich, wie schnell sich ein normales Kind in die Welt eingliederte. Angefangen von den ersten Laufversuchen und der Motorik des Greifens mit der Hand. Bei Kore aber geschah das viel schneller als er es bisher bei anderen Kindern kennenlernte. Am Meisten aber beeindruckte Indreen ihr reger Geist, der an Aufmerksamkeit alle anderen Kinder ihres Alters deutlich in den Schatten stellte.

„Dort also komm ich her?", murmelte sie ergriffen, als Indreen von hinten zu ihr an das Fenster trat. Sie bemerkte ihren Lieblingspfleger, wie er zu ihr kam. Seine sanften Schritte waren Kore bestens vertraut.

„Mochte mich meine Mutter etwa nicht?", fragte das kleine Mädchen sich traurig und sah fürchtend zu Indreen hoch, der nun neben ihr stand.

„Wer weiß das schon. Niemand kennt den wahren Grund, warum hier ein Kind abgegeben wird", sagte Indreen verständnisvoll.

„Wir können es nur vermuten. Wichtig ist doch viel mehr, dass es dich gibt und dass du am Geschenk des Lebens teilhaben kannst. Nicht viele Kinder haben das Glück bis zu uns zu kommen. Es gibt viele verzweifelte Eltern, die ihren

ihren Nachwuchs verschwinden lassen oder sogar töten, bevor sie ihn hier herbringen", antwortete Indreen, doch Kore gewann den Eindruck, das Indreen mehr darüber wusste. Sie fragte ihn dennoch nicht weiter über das rätselhafte Verschwinden der Kinder aus. Vielmehr richtete sich ihre Neugierde auf ein Wort, das sie nicht kannte.

„Sie töten sie?", fragte Kore aufhorchend, während sie noch immer auf den Eingang starrte. „Was ist Töten?"

Sie wandte interessiert ihren Blick zu Indreen empor, durch dessen Gedanken derweil alle möglichen Erklärungsformen für dieses Wort huschten. Aber wie vermittelt man einer Vierjährigen mit einfachen Worten, was man unter Totschlag versteht?

„Töten tut jemand, der einem anderen das Leben nimmt", begann er vorsichtig. „Ich meine damit, dass man das wird, was die Blätter der Bäume im Herbst werden", erklärte Indreen mit dem Versuch ein anschauliches Beispiel anzuführen.

„Sie welken?", fragte Kore sich das vertraute Herbstbild des Eichenhains ins Gedächtnis holend.

„Nicht ganz. Sie kehren viel früher, als es Zeit wäre in den Schoß der Erde zurück", sagte Indreen. „Es ist bei ihnen so, dass sie schon zu Beginn des Frühlings gewaltsam aus den Zweigen gerissen werden. Sie müssen verwelken, ehe sie den Sommer gesehen haben", seufzte er traurig.

„Das ist schlimm", sagte Kore erzitternd.

„Ja, das ist es", murmelte Indreen und fühlte, wie Kore sich nach Halt suchend an seinen linken Fuß klammerte. Der junge Mann fuhr der Kleinen mit seiner Hand fürsorglich über den Kopf und versuchte sie zu trösten. Nur zu gut erinnerte sich Indreen an die ersten Lebensjahre Kores. Die Ratlosigkeit des Doktors am Tag nach Kores Ankunft blieb ihm gut im Gedächtnis haften. Sein vergeblicher Versuch, ihr eine Spritze zu geben, wurde zu einer wahren Tortur. Die Nadeln der Serumatix gingen, obwohl sie äußerst fein waren, erst beim fünften Anlauf durch ihre Haut. Kurz, nachdem der Doktor die Spritze wieder entfernte, verschloss sich die Einstichstelle so schnell wieder, als ob es sie nie gab. Eigenartigerweise schrie Kore auch nicht, als sie die Behandlung über sich ergehen ließ. Die anderen Babys reagierten da viel angespannter. Mit dem Röntgometer durchleuchtete der Arzt hinterher ihr Skelett und stellte fest, dass Kores Knochen erstaunlich leicht und trotzdem extrem stabil waren. Ihr ausgeprägtes Untergewicht schien die Gesundheit des Kindes nicht im Geringsten zu beeinträchtigen. Der Arzt meinte daher, dass man von weiteren Maßnahmen absehen und erst einmal ihre weitere körperliche Entwicklung abwarten sollte. Kore lernte im Laufe der Zeit erstaunlich schnell das Laufen und Sprechen. Schon im Alter von zwei Jahren brachte sie das Wort „Supraleitergleittinktur", fehlerfrei und ohne Nuancen über die Lippen. Staunend verfolgte sie mit großen Augen den Unterricht der anderen Kinder in dem Waisenhaus von ihrem Laufstall aus. Obwohl sie nicht viel von dem verstand, was dort für ihre Verhältnisse rasend schnell gesprochen

was dort für ihre Verhältnisse rasend schnell gesprochen wurde, förderte diese pädagogische Erziehungsabsicht ihr sprachliches Vermögen. Im Alter von vier Jahren beherrschte sie bereits das Zählen bis Hundert und wusste auch schon, dass die Erde eine Kugelform mit einem Umfang von etwa 42.000 Kilometern besaß.

In sich verharrend starrte Kore wieder durch das Fenster. Ihr Blick versuchte durch den schwummrigen Dunst, die Klappe zu erhaschen. Doch ihre Ohren wurden auf ein leises Wummern aufmerksam, das schnell den Weg herunter kam. So ein ähnliches Geräusch glaubte Kore, schon einmal gehört zu haben. Machte nicht die Hyperbahn einen gleichgearteten Ton? Sie hörte sie immer, wenn sie im Wald spielte. Draußen brach eine schwarze Gleiterlimousine aus dem Dunst hervor. Es kam wie ein Geist durch den dichten Nebel gefahren und wirkte für das Mädchen wie aus einer anderen Welt. Noch nie sah Kore ein Gefährt, das so fremdartig aussah. Schwarz, kalt, nichts sagend. Bislang hielten Transportgleiter vor dem Waisenhaus. Aber so etwas Bizarres kannte sie nicht. Das fahrende Objekt hielt nahezu lautlos vor der Waisenhauspforte an. Kores Blick heftete sich vor Neugierde platzend an die aufgehende Tür, aus der eine schwarz vermummte Gestalt entstieg. Die Silhouette der Person ließ keine Deutung zu, ob es sich dabei um einen Mann oder eine Frau handelte, aber unübersehbar war das Bündel, das sie bei sich trug. Kore sah deutlich einen goldenen Anhänger von dem Hals des Vermummten baumeln. Es zeigte ein ovales Auge, von dessen tief grüner Iris sich sieben grüne Strahlen entfernten. Die Gestalt hielt sich hier nicht lange auf. Sie flitze förmlich zu der Babyklappe am Eingang. Kore kam es aber wie in Zeitlupe vor, als sich die Gestalt zur Babyklappe stürzte, sie aufdrückte und den Korb hervorzog. Flink legte sie das Bündel in den Korb hinein und schob ihn durch die Klappe in das Waisenhaus zurück. Schnell machte sie kehrt und rannte zu der Limousine zurück, um mit ihr ebenso schnell zu verschwinden, wie sie kam.

Auch Indreen neben ihr blieb vor Staunen stumm. Noch nie sah er, wie jemand ein Baby in die Klappe hineinlegte. Dass das Waisenhaus auf diese Art und Weise neuen Zugang bekam, war nichts Ungewöhnliches und auch die nun bevorstehende Arbeit. Diesesmal aber fröstelte es Indreen. Kore bekam von ihm den Eindruck, als ob sein Zittern mehr bedeutete, als sein Erschrecken wegen des grellen Tones der mechanischen Glocke. Aufgrund des Mechanismus ertönte sie nur wenige Sekunden später und riss Indreen aus der Erstarrung. Ebenso schnell, wie die rätselhafte Gestalt kam, rannte Indreen zur Babyklappe hinüber. Kore folgte dem Pfleger und sah mit ihm neugierig in den Flechtkorb, dass ein weinendes Wickelkind enthielt.

„War das bei mir auch so?", fragte Kore vorsichtig, als Indreen stumm vor dem Korb stand und sich mit der Hand über die Stirn fuhr. Der Pfleger konnte beim besten Willen sein Entsetzen nicht verbergen.

„Ja", stotterte Indreen erbleicht. Der Angstschweiß stand ihm ins Gesicht geschrieben.

„Welchen Namen wird es wohl kriegen?", rätselte Kore aufgeweckt, obwohl in Indreen alles andere vorging, als nach dem Namen zu mutmaßen. Das Zeichen, dass er wie Kore gesehen und erkannte, überstrapazierten seine Nerven. Es rief eine Reihe von Bildern der eigenen Vergangenheit in seinen Schädel zurück. An verdrängt geglaubte Bilder.

„Kore hör mir bitte gut zu", sagte er nach Luft ringend, aber auch um Kore wegschicken zu können. „Lauf zu Mildred und Michelle, sag ihnen sie sollen in den Aufnahmeraum kommen. Wir haben ein Baby gekriegt."

„Ist gut", sagte Kore eifrig und lief zu den beiden Damen, um ihnen artig die Neuigkeit mitzuteilen.

Indreen hob inzwischen den Korb hoch und murmelte bei sich den Satz, der zu seinem ständigen Begleiter in der Nacht wurde.

„Schließe mit dir selbst den Frieden. Was kann das Kind dafür? Es kann doch nichts dafür. Es kann gar nichts dafür. Gut, wir werden uns um dich kümmern", sagte er zu dem Säugling versöhnlich. Er trug es sorgsam durch die mit bewegten Bildern geschmückten Gänge. Heute wurden hier Filmaufnahmen von den Sonden gezeigt, die die rote Oberfläche des Mars porträtierten.

„Und was ist es diesmal?", fragte Mildred, als Indreen mit dem Korb zu ihnen trat und ihn auf die große Liege abstellte.

„Ein Junge", sagte Michelle kurzerhand nach dem Gebrüll urteilend. „Jungs schreien immer so schrill", und holte den Kleinen kurzerhand aus dem Korb, während Kore dabeistand und genau ihr Tun verfolgte.

Michelle überprüfte ihren Verdacht durch das Öffnen der Stoffwindel und sagte bestätigend: „Wie ich schon sagte: Ein Junge."

„Also gut. Ein Junge", sagte Mildred und tippte das Geschlecht in den Archivierer. „Und da ist auch schon der Name. Neko heißt unser Neuling. Wie ist sein Gewicht?"

„Vier Kilo. Also Normal."

„Kopfumfang und Körpergröße?"

„Dreiunddreißig und vierundfünfzig Zentimeter?", sagte Michelle mit dem Maßband danebenstehend.

Mildred klapperte die Maße in den Archivierer. Das knackende Rattern der Tasten erfüllte den Raum.

„Das hätten wir auch. Gut und ist etwas über die Eltern des Kindes bekannt? Hat er besondere Merkmale? Narben und so weiter?"

Michelle beäugte akribisch das Baby, das nicht aufhörte, mit seinem schreienden Laut den Raum zu beschallen.

„Nein, da ist nichts. Auch im Korb war nichts drin. Hast du etwas gesehen Indreen?", fragte sie zur Sicherheit ihren Kollegen. Indreen ging es nicht gut, als er die Frage hörte. Es wurde ihm schwindlig und schlecht dabei, auf diese recht ein-

einfache Frage zu antworten. Er wusste nicht, warum er log. Er wusste es nicht. Vielleicht lag es an der Angst, die übermächtig von seiner Seele Besitz ergriff. Vielleicht war es auch deswegen, weil er seine von ihm hoch geschätzten Kolleginnen nicht in Gefahr bringen wollte.

„Nein", sagte er schnell. „Ich hab nichts Weiteres gesehen."

„Ich aber sehe da etwas", sagte Mildred spitzfindig, wobei Indreen das Herz in die Hose rutschte. „Der Kleine hat eine punktförmige Narbe auf dem Hinterkopf. Durchmesser fünf Millimeter. Das muss ich auch im Archivierer einspeisen", sagte sie scharfsinnig und klapperte ihre Feststellung geradezu fließend in den Rechner.

„Dir entgeht wirklich nichts", bemerkte Michelle ihren unübertroffenen Blick anerkennend.

„Gelernt ist gelernt. Dann fassen wir zusammen", sagte Mildred, während sie die letzten Daten in den Archivierer tippte.

„Heute, am 22. Tag im neunten Monat des Jahres 224 nach Tomps, wurde uns der Knabe Neko über die Babyklappe überbracht. Vom Alter her hab ich ihn auf knapp drei Monate geschätzt. Könnte hinkommen. Der Junge hat einen Kopfumfang von 33 Cm und ist 54 Cm groß und ist vier Kilogramm schwer. Alles Normal. Besonderes Erkennungsmerkmal eine Punktnarbe auf dem Hinterkopf. So, nun ab in den Säuglingsraum mit ihm und Michelle, ruf gleich den Arzt an, dass er Morgen für die Impfung kommt."

„Ja, Mildred ...", sagte Michelle und wandte sich an ihren Kollegen: „... und Indreen, bringe den Korb wieder zur Klappe. Man kann nie wissen, ob heute nicht noch jemand einen Neuen bringt. Sag danach Miss Conners Bescheid und informiere den Magistrat."

„Ja", stöhnte Indreen entgeistert und ging mit dem Korb in der Hand hinaus. Kore folgte Michelle mit dem Baby und beobachtete sie genau, als sie den Kleinen wickelte und in ein vorgewärmtes Bettchen legte.

„Habe ich auch so angefangen?", fragte Kore sie neugierig.

„Leise, Kore, leise. Dein Bruder will schlafen", ermahnte Michelle das kleine Mädchen.

„Ist das mein Bruder?", flüsterte Kore und sah Neko zu, wie er sich in seine Decke kuschelte.

„Ja", sagte Michelle ruhig ohne Neko aufwecken zu wollen. „In gewisserweise schon. Ihr zwei teilt euch das gleiche Schicksal. Er ist wie du ohne Eltern, ohne Freunde, ohne Verwandte. Er ist ein Tomps und alle Tomps halten zusammen. Sie sind eine einzige Familie. Das war schon immer so und so wird es immer bleiben."

„Mein Bruder", murmelte Kore andächtig und lächelte, als Neko sich beruhigte und friedlich in das Reich der Träume entwich.

„Geh jetzt", flüsterte Michelle behutsam zu Kore, die nur lächelnd nickte und leise nach draußen schlich. Fast lautlos trippelte sie wieder an das Fenster zurück, von dem aus sie den rätselhaften Gleiter beobachtete, mit dem Neko ankam. Indreen stand davor und murmelte Unverständliches vor sich hin.

„Was war das für ein Auge und warum hast du gelogen?", fragte sie Indreen so eindringlich, dass er erschrocken zusammenfuhr.

Schlimm war für Indreen nicht, dass Kore ihn wegen ihres plötzlichen Erscheinens erschreckte. Viel mehr waren es ihre direkten Fragen, die ihn durchzuckten wie ein Gottesgericht.

„Hör zu Kore. Ich will dich nicht anlügen. Aber ich musste vorhin lügen, denn Mildred und Michelle stecken in großer Gefahr, wenn sie davon wüssten, und frage mich bitte nicht weiter darüber aus. Es reicht schon, wenn wir beide mit einem Fuß im Grab stehen."

„Warum?", fragte Kore überfordert. Sie verstand seine Antwort nicht.

„Weißt du noch, als wir vorhin über das Todmachen sprachen?"

Kore nickte betreten, während Indreen ihr tief besorgt in die Augen sah. Er wurde sehr ernst.

„Wenn du dieses Zeichen siehst, dass diese vermummte Gestalt bei sich trug, dann lauf so schnell du kannst davon. Denn die, die hinter diesem Zeichen stehen, werden dich und mich Tod machen. Wenn nicht heute, dann morgen. Je weniger Menschen davon wissen, was wir beide heute gesehen haben, umso besser ist es für sie. Du darfst mit niemandem darüber reden. Bitte Kore. Du darfst nicht, denn sonst werden du und deine Mitwisser Tod gemacht und niemand wird dich oder sie je wieder in diese Welt zurückbringen. Euer Leben ist dann schon zu Ende, ehe es richtig beginnt. Du wirst bereits im Frühling aus dem Zweig gerissen und keinen Sommer mehr sehen. Bitte, Kore", flehte Indreen sie an. „Versprich mir, nie darüber mit jemandem zu sprechen und es bei dir zu behalten."

„Ich versprech es dir", sagte Kore aufrichtig. Sie liebte ihren Pfleger über alles auf der Welt. Sie fühlte, dass sein Herz in großer Sorge war und dass er es aus reiner Liebe von ihr abverlangte.

„Gut, dann will ich hoffen, dass uns genügend Zeit bleibt", sagte er tief durchatmend. Kore verstand auch diesen Satz nicht, verkniff sich aber weitere Fragen dazu. Stumm standen beide wiederum an dem Fenster und starrten durch die beschlagene Scheibe zu der Babyklappe hinaus. Kein einziges Wort hierzu glitt ihnen mehr über die Lippen. Kein einziges Wort, denn es gab nichts mehr dazu zu sagen.

Kapitel 3

Dora und Edward

„Koooore", ermahnte Miss Conners lang gezogen die mittlerweile achtjährige blonde Schönheit mit den langen Strähnen. Ihre glänzende Haartracht stach deutlich von denen ihrer Brüder und Schwestern hervor. Während Holger und Karol eine eher stachelköpfige Frisur trugen, die an einen Igel erinnerte, hatte Zyria zwei pechschwarze Zöpfe aus ihren Haaren geflochten, die ihr bis zu den Schultern reichten. Kore schreckte von ihrer Beobachtung auf und sah wieder nach vorne. Zuvor schenkte sie Neko ihre Aufmerksamkeit. Mit ihren kristallblauen Augen beobachtete sie ihn beim Grimassenschneiden in seinem Laufstall, anstatt dem Unterricht der Heimleiterin zu folgen. Ihr Bruder saß mit hölzernen ABC Würfel darin und brabbelte Unverständliches vor sich hin. Anstatt mit seinen Klötzen zu spielen, streckte Neko begierig Kore seine kurzen Ärmchen durch die Stäbe entgegen. Der Vierjährige liebte es, von Kore in den Arm genommen zu werden und konnte es kaum erwarten, mit ihr zu schmusen.

„Oh, verzeihen sie bitte, Miss Conners", entschuldigte sich Kore überrascht. Sie folgte wieder den Ausführungen der Waisenhausleiterin, welche mit Godje vor ihnen stand, um die Sonnenentstehung zu erläutern. Kore befand sich zusammen mit ihren übrigen vier Geschwistern im Unterrichtsraum des Waisenhauses. Der Raum wirkte ungewöhnlich groß und besaß in sich stufenförmige Erhöhungen für die Schulbänke, damit auch kleinere Kinder einen guten Blick bis zum Podium hatten. Auf diesem hielt gerade Miss Conners ihren Unterricht über das Universum ab. Man merkte sofort, dass die Erbauer das Klassenzimmer für eine weitaus größere Anzahl von Schülern ausgelegt hatten. Nur zu fünft kamen sie sich jetzt ein wenig verloren darin vor. Kore folgte dem eindrucksvollen Schauspiel, das der Würfelroboter vor ihnen demonstrierte. Godje zerbröselte sich in lauter Staubkörner und bildete in Miniaturform zwei Spiralgalaxien nach, die mit ihren Seitenarmen aneinander kollidierten.

Noch gestern, zur gleichen Uhrzeit, saß ihr Bruder Harol unter ihnen und hörte sich den Unterricht mit ihnen an. Ab heute blieb sein Platz leer und ein jeder wusste, er würde nie wieder dem Unterricht folgen. Harol wurde gestern achtzehn Jahre alt, was hieß, dass er das Tompswaisenhaus für immer verließ. Harol verabschiedete sich nach seinem letzten Unterrichtstag bei seinen Brüdern und Schwestern und ging schweren Herzens seiner Wege. Sein weiterer Lebensweg führte ihn in die Stadt Presson. Dort fing er eine Lehre als Recycler an, die ihm das Auskommen in der Stadt sicherte. Der Recycler gehört zu einem Berufszweig in jenen Tagen, der sich zunächst sehr abwertend anhörte. Für die Organisation der Gesellschaft in einer jeden Stadt gilt er dennoch als unverzichtbar. Wie jede große Siedlung auf dem Planeten unterhielt auch die Stadt Presson einen Wertstoffhof.

Wertstoffhof. Auf ihm sortierte und verwandelte man den Abfall der Einwohner in seine ursprüngliche Form zurück. Das Abfallsystem der Stadt Presson funktionierte auf recht kompakte Weise. Ein jeder Müllbehälter verband sich mit einem Schachtsystem. Warf jemand seinen Müll in einen Abfallschacht, zerlegten in seinem Inneren Molekularnaniten den Rohstoff in sandähnliche Partikel. Das dadurch entstandene Granulat gelangte über einen Windkanal zum Wertstoffhof der Stadt. Dort trennten die Recycler den eingehenden „Sand" in seine Bestandteile und führten ihn in riesige Tanks, wo sie bei Wiederverwertung abgerufen wurden. Die Kunden des Wertstoffhofes waren meist Nanotekten, die die Rohstoffe für den Bau von Häusern benötigen. Oder aber der Kunde war der Home-Lux-Konzern, welcher das Monopol für den Nanohyg, einer sanitären Einrichtung und den Nanotex eine selbstständige Designer- und Miniaturkleiderschneiderei, sein Eigen nannte. Beide Erfindungen waren in der Gesellschaft dieser Tage nicht mehr wegzudenken, vermochten sie doch den Alltagsablauf bedeutend zu erleichtern. Während seines letzten Jahres im Waisenhaus schulte man Harol alles, was er wissen musste, um in der Welt außerhalb des Waisenhauses zu leben. Man vermittelte ihn die Funktionsweise des globalen Wirtschaftssystems und wie er sich mit seinem Verdienst darin bewegen konnte. Er wurde darin ausgebildet, wie man allein einen Haushalt führt und wie man sich gegenüber den Bürgern der Stadt verhielt. Jetzt befanden sich die Kinder nur noch zu fünft im Raum und das, wenn man Neko, den jüngsten Spross des Waisenhauses, mit einrechnete.

„Was ich euch heute demonstrieren will, ist wichtig, um die Bedeutung der Sonne für unser Leben zu erklären. Sie ermöglicht nicht nur die Fotosynthese, also das Wachstum der Pflanzen, sondern sie ist auch für unser Gemüt zuständig. Wer zulange keine Sonne abkriegt, ist schlecht drauf und wird krank. Das Tageslicht verleiht der Welt Farbe. Könnt ihr euch vorstellen, nur in Dunkelheit zu leben? Wie traurig das sein muss."

„Blinde haben ihr Leben lang Dunkelheit", meldete sich Karol ungefragt zu Wort.

„Natürlich", entgegnete Miss Conners ihm geduldig. Sie gewöhnte sich bereits daran, dass aus dieser Ecke die kritischen Fragen zu ihrem Unterricht kamen. Die Heimleiterin empfand es als positives Zeichen, weil es bedeutete, dass ihr aufmerksam zugehört wurde.

„Aber selbst Blinde können die Wärme der Sonnenstrahlen auf ihrer Haut spüren. Außerdem passiert es nur sehr selten, dass jemand vollständig erblindet oder ohne Sehkraft auf die Welt kommt. Dein Einwand leitet aber perfekt zu einer Warnung über unseren G2-Stern über. Seid gewarnt, Kinder, so wie die Sonne das Leben auf der Erde ermöglicht, so kann sie es auch entreißen. Wer zu lange in die Sonne sieht, schädigt seine Netzhaut und riskiert zu erblinden. Wer seine Haut nicht präpariert, verbrennt sie sich an ihr. Ihr Licht ist so stark und so mächtig, dass man damit gebündelt sogar Keramik brennen kann. Ähnlich dem Wasser, das unter Hochdruck durch eine Öffnung gepresst, Metall wie Butter zerschneidet.

Dabei handelt es sich nur um Licht. Es gibt eine weitere Besonderheit der Sonne. Nämlich das EMP."

„EMP?", fragte Kore gespannt.

„Ja, Kleines", kicherte Miss Conners vergnügt. „Das EMP ist die Abkürzung für elektromagnetischen Impuls. Es sind elektrisch geladene Teilchen, bestehend aus Protonen und Elektronen und geringen Mengen schwererer Elemente, die die Sonne permanent in das All schleudert. Man nennt ihn auch den Sonnenwind. Diese Partikel sind es, die das Licht der Götter erzeugen"

„Das Licht der Götter?", horchte Kore begeistert auf.

„Kennt jemand den unpolitischen Namen dafür?", wandte sich Miss Conners an die Zwillinge.

„Ja natürlich", sagte Holger gähnend, da er den Vortrag schon einmal hörte. „Man nennt sie auch Polarlichter."

„Sehr gut, Holger. Du hast also doch aufgepasst", lobte ihn Miss Conners zufrieden und fuhr engagiert fort: „Das Magnetfeld der Erde verhindert ihr direktes Auftreffen auf der Erdoberfläche. Das hätte ansonsten fatale Folgen. So wie es vor etwa vierhundert Jahren schon einmal passiert ist."

„Der große Blackout", leierte Karol fast teilnahmslos. Auch er kannte diese Passage schon in und auswendig. Mit sich rang er schon die ganze Zeit über, die Augen offen zu halten.

„Der große Blackout, genau", bestätigte Miss Conners zufrieden. „Damals fielen weltweit die elektrischen Datenleitungen, Stromnetze und Kommunikationseinrichtungen aus. Man hat dieses Ereignis zunächst nicht mit der Sonne in Verbindung gebracht und sogar ihren Einfluss selbst dann noch bestritten, als es nicht mehr zu leugnen war. Ein typischer Semmelweisreflex der Verantwortlichen, weil nicht sein kann, was nicht sein darf. Warner gab es damals genug, aber ein Beherzigen hätte massive wirtschaftliche Auswirkungen nach sich gezogen, die der damaligen Profitgier entgegenstanden."

„Waren die damals wirklich so bescheuert?", warf Holger kopfschüttelnd ein. „Nur um Profite zu mehren, vergifteten die sich ihren Lebensraum und ihre Nahrung, ließen eine Geldpolitik zu, die aus dem Nichts Werte schöpft, sperrten ihre Mahner ein und bedrohten deren Mitläufer."

„Tja, das war damals so gang und gäbe", seufzte Miss Conners traurig. „Andererseits ist es oft so, dass auch dieser Zeit etwas Gutes abgerungen werden kann. Alleine, dass unsere Vorfahren so kurzsichtig handelten, ermöglichten sie aus den Folgen ein Umdenken, von dem wir heute profitieren. Um beim Beispiel mit der Sonne zu bleiben: Die damaligen Herrscher schrieben die Blackoutkatastrophe dem Umstieg von der fossilen und nuklearen Stromerzeugung auf die regenerative Energie zu. Trotz massiver Kampanien in den Medien durch die damaligen Energiekonzerne und Profiteure dieser Entwicklung, ließ sich diese Darstellung in der Öffentlichkeit nicht halten. Die Folgen waren dazu viel zu dramatisch und die Beweislast so erdrückend. Vielmehr wandte sich die öffentliche Meinung gegen die Energieversorger und Spekulanten, weil deren dreistes Bemühen die Wahrheit zu verdrehen so augenfällig war. Dies führte zu der Zerschlagung ganzer

führte zu der Zerschlagung ganzer Energiekonzerne und sogar politischer Parteien. Die „Große Energiekrise", wie dieser Zeitabschnitt auch genannt wird, machte erst den Weg zur heute üblichen dezentralen Energieversorgung frei. Ja, Kore?"

Kore meldete sich eifrig, da sie die unheimlichen Kräfte der Sonne faszinierten: „Wie gelangte denn das EMP auf die Erde? Ich dachte, das Magnetfeld schützt sie."

„Eine sehr gute Frage", antwortete Miss Conners. „Weißt du, etwa alle fünfhunderttausend Jahre ändert sich die Fließrichtung des Magmas im Erdinneren. Dies hat zur Folge, dass sich die magnetischen Pole neu ausrichten. Er muss nicht zwingend im Norden oder im Süden sein. Während dieser Zeit ist das Magnetfeld der Erde stark geschwächt. So können auch auf unseren Breiten die Polarlichter sichtbar werden. Ein deutliches Zeichen für die Umpolung und einer der Beweise, die zur Zerschlagung der Stromkonzerne seinerzeit führte."

„Wie macht die Sonne dieses EMP?"

Kore fing im wahrsten Sinne des Wortes Feuer. Wenn sie sich einmal in ein Thema verbiss, brachte sie nichts mehr davon ab. Ihre unablässige Fragerei ließ Karol und Harol laut aufstöhnen. Ihnen dauerte die ausführliche Themenbehandlung der Sonne schon viel zu lange an und sie wussten, wenn Kore erst einmal Lunte roch, zog sich der Unterricht ewig in die Länge.

„Du musst dir die Sonne wie ein riesiges Fusionskraftwerk ohne Hülle vorstellen. Nur chaotischer. Wärme ist reinstes Chaos. Die Energie in der Sonne ändert laufend die Fließrichtung. Daher polt sie sich dauernd um. Im Schnitt alle 14 Jahre. Ihr Inneres ist bis zu 15 Millionen Grad Celsius heiß. Die Materie der Sonne besteht weder aus Gas, Flüssigkeit oder einem festen Stoff, so wie wir ihn hier auf der Erde kennen. Sie besteht aus Plasma, so wie die meiste Materie im Universum. Plasma ist ein Teilchengemisch auf atomarer und molekularer Ebene. Seine Bestandteile sind teilweise oder sogar vollständig in Ionen und Elektronen aufgeteilt. Das bedeutet, dass es sich je nach Teilchendichte, Temperatur und der auf sie einwirkenden Felder flexibel verhält. Um beim Beispiel mit der Sonne zu bleiben, aufgrund ihrer hohen Dichte, wirkt eine massive Anziehungskraft und Temperatur auf sie ein. Dabei wird ihr Sonnenplasma elektromagnetisch aufgeladen. Den Grad ihrer Aufladung kann man an den Sonnenflecken auf ihrer Oberfläche erkennen. Je mehr sich davon ansammelt, umso wahrscheinlicher wird eine Sonneneruption. Wenn das passiert, schleudert sie einen Teil ihres elektromagnetischen Plasmas als eine Welle ins All. Das muss so sein, denn ohne diese Eigenschaft könnte sie nie die Energie erzeugen, die das Leben hier auf der Erde erst möglich macht. Du siehst, wir brauchen die Sonne. So wie jedes Kind, das hier herkommt, unsere Anerkennung und Liebe erfährt, so müssen wir ihr auch den Respekt und die Achtung zollen, die ihr gebührt."

„Eine Sonne lebt nicht", warf Karol ein. „Sie ist und bleibt ein weit entferntes, lebloses Ding."

„Dieses sogenannte leblose Ding ...", entgegnete Miss Conners ruhig, „... bindet etwa 99,9 % aller vorhandenen Materie in diesem Sonnensystem, schafft es das

Element Helium herzustellen, sorgt dafür, dass die Erde auf einer Umlaufbahn zu ihm steht und nicht wie ein vereister Brocken in das All hinaus driftet. Ihre Aktivität hat den entscheidenden Einfluss auf das Weltklima und somit auf die Entwicklung aller Lebewesen auf diesen Planeten. Durch ihr Licht produziert unser Körper das Sonnenhormon Vitamin D, das für ein gesundes Leben unerlässlich ist. Außerdem ist sie überaus gerecht. Sie scheint für jeden und ist eine nahezu unerschöpfliche Energiequelle. Aber auch ein Stern durchläuft wie wir einen Zyklus des Werdens und Vergehens. Aus dem Staub wird sie geboren, sie erstrahlt und stirbt je nach Masse, einen ganz bestimmten Sternentod. Dann hat sie alle Energie ins All abgegeben, um eines Tages wieder Neue empfangen zu können. Wir alle sind im Grunde nichts anders als Sonnen. Ich, zum Beispiel, gebe meine Energie an euch weiter, damit ihr auch zu leuchtenden Sternen werden könnt. Die Energie der Sterne verschwindet nicht. Sie ist immer vorhanden."

Miss Conners machte eine Pause, damit ihre Worte wirkten. Kurz darauf fuhr sie mit ihrem Unterricht fort: „Also Kinder, wie die Geburt eines Sterns aussieht, wird uns jetzt Godje zeigen. Zwei Galaxien geraten mit ihren Spiralarmen aneinander, welche aus Milliarden von Sternen bestehen. Dort wo sie kollidieren, bildet sich aus den Bruchstücken ein dichter Partikelnebel. Durch die Rotation verdichtet sich der Nebel allmählich zu einem Pfannkuchen. Schwere Elemente, wie Eisen, Nickel Helium, Wasserstoff, rutschen in das Zentrum und die leichteren Elemente, vor allem die Gase, wandern an den Rand. Schließlich verklumpen die Staubteilchen miteinander. Vor allem im Zentrum drängen sich die Teilchen so dicht zusammen, dass unter dem enormen Druck und der Reibung die erste Sonnenzündung stattfindet …"
In diesem Moment zog sich Godje zu einem großen Ball zusammen und fing an hell aufzuleuchten. Fast alle Kinder mussten die Augen von der Lichtintensität des Nanoroboters abwenden, aber Zyria, die Älteste von ihnen, starrte teilnahmslos in den Raum hinein. Sie machte sich als Einzige in der ganzen Zeit nicht bemerkbar. Man sah deutlich, dass sie im Geiste einem ganz anderen Gedanken folgte.
„Zyria, was hast du denn heute? Du siehst so traurig aus", bemerkte Miss Conners sie scharf beobachtend.
Seit diesem Tag war sie die Älteste der Waisenkinder. Sie und Harol waren mehr als nur gute Freunde. Miss Conners ahnte bereits, warum sie schon den ganzen Morgen eine so trübsinnige Mine zog.
„Du denkst an Harol?", riet Miss Conners und traf genau ins Schwarze, denn sie nickte betreten.
„Zyria, der Abschied ist doch nicht für immer. Wenn du das Waisenhaus verlassen musst, dann könnt ihr euch doch immer besuchen", erklärte Miss Conners ihr aufmunternd.
„Miss Conners, warum dürfen wir nicht hier zusammenbleiben? Das ist einfach nicht fair", beschwerte sich Zyria hilflos.

„Zyria, das hat einen handfesten Grund. Das Waisenhaus wurde nicht erbaut, um eine Gemeinschaft zu erhalten. Es wurde gebaut, um eine zu erschaffen und sie lebensfähig zu erziehen. Das Ziel unseres Gründers war es nicht, dass es euch gut bei uns geht. Er wollte, dass ihr alles auf den Lebensweg mitbekommen sollt, was ihr dafür wissen müsst. Wissen vermittelt zu bekommen, Zyria, ist ein Privileg und nicht selbstverständlich. In der Vergangenheit war das nicht immer so."

„Ja, aber Harol gehört doch zu uns", wandte Zyria trotzig ein.

„Er gehört immer zu uns, obwohl du ihn nicht mehr siehst", antwortete Miss Conners geduldig. „Selbst wenn er adoptiert oder gestorben wäre gehört er noch zu uns. Zyria, niemals vergeht ein Leben für immer. Das Leben ist ein Augenblick. Eine Momentaufnahme. Solange es eine Erinnerung daran gibt, ist nichts wirklich vergangen und du musst dich freuen, denn Harol ist am Leben und wohnt nicht weit weg von hier. Du wirst ihn bestimmt bald wieder sehen. Er gab mir seine Adresse und bat mich sie dir auszuhändigen, wenn du das Waisenhaus verlässt."

„Ehrlich?", fragte Zyria erstaunt und strich sich tröstend über ihre Zöpfe.

„Ja. Außerdem wird er dich besuchen, wenn er einen freien Tag hat. Es ist doch nur eine Viertelstunde bis nach Presson mit der Bahn. Also, wir fahren jetzt am Besten mit der Entstehung des Sonnensystems fort …"

„Warum lernen wir eigentlich so viel über das All? Warum müssen wir das für unser Leben wissen? Warum bringen sie uns mal nicht etwas über Kriminalistik bei?", fragte Karol herausfordernd. Die Zwillinge Karol und Holger waren jetzt fünfzehn Jahre und saßen neben Zyria. Diese provokative Frage stellte er ganz bewusst. Er wusste nämlich, dass Miss Conners es nicht lassen konnte, erregt auf diese Frage zu antworten.

„Jetzt fängst du schon wieder damit an. Kümmer dich lieber darum in deinen freien Nachmittagsstunden. Dafür hast du sie schließlich", sagte Miss Conners genervt. Kore lehnte sich seufzend zurück. Sie kannte nun ihrerseits die Antwort bereits, die die Lehrerin den Beiden gab.

„Aber für euch zwei sage ich es noch mal: Die Sterne sind für unser Selbstverständnis wichtig. Wir Menschen glauben sonst, wir seien der Dreh und Angelpunkt der Welt. Wenn wir glauben, dass die Sterne nur ein paar leuchtende Bildpunkte an der Decke des Himmels wie die Strukturwände in den Gängen unseres Waisenhauses wären, dann sind wir empfänglich für jegliche Art von Mystifizierung und stoßen das Tor zum Okkulten auf. Ihr wisst, was das hierzulande heißt."

„Ja", sagte Karol messerscharf. „Das wird mit Freiheitsentzug bestraft. Lebenslänglich."

„Kinder, in früherer Zeit gab es Menschen, die andere Menschen bewusst verdummten, damit diese nicht erkannten, wer sie wirklich waren. Sie taten das, um ihre Macht und ihre Pfründe zu sichern. Denen ging es nicht um eine Weiterentwicklung ihrer selbst, sondern um eine Machtpolitik, die automatisch zum Stillstand führte. Stillstand ist aber im Universum nicht vorgesehen. Denn was für das Universum gilt, gilt auch für uns. Wie oben so unten, wie unten so oben. Aus diesem Grund hielt sich das System nicht und stürzte im "Mystischen Krieg" in

Krieg" in sich zusammen wie ein Kartenhaus. Wenn wir nichts über den Kosmos wissen, dann werden wir nie wissen, wer wir sind und welche Rolle und Platz unsere Spezies im Universum einnimmt. Habt ihr das verstanden?"

„Was war denn früher?", wandte Kore nun interessiert in die Diskussion ein, woraufhin Karol und Holger stöhnend auffächzten.

„Ah, Karol und Holger, ihr scheint die Antwort auf die Frage zu kennen. Erklärt das doch Mal eurer Schwester", sagte Miss Conners lächelnd mit einem konternden Hintergedanken.

„Also gut", begann Karol aufatmend und leierte gelangweilt die Geschichte der letzten drei Jahrhunderte äußerst knapp zusammengefasst hinunter.

„Es gab einen schrecklichen Krieg, der von Glaubensfanatikern ausgelöst wurde. Die Menschheit drohte damals vollständig vernichtet zu werden, bis General Tomps alle Fanatiker unschädlich machte und jegliche Mystik verboten hat. Seit General Tomps tot ist, regiert der Rat der Sechs über die Erde."

„Oh", sagte Kore aufhorchend. „Der heißt ja genau wie der Gründer unseres Waisenhauses."

„Ja, genau. General Tomps ließ nach dem Krieg überall Waisenhäuser wie dieses einrichten. Der mörderische Krieg brachte viel Elend und Leid über den ganzen Planeten und er wollte den Schwächsten der Gesellschaft wieder eine Chance auf eine Zukunft geben. Den Wert einer Gesellschaft bemisst man nicht an den technischen Errungenschaften oder an dessen angehäuftem Wissen oder Vermögen, sondern immer daran, wie sie mit ihren schwächsten Mitgliedern verfährt. Tomps war der Meinung, dass man mit den Kindern die Gesellschaft von Morgen groß macht. Wenn es eine Zukunft für die Menschheit geben soll, setzt es eine stabile Gesellschaft voraus. Um dieses Ziel zu erreichen, waren die Waisenhäuser unverzichtbar. Er scheute keine Kosten für dieses Vorhaben und setzte sie sogar gegen den Widerstand in den eigenen Reihen durch. Der Rosenputsch, der in diesem Zusammenhang stattfand, machte Tomps erst zum Alleinherrscher über die noch restliche bewohnbare Welt. Solange es elternlose Kinder gibt, sollten sie, nach Tomps Willen, bis zu ihrer Volljährigkeit in den dafür bereitgestellten Einrichtungen erzogen werden. Alles, was es in diesem Waisenhaus gibt, kommt nicht von ungefähr, Kinder. Sogar sein Standort wurde absichtlich hier in diesem Eichenhain bei dem Memorial gewählt. Eure automatische Namensgebung ist nur eine der vielen Folgen dieses schrecklichen Horrors vor über zweihundertachtzig Jahren. Stellt euch nur mal vor, wenn ihr von heute auf morgen Abertausenden von elternlosen Babys Namen geben müsst. Wie weit würdet ihr kommen? Natürlich könnte man anstatt Namen auch Nummern vergeben und den Kleinen ihre Identität nehmen. Namen sind aber etwas sehr Wichtiges. Sie prägen unleugbar die Persönlichkeit des Individuums, der ihn trägt. Daher wurde die automatische Namensgebung durch den Archivierer eingeführt, der dafür sorgt, dass die Namen breiter gestreut werden. Es ist heute sehr unwahrscheinlich, dass Namen doppelt vergeben sind. Als dieses Haus eröffnet wurde, lebten etwa vierhundert Kinder hier. Im Archiv könnt ihr Bilder von damals einsehen, die recht gut zeigen, wie es hier zuging. Nach sechs Generationen gab es noch vierzig

Generationen gab es noch vierzig Kinder und jetzt haben wir gerade mal eine Handvoll. Aus dem großen Krieg gibt es die andere Hinterlassenschaft ganz in der Nähe von hier. Ihr kennt sie alle. Ihr wisst schon. Gleich hinter der Gedenkstätte. Diesen tiefschwarzen nichtssagenden Granitstelen", sagte Miss Conners streng und sah Kore dabei böse an. Ihr gezielter Blick sagte mehr als tausend Worte. Er ließ Kore in sich zusammenfahren und sie erinnerte sich lebhaft an die eigenen Erfahrungen zu diesem Ort.

Was das war, lernte sie schnell kennen. Nämlich, als sie mit ihrem kleinen Bruder im weitläufigen Eichenhain Verstecken spielte. Seit Neko das Laufen erlernte, machte er dieses Spiel für sein Leben gern. Als Kore Neko im Wald suchte, ging sie unter den langen Stelzen der Hyperbahntrasse hindurch. An den schwarzen Granitblöcken des Memorials führte ihre Suche vorbei. In ihrem Spieltrieb bemerkte sie die zu diesem Zeitpunkt trauernden Menschen nicht, die sich dort zusammenfanden. Sie sah nicht die Blumengebinde und die kleinen Portraitbilder, die an den symbolischen Stelen lehnten. Auch den kanonartigen Gesang hörte sie nicht, den die Gruppe anstimmte. Sein Text erzählte von großem Schmerz. Dicke Tränen liefen den Trauernden an den Wangen während ihres Gedenkens herunter, als sie ihre Gefühle bejahend Ausdruck verliehen. Unaufmerksam näherte sie sich weiter jener Last aus dem Krieg, die Miss Conners in ihrem Unterricht so unverblümt anschnitt.
Direkt hinter der Hypergleitbahn und dem Memorial schimmerte die große blaue Kuppel. Die Menschen, die die Gedenkstätte in Ehren hielten, nannten sie auch den Ort des Todes. Es handelte sich dabei um kein echtes Gebäude aus Mauern oder Stahl. Denn selbst wenn die Überwachungssensoren einem das Passieren erlaubten, wäre es niemandem möglich, den bläulichen Schimmer zu berühren. Eine unsichtbare Kraft stemmte sich wie eine Wand gegen den Eindringling und warf ihn wuchtig zurück. Dieses Kraftfeld, das die tödliche Strahlung, die im Inneren zerstörerisch wirkte, nach außen hermetisch abschirmte, beherrschte die Gegend vollends. Sie umspannte ein gigantisches Gebiet und existierte bereits zu Beginn der tompschen Ära. In einer Zeit, in der sich das Militär bemühte, den tiefen Wunden des "Mystischen Krieges" zu begegnen. Kore kam bei ihrem Spiel mit Neko dem Sensorenwarnsystem zu nahe, das die Umgebung der Kuppelwand überwachte. Dies löste einen Alarm in dem Polizeiposten der Stadt Presson aus, welche einen Ordnungsmann mit einem Luftgleiter aussandte. Der Luftgleiter basierte auf der Gleitertechnik und war hinsichtlich seiner Form mit einem Motorrad des ausgehenden Zwanzigsten Jahrhunderts christlicher Zeitrechnung vergleichbar. Nur dass er wesentlich schlanker aufgebaut und eher einem lautlosen Moskito glich, der ohne Rücksicht auf seine Beute aus der Luft zustach. Kore schockierte der unheimliche Auftritt des Mannes, welcher von oben auf sie zu sauste wie ein Adler auf eine Maus. Von seinem plötzlichen Auftauchen überrascht, fiel sie in eine tiefe Ohnmacht. Erst im Arztzimmer des Waisenhauses kam das Mädchen wieder zu sich, um sich von Michelle eine ordentliche Gardinenpredigt über die blaue Kuppel anhören zu lassen. Glücklicherweise blieb

Kore aufgrund ihres Alters die dafür vorgesehene Strafe erspart. Niemand, absolut niemand durfte sich der blauen Kuppel nähern. Aus mehreren Gründen.

Einer davon war der, den Miss Conners ihren Kindern des Heims immer wieder predigte. Sie sagte: „Ihr müsst von dem Ort fern bleiben, weil er ein Ort des Todes ist. Die Gegend unter der Kuppel ist radioaktiv verseucht. Es kann nicht ausgeschlossen werden, dass die tödliche Strahlung irgendwie durchkommt und euch umbringt. Sie macht euch krank und nicht einmal das Medizincenter in Presson wird euch mehr helfen können."

Ein anderer Grund lag in den drakonischen Strafen, die der Rat der Sechs darüber verhängte. Es war bei Freiheitsentzug verboten, sich der Kuppel auf Sensorenreichweite zu nähern. Diese Bestrafung galt als die schlimmste Sühne, die die gegenwärtige Regierung erlies. Die Todesstrafe gab es unter der Führung des Rates der Sechs nicht mehr. Vor dem "Mystischen Krieg" war dies anders. Damals wurde, um die Ordnung aufrecht zu erhalten, nicht davor zurückgeschreckt durch die Todesstrafe Exempel zu statuieren. Die Besucher der Gedächtnisstätte kannten noch einen weiteren Grund. Es ist ein Ort, an dem so vieles Leben starb, das die Ehrfurcht das Mindeste gebot, ihm Respekt zu zollen. Alleine aus diesem Motiv galt er ihnen als erhaben und so sah man des Öfteren an seinen Rändern und nicht nur an der Gedächtnisstätte Blumen liegen. Blumen, die von jenen dargebracht wurden, die sich an ihren Vorfahren erinnerten, die dort jämmerlich in den tödlichen Strahlen starben. Obwohl im Land des Rates der Sechs keine Friedhöfe existierten, da alle Leichname ausnahmslos zu verbrennen waren, gab es so etwas wie einen Einäscherungskult und das Bewusstsein um die Wichtigkeit eines Ortes der Trauer. Denn der Rat begründete seine Haltung zu dieser urmenschlichen Sitte so: „Die Erinnerung an die Toten ist ein Teil des Selbst. Die Erinnerung als solches, benötigt keine Reliquien, sondern nur die Anteilnahme der Trauernden. Verleugnet man diese Erinnerung, stirbt dieser Teil mit ihm und ebenso die Erfahrung aus der Vergangenheit. Nur wer sich der Toten erinnert und ihnen damit Würde verleiht, gibt sich selbst und seinen Nachkommen auch eine Zukunft."

Dieses Erlebnis bei der Kraftfeldkuppel ging Kore durch den Kopf, als Miss Conners darüber sprach.

„Kore du weißt das ja noch. Dein Ausflug letzte Woche hat uns ganz schön Angst gemacht. Noch bist du acht Jahre alt und strafunmündig, aber wenn du achtzehn wirst, wirst du zur Strafverbüßung herangezogen. Der Rat der Sechs kennt leider keine Milde in dieser Sache", sagte Miss Conners ausführend, während Godje in Miniaturform Kore nachbildete, wie sie hinter Gitterstäbe saß.

„Verbote sind nicht dazu da, übertreten zu werden, Kore. Sie sind dazu da, Disziplin zu üben und sich der Risiken bewusst zu werden, die ein Übertritt mit sich bringt. So sollte ein jeder, der Verbote missachtet, auch nicht über deren Bestrafung erstaunt sein. Sie sind ja schließlich die Folge des Übertritts. Egal ob bewusst oder unbewusst."

„Miss Conners", unterbrach Holger die Heimleiterin nervös.
„Was gibt es?"
„Könnten wir jetzt in die Mensa gehen? Wir haben Hunger."
„Ist es schon so weit?", fragte Miss Conners und sah auf die große Uhr im Klassenzimmer, die in diesem Moment zwölf schlug. Alsbald erfüllte ein schrilles Klingeln den Raum.

Kaum brach das Läuten an, sprangen Holger und Karol gierig auf und sausten wie der Blitz aus dem Raum in den Speisesaal. Auch Zyria stand leise auf und schlich den Beiden hinterdrein, während Kore zu Neko ging, um ihn aus dem Laufstall zu holen. Miss Conners sah ihr wohlmeinend dabei zu und ging zu den Beiden. Sie strich dem Mädchen ermutigend über den Kopf.
„Da gibt es etwas, dass du unbedingt dazu wissen solltest. Du bist nicht die Erste, die der Kuppel zu Nahe gekommen ist. Vor dir gab es viele andere Kinder, denen es ähnlich ergangen ist. Der Polizist Mr. Pokker kennt das zu Genüge. Früher musste er mindestens fünf Mal im Jahr kommen. Pass einfach das nächste Mal besser auf."
„Miss Conners", sagte Kore sich mit Neko abmühend, ihn hoch zu heben. Es gelang ihr nicht so recht, da Neko nicht stillhielt und zappelte wie ein Fisch an der Angel.
„Wer ist der Rat der Sechs?"
„Komisch, Kore, du bist die Einzige, die mir regelrecht Löcher in den Bauch fragt. Die anderen Kinder taten das nur selten", antwortete Miss Conners schmunzelnd.
„Wer ist er?", setzte Kore nach.
Miss Conners schilderte Kore, was sie über den Rat wusste. Godje stellte dies derweil mit seinen Bausteinen so anschaulich wie möglich dar, in dem er ihre Ausführungen wie in einen dreidimensionalen Film präsentierte.
„Der Rat der Sechs regiert seit dem Tod unseres Waisenhausgründers das Land. General Tomps machte sich bereits lange vor seinem Tod Gedanken über die Frage, was nach ihm passiert. Er besaß große Angst, dass der mühsame Erfolg seiner Wiederaufbaupolitik durch seine Nachfolger zerstört wird. Machtkämpfe waren wirklich das Letzte, was das damals sehr geschundene Land brauchte. Wie du siehst, sind die Wunden des "Mystischen Krieges" allgegenwärtig. Er ist selbst an der Stadt Presson nicht einfach vorbeigegangen. Bis heute stehen dort einige Ruinen der Vorgängerstadt herum. Als Mahnmal. Verstehst du. Diese sichtbaren Spuren der Vergangenheit zu beseitigen wäre zwar einfach, aber die Löcher, die der Krieg in die Seelen riss, werden nie ganz verheilen. Es bleiben immer Narben zurück. Diese Ruinen sind die Wundmale dieses Ereignisses und die Erbschaft, derer sich der Rat annahm. Er selbst besteht aus drei Männern und drei Frauen. Tomps wollte das seinerzeit so, weil er die Ansicht vertrat, dass nur Mann und Frau den Menschen ergeben. Die sechs Regenten altern quasi nicht. Ich meine, sie ersetzen sich neu, wenn sie sterben. Sie sind Klone und werden, sobald einer der Ratsmitglieder entschläft, neu geklont und ersetzt. Alles, was das Ratsmitglied im

Laufe seiner Regentschaft tut, wird auf Datenbanken festgehalten und den im Schlaf liegenden Klonen eingespeist. So weiß dieser immer, was gerade passiert ist und er kann ohne Verzögerung nach seiner Einsetzung seine Entscheidungsbefugnis wahrnehmen. Auch wenn er noch ein Kind in einem solchen Alter wie du ist. Der Rat lebt außerhalb der Stadt auf einem gut bewachten Feld beim Rifgensteingebirge. Der Ort ist mit einer starken Kraftfeldbarriere geschützt. Ein kleines Reich im Reich, wenn man so will. Durch ein Nachrichtensystem ist er über alles gut informiert, was sich draußen tut. Der Rat lebt absichtlich von der Außenwelt abgeschirmt, damit er nicht der Völlerei und der Dekadenz verfällt. In den früheren Regierungssystemen geschah das oft und war einer der Gründe, die zu ihrem Niedergang führten. Wer viel besitzt Kore, hat keine Zeit für seine Aufgaben. Daher ist ihr Anwesen in der Kuppel bescheiden. Um es einfach zu sagen, es ist eigentlich eine Wohnhöhle unter der Kuppel, in der sie leben. Umgeben von einem wilden Wald, den sie selbst bewirtschaften. Die Ratsmitglieder versorgen sich selber mit allem was sie zum Leben brauchen und haben auch sonst keine Bediensteten, die ihnen ihre Arbeiten erledigen. Das soll heißen, sie stellen ihre Kleider selbst her und bauen ihre Nahrung selber an. Sie benutzen keine Nanotecapparate wie wir. Es ist eine autarke Gemeinschaft ohne Strom und sie wissen dennoch, was um sie herumgeschieht."

„Ach so", sagte Kore beeindruckt und hievte nun Neko über das Laufstallgitter.

„Wie du siehst, ist das alles eine sehr lange Geschichte Kore", sagte Miss Conners zufrieden.

„Woher weißt du dass eigentlich so gut?", fragte Kore neugierig. „Hast du sie etwa schon einmal gesehen?"

„Nicht nur gesehen, Kore. Gesprochen habe ich mit ihnen", erzählte Miss Conners. „Die Leiterin von einem Waisenhaus zu werden ist eine große Ehre. Das muss man sich wirklich verdient haben. Der Rat schlug mir vor, diese Stelle anzunehmen. Er sagte, dass ich den Kindern viel von mir weitergeben könnte. Ich war eigentlich einmal Dozentin für Kosmologie auf der Pressonakademie. Aber der Rat meinte, ich würde dort mit meinem Talent mit Menschen umgehen zu können, nicht gerecht. Er achtet sehr darauf, dass man seinen Fähigkeiten entsprechend Verwendung findet und hier brauchten sie eine neue Leiterin. Tja und so fing ich hier an. Um ehrlich zu sein, man könnte Tage lang darüber sprechen. Gehe jetzt lieber mit Neko zum Essen und stelle mir später weitere Fragen. Wenn du möchtest."

Zu gerne hätte Kore Miss Conners die Frage nach dem Medaillon gestellt, dass sie an dem Tag mit Indreen sah, als Neko ins Waisenhaus kam. Indreen zu liebe schwieg Kore bislang über dieses Symbol. Sie ahnte, dass dieses Zeichen nichts Gutes verhieß. Es war ein Gefühl in ihr das sagte, dass sie mehr darüber in Erfahrung bringen müsse. Nicht der Neugierde halber, sondern um der eigenen Sicherheit wegen. Wie sie im Unterricht von Miss Conners lernte: „Die Waisenkinder sollen lebensfähig erzogen werden und alles erfahren, was sie dafür wissen müssen." Dies schloss nach Kores Meinung auch die unbequeme Wahrheit mit ein, mit ein, vor der sich Indreen schrecklich fürchtete. Nichts kam für Kore schlimmer vor, als sich in eine Wirklichkeit einzulullen, die eher einem Wunschdenken glich. Vielmehr suchte sie ihre Erfüllung in den kleinen Freuden des Lebens, welche nicht an die Unmachbarkeit grenzten.

Das Mädchen ging mit Neko an der Hand in die große Mensa des Waisenhauses. Neko lernte bereits vor zwei Jahren seine ersten Schritte und tapste mit seinen eigenen Beinen durch die Welt. Mit jedem Tag nahm seine Beinsicherheit zu. Erstaunt erkundete der Kleine mit seinen giftgrünen Augen die Welt und vor allem den Wald, der es ihm antat. Nicht wenige Male, wenn Kore mit ihrem Bruder draußen spielte, musste sie ihn aufspüren, was angesichts des Eichenhains einer Suche nach der Nadel im Heuhaufen glich. Am Eingang zur Mensa stand Mildred bereit und wartete darauf, bis auch die letzten Kinder der Anstalt in der Mensa waren. Lächelnd nahm sie Kore Neko ab und setzte ihn auf einen Kinderstuhl, um ihm beim Essen mit einem nahrhaften Brei nicht aus den Augen zu lassen. Neko schoss anfangs gerne mit dem Löffel die Speise quer durch den großen Saal. Aber wenn die streng dreinblickende Mildred in seiner Nähe weilte, dann ließ er seine Späße bleiben. Vor allem, weil Mildred ihm das Essen wegnahm und er erst zu Abend wieder etwas bekam, während ihm den ganzen Nachmittag der Hunger quälte. Selbst seine inständige Bettelei fruchtete bei den Erziehern nicht. Dazu sagte sie: „Wer mit dem Essen Faxen macht, hat keinen Hunger und braucht nichts."
So hart ihre Maßnahme erschien, sie wirkte bei Neko. Seither aß er artig seine Mahlzeit. Mildred sah ihm vergnügt dabei zu. Kore ging zu den Großen an die Theke und holte sich ein Tablett vom dort aufgereihten Stapel. Die ganze Szenerie in der Mensa wirkte äußerst gespenstisch auf die Kinder, denn der Speisesaal fasste eine wesentlich höhere Kapazität. Es gab Zeiten im Waisenhaus, da musste die Essensausgabe in zwei Schichten erfolgen. Jetzt aber waren sie gerade mal noch mit den Betreuern zu acht. So hallte jedes Wort gut hörbar durch den Raum, das sie miteinander sprachen. Während sie ihre wie ein Menü angerichtete Kost von der Nanotheke, der Mahlzeitzubereitungsmaschine, entgegen nahmen, kam es oft zu den interessantesten Wortwechseln.

Bei der Maschine für die Essensausgabe handelte es sich um die modernste Einrichtung des ganzen Waisenhauses. Sie produziert alle Zutaten für ein Menü im eigenen Nanolabor, welches wie ein Miniaturbauernhof arbeitet. Alle atomaren Bestandteile einer Mahlzeit fügten sich dort gleich eines Bausets zusammen und bereiteten sich verzehrfertig zu. Die Zusammenstellung dauerte zwar etwas, aber dafür konnte man sicher sein, dass absolut keine Gifte in die Ernährung einflossen. Der Hintergrund, der zur Einführung der Nanotheke führte, war eine weitere Folge des "Mystischen Krieges".
„Miss Conners ändert sich nie", sagte Holger zu Karol, während er auf seine Bestellung wartete. „Dabei weiß doch jeder angehende Kriminalist, dass das, was in den Sternen steht, sowieso nicht lesbar ist."

„Genau. Planetenkunde ist total überflüssig. Sie sollte uns lieber mehr auf unsere Berufe vorbereiten, die wir später haben werden."

Die Nanotheke gab ein kurzes Brummen von sich und öffnete seine Klappe, woraufhin Holger sein Essen entnahm. Er machte alsbald für Zyria platz, welche ihre Handfläche auf eine Scanplatte legte. Der Kontaktpunkt erwärmte sich kurz und sogleich tastete eine Leuchtschiene ihre Handfläche ab, damit sie das Mittagsmenü erhielt, welches sich genau auf ihre Bedürfnisse abstimmte. Was die Nahrungsaufnahme in Reich des Rates des Sechs anging, herrschte eine penible Ordnung. Alle Nahrung durfte gewisse Grenzwerte nicht überschreiten. Es war verboten Nahrungsmaschinen zu konstruieren, die den Lebensmitteln übermäßiges Fett, Auszugsmehle, tierisches Eiweiß oder Zucker zuführten, um ein Suchtverlangen in deren Körpern auszulösen. Durch den Scan der Handfläche stellte die Maschine fest, welchen Nährwert der Besteller bereits für den Tag zu sich genommen und abgegeben hatte. Dem entsprechend bereitete der sein Nahrungsangebot zu. Glaubte einer mehr Fett oder auch mehr Zucker zu brauchen, musste er eine entsprechende Verbrauchsbilanz des Körpers vorweisen. Diese ermittelte die Maschine ebenso mit dem Scan, wie den Bedarf an Vitaminen, Mineralien oder Fettsäuren. Dementsprechend führte sie dies der Nahrung künstlich zu. Bei festgestellter Manipulation der Nanotheke erwartete dem Verursacher nicht nur eine Anzeige wegen Sachbeschädigung, sondern auch eine umfassende Gesundheitsprüfung. Stellten die Prüfer ein Defizit fest, so wurden die Nutznießer der Manipulation in ein Diätzentrum eingewiesen. Die Behandlung dort war so abschreckend, dass die Meisten erst gar nicht versuchten, die Nahrungsmaschine auszutricksen.

Die Nahrungsmaschine machte sich umgehend daran, für Zyria die Mahlzeit zu bereiten. Wütend drehte sie sich während der Prozedur zu Holger und Karol um, um auf ihren Protest zu reagieren: „Ich weiß gar nicht, was ihr habt. Über die Planeten etwas zu erfahren ist doch hochinteressant. Es gibt im Universum so vieles, was uns fremd ist und bleibt. Miss Conners hat ganz recht, dass ein jeder davon erfahren müsste, damit er weis, wer er ist."

„Blödsinn. Wir alle sind Opfer und Täter unseres Schicksals, Zyria", erklärte Karol belehrend. „Du wirst später im Medizinzentrum Kanülen legen und Katheter setzen. Darüber solltest du mehr erfahren. Das ist für dich wichtiger, als die Sternenkunde."

„Ihr wisst alle schon, was ihr tun werdet, wenn ihr groß seid?", mischte sich Kore verwundert in ihre Diskussion mit ein.

„Oh, unsere Miss Wissbegierig meldet sich auch wieder mal. Du wirst deine Bestimmung schon finden", feixte Holger lachend.

„Wenn du Vierzehn bist, werden sie dir einige Berufe anbieten, unter denen du auswählen musst. Wenn du weißt, was du werden willst, dann musst du dir im Selbststudium im Mediaraum mit der Digitalbibliothek alles Mögliche dazu beibringen. So sieht unsere Ausbildung hier aus. Wenn der Tag der Entlassung aus dem Waisenhaus gekommen ist, wird dir in der Stadt eine Wohnung zugewiesen werden. So wie es bei unserem Bruder Harol passiert ist", sagte Karol grinsend sich an Zyria wendend, welchen mürrisch zurückstarrte. Dann sah er wieder auf Kore: „So sieht unser weiteres Leben aus. Du gehst in deinem Beruf auf und du stirbst letztlich in ihm. Ein langweiliges und vorausgeplantes Leben. Wir wollen Action, daher gehe ich zur Polizei. Da dürfen wir Drogendealer hinterher jagen und Verhöre durchführen. Mann. Was es da alles für Sachen gibt, die wir anstellen dürfen. Personenkontrollen, Verdächtige filzen und der Kuppel nähern, ohne bestraft zu werden. Einfach super."

„Ein jeder macht das, was er am besten kann. Aber was du einmal wirst, Kore, das wird sicherlich interessant. Du könntest bei deinem Wissensdurst Forscherin in einem der Institute werden, die Presson belagern", ergänzte Holger anerkennend.

„Das wird sie nie. Selbst wenn sie die Fähigkeiten hat", sagte Zyria skeptisch. „Dazu müsste sie schon die Akademie besuchen dürfen. Aber wer von uns Tomps schafft das schon. Dazu bräuchten wir Eltern oder einen Vormund."

„Ja, einen Vormund", bestätigte Holger seufzend. „Wir beide …", setzte Holger hinzu und deutete auf Karol, „… haben uns für die Polizei entschieden. Sicher, wir machen keine großen Sprünge dort, aber wenigstens werden wir eine Aufgabe im Leben haben, die uns erfüllt."

„Genau", sagte Zyria. „Ich wollte schon immer anderen Menschen helfen. Daher hab ich mich entschieden, eine Krankenschwester zu werden. Du kannst auch medizinische Assistentin dazu sagen."

„Oh", sagte Kore interessiert. „Wie läuft das denn ab? Wie sucht man sich denn einen Beruf aus?"

„Mann Kore", sagte Zyria sichtlich beeindruckt. „Deine Neugier ist ja wirklich unersättlich. Aber gut, ich sag es dir. Da kommt vom Magistrat eine Delegation. Das sind aber keine Prüfer oder so. Sie wollen nur wissen, was du weißt. Die nimmt sich dann deinen Wissensstand vor und erstellt eine Liste mit Berufen, die für dich in Frage kämen. Dort wo jemand gebraucht wird, wird man dir einen Posten anbieten. Du musst allerdings damit rechnen, dass du um den halben Erdball ziehen musst. Aber man bemüht sich auch, dir vor Ort eine Stelle anzubieten. Soziale Kontakte sind sehr wichtig für die Berufswahl. Nur dann macht es einem auch Freude Arbeiten zu gehen."

Mit einem Male fing Zyria zu schnuppern an. Ihr Gesicht verzog sich zu einer streng drein blickenden Mimik. Entsetzt wandte sie sich nach der Duftspur um, die ihre Nase auffing. Sie blieb mit versteinerter Mine stehen. Mit großen Augen starrte sie auf das Essensausgabegerät, aus dem mittlerweile eine kleine Rauchfahne drang.

„Was ist denn los?", fragte Holger irritiert.

„Mildred. Komm bitte. Schnell", schrie Zyria laut, sodass die Erzieherin die Beaufsichtigung von Neko unterbrach und laut zu der schreienden Teenagerin eilte.

„Was ist denn nun schon wieder? Oh", rief sie das Problem erkennend. Aus der kleinen Rauchfahne wurde nun dicker schwarzer Qualm. Es roch verschmort.

„Er hat doch nicht etwa wieder Spiegeleier gemacht? Er darf doch keine Spiegeleier machen. Jedes Mal kommt ihm das Ei aus und das Eiweiß zerschmort alles. Ich werde den Nanotechniker holen müssen."

Glücklicherweise fiel der Schaden an der Nanotheke geringer aus, als es sich die Waisenkinder zuerst ausmalten. Godje kam ihnen zu Hilfe und zerlegte sich in winzig kleine Partikel, um wie eine Wolke in das Gerät einzudringen. Er reinigte es gründlich, in dem er mit seinen Partikeln die Überreste des Eis abschmirgelte. Nur wenig später bestellten die Kinder wieder Mahlzeiten und nahmen sie gemeinsam zu sich. Dabei unterhielten sie sich über den Zeitvertreib am Nachmittag. Karol und Holger recherchierten im Mediaraum im weltweiten Datennetz für ihre Selbststudien in der Kriminalistik, während Zyria sich im Kunstraum am Zeichenbrett übte. Denn egal, welchen Beruf man auch ergriff, es hieß doch nicht, dass man sein ganzes Leben an ihm hing. Schon früh lernten die Kinder im Waisenhaus um die Wichtigkeit eines seelischen Ausgleichs. Dort, wo man sie baumeln ließ und das, ohne irgendjemandem etwas zu beweisen. Für jeden, der diese Früchte der Seele einer breiten Öffentlichkeit zugänglich machen wollte, gab es die Möglichkeit diese auf den dafür eigens geschaffenen Ideenmärkten vorzuzeigen. Meist half Godje Zyria bei ihrer Leidenschaft des Malens und stand Modell. Der Roboter stellte Gegenstände und Portraits so plastisch dar, als wenn sie lebendig wären. Insbesondere aber verwandelte er sich in drei dimensionale Gebilde, die sie mit Tusche abzuzeichnen versuchte.

Nach ihrem Mittagsmahl warfen die Kinder ihr gebrauchtes Geschirr in das der Nanotheke angegliedertem Recyclingsystem. Dazu schoben sie das Tablett mit dem Geschirr durch eine Luke, hinter der winzige Nanoroboter begannen, die Reste in einzelne Atome zu zerlegen. Dabei trennten sie die Materialien in ihre Bestandteile auf, damit diese bei einer erneuten Bestellung an der Theke wieder verwendet werden konnten. Neben der Mahlzeit fertigte das Gerät nämlich das Geschirr gleich mit, was wiederum den Abwasch und die Seife ersparte. Kore selbst ging nach dem Essen in den großen, U-förmigen Hof des Waisenhauses hinaus. Seine Breite bot einigen hohen Eichenbäumen des Waldes ausreichend Platz für ihren Wuchs. Mildred ging mit Neko lange vor ihr in den Hof. Sie setzte ihn dort in den Sandkasten und ihr kleiner Bruder versuchte seither mit einem Plastikeimer große Türme aus lockerem Sand aufzuschichten. Obwohl der Sand viel zu trocken dafür war und kaum hielt, minderte sich Nekos Begeisterung über sein ergebnisloses Tun nicht. Kore setze sich zu ihm in den Sandkasten und sah ihm lächelnd zu, wie er sich damit vergeblich abmühte.

„Neko, so wird das nichts werden", meinte sie grinsend, worauf ihr Bruder auf sie aufmerksam wurde.

„Neko will schmusen", sagte er spontan und unterbrach sein Spiel. Er rückte zu ihr hin, um seinen Kopf in ihrem Schoß zu legen. Das tat er ganz behutsam. Kore fühlte sein Haupt kaum dabei. Sie kraulte ihm mit ihren Fingern seine tiefschwarzen dichten Haare, während Neko ein zufriedenes Seufzen von sich gab. Gedan-

gab. Gedankenverloren schmiegte er seinen Kopf in ihren Schoß. Neko tat dies oft, wenn Kore bei ihm war. Irgendetwas, so glaubte es Kore schon seit dem Tage, an dem sie Neko zum ersten Mal sah, verband beide miteinander. Sie kannte den Zusammenhang nicht, aber sie glaubte, dass dies mit dem Symbol zu tun hatte, vor dem sich Indreen so sehr fürchtete. Eigenartigerweise kündigte Indreen seine Stellung vor zwei Wochen im Waisenhaus und verschwand praktisch über Nacht ohne sich von den Kindern zu verabschieden. Niemand wusste, wohin er ging. Nicht einmal Michelle, zu der Indreen eine tiefe Freundschaft pflegte, wusste etwas davon. Und zugegeben, Michelle selbst, wollte es auch nicht wissen. Indreens plötzliches Verschwinden auf Nimmerwiedersehen löse bei den Kindern Ratlosigkeit und Unverständnis aus. Kore dachte für sich, dass es mit Neko zu tun hatte. Aber was konnte die Achtjährige schon tun? Ihren kleinen Bruder dafür verantwortlich machen? Nein, der Knabe selbst steckte nicht hinter diesen seltsamen Begebenheiten, die sich in der Vergangenheit ereigneten. Es musste eine andere Erklärung dafür geben, die Indreen zwang, seine Stelle aufzugeben.

Kore verbrachte den ganzen Nachmittag mit Neko im Hof und ahnte nicht, dass sie bei ihrem gemeinsamen Spiel beobachtet wurden.
„Sehen sie sie an. Ist sie nicht der Traum von einem süßen Mädchen?", schwärmte Miss Conners dem gut gepflegten Ehepaar Mr. und Mrs. Berry vor. Die Drei sahen aufmerksam von einem Fenster in den Innenhof und verfolgten aufmerksam das Tun der beiden Sandkastenkinder. Vor allem fuhr sich ihr Blick an Kore fest.
„Sie hat wundervolle Haare. Seidig. Verstehen sie? Und sie ist sehr klug für ihr Alter. Neugierig und hat bisher nie eine Anstaltsregel verletzt …", log Miss Conners wissentlich den beiden Eheleuten vor. Stand vor ihr doch eines der wenigen Ehepaare, die die Chance schlechthin für Kores Leben bedeutete.
„Das wäre doch genau das, was ihnen vorschwebt."
„Ja Darling", sagte Mrs. Berry begeistert und äugte durch ein zoombares Digitalglas, um Kore besser in Augenschein zu nehmen.
„Verstünde sie sich auch in Jura?", fragt Mr. Berry und rückte interessiert die seidene Krawatte seines Anzuges zurecht.
„Nach dem genetischen und psychischen Gutachten des Arztes ist Kore durchaus in der Lage ein hochqualifiziertes Wissen zu erwerben. Sie hat eine bemerkenswerte Auffassungsgabe und ist für ihr Alter schon erstaunlich redegewandt. In ihrer Akte können sie es einsehen. Sie ist schon viel weiter in ihrer geistigen Entwicklung als gleichaltrige Mädchen."
„Ihr Name stammt doch aus der griechischen Mythologie. Ist so etwas nicht verboten?", fragte Mrs Berry besorgt weiter.
„Nein, nein", antwortete Miss Conners mit den Händen abweisend. „Der Archivierer nimmt nur Namen, die nach den tompschen Gesetzen absolut zulässig sind und keine Gefahr darstellen. Namen aus alten Mythen sind nicht verboten."

„Sie sieht wundervoll aus, Schatz. Findest du nicht auch?", fragte Mrs. Berry überdeutlich. Man merkte, worauf sie hinaus wollte.

„Ja", sagte Mr. Berry zustimmend. „Aber wir sollten ihr Wissen auf die Probe stellen. Wie wäre es mit einem Gespräch? Könnten wir mit ihr reden?"

„Natürlich", sagte Miss Conners überfreundlich. „Es freut mich immer wieder, wenn Eheleute bereit sind, eines unserer Kinder zu adoptieren. Da ihr Antrag von dem Magistrat genehmigt wurde, ist sichergestellt, dass sie auch für sie sorgen können und sie eine gute Erziehung genießen kann. Ich weiß, dass man, wenn man ein Kind adoptieren will, mindestens drei Jahre warten und Kurse besuchen muss. Der Magistrat bürdet den Adoptiveltern hohe Hürden auf, aber sie verstehen, dass die Sache einer Adoption ernst ist. Kinder sind schließlich keine Sachen."

„Ja, wir erduldeten die lange Wartezeit gerne, um ein Kind erziehen zu dürfen, auf das wir stolz sein können", sagte Mrs. Berry voller Vorfreude. „Wir werden dem Kind gute Eltern sein. Ich will mit ihr reden. Es sieht sehr viel versprechend aus. Miss Conners, würden sie sie bitte holen? Es wäre nicht gut, wenn wir sie einfach aus dieser Pose mit dem kleinen Jungen reißen."

„Ja, ich hole sie", sagte Miss Conners freundlich. „Nehmen sie solange am Empfang platz. Ich werde sie auf ihr Glück vorbereiten."

Mr. und Mrs. Berry gingen zurück in die Eingangshalle und setzten sich auf den Besuchersesseln dort nieder, während sich Miss Conners auf den Weg zu Kore in den Hof machte. Die Berrys sahen sich inzwischen interessiert die Darbietung auf den Bildpunktwänden an, die wiederum vom Universum handelten. An diesem Tag zeigten sie den gewaltigen Andromedanebel. Die nächstgelegene Galaxie, die in etwa vier Milliarden Jahren mit der Heimatgalaxie kollidieren und zu einer noch größeren Galaxis verschmolz. Schnurstracks ging Miss Conners auf Kore und Neko zu. Beide vertieften sich noch immer gedankenverloren in ihrem Spiel, als sie sich zu Kore in den Sand hineinkniete.

„Kore", begann Miss Conners vorsichtig, während sie Neko im Schoß durch die Haare strich. „Kann ich mit dir unter vier Augen sprechen?"

„Was ist?", schreckte Kore auf und sah überrascht der Heimleiterin in die Augen. In ihrem inneren Auge ging sie alle möglichen Szenarien durch, was sie von ihr wollen könnte. Hatte sie wieder eine Anstaltsregel verletzt? Nein, das konnte nicht sein. Miss Conners war dazu viel zu freundlich.

„Ich möchte dir jemanden vorstellen", sagte Miss Conners behutsam, ohne Kore überrumpeln zu wollen. „Du wirst schon sehen."

„Will mich jemand adoptieren?", schoss es aus Kore heraus wie aus einer Pistole. Innerlich glaubte sie bereits, den Grund für die Heiterkeit der Heimleiterin zu erkennen.

„Dir kann man nichts vormachen. Ein Ehepaar will dir ein neues Zuhause geben. Das ist dein Glückstag, mein Kind."

Kores Blick wanderte auf Neko, welcher noch immer kuschelnd seinen Kopf in ihrem Schoß liegen ließ. Er hatte ebenfalls die Augen aufgeschlagen und es schien Kore, als ob er ihrem Gespräch genau zuhörte.

„Das ist toll", sagte Kore schwummrig vor Glück. Aber als sie wiederum auf Neko sah, glaubte sie, ja fühlte sie förmlich, dass ihr etwas hier zu tun blieb.

„Und was wird mit Neko?", fragte sie betrübt in das freudige Gesicht von Miss Conners.

„Mach dir um ihn keine Sorgen. Wir sind ja da und werden uns um ihn kümmern, Kore. Das ist deine Chance. Die Berrys, deine Adoptiveltern, sind etwas, was es heutzutage nur ganz selten gibt. Zwei Menschen, die gemeinsam durch das Leben gehen und ein Kind erziehen wollen. Leider können sie keine eigenen Kinder bekommen. Daher fragten sie beim Magistrat an, ob sie nicht aus einem Waisenhaus einem Kind ein neues Zuhause geben können. Sie wollen dich gerne kennen lernen."

„Was ist mit dem Unterricht? Ich hab mir noch nicht mal einen Beruf ausgesucht. Ich weiß auch gar nicht, was ich machen werde, wenn ich groß bin", fragte Kore verunsichert.

„Kore", seufzte Miss Conners kopfschüttelnd, weil ihr Schützling das Potenzial nicht begriff, das ihr dieses Ereignis bot. „Du gehst künftig in eine bessere Schule. Der Unterricht bei mir ist nur ein Abklatsch von dem was dich in Presson erwartet. Sie werden dich dort auf die Akademie schicken. Dort hast du bedeutend mehr Chancen aus dir etwas zu machen als hier. Diese Chance für dein Leben darfst du dir nicht nehmen lassen. Das verzeihst du dir niemals."

Kore verharrte still und sah erneut auf Neko herab, wie er in ihrem Schoß lag. Sie glaubte eine Träne von ihm zu spüren, die durch den Stoff ihres Rockes drang. Offenbar verstand er bereits, was hier vor sich ging und Kore wurde es schwer ums Herz. Traurig sah sie auf ihn herab. Um in ihrem Leben zu einer höheren Bildung zu kommen, blieb dies der Beste aller möglichen Wege. Adoptiveltern zu haben, die sich um sie kümmerten. Miss Conners beugte sich zu ihr und umarmte sie verständnisvoll. Sie wog ihren Schützling in ihren Armen.

„Viele Waisenkinder träumen davon, Eltern oder einen Vormund zu bekommen. In den letzten Jahren adoptierte niemand mehr ein Kind von hier und wir mussten sie alle bei Volljährigkeit entlassen", flüsterte sie einfühlsam in ihr Ohr. „Das ist deine Chance. Die Berrys sind wirklich nett. Komm mit und lerne sie kennen. Du kannst immer noch nein sagen, wenn du willst. Kein Kind soll gezwungen werden Eltern zu bekommen, die es nicht mag. Aber lerne sie erst einmal kennen, bevor du Nein sagst. Hm?", versuchte sie Kore zu überreden und sah ihr Mut machend ins Gesicht. Kore wusste, dass so eine einmalige Gelegenheit für sie so bald nicht wieder kam. Diese Chance nicht wahrzunehmen war in ihren Augen ebenso nicht richtig. Daher legte Kore entschlossen Nekos Kopf beiseite und stand auf. Sie glaubte ein schweres Schluchzen von Neko zu vernehmen, als er ihre Entscheidung spürte. Zu ihren Füßen fing Neko an, still zu weinen. Traurig sah er zu ihr hoch und murmelte bangend: „Sehen wir uns wieder?"

„Ich weiß es nicht", sagte Kore zu ihm wenig hoffnungsvoll und ging mit Miss Conners in das Gebäude zurück, während Neko ihr mit den Tränen kämpfend nachsah. Auch in Kores Augen spiegelte sich das Unbehagen deutlich wieder, die die Trennung von ihrem Bruder mit sich brachte. Auf die Folgen einer plötzlichen Adoption war Kore gar nicht vorbereitet. Obwohl Neko über keinen großen Wortschatz verfügte, verstand er dennoch alles. Er fühlte bei sich, dass Kore nie mehr zu ihm zurückkäme. Selbst wenn sie ihm verspräche, ihn wieder zu besuchen. Galt sie doch als die einzige Person, die er in sein Herz schloss.

Wohl wissend, was Neko fühlte, begab sich Kore mit Mrs. Conners zum Empfang. Dort warteten die Berrys auf sie und sahen mittlerweile argwöhnisch auf die Bildpunktwände des Hauses, die gerade den Andromedanebel in der Nahaufnahme zeigten.

„Die haben aber eigenartige Wände hier, Schatz", bemerkte Miss Berry skeptisch.

„Das sind Bildpunktwände", erklärte Mr. Berry seiner Frau. „Damit arbeitete man früher. Heutzutage verwendet man plasmatische Strukturwände, die sind wesentlich intensiver und viel realistischer … Oh, da kommt sie ja, unsere Kleine", sagte Mr. Berry erwartungsvoll und sah ungeduldig zu Mrs. Conners, wie sie freudestrahlend mit Kore in die Halle geschritten kam. Nur Kore machte ein nicht übersehbares betretenes Gesicht. Die Berrys standen neugierig auf und gingen lächelnd auf sie zu.

„Hallo, mein Kind. Ich bin Edward", stellte sich Mr. Berry vor und beugte sich lächelnd zu Kore nieder, welche unsicher vor sich hinblickte. Viele Dinge gingen ihr durch den Kopf. Vor allem die Sache mit Neko.

„Hallo du, ich bin Dora", sagte Mrs. Berry zu ihr und lächelte sie freundlich an und stupste sanft an ihre die Nase. „Und wie heißt du?", fragte Dora nach.

„Kore, Ma´am", sagte sie verunsichert.

„Du siehst wundervoll aus mit deinen blonden Strähnen. Wie machst du das bloß? Habt ihr einen eigenen Friseur hier?"

„Das Haar wächst schon seit ihrer Ankunft so", erklärte Miss Conners ausführend. „Wir wissen nicht warum, aber wir finden alle hier, dass es ihr ausgezeichnet steht."

„Ihr wollt mich adoptieren, stimmt's?", fragte Kore scharf kombiniert und biss sich nervös auf die Lippen.

„Ja. Wir sorgen gerne für dich. Wir beide wünschten uns schon immer ein Kind, das so schön ist wie du. Aber leider … tja."

„Ich glaub, ich bin noch nicht so weit …", wollte Kore zurückziehend sagen, woraufhin sie von Miss Conners einen Kniff in den Rücken erhielt.

„Ich meine, es ist mir eine Freude …", sagte Kore korrigierend, obwohl ihr Gefühl sagte, dass mit ihren Adoptiveltern etwas nicht stimmte. Sie wusste nicht, warum sie das spürte, aber diese Empfindung überkam sie oft, wenn es darum ging, Recht von Unrecht zu unterscheiden. Kore wusste instinktiv, Gut oder Böse ein-

einzuordnen. Auch, wenn sie nicht erklären konnte, weshalb. Es schien ein geradezu angeborener Sinn zu sein.

„Ja. Du wirst die Akademie in Presson besuchen können. Wir sorgen für eine gute Ausbildung und wenn du Erfolg hast, dann wirst du auch mal in die Fußstapfen von mir treten", sagte Mr. Berry stolz.

„Was machst du?", fragte Kore interessiert.

„Oh, ich vertrete Leute vor Gericht bei Nachbarschaftsstreitigkeiten."

„Nachbarschaftsstreitigkeiten?", wiederholte Kore anstandslos das lange Wort. Für eine Achtjährige war das schon außergewöhnlich.

„Oh, Schatz, sie kann den Begriff schon flüssig sagen. Das klingt doch viel versprechend."

„Ich kümmere mich um Gerechtigkeit, Kore. Das ist meine Aufgabe. Ich bin Anwalt."

„Aha", sagte Kore interessiert.

„Ich glaube, ich lasse euch allein, damit ihr euch näher kennenlernen könnt", sagte Mrs. Conners. „Wenn sie soweit sind, dann kommen sie in mein Büro und wir machen die Adoption hieb- und stichfest. Natürlich können sie Kore jederzeit wieder bringen, wenn es Probleme gibt. Aber ich versichere ihnen, Kore ist sehr ordentlich und ein wahrer Schatz. Sie werden sie wirklich lieb haben. Das kann ich ihnen garantieren", sagte die Heimleiterin zuversichtlich und ging um Diskretion bemüht in den Korridor, der zu ihren Büro führte. Kore blickte ihrer mittlerweile ans Herz gewachsene Ersatzmutter lange nach, während Mrs. Berry interessiert ihre seidigen Haare befühlte.

Kore erfuhr von ihren Adoptiveltern, dass sie im Stadtteil Hailwood lebten. Der Gegend der privilegierten Oberschicht. Diese Leute verdienten ein stattliches Einkommen und arbeiteten überwiegend als Doktoren im Medizincenter, im Rechtswesen des Juristencenters oder in der Forschung, Verbesserung und Entwicklung neuer Technologien. Diese Einrichtungen befanden sich in der Umgebung von Presson und waren mit den Gleitertaxis problemlos zu erreichen. Mrs. Berry selbst arbeitete als Chefassistentin in der Nahrungsmittelforschungsabteilung des Home-Lux-Konzerns. Sie widmete sich der Qualitätssteigerung der Nanolebensmittel. Kore würde in die Akademie eingeschult und mit modernsten Mitteln der heutigen Zeit Wissen erwerben. Ganz anders, als es bisher im Waisenhaus passierte. Sie würde neue Freunde kennen lernen und ihrem Leben durch einen ordentlichen Beruf den besonderen Schliff geben. Sie wäre der Verdammnis entronnen, bürokratischen Firlefanz zu erledigen, was eine der Hauptbeschäftigungen der ehemaligen Tompswaisenkinder war. So erzählten es ihr ihre künftigen Eltern. Kore wusste, dass dies die Chance war, auf die alle Waisenkinder ein Leben lang warteten. Eltern zu bekommen und eine gute Ausbildung. Obwohl sie mit ihrem Herzen an Neko und an dem Waisenhaus hing, wusste sie, dass sie jetzt nicht nein sagen durfte. So eine günstige Gelegenheit käme nie wieder. Die Berrys waren tatsächlich freundlich und lieb zu ihr. In ihrem Inneren sagte etwas aber, dass sie hier im Waisenhaus noch etwas zu erledigen habe. Sie wusste nicht, was es war.

noch etwas zu erledigen habe. Sie wusste nicht, was es war. Dieses Gefühl ließ sich nicht eingrenzen. Sie glaubte aber, dass es mit Neko im Zusammenhang stand. Vielleicht, so dachte sie sich später, wird dies die Zeit zeigen. So ging sie mit ihren Adoptiveltern nach ihrer eingehenden Unterhaltung, zu Miss Conners und erledigten die Formalitäten für ihre Adoption. Als Kore mit ihnen aus dem Büro der Heimleiterin trat, glitt ihr ein überschwängliches Lächeln über das Gesicht. Sie sah Zyria, Karol und Holger wie sie vor Anteilnahme gerührt auf sie vor der Tür bereits warteten. Auch Mildred und Michelle waren da und beglückwünschten sie inständig für ihre Zukunft. Beide lächelten wohlwollend auf sie herab und drückten ihr heiß die Daumen. Die Kinder verabschiedeten sich von ihrer jungen Schwester mit leidenschaftlichen Umarmungen.

„Mach es gut Miss Wissbegierig", sagten Holger, Karol und Zyria ihr gerührt zum Abschied.

„Ihr alle auch", antwortete Kore bewegt und umarmte liebevoll ihre Geschwister.

„Wo ist Neko?", fragte sie angespannt. Als Einziger fehlte er.

„Er wollte nicht mitkommen", sagte Mildred traurig. „Er spielt lieber mit dem Sand."

„Oh", meinte Kore berührt. Die unterschwellige Botschaft, die Neko ihr zu verstehen gab, machte ihr schwer zu schaffen. „Miss Conners", sagte sie und wandte sich an die Heimleiterin. „Darf ich wenigstens euch ab und zu besuchen? Ich meine wegen Neko?"

„Du bist jederzeit willkommen, Kore", sagte sie nicht ohne Rührung. Sie hob das kleine Mädchen auf ihren Arm. Kore blieb trotz ihres Wachstums ein Fliegengewicht.

„Für mich wirst du immer meine kleine Sonne bleiben. Du scheinst wie eine auf die Menschen, die dir begegnen. Wir sind ja durch die Hypergleitbahn einfach zu erreichen. In nur einer Viertelstunde bist du hier", antwortete Miss Conners zuversichtlich und setzte sie wieder zu Boden. Mit dieser Gewissheit wurde es Kore bedeutend leichter ums Herz. Sie käme Neko wieder besuchen. Das schwor sie sich in ihrem Inneren eindringlich. Allein dies machte ihr den schmerzlichen Abschied vom Waisenhaus leichter. Ein Abschied, der zum Glück nicht für immer war.

Kapitel 4

Adalmus

„Guten Morgen Kore. Es ist Zeit zum Aufstehen", weckte lieblich die sanfte Stimme von Thomas Kore aus dem Schlaf. Ihr interaktiver Lernassistent schaltete sich wie voreingestellt um neun Uhr ein und flimmerte als dreidreidimensionales Hologramm in einer Dienstbotenkleidung in der Mitte ihres Schlafzimmers. Draußen stand bereits die Sonne an diesem Hochsommertag über den Baumwipfeln des parkähnlichen Bezirks der Stadt Presson. Noch ehe Kore die Augenlider anhob, gähnte sie erst einmal kräftig und streckte ihre Arme in die Höhe, bis es in ihren Gliedern knackte.
„Ich hoffe, du hattest angenehme Träume", fuhr Thomas programmgemäß fort. Seine Aufgabe bestand darin, Kore auf ihren heutigen Lerntag an der Akademie vorzubereiten und ihr Wissen abzufragen. Begierig auf die Befehle seiner Userin wartend, hielt der Assistent einen riesigen Terminkalender in seiner rechten Hand, auf dem besonders der aktuelle Tag rot eingerahmt hervorgehoben wurde. In diesem Feld waren die eingeschriebenen Lernfächer aufgeführt und ob ein besonderes gesellschaftliches Ereignis anstand.
„Oh Thomas", stöhnte Kore verschlafen zu ihm. „Ist es schon soweit?"
„Ein neuer Tag erwartet dich. Neue Chancen, neue Möglichkeiten."
„Ich bin nicht einmal mit dem gestrigen Tag fertig."
Am Liebsten hätte Kore die Bettdecke wieder über den Kopf gezogen. In der hochgewachsenen Akademiestudentin steckte noch immer ein Teil der berauschenden Kollektivfeier von gestern Abend, auf der sie ausgiebig tanzte und sich köstlich mit ihren Teamkameradinnen der Schwimmstaffel amüsierte.

Das Erreichen der Volljährigkeit mit 18 Jahren wurde auf der Akademie in Presson groß gefeiert. Aus terminlichen Gründen fand sie genau drei Monate vor den Abschlussprüfungen statt und galt für alle Studenten des gleichen Jahrgangs. Mit dem Abschluss auf der Akademie endete ihre schulische Ausbildung und der Weg in das Berufsleben stand ihr offen. Von nun an hieß es, der Akademie und ihren Freunden Lebewohl zu sagen. Jeder Absolvent war gestern mit seinen Eltern im kreisrunden Innenhof der Akademie zusammengekommen. Alles, was in der Stadt Rang und Namen hatte, kam zu diesem Fest. Bürgermeister Ladvis lobte die Leistungen der Studenten in einer breit gehaltenen Rede und spornte sie an, in ihren Bemühungen zur Wissensvertiefung nicht nachzulassen. Keinen der Gäste hielt es beim Aufspielen der virtuellen Kosmoband mehr auf den Stühlen. Zur Verstärkung ihres Effektes benutzten sie einen 3 D Projektor, mit dem sie eine unübertreffliche Laser- und Lichtshow in dem klaren Sternenhimmel zum Besten gaben. Ebenso stellten die Veranstalter, entgegen der üblichen Ernährungsweise, ein großes Büffet mit allen erdenklichen Leckereien bereit. An diesem lukullischen Genuss bedienten sich alle der etwa vierhundert Jahrgangsabsolventen ausgiebig. Von den Vorspeisen, wie Suppen und Antipasti angefangen, über Braten und Fisch bis hin zu den süßen Nachspeisen bestehend aus Pudding und Kuchen. An diesem Tag griff man ungehemmt zu und machte sich über das Kalorienzählen keine Gedanken.

Endlich schaffte es Kore, auch ihren Kopf anzuheben und die langen feinen Strähnen ihrer strohblonden Haare zu ordnen. Zu ihrem unübersehbaren Kopfschmuck besaß die junge Frau ein ganz besonderes Verhältnis. Obwohl sie in der Vergangenheit bereits mehrmals versuchte ihre Frisur zu glätten, scheiterten jäh alle Bemühungen. Ihre Haare ließen sich zwar Kürzen aber beim besten Willen nicht verformen. Egal, was sie auch tat. Alle auf der Akademie fanden ihre Frisur wunderschön und bewunderten vor allem die Leuchtkraft und ihr Volumen. Aber Kore kam es doch recht eigenartig vor, dass sie die Natur mit einer solch unverwüstlichen Haartracht segnete. Sie ließ nicht einmal die kleinste Änderung daran zu. Sogar ihr Experiment mit dem Nanokos ihres Badezimmers verlief erfolglos. Diese Erfindung, die jede Wunschfrisur nach einem einprogrammierten Katalog modellierte, war gerade für ihre Zeitgenossen so wichtig, wie die Luft zum Atmen. Nicht selten änderten ihre Kameraden fast täglich die Frisur, was es schwerer machte sie auf Anhieb zu erkennen. An diesem modischen Trend nahm Kore nicht teil. Denn kaum, dass sie sich ihre Haare mit dieser mittlerweile unverzichtbaren Errungenschaft einfärbte und glättete, blätterte die Farbe wieder ab. Wie wenn das nicht reichte, zog sich ihre dichte Mähne wieder in die Urform zurück. Kore gab es seither entnervt auf, weiter mit irgendwelchen Frisuren herumzulaborieren. Sie nahm diese Eigenschaft als unveränderbar hin und lebte doch ziemlich gut damit. Gerade in den letzten sechs Jahren erlebte sie einen ungewöhnlichen Wachstumsschub. Sogar die größten Mädchen ihrer Altersstufe waren einen halben Kopf kleiner wie sie. Kore stach, neben ihren leuchtenden Haaren, auch durch ihre ungewöhnliche Körperlänge hervor. Sie gewann so unwillkürlich die Aufmerksamkeit ihrer Kameradinnen, die in ihr ein wandelndes Vorbild sahen. Das wurde für die junge Dame zu einem großen Problem. Eigentlich wollte sich Kore viel mehr auf das Lernen konzentrieren, aber die Erwartungshaltungen ihrer Kameraden an sie, erschwerten ihrer aufgeschlossenen Person das Neinsagen zu den gemeinschaftlichen Aufgaben der Studenten. An Freunden mangelte es Kore auch aus diesem Grunde auf der Akademie nicht. Jeder junge Mann auf der Lehranstalt verdrehte mit träumerischem Blick nach der anmutigen Schönheit die Augen. Gerade wenn sie über den Campus schritt, verfolgten sie die Blicke der jungen Männer mit großem Interesse. Trotz aller Annäherungsversuche der maskulinen Akademiker stand Kore einer näheren Beziehung zu einem festen Freund ungewöhnlich abweisend gegenüber. Sie war in dieser Sache ganz anders eingestellt, als ihre drei Freundinnen Chausette, Iona und Esmeralda. Kore erklärte knapp jedem hartnäckigen Verehrer, dass sie zuerst ihren Abschluss machte, bevor sie sich auf die Alternative von Familie und Kindern einließ. Auch wenn die jungen Männer beteuerten, nur ihre Freundschaft zu suchen, ließ sich Kore nicht beirren. Zuvor kam für Kore keinerlei enge Bindung in Frage und zugegeben, sie verspürte auch nicht einmal die Sehnsucht danach. Diese geradlinige

Zielstrebigkeit war für Kores Zeitgenossen eher ungewöhnlich. Denn auf dem Campus herrschte eher das Gesetz des Zufalls, als das der peniblen Ordnung. Es gab zwar Faustregeln, die auch vom Dekan überwacht wurden, aber ansonsten gab man sich seinen Launen hin. So war es durchaus üblich, dass, so schnell Beziehungen entstanden, sie auch wieder zerbrachen. Ihre Freundinnen durchlebten diese Zeit wie eine Achterbahnfahrt. Sie berauschten sich an den ersten Erfahrungen mit der Liebe, wie die Schmetterlinge am süßen Nektar, ohne sich über den anschließenden Kater zu scheren. Nur Kore verhielt sich in diesem Reigen, wie wenn sie nicht dazugehörte.

„Thomas, was steht heute auf dem Stundenplan?", fragte Kore verschlafen ihren virtuellen Schülerassistenten. Thomas hieß das interaktive Motivationsprogramm, das zur Unterstützung der werdenden Absolventen eingesetzt wurde. Er verfügte einen schier unbegrenzten Fundus an Informationen in seinem Speicher, der von Kuchenrezepten bis zur Quantenphysik reichte. Der projizierte Schülerassistent galt für das zu Hause als das übliche unterstützende Lernutensil und war in diesen Tagen für das Studium nicht mehr wegzudenken. Sein Erscheinungsbild konnte im Einstellungsmenü entsprechend der Bedürfnisse abgeändert werden. Die Möglichkeiten der Darstellungsform reichten von einer fliegenden Putte bis hin zu einer schnurrenden Katze oder gar einem Gruselwesen. Kore wählte für sich einen gepflegten freundlichen Burschen, während ihre beste Freundin Chausette einen gut gebauten Herkules des griechischen Sagenkreises bevorzugte.

„Heute hast du Jura, dann Philosophie und Kosmologie", antwortete Thomas ordentlich.

„Kosmologie, Thomas. Frag mich bitte dazu ab. Zuerst einfachere, dann schwerere Fragen."

Während Kore aufstand, sich dehnte, sich anzog und ihre Morgentoilette machte, ließ sie die Fragen von Thomas über sich ergehen. „Ja. Was ist eine Galaxie?"

„Ein großer Sternenhaufen mit Nebeln sowie interstellarem Gas und Staub. Ähnlich der Milchstraße. Das Wort selbst leitet sich von dem griechischen Wort Gala, also Milch ab. In dem Milchstraßensystem unserer Galaxie befinden sich rund 100 Milliarden Sterne. Sie ist eine von etwa 100 Milliarden Galaxien des gesamten Weltraums."

„Korrekt. Definiere Stern?"

„Astronomisch gesehen ist ein Stern eine Gaskugel, die aus sich selbst heraus leuchtet. Unsere Sonne ist demnach ein Stern. Planeten sind keine."

„Definiere Planet?"

Kore wusch sich in diesem Moment das Gesicht im Toilettenraum mithilfe des Nanohyg. Bei dieser Apparatur, steckte man den Kopf in eine Haube, schloss die Augen und öffnete den Mund. Der anschließende Reinigungsprozess sparte nicht die kleinste Hautritze aus und drang bis tief in die Poren ein. Hinterher fühlte man sich glatt und sauber an. Dabei wurden Kopf sowie der Zwischenraum ihrer Zahnreihen innerhalb weniger Sekunden von allen Bakterien befreit. Daher machte sie notgedrungen eine kleine Pause mit der Antwort. Kaum war nach etwa zwanzig Sekunden die Haube wieder weggefahren, gab sie ihrem Assistenten schon die richtige Antwort: „Planeten kreisen um ein Zentralgestirn. Sie haben selbst keine Leuchtkraft und reflektieren das Licht der Sonne. Um unsere Sonne kreisen die Planeten Merkur, Venus, Erde, Mars, Jupiter, Saturn, Uranus und Neptun. Auf Konferenzen der Astronomen vor etwa vierhundert Jahren definierte sich der Planetenstatus neu. Als Planet gilt demnach, wenn genügend Masse vorhanden ist, eine kugelförmige Gestalt anzunehmen, wenn seine Bahn kreisähnlich um die Sonne verläuft und in seiner unmittelbaren Nähe keine weiteren Himmelskörper vorhanden sind. Demnach besitzt unser Sonnensystem nur noch acht Planeten. Der ehemals zum Planetensystem zählende Pluto wurde dadurch wie der damals neu entdeckte Trabant Xena zum Zwergplaneten degradiert. Daneben gibt es andere größere Brocken, die in der Vergangenheit zu dem Sonnensystem zwar als Planet gerechnet, aber im Allgemeinwissen keinen Platz einnahmen."

„Perfekt, Kore", sagte Thomas anerkennend, als Kore in den Nanotex stieg. Mit dieser Apparatur bekam Kore in nur wenigen Sekunden eine passgenaue Kleidung auf ihren Leib angelegt. Sie war individuell programmierbar und ließ, was das Design anbelangte, der Fantasie freien Lauf. So etwas wie einen Wäscheschrank brauchte man in diesen Tagen nicht mehr. Die Wiederverwertung der getragenen Kleider war dem der Nahrungsmittelmaschine nachempfunden. Sie gab die Kleider nach deren Gebrauch in eine Einwurfklappe zurück. Dort spalteten sie sich in einzelne Fasern auf und setzten sich, je nach Bedarf, wieder neu zusammen. Die Maschine filterte während dieses Recyclingvorgangs alle Schmutz- und Geruchspartikel heraus. Übrig blieb nur der reine Grundstoff. Nach der jeweiligen Einstellung des Materiewandlers wurde der Stoff entsprechend neu eingefärbt. Dies sparte die aufwendige Reinigung und schonte obendrein das Grundwasser, welches in früherer Zeit durch den Waschvorgang stark mit Giften belastet wurde. Außerdem verzichtete das Gerät aus historischen Gründen auf den Einbau von Sensoren. Da sie heute auf den Campus ging, war die Schuluniform als Kleidung an der Reihe.

Zwischen den Jungen und Mädchen gab es auf der Akademie von den Farben bei der Schuluniform kaum einen Unterschied. Nur dass die Mädchen eine weiße Bluse mit tiefroten Rüschen und einen dunkelblauen Rock trugen. Die Jungen trugen blau umrandete weiße Hemden und dunkelblaue Hosen. Jede Schuluniform der planetarischen Akademien unterschied sich durch seine eigenen Farben. In jährlichen Abständen gestalteten die Studenten ihr Design neu und brachten sie zur Abstimmung.

„So, jetzt eine etwas schwerere Frage. Definiere Deuterium?"

„Das ist ein schwerer Wasserstoff. Das Deuteriumatom ist etwa doppelt so schwer wie ein Atom mit normalem Wasserstoff: Sein Kern enthält zusätzlich zu dem stets vorhandenen einzigen Proton ein Neutron. Etwa 0,015 Prozent des im Wasser gebundenen Wasserstoffs bestehen aus Deuterium", antwortete Kore wie aus dem Universallehrbuch. Da die Frisur von Kore sowieso saß, verließ sie umgehend ihr Zimmer im ersten Stock des Hauses, während Thomas ihr hartnäckig folgte.

„Du bist wirklich klug, Kore", lobte Thomas überschwänglich seine Userin. Eine vom Programm eingebaute Funktion, die ihr Engagement und Motivation zum Lernen unterstützte. „Nun etwas zum Thema Philosophie."

Kore eilte an der verschlossenen Schlafzimmertüre ihrer Adoptiveltern vorbei und die Treppe hinab in die Nanowohnküche. Dort hing eine große Elektrodenpinnwand, auf der eine Sprachnachricht in Form eines unübersehbaren Briefumschlages aufleuchtete. Man hinterlegte mithilfe eines Diktatassistenten auf der Pinnwand gesprochene Nachrichten mit einer Stimmcodeerkennung. Nur der, dessen Sprachfrequenz zu den abgespeicherten Daten passte, war berechtigt, sie zu öffnen und abzuhören.

„Nachricht bitte", sagte Kore, als sie sich direkt vor die Wand stellte. Die Wand erkannte an den Schwingungsfrequenzen der Stimme, dass der dafür vorgesehene Empfänger der Nachricht den Befehl gab. Daher öffnete er unbeanstandet die sprachliche Post. Nach nur einem Wimpernschlag hörte sie die vertraute Stimme ihrer Mutter.

„Hallo, Liebes. Wir kommen heute Abend gegen sieben nach Hause. Grüße, Mum und Dad", las der Pinnwandassistent im O-Ton ihrer Eltern vor, als Kore kurz darauf auf den Bereich der Oberfläche der Pinnwand für „Nachricht löschen" drückte.

„Warum sagten die mir das nicht einfach gestern Abend auf der Feier?", räsonierte Kore verständnislos.

Tags zuvor war Kore mit ihnen auf die Akademiefeier gegangen und hätte sich am Liebsten mit ihnen über den weiteren Verlauf ihres Lebens in den nächsten Monaten ausgetauscht. Nach Kores Meinung fiel das Gespräch dazu viel zu kurz aus. Ihr bevorstehender Auszug aus dem Haus wurde ebenso knapp behandelt, wie die Frage zu weiteren Verbindungen und Verpflichtungen untereinander nach ihrem Berufsantritt. Kore bekam den Eindruck, als ob sie ihren Fragen eher auswichen, anstatt direkt darauf einzugehen. Während so manchem Akademieabsolventen die Nervosität über den so deutlichen Lebenseinschnitt ins Gesicht geschrieben stand, besaß Kore damit kaum Probleme. Sie betrachtete ihren Aufenthalt bei ihren Adoptiveltern immer als eine vorübergehende Angelegenheit. Dies lag auch an der Lehre, die ihr Indreen im Waisenhaus seinerzeit beibrachte.

Damals sah sie weinend im Herbst den Eichenbäumen zu, wie sie ihre Blätter abwarfen. Indreen beugte sich zu ihr nieder und fragte sie: „Kore, warum weinst du?"

„Sie sterben", sagte Kore zu ihm und fühlte sich an die Geschichte mit Nekos Ankunft erinnert.

„Warum glaubst du, dass sie sterben?"

„Sie verlieren ihre Blätter. Sie können nicht mehr wachsen und haben keine Sonne mehr."

„Kore", sagte Indreen lächelnd und sah ihr dabei tief in die Augen. „Denkst du wirklich, dass die Natur sich so leicht unterkriegen lässt? Nein, die Bäume wissen, dass der Winter naht. Wenn sie nicht sterben wollen, dann ziehen sie ihre Säfte dorthin zurück, wo sie vor dem tödlichen Frost sicher sind. Das, was du siehst, ist nicht der ganze Baum. Unter deinen Füßen gibt es einen Teil, der vor dem kalten Winter geschützt ist. Genau wie in deinem Herzen. Der Baum weiß, dass es ir-

irgendwann wieder einen Frühling geben wird. Auch wenn er ihn nicht sehen kann. Er kommt doch."

„Das verstehe ich nicht", antwortete Kore.

„Alle Dinge verschwinden nicht wirklich. Irgendwo befinden sie sich doch. Auch wenn es in der Vergangenheit ist. Sicher, man kann die Vergangenheit nicht wieder hervorholen. Es funktioniert auch nicht, weil es sonst keine Erinnerung an sie gäbe. Das Einzige, was man tun kann, ist, wieder auf einen neuen Frühling zu warten. Er wird kommen, Kore. Er kommt aber nur zu dem Geduldigen. Solange musst du deine Säfte zurückziehen und sie dann austreiben lassen, wenn der Winter vorbei ist."

„Wann werde ich wissen, wenn der Winter vorbei ist?"

„Du wirst es spüren, wenn es soweit ist. Mach es wie der Baum. Er fühlt auch die Jahreszeiten. Ebenso wenig, wie er seine Säfte drängt, so dränge auch deine nicht."

Der Abschied von ihrem bisherigen Akademieleben kam ihr vor, wie der Herbst. Nun wurde es Winter. Aber auf ihn folgte wieder ein Frühling. Gerade wegen dieser Gewissheit sah sie dieser Zeit wesentlich gelassener entgegen.

„Meine Leute sagen mir nie selbst Bescheid, wenn sie länger wegbleiben oder ich etwas für sie zu erledigen habe. Muss denn für alles, was in diesem Haus geschieht, die Pinwand herhalten?", grantelte sie verständnislos. „Ich komm mir langsam vor wie ein Roboter."

„Kore, wer war Platon?", fragte Thomas sie unbeirrt weiter, als seine Userin sich so ihre Gedanken um ihr unpersönliches Familienleben spann.

„Platon war ein griechischer Philosoph. Er hielt in seinen berühmten Dialogen die Lehren des Sokrates fest …", wollte sie sagen, doch ihr war nicht mehr danach, irgendwelche Fragen ihrer gewählten Fächer zu beantworten. Zu sehr belastete sie das mittlerweile abgekühlte Verhältnis zu ihren Adoptiveltern das besonders in den letzten Monaten immer eisiger wurde. Kore selbst hätte zu gerne ihre Beziehung zu ihnen auch nach der Abschlussprüfung weiter gepflegt. Nur von Dora und Edward empfing sie nicht das geringste Signal, dass auch sie es gerne sahen. Vielmehr erschien es ihr, dass sie froh wären, wenn sie endlich fortginge. Das passte nicht zu dem, was sie bislang von ihnen erfuhr. Kore sah sich noch, wie sie mit ihnen den ganzen Erdball bereiste. Begeistert besichtigte sie mit ihnen die Pyramiden sowohl in Mittelamerika als auch am Nil und ließ sich vom Ewigkeitswahn ihrer Erbauer berauschen. Die junge Weltreisende durchquerte mit ihnen den australischen Kontinent, überwand die schneebedeckten Gipfel des Himalajas. Viele bedeutende Denkmäler der menschlichen Kulturgeschichte lagen entlang ihrer Routen und Kore bekam einen Eindruck von der ungeheuren Größe und Schönheit dieses Planeten. Aber solche Reisen blieben in den letzten vier Jahren die große Ausnahme. Vielmehr drängten ihre Adoptiveltern sie zum intensivierten Studium der eingeschriebenen Fächer. Dabei eignete sich Kore das Wissen in einem Tempo an, das ihre Lehrer in Erstaunen versetzte.

„Thomas. Lass es jetzt gut sein. Beende dein Programm und wecke mich morgen früh wieder", sagte Kore genervt zu ihrem beflissenen Assistenten.

„In Ordnung, wir sehen uns", sagte Thomas gehorsam und schaltete sich aus.

„Wann kann ich mit ihnen mal wieder etwas unternehmen? Es gäbe da so viel zu sehen. Diese Zeit fehlt mir sehr", seufzte sie schwer und blies eine ihrer blonden Strähnen aus dem Gesicht. „Die einzigen Menschen, mit denen ich noch zu tun habe, sind meine Freunde an der Akademie. Aber nicht meine Eltern. Ich hab in letzter Zeit den Eindruck, als ob sie vor mir weglaufen. Warum adoptierten die mich überhaupt, wenn sie kaum mehr zu Gesicht bekomme? Gerade jetzt, wo alles auf den Abschluss zugeht. Vielleicht liegt es auch an mir. Die Prüfungen kommen und lange werde ich sowieso nicht mehr hier bleiben …", grübelte sie in sich gehend. Dabei sah sie aus dem selbstreinigenden Fenster in den Zengarten des Nachbargrundstücks hinüber. Dort arbeitete gerade ein halbmechanischer Gärtner an dem perfekten Bild der Harmonie. Er scannte mit einem lila Laserstrahl den Boden ab und verdampfte gezielt alle unpassenden Pflanzen, die darin Wurzeln schlugen. Anschließend harkte er mit seinen eingebauten Gartenwerkzeugen Rillen in das von ihm erschaffenem Kiesbett. Auf das Auge wirkte es wie ein Labyrinth, aus dem es offenbar keinen Ausweg gab. Ein vorgezeichneter Weg, in dessen Zentrum ein unberechenbares Monster lauert.

Kore ging zur Nanotheke, der Ernährungsmaschine und bestellte sich ihr Frühstück, indem sie die Handfläche auf das Scanbrett legte. Wie sie es aus dem Waisenhaus kannte, erwärmte sich kurz die Platte, während ein Lichtscan ihrer Handoberfläche erfolgte. Nach wenigen Sekunden war ihr Morgenmahl zubereitet. Heute gab es ein Körnermüsli mit Honig, Nüssen und magerem Joghurt sowie ein Glas heißer Milch, das sie aus dem Gerät auf einem Tablett entnahm. Sie machte es sich in der Wohnküche auf einem Stuhl gemütlich, welcher durch Handbewegung mit einer Sensorerkennung wie von selbst aus dem Fußboden fuhr. Während sie ihre warme Milch schlürfte, gingen ihr die vielen Szenen durch den Kopf, die sie mit ihren Zieheltern erlebte. Sie dachte an den gemeinsamen Sommerurlaub in dem berühmten Badeort De las Casas mit seinen langen Sandstränden. Dessen feiner weißer Sand, der ihr noch von dem Sandburgenbau gut in Erinnerung blieb. Dann dachte sie an die Naturreservate der mächtigen Rockeyberge. Vor allem aber beeindruckte sie damals, dass mit der Hypergleitbahn diese doch weit entlegenen Orte in nur wenigen Stunden zu erreichen waren. Seit sie aber Thomas vor etwa sechs Jahren als interaktiven Lehrassistenten geschenkt bekam, war sie mit ihm mehr zusammen, als mit ihren Zieheltern. Ein körperlicher Kontakt, so wie sie es im Waisenhaus von den Erziehern erfuhr, fand bei den Berrys so gut wie gar nicht statt. Dora und Edward lagen sich nie vor Kores Augen in den Armen. Von zärtlichen Berührungen oder Küssen ganz zu schweigen. Vielleicht, so dachte sie, wollten sie es auch vor ihr nicht zeigen. Sie taten dies sicher, wenn sie allein und ungestört in ihrem Schlafzimmer im Obergeschoss waren, dass sie stets verschlossen hielten. Meist in der Nacht, wenn sie einsam in ihrem Bett lag, musste sie zurück an ihren Pfleger Indreen denken, der sie mit seinen abenteuerlichen Geschichten zu unterhalten verstand. Aber nun gab es niemand mehr, der ihr das bieten konnte. Nicht einmal Thomas brachte das fertig, wenn sie ihn danach fragte. Die einzigen Geschichten, die er kannte, waren nur Historische und die gefielen ihr gar nicht. Sie handelten meist von fürchterlichen Kriegen und unendlichem Leid der vergangenen Zeiten, was sie nur betroffen und traurig machte. Ihre einzige Möglichkeit an Märchen zu gelangen oder erzählt und sogar als Interaktion gezeigt zu bekommen, war die akademische Bibliothek. Einer riesigen multimedialen Informationsquelle mit abertausenden Sparten zu jeglichem Wissen, dass es auf dem Planeten gab. Oftmals verzog sich Kore während ihrer Studierzeit dorthin und ließ sich von den Multifunktionscomputern die gesammelten Märchen der Menschheit vorlesen. Nur dann fühlte sie sich ein wenig geborgen und erinnerte sich wieder an Indreen mit seiner lebhaften erzählerischen Gabe, die sie doch sehr vermisste. Eine Maschine ersetzte ihn nicht.

Wenn Indreen ihr ein Märchen erzählte, kuschelte sie sich mit ihrem Kopf auf seine Brust und umklammerte seinen Körper. Dann vergaß sie alle Sorgen um sich herum und ihr war es, als flöge sie mit ihren Träumen in die Personen, von denen seine Geschichten handelten. Kore fühlte sich einsam. Trotz aller Errungenschaften, die sie umgaben, gab ihr nichts die Nähe, die sie als Kind im Waisenhaus bekam und die sie gerade in einsamen Stunden umso mehr schätzte.
„Es hilft nichts", seufzte sie bei sich, als sie ihr Frühstück beendete. „Da muss ich durch. Wenn ich meinen Abschluss geschafft habe, dann gründe ich mir einen eigenen Hausstand. Vielleicht lebe ich mit Jemandem zusammen, der mir gefällt."
Doch auch darin fühlte sich Kore unschlüssig, zumal sie zu Männern so etwas wie Leidenschaft nicht empfand. Einen Mann zu finden, war für Kore wirklich nicht schwer. Ihre unübertroffene Attraktivität galt bei den jungen Burschen in der Schule als legendär. Vor gut einem Jahr durften die Jungen und Mädchen an der Akademie bei einer Art Vorbilderwahl mitmachen. Einer Veranstaltung, bei der jeder jeden anonym wählen durfte, der seiner Ansicht nach der Nachahmenswerteste an der Lehranstalt war. Es gab keine Preise für den Sieg, denn dieser Wettbewerb, bei dem nur die Ersten veröffentlicht wurden, fand nicht statt, um Eitelkeit zur Schau zu stellen. Vielmehr spielten Eigenschaften, wie Aufrichtigkeit, Fürsorge, Vorbildfunktion und Attraktivität hinsichtlich der Gepflegtheit eine Rolle. Die Sieger sollen allen anderen Mitschülern als Orientierung für ihr Erscheinungsbild dienen. Bei den Mädchen erhielt Kore die meisten Stimmen, bei den Jungen war es ein Neuling an der Akademie, der Thamus hieß. Just nach der Bekanntgabe des Ergebnisses der Wahl, kursierte ein hartnäckiges Gerücht über ein etwaiges Verhältnis zwischen den beiden Siegern. Etwas, dass Kore gegenüber allen, die sie darauf ansprachen, vehement abstritt. Unter keinen Umständen wollte sie mit Thamus in Verbindung gebracht werden, was Thamus aber nicht so sah. Der stattliche Sieger bemühte sich seither um einen stetigen Kontakt mit ihr. Dies wirkte sich immerhin so aus, dass sie nur noch gegen die Anbandelversuche von Thamus agierte. Offenbar glaubten die anderen Männer, dass die Schönlinge unter sich bleiben sollten. Ein nicht gerade leichtes Unterfangen dem entgegenzutreten. Denn was den Charme und die Sympathie anging, rangierte ihr Verehrer sogar bei ihren Freundinnen an erster Stelle. Dazu kam seine elegante Art und athletische Figur, die so manches Herz zum Dahinschmelzen brachte. Nur bei Kore wirkten diese Vorzüge nicht. Nicht selten

nicht. Nicht selten sorgte Kore selbst wegen ihres eigenwilligen Verhaltens gegenüber Thamus für Verwirrung bei ihren Studienkollegen.

Aber einen guten Mann zu finden, war für Kore gesehen, schwierig. Zumal sie die Männerwelt nicht wie einen Basar betrachtete, durch den man bummelt und sich einmal festbiss. Bei allen Verehrern, vor allem bei Thamus, der seit dem Wettbewerb um sie unnachgiebig buhlte, besaß Kore immer ein äußerst unbehagliches Gefühl. Sie wusste nicht, woran es lag. Sie spürte vielmehr, dass der Mann, mit dem sie alt werden mochte, sich nicht in der Akademie befand. So verrückt es sogar klang, sie glaubte, dass ihr künftiger Lebensgefährte nicht einmal auf diesem Planeten lebte. Sie fühlte, dass er irgendwo da draußen im ewigen Raum zu suchen wäre. Doch das behielt sie in all der Zeit immer für sich. Wollte sie doch deswegen nicht ausgelacht oder gar verspottet werden. An so etwas wie eine Heirat dachte Kore ohnehin nicht. Eine Hochzeit gab es in Presson höchst selten und wenn doch, dann schloss man sie nur vor dem Magistrat. Oft ohne eine große Feierlichkeit. Die meisten Paare feierten den Beginn ihres gemeinsamen Lebens, welches nur auf dem Papier bestand, im kleinen Kreis. Eine rechtliche Bindung brachte dieses Zeremoniell nicht mit sich, da nach Ansicht ihrer Zeitgenossen ein Versprechen nur für den Augenblick galt. Ein dauerhaftes Treuegelöbnis müsste daher jeden Tag auf's Neue bekräftigt werden, was mit einer Hochzeit, wie sie vor dem "Mystischen Krieg" zelebriert wurde, nichts mehr gemein hatte.

Kore verließ am späten Vormittag das Haus und ging ohne Tasche zur Akademie. Mit flottem Schritt trat sie auf dem breiten Fußweg hinaus. Um diese Zeit herrschte hier absolute Einsamkeit. Wenn man dieser Tage durch Presson ging, durfte man sich nicht eine lärmende, versmogte Straße mit Schlaglöchern vorstellen, auf der Autos Stange an Stange standen. Die meisten Wege der Stadt waren nur so breit wie ein Fußweg. Per Verordnung legte der Magistrat der Stadt fest, dass für den Weg zur Arbeit entweder die eigenen Beine zu gebrauchen oder bei der nächsten Hauptverkehrsstraße Gleitertaxis zu nehmen sind. Sofern es Menschen mit Gehbehinderung gab, wurden diese nicht in den klassischen Wohngebieten angesiedelt. Vielmehr wies man ihnen besondere Siedlungen zu, deren Infrastruktur darauf ausgelegt war. Zunächst lenkte Kore ihre Schritte zur Hauptverkehrsstraße, denn die Akademie lag gut sichtbar an einem der Ausläufer der breiten Verkehrsachse. Diese sah aus der Vogelperspektive wie ein gigantisches X aus. Es war ein Leichtes sie mithilfe einer Unterführung zu queren und auf der anderen Seite direkt zur Akademie zu gelangen. Beim übernächsten Grundstück in der Straße beobachtete Kore etwas nicht Alltägliches. Dort hatten neue Nachbarn eine unbebaute Parzelle zugewiesen bekommen und einen Nanotekten beauftragt, ein neues Haus zu erbauen. Man sagte fachmännisch dazu auch erzippen. Beim Nanotekten handelte es sich um einen Berufszweig, der erst mit dem Durchbruch der Nanotechnologie vor gut dreihundert Jahren entstand. Während man früher für den Bau seiner vier Wände einen ganzen Trupp an Handwerkern beschäftigte, reicht für diese Aufgabe nun eine einzige Person. Hierzu ließen die Besitzer der Parzelle ihr bisheriges Haus inklusive aller Einrichtungsgegenstände mithilfe des Nanotekten zu einem handlichen verdichteten einem handlichen verdichteten Würfel zusammenlegen. Mit einer Schwerlastdrohne brachten sie den Würfel zu der Parzelle und setzten ihn genau da ab, wo die Eigner das Haus auf der Parzelle vorsahen. Dann kam wieder der Nanotekt ins Spiel. Er brachte für diese Arbeit seinen Nanozip mit. Dabei handelte es sich um ein Gerät, das die Informationen des verdichteten Würfels übersetzte und wieder in ein begehbares Haus zurückverwandelte. Diese Rekonstruierung des Hauses an dem gewünschten Ort dauerte zwar einen ganzen Tag, war aber gemessen an früheren Zeiten, erstaunlich schnell. Kore sah mit einigen anderen Kindern, die ebenfalls auf den Weg zu den Aufbauklassen ihrer Schule waren, neugierig dem Umwandlungsprozess zu. Der Nanozip löste schichtweise den verdichteten Würfel auf und materialisierte das Haus scheibchenweise nach oben. Fast so wirkte es, als sei das Gebäude eine Pflanze, die dank des Sonnenlichtes zur vollen Entfaltung ihrer Blüten kam. Kore hätte den ganzen Tag dem sehenswerten Umwandlungsprozess beiwohnen können, aber dies stand nicht auf ihrem doch mit festen Terminen versehenen Tagesprogramm. Vielmehr dachte sie auf ihrem Weg zur Akademie über den Lernstoff der letzten Tage nach, den sie sich selbst erarbeitete. Im Geiste ging sie noch einmal die erlebten Vorlesungen der letzten Tage durch und verglich sie mit ihren gesammelten Informationen aus der akademischen Bibliothek.

Das Schulsystem auf der Akademie unterschied sich deutlich von der Lehrmethode im Tompswaisenhaus. Es gab keine echten Lehrer, sondern nur Moderatoren, die Vorlesungen in ihren Spezialgebieten hielten. Mehr aber auch nicht. Als Akademieanwärter besuchte man zunächst eine Aufbauklasse. Hier wurde einem der Umgang mit den Lernmedien der Einrichtung vermittelt. Das Erlernen der Schrift und des Lesens gehörte ebenso dazu, wie das Lösen von mathematischen Gleichungen. Anschließend wählten die Schüler ihre vier primären und ihre zwei sekundären Lerngebiete aus, wobei ein Wechsel zu einem anderen Gebiet jederzeit erlaubt war. Das zusätzlich erforderliche Wissen mussten sich die Schüler selbst erarbeiten. Dazu bot man ihnen alle erdenklichen Möglichkeiten an, es zu erwerben und es sogar durch praktische Experimente zu erschließen. Ein jeder Schüler paukte das Wissensgebiet ein, was ihm am besten gefiel. Diese Art der Wissensvermittlung nannten die Pädagogen talentorientiertes Lernen. Die Überlegung ging davon aus, dass ein jeder Mensch das am Besten in seinem Gedächtnis bewahrte, was ihm lag. Da ein jeder die Möglichkeit hatte, durch sein Talent gewisse Berufe zu ergreifen, war die Motivation unter den Schülern für diese pädagogische Methode sehr hoch. Kore favorisierte vor allem Kosmologie, die Philosophie, Physik und Jura. Letzteres aber nur weil ihr Pflegevater Edward darauf drängte. Sekundäre Lernfächer galten der Talentförderung auf dem künstlerischen und sportlichen Gebiet. Neben Malen und Zeichnen konnte man sogar das Töpfern, Metallbearbeitung und Bildhauen erlernen.
Für das kreative Schreiben suchte man allerdings vergebens einen Kurs. Die Akademieleitung erklärte einem dann auf Anfrage, warum es einen solchen Kurs nicht gäbe, dass das kreative Schreiben keinen festen Grundsätzen unterlag. Wer Literatur erstellen wolle, solle nicht lange fragen, sondern einfach anfangen und es dem Leser überlassen, ob es ihm gefiel oder nicht. Nach der Abschaffung des

Urheberrechts vor etwa dreihundert Jahren nahmen die Datenmengen der literarischen Werke solch gigantische Ausmaße an, dass es keine Bibliothek mehr gab, die alle in gedruckter Form beherbergte. Durch die drahtlose Verbindung konnten die Bücher digital über „Reader", später über die sogenannten Büchertafeln abgerufen werden. Im Technikmuseum der Stadt fanden jene Zwischenschritte der Informationstechnologie ihre letzte Bleibe. Zu Kores Zeit ließ man sich außerdem die Werke über einen Lernassistenten vortragen oder man besuchte auf den Ideenmärkten die literarischen Vorlesewochen. Dort gab es professionelle Vorleser, die klassische Werke einem breiten Publikum präsentierten. Kore selbst schrieb sich zusätzlich in der Mädchenschwimmstaffel und in der Ballettmannschaft der Akademie ein. Ihre Entscheidung, sich beim Schwimmen anzumelden, verdankte sie Chausette. Ihre Freundin verbuchte gerade in dieser Sportart erstaunliche Erfolge. Kore merkte schnell, dass auch ihr das Schwimmen gut von der Hand ging. Außerdem half ihr das regelmäßige Training, fit und beweglich zu bleiben. Und so blieb sie bei diesem Sport. Ganz anders verhielt es sich dagegen beim Ballett. Dort meldete sich Kore, ganz ohne sich an jemanden anzuhängen, an. Es hing, so glaubte sie, mit ihrer Freude an der Bewegung zusammen, dass ihr das Balletttanzen so gut gefiel. Irgendwie lag ihr das im Blut. Auch ihr Lehrer, Hr. Willermeier, zeigte sich mit ihren Leistungen darin außerordentlich zufrieden.

„Kore", sagte er oft, wenn er ihr beim Tanztraining zusah, „Man könnte meinen, du hättest nie etwas anderes getan. Deine Bewegungsabläufe sitzen perfekt. Von deiner Trittsicherheit ganz zu schweigen."

So verwunderte es kaum, dass sie in dieser Sportart bei jedem Wettbewerb als Favoritin galt. In jedem Jahr trugen die Akademien des Planeten untereinander Wettkämpfe aus, wobei immer eine andere Stadt Austragungsort der „Spiele" war. Am Ende winkten Preise und Auszeichnungen, mit denen sich die ehemaligen Absolventen der Akademien gerne schmückten. Sie wurden in der Sportgalerie der Akademie ausgestellt. Auch Kore trug zur Bereicherung mit vier ersten Plätzen bei. Einmal mit der Schwimmstaffel und drei Mal mit Ballett. Während des 16. Lebensjahres eines Schülers wurden die ersten Prüfungen auf der Akademie abgelegt. Sie dienten aber nicht dazu, eine Aussortierung vorzunehmen, sondern um festzustellen, in welche Richtung sich die Fähigkeiten entwickelten. Dann stellte man anhand der Ergebnisse fest, für welchen Beruf der Schüler sich am Besten eignete und ob in zwei Jahren eine entsprechende Stelle auf dem Planeten frei wäre. Die Zwischenprüfungen, die Kore vor zwei Jahren ablegte, wiesen sie für die Tätigkeit als Weltraumforscherin als am besten geeignet aus. Zu ihrem Glück wurde eine Astronomin gesucht und es war eine Stelle in diesem Jahr im Weltallforschungszentrum auf der Südhalbkugel frei. Das Astronomiezentrum mit seinen gigantischen Spiegelteleskopen und Messanlagen lag inmitten der Anden. Man erreichte auch diesen Ort dennoch bequem mit der Hypergleitbahn in nur wenigen Stunden. Kore wollte sich dort zunächst in dem vom Institut bereitgestellten Wohnheim einquartieren und erst einmal die Gegend kennen lernen, ehe sie sich in der Siedlung niederließ. Ihre Adoptiveltern fanden es großartig, dass ihre Ziehtochter so schnell so schnell eine Stelle fand. Sie unternahmen mit ihr bereits im letzten Jahr sogar einen kurzen Eintagesbesuch dorthin.

Kore bog in diesem Augenblick in die breite Hauptverkehrsachse ein. Einer der vier Zentralstraßen der Stadt. An dessen Ende stand ein majestätisches Gebäude aus weißem Kalkstein und Glas, dessen Fassade hell im Sonnenlicht des Vormittags leuchtete: Die Akademie. Eine gelungene Komposition verschiedener Stilelemente umschlang sich wie ein Hufeisen harmonisch um eine übergroße, im Boden eingelassene Sonnenuhr. Jener Hof der Akademie, der für Feierlichkeiten, wie der jährlichen Geburtstagsparty für die Volljährigen genutzt wurde, galt als der beliebteste Treffpunkt der Studenten. Bevor man sich in die Vorlesesäle begab, traf man sich hier zum Tratsch und dem Austausch von Neuigkeiten. Bei Bedarf wurde der Hof zu einem halb offenen Zelt umfunktioniert. Sogar wenn es regnete, blieb es im Inneren trocken. Am Haupteingang waren zwei große runde Springbrunnen im Boden eingelassen, welche mit leuchtend weisen Statuen fein verziert, ihr Wasser vor sich hinspritzten. Darüber hinaus platzierte man um das Akademiegebäude eine Grünanlage, deren dicht belaubte Bäume im Sommer kühlenden Schatten spendeten. Eine Philosophie der Anstalt lautete, dass die Atmosphäre des Lernens das A und O des Erfolgs ist. Daher achteten die Verantwortlichen penibel darauf, das Ambiente so günstig wie möglich für den Lernerfolg zu gestalten.
„Da vorne ist es", sagte Kore zu sich im Geiste auf den bevorstehenden Tag bereits eingestellt. Sie begab sich an die dazwischen liegende Querachse von Presson. Um die Straße passieren zu können, musste sie durch eine Unterführung laufen. Dieser Ort war das pulsierende Herz der Siedlung. Sie trennte die Wohnbezirke von den Verwaltungsanlagen der Stadt ab. Auf ihr wickelte sich der Gleiterverkehr der Stadt ab, der überwiegend aus Transportern mit verdichteten Würfeln oder Taxigleitern bestand, die die Berufstätigen zu ihren Arbeitsstätten brachten. An der Straße reihten sich die Gefährte aneinander wie an einer Perlenkette. Die Organisierung des Berufsverkehrs in Presson folgte aus einer recht simplen Überlegung heraus. Nachdem man das flexible Jahresarbeitszeitkonto einführte, lag dies praktisch nahe. Ein jeder Beschäftigte brachte, über das Jahr gesehen, 180 Tage mit je 8 Arbeitsstunden mit seiner Tätigkeit ein. Wann er sie leistete, war nicht das Entscheidende. Wichtig allein war nur, dass er sie mit seinen Mitarbeitern absprach. Die Arbeitszeitregelung ging von einem strikten Grundsatz aus. Solange ein Erdenbürger im Erwerbsleben stand, gehörten ihm zwei Drittel einer Erdumdrehung zur eigenen Verwendung. Geschah dies nicht, könne man bereits von Sklaverei reden. Daher herrschte auch zu der Tageszeit, als Kore die Straße erreichte eine rege Betriebsamkeit auf der Zentralstraße. Die Luft war voll von ankommenden und abfliegenden Taxigleitern mit Passagieren. Die Fahrdienste arbeiteten vollständig automatisiert. Per Netzhautscannung erkannten die Gefährte, den Arbeitsort oder den Wohnort des Einsteigenden und flogen nur nach dessen Bestätigung des Ziels dorthin. Für die Wartung der Maschinen führte der Magistrat den eigenen Berufszweig des Transporttechnikers ein, der sich überwiegend aus Kores Brüdern und Schwestern rekrutierte. Sie passierte gerade zwei Techniker, die sich über die geöffnete Haube

geöffnete Haube eines Taxigleiters beugten. Während sie an ihnen vorbei lief, rief sie ihnen ein freundliches „Guten Morgen" zu, was diese gut gelaunt erwiderten.

An der Hauptverkehrsachse gab es auch die einzigen Läden der ganzen Stadt. Es waren keine Geschäfte, die Kleidung oder Schuhe verkauften. Vielmehr handelte es sich um Serviceleister, wie Cafés, die Zugang zu der digitalen Datenautobahn des Planeten verschafften. Daneben gab es auch Themenrestaurants, die sich auf gewisse Nischen der Ernährung spezialisierten. In ihrem Inneren boten sie zu den klassischen Speisen auch das entsprechende Ambiente, die den Besucher fühlen ließen, als wäre er in einer anderen Welt. Hier unterhielt der Magistrat Beratungsbüros angefangen von der Urlaubsplanung bis hin zum Gestaltungsservice für Leute, die ihr Eigenheim umdekorierten. In ihnen kontaktierte man auch einen Nanotekten, der für einen diese Aufgabe erledigte. An der Hauptstraße lagen neben den Museen über Natur, Kunst, Technik und Antike auch die Schulungszentren der Erwachsenenbildung, wo sich jeder einzelne Bürger egal welchen Alters neues Wissen aneignen konnte. Dass man die Akademie nicht für die breite Öffentlichkeit zugänglich machte, lag daran, dass die Absolventen der Akademie einen ungestörten Lehrbetrieb vorfinden sollten. Das ständige Kommen und Gehen von Studenten und überfüllter Lehrsäle wurde dadurch unterbunden. Die Studenten sollten sich vollends auf das Lernen konzentrieren können. Wer nun an der Hauptgeschäftsstraße Banken oder Versicherung gesucht hätte, die früher einmal das Gesicht einer jeden Großstadt prägten, wurde enttäuscht. Die Geldangelegenheiten regelten sich vollends digital über ein unverzinstes Entgeltkonto. Bargeld mit national verherrlichenden Motiven gab es nicht mehr und war zu Kores Zeit ein Fremdwort. Durch das Verzinsungsverbot, ein tompsches Gesetz, fand eine Art Geldverleihung gegen Entgelt nicht mehr statt. Das verbliebene Kreditwesen verwaltete der jeweilige Magistrat der Stadt individuell und bestand lediglich aus einem Überbrückungsdarlehen zur Existenzbildung, die sich durch Arbeitsleistung tilgte. Ebenso fand das Geschäft mit dem Risiko im Reich des Rates der Sechs keine feste Bleibe mehr. Ja, es zu betreiben, stellte man sogar unter Strafe. Da durch die Nanotechnologie und der weit fortgeschrittenen Infrastruktur, die Wiederherstellung von Sachschäden zu einem kalkulierbaren Risiko wurde, gab es für sie keine Daseinsberechtigung mehr. Nach dem "Mystischen Krieg" führte der Diktator eine andere Art der Alters- und Gesundheitsvorsorge ein, die die ehemaligen Herrscher der alten Welt für immer ihrer Macht beraubten und zu ihrer Zerschlagung führte. Ebenso regelte man die Arbeitsvermittlung neu, was eine Arbeitslosenversicherung überflüssig machte. Eine Anstellung wurde nun rund um den gesamten Globus vermittelt. Das Wesentliche, was die Einkommensgruppen in Presson voneinander trennte, waren diese Läden und Serviceleistungen in dieser Straße, die Kore gerade passierte. Mieteten Wohlhabende für sich selbst alle erforderlichen Nanogeräte und Vernetzungsanbindungen für das eigene Zuhause, zahlten Niedrigverdiener gegen einen kleinen Obolus für alle Dinge und mussten für ihren Gebrauch hier herkommen. Hier gab es demnach den Nanobarbier für die Frisur und die Haare, die man aus einem Katalog auswählte. Dann waren dort die Nanoimbisse angesiedelt. Sie fungierten, wie Ter-

fungierten, wie Terminals auf denen man aussuchte, was einem gerade beliebte. Vorausgesetzt man wies einen entsprechenden Energieverbrauch des Körpers nach. Hier gab es ebenso einen öffentlichen Nanotex mit Kleidern, die man in der Apparatur gleich angezogen bekam. Der bestechendste Vorteil lag darin, dass alle diese Kleider Maßanfertigungen waren. Sie passten gleich beim ersten Mal wie angegossen. Hierzu wählte man aus einem Katalog die gewünschte Mode aus und stieg in die Apparatur hinein. Im Handumdrehen bekam der Kunde gegen Bezahlung durch Netzhautscannung die verlangte Mode mit den dazu passenden Schuhen. Dort standen auch an jeder Ecke große Abfallcontainer, in denen man die nicht mehr benötigten Sachen entsorgte. Sie wurden an Ort und Stelle durch winzige Nanoroboter rematerialisiert und durch den Windkanal direkt zu dem Wertstoffhof der Stadt gebracht. Wenn man in Presson eine Wohnung oder eine Parzelle für eine neue Bleibe suchte, musste man zum Magistrat der Stadt gehen. Jener, der in einem schlichten Betonklotz residierte. Das zweitgrößte Gebäude der Stadt. Von hier aus verwaltete er penibel die Angelegenheiten der Bürger. Insbesondere das Wohnungswesen. Grundeigentum konnte, gemäß einem tompschen Gesetz, nicht erworben werden. In Presson durften sich nur Leute ansiedeln, wenn sie in dem Verwaltungsdistrikt einer Arbeit nachgingen. Darüber hinaus musste man liquide Mittel vorweisen, um einen Nanotekten für die Errichtung eines freistehenden Hauses beauftragen zu können. Erst dann bekam der Neubürger eine Parzelle zugewiesen, die er nach eigenem Gutdünken umgestalten durfte. Hoch- und Reihenhäuser, ja sogar Doppelhaushälften, waren nicht zugelassen. Die Gründe hierfür hatten eine simple Ursache. In früherer Zeit stellte das Aufeinanderballen von Wohneinheiten eine besondere Gefahr für die Sicherheit von Leib und Leben dar. Die verstreuten Reste der ehemaligen Wolkenkratzer in Presson vor dem "Mystischen Krieg" waren dem Ganzen Warnung genug. Der Magistrat verwaltete auch die Pflege der Parkanlagen, der Straßen und der Gehwege in der ganzen Gegend. Darüber hinaus war er zuständig für die Energiegewinnung und der Agrarkultur im Umland, die für die Nahrungsmittelherstellung unerlässlich war. Bereits vor dem "Mystischen Krieg" zerbrachen sich die Menschen um umweltfreundliche Energiegewinnungsmethoden den Kopf und erfanden zahllose Alternativen, die allerdings nie verwirklicht wurden. Erst General Tomps setzte mit harter Hand endgültig einen neuen Kurs in der globalen Energiepolitik durch. Zuvor ließ die Halbherzigkeit in dieser Sache wertvolle Zeit verstreichen. Tomps bedauerte diese Nachlässigkeit von damals sehr und erklärte, dass man schon viel früher den schweren Umweltschäden hätte entgegenwirken können, die zu seiner Zeit den Planeten schwer belasteten. Dazu ließ er einen Mix aus regenerativen Energien errichten, welcher im Lauf der Jahre mit dem zunehmenden Energiehunger der Menschen vom Rat der Sechs neu geregelt wurde. Gegenwärtig bezog man den Großteil der benötigten Energie aus Fusionskraftwerken, die nach dem Prinzip der Sonne arbeiteten. Zudem verfeinerte man die Solartechnik, die Geothermie und die Windstromtechnik soweit, dass die Stadt aus lauter separaten Energiekreisläufen bestand, die unabhängig voneinander agierten. Als Hauptabnehmer der auf dieser Weise erzeugten Elektrizität galten das weltumspannende Hyperbahnsystem und die

Forschungsinstitute. Sie machten Presson zum Zentrum der Hightechindustrie auf dem Planeten.

Endlich an der Unterführung angekommen, sah Kore schräg gegenüber den Hyperbahnhof mit seinen breiten Trassen. Wenn man nun dachte, dass es sich um einen riesigen Komplex handelte, in dem Tag und Nacht das Leben pulsierte, dann irrte man sich gewaltig. Diese Einrichtung besaß nur vier Gleisanlagen, dessen Schienen sich in alle Himmelsrichtungen entfernten. Dort herrschte ein ständiges Kommen und Gehen der Züge, weil sie im Fünfminutentakt um die ganze Welt rund um die Uhr geschickt wurden. Dass diese enge Taktrate erst möglich wurde, lag auch daran, dass die Reisenden aufgrund des technischen Fortschritts keine Zeit mehr mit ihrem Gepäck verschwendeten. Ganz in Gedanken auf den heutigen Tag versunken stieg sie die steinernen Stufen der Unterführung hinab. Man baute sie, um den Geschäftsbetrieb der Hauptstraße reibungslos ablaufen zu lassen und um die Sicherheit der Passanten zu gewährleisten. Dort unten war es auch tagsüber sehr dämmrig. Nicht selten lungerten hier des Nachts Süchtige herum, die auf einen Drogendealer warteten, um den ersehnten „Stoff" zu kaufen. Trotz aller Aufklärungsarbeit gelang es dem Magistrat nie ganz, die Zahl der Drogenabhängigen auf Null zu bringen. Der Reiz mit Rauschmittel schneller zum ersehnten Glücksgefühl zu kommen, blieb auch in diesen Tagen ungebrochen. Untertags aber wartete dort unten gewöhnlich niemand, weshalb Kore gerade nicht an diesen Schandfleck der Stadt dachte. Wie gesagt, gewöhnlich. Heute war dies anders.

„Her mit dem Stoff", schallte es bissig durch den dunklen Gang, was Kore aus ihrem morgendlichen Gedankenritual riss. Es hörte sich wie ein warnendes Signal an alle ehrbaren Bürger an, sofort kehrt zu machen und den Dingen da unten ihren freien Lauf zu lassen. In dieser Situation die Polizei zu holen, machte keinen Sinn. Die Leute, die im Drogenmilieu steckten, deckten sich meist gegenseitig. Das wusste Kore aus den Justizvorlesungen nur zu gut. Denn auch zu Kores Zeit galt der alte Rechtsgrundsatz: Wo kein Kläger, da kein Richter. In Kore aber entflammten diese Sätze einen inneren Zorn, aber auch eine gewisse Neugierde. Es ließ sie vorsichtig weiter schleichen. Manche hätten es vielleicht couragiert oder auch irrwitzig genannt. Jenes Gefühl des inneren Zorns, anstatt der Angst vor dem drohenden Unheil, war eine Eigenschaft, die Kore schon oft in ihrer Vergangenheit verspürte. Etwas, das ihr angeboren erschien. Die Achtzehnjährige hatte nie ein Problem damit stärkere Zeitgenossen anzusprechen, wenn sie einen Schwächeren in die Enge trieben. Meist waren es Konflikte mit Akademiekameraden, die sie direkt anging, wenn es auf der Lehranstalt zu Problemen kam. Oft gelang es ihr Streit durch Entschlossenheit und ihrem hartnäckiges Geschick beizulegen, während der Bedrängte sich ansonsten der stärkeren Macht gefügt hätte. Durch ihr beherztes Engagement genoss Kore auf der Schule einen respektvollen Ruf als Schlichterin und wurde daher nicht nur wegen ihrer außergewöhnlichen Attraktivität von ihren Mitschülern geachtet. Aber außerhalb der Akademie verhielt sich die Situation mit der Courage anders und Kore erlebte nicht selten bedrohliche Szenen, die in brutalen Handgreiflichkeiten ausarteten. Ehe es aber richtig gefährlich für sie wurde, standen ihr ihre Freundinnen oder Kameraden bei, die sie meist auf ihren Wegen begleiteten. An diesem Tag war das nicht so. Kore ging alleine zur Akademie und so gestaltete sich die Sache anders, als sie es bis dato kannte. Der Zorn in ihr aber entflammte sich schon ob der Worte und keine Kraft der Erde hielt sie davon ab, mehr über die zwielichtigen Vorgänge in der Unterführung zu erfahren. Geschweige denn sie daran zu hindern, aktiv einzugreifen.

„Ich hab ihn nicht mehr. Carlson hat ihn bekommen", röchelte eine andere, beklemmende Stimme im Unterton. Sie klang sehr geschwächt. So als ob man der Person die Luft abdrückte. Kore kam es vor, als ob sie die Stimme schon einmal hörte. Sie wusste nur nicht mehr wo. Der Rhythmus war ihr vertraut. Wachsam ging sie weiter nach unten und stand alsbald auf der Sohle des Tunnels. Sie sah nur Schatten im Gegenlicht zum anderen Aufgang. Drei dunkle Gestalten ließen eine kleinere Figur, vermutlich ein schmächtiger Junge, auf dem harten Bodenpflaster niederknien. Die trüben Lichtverhältnisse verhinderten eine genauere Beobachtung der Szene, aber ihre Bedrohlichkeit war unübersehbar. Spätestens jetzt hätte Kore Reißausnehmen müssen. In ihrem Inneren drängte sie die Stimme der Vernunft darauf, sofort das Weite zu suchen oder zumindest die Ordnungsdienste der Stadt zu informieren. Auch wenn eine Anzeige keinen Erfolg versprach, verhalf es doch zu einer Auflösung der gefährlichen Situation. Meist drehten die Ordnungshüter oben auf der Hauptstraße ihre Runden. Das andere Feuer aber, das in Kore nun um so bedeutend stärker brannte, übertünchte alle flehenden Rufe ihres Verstandes. Sie trat näher an die Unbekannten heran, sodass sie nur wenige Schritte voneinander trennten.

„Hey ihr da. Was tut ihr hier?", rief sie zum Ausfechten entschlossen zu den Dreien. Ihre Stimme donnerte durch den dunklen Stollen wie ein bebendes Grollen. Ihr mutiger Tonfall hallte an seinen Wänden wider.

„Verschwinde. Kümmere dich um deinen Kram", schallte es ihr barsch entgegen.

„Lasst ihn los, sofort", sagte Kore drohend. „Sonst könnt ihr euch auf was gefasst machen", worauf hin die drei Schläger, den Jungen flugs zu Boden warfen und Kore blitzschnell umringten. Die Dunkelheit wirkte für ihre Widersacher wie ein Tarnumhang. Sie reagierte nicht so schnell, da packten sie unsanft ihre rechte Hand und drehten sie ihr in den Rücken. Sie spürte den übel riechenden Atem ihrer Widersacher, was sie angewidert das Gesicht verziehen ließ. Der stechende Schmerz, der langsam durch ihren Körper fuhr, ließ sie zudem aufstöhnen.

„Soso. Wenn sich hier einer auf etwas gefasst machen kann, dann du. Du mischt dich nicht in unsere Angelegenheiten, du blödes Luder du", sagte offenbar ihr Wortführer, den Kore wegen des trüben Lichtes nicht gut erkannte. Krampfhaft fasste Kore mit der anderen Hand in ihre Rocktasche. Eingenäht in ihrer Kleidung befand sich eine Notlösung, die gerade für junge Damen gedacht war, wenn sie in Bedrängnis gerieten. Einen Alarmpiepser. Hätte Kore seinen Knopf erwischt, was ihre Peiniger aber zu verhindern wussten, wären in nur wenigen Sekunden die Polizisten auf der Hauptstraße alarmiert worden.

„Lasst sie in Frieden, ihr feigen Schweine", schrie der junge Bursche, den Kore rettete, mit seiner pubertierenden Stimme. Er wurde von den Dreien gezielt ignoriert. Sie fixierten sich vollends auf Kore.

„So nicht, Luder", knurrte es boshaft. Es waren die letzten Schallwellen, die ihre Ohren noch wahrnahmen. Denn dann folgte aus der Dunkelheit eine rasche Schlagorgie mit Fäusten und Fußtritten auf das wehrlose Mädchen. Ihr Nervensystem wusste nicht, von welcher Stelle aus es zuerst das Schmerzgefühl weiterleiten sollte. Röchelnd nach Luft brach Kore zusammen. Ihr wurde allmählich schwarz vor Augen. Sie glaubte zu fühlen, wie die Knochen in ihrem Leib brachen, als sie darniederliegend eine Unzahl von Fußtritten zu spüren bekam.

„Ruhig. Ganz ruhig", murmelte es durch Kores Kopf leise. Ihr war furchtbar dämmrig. Überall fühlte sie entsetzliche Schmerzen. Es pochte und pulsierte unaufhörlich in ihrem Leib. Sie musste mit dem Rücken auf eine Art Pritsche gelegt worden sein, da sie dort einen Widerstand ausmachte.

„Adalmus, sie wird doch wieder gesund werden?", fragte die Stimme besorgt, die dem jungen Burschen gehörte, den Kore zu verteidigen versuchte. Kore versuchte, ihre Augen zu öffnen. Doch es blieb bei einem vergeblichen Zucken. Sie waren zu stark angeschwollenen, um sich zu öffnen. Einen kleinen Spalt erlaubten sie, aber sie erkannte nur verschwommen die Umrisse des Burschen. Ihre geschundenen Augen klappten bald wieder zu.

„Ja Neko. Sie wird schon wieder. Es ist ein Wunder, dass sie noch lebt. Niemand sollte sich mit den Hermesbrüdern einlassen. Die tragen diesen Namen nicht zu unrecht", antwortete ihm dieser Adalmus. Ihre Stimmen klang in Kores Ohren eher wie ein Säuseln.

„Ich kenne dieses Mädchen", brummte Neko, als er sie sich von der Nähe besah. „Das ist Kore. Meine Schwester aus dem Waisenhaus. Sie ist immer noch ungewöhnlich leicht, obwohl sie so groß geworden ist."

„Weißt du, wo sie wohnt?", fragte Adalmus.

„Nein. Es interessiert mich auch nicht. Sie war meine erste Liebe", seufzte Neko berührt. „Du kümmerst dich doch um sie?"

„Ja, das tue ich. Du kannst dich auf mich verlassen", beruhigte Adalmus den jungen Mann.

„Gut. Ich gehe jetzt und wenn sie aufwacht, sag ihr bitte nicht, wer sie zu dir gebracht hat. Ich will nichts mehr von ihr wissen", sagte der junge Bursche mit sich kämpfend und Kore hörte in ihrem Dämmerzustand eine Tür gehen, die klackend ins Schloss fiel. Dem folgte eine unheimliche Ruhe, die von klimpernden Geräuschen durchbrochen wurde. Dieser Adalmus schien etwas zu durchwühlen.

„So, dann wollen wir doch mal", stieß dieser Adalmus von Tatendrang gepackt aus und tastete Kores Körper mit einer Art Scanner ab. Kore bemerkte einen roten Laserstrahl, der schwach durch ihre Augenlieder drang. Im Medizinzentrum wurde so etwas benutzt, um die innere Struktur von Körpern zu überprüfen.

„Sie hat sich mehrere Brüche zugezogen. Vielleicht sollte ich sie doch ins Medizinzentrum bringen lassen", lautete seine erste Diagnose. „Außerdem hatte sie eine Gehirnerschütterung. Ihr Kopf hat einiges einstecken müssen."

„Adalmus, auch ich kenne dieses Mädchen", antwortete ihm eine elektronische Stimme aus dem Hintergrund.

„Du weißt, wer sie ist Godje?"

„Ja. Im Waisenhaus habe ich sie zuletzt gesehen. An dem Tag, an dem sie adoptiert wurde."

„Hm ...", summte Adalmus mit einem Tonfall, der alle möglichen Spekulationen zuließ. „Du bist also Kore."

„Sie hört uns", sagte Godje Kore beobachtend. „Ihr Kreislauf ist stabil. Sie wird bald ganz aufwachen."

„Was ist los?", stöhnte Kore schmerzverzerrt. Alles tat in ihrem Körper weh.

Zittrig erlaubten ihre Augen endlich das Öffnen der Lider. Die Schwellungen bildeten sich erstaunlich schnell zurück. Sie blickte in das grelle Licht einer Operationsleuchte, die Adalmus über seinen Sanitätstisch gehängt hatte.

„Keine Angst, mein Kind, du bist in Sicherheit", beruhigte Adalmus Kore mit sanften Worten. „Ich bin Arzt. Ich bin zwar schon im Ruhestand, aber noch immer heile und verbinde ich die Wunden von Leuten, die sich das Medizinzentrum nicht leisten können."

Kores Blick fiel auf den gealterten Mediziner, der vor ihr mit einer farblosen Kleidung stand. In der Eile band er sich eine weiße Schürze um. Sein Gesicht wirkte fahl und hatte einen Dreitagebart. Man sah, dass er sich nur sehr unregelmäßig rasierte.

„Mir tut alles weh ...", ächzte Kore vom Schmerz geplagt. In ihr pochte es unentwegt durch die Blutadern.

„Kein Wunder. Du hast dich ja auch mit einer der gefährlichsten Straßengangs von Presson angelegt. Den Hermesbrüdern. Toll. Jeder von denen heißt Hermes und sie kommen wie ein Strafgericht über alle, die sich ihnen in den Weg stellen. Sie verdienen ihr Brot mit Drogen und Erpressung. Du warst sehr mutig, aber auch leichtsinnig, sagte mir der Junge, der dich hierher brachte", antwortete Adalmus bedächtig. Er gab bewusst Acht den Namen von Kores Retter nicht in den Mund zu nehmen. Aber Kore konnte man nichts verheimlichen.

„Sein Name ist Neko, nicht wahr?", sagte sie daher unverblümt.

„Dann hast du seinen Namen doch mitgekriegt", schloss Adalmus bedauernd daraus. „Er wollte nicht, dass du weißt, wer er war."

„Ich kenne ihn", sagte Kore betroffen. Ihr drängten die Tränen in die Augen. Unweigerlich spulte die Erinnerung die Szenen wieder ab, welche sie mit ihm verband. Darin war auch ihr Versprechen, das sie sich im Waisenhaus einst selbst beschwor, ihre Brüder und Schwestern wieder zu besuchen. Auch wegen Neko. Aber seit sie bei ihren Adoptiveltern lebte, sah sie das Waisenhaus nicht mehr. Sie fragte auch nicht mehr danach. Lieber entschied sie sich dem Lernen für ihre eigene

Zukunft die Aufmerksamkeit zu widmen, als an die Menschen ihrer Vergangenheit einen Gedanken zu verschwenden.

Godje schwebte zu Kore heran und zerfiel, wie es Kore von dem Roboter im Unterricht kannte in eine Wolke, um die Geschehnisse der letzten Jahre anschaulich zu machen.

„Das Waisenhaus hat seinen Betrieb eingestellt", säuselte er, während er sich in das Tompswaisenhaus in Kores vertrauter Erinnerung in miniaturisierter Form verwandelte. Ein roter Balken strich es durch, wie bei einem Verbotsschild.

„Etwa zwei Jahre, nach dem du adoptiert wurdest, musste es schließen. Es kamen keine Kinder mehr zu uns. Wir hatten nur noch Neko nach dem Karol und Holger zur Polizei gegangen sind", sagte Godje auf seine künstliche Art und Weise. „Miss Conners nahm Neko bei sich auf und kümmerte sich um ihn. Aber nur wenig später fiel sie einem Gewaltverbrechen zum Opfer. Es gibt nur einen Zeugen, der sah, wie meine Herrin umgebracht wurde. Und das war Neko. Er hatte Angst. Schreckliche Angst. Ich selbst war nicht dabei, als meine Herrin starb. Man brachte den Jungen zwar in ein anderes Waisenhaus, aber Neko lief weg und kam in Dails unter. Dem Bezirk in Presson, der vor allem nachts gemieden wird, wenn man mal vom Unterhaltungsviertel absieht. Dort schlägt er sich seither mit Drogenkurierdiensten und als Aushilfskellner durch. Die Polizei verhaftete ihn schon ein paar Mal wegen seiner Kurierdienste für die Drogenszene", erzählte Godje traurig mithilfe seiner dreidimensionaler Wolkentransformationstechnik.

Adalmus verfolgte Godjes Ausführungen sehr reserviert. Seine Zuhörerin übersah nicht, dass auch er mit sich kämpfte, als Godje die Vergangenheit so lebhaft darstellte. Kore zuckte in sich zusammen, als sie das hörte. Eigenartigerweise ging es ihr jetzt körperlich wieder besser. Sie wusste nicht warum, aber die Schmerzen in ihr ließen schneller nach, als sie dachte.

„Ich bin zu meinem Erfinder zurückgekehrt und assistiere ihm jetzt. Wir fanden Neko einmal vor unserer Tür zusammengeschlagen und versorgten ihn. Seither sehen wir ihn öfters hier. Er bringt meistens jemanden vorbei, der Hilfe braucht und sich nicht im Medizinzentrum versorgen lassen kann", schloss Godje seine Erzählung ab.

„Godje. Das ist ja furchtbar", antwortete Kore sichtlich Anteil nehmend und richtete sich auf. Ihre Schmerzen waren bereits wie weggeblasen. Es zog in ihr noch etwas in den Gliedern, doch das legte sich schnell.

„Bist du verrückt? Warum stehst du auf? Du hast dir mehrere Knochen gebrochen. Du bist …", schrie Adalmus entsetzt auf.
Ungläubig fuhr Adalmus mit seinem Scanner über Kore auf und ab und starrte staunend auf die Anzeige seines Körpertopografen.

„Was?", haspelte er ungläubig. „Du bist kerngesund. Das gibt es doch nicht. Das ist unmöglich. Ich hab doch vorhin ganz deutlich gesehen, dass …"
Er machte eine kurze Pause und durchleuchtete Kore mit einem misstrauischen Blick: „Wer bist du? Ein göttliches Wesen?", fuhr Adalmus Kore aufgebracht an. „Niemand

kann innerhalb von Sekunden einen Menschen mit Knochenbrüchen heilen. Nicht mal die im Medizinzentrum schaffen das."

„Ich weiß es nicht", entgegnete Kore wie in die Enge getrieben. So unheilvoll mit dem größten Rätsel ihres Lebens konfrontiert zu werden, trieb ihr den Schweiß auf die Stirn. „Ich bin ein Waisenkind. Eine Tomps. Ich kenne meine Eltern nicht."

Sie wusste sich selber keinen Reim auf ihre einzigartige Eigenschaft der raschen Wundheilung zu machen. In der Vergangenheit erlebte sie kaum Situationen, in denen sie mit diesem Phänomen in Berührung kam. Sie versuchte zwar mal auf die Bäume im Eichenhain zu klettern, um den Vögeln in ihren Nestern aus nächster Nähe beim Brüten zuzusehen. Doch da Indreen immer ein Auge auf sie warf und sie ihm versprechen musste, nicht mehr solche gefährlichen Extratouren zu unternehmen, kam sie nie in eine ernsthafte Verletzungsgefahr.

„Natürlich kennst du deine Eltern nicht. Wie alle Waisenkinder ihre Eltern nicht kennen. Vielleicht bist du auch ein Experiment der DNA-Forschung. Die versuchten immer, solche Leute wie dich zu konstruieren. Sie schafften es aber nie, weil ich in dieser Branche mein Leben lang arbeitete, bevor ich mich zur Ruhe setzte. Weißt du denn nichts über deine Herkunft? Gibt es nicht irgendeinen Anhaltspunkt?", fragte Adalmus sie hartnäckig weiter aus.

„Man fand nichts bei mir, als man mich abgab. Ich hab nur zwei Narben auf meinem Rücken", erwiderte Kore achselzuckend. Zu gerne hätte sie selber gewusst, wer ihre Eltern waren. Die Hoffnung, es je einmal herauszufinden, gab sie an einem Tag auf, als Indreen ihr erklärte, dass man nicht nach dem Ursprung seiner Existenz fragen musste. Weil der Lauf der Welt wie ein ewiger Fluss ist, den man mit dem eigenen Leben an einem bestimmten Abschnitt betritt und wieder verlässt. „Egal, wer dich in das fließende Wasser der Zeit warf, du erfüllst, in dem das du bist", lauteten seine Worte.

„Zwei Narben?", horchte Adalmus interessiert auf. „Das ist doch schon was. Darf ich sie mir mal ansehen?"

Es ließ seine Augen regelrecht aufblitzen. Der alte Forschergeist ergriff wieder Besitz von ihm. Kore drehte ihm bereitwillig den Rücken zu. Insgeheim schöpfte sie Hoffnung, dass ihr der Arzt half, das fehlende Puzzleteil ihrer Herkunft zu ergänzen.

„Warte, ich ziehe meine Bluse aus", sagte Kore und knöpfte sich ihr Hemd auf. Sie gab Adalmus den Blick auf ihre einzigen körperlichen Merkmale frei, die Mildred bei ihrer Ankunft als ein besonderes Kennzeichen im Archivator vermerkte. Neugierig fuhr er mit seinem Zeigefinger über sie. Kore spürte dessen Kühle auf ihrer Haut. Adalmus zog seine Operationslupe hervor, mit der er gewöhnlich Geschosse in Körpern lokalisierte.

„Eigenartig. Die beiden Narben befinden sich genau auf gleicher Höhe und etwa zwei Fingerbreit unterhalb der Schulterblätter. Es scheint, als ob dort jemand etwas herausoperiert hat", kombinierte Adalmus mit seinem Kennerblick. In seinem Schädel arbeitete sein Verstand bereits auf Hochtouren und gab seinem Forschertrieb mächtig Nahrung. Es trieb ihn zu neuen Höchstleistungen empor, für die der Doktor in seiner Vergangenheit so geachtet und geschätzt wurde. Nicht umsonst gab man ihm die erste Auszeichnung der Medizin, die Kore erst jetzt staunend bemerkte, als sie die Wand ihr gegenüber begutachtete.

„Du bist ein Preisträger?", fragte Kore überrascht. Sie erwartete nie und nimmer, von einer berühmten Persönlichkeit untersucht zu werden. Damit jemand eine solche Urkunde sein Eigen nennen durfte, musste er schon eine revolutionäre Leistung erbracht haben. Der Rat der Sechs übergab sie persönlich. Eine nicht messbare Ehre, die bislang nur wenige Mediziner teilten.

„Das ist lange her", bemerkte Adalmus beiläufig kurz dazu, als er seinen Körperscanner auf Topografie mit Tiefenwirkung neu einstellte. „Ich möchte nicht darüber sprechen, Kore. Ich hab das nur aufgehängt, damit es nicht im Weg herumliegt. Für mich hat diese Urkunde keine Bedeutung."
Deutlicher hörte Kore die Botschaft seiner barschen Antwort nicht heraus. Was auch immer Adalmus für diese Urkunde leistete, er tat es nicht aus Selbstprofilierung oder Bereicherung. Adalmus setzte seinem Körpertopografen über ihre Narben. Er stellte auf seiner Anzeige zunächst nichts Augenauffälliges fest. Aber der Körpertopograf arbeitete auch im Nanobereich. Sogar bis zu drei Zentimeter unter der Hautoberfläche. Das feinabgestimmte Gerät vermochte es, ein paar lose Nervenstränge dort zu erfassen. Selbst wenn es nur noch eine kleine molekulare Struktur war.

„Heureka", jubelte es freudig über sein Gesicht. „Da sind lose Nervenstränge. Zwar nur ein paar Zellen, aber sie scheinen intakt zu sein. Das ist das Wichtigste."

„Und was heißt das?", fragte sie ihn erwartungsvoll, doch Adalmus überging ihre Frage gezielt.

„Kore. Hör mir zu", meinte er und sah ihr tief in die Augen. „Ich weiß, du musst das nicht tun, was ich dir vorschlagen werde. Aber ich glaube, ich kann das, was man dir da hinten entfernt hat, wieder nachwachsen lassen. Offenbar wollten diejenigen, die dich damals abgegeben haben, verhindern, dass jemand herausfindet, was oder wer du bist. Wenn du es willst, werde ich dir das, was man dir nahm, wieder zurückgeben. Du musst aber damit rechnen, dass es dein Leben, wie du es kennst, für immer verändern wird. Mit dem Wissen wächst die Verantwortung. Willst du wirklich wissen, was an deinem Rücken war? Es könnte sein, dass du damit nicht klarkommen wirst. Noch wissen wir nicht, ob es ein Glücksfall ist, dass sich da ein Zellenrest befindet."

„Man hat mir etwas entfernt?", rätselte Kore von Neugier gepackt. „Könnte es vielleicht mit meiner Herkunft zu tun haben?"

„Ein ganz klares Ja", sagte Adalmus zuversichtlich. „Es muss etwas damit zu tun haben."

Natürlich dachte sie wieder an Indreens Worte zum Ursprung ihrer Existenz, aber der Drang doch die Wahrheit zu erfahren, war stärker. Daher sagte sie kurz entschlossen: „Gut. Ich mach es. Lass es mir wieder nachwachsen."

„Das hör ich mit Freuden. Was es ist, werden wir bald wissen, wenn ich dir meinen patentierten Gewebeerneuerer eingespritzt habe", sagte Adalmus euphorisch. „Damit kann ich in nur wenigen Stunden alle Körperteile wieder neu entstehen lassen. Dank ihm gehören Krüppel der Vergangenheit an."

„Gut. Dann tun wir es", sagte Kore entschieden. Adalmus holte eine Art Pistole mit einer Serumflasche als Magazin aus einem Medizinschrank und setzte seine Mündung auf Kores Narben an. Zweimal drückte er auf jede Narbe ab. Kore spürte zwei kurze Stiche in ihrem Rücken, denen eine mollige Wärme folgte. Sie hüllte die Stellen in ihrer Kehrseite ein, die der Doktor zuvor lokalisierte.

„So. Jetzt gehst du erst mal nach Hause und ruhst dich aus …", beendete Adalmus tief durchatmend seine Arbeit. „Morgen früh kommst du wieder zu mir und dann werden wir sehen, was …", wollte der Doktor sagen, doch dann gingen plötzlich Adalmus die Worte aus. Denn was normalerweise Stunden gebraucht hätte, vollzog sich bei Kore in nur wenigen Sekunden.

„Was ist los? Ich spüre so ein heftiges Ziehen in meinem Rücken. Es ist so …", brachte Kore über die Lippen, doch da zeigte das Mittel bereits seine Wirkung.

Adalmus weiteten sich überrascht davon die Augen und auch aus Godje entfuhr es einen ungläubigen elektronischen Ton. Wie entgeistert versuchte ihr Verstand das seidig wirkende Flügelpaar zu verarbeiten, das sich rasend schnell auf Kores Rücken bildete. Von der Form bestanden sie aus zwei großen, fast durchsichtigen Schwungflügeln, die an Länge deutlich über Kores Kopf hinausragten und einem kleineren Flügelpaar, das offenbar für die Lenkung diente. Das Licht der Operationsleuchte brach sich in dem fein geäderten Gewebe, was ein geheimnisvolles Glitzern darin verursachte. Es ließ sie mystisch aufleuchten. Adalmus berührte sie fasziniert und fuhr ganz vorsichtig mit dem kleinen Finger über ihre Oberfläche, was Kore deutlich in ihren Flügeln wahrnam. Sie zuckte unvermittelt mit ihren Anhängseln von der ungewohnten Berührung impulsartig auf.

„Du spürst also meinen Finger. Sehr gut. Dieses Gewebe ist also berührungsempfindlich. Die kleinen Adern da drin müssen die Nervenbahnen sein. Das gibt's ja nicht. Was bist du nur für ein seltsames Wesen? So etwas. Du siehst ja aus wie eine, eine …", versuchte sich Adalmus wie von der Rolle wieder zu fangen.

„… Fee", beendete Godje treffend mit seiner nüchternen Art. Dass er die Fantasiewesen kannte, lag daran, dass er Indreen oft zuhörte, wenn dieser den Waisenkindern seine Märchen erzählte.

„Ich? Eine Fee? Das kann nicht sein. Dann müsste ich ja Zauberkräfte oder so etwas haben. Ich kann aber nicht zaubern", erwiderte Kore aufgeregt. „Habt ihr einen Spiegel hier? Ich will das gern selbst sehen", fragte sie den Arzt.

Adalmus öffnete eine Schranktür mit einem eingelassenen Spiegel auf der Innenseite, worin sich Kore von Kopf bis Fuß betrachtete. Beim ersten Anblick der Flügel stöhnte Kore vor Schock auf. Sie versuchte nicht einmal, ihre neuen Körperteile zu bewegen.

„Das gibt es einfach nicht", fuhr Adalmus nach Worte ringend fort. „Nein. Was haben sie nur mit dir gemacht? Das muss ein geheimes Projekt sein, wovon ich nichts weiß. Jetzt eifern sie danach auch Fantasiewesen Wirklichkeit werden zu lassen", wetterte Adalmus wütend, während sich Kore mit entsetztem Gesicht weiter im Spiegel besah.

„Das muss geheim bleiben, Doktor", sagte Godje eindringlich. „Wenn jemand Kore so sieht, gerät sie in große Gefahr."

„Ja, du hast Recht, Godje. Kore, du musst das für dich behalten. Vielleicht kann man sie ja zusammenlegen, damit sie dich nicht stören."

„Wie soll das gehen?", fragte Kore. Ihr wurde immer schwummriger, je länger sie über die möglichen Folgen ihrer Veränderung nachdachte. Ihre Hände fuhren zum ersten Mal über ihre Anhängsel. Es fühlte sich in etwa so an, als ob sie über ihre Haare mit der Hand strich. So nach und nach malte sie sich in ihrem Geiste die Vorstellung aus, was passierte, wenn sie so wieder ihren Alltag aufnahm. Ihre Angst davor wurde immer panischer, je mehr sie an Details dachte.

„Wie soll ich so zur Akademie gehen? Wenn ich Schwimmunterricht habe, werden die bestimmt meine Flügel entdecken", jammerte sie hilflos.

„Kopf hoch Kore", versuchte Godje sie zu trösten. „Wir überlegen uns schon etwas für dich. Komm morgen wieder her."

„Ja. Vielleicht fällt uns bis dahin eine Lösung ein, die uns nicht deine Flügel entfernen lässt. Vielleicht", meinte Adalmus mit wenig Hoffnung und lächelte ihr verhalten zu. „Wenn es nicht anders geht, dann machen wir sie dir eben wieder weg. Wenn die damals den Eingriff vornehmen konnten, dann werde ich das auch hinkriegen."

Vorsichtig faltete Adalmus Kores Flügel zu einem Bündel zusammen und verpackten es auf ihrem Rücken. Erstaunlicherweise zeigten sie sich sehr elastisch und leicht biegbar. Kore zog ihre Bluse wieder an, wobei nun auf ihrem Rücken eine dicke Beule zu sehen war. Sie ließ Kore wirken, als habe sie einen Buckel bekommen. Immerhin verdeckte Kores dichte Haartracht das Bündel soweit, dass es nicht sofort auffiel.

„Also gut. Ich komme morgen wieder, Doktor", verabschiedete sie sich von der Erfahrung verstört.

„Gehe am besten heute nicht zur Akademie", riet ihr Adalmus zum Abschied. „Nur zu deiner eigenen Sicherheit. Ruh dich lieber zu Hause aus. Und noch etwas: Sag von jetzt an Adalmus zu mir. Nenne mich ruhig so, wie es die anderen in dem Viertel hier auch tun."

Auch Godje verabschiedete sich und Kore ging über das Erlebte nachdenkend nach draußen. Als sie den Weg entlang sah, erkannte sie den Fußweg wieder, den sie jeden Morgen zur Akademie nahm. Adalmus wohnte genau an der Bezirksgrenze von Dails und Hailwood. Seine Parzelle befand sich nur unweit der Unterführung, in der sie die Hermesbrüder zusammenschlugen. Von hier aus fiel es ihr nicht schwer, nach Hause zu finden. Auf ihrem Weg zurück, dachte Kore über eine Anzeige bei der Polizei nach. Doch angesichts ihrer Flügel und den weiter damit verbundenen Fragen seitens der Behörde verwarf sie diese Idee schnell wieder.

Kapitel 5

Einen Schritt zurück

Die Uhr schlug gerade ein Uhr nachmittags, als Kore zu Hause ankam. Es war für sie ein ungewöhnliches Gefühl zu dieser Zeit wieder hier zu sein. Normalerweise hätte sie gerade der Juravorlesung beigewohnt und wäre anschließend zum Schwimmen gegangen. Nun aber stand sie nach nur einem halben Tag vor ihrer Heimstatt und bekam diesesmal anstatt weiteren Lernstoffs neue Körperteile verpasst. Ihr nachdenklicher Blick fraß sich an dem gepflegten Vorgarten mit seinen üppigen Blumenbeeten fest. Eine auf Basis der Nanotechnologie arbeitende Universalgärtnermaschine jätete gerade die Beete. Auch in ihr arbeitete es. Es wäre ein Leichtes hineinzugehen, sich ins Bett zu legen und sich auszuruhen, wie es Adalmus empfahl. Aber sie konnte nicht. Nicht wegen der Sicherheitseinrichtung der Haustüre, einer biometrischen Personenerkennung. Sie identifizierte die Hausbewohner mit Hilfe von Sensoren durch Abtasten. Nach Übereinstimmung der gespeicherten Daten entriegelte das System die Türen wie von selbst. Nein.

In Kores Gedankenwelt kreisten viele unangenehme Fragen, die sie nicht in Ruhe ließen. Sie erfuhr durch diesen brutalen Angriff viel zu viele Neuigkeiten, um sich zu entspannen. Außerdem wusste sie jetzt noch nicht, was sie ihren Freunden über ihr heutiges Nichterscheinen sagen sollte. Früher oder später passierte es ohnehin, dass sie sie nach ihrer Beule auf dem Rücken fragten. Aber das waren nicht ihre einzigen Sorgen. Das Waisenhaus hinter dem Rifgensteinmassiv war inzwischen geschlossen, Miss Conners ermordet und Neko schlug sich alleine durch das Leben als Kurier für Drogenbanden und als Aushilfskellner. Godje wurde von Adalmus gebaut. Er war also der heimliche Verehrer, den Miss Conners tunlichst vor den Kindern und ihrem Personal geheim hielt. All diese Neuigkeiten drängten sich in ihren Kopf und sie musste sie erst einmal verdauen. An dem vermeintlich gekappten Faden ihrer Vergangenheit knüpfte sich hartnäckig ein weiteres Band. Kore wusste nicht warum. Es drängte sie heute zum ersten Mal ernsthaft den Weg zu nehmen, den sie schon vor vielen Jahren einmal zu gehen beschwor. Zurück zum Waisenhaus. Kurz, nachdem sie bei den Berrys eine neue Bleibe fand, kam immer etwas dazwischen. Sei es, dass sie zu ihren neuen Freunden eingeladen wurde oder dass es für sie ein neues interessantes Lehrstoffgebiet zu erschließen galt. Sei es, dass es Kulturveranstaltungen oder der Besuch von Ausstellungen der zeitgenössischen Kunst oder Technik war. Reisen an Orte, die viel weiter entfernt lagen, als das Waisenhaus. Stätten, die mehr Anregung versprachen als ein Ort, den sie doch schon in und auswendig kannte. Immer war etwas dazwischen gekommen. Immer und es schien ihr bedeutend Wichtiger zu sein, als die Menschen, die sich in ihrer frühen Jugend um sie kümmerten und sie groß zogen. Sie machte sich in ihrem

Sie machte sich in ihrem Herzen schwere Vorwürfe, ihrem Schwur keine Taten folgen gelassen zu haben. Diese Zeit kam nie wieder. Aber auch die Zeit selbst war es, die ihr die Entscheidung auf brutalste Art und Weise abnahm. Kore zählte mittlerweile 18 Jahre, als sie sich erstmals in ihrem Leben entschloss, mit ihrem eingefleischten Ritual zu brechen, die Hypergleitbahn zu besteigen und hinaus zum ehemaligen Waisenhaus zu fahren. Nach nur fünfzehn Minuten Fahrzeit durch den Tunnel des Rifgensteinmassivs lief der Zug bei der noch in Betrieb gehaltenen Station ein. Als Einzige stieg Kore an dem vereinsamten Haltepunkt aus. Als sie sich umsah, kamen ihr lebhaft die Erinnerungen aus der frühesten Kindheit zurück, die sie mit diesem Ort verband. Immer, wenn eines ihrer Geschwister volljährig wurde, begleitete sie ihn bis hierhin und verabschiedete sich dort. Auch erinnerte sie sich an Gruppen, die an einem ganz bestimmten Tag im Jahr hier ausstiegen, um zum Memorial zu wandern.

An der Treppe zum Abgang zu der Gedenkstätte hing eine Elektrodentafel. Sofort stach Kore die folgende Bekanntmachung der Hyperbahnverwaltung ins Auge: Diese Station wird zum 01.01.240 n. T. geschlossen. Die zentrale Gedenkstätte wird nach Cherson verlegt."
Wenn also die Gedenkstätte nicht hier draußen errichtet worden wäre, gäbe es den Haltepunkt der Hyperbahn nicht und sie hätte heute nie ihren Weg zum Waisenhaus fortgesetzt. Kore atmete erleichtert auf, denn um außerhalb der Stadt in der Wildnis unterwegs sein zu dürfen, musste man sich zuvor beim Magistrat anmelden. Dieser gab einem einen Peilsender mit, der im Falle einer Vermisstenmeldung aktiviert wurde. An einen anonymen Besuch wie heute beim ehemaligen Heim wäre dann nicht zu denken gewesen. Am Fuß der Treppe erkannte sie den breiten Asphaltweg wieder, der zur Gedenkstätte führte. Er war gut in Schuss gehalten. Ganz im Gegensatz zu dem mittlerweile verwachsenen Pfad, der am Treppenende der Station zum Waisenhaus abzweigte. Ein Hinweis, dass er hier zum Waisenhaus ging, fehlte. Dichte Grasbüschel sprengten bereits den Asphalt auf. Zudem ragten dünne Äste und Wurzeln der Bäume ringsum in seine Mitte hinein, sodass sie auf jeden Schritt, den sie tat, achtgeben musste, um nicht zu stolpern. Sie erinnerte sich daran, dass früher der Infrastrukturdienst der Stadt Presson für seine Pflege sorgte. Der rückte jährlich mit einer Kolonne von Gärtnern und Straßenbauern an. Als kleines Mädchen beobachtete sie die Landschaftspfleger neugierig bei ihrer Arbeit. Sie ließ sich von den Leuten das Lichtmesser zum Stutzen der Äste vorführen, das auf der Lasertechnologie basierte. Mit jedem Schnitt wurden gleichzeitig die Baumadern verödet, was das Eindringen von krankmachenden Bakterien verhinderte.
Während sie über die Wurzeln stieg, stieg auch in Kore eine Flut von Erinnerungen empor. Jeder einzelne Schritt über die von den Gewächsen aufgebrochene Asphaltdecke ließ die für immer verschüttet geglaubte Vergangenheit wieder zum Vorschein kommen. Sie war in ihrem Inneren nie wirklich weg und so präsent in ihr, als sei es erst gestern gewesen. Der verwachsene Weg sah in ihrem geistigen Auge noch genau so aus, wie wenn ihn die Landschaftspfleger erst gewartet hätten.

die Landschaftspfleger erst gewartet hätten. Kein Wunder, dass ihr Gang zum Heim eher einem Stolpern ähnelte, da sie ihre Hindernisse nicht wirklich wahrnahm. So nach und nach schob sich ihr die vertraute Silhouette des Waisenhauses näher. Natürlich war es von den mächtigen Eichenbäumen mit ihren ausladenden Ästen und dichtem Laub zugedeckt. Doch vor Kores geistigem Auge stand es frisch und unverbraucht wie eh und je im Eichenhain. Heute aber umschlangen die Bäume den Ort wie eine würgende Bohnenranke. So, als zog sie das Haus an sich, um es vom Erdboden verschwinden zulassen. Über den Hauseingang prangte noch immer der Spruch seines Gründers: „Schließe mit dir selbst den Frieden." Allerdings setzten sich bereits Moose und Flechten darin an, was die Buchstaben fast unleserlich machte.

Gerade in diesem Moment überwältigten Kore die zahllosen Erlebnisse ihrer frühesten Jugend, die sie mit diesem Ort verband. Den mittlerweile verwachsenen Weg ging sie oft zusammen mit ihren Brüdern und Schwestern, wenn sie die Stadt Presson oder das Umland besuchten. In ihrem Kopf erschienen lebhaft die Bilder dazu. Auch die Szene, als sie zum ersten Mal in ihrem Leben mit der Hyperbahn nach Cherson fuhr. Miss Conners nahm Kore an diesem Tag an die Hand, damit sie nicht unkontrolliert auf dem Bahnsteig umherlief, während sie auf den Zug warteten. Kore wollte bereits damals unbedingt wissen, wie es das Ding schaffte, so schnell an Fahrt zu gewinnen. Vor Neugierde versuchte sie einmal die Pfeiler hochzuklettern, doch Michelle holte sie rechtzeitig herunter und zeigte ihr den Umgang mit dem Universallexikon, das zu allen technischen Themen genaue Ausführungen in Bild und Ton enthielt. Dabei stolperte sie über die Tierwelt des Planeten, was sie als Nächstes in den Bann schlug. Sie bettelte daraufhin bei Miss Conners, diese Tiere einmal im Original sehen zu dürfen. Und so kam es, dass sie nach Cherson fuhren, um den dortigen Zoo anzusehen. Man musste allerdings sagen, dass dies kein richtiger Zoo war. Der "Mystische Krieg" rottete viele Tiere, die einst den Planeten bevölkerten, buchstäblich aus. In diesem Zoo bewunderte man digitalisierte dreidimensionale Nachbildungen dieser Tiere in Originalgröße. Auch diejenigen, die es nicht mehr gab. Die wenigen Arten, die den Krieg überlebten, waren dort in Reservaten zu sehen. Man bildete die einzelnen klimatischen Zonen in einer riesigen Schutzkuppel nach und trennte die Gehege durch Wände. Von oben ging der Besucher auf Stelzenwegen durch die Anlage und sah aus sicherer Entfernung zu den Tieren hinunter. An all die Ausflüge und auch der Tag, an dem sich Harol aus dem Heim verabschiedete, blieb ihr in guter Erinnerung. Alle begleiteten den scheidenden Bruder auf diesem Weg zur Bahn und wünschten ihm Lebewohl am Haltepunkt. Nie vergaß Kore die Tränen in seinen Augen, als er in den Zug stieg. Ungern verließ er den Ort, der für ihn eine Heimat war. Und Kore selbst? Sie fühlte sich wieder, wie Dora und Edward sie am Tag ihrer Adoption an den Händen nahmen und mit ihr den fliegenden Engel spielten. Den ganzen Weg zum Haltepunkt hinauf. Im Gegensatz zu Harols Abschied begleiteten sie weder ihre Geschwister noch die Pfleger auf dem Weg zur Station. Nur Miss Conners stand am Eingang und sah ihr winkend nach. Kore glaubte ein Lächeln in ihrem Gesicht zu erkennen, als sie allmählich Gefallen an dem Spiel fand. Kaum dass das Heim außer Sicht kam, sagte Dora zu Kore: „Für dich beginnt jetzt ein neues Leben. Du wirst alles aus nächster Nähe sehen. Egal, wohin du auch möchtest, die ganze Welt steht dir offen."

Es war in der Tat so. Sie bereiste seit ihrem Abschied die ganze Welt. Jetzt konnte Kore im Technikmuseum eine Replik der Hypertrasse in Augenschein nehmen, ohne dass ein Alarm aufgeheult wäre. Sie besuchte sogar ein Fusionskraftwerk und ihre Ferien verbrachte sie an langen ausgedehnten Sandstränden. Es gab so viel Neues in der Ferne zu entdecken, sodass es Kore gar nicht mehr in den Sinn kam, dem Waisenhaus nachzuhängen. Dies war nun Vergangenheit. Eine Vergangenheit, die nicht wieder kam, weil sie nicht dazu diente, sich zu wiederholen, sondern nur erfahren zu werden. Kore freute sich über jeden neuen Tag, den ihr das Leben schenkte. Es war voller Überraschungen und Abenteuer, deren Naturell sie begeistert aufnahm. An Neko verlor Kore schon bald keinen Gedanken mehr. Miss Conners blieb ja bei ihm und außerdem dürfte er doch auch, spätestens bei seiner Volljährigkeit, diese Wunder erleben wie sie jetzt. Aber das war sein Leben und nicht ihres.

Heute stand sie erneut vor dem Haus ihrer Kindheit. Aber diesesmal änderten sich die Vorzeichen. Ein kleines naives Gör ging einst fort in die weite Welt, um nie mehr hierher zurückzukommen. Dennoch brachte sie das jüngste Ereignis wieder vor seine Pforte. Warum? Nun starrte sie auf den Spruch über den Eingang. Seine Bedeutung wurde ihr immer klarer. Er sprach gar nicht diejenigen an, die in dem Haus arbeiteten oder wohnten. Diese ließen ihre Vergangenheit noch nicht hinter sich. Er war für jene gedacht, die hier nichts mehr verloren hatten. Nämlich für solche Leute wie es Kore jetzt war. Ehemalige Waisenkinder oder Pfleger, die unverhofft wieder erschienen und mit sich und ihrer Vergangenheit haderten. Kore las den Satz über der Tür schon als kleines Kind. Damals aber blieb ihr der Sinn des Spruches gänzlich unbekannt. Woher hätte sie seine Bedeutung auch kennen sollen? Sie verfügte doch seinerzeit nicht über die Lebenserfahrung, die erst das Verstehen dieses Satzes voraussetzte. Als sie Indreen danach fragte, erklärte er ihr das so: „Tomps stellte die Heime unter diesen Leitspruch, weil er damit ein persönliches Anliegen verband. Wenn du größer bist, solltest du mal im Archiv darüber nachlesen. Es gibt eben Dinge, die du selbst erforschen musst, damit du sie wirklich verstehst. Dir das einfach so zu sagen, würde seiner Bedeutung nicht gerecht."

„Es bedeutet ...", so sagte ein elektronisches Stimmchen erklärend zu ihr, „... dass man Vergangenheit nicht ändern kann und sie als Geschehen in seinem Innersten annehmen muss. Was da ist, kann nicht geleugnet werden."

Kore schreckte auf. Godje stand als schlichter silberner Würfel geformt neben ihr. Woher erschien er so plötzlich?

„Du!!!", rief sie erschrocken.

„Ich bin einer der Wenigen, die von deiner Zeit im Waisenhaus wissen. Mir als Maschine wird die menschliche Regung über Vergangenheit, ein Rätsel bleiben. Für mich bedeutet Vergangenheit die Zeit, in der ich das Wissen gesammelt habe, mit dem ich jetzt bin. Zukunft bedeutet für mich folglich die Zeit, in der ich das Wissen sammle, das ich einmal haben werde."

„Gegenwart ist demnach für dich die Summe deiner Erfahrungen aus der Vergangenheit", folgerte Kore aus seinem Reden.

„Ja. So könnte man es nennen. Tomps, der das Waisenhaus gründete, fühlte ähnlich wie du. Er wusste, dass er die Vergangenheit nicht mehr ändern konnte, und nahm sie als gegeben an. Er wusste aber auch, dass die schlimmen Dinge, die ihm damals passierten, ihn sein Leben lang begleiten. Sie würden immer da sein und in seinen weiteren Entscheidungen eine wichtige Rolle einnehmen. Entscheidungen, die nicht mehr in Hass und Tod enden. Er stand damals vor der Wahl sein weiteres Leben entweder in Verbitterung zu verbringen oder aber zu Vergeben."

„Vergeben? Nach all dem Wahnsinn?"

„Ich gebe zu, das klingt nicht logisch, jedoch wusste Tomps, dass Vergebung nicht etwas ist, das man gegenüber anderen tut, sondern immer gegenüber sich selbst. Er nahm daher die Vergangenheit mit seinem Herzen an. Denn nur wer seine Vergangenheit und den Schmerz darin bejahend fühlt, tut den ersten Schritt zur Versöhnung mit sich und der Welt. Er schloss mit seinem Inneren Frieden, in dem er aus ihr die Lehren für die Zukunft zog. Tomps segnete sie und dann ließ er sie ziehen. Egal, wohin du gehst, du nimmst deine Vergangenheit mit dir. Wenn du nicht willst, dass sie dir zur Last wird, dann stehst auch du vor der gleichen Wahl wie er. Der Schritt der Vergebung bleibt dir nicht erspart, wenn du mit deiner Vergangenheit in den Frieden kommen willst."

„Darum ließ er nach dem großen Krieg in allen bewohnbaren Teilen der Welt Waisenhäuser wie dieses aus dem Boden stampfen. Sie waren ein Zeichen der Versöhnung. Tragen sie alle denselben Spruch über der Tür?"

„Das tun sie", antwortete Godje geduldig. „Sie alle verfügten über den modernsten Stand der Technik der damaligen Zeit und sollten jedem Kind eine faire Chance für seine Zukunft geben. Und es gab damals viele Waisen, wie du aus dem Unterricht sicherlich weißt. Heute gelangen kaum noch Kinder in ein Waisenhaus. Eher töten die Mütter und Väter ihre Kinder, bevor sie eine Chance auf ein Leben erhalten. Tomps hätte es das Herz zerrissen, wenn er von diesen Zuständen heute wüsste. Der Krieg prägte ihn. Trotz des unsäglichen Leides seiner Zeit sagte er ja dazu. Zu allem Schmerz und Bitterkeit. Wie gesagt, es klingt nicht folgerichtig, aber es war notwendig, Kore. Denn nur dann ist es möglich, eine Zukunft zu haben. Dass sie einmal so aussehen wird wie heute, hätte sich Tomps nie träumen lassen. Egal, was die Geschichtsschreibung heute von ihm halten mag, man kann ihm sein Engagement für die Waisen nicht abstreiten. Dadurch, dass er soviel Gewicht auf die Versorgung und Erziehung der elternlosen Kinder legte, ersparte er auch dir eine andere Zukunft. Daran siehst du, welch große Bedeutung er dem Frieden mit dem inneren Selbst beimaß. Eine neue Zeit beginnt erst, wenn man die Vergan-

man die Vergangenheit gewürdigt und in Frieden ziehen lässt. Solange man aber mit ihr hadert, kerkert man seine Seele ein und hindert sie daran sich weiter zu entwickeln."

„Godje, ich fühle mich so schlecht. Hätte ich euch doch viel früher besuchen können. Hätte ich nur …", Kore schluchzte. Tränen sammelten sich in ihren Augen, bis sie ihr über die Wangen liefen.

„Unser Haus wäre dadurch auch nicht vor der Schließung bewahrt worden", wandte der Roboter ein. „Ich habe dir nicht alles darüber mitteilen können."

„Es kann jetzt nicht mehr schlimmer werden."

„Ich weiß. Das alles ist jetzt sehr viel für dich", antwortete Godje verständnisvoll. „Willst du hineingehen?"

„Ja", sagte Kore und trat zum versiegelten Eingang heran, an dem eine dicke Plombe mit dem Wappen des Magistrats der Stadt Presson prangte. Ein schwarzer Kreis auf weisem Grund, in dem ein Sechseck eingelassen war.

Ein Schild stand dort, auf dem nüchtern zu lesen war: „Geschlossen. Bitte geben sie die Waisenkinder bei der nächsten Ordnungsstelle in Cherson ab."
Auch die Babyklappe war sicherheitshalber mit einer Plombe versiegelt, damit niemand in die Versuchung kam, dort einen Säugling trotz der Schließung hineinzulegen. Godje sagte daher zu ihr: „Auf diesem Weg kommen wir nicht hinein. Aber im Hof haben wir bessere Chancen."
Während Kore mit Godje um das Gebäude ging, dachte sie über die letzten Worte von Godje nach. Nur wer seine Vergangenheit angenommen, sie gewürdigt und in Frieden ziehen lässt, kann wieder nach vorne blicken. Zeigte ihr das Leben nicht gerade einen neuen Weg? Diesen Faden griff Kore entschlossen auf.

„Godje. Glaubst du wirklich, dass ich mit meinen Flügeln fliegen kann? Ob die soviel Kraft haben, mich zu tragen?"

„Probier es aus, Kore. Dafür hast du sie bekommen. Wer auch immer sie dir gab, der wollte, dass du sie gebrauchst", sagte der Würfelroboter aufmunternd. „Kore, man bleibt nicht immer ein Kind. Man wird erwachsen, um seine Möglichkeiten auszuspielen. Wenn man das nicht tut, dann wäre alles Lernen umsonst. Denn für dieses Leben nimmst du das erlernte Wissen in deinen Geist auf und trägst es damit weiter."

Sie gelangten in den breiten Innenhof des Waisenhauses. Er sah heute trostlos und öde aus. Verlassen und verdächtig still. Kein Kinderlärm erfüllte mehr seine Luft. Früher standen sogar in seinem Innern große Eichenbäume umher. Vor allem erinnerte sie sich an ihren angenehmen Schatten, der die Hitze des Tages fernhielt und dem lauen Wind, der sich an einem heißen Sommertag in ihren dichten Zweigen verfing. Als sie mit Neko im Sandkasten spielte und er seinen Kopf in ihren Schoß legte, sog sie diesen Eindruck in sich auf wie ein Schwamm. Heute waren die Bäume im Innenhof gefällt. Nur ihre zum Vermodern verdammten Stümpfe schauten aus der Erde heraus. Sie wurzelten wie geköpft im Erdreich. Es erinnerte sie an eine Geschichte, die Indreen oft den Waisenkindern erzählte. Das unüberlegte Eingreifen der Menschen in die Natur, um der Gier wegen. Die nunmehr ausgebleichte Einfassung des Sandkastens war aufgesprungen und hielt seinen Inhalt nicht mehr. Der Regen schwemmte einen Teil der Körner heraus, die noch nicht verbacken waren. Sie lagen verstreut umher.

Kore trat an ihn heran. Die in der Grube verbliebenen Sandbrocken verformten sich zu einer einzigen harten Platte.

„Ich kann mich noch gut an den Tag erinnern, als ich das letzte Mal hier war", stieß sie aus ihrem Herzen heraus. Die Erinnerung drang unweigerlich aus ihrem Inneren an die Oberfläche. Es schien schon so lange her zu sein, doch in ihrem Herzen wirkte dieser Moment so lebendig wie eh und je fort. „Etwa vor zehn Jahren. Ich bin nach dem Essen in der Mensa, hier herausgegangen. Dort, durch diese Tür."

Kore deutete auf den mittlerweile versiegelten Zugang zur Mensa. Die Glastüre war heute von innen mit Pappe ausgeschlagen, sodass sich ein Blick hinein verbat. Davor drückte jemand, wie wenn es noch nicht reichte, eine Plombe mit dem Wappen der Stadt Presson zwischen die Griffe.

„Ich weiß es gut, weil Holger und Karol mir von Ihrer Berufswahl erzählten und ich mich damals fragte, was aus mir wohl einmal werden würde. Nachdem ich mein Tablett durch die Wiederverwertung warf, bin ich zu Neko hinausgegangen. Mildred setzte ihn da schon in den Sandkasten. Vor mir der breite Hof mit den Bäumen. Sie sind jetzt zwar weg, aber ich sehe sie deutlich vor mir. Die Sonne schien hell an diesem Tag und ihr gleißendes Licht brach sich in den satten Blättern. Ein warmer Tag."

Kore schloss die Augen und atmete tief ein. Sie fühlte sich wieder an den Tag vor zehn Jahren zurückversetzt. Ihr entging nicht das kleinste Detail. „Der warme Wind umspielte meine Haare. Neko saß da in dem Kasten. Er stach mit seiner blauen Schaufel darin herum und füllte seinen roten Eimer."

Lebhaft sah sie diesen Moment wieder vor sich. Obwohl es sich nur um eine unscheinbare Szene handelte, verankerte sie sich so fest in ihrem Schädel. Die Zeit trübte ihre Erinnerung nicht im Geringsten. Sie heilte keine Wunden, auch wenn es der Volksmund so gerne glauben machte. In ihrem Inneren lebte dieses Ereignis fort.

„Ich setzte mich zu ihm in den Sandkasten und spürte die Körner, wie sie durch meine Strumpfhose drückten. Neko sah mich mit seinen großen Augen an und grinste. Über das ganze Gesicht. Er freute sich richtig, dass ich hier bei ihm war. Und dann schmuste er mit mir. Ich spürte ihn auf meiner Haut und er spürte mich. Es war ein so schöner Moment. Ich war so glücklich mit ihm. Sein Atem, seine struppigen Haare, seine großen, grünen Augen, ich sehe das alles wieder vor mir. Ich wollte damals, es würde ewig so andauern. Da war etwas, das mich mit ihm verband. Ich fühlte es ganz genau in diesem Moment."

Godje hörte ihr aufmerksam zu und ließ sie weiter erzählen.

„Dann kam Miss Conners und setzte sich zu uns in den Sand. Das macht sie nur, wenn es etwas Wichtiges ist. Ich merkte gleich, dass da etwas Großes im Busch ist. Noch ehe sie den Mund auftat, wusste ich, dass dies heute mein letzter Tag mit ihm war. Neko wusste das auch. Weißt du, wie das ist, wenn du aus einem glücklichen Augenblick hinausgeworfen wirst? So, wie wenn das Glück dich als einen ungebetenen Gast behandelt? Wie wenn es mir nicht gegönnt sein sollte, es zu fühlen?"

„Nein", echote Godje mit seinem elektronischen Stimmchen. „Das weiß ich nicht, aber dir war diese Glückserfahrung nicht mehr fremd. Du lebtest sie und hast sie in dir aufgenommen. Alleine, dass du mir das so anschaulich erzählst, beweist mir dies."

„Ich hab mich damals gefragt, warum ist das Leben so ungerecht zu mir ist? Ich wollte doch nur glücklich sein. Hier war ich glücklich und dann verschwört sich Miss Conners gegen mich."

„Miss Conners meinte es immer gut mit dir. Sie wollte dir eine neue Perspektive eröffnen. Sie wusste, dass diese Einrichtung deiner Persönlichkeit nie gerecht werden würde. Wer ein hohes Potenzial besitzt, muss es auch ausleben können. Hier war das nicht möglich. Wenn du ehrlich bist, hast du die letzten zehn Jahre auf der Akademie trefflich genutzt."

„Das stimmt", seufzte Kore und dachte an all die aufregenden Erlebnisse in ihrer Akademiezeit zurück. Diese Zeit hätte sie ebenfalls nicht missen wollen. Sie wurde jetzt, ähnlich wie damals im Waisenhaus, aus ihrem Glücksmoment hinausgerissen. Nur, dass es dieses Mal nicht Miss Conners war, die ihr auf die Sprünge half, sondern die Hermesbrüder. Kore fühlte tief den verdrängten Schmerz in ihr. Die Schuld Neko alleine gelassen zu haben. Sie mochte ihn nicht mehr wegdrücken. Die Zeit kann seelische Wunden nur verdrängen, aber nie wirklich heilen. Dieses Gefühl der Schuld durfte jetzt da sein. Sie spürte die Enge in ihrer Brust, in ihrem Bauch. Sie spürte seine unbändige Energie, die langsam aus ihrem Inneren drang und sich Luft verschaffte. Es fühlte sich an, als ob der Schmerz sich bei ihr bedankte, dass sie ihn endlich wahrnahm. Er schien ihr zuzulächeln. Innerlich löste sie die Ketten von ihm. Zu lange war er schon im Kerker ihrer Seele verfangen. Kore bedankte sich bei ihm, weil er ja nur ein Bote war. Sie umarmte den treuen Diener und segnete ihn. Mit freudigen Tränen entlies ihn aus ihrem Herzen. Endlich frei fuhr er aus Kore hinaus und ließ sie hinter sich. Er glitt in das Universum hinaus, um sich mit ihm zu verschmelzen. Kore wünschte ihm alles Gute auf seinen Weg. Große Wonne und Freude überkam sie, als sie von ihm befreit und tief durchatmend nachsah. Es wurde ihr warm ums Herz.

Bald fand sie sich wieder im Hof des Waisenhauses stehend. Sie musste die Zeit um sich herum vergessen haben. Selbst die Sonne bewegte sich weiter über den Horizont. Auch sie stand innerlich nicht mehr am selben Fleck und tat es so gesehen dem Himmelskörper gleich. Wie aufgeweckt wollte sie nicht mehr an Ort und Stelle verweilen und an dem neuen Faden ziehen, den ihr das Leben in die Hand gab.

„Es wird Zeit etwas Neues zu beginnen", sagte sie entschieden. Kore drehte sich vom Sandkasten weg und ging entschlossen auf den Eichenwald zu. Seine Bäume waren so kräftig wie eh und je. In ihren Kronen und starken Ästen bauten die Vögel ihre Nester. Von dort oben erklang ihr lebhaftes Gezwitscher heiter in den Tag hinein. Von dort oben starteten und landeten sie gekonnt wie die Artisten auf dem Hochseil, die auf dem Ideenmarkt ihre Kunststücke vorführten. Für die Vögel gehörte das Fliegen zur Selbstverständlichkeit ihres Alltags, wie das Atmen. Warum sollte sie nicht auch, da sie jetzt Flügel besaß, diese Art der Fortbewegung zur Selbstverständlichkeit werden lassen?

Also fasste Kore kurzerhand nach der Schnur, mit der Adalmus ihr die Flügel zusammenband. Noch ehe es ihre Bluse in Einzelteile zerriss, zog sie sie vom Leib. So als ob sie nur darauf gewartet hatten, drängten sich ihre die Flügel von allen Seiten nach draußen. Es entstand eine Spannung in ihnen, als ob sich der Wind darin blähte. Niemand war weit und breit zu sehen als Kore die Schwingen hinter ihrem Rücken ausbreitete. Sie mochte es sich gar nicht ausdenken, was geschah, wenn sie sich mit entblößtem Oberkörper in die Lüfte erhob und dabei gesehen wurde.

„Ob ich es wagen soll?", fragte sie bei sich und sah in die Höhe. Der Himmel über ihr wirkte so unendlich weit. Von unten sah alles so unberechenbar aus. Der Lebensraum über ihr erschien auf dem ersten Blick friedlich, jedoch wusste Kore, dass es in der Luft ähnliche Strömungsverhältnisse gab wie im Wasser. Sie ahnte nicht im Leisesten, was sie in den Lüften erwartete, kam es ihr doch wie ein Sprung ins eiskalte Wasser vor. Das klare helle Wetter heute eignete sich hervorragend für einen Ausflug in die Lüfte. Sie spürte nur einen lauen Wind in ihren Haaren. Keine Wolke zeigte sich am azurblauen Horizont.

„Aber wie macht man das? Ich muss sie irgendwie in Schwingung bringen. Wie bei den Vögeln wird's nicht klappen. Deren Flügel sind mutierte Hände."

Kore wusste aus der Biologie, dass dem Vogelflug, ein langer evolutionärer Prozess der Art vorausging. Sie besaß in der Zeit der Dinosaurier ihren Ursprung. Wie ein Vogel war sie nicht. Es gab zwar auch Säugetiere, wie die Fledermaus, die das Fliegen beherrschten. Deren Flügel waren ehemals Vorderbeine, die bei dem aufrechtgehenden Menschen zu Armen wurden. An ihren Händen gab es keine Schwungfedern. Ganz zu Schweigen von Schwanzfedern. Ein Säugetier als Vorbild schied daher ebenfalls aus. Es blieb daher nur noch eine Art übrig. Die eines Insekts. So gesehen besaß ihr Typus mehr mit der einer Libelle gemein, als mit den anderen fliegenden Geschöpfen. Dieses kleine elegante Wesen war vollgespickt mit Wahrnehmungssensoren und es konnte sogar fliegend an Ort und Stelle in der Luft verharren. Libellen waren regelrechte Flugkünstler, die sie schon als Kind bewunderte. Zum ersten Mal bekam Kore die Tierchen im Stadtpark zu Gesicht, als Dora sie dorthin führte. Ihre Pflegemutter erzählte ihr seinerzeit viel über Pressons Geschichte und Funktion, was Kore nur beiläufig aufnahm. Vielmehr war sie aus irgendeinem Grunde an diesen zierlichen Wesen mehr fasziniert, als an Doras wohl gemeinten Ausführungen. Sie hörte ihr gar nicht richtig zu, was sehr

selten bei Kore vorkam. Vielmehr fraß sich ihr Blick an den fein geaderten Flügeln dieser kleinen Insekten fest, die fast unsichtbar in der Luft schlugen. Wie kleine Hubschrauber sausten sie zwischen den Zierteichen des Parks umher. Kore konnte gar nicht anders als plötzlich Dora in ihrem Redefluss zu unterbrechen: „Was sind das für Tierchen?"
Völlig aus dem Zusammenhang gerissen verlor Dora den Faden und reagierte empört: „Hörst du mir überhaupt zu?"
„Ja, aber was sind das für Tierchen? Die sehen so seltsam aus?"
„Welche?"
Dora wusste zuerst gar nicht, wovon ihr Pflegekind sprach.
„Na die da", sagte Kore und deutete darauf.
„Ach die. Das sind Libellen. Sie leben am Wasser oder feuchten Gründen. Der ganze Park ist voll mit denen. Nichts Besonderes."
„Warum?"
„Weil es so viele davon gibt."
„Wenn es viele gibt, sind sie nichts Besonderes?"
„Ja, Schatz", fügte Dora hinzu. „Das Außergewöhnliche hebt sich immer aus der Masse hervor und hier gibt es viel von dieser Masse. Die Masse ist langweilig und primitiv. Genauso wie diese Insekten da."
„Ich finde sie geschickt", antwortete Kore trotzig und geriet ins Schwärmen. „Wenn ich nur auch so elegant fliegen könnte …"
Dora musste ihr lachend ins Wort fallen. Im Gegensatz zu Miss Conners, die ihre Gedankengänge nicht von vornherein abwürgte, hatte Dora das Bedürfnis sie schnell wieder in die Spur zu bringen.
„Das ist ja drollig", kicherte sie. „Meine Kleine will fliegen können wie ein primitives Insekt. Du hast ja eine erstaunliche Fantasie. Da hatte die Heimleiterin wirklich recht." Sie wurde sehr ernst. „Kore. Komm zurück zur Erde. Von denen brauchen wir nichts lernen, weil sie uns nichts zu bieten haben. Also wo war ich stehen geblieben? Ach ja. Bei den Ruinen der Wolkenkratzer, die du hier sehen kannst. Die da vorne ist gesperrt. Dass du mir da auch ja nicht reingehst. Sie gehörten zu …"
Dann ergoss sich Dora wieder in der Stadtführung und ignorierte, dass Kore dennoch den Libellen ihre weitere Aufmerksamkeit schenkte. Dora dachte sich eben, dass sich das von selbst legte, und ließ Kore unkommentiert bei den Insekten schwelgen.

Von wegen, dass es von ihnen nichts zu lernen gab. Für Kore waren sie Vorbild. Gerade jetzt, wo auch sie Flügel ihr Eigen nannte.
„Wie eine Libelle muss ich sein. Anders geht es nicht", sagte sie zu sich und konzentrierte sich auf das Insekt. Sie stellte sich vor, wie eine Libelle zu sein. Den Gedanken in ihre Flügel leitend, damit sie, wie ein Helikopter, in die Lüfte stieg. Diese Art des Denkens kostete Kore sichtlich Mühe. Sie musste sich von der Vorstellungskraft der Landlebewesen lösen, alles zu Fuß zu erreichen. Anstatt vom Gehirn den Befehl zu geben, die Beine zu bewegen, zog sie die Befehle in ihre

neuen Körperteile. Es schien zu wirken. Die Flügel füllten sich immer mehr mit Energie. Kore fühlte unversehens, wie sie sich weiteten. Ihre Schwingen schienen regelrecht darauf gewartet zu haben. Es kam ihr vor, wie der kräftige Zug des Windes an der Schnur, als sie als kleines Mädchen einmal einen Drachen in die Höhe steigen ließ. Sie begannen, in immer höheren Frequenzen zu schlagen. Was sich nun genau in ihrem Hirn oder in den Nervenbahnen abspielte, kleidete sich nicht in Worte. Es war ein rascher Austausch an Signalen, deren Abfolge die Erdanziehung immer schwächer werden ließ. Es schien zu helfen, denn alsbald surrten ihre Anhängsel mit einem so schnellen Tempo hinter ihrem Rücken, dass sie kaum mehr zu sehen waren. Von ihrem Bemühen gab es einen starken Auftrieb, sodass sich der Boden unter ihren Füßen kurz aufwühlte. Von dem nun erzeugten Windstoß erhob sich Kore rasch in die Lüfte. Eigentlich ging ihr alles etwas zu schnell. Das unbeschreibliche Gefühl so leicht wie eine Feder zu sein und gleichzeitig die Kontrolle über ihre Flügel zu bekommen. Heute fühlte sie sich wie neugeboren. Zwischen Himmel und Erde zu tänzeln und die Welt dreidimensional zu erschließen. Es nahm sie derartig mit, dass sie von dem aufsteigenden Sinnesreiz mitgenommen aufjuchzte. Sich in die Höhe zu erheben, fühlte sich an wie beim Aufzug fahren. Unter ihr wurde alles immer kleiner. Das Waisenhaus von oben sah bald aus wie ein eckiges U. Auch Godje schrumpfte zu einem kleinen Metallwürfel zusammen, den sie kaum noch aus der Höhe erkannte. Sie verlangsamte ihre Befehle aus dem Gehirn und hörte nun auf weiter zu steigen. Aber wie kam sie wieder hinunter, ohne herunterzufallen? Kore verringerte weiter die Konzentration in ihren Flügeln. Die Intervalle verlangsamten sich. So glitt sie behutsam wie das Laub der Bäume im Herbst nach unten. Über den Baumkronen hielt sie an, indem sie ihre Konzentration wiederum etwas erhöhte. Sie blickte nun direkt in die Nester der Vögel und sah ihnen dabei zu, wie sie ihren Nachwuchs fütterten.

„Das ist großartig", rief sie begeistert. „Das wollte ich schon immer mal aus nächster Nähe sehen."

Die Neugierde packte sie. Eine für Feen typische Eigenschaft. Sie versuchte, ihre Flugrichtung mit der Hand zu steuern. Schnell stellte Kore fest, dass ihr Körper sich immer im Flug in die Richtung drehte, in der sie ihre Hände ausstreckte. Je mehr sie sich in die gewünschte Richtung beugte, umso schneller drehte sie sich um ihre eigene Achse. Folglich machte sie eine regelrechte Pirouette in der Luft. So ging also das Drehen. Wie aber ging es nach vorne? Kore fand es bald heraus. Sie flog erst in diese Richtung, als sie ihre Füße nach hinten stellte. Mit der neuen Erkenntnis näherte sie sich den Vogelnestern und blieb in der Luft vor ihnen stehen. Die Vögel dort flüchteten vor Schreck und ließen ihre Brut zurück. Eine Fee erwarteten sie wahrlich nicht. Vielleicht, weil sie ein solches Geschöpf auch gar nicht kannten. Kore beschloss, die Vögel in Ruhe zu lassen. Gekonnt beugte sie sich links und dann nach rechts und stellte ihre Füße nach hinten. Noch etwas Weiteres stellte Kore fest. Je mehr sie die Füße nach hinten stellte, umso schneller flog sie vorwärts. Das Abbremsen war ganz leicht. Dazu musste sie nur die Füße wieder senkrecht zum Boden ausrichten. Vorsichtig flog sie eine weite Schleife über den Hof und machte dann einen Überschlag. Dabei fielen ihr die strähnigen Haare ins Gesicht, was sie freudig zum Kichern brachte. Mit jeder Minute, die sie in der Luft zubrachte, wurde sie immer sicherer in ihrer Flugakrobatik. Jedoch merkte sie bald, dass ihre langen Haare für die Flugmanöver eher störend als nützlich waren. Entweder flogen sie ihr ins Gesicht oder sie zwirbelten sich zwischen die Flügel hinein. Wenn sie ihre Flügel länger behalten wollte, konnte das nicht so bleiben.

Ergriffen setzte Kore, sanft wie eine Feder, am flachen Giebeldach des Waisenhauses auf und tänzelte, gleich einer Ballerina, auf dem First umher. Es sah aus, als ob sie mit ihren Füßen auf dem Giebel einen Sprung nach den anderen machte, doch in Wirklichkeit berührte sie das Dach nicht einmal richtig. Genau so, wie sie es im Tanzunterricht auf der Akademie lernte, nahm sie nun die Flügel zur Hilfe um sich zu stabilisieren. Mit dieser Fähigkeit durften die gewagtesten Tanzfolgen keine Schwierigkeit mehr sein. War der Kurs eine Art „Trockenunterricht" für das Fliegen?
„Wahnsinn", entfuhr es ihr erregt. Sie kam nun auf den Geschmack der neuen Möglichkeiten, die sich ihr unverhofft auftaten. Dieses Gefühl glich dem, wie wenn sie gerade das Laufen erlernte.
„Hervorragend", rief Godje beeindruckt aus dem Hof zu ihr hinauf.
„Komm runter Kore. Du willst doch sicher hineingehen?"
„Ja, ich komme", rief Kore begeistert und sprang in ihrem Übermut vom Dach des zweistöckigen Gebäudes direkt auf den Sandkasten. Schnell versuchte sie ihre Flügel im Sprung zu bringen, ehe sie am Boden aufschlug. Doch ihre Kraft gelangte nicht so flüssig in ihre Anhängsel hinein wie sie annahm. Und so stauchte es Kore gehörig den Sandkasten hinein, wodurch vom Aufschlag eine feine Sandwolke in die Luft ging. Erst als sie mit dem Kopf im Sand steckte, begannen ihre Flügel auf dem Rücken zu schlagen und hoben sie aus ihrer misslichen Lage heraus.
„Autsch", rief sie schmerzverzerrt.
„Kore. Hast du dir wehgetan?", fragte Godje besorgt.
„Au, dass tut weh", stöhnte Kore. Erneut durchlitt sie das hässliche Gefühl, das sie auch schon bei Adalmus spürte. Offensichtlich gab es doch einige weitere Besonderheiten mit den Flügeln, die zu großer Vorsicht mahnten.
„Das heilt schon wieder", meinte Godje zuversichtlich. „Wenn du die Schläge der Hermesbrüder überlebt hast, dann wird dich so ein Sturz vom Dach des Hauses auch nicht umbringen", fügte Godje kombinierend hinzu.

Tatsächlich stand Kore nach wenigen Minuten wieder auf. So wie wenn nie etwas passiert wäre. Dieses erste Flugerlebnis brannte sich so tief in ihr Unterbewusstsein ein, dass sie es nie mehr vergaß. Godje half ihr, die Flügel zusammenzubinden und sich wieder anzuziehen. Dann betrat sie mit ihm über die Mensa das Waisenhaus, dessen Tür zum Hof Godje mit seiner technischen Finesse entriegelte.

Kapitel 6

Feenstaub

Kore erkannte die Mensa kaum wieder. Sie behielt sie wesentlich freundlicher und heller in ihrem Gedächtnis. Still und Leise stand sie inmitten des Essraumes der sich an diesem Tag gespenstischer als in ihrer Kindheit zeigte. Durch die Ritzen der mit Papier ausgeschlagenen Fenster drang schemenhaft das Tageslicht hindurch. Es tauchte den riesigen Speisesaal in ein dämmriges Licht. Godje blieb hier zurück und wartete auf sie, bis sie ihren Rundgang durch das Haus beendete. Kore ließ sich Zeit, die einzelnen Räume zu betreten. Intensiv fühlte sie die lebhaften Erinnerungen in sich aufsteigen, die sie mit diesem Ort verband. Sie öffnete sich ihnen, segnete sie und ließ sie gehen. Die Neuigkeiten, die ihr der Roboter überdies erzählte, waren alles andere als beruhigend. Sie erfuhr, dass nicht nur Miss Conners sondern auch alle übrigen Angestellten des Waisenhauses auf rätselhafte Weise starben oder verschwanden. Mildred und Michelle fand man etwa zwei Jahre nach der Schließung des Heimes Tod mit herausgeschnittenem Herz in ihren Appartements. Es gab nur einen Zeugen bei einem der Morde. Und das war Neko. Bei den übrigen beiden Mordfällen gab es keine brauchbaren Hinweise, die auf die Täter geschlossen hätten. Es fiel auf, dass alle drei Morde in einem zeitlichen Zusammenhang standen und auch, dass sich die Opfer untereinander gut kannten. Die Mörder wurden meist durch genetische Spuren dingfest gemacht, die sie am Tatort oder an ihren Mordwerkzeugen hinterließen. Aber hier fahndeten die Kriminalisten vergeblich nach solchen Spuren. Am Ende der Ermittlungen lautete die offizielle Version der Morde, wie Godje deutlich erwähnte, dass die Taten von Wahnsinnigen begangen wurden, die Gewaltfantasien auslebten. Diese These wurde vor allem durch die Aussage von Neko gegenüber den Ermittlern gestützt. Er berichtete, dass maskierte Männer zu ihm und Elisabeth auf ihr Gehöft kamen und dort einen regelrechten Blutrausch auslebten. Sie töteten nicht nur seine Pflegemutter, sondern auch alle Tiere. Es fiel auf, dass die Informationen, die an die Öffentlichkeit drangen, sehr spärlich gehalten waren. Godje vermutete daher, dass die Polizei mehr darüber wusste, als sie der Öffentlichkeit mitteilen wollte. Der Fall lag inzwischen ungelöst im elektronischen Archiv der Mordkommission. Vergleichbare Taten fanden nicht mehr statt und somit gab es auch nicht mehr den öffentlichen Druck dieses Verbrechen restlos aufzuklären.

Der Pfleger Indreen galt noch immer als verschollen. Obwohl man auch nach ihm fahndete, blieb er, wie vom Erdboden verschluckt. Godje bat Kore außerdem, in Gegenwart seines Erbauers den Tod von Miss Conners nicht zu erwähnen. Adalmus brach es das Herz und er litt schwer unter diesem Verlust.

„Warum sagte Miss Conners von ihm nie etwas? Oder warum hast du nie erzählt, wer dich gebaut hat?", fragte Kore ihren Roboterfreund da unvermittelt nach.

„Mein Herr wollte, dass ich es niemandem erzähle. Er programmierte mich so. Elisabeth, deine Ziehmutter, wusste aber sofort, dass mein Herr mein Schöpfer war. Mir als Roboter wird das Wesen menschlicher Beziehungen immer fremd bleiben. Vollends werde ich sie nie begreifen, aber diese Art der Beziehung, wie sie Elisabeth und Adalmus lebten, kann ich mit nichts vergleichen, was ich bisher bei anderen Menschen beobachtete. Sie liebten sich in einer Weise, die weder von Erwartungen, Verpflichtungen, oder irgendwelchen Wünschen begleitet wurden. Weißt du, kurz bevor meine Herrin starb, traf sich mein Erbauer öfter mit ihr. Adalmus nahm mich zu ihren Treffen mit. Ich sah, wie sie sich in den Armen gelegen sind. Die Zwei zwangen sich regelrecht zu diesem Schritt. Sie wollten es, aber es tat ihnen weh. Da waren Tränen in ihren Augen. Meine Herrin war ja bereits einundfünfzig. Neko hätte es bestimmt gut getan, wenn seine Pflegemutter einen Lebensgefährten an ihrer Seite wusste, der ihm auch ein guter Vater ist. Ihr Menschen habt ein begrenztes Leben, während ich genügend Energie habe, um Jahrhunderte zu überdauern. Bis ich endgültig verbraucht bin und ich mich von selbst abschalte, werde ich etliche Generationen kommen und gehen sehen."

„Macht dir das nicht Angst?", fragte Kore.

„Nein, Kore", antwortete Godje nüchtern. „Wer von der Angst beherrscht wird, lässt sich von ihr sein Handeln diktieren. Meine Aufgabe ist es nicht Angst zu haben. Ich wurde programmiert, sie zu nehmen. Das geht aber nur, wenn man es versteht, Vertrauen zu gewinnen. Mit Geduld und unendlicher Liebe, wofür oft ein Menschenleben nicht ausreicht."

Am späten Nachmittag fuhr Kore mit der Hyperbahn nach Presson zurück. Die von Godje erfahrenen Neuigkeiten wanderten ihr während der Fahrt durch den Kopf und verursachten bei ihr zahllose Gedankenspiele und Spekulationen, die ins Kraut schossen. Nicht nur während der Besichtigung des Heims kollidierten sie in ihrem Gedächtnis miteinander. Auch jetzt verbanden sie sich zu einem Staubnebel, in dem es krachte und tobte. Am Hyperbahnhof der Stadt verabschiedete sich Kore wieder von Godje, der zu Adalmus zurückkehrte. Sie beschloss, umgehend nach Hause zu gehen und sich in ihr Zimmer zurückzuziehen. Sie ließ sogar das Abendessen ausfallen, weil sie keinen Bissen hinunter gebracht hätte. Was sie jetzt nicht wollte, war jemand, der sie nach ihren Tageserlebnissen ausfragte. Sie ließ sich in ihrem Zimmer von ihrem Kleiderassistent, dem Nanotex, den Pyjama ankleiden und legte sich in ihr Bett. Ihr Körper nahm diese Auszeit dankbar an, denn alsbald fühlte sie sich matt und schwer. Während sie da lag, sinnierte sie weiter über ihr heutiges Erlebnis nach. Sie dachte an die brutalen Hermesbrüder, an ihren vergessenen Bruder Neko, an Adalmus mit seinem Helfer Godje, das verlassene Waisenhaus und nicht zuletzt an ihre neu erworbene Fähigkeit Fliegen zu können. Die Zeit verging dabei wie im Fluge. Sie merkte gar nicht, dass Thomas neben ihr erschien. Er blendete sich gemäß Programmierung ab einundzwanzig

Uhr ein, um sie erneut abzufragen und sie auf den kommenden Tag in der Akademie vorzubereiten. In Kore war es aber alles andere als danach, ihr Wissen für die Prüfung zu testen. Sie winkte ihn kurz entschlossen mit einer genervten Handbewegung aus. Dass Kore an diesem Tag nicht zur Akademie ging, war nicht weiter tragisch. Die Schüler legten ihre Studienzeiten so, wie sie es für nötig hielten. Nicht zur Schule zu kommen wurde nicht bestraft, denn, so meinte die Akademieleitung, nach den Prüfungen lag es im eigenen Interesse, etwas für die Berufswahl zu tun. Kore schlief schon bald danach ein. Sie hoffte nun, wenigstens für ein paar Stunden einen erholsamen Schlaf zu finden. Für heute passierte schon genügend Aufregung. Mehr, als ihr eigentlich lieb war. Ihre Eltern sahen nicht einmal nach ihr, als sie erst am späten Abend nach Hause kamen und so blieb sie in ihrem Zimmer ungestört.

An ihre Träume erinnerte sich Kore am Morgen danach nur selten. Meistens verliefen sie wirr und ohne einen Zusammenhang. Aber in der folgenden Nacht erlebte das Mädchen einen doch recht eigenartigen Traum. Denn dieser lief wohl geordnet ab. Es handelte sich um einen Abriss ihres bisherigen Lebens. Alle Stationen schien sie erneut zu erfahren. Sie glaubte, nochmals hautnah dabei zu sein und alles wiederum zu erfühlen. Zu Fühlen vor allem. Am Anfang dieses Traumes stand nämlich nur ein Gefühl. Ein Gefühl, dass immer stärker wurde, bis sie ihre Arme und Beine zu spüren glaubte. Und dann war sie da. Kore nahm zwar alles verschwommen wahr. Dennoch fühlte sie, wo sie sich befand. In einem Korb, fühlte sie, lag sie. Aber es war noch nicht der Korb im Waisenhaus, denn über ihr schien grelles Licht auf sie herab. Sie konnte nicht hineinsehen, da die Helligkeit ihr jegliche Wahrnehmung raubte. Um sie herum erahnte sie ein Glitzern. Zahlreiche Flügel schwirrten durch die Lüfte. Helle und klare Worte hießen sie anscheinend willkommen. Die Laute, die von diesem Glitzern ausging, ließen zumindest auf Worte schließen.

„Bringt sie hin, bringt sie hin", glaubte sie von ihnen aufzunehmen und irgendjemand hob sie aus dem Korb heraus. Da sah sie das Glitzern deutlicher vor sich, die von zierlichen kleinen Körpern ausgingen. Sie gehörten geflügelten Wesen, die so fein und edel wie Porzellanfigürchen wirkten.

„Los. Bringt sie hin", zwitscherten sie erwartungsvoll zu dem, der sie hochnahm. Kore erkannte diese Person nicht. Gleißendes Licht umhüllte sie. Aber erfühlen konnte sie, was in ihr vorging. Unendliche Liebe war es. Von dieser Person ging eine beruhigende Stimme aus. Sie erzählte ihr von einer langen gefahrvollen Reise, die sie hinter sich gebracht habe. Kore verstand das alles nicht. Sie streckte ihre dünnen Arme und Beine der Person entgegen, die sie trug.

„Egal, was geschieht, ich bin bei dir", redete die Person auf sie beruhigend ein. „Eine jede von uns muss zu ihr. Das ist unser Schicksal. Auch du meine Tochter. So will es unsere Bestimmung."

Kore hörte die süßen Stimmen, die sie ermunterten ihrem beginnenden Leben entgegenzutreten. So fühlte sie immer stärkere Zuversicht mit jedem einzelnen Schritt, der sie durch das Licht führte. In ihrem Herzen spürte sie die Fürsorge und

Liebe jener Person, die sie in den Händen hielt. Kore vermochte das eindeutig in ihrem Traum aufzunehmen. Wohlig warm und angenehm wurde es ihr. Sie wusste nicht, warum sie das nach so langer Zeit wieder empfand. Aber, je mehr sie sich in das Herz ihres Trägers hineinversetzte, umso deutlicher spürte sie auch, dass es voller Ungewissheit steckte. Sie hatte diesen Weg zu gehen. Ohne Wenn und Aber. Nicht weil sie es wollte, sondern weil sie es musste. Plötzlich hielt die Person an. Die Anspannung ihres Trägers war nicht zu überfühlen. Die klaren Stimmen verstummten und eine unheimliche Stille breitete sich über ihnen aus. Über ihr beugte sich eine edle alte Frau in langen weißen Gewändern. Sie besaß trotz ihrer unübersehbaren Ergrautheit noch erstaunlich fixe Augen. Ihr Blick sah voller Wonne auf Kore herab und ihr Mund verzog sich dabei zu einem freundlichen Lächeln. Die Alte strich mit ihren faltigen Händen über Kores rosige Wangen. Die wohlige Wärme entwich Kores Körper. Obwohl es merklich kühler wurde, verspürte Kore keine Angst vor ihr. Die Alte vermittelte weder etwas Gutes oder Böses. Vielmehr übertrug es ihr ein Gefühl der Unausweichlichkeit. Sie durchleuchtete Kore bei ihrer Berührung förmlich mit ihren wachsamen Augen. Es kam ihr vor, als verschmolz Kore mit ihr. Dann hörte sie es. Die Alte sprach mit einer äußerst rauen Stimme einen Satz, den Kore nicht verstand: „Dein Kind wird einen mächtigen Feind besiegen und sterben."

Daraufhin wurde es schwarz um Kore. Das Licht erlosch innerhalb eines Wimpernschlages. Sie fühlte sich, wie sie durch eine Klappe geworfen wurde. Es wurde nun empfindlich kalt. Viel kühler, als sie es von der Alten verspürte. Kurz darauf hörte sie Indreens Stimme und es spielten sich wieder lebhaft jene Szenen ab, die sie seit dem Tag ihrer Aufnahme im Waisenhaus wahrnahm. Sogar an Details machte sie der Traum aufmerksam, die sie vergessen zu haben glaubte. Den letzten Teil ihres Traumes bildeten die Ereignisse des vergangenen Tages. Sie spürte erneut die Schmerzen von ihrem Zusammenstoß mit den Hermesbrüdern und wie ihr die Flügel von dem Mittel wuchsen, das Adalmus ihr spritzte. Sie fühlte erneut das hässliche Gefühl des Verlustes der Menschen, die sie durch ihr bisheriges Leben begleiteten und das ihr Neko wieder begegnete. Überhaupt tauchte Neko mehrmals in ihrer Träumerei auf. Sein Bild überschattete förmlich alle Ereignisse ihres Traums zu dem Zeitpunkt, als die durch die Klappe in das Waisenhaus gelangte. Auch bei der Szene, wo sie mit ihren Adoptiveltern zusammentraf und adoptiert wurde. Es war das Gefühl, das ihr eine Aufgabe zuwies. Etwas, dass mit Neko in enger Verbindung stand. Sie wusste es nicht genau zu deuten. Aber eines erkannte sie sicher daraus, sie musste Neko wieder sehen. Darin bestand kein Zweifel mehr. Am Ende des Traumes passierte wiederum etwas, was sie sich nicht zu erklären verstand. Sie sah einen sprühenden schillernden Regen auf ihre Hände niedergehen. Seine purpurne Farbe fluoreszierte in der Dunkelheit, wie wenn jeder einzelne Sprühtropfen Tausende von Sonnen wären, die man durch das Spiegelteleskop des Observatoriums im All beobachte. Der Niederschlag war so impulsiv und mächtig, dass Kore im Schlaf aufstöhnte. Sie glaubte während ihrer Träumerei

Sie glaubte während ihrer Träumerei nicht nur zu sehen sondern auch zu fühlen, wie sich der mysteriöse Nebel in ihren Fingern festsetzte.

Alarmiert von diesem Traumbild schreckte sie in ihrem Bett auf. Verwirrt und sich vergewissernd, dass sie sich noch immer zu Hause aufhielt, blickte Kore in der Finsternis ihres Zimmers umher. Draußen herrschte mittlerweile tiefste Nacht. Der Mond erstrahlte so hell wie eh und je durch ihr Fenster. Beruhigt sah Kore die Sterne am Firmament funkeln. Auch ihr Blick auf die Plasmauhr auf ihrem Beistelltisch neben dem Bett bestätigte ihren Aufenthaltsort. Er zeigte mit seinen roten Flüssigkeitskristallen gerade vier Uhr in der Frühe an.

„Puh. Das war nur ein Traum", murmelte sie sich erleichtert zu, bis ihr Blick auf die Bettdecke fiel. Normalerweise wäre sie mit der Dunkelheit ihres Zimmers verschmolzen und sie hätte sie nur fühlend wahrgenommen. Doch nun sah sie lauter winzige, purpurfarbene Punkte darauf leuchten, die eindeutig die Umrisse von zwei zierlichen Händen ausfüllten. Kore wurde es unheimlich. Schnell hob sie ihre Hände an, wodurch sich auch die lila Punkte nach oben bewegten.

„Sie sind auf meinen Händen?", entfuhr es Kore entsetzt. Sie klatschte schnell in ihre Hände, um mithilfe des Geräuschkontaktes Licht zu machen. In einem Sekundenbruchteil erhellte sich der Raum von der Reflexionslampe. Kore erbleichte vor Schreck, als sie auf ihre Hände sah. Ihre Augen weiteten sich vor Erschaudern. Das seltsame Leuchten kam tatsächlich von ihnen. Nicht nur ihr Handrücken, auch die Innenseiten glitzerten wie schillernder Glimmer von jenem Staubregen, den sie im Traum sah.

„Das … das … ist nicht … wahr", stammelte Kore schlotternd. In ihrem Verstand drehte es sich wie in einem Kreisel. Nicht in ihren kühnsten Vorstellungen konnte sie sich ausmalen, dass sich ihr Traumerlebnis tatsächlich in ihren Händen festsetzte. Wie von der Tarantel gestochen versuchte sie den Glitzerstaub durch Reiben von ihren Fingern abzumachen. Aber so heftig sie auch daran schmirgelte, nichts vermochte ihn zu entfernen. Er schien wie angewachsen zu sein.

„Nein. Ich träum das Ganze nur", rief sie erschrocken. „Ich muss aufwachen."
Eilig hüpfte sie aus ihrem Bett und flitzte hastig ins Badezimmer. Obwohl zu dieser Zeit eher ungewöhnlich, sprang sie unter die Dusche und ließ einen eiskalten Strahl über sich ergehen. Er füllte jedes ihrer müden Glieder mit Leben. Doch danach waren die glitzernden Hände immer noch da. Hastig versuchte sie anschließend mithilfe ihres Nanokos, dessen Reinigungsprogramm tief in die Hautporen eindrang, den eigenartigen Staub loszuwerden. Sogar er versagte. Nicht ein einziges Pünktchen entfernte er. Kore fiel nur Adalmus als letzter Ausweg ein. Sie sauste in die Ankleide. Nachdem ihr der Kleiderassistent die Schuluniform anlegte, rannte Kore aufgewühlt durch das nächtliche Haus nach draußen. Sie gab Acht, möglichst keinen Krach dabei zu machen. Ihre Eltern durften sie unter keinen Umständen mit ihrer Beule am Rücken und ihren verwandelten Händen sehen. Schleunigst eilte sie auf den Gehweg hinaus, der um diese Zeit wie ausgestorben wirkte. So

ausgestorben wirkte. So schnell ihre Füße sie trugen, rannte sie den Weg zu Adalmus hinunter. Kore hoffte inständig, dass dies mit seinem Mittel zusammenhing, das er ihr gab. Zu allem Überfluss sah sie zu dieser frühmorgendlichen Stunde auf dem Weg drei dunkle Gestalten entgegenkommen. Sie erkannte anhand ihrer Silhouetten und auch am Tonfall ihrer Stimmen sofort die drei Schläger von gestern wieder. Die Hermesbrüder unterhielten sich erregt miteinander und schienen Kore noch nicht bemerkt zu haben.

„Oh, nein. Nicht die schon wieder", fluchte Kore leise und blieb stehen. Schnell knöpfte sie sich ihre Bluse auf. Sie wollte ihnen unter allen Umständen aus dem Weg gehen. Koste es, was es wolle. Davonzulaufen versprach keinen Erfolg. Dazu waren die Hermesbrüder ihr bereits zu nahe und wahrscheinlich holten sie sie ohnehin bald ein. Also blieb nur die eine Möglichkeit. Schnell löste sie die Schnur auf ihrem Rücken, als sie auch schon die Stimmen ihrer Peiniger hörte, die sie nun in ihren Fokus nahmen: „Da ist doch das Luder wieder. Haben die dich schon aus dem Krankenhaus entlassen? Keine Bange wir sorgen schon dafür, dass du wieder reinkommst."

Ohne ein Wort zu verlieren, entfaltete Kore ihre Flügel. Die tags zuvor eingeübte Prozedur des Starts gelang innerhalb von nur Sekundenbruchteilen. Ihre Flügel surrten libellengleich hinter ihren Rücken und verursachten einen deutlichen Auftrieb. So erhob sich Kore zügig vor den Augen der verblüfft drein starrenden Schläger in die kühle Nachtluft empor.

„Ihr kriegt mich nicht, ihr Bastarde", schrie Kore wütend und sauste über ihre Köpfe hinweg. Sie flog so schnell, dass es den Hermesbrüdern unmöglich war, mit ihr Schritt zu halten. Durch die neu gewonnene Perspektive aus der Luft gelangte sie auf direkten Weg zu Adalmus, während die Hermesbrüder durch das Labyrinth der Gehwege rennen mussten, um ihr zu folgen. Kore hörte von oben ihre Worte nicht mehr, die eine Mischung zwischen Überraschung und Wahnsinn waren. Was die Flügel hergaben, verlangte das Mädchen von ihren Anhängseln ab. Sie surrte wie eine Mücke zu dem Wohnhaus des Mediziners. Viel Zeit besaß Kore nicht, denn sie ahnte bereits, dass die Hermesbrüder ihr Ziel kannten. Vorsichtig verringerte sie, als sie in der Luft über Adalmus Tür schwebte, die Konzentration. Nur langsam glitt sie zu Boden hinab. Ihr ging es viel zu zäh. Dies schenkte den Hermesbrüdern wertvolle Sekunden, um sie kurz vor dem Ziel doch noch abzufangen. Doch das Risiko wie ein Stein herunterzufallen und anschließend wehrlos bis zu ihrer Genesung darniederzuliegen, war auch keine Alternative, die ihr gefiel. Erst als ihre Füße festen Boden spürten, klopfte sie laut an seine Tür. Außer Atem rief sie nach ihm. Ihr Herz pochte laut vor Angst dabei.

Sie hatte Glück. Adalmus schien wach zu sein, denn er antwortete ihr: „Wer will schon wieder etwas so früh von mir? Ist etwa schon wieder einer zusammengeschlagen worden?"

„Ich bin es. Kore", rief sie flehentlich. Kore bekam kaum Luft für ihre Stimme. Der Flug strengte sie doch enorm an. Sie glaubte hinter ihr bereits die Stimmen der

Hermesbrüder zu hören, die immer lauter wurden. Wie sie erwartete, blieben ihr die Drei dicht auf den Fersen. Nun musste es schnell gehen.

„Du? Was willst du?", blaffte Adalmus entsetzt, als er die Tür einen Spalt aufschlug. Mit einem Auge durchlugte er die schmale Türöffnung, dass sich bei Kores Anblick aufgeregt weitete. Sein Gesicht spiegelte die blanke Bestürzung über Kores unvorhergesehenes Erscheinen zu dieser morgendlichen Stunde wieder. Außerdem schien er ihre Flügel bemerkt zu haben.

„Adalmus. Du musst mir helfen, Bitte. Dein Mittel, ich meine, da ist etwas mit meinen Händen passiert. Bitte mach auf", flehte sie von Panik ergriffen. Sie mochte nicht daran denken, was passierte, wenn sie den Hermesbrüdern erneut in die Hände fiel.

„Ich öffne ja schon", knurrte Adalmus wie wach gerüttelt und machte endlich den Riegel auf. Kore sah schon mit Grausen die Brüder den kurzen Weg zu dem Haus des Doktors hochlaufen. Bald würden sie sie erreicht haben. Kaum das Adalmus die Türe entriegelte, fiel Kore schon in sein Haus hinein.

„Du musst mir helfen. Die Hermesbrüder, sie verfolgen mich", rief sie völlig außer Atem.

Hastig verschloss der Arzt die Tür und machte den Riegel zu. Er tat dies gerade rechtzeitig, ehe die Hermesbrüder in sein Haus eindrangen. Alleine hätte der Doktor gegen sie keine Chance.

„Warum treibst du dich auch zu dieser Stunde auf der Straße rum?", schimpfte Adalmus ungehalten. „Weißt du denn nicht, dass es gefährlich ist, nachts hier herumzuschleichen? Gerade junge Damen, wie du, sollten das wissen."

„Ja, aber es ist wichtig", stammelte Kore nach Luft ringend.

„Du bist geflogen", stellte Adalmus erschaudert fest. Mit einer bösen Ahnung, was vorfiel, hatte er ihre Flügel erspäht.

„Ja, es war wichtig. Die Hermesbrüder ...", hielt Kore dagegen, aber Adalmus ließ sie nicht ausreden.

„Bist du wahnsinnig, Kore. Was wäre, wenn dich jemand gesehen hätte? Du meine Güte, die Hermesbrüder haben dich gesehen. Weißt du denn nicht, was das für dich bedeuten könnte?"

„Adalmus, meine Hände ...", wollte Kore unglücklich erklären, als sie auch schon die Stimme von den Hermesbrüdern draußen hörte, die unbarmherzig auf sie einbrüllten.

„Alter, mach die Tür auf. Sofort. Wir haben mit dem Gör noch ne Rechnung offen."

Adalmus keifte wütend zurück: „Geht in euren Bau zurück, ihr Wölfe. Das Mädchen gehört zu mir."

„Du alter Schlawiner. Treibst du es jetzt schon wieder mit so einer Luxustussi? Geschmack hast du ja für dein Alter. Das muss man dir lassen, Adalmus. Die geilsten Frauen sind gerade gut genug für dich", grölten die Brüder zu ihm höhnend hinein.

„Sie ist meine Assistentin, ihr Schnarchnasen. Sie hat meine Flugapparatur heute Nacht getestet. Wenn ihr nicht augenblicklich verschwindet, hole ich die Polizei", drohte Adalmus barsch zurück. „Die ist ganz schnell hier."

„Du wirst immer ausgefuchster, Adalmus. Die zwei Pappdeckel hat man dir nicht umsonst gegeben. Aber deine Erfindungen werden sie nicht auf die Dauer vor uns schützen. Sieh dich vor, du Luder. Irgendwann läufst du uns wieder über den Weg und dann kannst du dich auf etwas gefasst machen. Vergnüg dich nur mit diesem alten Wrack. Mehr als Saufen kann er ja sowieso nicht mehr", höhnte einer der Brüder, der offenbar ihr Wortführer war. „Kommt Leute, wir gehen", sagte er und die Drei verschwanden wieder in der Dunkelheit der Stadt.

„Puh. Das war knapp", stöhnte Kore erleichtert auf, woraufhin sie von Adalmus einen wütenden Blick erntete.

„Knapp ist nicht der richtige Ausdruck dafür", antwortete Adalmus aufgebracht. „Idiotisch war das zu mir zu kommen. Warum wartest du nicht bis Tagesanbruch? Da sind mehr Leute unterwegs, die dir helfen könnten."

Aufgeregt stampfte er durch den Raum. In ihm wühlte die ganze Geschichte Dinge auf, mit denen er liebend gerne abgeschlossen hätte.

„Du hast gleich zwei Urkunden bekommen?", fragte Kore verwirrt. Was um alles in der Welt leistete Adalmus, dass der Rat ihm eine so große Ehre zu teil werden ließ. Das alleine blieb schon ein Unikum für sich. Sogar die berühmtesten Wissenschaftler, die Kore aus dem Unterricht kannte und von denen in der Akademie Portraits aushingen, brachten es auf nur eine Urkunde.

Adalmus ignorierte ihre Frage und half Kore wieder ihre Flügel zu falten und sie zusammenzubinden. Sein mürrischer Gesichtsausdruck machte deutlich, dass er keinesfalls auf diese Ehrungen angesprochen werden wollte. Unvermittelt fuhr er mit seiner Gardinenpredigt fort und überhörte gezielt ihre Worte: „Kore, bist du wahnsinnig dich mit deinen Flügeln in der Öffentlichkeit zu zeigen? Selbst wenn es Nacht ist, ist es nicht ausgeschlossen, dass du unbemerkt bleibst. Die Menschen da draußen haben nicht den Hauch einer Ahnung von dir. Ich habe lange über dich nachgedacht und meinen früheren Kollegen Joshua im DNA-Forschungszentrum kontaktiert. Ich fragte ihn, ob sie tatsächlich an humanoiden Körpern arbeiten, die Flügel haben."

„Und?"

„Was und? Er hat mich ausgelacht. Das ginge anatomisch schon gar nicht, meinte er. Dazu müsse der Körper extrem leicht sein, was dann so aussähe, dass du eine Riesenlibelle wärst."

„Ich bin aber extrem leicht. Du hast ihm doch nicht von mir erzählt?"

„Kein Sterbenswort."

„Bist du dir sicher, dass er dir die Wahrheit gesagt hat?"

„Absolut. Er lügt mich nicht an, denn Joshua war mein Schüler. Ich habe ihn gefördert, wo ich konnte."

„Was heißt das jetzt für mich?"

„Meine Theorie, die ich mir über dich zusammengereimt habe, wird dir nicht gefallen. Du bist nicht von dieser Welt. Noch nie schafften Forscher auf der Erde, ein Lebewesen zu konstruieren, das so leicht ist wie du. Geschweige denn eines, das Flügel hat wie eine Fliege und auch mit solchen Eigenschaften wie dieser extrem schnellen Wundheilung. Ich glaube, Godje hatte Recht. Du siehst nicht nur aus wie eine Fee. Am Ende bist du sogar eine. Eine Person, die es hier nicht geben darf."

„Was willst du mir damit sagen?", erwiderte Kore verständnislos.

„Dass du zu einem Politikum wirst, wenn die Öffentlichkeit von dir erfährt. Der Rat der Sechs hat ein Gesetz erlassen, das es verbietet, Gottheiten zu verehren. Es wird mit Freiheitsentzug bestraft. Dazu zählen auch solche Fantasiewesen wie du es bist."

„Warum?", fragte Kore wie von der Rolle. „Ich bin doch kein Gott."

„Es geht hier nicht um dich, Kore. Deine Mitmenschen hier könnten in dir einen Gott sehen. Es träte genau das ein, wogegen General Tomps gekämpft und weswegen so viele Menschen damals gestorben sind."

„Du redest vom großen Krieg, nicht wahr?", rief Kore entsetzt.

„Sie werden in dir einen Gott sehen, Kore. Das ist schlecht. Man wird dich anbeten. Versuchen dir nachzueifern. Dich kopieren. Man wird dich für übernatürlich halten."

„Ich und übernatürlich?"

„Sicher. Aber auch für dich muss es eine plausible Erklärung geben. Das, was heute sichtbar ist, fiel nicht einfach so vom Himmel. Die Tragweite dieser Entdeckung wird nicht abzuschätzen sein. Aber eines ist schon jetzt klar: Niemand darf von deinen Fähigkeiten erfahren. Das wäre tödlich für dich. Am Ende jagen sie dich, um dich zu sezieren. Verstehst du das? Vielleicht wusste das dein Macher und er entfernte dir deshalb die Flügel", mutmaßte der Mediziner. „Sie wollten nicht, dass du so ein Schicksal durchleiden musst."

„Was ist dann mit meinen Händen?", raunte Kore immer nervöser werdend und hielt sie Adalmus entgegen, was dieser mit seiner ohnehin schon geschockten Mine registrierte. Abermals weiteten sich seine Augen zu einer aufgewühlten Grimasse.

„Das auch noch. Scheiße", jammerte er fluchend und holte hastig sein Gerät hervor, um sie zu untersuchen.

„Was ist das, Doktor? Ich hatte vorhin einen so seltsamen Traum. Ich kann mich normalerweise nie an meine Träume erinnern. Aber von diesem weiß ich noch alles", plapperte Kore aufgeregt drauf los. Ihr wurde immer mulmiger ums Herz.

„Ich weiß es nicht", antwortete Adalmus angespannt. Er stellte gerade seinen Körperscanner ein.

„Ich träumte von einem schillernden Regen, der meine Hände benetzt und dann bin ich aufgewacht. Ich habe von einer alten Frau geträumt. Sie sagte in meinem Traum: „Dein Kind wird einen mächtigen Feind besiegen und sterben. Was meinte sie damit?"

Adalmus hörte gerade nicht auf sie, denn er sah nach Luft ringend auf die Anzeige seines Gerätes.

„Das ist zu viel", entfuhr es ihm. „Einfach zu viel für mich. Deine Hände. Sie sprühen vor Energie. Was immer das auch ist, das ist keinesfalls natürlich. So was gibt es nicht. So etwas darf es nicht geben."

„Was ist los? Meine Hände sind voller Energie?"

„Ja. Und ich hab keine Ahnung, woher das kommt oder was das bedeutet. Noch dazu deine Flügel. Das ist zu viel auf einmal", schluckte er und stolperte auf einen kleinen Schrank zu, der ein großes rotes Kreuz auf seiner Tür trug. Adalmus öffnete ihn und holte sogleich eine durchsichtige Flasche mit einem klaren Inhalt heraus. Sogleich öffnete er ihren Verschluss und kippte sich den klaren Inhalt die Kehle hinunter. Kore stieg das intensive Aroma von hochprozentigem Schnaps durch die Nase.

„Du weißt also auch nicht, woher das kommt?", fragte Kore verdattert, als sie den Doktor so ratlos und angetrunken sah.

„Nein Kore. Nein. Weißt du, ich habe in meinem Leben viel gesehen. Ich weiß, wovon ich rede, denn diese Pappdeckel da gab man mir, weil ich einer der Besten meiner Zeit war. Aber das spielt keine Rolle mehr. Meine Zeit ist schon längst vorbei und ich hangle mich durch mein Leben. Sei meinem ersten Atemzug mache ich das, was ich am Besten kann. Wenn ich eines in all der Zeit gelernt habe, dann das, dass einem das Schicksal die Wahl abnimmt. Es holt sich, was es holen will. Tatsache ist daher im Moment nur, dass du hier bist. Es muss einen Grund dafür geben, dass du hier bist. Und das du das bist, was du bist. Es scheint verrückt, aber ich glaube, dass du hier etwas erledigen musst. Niemals käme ein solches Wesen wie du auf unsere Welt, wenn es nicht eine Aufgabe hier zu tun hätte", lallte der Doktor nun vom Alkohol eingenommen und mit der leeren Flasche in der Hand. Er fuhr unvermittelt fort: „Am Besten du gehst jetzt nach Hause und nimmst deinen Alltag wieder auf. Was immer du zu tun hast, es wird auf dich zu kommen. Das ist das, was ich in all den Jahren gelernt habe. Meine Fügung war es ein Mediziner zu werden und deine Fügung ist es eben eine Fee zu sein. Versuch die Antwort auf das Warum nie zu finden. Das Schicksal findet dich schon. Verlass dich drauf."

Kore wusste, dass sie hier nichts mehr erwarten konnte und dass sie Adalmus nun lieber alleine lassen sollte.

„In Ordnung. Ich gehe, Adalmus. Ich wünsche dir eine gute Nacht und entschuldige, dass ich dich aus dem Schlaf geholt habe", verabschiedete sich Kore und ging ratloser als zuvor zur Tür. Adalmus erwiderte verhalten ihren Gute-Nacht-Gruß mit einer schwankenden Handbewegung. Dann tat der hochprozentige Alkohol seine Wirkung. Er schleppte sich auf sein Sofa, auf dem er nach nur wenigen Sekunden einschlief. Godje befand während dieser Unterredung in seinem Wartungspool und schaltete sich vorübergehend aus. Kaum dass Kore zur Tür hinaus war, nahm er sich wieder in Betrieb und bemerkte den Alkoholgeruch in der Luft. Sofort wusste der Nanoroboter, dass etwas Ungewöhnliches passiert sein musste. Sein Herr griff nur dann zur Flasche, wenn sich seine Nerven überstrapazierten.

Wie sollte es nun weitergehen? Kore wusste es nicht, als sie wieder auf der Straße stand. Einfach nach Hause zu gehen, half ihr jetzt garantiert nicht. Wie so oft, wenn sie mit einer Frage nicht weiterkam, half ihr in der Vergangenheit die Multimediathek der Akademie. Das wäre ein lohnenswerter Anfang der Sache auf den Grund zu gehen. Dort gab es zu jedem Thema, das es auf der Welt gab, die ausführlichsten Abhandlungen. Außerdem schien die Zeit günstig dorthin zu gehen, zumal ihre Kameraden noch im siebten Himmel schlummerten. Die Gefahr ihnen über den Weg zu laufen und nach ihrem gestrigen Verbleib, geschweige denn zu ihrem Rücken und Händen, ausgefragt zu werden, war gleich null. Kore griff diesen Gedankengang auf und machte sich auf den Weg zur Akademie. Wachsam und den Finger am Alarmknopf ging sie den Weg zur Hauptstraße hinunter. Die Hermesbrüder schienen tatsächlich verschwunden zu sein. Da auf der Hauptstraße kein Verkehr floss, mied sie die Unterführung und lief direkt über die Straße. Sie hatte Glück. Weit und breit trieb sich keine Menschenseele herum, als sie den Campus erreichte. Die großen Springbrunnen am Eingang waren ausgeschaltet, sodass eine merkwürdige Stille über diesem ansonsten belebten Ort lag. Das vertraute Plätschern fehlte ihr, als sie in die große Aula der Akademie ging. Auch nachts blieb die Akademie unverschlossen. Es gab nämlich Lerngruppen, die sich um diese Zeit zum gemeinsamen Austausch trafen. Die große Versammlungshalle am Eingang mutierte tagsüber in einen großen lichtdurchfluteten Raum, während man nachts einen ungetrübten Blick durch das Glasdach zu den Sternen warf. Von hier zweigten viele breite Gänge zu den Auditorenlehrsälen und Lehreinrichtungen wie zur interaktiven Bibliothek ab.

Der Auditorenlehrsaal war eine Standardeinrichtung, die es auf jedem Campus des Planeten gab. Während man in früherer Zeit in einem theaterhaften Vortragssaal mit Pulten einem in der Ferne vor sich dahin schwadronierten Professor zuhörte, rückten die Studenten jetzt untereinander stärker zusammen. Die Wände des kreisrunden Lehrsaales waren pechschwarz und nur an den Rändern befanden sich Ränge mit Sitzgelegenheiten. Pulte brauchte man nach der Einführung des papierlosen Lehrbetriebes nicht mehr. Wer dennoch Aufzeichnungen vornahm, schaltete den Vortrag auf seinen heimischen Speichermedien frei oder rief ihn direkt in der Bibliothek an einem dreidimensionalen Lehrterminal ab. In der Mitte des Raumes befand sich ein tiefes Loch, während der Dozent auf einem Vorsprung über dem Loch stand und eine neurale Hirnstromkappe auf dem Kopf trug. Mit dieser Hilfe stellte er aus der Bibliothek direkt die visuellen Effekte für seinen Vortrag zusammen, um sein Thema möglichst anschaulich zu gestalten. Mit seinen Händen, auf dessen Fingerspitzen Sensorenhauben ruhten, griff er direkt mit Gestiken in seine visuelle Darbietung ein. Damit zauberte er eine effektvolle Vorführung, die es ihm ermöglichte aus einer ungeahnten Tiefe des Wissens zu schöpfen. Kore erinnerten die scharfsichtigen Erscheinungen auf den Vorlesungen stark an Godjes Verformungskunst, nur dass Godje mit wirklichen Teilchen arbeitete, während man hier reine Projektionen vorgeführt bekam. Diese Technik der Wissensvermittlung verlangte dem Dozenten größte Konzentration und Koordination seiner Vorträge ab. Ebenso ging er gezielt auf Zwischenfragen ein und rief direkt Themen ab, die nicht unmittelbar mit dem Vortragsthema im Zusammenhang standen.

In den Fluren hingen die Portraits der Preisträger, die der Rat der Sechs für ihre außergewöhnlichen Leistungen auszeichnete. In der Dunkelheit wurden sie von Lichtspots bestrahlt, sodass sie erhaben auf den Betrachter wirkten. Unter den Bildnissen stand auch, für welche Entwicklung diese Auszeichnung verliehen wurde. Neugierig, wie es die Natur von Kore war, nutzte sie die Zeit, das Bild von Adalmus in der Galerie zu suchen. Er musste unter diesen Personen zu finden sein. Sie schritt mit wachem Auge jedes einzelne Portrait ab. Verglich Bild um Bild, aber weder tauchte sein Name, noch eine Ähnlichkeit mit seinem Profil auf. Immer mehr bedauerte Kore es, Adalmus nicht nach dem Nachnamen gefragt zu haben. Ihre Suche hätte dies bestimmt erleichtert.
„Kann ich dir helfen?", hörte Kore zu ihrem Schreck aus der Dunkelheit. Die Stimme erkannte sie sofort. Sie gehörte dem Dekan der Akademie Dr. Silius. Die Studenten kamen mit dem Mann so gut wie nie in Kontakt, denn seine Aufgabe äußerte sich nur in der Organisation des Lehrbetriebs.
„Oh, äh, guten Morgen Dr. Silius", überbrückte Kore die bedrohliche Situation. Zum Glück war es in der Galerie dunkel genug, dass er die Beule auf Kores Rücken nicht bemerkte.
„Ich äh, suche nur einen Preisträger", sagte Kore aufgeschlossen. Vielleicht, so kam es ihr in den Sinn, war die Begegnung mit Dr. Silius sogar ihr großes Glück. Er veranlasste nämlich, die Bilder hier aufzuhängen. Sie sollten den Schülern Personen zeigen, die in der Gesellschaft durch ihr Engagement eine Vorbildfunktion einnahmen.
„Wie heißt denn derjenige?", fragte Dr. Silius an ihrer Suche interessiert.
„Adalmus", sagte Kore. „Leider kenne ich den Nachnamen nicht. Er erhielt eine Auszeichnung in der Medizin und dann noch eine andere. Ich hätte gerne gewusst, was er tat."
Kore besaß nur wenig Hoffnung mit dieser dürftigen Information, die gewünschte Antwort zu bekommen. Innerlich stellte sie sich jetzt bereits darauf ein, dass Dr. Silius ihr nicht helfen konnte.
„Ich kenne den Namen, von dem du sprichst. Er stand auf der Liste von den Preisträgern, die ich hier ausstellen wollte ...", sagte er seufzend und atmete tief durch", ... und ich werde dir leider eine Antwort darauf geben müssen, die dir nicht viel weiter hilft, fürchte ich. Woher du diesen Namen hast, will ich nicht wissen und auch nicht, was du damit begehrst. Aber eines muss ich dir dazu sagen, als ich vor hatte diese Bilder hier aufzuhängen, trug ich meine Absicht zuerst dem Rat vor. Ich erzählte von der gewünschten positiven Auswirkung auf die Schüler und dass damit ihr Lerneifer angeregt werden sollte. Da stimmte mir der Rat nur zu, wenn ich diese Person, die du da suchst, nicht aufhänge. Dieser Adalmus ist der einzige Preisträger, den du unter ihnen nicht finden wirst. Ich habe den Rat damals

ebenso danach gefragt, warum er nicht erwähnt werden will. Es wäre doch eine Ehre, hier auf der Akademie mit einem Portrait zu hängen. Gerade er könnte als Vorbild für uns dienen. Warum sollten wir ihn nicht auf diese Art und Weise würdigen? Der Rat gab mir eine Antwort darauf, die ich akzeptieren musste, auch wenn sie mir nicht gefiel", sagte Dr. Silius gedrückt. „Er will es nicht, sagten sie mir. Sie brauchen sich nicht die Mühe zu machen, ihn zu fragen. Wir wissen, warum er es nicht will und wir versprachen ihm, es niemandem zu sagen. Aber eines können wir ihnen dazu verraten: Nicht die Person erschafft ihre Taten, sondern die Taten erschaffen ihre Personen."

„Das versteh ich nicht", sagte Kore rätselnd.

„Um das zu verstehen ...", erklärte Dr. Silius geduldig und trat an eines der Portraits heran, das eine junge Frau mit einem dichten roten Haarschopf und einen ergrauten Mann mit Halbglatze und einem Spitzbart zeigte. Dr. Silius machte eine Handbewegung über einen Sensor, der am unteren Bildrand eingelassen war und alsbald erklang eine sanfte Melodie, die von einer kräftigen Frauenstimme begleitet wurde. „... erzähle ich dir die Geschichte von Ragowski und Mizia. Obwohl die Beiden lange vor dem "Mystischen Krieg" lebten, prägte ihr Beitrag unsere Welt entscheidend. Wusstest du eigentlich, dass Wilma Ragowski eine Opernsängerin war? Du hörst sie hier. Bereits als Kind galt sie als äußerst talentiert und ihre Eltern förderten sie im Gesang. Gedrillt könnte man fast sagen. Sie trat schon bald in den großen Opernhäusern der damaligen Welt auf und feierte unzählige Triumphe. Mit anderen Worten: Ihr lagen die Herzen unzähliger Verehrer und Konzertagenten zu Füßen."

„Warum ist sie keine Opernsängerin geblieben? Bereitete es ihr keine Freude?"

„Oh ja. Sie zeigte viel Freude an dem, was sie tat. Aber, tja, wie soll ich sagen. Wilma Ragowski überlebte als Einzige einen Flugzeugabsturz. Sie hatte viel Glück, dass ihre Verletzungen nicht lebensgefährlich waren. Ihre Gliedmaßen blieben voll einsatzfähig bis auf Eines."

„Sie verlor ihre Stimme", schoss es aus Kore und traf ins Schwarze.

„Ja. Ganz genau. Sie sagte zuvor immer, dass sie sich genau davor am Meisten fürchtet. Sie blieb den Rest ihres Lebens stumm."

„Das ist sehr grausam."

„Gerade die Furcht vor einem Verlust lässt diesen oft Gewissheit werden. Man hätte es ihr nicht verübelt, wenn sie daran zerbrochen wäre. Aber Wilma Ragowski war nicht von so einem Schlag. Sie sagte einfach, dass das Leben etwas anderes mit ihr vorhat. Noch während ihrer Genesung öffnete sie sich ihrem künftigen Herzensthema, dass sie bis ans Ende ihrer Tage begleitete. Der Sonne. Das Ding dort oben am Himmel, das einen scheinbar unendlichen Vorrat an Energie in sich trägt. Sie fing mit ihrer Berufung klein an und besorgte sich alles an Informationen, die sie dazu kriegte. Schon bald richtete sich Ragowski auf ihrem Anwesen ein Labor ein, in dem sie sich ganz auf die Erforschung der Sonne und dem Geheimnis ihrer schier unerschöpflichen Energie konzentrierte. Sie veröffentlichte einige Zeit später Aufsätze zu diesem Thema in den Wissenschaftsmagazinen der

damaligen Zeit. Aufgrund ihres berühmten Namens fand sie bald auch entsprechende Aufmerksamkeit in der Fachwelt. Und jetzt kommt Mizia ins Spiel."
„Der zweite Mann auf dem Bild."
„Genau. Roland Mizia war Forscher bei einer Institution, die, sagen wir mal, eng mit dem Militär zusammenarbeitete. Er machte es sich zur Aufgabe eine Energiequelle zu finden, die nahezu unbegrenzt und sofort überall auf der Erde verfügbar wäre. Als er über Ragowskis heute legendären Aufsatz „Die Sonne im Handschuhfach" stolperte, war er von ihrer Theorie wie elektrisiert. Er besuchte sie und es entstand aus dieser Verbindung eine sehr fruchtbare Freundschaft. Wie du sicherlich aus der Physik weist, gilt die Arbeit von Ragowski als Initialzündung der mobilen Fusionsreaktorforschung. Mizia selbst machte sich in der Vergangenheit bereits großen Namen. Er und sein Forscherteam waren am Bau des ersten stationären Fusionsreaktors beteiligt, der nach dem Prinzip der Sonne Energie gewann. Erst durch Mizias Fürsprache etablierte sich Ragowski als anerkannte Forscherin in der Fachwelt. Auf Grundlage dieses Aufsatzes entwarfen die Beiden den ersten Bauplan eines mobilen Sonnenreaktors. Mit anderen Worten, des ersten Fusionsmobils nach dem Energiegewinnungsverfahren, der heute nach ihnen benannten Ragowski-Mizia-Methode. Als sie ihre Pläne der Öffentlichkeit vorstellten, wurden sie ausgelacht und verspottet. Das Ding würde ihnen um die Ohren fliegen, hieß es in der Fachwelt. Bekannt wurde eine Karikatur, die Ragowski sitzend auf einer glühenden Sonne zeigte und der Satz darunter: So sieht eine Überbrütung aus. Dennoch gelang es Mizia, Geldgeber für ihr ehrgeiziges Vorhaben zu finden. Auch Ragowski glaubte felsenfest an einen Erfolg. Sie steckte ihr gesamtes Vermögen in den Bau hinein. Ob es die schlimmen Anfeindungen der Öffentlichkeit oder die Rückschläge waren, die während der langen Bauphase passierten: Mizia erlebte die Jungfernfahrt ihrer Erfindung nicht mehr. Er starb kurz vor seiner Fertigstellung. Ragowski sah es von da als ihre Lebensaufgabe an, das gemeinsame Werk zu vollenden und präsentierte ihre Erfindung genau im Jahr 2089 christlicher Zeitrechnung einer breiten Öffentlichkeit. Es war ein voller Erfolg."

„Ragowski und Mizia erfanden den Fusionspanzer", entfuhr es Kore. Ihr fiel es wie Schuppen von den Augen. Von den Fusionspanzern hörte sie schreckliche Geschichten. Das Militär benutzte sie vor dem "Mystischen Krieg" um Aufstände gewaltsam niederzuschlagen.
„Obwohl ihre Innovation direkt zum Bau der ersten Fusionspanzer führte, täte man ihnen Unrecht, sie als Vater und Mutter dieser Tötungsmaschine zu bezeichnen. Ragowski und Mizia ging es nie um einen militärischen Nutzen ihrer Methode. Ihr Ziel war es überall und an jedem Ort auf der Erde nahezu unbegrenzte Energie zur Verfügung zu haben. Ihre Erfindung ist die Grundlage für viele spätere Anwendungen, die für uns heute so selbstverständlich sind, wie die Luft zum Atmen. Nach der berüchtigten Saharaschlacht und dem damit im Zusammenhang stehenden politischen Nachbeben fand ihre Methode Eingang in den Alltagsgebrauch. Die Gleitertechnik, die Nanotheke, der Nanohyg, der Nanokos. Sogar der Nanozip, den die Nanotekten heute benutzen. Ihr Energiegewinnungsverfah-

Energiegewinnungsverfahren basiert auf der Ragowski-Mizia-Methode. Auch die Kraftfeldtechnik, mit der später General Tomps die tödliche Strahlung abschirmen ließ, sowie der Nuklearabsorbierer, wurde erst durch ihre Arbeit möglich. All diese Technologien benötigen ungeheure Energiemengen, die das Ragowski-Mizia-Verfahren zur Verfügung stellt. So gesehen bewahrte ihr Werk nicht nur unsere Spezies vor der vollständigen Vernichtung, sondern rettete den ganzen Planeten."

„Was ist aus ihr geworden?"

„Sie teilte sich das Schicksal der meisten Erfinder. Nach der Präsentation wurde das Mobil vom Militär beschlagnahmt und dort weiter entwickelt. Vergeblich klagte Ragowski auf eine Entschädigung ihrer Mühen. Immer wieder wurde sie vertröstet, auf die lange Bank geschoben, von einem Gericht zum Nächsten verwiesen. Damit versuchte man sie mürbe zu machen. Ihr ging schließlich das Geld aus und sie konnte so ihre Anwälte nicht mehr finanzieren. Was nützt es im Recht zu sein, wenn ein Machtapparat die eigenen Gesetze zur Makulatur werden lassen kann. Was soll ich sagen, sie ist verarmt gestorben."

„Oh, das ist traurig", sagte Kore betroffen.

„Ragowski legte vor ihrem Tod schriftlich nieder, dass sie nichts bedauert. Jederzeit würde sie es wieder so machen. Sie bedankte sich bei ihren Mitmenschen und auch bei jenen, die ihr übel mitgespielt haben. Sie ist im Frieden von dieser Welt gegangen. Ihre Freunde finanzierten ihre letzte Ruhestätte. Später veranlassten sie auch Mizia dorthin umzubetten, sodass sie heute gemeinsam dort beerdigt sind. Ich glaube, du kennst diesen Friedhof."

„Das Stelenfeld hinter dem Rifgenstein?", riet sie. Ihr fielen wieder die vielen seltsamen Leute ein, die immer an einem ganz bestimmten Tag anreisten und sich im Memorial trafen. Sie führten auf ihrem Zug zwei große Portraits mit sich, deren Gesichter sie aber aus der Ferne nicht richtig erkannte. Hinter einem Eichenstamm kauernd wohnte sie ihrem Ritual bei und sah zu, wie die Besucher Blumen und Kränze an einem ganz bestimmten Stein niederlegten. In den Gesichtern dieser Leute befand sich keine Trauer. Im Gegenteil. Es lag tiefe Dankbarkeit darin. Ihre Worte, die sie miteinander wechselten, klangen nicht verbittert. Sie waren warmherzig und von Liebe durchsetzt.

„Du hast ein gutes Näschen. Was nur wenige wissen: Unter dem Stelenfeld liegt der Friedhof einer großen Stadt aus der Zeit vor dem Krieg. Erst später wurde darüber das zentrale Gedenkmemorial des "Mystischen Krieges" errichtet. Alljährlich kommen Forscher und Entwickler dort zusammen, um ihrer beiden Seelen zu gedenken. Nach Ragowskis Tod wurde versucht, ihren Namen für immer aus der Geschichtsschreibung zu tilgen. Gelungen ist das nicht, denn ihr Aufsatz über die Fusionstechnologie auf der Basis der Sonne verbreitete sich bereits über die Fachwelt hinaus und man kann sagen, dass Ragowski dadurch unsterblich wurde. Diese Arbeit überlebte als Einziges von ihr, wenn man von dieser Tonaufnahme und der Karikatur absieht. Es ist ihr Erbe an uns."

„Ist es Adalmus etwa so ähnlich ergangen wie ihr?"

„Nein, das nicht", antwortete Dr. Silius. „Ich glaube, bei ihm war es schlimmer."

„Wie? Was kann noch schlimmer sein? Wenn er hier nicht ausgestellt werden wollte, was hat er eigentlich geleistet? Schämte er sich etwa dafür?"

„Ich korrigiere dich", sagte Dr. Silius. „Nach Ansicht von diesem Adalmus hat er nichts geleistet. Die Tat hat sich ihn geleistet und das kann ich dir dazu sagen. Adalmus ist Nanotechniker und Mediziner zugleich. Er verbindet sein Wissen mit den beiden Bereichen. Daraus stellte er Seren her, die Viren erfolgreich bekämpften und er stellte sein Können auch in der Waffen- und Speichertechnologie unter Beweis. Eine völlig neue Art der Datenspeicherung machte er erst möglich. Dafür verlieh man ihm die zweite Auszeichnung. Wenn du allerdings mich fragst, warum ich glaube, dass er nicht hier aufgehängt werden wollte, dann hat das einen sehr persönlichen Grund. Man muss es akzeptieren und nicht permanent nach den Gründen fragen, warum jemand nach links oder nach rechts in seinem Leben gegangen ist. Weißt du, meistens ist es besser, die Wünsche nach Frieden des Betroffenen über die Interessen der nachfolgenden Generationen zu stellen. Er will in Ruhe gelassen werden. Das muss man einfach anerkennen. Aber das ist nur meine Meinung und du musst dir nichts dabei denken."

„Danke. Dr. Silius", sagte Kore freundlich. „Das hat mir doch weitergeholfen."

„Keine Ursache. Dir wünsche ich einen schönen Lerntag. Die Zeit auf der Akademie geht schneller vorbei, als du es zu glauben vermagst und irgendwann, wenn du am Ende deines Lebens stehst, ist es am schönsten, wenn du mit Freude an diese Zeit zurückdenken kannst. Es ist meine Aufgabe, dir das zu ermöglichen", verabschiedete sich Dr. Silius freundlich und verschwand in der Dunkelheit der Gänge. Kore blickte ihm eine kurze Zeit nach und starrte wieder auf das Bild der beiden Forscher. Ragowski lächelte ihr auf dem Bild freundlich entgegen, während Mizias Hand stolz auf ihrer Schulter ruhte. Man sah seinem Gesicht die tiefe Dankbarkeit an, die er zu ihr empfand.

„Jeder von ihnen hat seine eigene Geschichte. Bei mir wird das nicht anders sein", sagte sie zu sich.

Kore nahm sich von da an vor, nicht mehr weiter in der Vergangenheit von Adalmus zu bohren. Viel zu sehr traten ihre eigenen Probleme in den Vordergrund, als dass sie sich mit Sachen beschäftige, die andere Menschen betrafen. Angespannt wartete sie daher am Eingang der akademischen Bibliothek die restlichen Minuten bis sechs Uhr ab, da sie um diese Zeit ihre Pforte öffnete. Der Archivator, der Angestellte der Akademie für die Verwahrung der Dokumente, starrte sie überrascht an, dass eine Studentin schon so früh am Morgen hier eintraf. Die meisten Absolventen kamen erst immer im Laufe des Vormittags hierher, wenn die ersten Lesungen in den Auditorenlehrsälen vorbei waren. Sie verlor keine weitere Zeit mehr und eilte unversehens durch die riesigen Büchersektionen des Wissenstempels, um gleich in den multimedialen Raum zu gelangen. Eine Recherche hier hätte unnötige Zeit verschwendet. Eigentlich diente die klassische Form des Buches aus. Hier lagerten Kopien der bereits digitalisierten Texte, die nur dazu dienten, eine körperliche Version im Notfall griffbereit zu haben. Ebenso passierte sie die Animationssektion, in der sämtliche Film- und Tondokumente in

Tondokumente in Speicherkristallen abgelegt lagerten. Ihr Ziel waren die 3D Lehrtische. Für manchen mochten sie altertümlich wirken, doch Kore schwor auf sie. Sie funktionierten mit Gestensteuerung und Spracheingabe. Behände setzte sie sich an einen von ihnen und schaltete ihn über einen Sensor mit einer Handbewegung an. Bald schon befand sie sich im Stichwortmenü des Programms und ihre Recherche nach dem Feenwesen begann.

„Eingabe", forderte eine freundliche Frauenstimme den User mit einem harten Akzent auf.

„Definiere Fee", sagte Kore so gelassen, wie es nur ging in den Raum hinein. Eine hektische Aussprache verstand das Gerät nicht. Es war wichtig bei der Bedienung möglichst emotionslos zu sprechen, damit es jedes Wort sinngemäß auflösen konnte.

Bisher wusste Kore über Feen nicht viel. Das Einzige, was sie von ihnen wusste, stammte von den Geschichten, die Indreen ihr erzählte, wenn sie ihn des Nachts im Ruheraum aufsuchte. Indreen kannte viele Fantasiewesen, die alle in seinen Geschichten ihren Platz fanden. Es war die Rede von Kobolden, von Dämonen, von Elfen, von Zauberern und Hexen, von Drachen und fliegenden Pferden. Gerade die Feen nahmen in seinen Erzählungen immer die Rolle der Guten ein und galten als Glücksbringer. Sie galten als Wesen des Lichts und Licht wurde mit den Guten assoziiert. Die Wesen des Dunklen symbolisierten die Bösen, von denen es reichlich gab. Gut und Böse führten in seinen Schilderungen einen ewigen Wettstreit miteinander. Keiner besiegte den anderen. Indreen erklärte, dass dies so sein müsse. Behielt das Gute auf Dauer die Oberhand, würden die Nutznießer leichtsinnig und dekadent. Irgendwann sähen die Glücklichen ihren Wohlstand nicht mehr und verfielen schrecklichen Lastern, die sie zu bösen Wesen macht. Wenn allerdings das Böse die Oberhand gewann, regte sich früher oder später Widerstand dagegen. Nie hatte auf Dauer eine Seite Bestand. Also befanden sich die Mächte in einem Dauerkampf, der erst die Erkenntnis darüber brachte, was erstrebenswert und was verachtenswert war. So gesehen glichen sie einem Paar, das einander bedurfte. Kore verstand das zunächst nicht. Sie teilte die Ansicht, dass alles was böse ist, bekämpft werden musste. Als Indreen sie danach fragte, was denn das Böse sei, sagte Kore, alles was unterdrückt und vernichtet. Indreen antwortete ihr daher darauf, dass demnach alles Gut sein müsse, was frei macht und Leben schafft. Er gab ihr zu bedenken, dass die Freiheit des Einzelnen dort aufhört, wo die Freiheit des Anderen anfängt. Und wie solle man denn sein eigenes Leben führen, wenn kein anderes Leben getötet werden darf. Sind denn nicht Tiere und Pflanzen, von denen man sich jeden Tag ernährt, auch Lebewesen? Das Mädchen musste in der Tat erkennen, dass es nicht so einfach war, das Gute und das Böse als solches zu bestimmen. Das Einzige, was mit der Zeit darüber aufklärend half, war die Lebenserfahrung, die mit dem Alterungsprozess einherging. Was aber niemals verkehrt wäre, so erklärte es ihr der Pfleger, ist seinem Herzen zu folgen. Es empfiehlt dir immer den richtigen Weg, selbst wenn der Verstand etwas anderes forderte.

In der Datenbank der Akademie erfuhr man zu jedem Begriff, den es gab, ausführlichste Informationen. Was allerdings die Fantasiewesen, insbesondere die Feen, anbelangte, fiel die Antwort des Lerntisches nicht so umfangreich aus, wie Kore es sich erhoffte.

„Fee oder auch Pixi ist eine Figur aus Märchen. Der Begriff selbst leitet sich von den lateinischen Wörtern „Fatua" und „Fatum" ab, was übersetzt so viel wie „Wahrsagerin" und „Schicksal" bedeutet. Die Feen fanden überwiegend in den Volkssagen der Kelten Eingang. Andere Völker nahmen diese Naturgeister auch in ihren Sagenkreis auf, jedoch bezeichnen sie diese unter einem anderen Begriff. Ein Geschlecht ist bei dem Wort nicht definiert. Es kann sich daher sowohl um eine männliche als auch weibliche Figur handeln. Bei den Feen handelt es sich um zerbrechlich wirkende Geschöpfe, die in erster Linie den Elementen Luft, Wasser, Erde und Feuer zugeordnet werden können. Das Wesen der Fee selbst ist fröhlich, ausgesprochen anmutig und ewig jung. Markante Körperteile sind neben den Flügeln, vor allem die Ohren, die nach oben hin spitz zulaufen. Außerdem heben sie sich durch ihre großen oval förmigen Augen von dem Erscheinungsbild der Menschen ab. Ein weiteres Merkmal ist ihr leicht nach Zimt riechender Körper und dass sie sich an kaltem Eisen verbrennen. In der Literatur der vergangenen Epochen wurden diese Geschöpfe zu magischen Wesen verklärt, mit der sich vor allem die Vorgänge in der Natur erklären lassen", las der Universalprojektor ihr aus der Datenbank vor. Dazu listete er alle Märchen auf, in dem eine Fee vorkam oder die Handlung mit Feenfiguren in Zusammenhang stand. Weiter führte er einige Beispielbilder der klassischen Malerei an, die die Feen zum Thema hatten. Auf sie warf Kore ein genaues Auge. Sie zoomte mit einer Geste näher an die dreidimensional dargestellten Gemälde heran. Vor allem an die Flügel und die Ohren.

„Ich hab keine spitzen Ohren", dachte Kore während der Bilderschau bei sich. Sie befühlte vorsichtig ihre Hörmuscheln, um ja sicher zu gehen. Es war gut möglich, dass sich während ihres Traumes Verlängerungen an ihnen bildeten. Zum Glück ertastete sie keine Verformung. Ebenso ging sie mit ihrer Nase zu ihren Achselhöhlen und schnüffelte an ihnen. Sie roch nichts Zimtiges, was wahrscheinlich daran lag, dass sie von sich auch keinen anderen Geruch kannte. Weder von ihren Freunden, noch von Fremden bekam sie je zu hören, dass sie nach Zimt duftete. Auch der Hinweis mit dem Eisen konnte so nicht stimmen. Ihr war kein einziger Fall bekannt, dass sie sich je daran verbrannte. Offensichtlich musste es eine andere Erklärung für ihr Phänomen geben. Die weiter hierzu abgelegten Filme erwiesen sich als Zeichentrickanimationen, die zwar nett anzusehen, aber für ihre Suche vollkommen unbrauchbar waren. Außerdem dauerte ihr ein gründliches Durchforsten der Filme viel zu lange.

Kore las sich jedoch alle Erzählungen, die der Computer ihr in diesem Zusammenhang nannte, überschlägig durch. Aber bei keiner einzigen Quelle fand sie etwas, was mit ihrem konkreten Fall zu tun haben könnte. Entweder führten diese

diese Feen in den Märchen einen Zauberstab, mit dem sie ihre Wunder vollbrachten, oder benutzten so etwas wie einen Zauberspruch. Es gab Feen, die mit bloßen Händen Lichtstrahlen einfingen. Dann gab es welche, die mit einem Handstreich Wasser gefrieren und auftauen konnten. Ja, sie ließen sogar Pflanzen wachsen und verdorren. Kore besaß keine Idee, wie sich das mit ihren Händen in Zusammenhang brachte. Sie konnte weder das eine noch das andere. In ihr legte sich der Zweifel einfach nicht. Godje musste sich geirrt haben.

„Das bringt mich nicht wirklich weiter", murmelte sie nach stundenlanger Suche im Fundus des Archivs enttäuscht und erschrak, als ihr gegenüber ein sehr ernstes Gesicht in Erscheinung trat. Die Zeit verflog so schnell, dass sie nicht merkte, dass es bald Mittag wurde. Die Mine ihres wohl bekannten Gegenübers lugte mit einem neugierigen Blick durch die transparente Anzeige des Projektors hindurch und traf sich direkt in ihren Augen.

„Kore, wo warst du denn gestern?", fragte die gleichaltrige Chausette interessiert. Der asiatische Blick ihrer besten Freundin durchleuchtete sie auffordernd. In ihren mandelförmigen Augen erkannte man regelrecht, dass sie sich über ihre unverblümte Funkstille des letzten Tages sehr ärgerte. Chausette band ihre tief schwarzen Haare an diesem Tag nach hinten zu einem Pferdeschwanz zusammen. Sie tat das nur, wenn sie zum Schwimmtraining ging. Ansonsten trug sie es offen und fing mit ihrer seidigen Pracht sämtliche Blicke ihrer Kameraden ein. Unter ihrem rechten Arm klemmte ihr Universalatlas. Ein Nachschlagewerk, das zu jedem Thema irgendeine Abhandlung auf dem Speicherchip besaß.

„Ich hab gestern Mittag bei der großen Uhr im Hof auf dich gewartet, damit wir gemeinsam unseren Ballettunterricht nehmen können. Ich hab geglaubt, dass dir etwas zugestoßen ist. Hast du eine Ahnung, welche Sorgen ich mir um dich gemacht habe? Außerdem wäre es mal gut, wenn man dich über den Telestick erreichen könnte. Alle andern haben ihn immer bei sich. Nur du lässt ihn in deinem Spind liegen", beschwerte sie sich entrüstet.

Was die Fernkommunikation anging, gab es nichts, was den Telestick übertraf. Es gab da zwar den festen Nachrichtentransmitter, doch dieser hielt mit der mobilen Fassung nicht Schritt. Bei dem Gerät handelte es sich um eine getönte Brille, die auch eine Zoomfunktion enthielt. Wenn man mit ihr kommunizierte, erschien einem der Gesprächspartner in der Brille eingeblendet. Ganze Filme ließen sich mit der Erfindung übertragen und es kam nicht selten vor, dass so mancher den ganzen Tag dahinter verbrachte. Ja, es gab sogar einen speziellen Klub auf der Akademie, der nur damit sein gesamtes Wissensgebiet erschloss. Den Telestick mochte Kore aber aus gutem Grund nie bei sich führen. Schon alleine wegen Thamus, der ihr immer Liebesbotschaften damit übersandte. Gerne „vergaß" sie dieses Ding. Außerdem war es ihr lästig, ständig erreichbar zu sein, um mit irgendwelchen banalen Problemen ihrer Studentenkollegen konfrontiert zu werden. Sie gebärdeten sich darin oft, als ob sie unfähig wären, ihre zwischenmenschlichen Probleme selbst zu lösen.

„Oh Chausette. Es tut mir leid. Ich wollte dich nicht beunruhigen", erschrak Kore überrascht und schloss hektisch die Anwendung des Tischcomputers mit einer Handbewegung über den Sensor. In all der Aufregung vergaß sie gestern die Verabredung mit ihrer Freundin. Sie hätte ihr über den Nachrichtentransmitter, mit dem SMS-System früher Zeiten vergleichbar, von zu Hause aus Bescheid geben sollen. Kore benutzte das stationäre Kommunikationssystem sehr selten und es entfiel ihr gänzlich.

„Ich äh …", Kore überlegte rasend, was sie ihrer besten Freundin erzählen konnte. Sie wusste nur zu gut, dass sie eine schlechte Lügnerin abgab und dass die Ausrede, die sie sich einfallen ließ, wenigstens halbwegs der Wahrheit entsprach.

„Ich bin hingefallen und musste ins Medizinzentrum", log sie bewusst, aber auch um mit sich und ihrem Gewissen im Reinen zu sein. In gewisser Weise stimmte das ja fast.

„Wo ist das passiert? Etwa an der Unterführung?", bohrte Chausette faustisch nach und traf gleich ins Schwarze.

„Ja, da war das", sagte Kore bestätigend.

„Die ist sowieso schlecht ausgeleuchtet. Ich werde meinem Vater von der Stadtverwaltung sagen, dass sie dort einen Lichtreflektor anbringen sollen. Es ist mir sowieso recht unheimlich da unten. Iona ist da mal von solchen Typen angepöbelt worden."

Ein Lichtreflektor leitete das Tageslicht über einen Kontakt im Freien zur Sonne an eine dunkle Stelle, um sie völlig stromverbrauchsfrei auszuleuchten.

„Ja, das wäre wirklich gut", sagte Kore verdattert.

„Kommst du wenigstens heute Nachmittag mit zum Schwimmen?", setzte Chausette unvermittelt nach. „Wir müssen mit unserer Staffel trainieren, damit wir bei dem Wettbewerb in Cherson nächster Woche gut abschneiden."

„Ich fühl mich momentan nicht so gut", entgegnete Kore, was ja auch stimmte. „Der Doktor sagte, ich soll erst morgen wieder schwimmen gehen", log Kore erneut. Um jede Stunde, in der ihre neuen Körperteile verborgen blieben, hatte sie jetzt zu kämpfen. Zeit zu gewinnen, wurde zur äußersten Maxime ihres Handelns. Es ging einfach nicht anders. Adalmus musste ihr unbedingt die Flügel wieder entfernen. Vielleicht heute Abend, wenn er wieder nüchtern genug war. Wegen ihrer Hände musste sie sich etwas anderes einfallen lassen. Chausette schöpfte glücklicherweise aus ihren Worten keinerlei Verdacht.

„Kore, hoffentlich klappt das aber vor unserem Wettbewerb mal mit dem Training", seufzte sie kopfschüttelnd. „Du weißt doch, von nichts kommt nichts", sagte Chausette, was auch ihr Wahlspruch war.

In diesem Augenblick erschien Boris mit seinen knallroten Haaren neben Chausette und lächelte sie leidenschaftlich an. Sein freudiges Gesicht deutete gleich die Richtung an, die sein Erscheinen mit sich brachte.

„Boris lass das", sagte Chausette abweisend. Sein verliebter Blick glich einem warmen Regen, der an Chausettes kalter Oberfläche abperlte.

„Du bist wunderschön heute", hauchte Boris ihr zärtlich und unverblümt zu ohne seine Gefühle für sie verstecken zu wollen.

„Vergiss es. Du bist nicht mein Typ", äußerte Chausette ohne Umschweife. „Du bist Physiker und ich bin eine Psychologin. Das passt überhaupt nicht zusammen ...", erklärte sie in ihrer deutlichen Art. „... und du hast eine Bewusstseinsstörung."

„Na und? Was kann ich dafür, dass mein Barometer bei dir in die Höhe steigt? Das nennt man die Formel für die Liebe."

„Päh. Bei mir steigt noch nicht einmal mein Harmometer an, wenn ich in deiner Reichweite bin", erwiderte Chausette zornig und wandte sich wieder an ihre Freundin. Chausette sah zu so schnell wie möglich von hier wegzukommen, weswegen der unmittelbare Abbruch ihres Gespräches einer Flucht gleich kam.

„Also Kore, wir sehen uns noch", sagte Chausette abschließend und ging forschen Schrittes hinaus. Sie wollte vor allem Boris aus dem Weg gehen, der seit dem Schulball vor zwei Tagen ein Auge auf sie warf.

„Aber meiner schlug bei dir aus", rief Boris ihr ratlos nach und blieb stehen.

Kore sah der davon eilenden Chausette ebenfalls lange nach und fing an nervös zu schwitzen. Wie lange wäre es ihr möglich, die Ereignisse der letzten Tage vor ihrer besten Freundin versteckt zu halten? Gerade beste Freundinnen besaßen voreinander keine Geheimnisse. Ebenso kannte Kore die Sache mit dem Harmometer, von dem Chausette sprach. Es war ein winziges Gerät, das anhand von Hirnstrommessungen erkannte, ob zwei Menschen gut zusammen harmonierten. Um ihn zu aktivieren, musste man nur in die Reichweite der gewünschten Person gelangen. Sofort nahm es dann Kontakt zu dem anderen Gerät auf, dem ein reger Datenaustausch folgte. Kore erfuhr von Chausette, dass sie ihren Harmometer mit der Faust zertrümmerte, als der ihre bei Boris bis zum Maximum ausschlug.

„Harmometer, so einen Schwachsinn benutzt die. Seit wann kann ein Gerät, das Hirnströme misst, etwas über eine gelungene Partnerschaft aussagen?", beschwerte sich Boris enttäuscht und sich selbst belügend, weil er ja ebenfalls ein solches Gerät benutzte.

Kopfschüttelnd fiel sein Blick auf Kores Hände. Er stutzte dabei und sein Gesichtsausdruck verzog sich doch rätselnd wegen ihres eigenartigen Handschmucks: „Was ist denn mit deinen Fingern los? Hast du zu viel mit Glitzerstaub gespielt?", scherzte Boris und deutete auf ihre Hände. „Die fluoreszieren ja. Willst du etwa auf einen Maskenball?"

Kore schreckte von ihrer Nachschau hoch. Boris fiel es als Ersten auf.

„Nein", sagte Kore nach einer passenden Antwort suchend. In ihrem Kopf raste es fürchterlich. Was sollte sie ihrem Kameraden sagen? Die Wahrheit etwa? Das glaubte ihr doch sowieso keiner. Klang es verrückt genug, dass Boris es ihr abnahm?

„Ich bin heute Morgen aufgewacht und da waren sie bereits so ..."

„Ja klar", tat Boris ihre Geschichte als frei erfunden ab. So wie sie es erhoffte. „Meinetwegen kannst du rumlaufen, wie du willst. Kore, weil ich dich gerade treffe, ich hab da ein Problem."

„Oh nein Boris. Willst du jetzt etwa mit mir anbandeln?", fragte Kore allzu deutlich um falsche Hoffnungen vorzubeugen.

„Nein. Nicht bei dir. Chausette ist mein Ziel. Was mag sie so? Du müsstest es doch wissen. Ihr beide seid oft zusammen."

„Boris, da hast du ganz schlechte Karten bei ihr", antwortete Kore aufrichtig und sah ihm ehrlich in die Augen. „Ich will dir jetzt nicht wehtun und sag es dir lieber gleich. Chausette kann mit jemandem wie dir nichts anfangen. Sie möchte Sicherheit, verstehst du?"

„Sicherheit?", glotzte Boris unverständlich drein.

„Ja, sieh mal. Chausette will, dass ihr Partner alleine für sich sorgen kann. Du verdienst mit einem Physikerposten einfach nicht gut genug."

„Gut genug? Ich verdiene immerhin mehr als einer dieser Tomps, die für die Stadt arbeiten", glaubte Boris nicht richtig zu hören.

„Ja, aber Chausette ist das zu wenig. Sie ist, sagen wir mal, sehr anspruchsvoll."

„Dann kann sie mir gestohlen bleiben, diese verwöhnte Göre", sagte Boris enttäuscht und verzog griesgrämig sein Gesicht. Innerlich verdaute er seine Enttäuschung über die Zurückweisung nur schwer. Dies war deutlich herauszuhören. Entflammte sich doch seine Liebe zu Chausette und ließ sich nicht mehr eindämmen. In gewisser Weise tat Boris Kore leid. Ein jeder sollte das tun, was er am besten konnte. Und Boris war, was die Physik anging, einfach unschlagbar. Dass seine Entlohnung allerdings nicht üppig aussah, verhinderte sein Talent nicht. Niedergeschlagen trottete Boris davon. Seine Schritte verhallten einsam in den Gängen.

Kore hatte alles andere im Kopf, als Boris Tipps für seine Leidenschaft zu geben. Dafür besaß sie absolut keine Zeit. Vor allem, wenn es um Verliebte ging, denen man ohnehin nichts recht machte. Ihre eigenen Probleme zu lösen, stand jetzt an erster Stelle. Sie atmete daher erleichtert auf, als er außer Sichtweite war, und wandte sich wieder dem Tischcomputer zu. Vor lauter Aufregung vergaß sie ihren letzten Ansatzpunkt und fing noch einmal an die Liste der Märchen abzurufen, die der Computer über Feen besaß.

„Kore, da steckst du", hörte sie wiederum eine bekannte Stimme nur Sekunden später lachen. Hastig löschte sie mit einer Handbewegung ihren Suchbegriff und schaltete den Projektor aus.

„Oh, nein. Nicht der auch noch", stöhnte Kore innerlich auf. Die Person, die sich ihr unverhofft anschlich, war die Letzte, die sie jetzt brauchte. Und alsbald klopfte ihr Thamus auf die Schulter. Jenes Vorbild und Sieger des Wettbewerbes, der schon länger als potenzielle Partnerin anvisierte und dem sie immer gekonnt auswich. Obwohl Thamus gut durchtrainiert und stattlich gebaut wirkte, strahlte er für Kore eine Kühle aus, die sie beunruhigte. Sie wusste nicht, warum, aber etwas sagte in ihr, dass sie von Thamus einen gehörigen Abstand halten sollte. Auf ihr Gefühl verließ sich Kore bis jetzt immer.

„Kore, wo warst du gestern? Ich hätte dich so gerne beim Ballett gesehen", fragte er neugierig. „Außerdem würde ich mich freuen, wenn wir beide Mal gemeinsam zum Tanzen gehen."

Kore glaubte, dass Thamus sich gerade deswegen als Tänzer beim Ballett einschrieb. Als Kore ihn im Unterricht zum ersten Mal sah, fand sie immer weniger Freude beim Ballett. Rein äußerlich bezogen hätten Kore und Thamus hervorragend zusammengepasst. Ein athletischer Mann mit einer anmutigen Frau. Die anderen Mädchen der Schule wären am liebsten mit Thamus ausgegangen, weswegen Kore von ihnen beneidet wurde. Sie verstanden daher Kores abweisende Haltung zu Thamus nicht. War denn nicht ein Traummann das, was eine jede Frau begehrte? Aber auch Thamus erntete von ihnen Unverständnis. Niemand wusste, warum Thamus ausgerechnet mit der abweisenden Kore ein Verhältnis suchte. Dabei gab Kore Thamus schon mehrere Male dezente Hinweise, dass sie ihn nicht begehrte. Sie vermuteten daher, dass Thamus es als eine Herausforderung ansah, Kore für sich zu gewinnen und stellten sich innerlich auf einen Showdown der Liebe ein. Etwas, dass sie mit einer gewissen Sensationssucht beobachteten.

„Das ist meine Entscheidung, ob ich gehe", antwortete Kore entrüstet und suchte den Blickkontakt mit ihm. Thamus Blick aber wich von ihren Augen ab und setzte sich auf ihrer Kehrseite fest.

„Was ist denn das? Hast du einen Rucksack unter deiner Bluse?", fragte er sie, wegen ihres doch recht eigenartigen Rückens. Selbstverständlich waren das die zusammengebundenen Flügel.

„Ausgerechnet er muss mich als Erster danach fragen", dachte Kore verärgert bei sich.

„Ich äh, hab einen neuen BH ausprobiert", sagte Kore hastig. „Hat nicht besonders geklappt. Ich muss jetzt gehen", sagte sie eilig und sprang auf. Nun sah sie zu, Thamus so schnell wie möglich zu entkommen. Mit ihm jetzt ein Gespräch anzufangen, war ihr zuwider.

„He, wohin denn so eilig? Schrecke ich dich etwa ab?", fragte er verwirrt.

„Ja, das tust du. Ich hab absolut keine Zeit für dich", sagte sie im Gehen und rannte fast förmlich vor ihm weg, worauf Thamus nur die Stirn runzelte.

„Vielleicht ist sie viel zu nervös wegen mir. Typisch Frau. Ziert sich noch ein wenig", schloss Thamus selbstgefällig und lachte besserwisserisch.

Es half nichts. Kore konnte sich heute einfach nicht auf das Lernen konzentrieren. Zu viele Ereignisse geschahen, die sie durch das Leben peitschten. All das hinterließ in ihr eine Spur der Verzweiflung. Hastig eilte sie auf den großen Hof der Akademie hinaus, wo sich viele Studenten gerade um die Mittagszeit trafen. Dort verabredeten sie sich für den Nachmittag und tauschten selbstverständlich Neuigkeiten aus. Meist hielt sich Kore auch um diese Zeit hier auf. Doch heute besaß sie dafür kein Ohr. Egal war ihr der Tratsch, wer mit wem ging. Wer in den Vorlesungen was sagte oder welche Wettbewerbe und Ereignisse in der Schule in der nächsten Zeit bevorstanden. Gerade heute mied sie diesen Ort, um nicht auch noch zum Gesprächsthema der Akademie zu verkommen. Im Gewühle der Studenten ging Kore zügig über den Hof. Vorbei an dem großen Sonnenzeiger, dem

dem spitz zulaufenden Obelisken in seiner Mitte. Sie verließ in langen Schritten das Gelände der Akademie über den Parkausgang. Keinesfalls wollte sie riskieren, dass sie wiederum wegen ihres Rückens von irgendwem angesprochen wurde.

„Was mach ich nur? Was mach ich nur? Meine Flügel. Sie werden zu einem echten Problem. Wie lange kann ich sie vor Chausette verstecken? Ich muss sie loswerden. Adalmus hatte Recht. Die Flügel entfernte man mir nicht ohne Grund. Was werden alle sagen, wenn sie das zu sehen kriegen? Ich werde meines Lebens nicht mehr froh. Und jetzt auch noch meine Hände. Was geschieht nur mit mir?"

In Kore drehte sich alles. Die Welt, welche ihr bis vor kurzem so vertraut und geordnet vorkam, wandelte sich zu einem nicht enden wollendes Schaudermärchen. Schnell zerstörten diese winzigen Veränderungen ihres Körpers ihren gewohnten Alltag. Ihr fiel nur ein einziger Ort in der ganzen Stadt ein, an dem sie mit Sicherheit den Rest des Tages ungestört blieb. Sie spurtete daher fieberhaft nach Hause und ging in ihr Zimmer. Sie brauchte jetzt einfach nur Ruhe. Ihr Hungergefühl verkam da zur Nebensache. Nur eines wusste Kore nach diesem Erlebnis mit Sicherheit: Sie musste sich der neuen Sache stellen. An ein Entkommen war nicht mehr zu denken. Und je tiefer sie darüber sinnierte: Eine Möglichkeit der Flucht davor hätte auch nie bestanden.

Kapitel 7

Ipsy

Kore legte sich erschöpft in ihr Bett und versuchte, so gut es ging, ihre innere Unruhe herunterzudrehen. Das hörte sich leichter gesagt als getan an, denn in ihrem Geist tobte ein wirrer Kampf, der durch die unheimlichen Vorgänge in den letzten Stunden an Schärfe dramatisch zunahm. Zum Glück gab es in ihrem Zimmer eine Fülle von Möglichkeiten sich zu entspannen. Es reichte von einer kalten Dusche bis zur Aufnahme sanfter Klänge über der in der Wand eingelassenen Musikstation. Letzteres schaltete sie sich mit einer Handbewegung zu und schon bald erfüllte sich der Raum mit seelischem Balsam. Dieses Gerät wurde von ihr bisher so gut wie nie gebraucht, aber nun war es ihr danach. Je mehr sie mit ihrem Geist der Entspannungsmusik folgte, umso wohler begann sie sich, zu fühlen. Die Beruhigung ihrer Nerven, die Loslösung der Belastung, ließen sie bald in ihrem Bett treiben wie auf einem Floß. Sie fühlte sich, als ob sie auf einem solchen einem Flusslauf hinab zum Meer glitt. Sie wurde müder und schwerer, bis sie nicht mehr fühlte, in ihrem Zimmer zu sein.

Kore setzte keine Erwartung darin in ihrem Schlaf erneut etwas Aufregendes mitzumachen. Ruhe wollte sie nur haben und nicht einem Abriss ihres bisherigen Werdeganges beiwohnen wie in ihrem letzten Nachterlebnis. Tatsächlich erschien es, als ob sich der Wunsch auf recht groteske Art und Weise erfüllte. In dem sich nun ereignenden Traum kam es ihr vor, als ob sie auf einer grauen kahlen Ebene umherwandelte. Sie erstreckte sich über den ganzen Horizont. Nirgendwo sah sie einen Berg oder eine Erhebung, die Orientierung geboten hätte. Nicht die kleinste Mulde oder Unebenheit im Boden, kein Grün, kein Anzeichen von Leben. Alles glich einem Stück Papier. Eigenartigerweise trug sie noch immer ihre Schuluniform. Kore kniete zum Boden nieder und ließ ihre Finger über ihn gleiten. In ihrem Kopf rechnete sie mit allem. Dass er sich rau oder rissig anfühlte. Warm oder kalt. Samtweich oder spröde. Aber nichts dergleichen. Ihre Finger meinten, durch Luft zu gleiten. Über eine Luft, die genau an dieser Stelle so stark gepresst wäre, dass sich eine begehbare Oberfläche ergab. Dieses Gefühl war ihr so fremd, so neuartig, dass sie die Szenerie erst einmal in sich wirken lassen musste, um dies zur Normalität werden zu lassen. Ihre Augen wanderten in den Himmel hinauf. Oder was immer dieses endlose Blau über ihr sein mochte. Keine einzige Wolke befand sich dort. Nicht einmal eine Sonne oder Ähnliches. Dennoch war es taghell auf der ganzen Ebene. Es wirkte auf sie, als ob alle physikalischen Gesetze außer Kraft gesetzt seien.

„Dieser Traum ist anders, als ich es bisher erlebt habe", sagte sie zu sich und dachte: „Hab ich mich schon soweit entspannt, dass ich so was träume?"

Ziellos ging Kore in der grauen Ebene umher. Zunächst langsam, dann schneller. Da alles gleichförmig vor ihr lag, glaubte sie, kaum einen Schritt voranzukommen. Es gab keinen Punkt, an dem sie sich klarmachen konnte, wo sie sich eigentlich befand. Je länger Kore aber umherlief, umso nervöser wurde sie. In ihren Träumen verhielt es sich doch sonst immer anders. Da wurde man mit seinen Ängsten konfrontiert, denen man mit Flucht oder Angriff begegnete. Mit Dingen, die bestimmte Empfindungen und seelische Begebenheiten verknüpften. Hier aber befand sich nichts dergleichen. Kein Feind. Kein Freund. Nur beklemmende Stille und unendliche Leere. Kore schloss ihre Augen. Würde sie tatsächlich träumen, veränderte sich nun etwas. Träume entlarven sich durch das Schließen der Augen des Träumenden. Doch als sie sie wieder öffnete, war die gleiche Ebene immer noch da. Es kam ihr vor, als ob sich nichts veränderte. Kore senkte enttäuscht den Blick und fand unter ihren Füßen einen Vierzeiler in den Boden gestanzt.

„Endlich ein Zeichen", schoss es erleichtert durch ihren Kopf. „Es muss doch ein Traum sein."
Mit großen Augen lesend, ließ sie die Verse auf der Zunge zergehen:

Dort, wo die Wirklichkeit verschwimmt,
Zeit und Raum ins Unendliche verrinnt,
Wird das Oberste zum Untersten gekehrt,
Und der Physik die Gültigkeit verwehrt.

„Zeit zum Spielen", fiepte da begeistert eine zuckersüße Stimme durch die kahle Atmosphäre. Kore zuckte intuitiv zusammen. Nie und nimmer rechnete sie hier noch mit jemandem, der ihr gleich die Bedeutung erklärte.
„Hallo Kore", fuhr unversehens die helle Singstimme weiter begrüßend fort. Vor ihr erschien mit einem Puff eine kleine Fee mit rauschenden goldnen Haaren und übergroßen Flügeln auf den Rücken. Es waren ähnliche Anhängsel, wie sie Kore nun auch besaß. Nur anders geformt und der Größe der Person entsprechend. Das fliegende Wesen war aber im Gegensatz zu ihr, so klein, das sie auf ihrer Handfläche spielend hätte Platz nehmen können. Sofort fielen Kore die spitzen Ohren auf, welche dem elfenhaften Geschöpf ein geheimnisvolles Etwas verlieh. Sie trug eine Kleidung, aus lauter fein gewebten Tüchern in den verschiedensten Tönen kombiniert. Um ihren zerbrechlich wirkenden Leib zusammengefügt, verliehen die grellen Farben ihrem Körper eine geheimnisvolle Aura. Ein mystisches Leuchten ging von dem Wesen aus. Fast so wie bei einem Regenbogen. Es erinnerte Kore an den Anfang ihres letzten Traumes. Dort glaubte sie, ähnliche Geschöpfe gesehen zu haben. Kore erschrak ob ihres plötzlichen Auftrittes.

„Wer bist du und woher kennst du mich?", fragte sie die anmutige Fee. Das Wesen kicherte kurz und tänzelte mit ihren großen Flügeln vor ihrer Nase herum. Ihre Mine sah sie mit großen Augen vertrauensselig an. Dann feixte sie wiederum verschmitzt. Ihre seidigen zusammengesteckten Haare gerieten dabei in Wallung.

„Hi. Hi", schäkerte sie spitz, worauf Kore nun die Geduld verlor.

„Hey, kannst du mir auch antworten oder nur rumkichern."

Das Luftwesen fuhr unbeirrt mit ihrer heiteren Stimme fort: „Ich bin Ipsy. Deine Ausbilderin. Ich weiß fast alles über dich, Kore. Ich kann in deinem Unterbewusstsein lesen und auch, dass du ganz schön durcheinander bist. Den Leitzeiler der Trainingsebene hast du gerade gelesen. Du hast es mit lauter Rätsel zu tun. Sie werden nicht die Einzigen bleiben, mit denen du es aufnehmen musst. Aber eines kann ich dir schon jetzt sagen: Wenn unser erstes Treffen vorbei ist, wirst du dich viel besser fühlen", erklärte sie ihr verständnisvoll. Dabei linste sie mit ihren strahlendblauen ovalen Augen in Kores Augen, die einer Vergrößerung derselben gleichkam. Aus den feinen Fingern ihrer linken Hand glitt ein schillernder Staub heraus und es materialisierte sich eine kleine rote Brille auf ihrer Nase. Das Ding wirkte noch zerbrechlicher als ihre Trägerin selbst. Dann schoss aus ihrer rechten Hand ein weiterer silbriger Strahl, der einen gepolsterten Ohrensessel erzeugte. Wie von Geisterhand schwebte er in der Luft und das Feenwesen flatterte mit Schwung darauf.

„Nimm Platz", sagte Ipsy und ließ wiederum einen silbernen Hauch aus ihren Fingern gleiten. Er sauste hinter ihrem Besuch und verdichtete sich zu einem Küchenhocker wie Kore ihn von zu Hause kannte.

„So sehen also die Sitzgelegenheiten bei euch aus. Sehr bequem", meinte Ipsy ihre Kreation musternd. Sie schlug ihre schlanken Beine übereinander und fuhr mit einem Schlag ihre großen Flügel ein. Die kleine Fee richtete sich ihre Brille auf der Nase zu Recht und äugte auf Kore musternd hindurch. Danach hielt sie sich mit ihren zarten Händen, die ebenso den Glitzerstaub an ihren Handflächen wie Kore trugen, an ihrem Knie fest.

„Jetzt können wir mit unserer Arbeit anfangen. Du hast viele Fragen an mich Kore. Das verstehe ich", begann sie. „Diese ganzen Rätsel verstellen nur den Blick auf deine Bestimmung. Also werden wir unseren Unterricht damit beginnen, dass ich dir deine Fragen beantworte, die du an mich hast. Es wird Zeit für Klarheit zu sorgen. Ich kann dir nicht auf alles eine Antwort geben, aber auf das Meiste. Eine Schülerin zu haben, die unruhig ist, ist das Schlimmste, was einer Lehrerin passieren kann. Also los. Stelle sie mir."

„Wer bin ich?", fragte Kore sogleich.

„Du bist eine Fee. Was ist deine nächste Frage?", forderte Ipsy sie geduldig mit einem Wink auf.

„Ich soll eine Fee sein?", konterte Kore ungläubig. „Ich … ich hab doch nicht solche Ohren wie du. Ich denke …"

Die kleine Fee verfiel wiederum in ein schallendes Gekicher, das äußerst ansteckend wirkte. Wäre ein Dritter bei dieser Szenerie dabei, er hätte er sofort mit Ipsy mitlachen müssen. Kore war aber nicht nach Lachen zumute. Die Geschichte war ihr viel zu ernst dazu. Ihr ganzes Leben verbrachte sie schon mit diesem Rätsel. Warum ausgerechnet sie derartige Eigenschaften besaß und sich so deutlich von ihren Kameradinnen unterschied? Sie fand nie eine plausible Erklärung und gab

Erklärung und gab sich einfach damit zufrieden, dass es sich bei ihr um eine Laune der Natur handeln musste.

„In der Natur gibt es keinen Fehler", lautete die gängige Lehrmeinung ihrer Zeit. „Es gibt allenfalls eine Mutation. Eine Mutation galt als notwendig, um die Artenvielfalt, also die Überlebensfähigkeit der Spezies zu sichern."

So dachte es Kore bei sich und gab sich mit dieser Erklärung zufrieden. Sie wäre nichts anderes, als eine mutierte Frauengestalt, für den es keinen gegengeschlechtlichen Part gab. Kore war es daher sehr ernst mit dieser Frage.

„Hey, könntest du damit aufhören? Was soll daran so komisch sein?"

„Pass mal gut auf", sagte Ipsy sich zusammenreisend und materialisierte vor Kore einen großen Spiegel, in dem sich ihr Zögling von Kopf bis Fuß sehen konnte. Ihre künftige Schülerin stand von ihrem Hocker auf und trat ungläubig an ihn heran. Kore ließ ihre Finger über den Spiegel gleiten. Es war eine tadellose Anfertigung und wirkte wie aus einem Stück gegossen.

„Sieh dich doch mal ganz genau an", feixte Ipsy begeistert und fuhr ihre Flügel aus. Sie schwirrte an Kores Kopf heran und deutete auf den Spiegel, wie ein Lehrer auf eine Schautafel: „Ovalförmige Augen, die Beule unter deiner Bluse sind deine Feenflügel. Du tanzt gerne, schwimmst gerne, bist eine neugierige, vielseitig interessierte Person. Du hast eine anmutige Figur. Dann bist du leicht wie eine Feder. Na ja, fast wie eine Feder. Deine Verletzungen heilen binnen kurzer Zeit von selbst. Deine Haare sind so fein, dass sich der geringste Lufthauch darin verfängt. Dennoch sind sie unverformbar. Das sind alles Dinge, die uns Feen angeboren sind. Das ist kein Zufall, Kore. Du bist eine Fee."

„Aber ich hab nicht solche Ohren wie du?", hakte sie misstrauisch nach. „Alle Feenabbildungen, die ich gesehen hab, zeigen sie mit diesen Ohren. Dann rieche ich weder nach Zimt noch verbrenne ich mich an kaltem Eisen."

„Dafür gibt es auch eine Erklärung, Kore. Aber wenn du darauf eine Antwort finden willst, dann musst du zuerst unser Wesen verstehen. Du bist sehr stark von deiner Umgebung geprägt, die einen sehr rationellen Umgang mit ihrer Welt pflegt. Die Ohren einer Fee zeigen, in welchem Stadium sie sich befindet. Wenn ich das mal so schwülstig ausdrücken dürfte, hält deine Welt nur Dinge für wirklich die es Anfassen oder Sehen kann. Du bist von dieser Sichtweise stark eingenommen, was sich auch an deinen Ohren ablesen lässt. Je mehr sie sich von dieser Welt löst und je näher sie sich selbst als Fee versteht, umso deutlicher verändern sich deine Ohren. Selbst eine Fee entwickelt sich und fällt nicht fertig vom Himmel. Was deinen Zimtgeruch angeht, hast du ganz Recht. Du selbst kannst ihn nicht riechen. Das riechen nur die Gläubigen."

„Die Gläubigen?"

„So nennen wir diejenigen, die an uns glauben. Je stärker ihr Feenglaube ist, umso intensiver nehmen sie deinen Zimtgeruch wahr. Auf die Sache mit dem Eisen komme ich noch. Das Entscheidendste, warum ich mir so sicher bin, dass du eine Fee bist, liegt ganz einfach daran, dass du mich sonst nicht sehen könntest. Normalerweise durchlebst du dann einen simplen Traum, der durch das Schließen der Augen in einen Andersartigen übergeht. Aber du siehst mich, also musst du eine musst du eine Fee sein", erklärte Ipsy schäkernd. „Das ist ganz normal so. Alle, die ich bisher ausgebildet habe, reagierten so ähnlich wie du. Sie konnten sich es nicht vorstellen, wer sie wirklich sind."

„Wer bist du?", setzte Kore unvermittelt nach.

„Ich bin Ipsy. Du kannst mich ruhig so nennen. Ich bin deine Ausbilderin."

„Ausbilderin? Für was?", fragte Kore irritiert.

Ipsy musste erneut herzhaft kichern. Es kam ihr eigenartig vor, dass Kore es nicht selbst begriff.

„Dass du das noch nicht gemerkt hast, wundert mich", schmunzelte ihre Lehrerin vergnügt und half ihr ungeniert auf die Sprünge. „Na, für deine Kräfte. Du musst doch wissen, wie du mit der Energie in deinen Händen umgehen kannst. Ohne eine Ausbildung lernst du das nicht."

„Du sagtest vorhin, dass du noch andere Feen ausgebildet hast. Was waren das für welche?"

„Das könnte ich dir natürlich sagen, aber das hilft dir nicht im Geringsten. Denn eine jede Fee ist einzigartig, Kore. Die ganzen Geschichten, die unter den Menschen kursieren, haben nichts mit unserer Art zu tun. Demnach sorgen wir dafür, dass der Winter kommt. Dass es Frühling, Sommer oder Herbst wird. Die Sagen ordnen die Feen der Elemente zu. Sie erklären deren Eigenschaften mit unserem Wirken und so manche Romane der Vergangenheit schmückten uns. Sie versuchten, unserem Wesen etwas Fantastisches zu geben. Ja, es sogar zu vermarkten."

„Willst du damit sagen, dass diese Erzählungen von den Elementargeistern eine reine Erfindung der Menschheit ist?"

„Klingt doch gut, oder? Wenn ich für alles eine Fee verantwortlich machen kann, wenn etwas schief läuft, ist man doch mit seiner Verantwortung aus dem Schneider. Wächst der Garten mit Unkraut zu, dann hat man die Gartenfee gekränkt. Spielen die Haustiere verrückt, dann ist die Hausfee beleidigt. Oder fängt man keinen Fisch mehr, ist die Wasserfee verärgert. Das ist eine Verklärung unserer Art und eine Beleidigung höchsten Grades für uns Feen. Mit diesem Firlefanz haben wir nichts am Hut und wir Feen sind schon gar nicht dazu da, Völlerei zu unterstützen oder drei Wünsche zu erfüllen. Alles hängt mit allem zusammen. Wenn ein Garten mit Unkraut zuwuchert, dann wurden Samen eingeschleppt, oder zu wenig gejätet. Wenn man keinen Fisch mehr fängt, dann liegt es vielleicht an der Überfischung oder an der Fangmethode. Und wenn man Ärger mit den Haustieren hat, dann muss nicht unbedingt ein böser Geist dahinter stecken, sondern solch banale Ursachen wie Hormonüberschüsse oder ein geschwächtes Immunsystem. Außerdem können Haustiere ebenso einen Knall haben wie Menschen. Sie sind schließlich auch aus Fleisch und Blut."

„Dann hatte Godje doch recht", sagte Kore in sich gehend.

„Genau, das sag ich doch die ganze Zeit", bestätigte Ipsy freundlich. „Der Würfelroboter traf von Anfang an den Nagel auf den Kopf. Gar nicht schlecht für ein

ein künstliches Gebilde, wie ich finde. Dieses Stück ist ein wahres Meisterwerk. Erbaut, ohne dass wir etwas damit zu tun hatten."

„Wo bin ich hier überhaupt gelandet?", fragte Kore unversehens weiter.

„Das ist das Trainingsgelände. Es erscheint immer, wenn du eingeschlafen bist. Hier kannst du mit mir reden und ohne Gefahr deine Fähigkeiten ausprobieren, die du bei mir gelernt hast. Ich will schließlich nicht, dass dir etwas passiert, wenn es mal ernst wird und du dein Können in deiner Welt anwenden musst."

„Warum ist es so kahl hier?"

„Och, das hab ich gemacht. Vorher war hier ein wilder Urwald. Mit riesigen Bäumen, Lianen, Schlangen und was weiß ich noch alles für ein Getier. Ich hab mich hier einfach nicht zu Recht gefunden und hab es weggemacht. Außerdem ist der Dschungel für den Unterricht äußerst unpraktisch. Aber wenn es dich stört … ich kann auch eine Blumenwiese machen. Ich liebe Blumen, weißt du … oh, ich schweife jetzt ab. Was ist deine nächste Frage?"

„Wer sind meine Eltern und warum wurde ich hier ausgesetzt?"

Mit einem Schlag dämpfte sich Ipsys Heiterkeit deutlich. Sie machte unversehens ein sehr ernstes Gesicht und sagte bedauernd: „Das ist genau das, was es mit uns Feen auf sich hat. Das ist eine der Fragen, auf die ich dir keine klare Antwort geben kann. Wir Feen wissen es selbst nicht. Wir fühlen es nur. Indem, dass wir Feen unserem Herzen folgen, erfüllen wir, was unsere Bestimmung ist. Eine jede Fee hat ihre Bestimmung. Das ist auch bei dir nicht anders und es ist leider alles, was ich dir darüber sagen kann. Tut mir leid. Aber eines weiß ich mit Sicherheit, dass es dein Los ist, hier zu sein. Auch wenn es gegen deinen Willen ist. Dein Schicksal ist es, deinen Lebensweg so gehen, damit sich deine Aufgabe erfüllt. Sie ist dir von Anfang an in die Wiege gelegt. Ich sehe schon, dass du bereits deine Flügel bekommen hast. Mich würde es nicht wundern, wenn das kein Zufall war."

„Wie meinst du das?", fragte Kore überrascht.

„Alles, Kore, geschieht, wann es geschehen muss. Bei Feen ist das immer so. Sie können jahrelang nichts von ihren Fähigkeiten wissen und dann, wenn ihr Schicksal es bestimmt hat, bekommen sie ihre Flügel und den Feenstaub. So war das auch bei dir. Du hast deine Flügel und deinen Staub genau zum richtigen Zeitpunkt bekommen. Erst dann komme ich ins Spiel."

Kore fuhr zusammen, als sie das hörte. Dies ließ unweigerlich nur einen Schluss zu.

„Willst du damit sagen, dass es bestimmt ist, dass ich jetzt zur Fee geworden bin und nicht früher oder später?"

„Genau", bestätigte Ipsy lächelnd.

„Warum?", entfuhr es ihr logischerweise, hieß das doch, dass ihr die wahre Herausforderung noch bevorstand.

„Viele Fragen, viele Antworten. Viele Spekulationen. Du wirst es von selbst herausfinden Kore. Weshalb du es gerade jetzt erfährst, das weiß ich auch nicht, aber ich denke, dass du es sehr bald selbst sehen wirst. Von mir lernst du nur, wie du deinem Schicksal begegnen kannst. Als unerfahrene Fee unterliegst du schnell dem Glauben, dass du dein Schicksal selbst führst. Aber ich sage dir: Nicht wir sind es die Führen. Wir werden geführt. Hast du weitere Fragen?"

„Nein. Es ist nur komisch, dass mir erst Adalmus die Flügel wachsen lässt und dann das mit meinen Händen kurz darauf."

Ipsy überhörte Kores Gedankengang gezielt und musterte zufrieden die Beule unter der Bluse auf Kores Rücken, was natürlich ihre zusammengelegten Flügel waren. Sie strich mit ihren zierlichen Händen darüber. Ihre zarte Berührung nahm Kore selbst wie einen schwachen Windhauch wahr.

„Die Flügel. Ja, damit werden jetzt anfangen. Das trifft sich großartig. Dann können wir gleich zu Beginn das Fliegen lernen."

„Das ist toll. Ich bin schon mal geflogen", sagte Kore begeistert an ihren ersten Flugversuch im Hof des Waisenhauses denkend.

„Hi. Hi", kicherte Ipsy vergnügt und schwirrte wieder vor Kores Gesicht. „Das war nur ein kleines Versucherle, Kore. Deine Flügel haben bedeutend mehr Kraft, als du es glauben magst. Von mir lernst du, wie man mit ihnen so schnell fliegt wie … wie … äh … was ist das Schnellste, was du kennst? Wenn man von Licht und Schall absieht. Vielleicht ein Komet?"

„Was denn? Mit diesen Flügeln kann ich so schnell sein wie ein Komet?"

„So ähnlich", sagte Ipsy. „So, ich glaube wir fangen damit an, wie man beschleunigt. Du bist bisher nur im Normalbetrieb geflogen. Man schafft damit schon ein beeindruckendes Tempo, aber da ist noch mehr drin. Bist du bereit?"

„Moment, ich knöpfe mir nur meine Bluse …", wollte Kore sagen, doch Ipsy unterbrach sie.

„Schnickschnack", schnitt Ipsy ihre Rede ab und aus ihren Fingern sah sie eine Wolke auf ihr Hemd zuschießen. Der glitzernde Nebel hüllte ihr Hemd in Handumdrehen ein und löste es mit samt der Schnur buchstäblich in Luft auf. Unversehens waren ihre Flügel frei, die sich im Nu aufspannten wie ein Segeltuch im Wind. Kore verfolgte hingerissen Ipsys Wirken.

„Das ist der Verschwindibus. Den lernst du von mir auch noch", erklärte die Ausbilderin ihrer überrumpelten Schülerin. „Am Besten ist, du schneiderst dir von jetzt an ein Loch für deine Flügel in deine Kleider. Groß genug um sie ungehindert ein und auszufahren. Schnell zu verschwinden ist für eine Fee überlebenswichtig. Außerdem solltest du zu deiner Sicherheit nicht einfach so irgendwo eindringen und schon vorher dein Verschwinden planen."

„Du kannst wirklich zaubern", staunte Kore nicht schlecht über diesen Vorgang. Ipsy bremste just ihren Flug bei diesem gefallenen Wort ab, dass sie abfällig wiederholte.

„Zaubern", grantelte Ipsy fast schon beleidigt. Sie schwirrte entrüstet auf Kore zu.

„Ja, du hast doch mein Hemd weggezaubert?", fragte Kore verwirrt. „Stimmt das etwa nicht?"

„Zaubern?", wiederholte ihre Ausbilderin eingeschnappt und versuchte ihr Temperament zu zügeln. „Du beleidigst eine Fee, wenn du mit diesem Wort um dich wirfst. Wir zaubern nicht. Wir schaffen Tatsachen", erklärte Ipsy empört und verschränkte ihre feinen Ärmchen ineinander.

„Das verstehe ich nicht", sagte Kore mit fragwürdigem Gesicht.

„Du meine Güte. Du bist wirklich viel zu lange mit diesen rationellen Typen in deiner Welt unterwegs gewesen. Gut, dann erkläre ich dir mal den Unterschied zwischen Zauberei und dem, was wir Feen tun. Wir benutzen einen eigenen Begriff dafür. Ein Zauberer hat einen Stab, mit dem er wie ein Dirigent um sich schwingt, um irgendwas zu erreichen. Dann labert er einen verworrenen Spruch, den keiner auflösen kann und puff, schon tut sich, was er meint. Wir Feen haben da unseren Staub."

„Unseren was?", hakte Kore überfordert nach.

„Unseren Feenstaub", sagte Ipsy überdeutlich und blies eine schillernde Wolke aus ihren Fingern in die Luft. „Also, das soll heißen, während unser Zauberbursche mit seinem Stab rumlaviert und es vielleicht noch schafft mit einem Buchstaben auf den Lippen zu beginnen, da haben wir ihn schon mit unserem Staub in Atome zerlegt. Eine Fee kann sich übrigens erst an Eisen verbrennen, wenn sie ihren Staub bekommt. Aber um beim Thema zu bleiben, eine Fee tut so was nicht. Außerdem müsste es dann schon bestimmt sein, dass wir uns mit einem Zauberburschen anlegen. Das ist aber sehr unwahrscheinlich. Wir haben nämlich ganz eigene Grundsätze, von denen wir nur in Ausnahmefällen abweichen."

„Und die wären?", fragte Kore wie wenn sie es bereits ahnte.

„Du kennst sie schon. Jede Fee besitzt einen ausgeprägten Sinn dafür, denn sonst wäre sie keine, wenn sie es nicht wüsste. Das liegt uns förmlich im Blut. Hör in dich hinein. Was würdest du nie tun, Kore?"

Kore versank in ihren Gedanken und antwortete das, was ihr just in den Sinn kam.

„Nun, ich könnte niemanden umbringen", sagte Kore an das Beispiel von Ipsy mit dem Zauberer denkend.

„Ja, das ist einer unserer Grundsätze. Was noch?", bestätigte Ipsy angetan.

„Lügen. Ich kann nicht lügen", kam es Kore wie aus der Pistole geschossen. Die Grundsätze der Feen zu erkennen, fiel ihr tatsächlich nicht schwer. Diese besondere Eigenschaft ihren Zeitgenossen keinen Bären aufbinden zu können, verfolgte das Mädchen schon immer und bereitete ihr so manches Kopfzerbrechen. Warum es gerade ihr nie einfiel, einfach die Unwahrheit zu sagen, auch wenn es noch so leicht erschien. Ihre Altersgenossen belogen sich ungehemmt gegenseitig, dass sich die Balken bogen. Sie zogen sich gegenseitig auf, dass es nur so rauchte. Nur Kore beherrschte das beim besten Willen nicht. Ihre Versuche erstarben schon im Ansatz.

„Hm, du bist auf der richtigen Fährte, aber da gehört noch was Entscheidendes dazu. Das liegt förmlich auf der Hand, nach allem, was du jetzt über uns Feen weist", bewertete Ipsy grinsend ihre Antwort.

„Ich meine ich lüge nur, wenn jemand in großer Gefahr ist oder in Schwierigkeiten gerät, die ich nicht möchte", setzte Kore nach. Das stimmte wie die Faust aufs Auge. Es gab ein paar pikante Situationen in Kores Leben, in dem sie nur durch eine Lüge Wind aus großen Gefahren nahm. Vor allem, wenn es um Thamus ging, der ihr ständig auf dem Campus auflauerte. Um ihn auszuweichen, zog sie sämtliche Register der Ausreden, die bisher gut klappten.

„Schon besser", sagte Ipsy stolz. „Und was noch?"

„Tja ... tja ...", riet Kore hektisch. Aber sie kam beim besten Willen nicht darauf. Es musste aber etwas sein, was einem nur so ins Auge sprang. Das spürte Kore sofort.

„Ich helfe dir beim letzten Grundsatz. Er ergibt sich jetzt praktisch, nachdem du mich kennengelernt hast. Was darf deine Umgebung niemals erfahren?", fragte Ipsy so, dass es Kore wie Schuppen von den Augen fiel.

„Dass ich eine Fee bin?", antwortete Kore blitzschnell.

„So ist es", lachte Ipsy vergnügt. „Na, wer sagt's denn. Du kennst alle unsere Grundsätze. Wir töten grundsätzlich niemanden. Wir lügen nur, wenn wir Böses verhindern können und wir handeln im Verborgenen. Es gibt allerdings auch Ausnahmen. Wann diese gelten, wirst du wissen, wenn es soweit ist. Wahre Helden handeln im Verborgenen. Uns Feen geht es nicht um Ruhm oder Ehre. Der Bekämpfung des Bösen oder so. Moralisch zu handeln ist außerordentlich schwierig, Kore. Es kommt oft vor, dass man niemandem etwas recht machen kann. Daher leben wir Feen alleine für unsere Bestimmung, die wir nicht kennen und nicht für das Vollbringen von Heldentaten, die am Ende gar keine sind. Unsere Bestimmung ist von Anfang an festgelegt und sie wird sich im Laufe unseres Seins zeigen. Meine Aufgabe ist es, werdende Feen auszubilden, damit sie ihrer Bestimmung würdig entgegentreten können. Du bist wirklich nicht die Erste, der das passiert."

„Dann werde ich das auch hinkriegen", schlussfolgerte Kore aus ihren zuversichtlichen Worten. Zum ersten Mal nach ihrer Verwandlung zur Fee, glitt ihr wieder ein freudiges Lächeln über das Gesicht.

„So ist es", juchzte Ipsy euphorisch wieder. „Hören wir also auf zu schwatzen und fangen mit dem Training an. Sonst rosten wir noch ein."

Kore legte ihren Geist in ihre Flügel. Sie fühlte, wie sie an Tempo gewannen, bis sie mit dem bloßen Auge nicht mehr sichtbar waren. Sie erhob sich rasch in die Höhe und lauschte weiter Ipsys Anweisungen.

„Gut so. Jetzt flieg mir nach. Los", sagte sie und sauste zügig voran, während Kore ihr folgte. Für ihre Größe war Ipsy erstaunlich schnell unterwegs. Die Feenanwärterin versuchte dicht hinter ihr zu bleiben, was ihr sichtlich Mühe kostete. Denn erneut bemerkte Kore das Problem mit ihren langen Haaren. In ihnen verfing sich zu viel Wind. Ipsy drehte sich nicht nach ihr um und gewann deutlich an Abstand. In ihrer schillernden Kluft wirkte sie, wie ein wandelnder Regenbogenschweif der immer kleiner wurde. Plötzlich verschwand sie ganz.

„Ipsy", brüllte Kore so laut sie konnte. „Du bist mir zu schnell."

„Na und?", hörte sie plötzlich Ipsy in ihrem Inneren sagen. Ihr kam es vor, als ob Ipsy in ihrem Kopf eingedrungen wäre. „Erschrick nicht. Das bin nur ich. Ich habe jederzeit Zugriff zu deinem Gehirn. Da drin wimmelt es nur so vor Informationen. Die muss ich erst einmal ordnen und auswerten. Das ist auch mein erster Tag heute mit dir. Wie du schon gemerkt hast, sind lange Haare für eine Fee nicht unbedingt praktisch. Feenhaare sind zwar wunderschön und betören, aber sie hindern einen am Fliegen. Also, wenn du sie nicht kürzen willst, dann musst du sie zusammenbinden. So wie ich das mache. Wenn du einen Tipp von mir dazu willst, dann kürze sie soweit, dass sie gerade noch bis zum Flügelansatz reichen. Gibt eine gute Tarnung ab. Dann fixiere sie mit einem Band. Du solltest außerdem achtgeben, dass deine Flügel während des Fluges nicht nass werden. Ach, und was gibt es noch über das Fliegen zu wissen? Natürlich, und zwar, dass wir Feen mindestens zehn Meter Abstand vom Boden brauchen, wenn wir aus dem Sprung heraus fliegen wollen. Ich weiß, dass du Letzteres schon kennst. Hoffentlich hast du dir nicht allzu weh beim Waisenhaus getan."

„Es ging", sagte Kore leidvoll an ihren ersten Flugversuch von gestern nachdenkend.

„Bei allem, was wir Feen anstellen: Es spielt sich immer bei uns im Kopf ab. Unser größter Trumpf ist die Fantasie. Wir legen unsere Fantasie in den Staub und schießen ihn auf das Ziel. Mit Gedanken erschafft man sich die Welt. Wenn wir also wollen, dass wir so schnell sind wie ein Komet, dann schießen wir mit einem unserer Finger an die Stelle, an der die Kraft wirken soll und dann geht die Post ab. Du hast es vorhin bei mir gesehen. Los. Probier es mal aus. Stell dir einen Kometen vor und schieß auf deine Fußsohlen."

Kore hielt ihre Finger während des Fluges zu ihren Füßen und murmelte das Wort: „Komet". Aber nichts schien sich aus ihren Händen zu regen.

„Warum klappt das nicht?"

„Wir sind keine Zauberer. Bei uns gibt es keine Sprüche. Du musst dir das natürlich bildlich vorstellen, Kore", sagte Ipsy Hilfe stellend. „Fantasie ist der Schlüssel zu all unseren Fertigkeiten. Benutze dein Herz. Sieh vor deinem inneren Auge einen Kometen vorbeifliegen und leg dann seine Kraft in den Staub deiner Hände hinein. Nur wenn du emotional mit dem Kometen verschmilzt, wird sich seine Energie auf dich übertragen. Also los."

„Na gut", sagte Kore und malte in ihrem Geist einen Kometen, den sie in einem Lehrfilm der Kosmologie in Großaufnahme sah. Detailliert stellte sie sich seinen eisigen Kern vor, der durch die Reibung an der Erdatmosphäre einen langen staubigen Schweif bildete. Erneut hielt sie ihre Finger zu ihren Fußsohlen. Sie glaubte, als sie die Vorstellung in ihre Fingerspitzen leitete, dass sich eine Energiespannung in ihnen aufbaute. So schnell, wie die Spannung kam, entlud sie sich auch schon wieder. Der Staub suchte zielgenau den vorgegebenen Weg zu ihren Füßen. Kaum setzte sich der Staub an ihren Sohlen fest, kam es zu einer ungeheuren Beschleunigung ihres Fluges. Sie spürte einen ruckartigen Schub unter ihren Füßen, der sich nur mit dem Abheben einer Rakete vom Erdboden vergleichen ließ. In Handumdrehen flog sie durch die karge Landschaft mit einer rasenden Geschwin-

rasenden Geschwindigkeit. Ähnlich der Beschleunigung einer Hyperbahn. Ihr Tempo konnte sie auch jetzt nicht einschätzen, da nirgendwo in der Ebene ein Fixpunkt war.

„Wunderbar, wunderbar", jubilierte Ipsy mit ihrer Stimme im Gehirn. „So und jetzt üben wir das Bremsen. Dazu steuerst du direkt zum Boden hinunter und …" Kore lenkte, wie auf's Wort, ihre Flugbahn senkrecht nach unten, sodass sie im Steilflug auf den Boden zuraste.

„Bist du wahnsinnig?", rief Ipsy entsetzt, als sie auch schon schmerzhaft mit dem harten Untergrund der kargen Traumwelt in Berührung kam. Sie bekam dabei das Gefühl, als ob sie sich mit der harten Oberfläche verschmolz. Kore hätte bei einer Bruchlandung außerhalb der Ausbildungsebene viel Staub aufgewirbelt. Hier aber gab es nichts dergleichen.

„Du bist aus Fleisch und Blut und kein echter Komet", sagte Ipsy belehrend. Kore konnte die entsetzlichen Schmerzen nicht beschreiben, die ihren Körper in diesem Augenblick durchzuckten. Es war für sie das reinste Grauen, da sie denen gleichkamen, die sie bei ihrem ersten leidvollen Kontakt mit den Hermesbrüdern verspürte.

„Wenn du das in deiner wirklichen Welt getan hättest, wärst du jetzt Tod. In deiner Welt gibt es kein ewiges Leben im gleichen Körper. Auch für Feen nicht. Eine Fee kann zwar viel aushalten, aber auch so ein Aufschlag wäre zu viel für uns. Wie gut, dass dir das auf der Trainingsebene passiert ist, sonst wäre es um dich geschehen. Lass mich das nächste Mal ausreden, bevor du eine Aktion ausführst. Man bremst ganz anders ab. Du musst zwar zur Erde steuern und gleichzeitig an etwas denken, was viel langsamer ist. Etwa eine Feder. Dann wirst du auch so abbremsen wie eine und genauso langsam zur Erde sinken."

„Kann ich mir auch eine Schildkröte vorstellen", ächzte Kore leidvoll am Boden räkelnd. Sie versuchte wieder aufzustehen.

„Nein, das Ding muss schon fliegen können. Sonst fällst du wie eine Schildkröte hinunter", erklärte Ipsy und erschien mit einem Puff neben ihr. Kore rappelte sich wieder hoch und versuchte sich erst einmal zu sammeln. Sie war bald wieder auf der Höhe und es kam ihr vor, als ob ihr nie etwas passiert wäre.

Ipsy musterte ihre Schülerin von allen Seiten, in dem sie wie ein Wirbelwind um sie herum sauste.

„Es ist alles noch dran", meinte sie erleichtert. „Ich glaube diese Lektion hast du gut genug gelernt. Das wird dir so schnell nicht wieder passieren. Aber nun genug für heute. Du brauchst erst einmal Ruhe, um das heute Erlernte zu verarbeiten", sagte Ipsy zum Abschluss. „Ich hoffe doch, dass bisher noch niemand spitzgekriegt hat, wer du bist."

„Da gibt es einen", sagte Kore.

„Du meinst Adalmus und Godje?", fragte Ipsy zielsicher.

„Ja, woher kennst du sie?", meinte sie überrascht.

„Ich kann in deinem Kopf lesen Kore. Ich weiß, was du weißt, dass sie es wissen. Ich denke, dass die Zwei vertrauenswürdig sind. Immerhin hat dich Adal-

Adalmus nach deinem Unfall untersucht. Er half dir, deine Identität mit der Spritze festzustellen und ließ dir die Flügel wachsen. Das spricht für einen aufopfernden Charakter. Und Godje. Du hast Godje geliebt und er hat dich ebenso gern. Er ist in der Tat eine außergewöhnliche künstliche Intelligenz. Eine mit Gefühl. Nur so ein Mensch mit gleichen Gefühlen kann so eine einzigartige Maschine bauen. In Godje steckt Adalmus. Ich bin mir sicher, dass er ihn mit großer Liebe erbaute. Der Roboter ist sauber. Adalmus könnte dir in deiner Welt noch viel helfen. Es war sicher kein Zufall, dass du ihn begegnet bist. Eine Ausnahme unserer Grundsätze Kore. Wir Feen vermögen zwar unseren Staub zu gebrauchen, aber Freundschaften, mit der man jede Sorge teilen kann, sind auch mit unserem Staub nicht zu kreieren. Das ist von unschätzbarem Wert. Suche ihn am besten auf und vertraue dich ihm an. Ich denke, dass dies für dich nur zum Vorteil sein kann."

„Ipsy, ähm", sagte Kore, weil ihr ein Thema förmlich auf den Nägeln brannte. „Könntest du mir noch zeigen, wie ich meine Flügel verbergen kann? Wenn meine Kameraden das sehen, dann krieg ich bloß Ärger."

„Oh, ja klar", sagte Ipsy verständnisvoll. „Also, zieh sie ein."

„Einziehen? Wie? Wenn ich das wüsste, würde ich dich nicht fragen", fragte Kore genervt.

„Du meine Güte. Eigentlich müsstest du das heute gelernt haben. Unsere Fantasie ist unser Trumpf, Kore. Denk an etwas das einzieht und lenke den Gedanken auf deine Flügel. Da die Körperteile an dir dran sind, brauchst du keinen Staub dafür verwenden. Das funktioniert wie bei unserem Flug vorhin. Du kannst sie auch schneller öffnen, wenn du an etwas denkst, was sich schnell entfaltet und du diesen Gedanken in deine Flügel leitest. Das geschieht von ganz alleine. Los, probier es mal", forderte Ipsy Kore auf.

„Gut", sagte Kore und stellte sich vor ihrem inneren Auge ein Jo-Jo vor, das sich gerade zusammenrollt und lenkte diesen Gedanken in ihre Flügel. Sie gehorchten anstandslos. Im Nu fuhren ihre Flügel in den Rücken hinein. Nicht einmal ein kleiner Rest war mehr außen zu erkennen.

„Warum habe ich das nicht schon früher herausgekriegt? Das hätte mir jede Menge Ärger erspart", schimpfte sie erbost.

„Du bist auch zu früh aufgewacht", erklärte Ipsy trocken. „Wenn du wieder eingeschlafen wärst, hätte ich dir das viel früher erklärt. Tja und beim nächsten Mal, da bringe ich dir bei, wie man Gegenstände projiziert. Also schlaf gut und träum was Süßes. Eine Fee zu sein hat schon gewisse Vorteile. Du wirst bald sehen, was ich damit meine."

„Eins noch Ipsy. Es brennt mir schon die ganze Zeit auf der Zunge", fragte Kore wissensdurstig.

„Ich weiß. Mich wundert es, dass du mich nicht schon früher nach ihr gefragt hast", sagte Ipsy verständnisvoll.

„Wer war die alte Frau, die ich in meinem Traum gesehen habe?"

„Das ist die Schicksalsseherin."

„Wer ist sie?"

„Sie sieht dein Schicksal und wenn ihr Spruch folgt, gehst du deiner Bestimmung entgegen."

Ipsy wurde ganz still. Sie materialisierte mit dem Staub wieder einen Sessel und setzte sich darauf. Alsbald zog sie ihre Flügel ein und fing an ihr über die Seherin zu erzählen, was sie wusste: „Du weißt jetzt, dass wir Feen unsere Eltern nicht kennen. Wir sind Kinder des Schicksals. Auch ich habe meinen Spruch der Seherin gehört. Bei mir sagte sie: „Dein Kind wird für euresgleichen den Weg bereiten" und schon war ich dazu bestimmt, eine Ausbilderin für Feen zu sein. Eine Fee kann sich ihre Bestimmung nicht aussuchen. Sie bekommt sie einfach verpasst. Egal was sie tut und macht. Sie erfüllt immer ihre Bestimmung."

„Bist du hier etwa eine Gefangene?", fragte Kore entsetzt und begann sich in ihre Verwandte einzufühlen.

„Sind wir das nicht alle?", konterte Ipsy bissig. „Auch du bist gefangen in deiner Welt und deinem Körper. Du kannst deiner Bestimmung nicht entkommen. Keiner darf tun, wie wenn er nur ein Beobachter wäre. Jeder ist in dieser Welt auf irgendeine Art und Weise eingegliedert. Wer sich seiner Bestimmung nicht beugt, wird von ihr zerstört. Das ist leider die bittere Wahrheit. Sie klingt schlimm, hat aber auch ihr Gutes. Die Bestimmung rechtfertigt Böses oder Gutes nicht. Sie ist, was sie ist und gerade wir Feen sollten das wissen."

„Was bedeutet ihr Spruch bei mir? Sie sagte: Dein Kind wird einen mächtigen Feind besiegen und sterben?"

„Hm?", sagte Ipsy nachdenklich und runzelte die Stirn. „Klingt sehr eigenartig für einen Schicksalsspruch. Verwirrend, würde ich sagen. Du wirst über irgendetwas triumphieren, was dich das Leben kosten wird."

Ipsy grübelte noch eine Weile über das Gesagte und machte eine kurze Pause. Sie zuckte schließlich ratlos mit den Schultern und meinte: „Tut mir leid. Keinen blassen Schimmer. Ich weiß es nicht, aber eines kann ich dir mit Sicherheit dazu sagen."

„Und was?"

„Versuch es nie herauszufinden."

Kore sah sie ratlos an.

„Warum?"

„Ich meine, du musst nicht nach deiner Bestimmung suchen. Deine Bestimmung findet dich. Vertraue deinem Instinkt als Fee. Du wirst es spüren, wenn es soweit ist. Nun beenden wir unseren Unterricht. Du hast viel zu tun in den nächsten Tagen. Ich gebe dir daher folgenden Rat: Gehe einfach weiter zur Schule und mache deinen Abschluss. Lass es auf dich zukommen. Man weiß nie, für was einmal etwas gut sein wird. Vielleicht ist dies ja auch ein Teil deiner Bestimmung. Man sieht sich", sagte Ipsy zum Schluss und schon verschwand sie mit einem Schlag wie ihr Lernassistent Thomas.

Um Kore wurde es wieder dunkel und sie glitt in einen leichten Schlaf hinüber. Sie schlug wenig später ihre Augen auf und musste erst einmal tief durchatmen. Noch benommen von der neuen Erfahrung richtete sie sich von ihrem Bett auf. Sie trug ihr Hemd nicht mehr auf ihrem Leib. Die Musik hatte aufgehört zu spielen und es war nun still in ihrem Zimmer. Prüfend fasste sie sich an ihren Rücken. Sie tastete nach ihren Anhängseln und spürte mit großer Erleichterung, dass ihre Flügel tatsächlich verschwunden waren.

„Toll", meinte sie erleichtert. „Gut, dass das kein Traum war."
Sie erhob sich mit einem Ruck aus ihrem Bett und lief eilig zu ihrem Ganzkörperspiegel in der Ankleide. Mit seiner Hilfe besah sie sich ihren Rücken. Vor allem die Stellen, an der sich einst ihre Narben befanden. Dort gab es nun zwei schmale Schlitze. Darin mussten ihre Flügel hineingefahren sein. Um sich zu vergewissern, dass sie sich wirklich nicht täuschte, lenkte sie ihr Gefühl in den Rücken hinein und ließ in ihrem geistigen Auge die Flügel ausfahren. Unversehens flutschten sie aus den Schlitzen und weiteten sich wie Segel im Wind flugbereit aus. Kore musste vor Euphorie laut auflachen. Ihre Laune verwandelte sich ebenso in Heiterkeit, wie Ipsys Frohsinn. Auf den Geschmack gekommen lenkte sie immer mehr Kraft in sie hinein, bis sie in ihrem Zimmer leicht vom Boden abhob und regelrecht im Raum wie eine Fliege auf der Stelle surrte.

„Ich bin ja wirklich eine Fee. Das ... dass ist ja Wahnsinn. Du meine Güte", raunte sie kichernd. Des Rätsels Lösung so offenkundig geworden zu sein, verblüffte sie. Gewisserweise konnte sie ihre Freude darüber nicht verbergen. Völlig neue Möglichkeiten taten sich ihr auf, wovon sie bisher nicht einmal zu träumen wagte.

Wie Ipsy es ihr riet, kürzte Kore ihre Haare mit dem Nanokos soweit, dass sie gerade noch ihre Flügelschlitze verdeckten. Bislang war Kore immer stolz auf ihre dichte Haartracht und pflegte sie wie ihren Augapfel. Doch die Aussicht darauf ungehindert zu fliegen, war dieses kleine Opfer wert. Zufrieden mit ihrer neuen Frisur begutachtete sie sich mit ausgefahrenen Flügeln erneut im Spiegel. Diesesmal mit einem ganz anderen Selbstverständnis. Vor ihr stand eine neue Kore. Eine, die erkannte, wer sie wirklich war. Bereit sich dem Leben und ihrer Bestimmung mit ihrer Schöpferkraft zu stellen. Kore legte sich nun vor Aufregung nicht mehr hin, obwohl es draußen bereits dämmrig wurde. Die Plasmauhr stand gerade auf 19.00 Uhr abends und sie hörte, wie die Eingangstüre im Erdgeschoss ging. Ihre Eltern kamen gerade nach Hause. So wie sie es ihr mit der elektronischen Sprachnachricht auf der Pinnwand ankündigten, wenn Kore sie in der Frühe geöffnet hätte.

Kapitel 8

Elisabeths Erbe

Kore zog sich im Nanotex eine frische Schuluniform an. Diesesmal aber wies sie den Kleiderassistenten an, auf dem Rücken einen Ausschnitt für ihre Flü-Flügel frei zu lassen. Mit ihren Händen konnte sie so ihren Eltern nicht unter die Augen treten. Handschuhe darüber zu ziehen, hätte nur provozierende Fragen ihrer Eltern nach sich gezogen. So entschied sie sich, sie lieber zu tarnen. Da fiel ihr der Nanokos ein, mit dem man auch einen Handschmuck, wie Henna, auftrug. Also steckte sie ihre Hände in den Nanokos und programmierte ihn mit einer Art fleischfarbenen Abdeckpaste, die ihre Haut soweit schminken sollte, dass ihre glitzernden Hände nicht weiter auffielen. Nachdem sie sich zufrieden im Spiegel mit der Abänderung besah, ging sie zu ihren Adoptiveltern hinunter in die Wohnküche. Leider merkte Kore zunächst nicht, dass sie an der Klinke der Tür ein wenig ihrer Handschminke verlor. Erst als sie die Treppe hinunterging und sich am Geländer festhielt, fiel ihr Blick wieder auf die Hände. Ein kleiner Abrieb ließ etwas von dem Glitzer durchscheinen. Ehe sie sich klar darüber wurde, was das für sie bedeutete, hörte sie Doras Stimme aus der Küche: „Kore, bist du das?"
„Ja", entgegnete sie knapp und verwischte die leicht sichtbar gewordenen Punkte. Immerhin war noch genug Schminke da, es vollständig zu verdecken.
„Komm rein und setz dich zu uns", rief Edward ihr froh gelaunt entgegen. Ein Zurück in ihr Zimmer wurde nun unmöglich, wenn ihre Eltern nicht Verdacht schöpfen sollten. Kore nahm sich nicht vor unnötige Fragen heraufzubeschwören, zumal sie eine schlechte Lügnerin war. Schnell fasste sie ihren Plan, nicht mehr Zeit als unbedingt nötig mit ihnen zu verbringen.

Dora und Edward saßen auf ihren Küchenhockern und ließen sich ihr Abendmahl munden. Edward hatte sich von der Nanomaschine ein Sandwich machen lassen und Dora einen bunten Salatteller mit Gemüseallerlei.
„Die werden immer besser", sagte Dora freudig, als sie genüsslich die schnell gewachsenen Lebensmittel zerkaute.
„Ja. So eine Forschung ist Gold wert, Schatz", stimmte Edward ihr essend zu. Die gute Laune, die Beide heute Abend verbreiteten, war nicht zu übersehen. Kore erkannte darin eine Chance ihre kleine Schwierigkeit mit der Tarnung vor ihnen förmlich verdeckt zu halten. Sie setzte daher ebenso eine Gute-Laune-Maske auf, um sich vor besorgten Fragen über ihre augenblickliche Lage schützen.
„Hallo zusammen", begrüßte daher Kore freudig ihre Eltern und trat zu ihnen in die Küche hinein. Auf eine Begrüßungsumarmung verzichtete sie bewusst, um nicht einen weiteren Abrieb ihrer Schminke zu riskieren.
„Kore, schön dich zu sehen. Was macht die Schule?", fragte Edward eher abgelenkt und standardmäßig, als ernsthaft daran interessiert. In der Vergangenheit

lernte ihr Pflegevater das ungewöhnliche Engagement seiner Pflegetochter ausgiebig schätzen. Vor allem erstaunte Edward Kores gutes Gedächtnis bezüglich der zivilrechtlichen Gesetzesvorschriften. Er verließ sich einfach darauf, dass Kore diesen Weg konsequent weiter verfolgte.

„Es klappt ganz gut", antwortete Kore möglichst knapp. Sie wollte nicht, wie sonst, ihnen erzählen, was heute auf dem Campus alles passierte und was sie so Neues erlernte. Ganz zu schweigen, von ihrer Verwandlung zur Fee. Ihr Hunger kehrte zurück und forderte sie auf, jetzt endlich wieder etwas zu essen. Sie beschloss, die Gelegenheit zu nutzen, um sich von der Nanotheke eine Stärkung zubereiten zu lassen. Wie Kore es täglich gewohnt war, legte sie ihre Hand flach auf das Scanbrett der Nanotheke. Erst jetzt fiel es ihr siedend heiß ein, dass dies ein grober Fehler war. Während des Scannens erwärmte sich die Platte und es konnte sein, dass dabei ein weiterer Teil ihrer Schminke abhanden kam. Inständig flehte sie, dass der Laser außerdem keine Fehlermeldung brachte, während er ihre Handfläche abtastete. Die Hand musste absolut sauber sein, damit das Gerät die Bedarfsenergie ihres Körpers exakt ermittelte. Ihre Schminke drohte nun zum Stolperstein werden.

„Ich freu mich so für dich", sagte Dora glücklich, während der Prozedur und strahlte sie enthusiastisch an. „Bald wirst du eine Sternenforscherin werden. Nur noch drei Monate, dann kannst du in den Anden am Observatorium arbeiten."

„Ja, das wird sicher toll werden", sagte Kore mit gespielter Begeisterung. Ihr Blick ruhte bang auf der Anzeige des Gerätes. Seit sie mit ihren Adoptiveltern die große Anlage des Astronomiezentrums auf der Südhalbkugel besuchte, kam Dora kaum umhin sie immer wieder darauf anzusprechen. Es war praktisch das einzige Thema, das sie bei ihren wenigen gemeinsamen Unterredungen am Abend noch führten. Zu Kores Überraschung registrierte die Nanotheke ihren Energiebedarf anstandslos und machte sich daran mit einem leisen Brummen ihr Mahl zu bereiten. Erleichtert atmete sie auf und wollte die Hand vom Scanner nehmen. Es gelang ihr auch, jedoch spürte sie dabei ein klebriges Ziehen auf ihrer Haut. Die Wärme der Platte schmolz einfach die Schminke auf ihrer Innenhandfläche ab so dass das Gerät ungehindert seine Aufgabe erfüllte. Jetzt waren ihre fluoreszierenden Punkte auf der abgetragenen Seite deutlich sichtbar. Kore ballte flugs ihre Hand zusammen, damit ihre Eltern es nicht zu Gesicht bekamen. Außerdem befanden sich auf der Scanplatte noch Reste der Paste. Kore hoffte, dass ihre Eltern zunächst nicht darauf aufmerksam wurden. Sie beschäftigten sich ja zum Glück mit ihrem eigenen Essen. Bewusst griff sie nicht nach einem Tuch, denn dabei hätte sie weitere Schminke verloren.

„Wenn man bedenkt, dass das, was ihr da beobachtet, so weit weg ist. Noch weiter weg wie Cherson", fuhr Dora unbekümmert mit ihrer Unterhaltung fort. „Der Himmel ist ja so groß."

„Himmel?", griff Edward korrigierend auf. „Du meinst wohl Weltall. Himmel klingt zu begrenzt. Wie Horizont."

Die Nanotheke war mit der Zubereitung fertig und zeigte Kore an, ihr Abendbrot zu entnehmen. Geistesgegenwärtig benutzte Kore ihre von der Schminke befreite

Handfläche um die Essensausgabe zu öffnen. Solange ihre Eltern sich in ihr Gespräch vertieften und sie nicht beobachteten, hieß es schnell zu sein. Kore staunte, dass sie heute eine riesige Wurstplatte mit sechs Scheiben Schwarzbrot, dick bestrichen mit Butter aus der Nanotheke zog. Nur selten kreierte der Apparat Fleischprodukte oder auch Butter. Ihr Energiebedarf musste enorm sein. Außerdem stand zum ersten Mal ein Tee als Getränk bereit. Dem Geruch aus der Porzellantasse nach schien es Zitrone zu sein. Ihre Verwunderung darüber schnell mit einem Lächeln überspielend, langte sie mit ihrer unverdeckten Handfläche auf dem Tellerboden und drehte sich flugs zu ihren Eltern um.

„Sag mal", meinte Edward misstrauisch als er diese ungewöhnliche Menge auf ihrem Tablett sah. „Kore, wie lange hast du eigentlich nichts mehr gegessen?"

„Ich geb zu, das ist schon eine Weile her. Ich hab mich in letzter Zeit so in meine Fächer verfranzt und kaum an Essen gedacht", lachte Kore verschmitzt und ging im Geiste durch, wie sie den Teller mit einer Hand abstellte. Zum Glück legte der Apparat essbares Besteck auf dem Tablett bereit. Immerhin dürfte sich damit der Abrieb in Grenzen halten und perfekt die Spuren verwischen.

„Ja, das kann ich verstehen. Die Prüfungen werfen ihre Schatten voraus. Du bist heute ungewöhnlich früh zur Akademie gegangen. Wir haben dich gehört", sagte Dora aufgeweckt.

Kore setzte sich zu ihnen an den Tisch und balancierte mit der Hand gekonnt ihren Teller auf die Tischfläche. Rasch wandte sie ihre glitzernde Handfläche von dem Sichtfeld ihrer Eltern ab. Mit der anderen Hand angelte sie vorsichtig das Besteck vom Tablett und legte es zur Seite.

„Du bist wirklich fleißig. Genau, wie es uns Miss Conners damals vorhersagte", schob Dora unvermittelt nach, worauf Edward sie verwirrt ansah. Er wusste nicht, worauf sie hinaus wollte. Kore nutzte die Ablenkung, ihre beiden Handflächen aneinander zu reiben. Immerhin befand sich auf der anderen Handfläche noch genügend Paste, um die Zweite damit einzudecken. Vorsichtig fing sie mit ihrem Besteck an, sich die Brote zu machen.

„Du weißt schon, die Heimleiterin", erinnerte Dora ihren Gatten dezent.

„Ah, ja. Miss Conners", dämmerte es Edward allmählich. Ihm kam die Erinnerung am Tag ihrer Adoption wieder ins Gedächtnis zurück.

„Weißt du Kore, es ist verrückt, aber ich hab dir das all die Jahre zu erzählen vergessen. Weißt du eigentlich, was für eine berühmte Persönlichkeit dich groß gezogen hat?"

Kore blickte Edward interessiert mit vollen Backen an.

„Na ja so bekannt ist sie natürlich nicht, wie General Tomps, aber ihr Name ist mir und Dora schon ein Begriff", fuhr Edward fort.

„Was meint ihr?", fragte Kore überrascht. „Was machte Miss Conners so berühmt?"

„Oh Kore", lachte Dora freudig auf. „Berühmt wurde sie nicht durch eine Tat, sondern, weil sie als Erste erfolgreich ein Gegengift verabreicht bekam. Das steht ausführlich im Universalgeschichtsbuch der Medizin."

„In den Abhandlungen zur Seuchenbekämpfung, Kore. Wenn du es genau wissen willst, ließ doch mal drüber. Sehr interessant. Sag ich dir", ergänzte Edward treffend.

„Ja, werde ich bei Gelegenheit machen", sagte Kore von der Neuigkeit überrascht und aß zügig weiter.

Nun zählte sie sich eins und eins zusammen. Adalmus bekam einen Preis für Medizin und Miss Conners wurde in diesem Zusammenhang berühmt. Wenn Adalmus ein Gegengift entdeckte, dann begegnete er ihr nur aufgrund einer Erkrankung. Adalmus war es, der Miss Conners heilte. Das erklärte ihre tiefe Verbindung zueinander. Während Kore weiter aß wanderte der Blick Edwards auf ihre Schuluniform. Eigenartigerweise erweckten ihre Hände nicht das geringste Interesse, obwohl trotz aller Vorsicht, ein wenig ihres Feenstaubes durch die Schminke drang.

„Willst du noch irgendwo hingehen?", fragte Edward neugierig. „Lernt ihr heute Abend zusammen?"

„Ähm, ich dachte ich gehe mir die Beine vertreten. Ich hab mir ein wenig Schlaf heute Nachmittag gegönnt", erklärte Kore kurz. Irgendetwas sagte ihr, dass sie heute Abend aus einem weiteren Grund nicht zu lange bei ihren Adoptiveltern bleiben sollte. Am Ende bemerkten sie nicht nur ihre glitzernden Hände, sondern wollten etwas mehr über ihre letzten zwei verbrachten Tage wissen. Kore verspürte den Drang dieser inneren Stimme nachzugeben.

„Ich hab viel zu tun. Ich hab mir gedacht, ich teile mir meinen Stoff ein", sagte Kore kurzerhand und ließ gut die Hälfte ihrer Wurstplatte zurück auf ihrem Teller.

„Thomas wird dich doch nicht etwa über Quantenphysik ausgefragt haben?", erkundigte sich Dora besorgt. „Der Stoff raubt ja einem den letzten Verstand."

„Nein. Das nicht. Aber ich möchte noch einigen anderen Dingen für die Prüfung nachgehen. Bis später", verabschiedete sich Kore und hätte normalerweise jeden von ihnen einen Abschiedskuss gegeben. Sie ließ wegen ihrer Hände lieber davon ab. Keinesfalls sollte Schminke auf die Kleider ihrer Eltern gelangen, was nur Fragen an sie aufgeworfen hätte. Daher ging sie flugs aus der Küche und direkt zur Haustüre hinaus. Der automatische Öffnungsmechanismus der Eingangstür kam ihr dabei nur gelegen.

Es war nicht das erste Mal, dass Kore von ihrem Essen etwas übrig ließ. Dora und Edward gewöhnten sich an das unstete Essverhalten ihrer Ziehtochter und bedienten sich ungehemmt selbst vom Rest ihres Abendbrotes. Kore bekam das weitere Gespräch ihrer Adoptiveltern nicht mehr mit, das sie nun erregt miteinander führten. Auch ihre Eltern warteten sehnlichst darauf, dass ihre Pflegetochter außer Hörweite war.

„Schatz, ich bin so froh, wenn das alles hier vorbei ist", gestand Dora seufzend ein. „Kore ist wirklich eine bildhübsche junge Frau mit wunderschönen Haaren geworden. Es ist wirklich schade, dass sie bald sterben wird."

„Ja Liebling. Leider. Du weißt, dass sie eine Tomps ist und bleiben wird. Keiner der Tomps schließt sich uns freiwillig an. Kaimlakhan wird uns reich belohnen. Wir haben unsere Aufgabe bald erfüllt. Nur noch wenige Tage. Egal, ob sie die Prüfungen besteht oder nicht. Sie wird verschwinden und wir sind von dieser Last entbunden. Zehn Jahre unseres Lebens kostete uns diese Bürde", sagte Edward gedrückt und setzte erregt hinzu:„Zehn Jahre sind besser, als gar kein Leben mehr. Dora, wir werden für unsere Entscheidung Kore adoptiert zu haben, gut entschädigt. Wenn in wenigen Tagen die neue Ordnung angebrochen ist, geht es aufwärts mit uns. Wir werden nicht länger von diesem System der Abtrünnigen verwaltet. Von diesen jämmerlichen Heiden, die auf unsere Götter spucken. Ich bin so froh, dass alles bislang so glattgegangen ist und sie keinen Verdacht schöpfte."

„Glaubst du, dass sie auf unseren Köder hereinfällt und die Sache mit Miss Conners aufarbeiten will? Ob das bis zum Tag des Jaguars reicht?"
„Vielleicht. Schaden kann es nicht. So ist Kore abgelenkt und lässt uns die paar Tage noch in Ruhe. Wir sollten nichts riskieren und kurz vor Torschluss mit unangenehmen Fragen wegen ihrer Adoption bombardiert werden. Sie wird uns bestimmt danach fragen. Ich habe mich, seit sie unter unserem Dach wohnt, immer gefragt, was ich ihr dann sagen werde. Dass ich schon immer Kinder wollte, wird sie mir nicht glauben."
„Ich jedenfalls wollte nie Kinder", sagte Dora angewidert und mampfte missmutig den Salat in sich hinein.
„Ich eigentlich auch nicht. Aber wenn wir es nicht getan hätten, wäre das unserer Sache nicht dienlich gewesen", rechtfertigte sich Edward und griff in seine Hosentasche hinein. Er holte ein Amulett hervor, das er all die Jahre vor seiner Ziehtochter sorgsam verbarg. Auf ihm zeigte sich ein grünes Auge, von dem sieben grüne Strahlen wegführten. Es war genau dasselbe Motiv, das Kore schon einmal an jenem grauen Tag sah, an dem Neko ins Waisenhaus kam.
„Dora, bald ist es soweit. Dann wird er wieder über die Mittelwelt regieren."
„Ja, das Zeitalter des Jaguars wird anbrechen. Wir sind so knapp davor und Kore wird bald unserer Vergangenheit angehören. Nur noch wenige Zeit müssen wir uns mit ihr gedulden", sagte Dora sich Mut machend. Sie aß hungrig ihren Salat weiter, den sie mit Kores Wurst fleischig ergänzte, während Edward sich kühl den letzten Rest seines Sandwiches zwischen die Backen schob.

Kore lief eilig die Straße zu Adalmus Haus hinunter. Ihre Eltern schöpften keinerlei Verdacht. Ja, sie bemerkten nicht einmal ihre gekürzten Haare. Allerdings kam die Abdeckpaste als Schutz für ihre Hände nicht mehr in Frage. Anhand dieser Erfahrung merkte Kore, was sie tagtäglich mit ihren Händen so alles berührte. Sie dachte nicht im Entferntesten daran, jetzt etwas für ihre Prüfung zu tun. Dazu war sie viel zu aufgeregt. Die Ereignisse der letzten Tage veränderten ihre Einstellung zu ihrem Leben von Punkt auf. Ihre Bestimmung war es, die ihren Geist beschäftigte. Permanent hämmerten ihr die Worte Ipsy´s durch das Gedächtnis. Sie erfuhr ihre Bestimmung schon noch. Sie käme ganz von selbst zu ihr. Warum nur musste alles so lange andauern? Konnte sie nicht gleich sehen, warum und weshalb sie hier und jetzt zur Fee wurde? Die Fee fand es gemein, dass sich ihr Schicksal noch mit keinem Schlag zu erkennen gab. So blieb alles für sie eine Sache der reinen Spekulation. Würde sie dazu da sein, wie ein Superheld Schurken zu stellen? Das Böse zu jagen? Der Gerechtigkeit zum Sieg zu verhelfen? Gab es eine heimtückische Bedrohung, gegen die sie ankämpfen musste? Wenn ja, gegen wen müsste sie kämpfen? Ein Feind. Das stand fest. Aber welcher? Das aber sagte ihr Schicksalsspruch nicht. Sie wusste nur, dass sie ihn besiegte, aber im gleichen Satz hieß es, dass sie deswegen starb.

Kore blieb mitten auf ihrem Weg stehen. Der letzte Halbsatz dämpfte ihre Begeisterung empfindlich eine Fee zu sein.

„Es gibt kein gutes Ende", murmelte sie plötzlich. „Mein Schicksal ist nicht bestimmt, gut zu enden."

Mit einem Schlag verschwand ihre anfängliche Freude und es machte sich reine Ernüchterung breit. Sie verstand es nicht. War es nicht immer so, dass Superhelden die Bösen restlos unschädlich machten? Ihr war es aber nicht bestimmt, so zu gewinnen. Das stand fest.

„Das gibt doch alles keinen Sinn", überkam es ihr plötzlich. „Warum sollte ich eine Fee werden, wenn ich daran zugrunde gehe? Und wenn ich nicht kämpfe? Wenn ich das Böse einfach machen lasse?"

In Kore wallte es plötzlich auf und sie verstand, dass es überhaupt nicht gut war, seine Bestimmung zu kennen. Schlimmer noch. Gerade die lückenhafte Gewissheit zermarterte ihre Lebensplanung. Und das, was sie nicht wusste, füllte sie auf mit allen möglichen Mutmaßungen, wobei die Eine skurriler als die Andere klang. Sie würde den Akademieabschluss machen. Gut. Sie würde Weltraumforscherin werden. Auch gut. Würde sie in den Anden ihrem mächtigen Feind begegnen? Oder vielleicht sogar schon früher?

„Nein. Schluss jetzt", sagte Kore entschieden zu sich selbst und nahm sich nun ganz fest vor:„Ich werde nicht danach suchen."

Sie wiederholte den Satz innerlich noch mehrmals. Wenn es so ist, wie Ipsy es ihr erklärte, dann besaß sie ein Gespür dafür, was als nächstes geschah. Kore ging nun in sich hinein. Ihr Bruder Neko erschien ihr wieder. Genauso wie er ihr im Waisenhaus in Erinnerung war. Ein kleiner Junge, der sie mit großen Augen anstarrte. Irgendetwas bedeutete das mit ihm. Kore lief grübelnd die Straße weiter. Unterwegs hielt sie die Augen auf, um ja nicht den Hermesbrüdern über den Weg zu laufen. Die konnte sie jetzt gar nicht gebrauchen. Im Geiste dachte sie über ihre Erlebnisse mit Ipsy von vorhin nach. Auch, dass Ipsy ihr beibringen wollte, wie man Gegenstände projiziert. Schließlich blieb sie vom Tatendrang gepackt vor einem Hydranten stehen und geriet ins Tüfteln. Der Instinkt in ihr mehr über ihre Feenkräfte zu erfahren, gewann Überhand. Auf dem Fußweg befand sich gerade niemand. Die Gelegenheit erschien günstig, es auszuprobieren.

„Wenn es mit dem Staub so funktioniert, dann müsste es vom Prinzip her so gehen."

Sie prägte sich in ihrem Kopf den Hydranten ein, bis vor ihrem inneren Auge sein Bild erschien. Mit ihrem Zeigefinger deutete sie an eine freie Stelle am Wegesrand und lenkte das Bild in ihrem geistigen Auge dorthin. Unvermittelt spürte sie eine kribbelnde Energiespannung in ihrem Finger, die sich blitzschnell entlud. Dort, wo sie ihren Finger hinzeigte, stand nun ein genaues Ebenbild des Hydranten.

„Wahnsinn. Das klappt ja bestens", jubilierte sie erregt und fing an, wie Ipsy belustigt zu kichern. Sie trat an den Hydranten heran und berührte ihn, um sich zu vergewissern, dass er echt war und ob es stimmte, dass Feen sich an Eisen verbrannten. Alle Hydranten der Stadt bestanden aus Eisen. Als ihre Hand über seine Oberfläche fuhr, spürte sie weder Wärme, noch verbrannte sie sich ihre Haut dabei. Es kam ihr doch recht eigenartig vor. Vielleicht lag es ja daran, dass sie erst vor kurzem den Staub bekam und die Wirkung noch nicht einsetzte. Ipsy sagte ja etwas davon, dass sich Feen erst allmählich entwickelten. Jetzt kam sie auf den Geschmack. Neben der neu entstandenen Kopie ragte eine eiserne Straßenlaterne in die Höhe, die Kore nun ins Visier nahm. Sie prägte sie sich ein, zeigte mit dem Finger auf eine freie Stelle und lenkte ihr inneres Bild hinein. Und „zack" entfuhr ihr aus dem Finger die passende Kopie. Sie stand direkt neben ihrer Vorlage.

„Wow", kommentierte Kore diese unheimliche Kraft in ihren Händen. Mit großem Stolz bewunderte sie ihre glitzernden Pünktchen. „Brauche ich überhaupt eine Vorlage?"

Auch über den schlanken Laternenpfahl fuhr Kore begeistert mit ihren Fingern. Es war wie vorhin beim Hydranten. Weder ein Wärmeempfinden noch irgendwelche Brandmale machten sich auf ihren Fingern bemerkbar.

Kore hatte Adalmus Haus fast erreicht. Sie blieb als nächstes vor einem Blumenbeet stehen und besah sich seine spärliche Bepflanzung.

„Die könnte man doch ein wenig ergänzen", dachte sie bei sich. In ihrem geistigen Auge stellte sie sich einen Ginsterbusch vor und deutete mit dem Finger auf eine freie Stelle. Doch diesesmal geschah nichts. Keine Energiespannung regte sich in ihren Händen. So sehr sie sich darum bemühte, das innere Bild in ihre Hand zu bringen, es scheiterte schon im Ansatz. Irgendwie sperrte sich etwas dagegen. Während sie versuchte, sich klar zu werden, was da eigentlich vor sich ging, wurde sie urplötzlich von drei groß gewachsenen Kerlen umringt. In all ihrem Forscherdrang vernachlässigte sie für einen Augenblick ihre Wachsamkeit.

„Die Hermesbrüder", raunte sie. Geschockt brachte sie keinen Schrei über ihre Lippen. Woher kamen die so plötzlich?

„So sehen wir uns wieder, du kleine Schlampe du. Jetzt bist du fällig. Dein Freund wird dich nicht noch mal retten."

„Ich hab euch nichts getan", flüsterte sie als erste Reaktion zitternd und dachte wieder daran, ihre Flügel auszufahren, um ihren Peinigern davon zu fliegen. Aber andererseits passierte dann genau das, wovor Adalmus und auch Ipsy entsetzliche Angst hatten. Davor, dass Kore ihre Identität preisgab. Etwas, dass unbedingt verhindert werden musste. Zudem war es viel zu hell, was ihre Flugaktion deutlich sichtbar gemacht hätte.

„Mir egal", sagte der Wortführer von ihnen und zückte ein blitzendes Messer. Noch ehe Kore einen spitzen Schrei ausstoßen konnte, packten seine Brüder Kore an den Armen und hielten ihr den Mund zu. Sie konnte sich nicht mehr rühren. Über den Umgang mit dem Feenstaub wusste sie noch viel zu wenig. Sicher hätte er diesem Zusammentreffen eine ungeahnte Wendung gegeben. Nun aber schien alles seinen gehabten Verlauf zu nehmen.

„Junge Frau von Gang massakriert."

Diese Schlagzeile auf dem Nachrichtenticker sah Kore schon in ihrem geistigen Auge vor sich.

„Vielleicht sollte ich mit dir, bevor ich dich in die Hölle schicke, noch ein wenig Spaß haben", meinte er mit gierigen Augen auf Kores körperliche Anmut starrend. Sein Messer sauste auf den Ausschnitt ihrer Bluse und setzte mit der Klinge auf dem Stoff auf. Besessen wollte er ihre Brüste damit freilegen. „So ein schönes Biest soll man nicht ungeöffnet in die Unterwelt befördern", grinste er hämisch und steckte dann doch das Messer weg. Sogleich öffnete er seine Hose und Kore ahnte bereits, was ihr drohte. Der Aufmacher in der Mediazeitung morgen lautete nun anders:„Studentin vergewaltigt und massakriert."

„Nein", rief sie entsetzt, was aber wegen des festen Griffs ihrer Peiniger nur dumpf ihren Mund verließ. Sie versuchte sich vergeblich aus den Fängen zu lösen, aber jene saßen so fest, dass an ein Entkommen nicht zu denken war. Als Fee mochte sie zwar ungeahnte Kräfte in ihren Händen haben, aber ihr Körper war auf rohe Gewalt nicht vorbereitet. Kore wünschte sich in diesem Moment so sehr, dass sie bereits mehr von dem Feenstaub und seinen Möglichkeiten wusste. Ohnmächtig sah sie der bevorstehenden Folter entgegen. Doch plötzlich hielten die drei Brüder in ihrem boshaften Tun inne. Von der Ferne hörten sie eine ohrenbetäubende Sirene aufheulen, die sich ihnen unvermittelt näherte. Es war für Kore, wie ein Wunder. In ihr keimte leise die Hoffnung auf Rettung.

„Die Bullen. Scheiße", schrien die Hermesbrüder aus einem Mund.

„Wir sehen uns wieder, Püppchen", sagte ihr Anführer und machte eiligst die Hose zu, als auf der langen Straße zwei Polizeigleiter mit Blaulicht angedüst kamen. So schnell ihre Peiniger kamen, waren sie wieder vom Erdboden verschluckt.

Auf dem Gehweg kam ihr Adalmus aufgeregt entgegen gelaufen. Er schien die Polizei alarmiert zu haben.

„Kore, zum Glück. Beinahe wäre es um dich geschehen gewesen", rief Adalmus voller Sorge und schloss das Mädchen erleichtert in seine Arme. Neben ihnen kamen zwei Polizeigleiter zum Stillstand und zwei blau uniformierte Polizisten mit breiten Sonnenbrillen stiegen von ihren Gefährten. Sie trugen blaue Helme. An ihrer Stirnseite prangte das Wappen der Stadt Presson. Ein schwarzer Kreis auf weisem Grund, in dem ein Sechseck eingelassen war.

„Wenn das nicht unsere Miss Wissbegierig ist", bemerkte eine für Kore vertraute Stimme von den Polizisten.

„Holger? Karol?", fragte Kore überrascht. „Ihr? Hier?"

„Ja, Kore. Dr. Bonpland rief uns. Das sind sie doch."

„Ja, das bin ich", lachte Adalmus ihnen erleichtert entgegen. Durch dieses Erlebnis erfuhr Kore nun auch den Nachnamen ihres Retters erfahren.

„Dann sind wir gerade rechtzeitig gekommen. Die Hermesbrüder sind sehr gefährlich Kore. Nichts für so eine hübsche Frau, wie du es jetzt bist", erklärte Holger und sah sie anerkennend von oben bis unten an. „Schwesterherz, du siehst toll aus. Es ist schon großartig, was für Wunder die Natur hervorbringt."

Er machte eine kurze Pause und wandte sich wieder seiner Arbeit zu:„Die Drei stecken tief drin im Drogensumpf von Presson. Sind brutale Schläger. Denen traue ich nachts nicht über den Weg."

„Ja...", pflichtete ihm Karol bei" ... mich wundert nur, warum von oben nicht die Order kommt, ihnen den Garaus zu machen. Wir haben die schon lange auf dem Kicker."

„Jungs, ich bin so froh euch zu sehen", stieß Kore erlöst aus und fiel ihnen um den Hals.

„Wir auch Kore. Wir auch. Wie geht es dir auf der Akademie? Du musst doch bald fertig sein. Hast du schon eine Anstellung bekommen?"

„Ich hab in drei Monaten Abschlussprüfung und darf am Sternenforschungszentrum in den Anden arbeiten."

„Wow. Du steigst ganz schön auf", sagte Karol beneidend. „Wir für unseren Teil fahren Streife und sehen zu, dass die Stadt in Ordnung bleibt."

„Wir hörten bereits, dass dich die Hermesbrüder schon gestern in der Mangel hatten, Kore", sagte Holger.

„Ihr wisst davon? Von wem?" horchte Kore interessiert auf.

„Na ja", druckste Holger herum. Man merkte, dass er etwas zu vorschnell geantwortet hatte. „Sagen wir mal so, der Typ, den du in der Unterführung vor den drei Hermeses gerettet hast, der brachte dich zu Dr. Bonpland. Normalerweise hätten wir die Sanitäter geholt, aber als wir erfuhren, dass du bei Bonpland bist, ließen wir davon ab, den Vorfall weiter zu untersuchen. Dr. Bonpland lag einfach näher als das Medizinzentrum. Er ist ein guter Arzt und bringt locker das Gleiche wie die im Medizinzentrum fertig. Bei ihm warst du in den besten Händen."

„Dieser Typ von dem du redest, das war Neko, nicht wahr?", fragte Kore, wie wenn sie es bereits ahnte.

„Ja", ächzte Holger bedauernd. „Ich wollte seinen Namen eigentlich nicht sagen. Wir haben es unserem kleinen Bruder versprechen müssen."

„Warum will er nicht, dass ich von ihm weis?"

„Das ist nicht so leicht zu erklären. Wir Tomps müssen zusammenhalten, Kore. Obwohl er ein kleiner Drogenkurier ist und längst interniert gehört, ließen wir ihn laufen."

„Er versprach für uns als Informant in der Szene zu arbeiten", erklärte Karol weiter. „Ohne eine Gegenleistung hätten wir auch nicht von ihm abgelassen. Er ist zwar ein kleiner Fisch im Haifischbecken, aber als Quelle durchaus nützlich für unsere Arbeit."

„Verstehe", nickte Kore kurz.

„Unserem Bruder ging es total dreckig, nachdem das Waisenhaus zu war", raunte Holger andächtig. „Er hat viel Grauen erlebt und wurde Zeuge, wie …"

„Stopp. Redet nicht weiter …", unterbrach Adalmus die Unterhaltung und fiel ihm barsch ins Wort. „Ich will es nicht noch mal hören."

In Adalmus Augen sammelten sich Tränen. Der Schmerzen der Vergangenheit waren so quicklebendig wie eh und je in ihm.

„Ja, wir reden nicht mehr davon", sagte Karol einlenkend und zog Holger dezent am Arm.

„Wenn du die Drei anzeigen willst, komm zu uns aufs Revier. Aber es wird nicht nötig sein. Ihr Anzeigenregister ist schon so lang wie die Hauptstraße von Presson. Wenn du aber uns auch so mal auf der Wache besuchen willst, nur die Straße runter. Kannst du gar nicht verfehlen. Auf dich freuen wir uns immer."

„Danke Jungs", sagte Kore erleichtert.

„Ja, besuch uns mal, Schwester. Wir haben sicher viel zu erzählen. Jetzt müssen wir aber noch ein paar Runden bis Dienstschluss zu drehen. Bis später, Kore", lachte Holger und beide schwangen sich wieder auf ihre Polizeigleiter und brausten in der Abenddämmerung davon.

„Zum Glück ist dir nichts passiert", atmete Adalmus erleichtert auf und wischte sich die Tränen von der Wange.

„Und die Zwei haben nichts gemerkt", sagte Kore ebenso erleichtert.

„Es ist Irre von dir, um diese Zeit noch zu mir zu kommen, Kore", schimpfte Adalmus besorgt. „Die Hermesbrüder sind überall und haben es auf dich abgesehen. Du …"

„Ich muss mit dir reden. Es ist wichtig", unterbrach Kore sachte seinen Redefluss.

„Komm mit, mein Kind", sagte Adalmus väterlich und nahm sie am Arm. „Ich habe dich von der Ferne aus erkannt. Aber als ich die Hermesbrüder hier herumschleichen sah, hab ich sicherheitshalber die Polizei alarmiert. Wie gut, dass sie dank der Gleiter schnell vor Ort sein können."

Als sich beide gerade auf den Weg zu seinem Haus machten, gingen die Straßenlaternen an. Über ihnen zeigte sich bereits der Abendstern am Horizont.

„Schau", sagte Adalmus und deutete mit Wehmut auf den hellen Punkt über ihnen. „Wenn ich die Venus sehe, muss ich immer an sie denken."

„Du meinst Elisabeth."

„Keine Frau war so wie sie. So unergründlich tief wie das Universum. Ich weiß noch genau wie ich mit ihr auf der Veranda ihrer Farm in der Schaukel saß. In der Abenddämmerung so wie jetzt. Sie sah immer zur Venus auf. Wenn ich mit ihr zu reden versuchte, schmiegte sie sich an mich und sagte, dass das Universum still ist. Ich blieb ruhig und genoss mit ihr den Augenblick. Ihr starkes Leuchten und die letzten Strahlen der Sonne bevor es Nacht wird. Weißt du, Elisabeth liebte solche Momente. Sie lebte immer im Augenblick."

„Adalmus, du kanntest Miss Conners so gut, dass du sie bei ihrem Vornamen nanntest?", fragte Kore neugierig, während sie die Straße entlang gingen.

„Oh ja, ich kannte Elisabeth. Sehr gut sogar", seufzte der Mann schwermütig.

„Sie war eine Pädagogin durch und durch. Ich hab sie lieben gelernt. Es ist kurz erzählt. Sie war die erste Person, die von meinem Mittel geheilt wurde, um eine Seuche zu bekämpfen. Elisabeth erkrankte an ihr und ich hab ihr das Leben gerettet. Ich habe Godje für sie entworfen und in ihn mein ganzes Herzblut verspritzt. Elisabeth stellte ihr ganzes Leben in den Dienst der Erziehung und gab mir keine Chance auf ein Zusammenleben mit ihr. Ich hätte für uns sorgen können. Dir ist ja nicht verborgen geblieben, was man mir alles für Ehren gab. Das alles bedeutet mir nichts, Kore. Das Schicksal nahm mir Elisabeth. In dem Augenblick, als sie ihre distanzierte Haltung zu unserer Beziehung aufgab. Nachdem das Waisenhaus, in dem auch du warst, geschlossen wurde, bin ich oft zu ihr auf den Bauernhof im Farmland geflogen. Den pachtete sie sich vom Rat. Elisabeth wünschte sich immer eine kleine Farm. Mit Tieren. Sie liebte Tiere. Ich machte ihr einen Antrag zur Heirat vor dem Magistrat. Sie sagte, sie werde darüber nachdenken, wenn ich Neko mit in unsere Beziehung nähme."

Adalmus machte eine kurze Pause und dachte an Kores Bruder. „Neko hätte ich adoptiert. Der Junge war richtig glücklich bei ihr. Es machte ihm Spaß auf dem Bauernhof zu leben und die Tiere zu versorgen."
Adalmus wurde unversehens still und ernst. Tränen waberten in seinen Augenwinkeln, als er fortfuhr:„Den Tag werde ich nie vergessen, als ich sie gefunden habe. Tot, mit herausgeschnittenem Herz. Ich hab gemeint, ich müsste sterben. Wer um alles in der Welt tut etwas so Schreckliches? Ich hab geglaubt, es zerreißt mich. Neko kam in ein neues Heim. Doch da ist er weggelaufen. Ich glaube, er hatte Angst. Tagelang verschwand er bis man ihn beim alten Waisenhaus fand. Verwildert und abgemagert. Auf einem Baum im Innenhof zog er sich zurück und weigerte sich runterzukommen. Die Polizei fällte in ihrer Verzweiflung einige der Eichen, um ihn mit einem Sondereinsatzkommando zu bergen. Dieses Trauma lebt in ihm. Nicht mal ich kann dieses Grauen erfassen, obwohl ich in meinem Leben so viele Tote sah, wie kaum jemand hier in dieser Stadt."
Erst allmählich beruhigte sich Adalmus wieder. Er blieb mit Kore vor seiner Haustüre stehen.

„Hin und wieder besuchte mich der Junge in all der Zeit. Neko vertraut niemanden mehr. Dich vergaß er trotz der langen Zeit nie. Er liebt dich immer noch, aber er glaubt, dass du ihn im Stich gelassen hast."
„Hey, ich war damals erst Acht", sagte Kore.
„Und er war damals erst vier und noch ein kleines Kind. Aber wenn Kinder sich etwas schwören, dann wirkt das ein ganzes Leben lang. Ich hab ihm zwar zu erklären versucht, dass du damals in deinem Leben vor einer wichtigen Entscheidung gestanden warst, aber er will dich nicht verstehen", erzählte er ohne ein Blatt vor dem Mund zu nehmen und fügte allerdings auch seinen eigenen Eindruck von Nekos Haltung hinzu. „Aber ich denke, er glaubt das nur, weil er dich immer noch sehr liebt."

Sie gingen in sein Haus hinein und setzten sich an einen gedeckten Tisch. Godje brühte für sie zwei Tassen Tee auf und grüßte Kore mit seiner ihm einprogrammierten freundlichen Art:„Hallo Kore. Wie geht es dir?"

„Hallo Godje", sagte Kore so freundlich es ihr Gemüt gerade zuließ. „Ich bin soweit in Ordnung. Ich muss dringend mit euch über Neko reden."

„Kore, ich habe lange über dich nachdenken müssen", überhörte Adalmus absichtlich ihre Worte. Der Doktor nahm ein Taschentuch zur Hand und trocknete erst einmal seine Tränen. Er nahm einen Schluck aus der dampfenden Teetasse und sah ihr ernst in die Pupillen.

„Ich habe in meinem Leben viel gesehen. Viel Leid und unsägliche Schmerzen. Aber nichts ist mit dem vergleichbar, was ich in den letzten Tagen mit dir erlebt habe. Auch wenn ich mich wiederhole: Du musst hier eine Aufgabe haben. So ein Wesen wie du ist nicht von dieser Welt. Noch nie habe ich jemanden getroffen, der solche einzigartigen Eigenschaften besitzt."

„Adalmus. Ich hatte einen Traum. Ich bin darin einer Fee begegnet", erzählte Kore es ihm, als passiere es erneut.

„Sie heißt Ipsy und sie wird mich zu einer Fee ausbilden. Sie zeigte mir auch, wie ich meine Flügel ein und ausfahren kann. Von ihr werde ich noch weitere Dinge lernen."

„Dann ist es also wahr", sagte Adalmus der Gewissheit ins Auge sehend. Er sah auf Kores nackten Rücken. Dort befanden sich jetzt zwei schmale Schlitze. Die Flügel verschwanden darin.

„Ich musste zu dir, weil ich glaube, dass du mir sagen kannst, wo ich Neko finde. Ipsy sagte mir, ich wüsste mit meinem Gefühl, was meine Bestimmung ist. Es muss etwas mit Neko zu tun haben."

„Wieso glaubst du das? Oder bildest du dir nur ein, eine alte Schuld begleichen zu müssen?"

„Nein. Neko taucht in meinen Träumen auf. Es muss mit ihm zu tun haben."

„Wenn ich es recht verstehe, willst du für ihn die gute Fee sein", bemerkte Adalmus trocken. „Das klingt sehr absonderlich. Abgesehen davon, dass du ihn findest. Er wird mit dir nichts zu tun haben wollen. Neko liebt dich zwar noch, aber das ist nicht so zu verstehen, wie es normalerweise sein sollte. Dass er dich rettete, lag nur daran, dass du eine Tomps bist und für alle Zeiten bleibst. Elisabeth hämmerte diese Tatsache ihren Zöglingen ein. Sie sagte, wer auch immer als Kind bei uns Aufnahme findet, der gehört zur Familie. Bei allem was geschieht, die Familie wird zusammenhalten. Nur allein deswegen alarmierte er die Polizei. Du hast ja selbst gehört mit was für einen Lärm die angedüst kommen. Er wusste, dass immer welche auf der Hauptstraße ihren Streifendienst machen. Am Bürgersteig bei der Unterführung auf der anderen Seite standen gerade welche. Das war den Hermesbrüdern dann doch zu heiß und sie ließen von dir ab. Wenn er keinen Krach gemacht hätte, wärst du jetzt womöglich Tod. Die Hermesbrüder sind dafür bekannt, jeden krankenhausreif zu prügeln, der sich mit ihnen anlegt. Die Tomps halten zusammen. Das Lebensmotto der Familie. Elisabeths Erbe. Nur das rettete dich. Mehr war da nicht Kore."

Kore ging ratlos in sich und fragte:„Was hat er eigentlich gegen mich? Hasst er mich etwa?"

Adalmus seufzte:„Hassen ist der falsche Ausdruck. Ich kann ihn gut verstehen, da es mir ähnlich wie ihm erging. Auch Neko nahm man alles, was er je liebte. Er führt ein verbittertes Leben. Vielleicht ist es Neid, vielleicht die Sehnsucht nach einem anderen Leben. Neko hat keine Eltern, keine richtigen Freunde. Wenn er je welche besaß, dann wurden sie getötet oder sie verschwanden urplötzlich aus seinem Leben. Neko erzählte mir oft, dass er nachts von Albträumen geplagt wird. Da ist überall Blut. Er sieht schwarze Gesichter, die keine Augen mehr haben."

„Vielleicht ist gerade das meine Bestimmung", sagte Kore nachdenklich. „Ich muss ihn da raus holen."

„Ihm ein guter Freund zu sein? Ist das die Aufgabe einer Fee?", fragte Adalmus skeptisch. „Ich möchte zwar Nekos Schicksal nicht kleinreden, aber ich denke doch, dass dies nicht deine alleinige Bestimmung sein kann."

„Ich glaube, Kore hat Recht", mischte sich plötzlich Godje in ihr Gespräch ein. „Neko ein Freund zu sein und sein Vertrauen wieder zu erlangen ist in der Tat eine große Herausforderung. Und so wie ich meine Herrin kennengelernt habe, ist es oft so, dass der Flügelschlag eines Schmetterlings einen ganzen Orkan auslösen kann. Was so banal aussieht, kann eine ungemeine Sprengkraft besitzen. Wenn dein Herz dir sagt, dass dies deine Aufgabe ist, dann ist dies der Weg, den dir das Leben zeigt. Du musst diesen Weg gehen. Wenn du es nicht tust, dann wird es dich für immer verfolgen."

„Da ist noch was", fügte Kore an. „Ich hörte in meinem Traum die Stimme einer alten Frau. Sie sagte: Dein Kind wird einen mächtigen Feind besiegen." Sie unterschlug den zweiten Halbsatz bewusst um Adalmus nicht zu beunruhigen. „Vielleicht liegt der Feind im Inneren und nicht in der äußeren Welt."

„Ja vielleicht", antwortete Adalmus mit einem gewissen Hintersinn. „Ich hab mir, wie ich dir bereits sagte, schon Gedanken wegen dir gemacht. Dich darf niemand sehen, wenn du zu mir kommst. Geschweige denn, dass du durch die Luft fliegst wie ein Vogel."

Mit einem Satz stand Adalmus auf und ging in ein Nebenzimmer. Er verschwand eine ganze Weile darin, sodass Kores Blick ganz unwillkürlich durch den Raum schweifte. Sie sah mehrere Bilder an der Wand hängen. Auf einem Bild war Miss Conners zu erkennen. Sie mühte sich auf einem Fitnesslaufband ab und sah auf diesem Bild nicht so impulsiv aus, wie sie sie aus dem Waisenhaus in Erinnerung hatte. Die Anstrengung, die in ihrem Gesicht im Augenblick dieser Aufnahme zu erkennen war, sprach für sich.

„Kaum zu glauben, dass das meine Ziehmutter ist. Sie sieht aus, als ob jeder Schritt eine Qual wäre. Außerdem wirkt sie so mager und dürr", rutschte es ihr unmerklich raus, als sie auch die anderen Szenenfotos betrachtete, bei der Miss Conners offenbar Gehübungen machte.

„Adalmus half Elisabeth, wieder das Laufen zu erlernen", erklärte Godje unhörbar für Adalmus. Sein Erbauer durchstöberte im Nachbarzimmer gerade einen

einen Haufen mit Kartons, ohne das zu finden, was er suchte. Er murmelte unterdrückte Flüche dabei.

„Mein Herr redet selten darüber. Wenn, dann so wie heute Abend. Ich weiß nur, dass er sie nach dem Tod seiner Frau kennenlernte."

„Adalmus war einmal verheiratet?", fragte Kore irritiert.

„Ja, aber sprich mit ihm bitte nicht darüber. Mein Herr führt ein trauriges Leben. Er verlor zwei Menschen, die ihm viel bedeuteten. Elisabeth wurde ihm zu dem Zeitpunkt genommen, als er wieder begann, an eine Zukunft zu glauben und er den Tod seiner ersten Frau überwandt", sagte der Würfelroboter leise.

„Er dachte nach ihrem Tod oft an Selbstmord…", flüsterte er weiter, „… aber er sagte mir, dass ihm sein Gefühl den Suizid verbat. In seinem Innern glaubt er, dass es zu seinem Schicksal gehört, diese schweren Schläge zu durchleben, um an ihnen zu wachsen. Das lernte er von Elisabeth. Sie lehrte ihm, dass in jeder noch so schweren Krise der Keim eines neuen Anfangs gelegt ist. So heilt er kostenlos die Leute, die zu ihm gebracht werden. Er gab sich trotz allem nie auf. Bei allem was geschieht, man fügt sich selbst den Schmerz zu. Man muss lernen mit seiner Wut, seinem Zorn und seinem Hass umzugehen, um in die Freude und in den Frieden zu gelangen."

Kore hörte nun eine weitere Schranktüre gehen und wenig später kam Adalmus mit einer Hutschachtel aus dem Nebenraum wieder heraus. Schnell wandte sie sich von den Bildern ab. Ihr Blick verfing sich an der Pappschachtel.

„Was ist das?", fragte sie.

„Deine Lebensversicherung", antwortete Adalmus und öffnete sie. Der Stoff, der darin lag, nahm die Hintergrundfarbe, des Schachtelbodens an. Nur schemenhaft erkannte man an den Umrissen, dass sich da überhaupt etwas befand.

„Wow", entfuhr es der Fee impulsiv.

„Das ist Chamäleonstoff. Er passt sich automatisch dem Hintergrund an. Du bist damit fast unsichtbar und erst recht, wenn du eine Maske über den Kopf ziehst. Lasse ihn von dem Ankleidescanner deines Nanotex einprogrammieren und er wird dich mit diesem Stoff ausstatten. Er hat natürlich einen kleinen Nachteil. Du wirst nur blöd angeglotzt werden, wenn du mit so einem Ding durch die Straßen läufst. Die Menschen werden nur deine Hände und dein Gesicht sehen. Überlege dir daher gut, wann du ihn einsetzen willst. Vielleicht kann er dir bei deiner Bestimmung helfen."

„Das kann es sicher. Danke", lachte Kore zufrieden und dachte daran, ihn für Handschuhe einzusetzen, um ihre glitzernden Hände zu verbergen. „Aber nun musst du mir sagen, wo ich Neko finde."

„Also gut. Es wird schwer werden. Ich lass dich da ungern hin, aber wenn du glaubst, dass das deine Bestimmung ist …", wollte Adalmus sagen.

„Jetzt raus mit der Sprache", unterbrach ihn Kore ungeduldig.

„Er kellnert abends in der Bar zum Stern hier in der Stadt. Sei bloß vorsichtig, wenn du da hingehst. Dort wimmelt es nur so von den Junkies, auch wenn die Bar den Ruf einer der besten Amüsierstuben der Stadt hat", warnte Adalmus sie eindringlich.

„Dort also. Keine Bange, ich bereite mich schon gut darauf vor. Erst wenn ich genügend von Ipsy gelernt habe, werde ich versuchen, Neko da raus zu holen."

„Pass auf dich auf", sagte auch Godje sorgenvoll.

„Das tue ich."

„Ich wünsche dir viel Glück. Ich glaube auch eine Fee kann das immer gebrauchen", atmete Adalmus schweren Herzens durch und umarmte Kore zum Abschied. „Elisabeth sprach oft von dir. Kannst du dich daran erinnern, als ich dir vorhin den Abendstern zeigte?"

„Ja. Miss Conners erzählte in ihrem Unterricht viel über die Venus."

„Sie vertrat die Ansicht, dass die Menschen wie die Sterne sind. Ein jeder von ihnen strahlt sein Licht aus und wird so von den Anderen wahrgenommen. So schön der Abendstern auch leuchtet, er bleibt doch ein Planet. Dass er leuchtet, verdankt er allein der Sonne, die ihn zu dem macht, wofür er bewundert wird. Sie sah in dir nie einen Abendstern. Du warst für sie immer ihre kleine Sonne. Sie glaubte immer, dass du großes Potenzial hast und sogar Planeten zum Leuchten bringen kannst. Das schon seit dem Tag, als du im Waisenhaus abgegeben wurdest."

Kore lächelte verständnisvoll und dachte zurück an ihre Ziehmutter. Miss Conners benutzte diese Art von Symbolik, um ihre Lebensphilosophie auszudrücken.

„Macht es gut", sagte Kore und löste sich von Adalmus mit anerkennendem Blick. Sie nahm ihm die Schachtel ab und ging mit ihr in die beginnende Nacht hinaus. Sie verlor keine wertvolle Zeit und machte sich sogleich auf den Weg nach Hause. Mit großer Wachsamkeit, da sie nicht noch einmal den Hermesbrüdern in die Hände laufen wollte.

Ohne Krach zu machen ging sie zur Haustür hinein, schlich sich auf ihr Zimmer und scannte den Stoff in den Computer ihrer Ankleide ein. Erst dann ließ sie sich vom Nanotex ihren Pyjama anlegen und begab sich in der Hoffnung einen erholsamen Schlaf zu finden in ihr Bett. Morgen ging sie wieder wie gewohnt zur Akademie und bereitete sich auf ihren Abschluss vor. In der Zwischenzeit musste sie von Ipsy so viel über die Feenkraft lernen, wie es nur ging, um das von ihr gesetzte Ziel zu erreichen. Kore wusste, dass der Gegner, mit dem sie es zu tun bekam, alles andere verlangte als nackte Gewalt. Es war ein Kampf gegen die Erinnerung und um die wohl schwierigste Sache der ganzen Welt. Noch wusste sie nicht, wie sie das Vertrauen von Neko zurückgewann. Vielleicht zeigte ihr es ja das Schicksal.

Kapitel 9

Eine weitere Lektion

Kaum dass Kore die Augen schloss, tauchte sie wieder in das Reich des Unterbewusstseins ein. Erneut fand sie die Trainingsebene der Feen vor. Sie blieb unverändert. Grau und kahl. Platt und Öde. Über ihr ein azurblauer Horizont, der sich irgendwo in der Ferne mit der grauen Oberfläche zu verschmelzen schien. Was vorher befremdlich wirkte, stachelte Kores Entdeckerdrang erst richtig an. Es war allerhöchste Zeit, mehr über die Feenkräfte zu erfahren. Schon allein um sich endlich gegen die drei Schläger zu wehren. Vor allem interessierte sie, warum ihre Aktion mit dem Ginsterbusch so jämmerlich fehlschlug.

„Da bist du ja wieder", kicherte ihr das mittlerweile vertraute Stimmchen ihrer Ausbilderin entgegen, die vor ihr wie aus dem Nichts erschien.

„Obwohl es nur ein paar Stunden her ist, seit du hier warst, ist es bei dir sehr turbulent zugegangen. Du hattest enormes Glück auf dem Weg zu Adalmus, Kore", bemerkte Ipsy treffend, da sie in Kores Unterbewusstsein las.

„Ja, erinnere mich bitte nicht dran", erwiderte sie mit dem unwohlen Gefühl des Zusammentreffens der drei Schläger im Hinterkopf. „Es wäre besser, wenn ich schon mehr über den Feenstaub wüsste. Diese drei miesen Typen haben es auf mich abgesehen. Ich hab mir schon überlegt, ob ich nicht doch um Polizeischutz bitte."

„Wenn du keine Fee wärst, könnte ich das verstehen", pflichtete Ipsy ihr bei. „Aber Krisen wie diese haben auch ihr Gutes. Selbst wenn du es im Moment nicht verstehst."

„Was meinst du denn damit? Ich lass mich nicht gern verprügeln. Geschweige denn vergewaltigen."

„Natürlich lässt das niemand gern mit sich geschehen, aber auf Grund dessen bist du Neko wieder begegnet und hast Adalmus kennengelernt. Soweit ich es deinem Gedächtnis entnehmen kann, bist du oft an seinem Haus vorbeigelaufen ohne von ihm überhaupt zu wissen. Erst die Hermesbrüder sorgten dafür, dass sich eure Wege kreuzen. Ich glaube, dass dies ein Teil deiner Bestimmung ist, auch wenn du zunächst nicht weißt in welchem Zusammenhang es steht. Gut ...", sagte Ipsy tief durchatmend und fuhr mit einem Tonfall fort, der Kore regelrecht dazu aufforderte, noch etwas zu diesem Ereignis zu sagen. „... wir könnten gleich zur heutigen Lektion schreiten, wenn du willst. Außer, du möchtest mir zuvor noch etwas anderes sagen."

„Ja. Ich hab mich Adalmus anvertraut und er schenkte mir einen Stoff, der sich mit dem Hintergrund verschmilzt. Er sagt Chamäleonstoff dazu. Er meinte, mein Ankleidegerät schneidert mir daraus Tarnkleider", sagte ihre Schülerin aufgeweckt, ohne dass sie merkte, worauf Ipsy eigentlich hinaus wollte.

„Das klingt gut, Kore. Wirklich. Wenn du ihn aber so benutzt, wie er ihn dir gab, starren dich die Leute nur komisch an, weil du fast mit dem Hintergrund verschmilzt. Damit er für eine Fee brauchbar wird, fehlt eine Kleinigkeit. Wie wäre es, wenn du den Stoff mit deinem Staub kombinierst?"

„Wie meinst du das?"

„Nun. Verändere zuerst dein Kleid so wie du willst oder was du gerade brauchst. Wenn du zum Beispiel zur Akademie gehst, dann berühre mit einer Handfläche dein Kleid, das du gerade am Leib trägst und projizierst die Schuluniform aus deinem Gedächtnis in deine Finger hinein. Sofort nimmt der Stoff nicht nur den Farbton der Schuluniform an, sondern weitet und dehnt sich entsprechend deiner Körperform, was mit jedem anderen Kleidungsstück auch geht."

„Geht das auch mit Handschuhen?"

„Natürlich. Die auch", kicherte Ipsy bejahend. „Wir Feen nennen diesen Trick den Designer. Aber jetzt kommt dein Chamäleonstoff ins Spiel. Um dich unsichtbar zu machen, berühre einfach deine Kleidung und projiziere ihn drauf und schon verschmilzt du mit dem Hintergrund."

„Damit könnte ich meine Hände tarnen. Ist das alles, was ich dafür tun muss?", verwunderte es Kore dann doch, dass dies so einfach ging.

„Ja. Mehr ist da nicht zu beachten. Der Designer zählt zu den Leichtesten aller Übungen. Den wirst du ohne große Schwierigkeiten beherrschen und dein kleines Problem mit deinen Händen im Handumdrehen lösen können. Außerdem gehört er noch in die passive Kategorie unserer Fertigkeiten. Heute zeig ich dir das Erste aus der aktiven Sparte."

„Aktive Sparte?"

„Klar. Wir Feen sind nämlich alles andere als Passiv. Wir greifen aktiv in Vorgänge ein. Bevor wir da tiefer einsteigen, erklär mir mal dein Verhältnis zur Macht. Es ist wichtig, die Frage zuvor behandelt zu haben. Findest du Macht zu haben beängstigend oder eher spannend?"

Kore versank in Gedanken, bevor sie antwortete. Manchem wurde es unheimlich, wenn er über die Macht an sich nachdachte. Vor allem, wenn man selbst welche besaß. In der Vergangenheit brachen mächtige Staatsmänner oder Staatsfrauen mit ihrer Hilfe ganze Kriege vom Zaun. Sie inhaftierten unliebsame Personen und ließen sie hinrichten. Sie manipulierten die Presse und verwendeten das Geld der Bürger nach Lust und Laune für ihre eigenen Zwecke ohne je ernsthafte Konsequenzen für einen Machtmissbrauch fürchten zu müssen. Sie selbst besaßen genug Macht, um nicht für ihre Taten zur Verantwortung gezogen zu werden. Das Besondere bei mächtigen Personen war, dass sie ein Gesicht besaßen. Das machte sie somit zur Zielscheibe von Attentätern, die mit einer Tötung die Tyrannei beenden wollten. Aus diesem Grund erfanden diese Cliquen schon bald undurchsichtige Staatsstrukturen, damit niemand mehr wusste, wer sich hinter wem verbarg. So verkamen die einstigen Staatslenker zu Marionetten, an deren Fäden die wahrhaft Mächtigen zogen. Sie mussten ihre Köpfe hinhalten und den Zorn der Bürger ertragen, während in den Hinterzimmern die eigentlich wichtigen Ent-

Entscheidungen fielen und Parlemente zu einem Placebo verkamen. Nicht anders verhielt es sich mit einigen Wirtschaftsformen der vergangen Zeiten. Deren Wirtschaftsführer kauften sich einfach die Politiker und machten mit ihrer Hilfe unliebsame Konkurrenten platt. Als Mittel zur Macht dienten ihnen das Geld und ein funktionierender Staatsapparat, in den man sich damit einkaufte. Sie beherrschten die Medien, dessen Einfluss sie sich sicherten, um ihre Macht und Ideologie in jedes Wohnzimmer hinein zu tragen. Die Propaganda war das A und O solcher Systeme. Das permanente Wiederholen der immer gleichen Parolen, die dadurch nicht wahrer wurden. Eine Art Gehirnwäsche für das Volk. Die Undurchsichtigkeit und Intransparenz ihrer Struktur war eine Notwendigkeit um die Profite immer weiter zu maximieren. Aber es gab auch Fälle, in denen Macht nicht missbraucht, sondern gezielt eingesetzt wurde. Kore stellte aus diesen Gedankengängen heraus bald fest: Bei einem musste man sich bei dem Wort Macht immer gewahr sein. Macht wurde immer von jemandem gegeben. Es blieb daher entscheidend für Kores Verhältnis zur Macht, wie sie dazu kam, überhaupt über sich selbst entscheiden zu können.

„Ich sollte mir immer bewusst sein, wer mir meine Macht gab, weil ich in seiner Verantwortung stehe. Offenbar hielt dieser mich für würdig dafür", schlussfolgerte sie daraus spontan.

Ipsy kicherte ob ihrer Antwort verstohlen. Kore runzelte irritiert die Stirn.
„Stimmt etwas nicht?", fragte sie irritiert.
„Wer glaubst du, gab dir deine Macht?"
„Das Schicksal?"
Ipsy musste wieder herzhaft kichern. Dieses Mal ungebremster.
„Das Leben?", setzte Kore hastig nach.
Die Haare der kleinen Fee gerieten nun erst recht in Wallung. Sie konnte sich nicht mehr zusammenreißen und ließ ihrem erfrischenden Gelächter freien Lauf. Aus ihren Augenwinkeln pressten sich Tränen hervor. Sie kriegte sich fast nicht mehr ein. Es klang richtig ansteckend.
„Das Universum?", riet Kore verzweifelt ins Blaue hinein. Sie verstand nicht, was an ihrer Vermutung so lustig sein sollte. War es etwa so falsch, was sie darüber dachte?
„Es ist egal, wie du es nennst oder glaubst", gluckste Ipsy vergnügt. „Du machst dir zu viel Gedanken darum. Wichtig allein ist nämlich nur, dass du dich ihrer bewusst bist. Du hast sie einfach. Die meisten deiner Zeitgenossen sind sich ihrer Macht nicht bewusst. In jedem Geschöpf steckt eine gewisse Macht. Egal, wie groß es ist. Und es obliegt allein ihm, ob sie ihr gerecht wird. Den Meisten aber ist Macht zu unheimlich und sie fühlen sich ihrer nicht würdig. Das hat zur Folge, dass sie sie abgeben. Andere nehmen diese gerne für sie auf und fangen an ihre eigenen Ziele durchzusetzen. In früheren Zeiten verhalf dies vor allem Tyrannen zu der Macht, mit der sie über alle dominierten, die ihre Macht nicht annahmen. Man könnte sagen, ein Despot hat die Summe der Macht, die alle anderen nicht ausüben. Eben weil viele ihre Macht an die Eliten abgeben und lieber sagen: Die da oben, wir da

unten. Diese Aussage heißt nichts anderes, als sich in der Opferrolle einzurichten, auf alles Mögliche zu schimpfen und zu erdulden was der Ermächtigte mit ihnen treibt. Sie wählen damit das Gegenteil von Macht: die Ohnmacht und vergessen wer sie wirklich sind. Das Gefühl der Ohnmacht ist uns Feen fremd, denn mit deinen eigenen Gedanken erschaffst du dir die Welt. Für dich ist das deine allerhöchste Wahrheit. Und so wie du der Welt gegenüber trittst, so erntest du entsprechend ihre Früchte. Bestellst du Härte, kriegst du Härte, hältst du das Leben für ungerecht, dann widerfährt dir Unrecht, bist du der Überzeugung, dass das Leben unendliche Liebe ist, dann wird dir auch unendliche Liebe widerfahren. Was du glaubst, strahlst du ins Universum hinein und es wird dir deinen Glauben zurücksenden. Nach deinem Willen geschehe dir. Deine Gedanken werden bei all der Machtfülle, die du als Fee in dir trägst, eine große Rolle spielen. Du wirst gleich sehen, wie ich das meine. Da habe ich schon den passenden Übergang dazu. Ich zeig dir jetzt den Illusionstrick. Verwandt mit dem Projektionstrick. Wir lassen heute eine dreidimensionale Illusion entstehen. Los. Versuchen wir es einmal ..."

„Ich hab das schon mal versucht", sagte Kore eifrig. „Das geht so wie mit der Beschleunigung. Einfach Gegenstand einprägen und ..."

„Wie?", unterbrach Ipsy interessiert und fügte salopp hinzu. „Meinst du etwa die Sache mit dem Hydranten und der Laterne?"

„Du weißt davon?", fragte Kore erstaunt.

„Ich weiß, was du weißt, Kore und ich hätte dir das nicht unbedingt sagen wollen, wenn du es nicht selbst ansprichst. Du solltest meinem Unterricht nicht vorgreifen und Experimente mit deinem Staub machen. Das kann ganz böse ins Auge gehen. Du bist nicht unsterblich in deiner Welt. Das, was du gemacht hast, war zwar leicht, aber für eine Anfängerin sehr gefährlich. Den Gegenstandsmacher. Oder auch Elementar. Du hast den Hydranten und die Laterne wirklich gemacht. Sie waren keine Illusion. Was glaubst du, was passiert wäre, wenn du dir ein anderes Objekt herausgesucht hättest? Vielleicht so einen Schwertransportgleiter, der durch die Gegend schwebt? Vielleicht noch auf dich zu? Hm?"

Kore runzelte mulmig die Stirn. Ipsy hatte Recht. Daran verschwendete sie bei ihrer Euphorie bisher keinen Gedanken. Erst jetzt wurden ihr die möglichen schrecklichen Folgen bewusst, die ihr Experiment aus Unwissenheit verursacht hätte. Ipsy sah ihre Schülerin eindringlich an und erklärte geduldig ohne Kore weitere Vorwürfe hierüber zu machen:„Kore, wenn das Objekt, dass du nachmachen willst, sich bewegt, dann bewegt es sich auch, wenn du es mit dem Staub wirklich werden lässt. Damit du dich oder andere nicht in Gefahr bringst, muss es stillstehen. Um das machen zu können, dass du bewegliche Objekte Wirklichkeit werden lässt, brauchst du Erfahrung. Du stehst mit deinem Wissen am Anfang und hast kein Gefühl für die Feenkraft entwickelt. Du kennst noch nicht einmal den Double."

„Double? Was ist das für ein Trick?", zog Kore das von Ipsy unvorsichtigerweise verwendete Wort wie wachgerüttelt hervor. Es musste in der Tat eine Vielzahl von Variationen geben, die Feen mit ihrem Staub wirken konnten.

145

„Ach du meine Güte. Ich erzähl schon wieder zu viel. Mein Fehler. Vergiss, was ich gesagt habe. Also machen wir mit der Illusionsprojektion weiter. Eine Sache, die deinen Widersachern ganz schön viel Kopfzerbrechen bereitet. Den Hermesbrüdern kannst du damit ordentlich eins auswischen. Niemand sollte so dummdreist sein und es wagen eine Fee anzugreifen. Hi. Hi", kicherte Ipsy neckisch.

„Das wäre genau das, was ich jetzt brauche", sagte Kore hellhörig. Sie hatte genug davon, sich von den drei Schlägern noch einmal bedrohen zu lassen. „Was muss ich tun?"

„Erst einmal meine Frage beantworten. Was ist eine Illusion?"

Kore legte angestrengt ihre Stirn in Falten und sagte aus ihrem Gedächtnis heraus:„Eine Illusion ist ein Trugbild. Das heißt, es täuscht eine Kulisse oder ein Objekt vor, dass körperlich nicht fassbar ist."

„Hervorragend. Das macht mich richtig stolz mit dir zu üben. Euer Bildungssystem ist gar nicht mal so übel. Da ist sogar was Brauchbares für uns dabei...", sagte Ipsy zufrieden und sauste fliegend in ihrem schillernden Kostüm um Kore herum. Dabei redete sie ausführend auf ihre Schülerin ein:„...wobei wir zwischen Projektion und Illusion unterscheiden. Die Projektion wird von allen Beteiligten gesehen. Eine Illusion nur von einem ganz bestimmten Probanden. Also um eine Illusion zu erzeugen, stellst du dir das Ganze zuerst räumlich in deinem Kopf vor. Je detaillierter umso besser. Dann richtest du deinen Finger dahin, auf wen du sie wirken lassen willst. Wichtig ist, dass du den Kopf der Person anvisierst, die die Illusion sehen soll. Illusionen entstehen nämlich im Kopf. Aber jetzt kommt der wirklich schwierige Teil. Eine Illusion ist nicht greifbar. Also musst du auch dein Trugbild nicht greifbar machen. Wenn du es nicht tust, dann schaffen wir eine feste Sache und das wollen wir beim Illusionsstaub nicht."

„Wie meinst du das?", setzte Kore interessiert nach.

„Träumen Kore. Das musst du. Träumen, in diesem Moment. Träume sind ebenso nicht greifbar. Wer sich dem Traum hingibt, der lässt sein bewusstes Sein los und öffnet sich vollends dem Universum. Begriffe wie „unmöglich" gibt es dort nicht. Ebenso keine Physik oder eine andere Naturwissenschaften. Dein Körper zum Beispiel befindet sich jetzt zwar noch im bewussten Universum, aber dein losgelassener Geist ist hier auf der Trainingsebene. Und so machst du es, wenn du wieder bei Bewusstsein bist: Du visierst den Kopf der Testperson an, schließt kurz die Augen und träumst davon. Nur ein Bruchteil von einer Sekunde genügt. Dann spürst du, wie die Energie von selbst aus deinem Finger gleitet und schwupps, hast du eine Illusion in dessen Kopf erzeugt. Beim Projektionstrick zielst du mit deinem Finger nicht auf den Kopf des Probanden sondern dorthin, wo sie für jeden sichtbar werden soll. Versuchs mal."

Ipsy flog ein Stück voraus, wodurch sich hinter ihr ein Regenbogenschweif bildete. Sie rief ihr aufmunternd zu:„ Für unsere Übung heute lass dir jetzt eine einfache Projektion einfallen. Am besten eine, die sich nicht bewegt. Das geht am Ein-

Einfachsten. Dort, wo in der Projektion Bewegungen vorkommen, musst du deinen Traum besser koordinieren können. Wenn du nicht davon träumst, machst du einen Elementar. Etwas, das wir tunlichst vermeiden wollen. Einen Gegenstandstrick. Also träume davon."

Kore fühlte sich etwas überfahren sofort einen spontanen Einfall zu projizieren. Ihr Kopf war ganz leer.

„Mir fällt gerade keine Projektion ein", sagte sie mit einer Blockade im Kopf.

„Kore, du bist eine Fee. Du musst deine Fantasie gebrauchen. Ohne Fantasie kannst du alle deine Fähigkeiten gleich vergessen. Du musst dich mit deinem Herzen dem Universum öffnen und es wird dir antworten. Das funktioniert immer. Vielleicht hilft es dir, wenn du an deine Kindheit denkst. Dort wirst du bestimmt etwas Passendes für unsere Übung finden."

„Gut. Ich versuche es", sagte Kore ging mit ihrem Herzen in ihre Kindheit zurück. Es musste sich bei dem Ding aus ihrer Vergangenheit, um ein stillstehendes Objekt handeln. Am besten eines, das sich dreidimensional darstellen ließ. Nichts spektakuläres, eher einfach. Schlicht. Vor ihrem geistigen Auge tauchte, wie bestellt, der Sandkasten auf, in dem sie mit Neko immer spielte. Sie schloss die Augen und träumte von dem ihr wohl vertrauten Objekt, der ruckzuck nicht mehr nur in ihrem inneren Auge sichtbar wurde. Unweigerlich übertrug sich ihre Vorstellung in ihre Hände. Sie reagierten blitzschnell, in dem sie die geistige Energie aufnahmen und eben so schnell entluden.

„Sehr schön", säuselte Ipsy´s anerkennende Stimme in ihr Ohr. „Einfach, simpel, unspektakulär. Wirkt richtig lebensecht. Doch vorher solltest du noch von dir weg deuten."

Als Kore ihre Augen öffnete, sah sie, dass von ihr erschaffene Trugbild des Sandkastens genau unter ihr. Ihre Füße standen darin. Sie sah zwar den Sand, aber sie spürte ihn nicht.

„Das war schon sehr gut, Kore. Jetzt stell dir etwas vor, was sich bewegt. Aber Vorsicht. Du musst davon träumen, denn sonst … du weist ja. Elementar. Funktioniert auch mit Feuer und Wasser."

„Gut, ich versuche es", wiederholte Kore und schloss wiederum die Augen. In ihr dachte es an ihren letzten Unterrichtstag, den Miss Conners mit Godje hielt. Ihr blieb lebhaft in Erinnerung, wie wirklichkeitsnah Godje die Sonne darstellte. Nannte Miss Conners sie nicht immer ihre kleine Sonne? Schon fand sie ihr Objekt. Diesesmal deutete sie gerade aus und stellte sich in ihrem inneren Auge die Sonne vor, wie sie gleißend hell aufleuchtete. Erneut baute sich in ihren Händen Energie auf und sie spürte, wie sie sich aus ihrem Finger entlud. Und zack. Plötzlich hörte sie Ipsy euphorisch rufen:„Auf welche Ideen kommst du bloß? Das ist wirklich kaum zu glauben. Du suchst dir immer das Schwerste aus und das gelingt auch noch wie am Schnürchen. Die Sonne. Genial. Mach bloß deine Augen nicht auf …", aber Kore öffnete trotzdem neugierig ihre Augenlider. Die Leuchtkraft des Sterns, den sie als Trugbild darstellte, strahlte so blendend hell auf sie ein, dass sie sie sofort wieder zu machte und damit unbeabsichtigt ihren Unterricht unterbrach.

Schweiß gebadet wachte sie aus ihrem Übungstraum auf und fand sich in ihrem Zimmer wieder. Ängstlich blickte sie umher. Es war still. Der Mond schien hell durch ihr Fenster und warf sein milchiges Licht auf die Ankleide. Die Plasmauhr auf ihrem Beistelltisch zeigte gerade drei Uhr morgens.
„Ipsy. Ihr wird doch nichts passiert sein?", raunte sie entsetzt.
Kore fasste sich an den Kopf. Ganz in Gedanken, was sie angerichtet haben könnte, stand die Fee aus ihrem Bett auf. Sie trat ans Fenster und sah fragend zum Mond empor. So, als ob er ihr antworten solle. Frische Luft war es, die sie jetzt brauchte. Sie öffnete das Fenster mit einer Handbewegung am Bediensensor. Alsbald spürte die junge Frau die laue Briese der Nachtluft auf ihrer Haut. Auch draußen war es seelenruhig. Man hörte nur das Zirpen einiger Grillen und ein Hundeheulen in der Ferne. Der Erdtrabant schimmerte silbrig vom Licht der Sonne auf ihr Gesicht. Sein heller Schein spiegelte sich auf dem Antlitz der Fee. Kores Augen erfassten seine von Meteoriteneinschlägen zerfurchte Oberfläche. Der Mond faszinierte die Menschen schon zu allen Zeiten und regte ihre Phantasie an. Seit vor etwa vierhundert Jahren zum letzten Mal Menschen dort landeten, wurde es ruhiger um ihn. Wahrscheinlich weil es dort nichts gab, das einen großen Aufwand an Material und Risiko rechtfertigte. Der Mond galt seither als erforscht und zu den Akten gelegt. Obwohl er den Menschen zu sagen schien: „Was macht das schon, dass ihr mich enträtselt habt, es wird an meiner Existenz nichts ändern. Ich bin und das alleine genügt mir."
Kore atmete tief durch. Sie stellte sich direkt an das offene Fenster und ließ die warme Nachtluft in ihre Lunge strömen. Das beruhigte sie immerhin ein wenig. Das Mondlicht wirkte kalt und dennoch barg es einen unvergleichlichen Zauber. Er legte sich sanft wie eine Hand über das Land und auch über Kores Stimmung. Es fing ihre Seele ein und ließ sie ohne Raum und Zeit in ihren Gedanken treiben. Kore riss sich erst nach einigen Minuten vom Bann des Mondes los und ging einige Schritte durch ihr dunkles Zimmer. Sie konnte im Moment nur eines tun. Versuchen wieder einzuschlafen und hoffen Ipsy erneut zu treffen. Daher legte sich Kore wieder in ihre Schlafstatt und bat ihren Körper sehnlichst, den Schlaf zu suchen. Doch gerade wegen dem Drängen in ihrem Inneren nach Schlaf blieb sie dennoch wach. Das Leben verlangte von ihr, jetzt wach zu sein. Es hatte keinen Sinn gegen das Leben zu agieren. So gab sie ihr Vorhaben enttäuscht auf. Seufzend setzte sich Kore in ihrem Bett auf und überlegte sich, was sie sinnvolles mit ihrer Zeit anfangen könnte. Da überkam es ihr urplötzlich.
„Üben, na klar", stieß sie vom Mond inspiriert aus. Jetzt besaß sie ja Zeit dafür. Also ging sie daran Ipsys Lektion mit der Projektion weiter zu vertiefen.

Die Zeit nutzend streckte sie ihre linke Hand zur Zimmermitte aus. Zum Üben genügte ein einfaches Objekt. Der Mond wäre perfekt dazu geeignet. Die Sonne nachzubilden war ihr wegen der Leuchtkraft zu riskant. Natürlich durfte der Mond nicht so groß wie das Original da draußen sein. Nur so groß, dass er in ihr Zimmer passte. Folglich stellte sie sich in ihrem inneren Auge den verkleinerten Mond vor und lenkte sein Traumbild in ihren Finger. Sofort entlud sich eine silbrige Wolke und formte im Raum eine perfekte Projektion des erdnächsten Himmelskörpers. Er schimmerte genauso Silbern wie sein Original. Auch erkannte sie seine Meteoritenkrater auf der Oberfläche deutlich. Kore überkam beim Anblick ihres Werks ein freudiges Grinsen. Seine Leuchtkraft war sogar so intensiv, dass sein Licht den ganzen Raum erhellte. Sie stand zufrieden auf und griff nach ihm. Ihre Hände fuhren, wie sie erwartete, ins Leere. Die Projektion funktionierte tadellos. Nicht greifbar, aber für jeden sichtbar. Doch irgendetwas passte da nicht. Es war etwas sehr wichtiges, dass merkte die Fee sofort. Da fiel es ihr siedend heiß ein, dass sie von Ipsy noch gar nicht erlernte, wie man eine Projektion wieder aufhob. Gerade das Wesentliche blieb wieder einmal außen vor.

„Oh nein", schimpfte sie wütend auf sich. „Nicht schon wieder. Jetzt, wo ich auf den Geschmack komme, muss ich mir meinen Weg erneut verbauen. Es ist sicher ganz einfach die Projektion aufzulösen, wenn man es weis. Es muss nur eine Kleinigkeit sein. Meine Eltern dürfen ihn hier drin nicht zu sehen kriegen."

In ihrem Kopf fing es an zu schwirren. Kore versuchte im ersten Akt der Verzweiflung eine Decke über ihn zu legen, doch da er nur aus Licht bestand, glitt das Textil ungebremst hindurch und landete ungehindert auf dem Fußboden. So funktionierte es nicht. Es machte auch keinen Sinn, es als ein Forschungsprojekt für die Akademie zu tarnen. Technische Projektionen, setzte man mit einem Störgerät außer Kraft. Aber diese Projektion war nicht digitalen Ursprungs. Es verlangte nach einer anderen Lösung. Die Fee kratzte sich ratlos am Kopf. Sie ging erneut ans Fenster und starrte auf den echten Mond, der seinen Weg über den Horizont mittlerweile weiter fortgesetzt hatte.

„Da hab ich mir etwas Schönes eingebrockt. Hast du eine Idee?", fragte sie ihn. Der Mond am Himmel blieb still.

„Oh Mann", stieß sie zerknittert aus und deutete verzweifelt auf den Mond am Firmament. „Wenn du keine Antwort weist, wie ich mit deiner Kopie umgehen soll, weiß ich auch nicht weiter. Ich kann ihn nicht einfach wie eine Taschenlampe ausknipsen."

Just erschien in ihrem inneren Auge eine Taschenlampe, deren Licht mit einem Klick erlosch. Aus ihrem Finger löste sich unversehens eine Energieladung in Richtung Mond, der nach eineinhalb Sekunden sein Licht verlor. Jetzt leuchteten nur noch die Sterne am Himmel. Es sah jetzt so aus, als ob der Mond gar nicht mehr da wäre. Als hätte Kore ihn einfach weggezaubert. Aber das konnte nicht sein. Oder doch?

„Urks", schluckte Kore entsetzt. Das wollte sie am Allerwenigsten. Dinge, ja ganze Himmelskörper verschwinden zu lassen, beherrschte sie noch gar nicht. Glaubte sie jedenfalls. Sie musste dem Mond nur das Licht geraubt haben. Bei Neumond sah man ihn ja auch nicht, obwohl er da war.

„Nein, nein. Ich will, dass du wieder leuchtest", schimpfte sie trotzig und streckte ihren Arm nach dem erloschenen Erdtrabanten aus. In ihrem Gehirn blockierte sich alles. Kore versuchte sich wieder zu konzentrieren. Ipsy erklärte, dass die Fantasie das A und O der Feen war. Mit rationellem Denken käme sie hier nicht weiter. Kore bettelte regelrecht:„Leuchte wieder. Bitte. Leuchte."

Doch nichts rührte sich. Ihre Hände blieben still. Resigniert senkte sie sie wieder. „Wenn Ipsy hier wäre, wüsste ich … Moment mal. Eine Projektion. Ja klar. Der echte Mond ist keine Projektion. Er verlor sein Licht, weil ich nicht davon geträumt habe. Also…"

Sie durchschlug den Knoten. Kore streckte nochmals ihre Arme nach ihm aus und stellte sich in ihrem geistigen Auge eine Taschenlampe vor, die sich wieder einschaltete. Nur, dass sie ihre Augen dabei offen ließ. Der Feenstaub löste sich aus ihren Fingerspitzen und suchte den Mond am Himmel. Nur wenige Sekunden später leuchtete er wieder am Himmel, wie wenn nichts wäre. Kore kam es vor, dass er ihr zu lächelt und sagte: „Na also. War doch gar nicht so schwer."
„Toll", entfuhr es ihr erleichtert. „Das war es. Ich muss mir etwas vorstellen, dass Licht aus macht und es in meine Hände lenken. Beim Anstellen muss ich es genauso machen. Nur umgekehrt."
Die Fee drehte sich zu ihrer Mondprojektion um und zeigte mit ihrem Finger darauf. Diesesmal aber schloss sie die Augen. Es löste sich umgehend Staub aus ihm und die Kopie verschwand endlich. Die erträumte Projektion war erträumtes Licht. Soll sie verschwinden, musste sie sein Licht auch träumerisch ausmachen. Diese Lektion hatte Kore nun gut gelernt. Hoffentlich kriegte niemand spitz, dass der himmlische Mond für ein paar Sekunden sein Licht verlor. An einen tiefen Schlaf dachte sie nach der aufregenden Selbsterfahrung ohnehin nicht mehr. Sie legte sich dennoch in ihr Bett um das Erlebte weiter auf sich wirken zu lassen. Alle möglichen Gedanken prasselten auf sie ein. Sie nahm tatsächlich dem Mond das Licht weg und gab es ihm wieder. Wer um alles auf der Welt war zu so einer Macht fähig? Sie allein war es. Dann gelang es ihr tatsächlich in ihrer echten Welt den Mond in Kopie als reine Lichterscheinung entstehen zu lassen. Sie wiederholte ihr Experiment noch einmal in ihrem Zimmer, um sich zu vergewissern. Kore streckte ihre Hand aus, projizierte das Licht des nächtlichen Mondes und knipste sein Licht wieder aus.
„Unglaublich", entfuhr es ihr raunend. „Das alles ist mein Werk. Ich kann dem Mond sein Licht nehmen und ihm wieder zurückgeben."
Kore warf belustigt ihren Kopf auf ihr Kissen und kicherte verschmitzt. Große Zufriedenheit mit ihrem Lernfortschritt erfüllte sie. Sie fand allmählich Gefallen daran, eine Fee zu sein. In ihr breitete sich das wohlige Gefühl aus, dass über dem der Genugtuung hinaus ging. Erst jetzt, in der tiefsten Zufriedenheit mit sich, schien ihr das Leben den ersehnten Schlaf zu gewähren. So schlummerte sie mit einem Lächeln auf den Lippen die restlichen Stunden hindurch, bis sie Thomas gegen acht Uhr aus dem Schlaf holte.

„Aufstehen Kore", sagte der visuelle Diener freundlich und Kore machte sich lieber für heute daran, ihr Lerndefizit auszugleichen. Die letzten beiden Tage hatte sie für ihre Akademieausbildung nichts getan. Das musste jetzt wieder anders werden. Für heute stand nach der Vorlesung über das Justizwesen, das Schwimmtraining der Staffel auf dem Programm. Später war eine weitere Vorlesung über

über Kosmologie mit Dr. Miller und am Nachmittag Balletttraining vorgesehen. Gerade diesem Programmpunkt blickte Kore mit Unbehagen entgegen. Thamus belagerte sie bestimmt wieder. Ihn abzuschütteln dürfte ihr sämtliche Kräfte kosten.

„Darf ich dich zu Kosmologie abfragen?", bat Thomas sie, nachdem er ihren Stundenplan vorlas, wie es sein Programm jeden Morgen vorsah.

„Heute nicht", wehrte Kore mit sich hadernd ab. „Ich komme alleine zurecht. Danke. Du kannst gehen."

Thomas machte eine tiefe Verbeugung und schaltete sich aus. Unausgeschlafen trapste Kore in den Toilettenraum um ihr Äußeres in Form zu bringen. Etwas Müde von vergangener Nacht starrte sie in den Spiegel und wusch sich mit dem Nanohyg den Schlaf aus den Augen. Anschließend schlurfte sie in den Nanotex. Dieses Mal legte sie sich zwar wieder die Schuluniform mit einem Ausschnitt für den Rücken an, doch jetzt verwendete sie als Material den Chamäleonstoff von Adalmus. Dazu ließ sie sich hauteng weise Handschuhe aus dem gleichen Stoff und, nur für alle Fälle, eine dünne Gesichtsmütze geben, die sie in ihre Rocktasche presste. Auch ihre Schuhe versah Kore mit den gleichen Eigenschaften. Sie wusste nicht, ob sie davon nicht doch in der nächsten Zeit Gebrauch machte. Vor allem dann, wenn die Hermesbrüder vor ihr unvermittelt in die Quere kamen. Doch diesesmal wollte sie darauf vorbereitet sein. Kore zimmerte sich in ihrem Geist einen Plan zurecht, was sie dann zu tun gedachte. Bei einem erneuten Zusammentreffen nahm sie sich vor, nun rasch in die Höhe zu steigen und ihnen gleichzeitig dabei von oben eine passende Illusion in ihre Köpfe einzuflößen. Allein das Nachdenken und die Vorstellung der Ausführung darüber machte sie hellwach.

Kore eilte aus ihrem Zimmer, an der verschlossenen Schlafzimmertüre ihrer Eltern vorbei, direkt in die Wohnküche hinunter. An der elektronischen Pinnwand stand wieder eine Meldung ihrer Zieheltern, die sie wie gewohnt öffnete.

„Kommen heute später", stand dort geschrieben.

„Die sind ja nur noch unterwegs", sagte sie nachdenklich und bestellte bei der Nanotheke ihr Frühstück. Während sie ihr Morgenmahl zu sich nahm, heute bestehend aus sechs dicken Pfannkuchen mit Agavensirup und als Getränk Früchtetee, kreiste ihr Geist um die Erschaffung einer Illusion. Sie übte zwar in der letzten Nacht die Projektion ausgiebig, aber es ergab sich bis jetzt keine Gelegenheit, sie bei einer Versuchsperson auszuprobieren. Noch in Gedanken damit, es umzusetzen, ging sie aus dem Haus und sah dem satellitengesteuerten Universalgärtner am Nachbargrundstück zu, wie er gerade die Blumenbeete düngte und den Rasen schnitt. Ihm eine Illusion zu Testzwecken zu verpassen, funktionierte bestimmt nicht. Es musste schon ein Wesen aus Fleisch und Blut sein. Zügig lief Kore die Straße hinunter und traf unterwegs ihre Freundin Chausette, die ebenfalls auf dem Weg zur Akademie war. Sie hoben ihre Hand zum Morgengruß.

„Wo warst du denn die ganze Zeit? Du bist gestern Mittag spurlos verschwunden. Was ist nur mit dir los, Kore?", fragte sie neugierig berührt. „Ist es vielleicht wegen Thamus? Was wollte er gestern wieder von dir?"

„Ich will nicht darüber reden", sagte Kore offen. „Thamus ist so ein seltsamer Typ. Dem traue ich nicht."

„Ich kann es dir nicht verdenken, wenn du das so siehst. Sicher, er ist der Akademiesprecher und kann tolle Reden halten. Die Studenten achten ihn, aber seine Eltern sind, soweit ich weiß, mit sehr eigenartigen Geschäften einflussreich geworden. Ich vermute, dass sie etwas mit verbotenen Drogen am Hut haben. Du weißt schon, das Zeug, das in Dails unter der Hand verkauft wird", sagte sie hinter vorgehaltener Hand.

„Das erklärt einiges", murmelte Kore unhörbar und konterte sofort um Chausette von sich und ihren Nöten abzulenken:„Und was ist mit Boris? Ließ er dich endlich in Ruhe?"

„Boris ist ein Vollidiot", giftete Chausette entrüstet und schüttelte entnervt ihr langes seidiges Haar dabei durch. Ihre Mine verzog sich zu einer angewiderten Fratze. „Seine Anmache nervt mich tierisch. Der weiß sich ja überhaupt nicht zu benehmen."

„Er ist verliebt in dich Chausette", bemerkte Kore treffend. „Jungs sind nun mal so. Wenn sie verliebt sind, dann hängen sie sich eben an uns ran. Liegt in ihrer Natur."

„Mag sein. Ich mag ihn trotzdem nicht. Er ist so schmierig und so … argh. Ich weiß auch nicht wie, jedenfalls ist er mir unangenehm. Lass uns jetzt ein wenig schneller gehen, wir sollten vor dem Schwimmunterricht die Vorlesung von Professor Dobler über das moderne Justizwesen anhören."

Beide Freundinnen erhöhten deutlich ihr Lauftempo, um keine weitere Zeit mehr zu verlieren. So ging es tuschelnd und lachend durch die morgendliche Stadt, auf deren Wegen bereits ein geschäftiges Treiben herrschte. Kore fühlte sich bald an diesem Tag wie in den Tagen vor ihrer Verwandlung. Frisch, frei und unbelastet. Es tat ihr gut, sich mit ihrer Freundin wie in alten Zeiten zu unterhalten und für einen Moment zu vergessen, dass sich ihr Leben grundlegend veränderte. Kore erinnerte sich genau an den Tag, an dem sie Chausette kennen lernte. Gleich, nachdem sie in die Akademie eingeschrieben wurde, setzte man sie vor die Tür des Dekans, damit sie von ihm ihre Aufnahmeurkunde entgegen nehmen konnte. Neben ihr wartete damals ein weiteres junges Mädchen. Ihre feinen asiatischen Züge faszinierten Kore. Noch nie sah sie ein Mädchen mit diesem exotischen Flair.

„Hallo, ich bin Kore. Ich bin neu hier", stellte sie sich offen dem fremdartigen Mädchen vor. Sie war neugierig, mit wem sie da beisammen saß. War sie etwa auch so wie eine Schwester zu ihr?

„Hi. Ich heiße Chausette. Ich bin auch neu", antwortete sie mit einem freundlichen Lächeln zurück, wobei ihre perlweißen Zähne aufblitzten. „Wo wohnst du?", fragte sie neugierig.

„Ich wohne in Hailwood", erwiderte Kore.

„Ich auch. Schon lange?"

„Nein. Ich bin adoptiert worden", sagte Kore ohne sich dabei etwas zu denken.

„Du bist eine Tomps?", fragte Chausette unversehens.

„Ja, wieso?", antwortete Kore überrascht.

„Dass du keine Eltern hast, tut mir leid", sagte Chausette einfühlsam. „Ich habe noch meinen Vater. Er ist Ingenieur beim Magistrat."

„Hast du etwa keine Mutter?", fragte Kore überrascht.

„Meine Mom ist letztes Jahr gestorben", sagte sie traurig.

„Das tut mir leid", meinte Kore betroffen.

„Hey, wenn wir beide neu hier sind, dann wäre das doch eine Gelegenheit. Was meinst du? Gehen wir gemeinsam in eine der Aufbauklassen?", schlug Chausette vor.

„Ja, ganz gerne", sagte Kore und beide Mädchen lächelten sich herzlich an. Man sah ihnen an, dass es ihnen gut tat, ihre Sorgen und Nöte teilen zu können. Bereits von da an waren Kore und Chausette die besten Freundinnen füreinander. Unzertrennlich und kannten fast jedes Geheimnis von sich. Nur eine Sache verriet Kore Chausette nie. Das war diese Sache mit Neko. Neko blieb Kores größtes Geheimnis, das sie niemandem ihrer Freunde bislang anvertraute. Kore wusste nicht, wieso sie Chausette davon nie erzählte. Aber sie glaubte, dass sie alles, was sie über Neko wusste, mit keinem teilen sollte. Alleine schon wegen Indreen, dem sie schwor, mit Niemandem über das rätselhafte Symbol der Totmacher zu reden. Ein Zeichen, dass sie in all der Zwischenzeit nicht mehr sah. Zu gerne hätte Kore mehr darüber erfahren. Wen aber sollte sie danach fragen, ohne selbst in Gefahr zu geraten? Wem konnte sie vertrauen? Adalmus kam ihr in den Sinn. Er könnte etwas darüber wissen. Vielleicht sollte sie mit ihm darüber reden. Jetzt, wo Indreen verschwunden und alle übrigen Angestellten des Waisenhauses Tod waren, gab es keinen Grund mehr die Beobachtung von damals geheim zu halten.

Kores Freundin schrieb sich nach den Zwischenprüfungen in den Fächern Rechtswissenschaft, Ingenieur- und Bauwesen, Psychologie und Mathematik ein. Für Kore blieb die Mathematik ein Buch mit sieben Siegeln, während es Chausette keine Probleme bereitete, alle Formeln frei aus dem Kopf heraus aufzusagen. Chausette war darüber hinaus über alle Vorgänge auf der Akademie informiert. Bestens vernetzt erfuhr ihre Freundin über ihren Telestik immer aktuell, was sich auf dem Campus so tat. Die Mädchenschwimmstaffel trat in fünf Tagen gegen die Akademie aus Cherson an. Nur dreißig Minuten Fahrzeit mit der Hypergleitbahn entfernt. Chausette war zuversichtlich zu gewinnen. Trug sie doch in den Einzelwettbewerben der letzten Akademiemeisterschaften alleine vier Siege davon.

„Boris regt mich so auf", fing Chausette wieder an, ihre Gedanken laut mitzuteilen. „Nur weil ich ihn freundlich auf der Geburtstagsparty vor ein paar Tagen angelächelt habe, glaubt er tatsächlich, dass ich auf ihn stehe. Der nervt mich so. Das kann ich dir nicht beschreiben. Gestern Nachmittag schenkte er mir doch glatt einen Strauß Zuchtrosen. Die sind doch abartig teuer. Warum macht er so einen Blödsinn? Der hat sie doch nicht mehr alle."

„Wenn du ihn nicht lieb hast, dann mach doch reinen Tisch. Sag ihm, dass es zwischen euch nichts werden kann."

„Das hab ich ja schon getan", sagte Chausette seufzend. „Aber er hört damit nicht auf."

„Gäbe es denn keine Alternative für ihn?", fragte Kore. „Wenn er sich einsam fühlt und eine Bezugsperson braucht und jeder macht ihm die Tür vor der Nase zu, dann ist es kein Wunder, wenn er auf dumme Gedanken kommt."

Chausette fing an hektisch zu grübeln und meinte:„Ich weiß, was du meinst. Alle anderen Mädchen machen um Boris einen großen Bogen."

„Sieht er etwa so schlecht aus? Ich empfinde für ihn zwar nichts, aber ich kann mir nicht vorstellen, dass er so unattraktiv wirkt", fragte Kore.

„Äh, ja …, ich meine, das ist er nicht. Kräftig ist er ja, sonst wäre er nicht bei den Turmspringern und bei den Leichtathleten dabei. Ich meine … Vielleicht liegt es doch an Thamus, mit dem er einige Kurse besucht. Die Beiden kennen sich gut. Man sieht sie immer zusammenstehen."

„Hör zu. Wenn Boris dir das nächste Mal auflauert, dann sagte ihm einfach, was dich an ihm stört", schlug Kore wohlmeinend vor.

„Und das soll funktionieren?", fragte Chausette ungläubig.

„Warum nicht? Wenn er verliebt ist, dann wird er versuchen, das zu ändern. Verliebte tun alles, um ein Herz zu erobern. Also, was stört dich an ihm?", bohrte Kore nun genauer nach, um ihrer Freundin einen Rat geben zu können.

Chausette überlegte kurz:„Sein Auftreten. Seine Stimme. Ach es ist so schwierig, das zu sagen. Er passt einfach nicht zu mir, Kore verstehst du? Er soll mich einfach in Ruhe lassen", sagte sie angespannt.

„Du meinst also, weil er keine Ähnlichkeit mit dir besitzt, passt ihr nicht zusammen? Hm?", schlussfolgerte Kore messerscharf und traf den Nagel auf den Kopf.

„Zu mir passt kein europäisches Flaumbärtchen, Kore", zischte Chausette wütend.

Kore sah ihr an, dass auch sie nun nicht mehr über dieses leidige Thema mit ihr reden sollte und auch, dass sie mit ihrer Vermutung genau ins Schwarze traf. Daher beendete sie dieses Thema schleunigst.

„Wie du meinst, Chausette", seufzte Kore zurückhaltend. Sie wusste, dass es keine Lösung für diese Sache gab. Boris verliebte sich unsterblich in sie, aber er konnte mit allem, was er auch tat, seiner Angebeteten nichts recht machen. Selbst wenn er noch so lieb und brav wäre, empfand Chausette nichts für ihn. Daher dachte sie über eine andere Lösung in dieser Sache nach. Vielleicht ergab sich ja eine Gelegenheit heute beim Schwimmen. Zumal Boris bei den Turmspringern war, die neben der Mädchenstaffel in der großen Schwimmhalle übten.

Die Vorlesung über das Rechtswesen des Landes verlief ohne nennenswerte Vorfälle. Der Dozent erklärte darin die Gerichtszuständigkeiten und die Einsatzmöglichkeiten der multimedialen Gerichte. Dann wurde noch die Rechtsprechung durch den Computer bei Unstimmigkeiten mit geringem Streitwert erläutert. Anschließend gingen Kore und Chausette in die große Schwimmhalle, die abseits des Hauptgebäudes lag. Sie besaß acht breite Schwimmbahnen, die dank der mächtigen gläsernen Fassade, viel Tageslicht abbekamen. In der Schwimmhalle herrschte auch außerhalb der Unterrichtszeiten ein reger Betrieb. Schwimmen war gut für das leibliche Wohl und so bot die Halle auch anderen Mitschülern die Möglichkeit, ihr Bewegungsdefizit auszugleichen. Gerade an heißen Tagen trafen sich hier die Studenten, um sich zu erfrischen. Sie trafen sich im Umkleideraum mit ihren beiden Teamkameradinnen Esmeralda und Iona und tauschten die unterschiedlichsten Neuigkeiten miteinander aus. Esmeralda und Iona konnten Gegensätzlicher nicht sein. Esmeralda verstrahlte ein äußerst temperamentvolles Flair, was ihre wilden tiefschwarzen Haare zu unterstreichen wussten. Keinesfalls durfte man sich von ihrer zierlichen Figur täuschen lassen, welche eine sonnenverwöhnte Bräune aufwies. Ionas Haut hingegen war rotbraun. In ihr loderte indianisches Feuer, so hieß es bei den vielen Jungs der Akademie, mit denen sie schon einmal ein Verhältnis einging. Aber sie galt eher als ein verspielter Typ und äußerst anschmiegsam. Sie besaß schon mehrere feste Freunde, aber alle warfen nach einiger Zeit bei ihr das Handtuch, weil Iona von Treue soviel wie gar nichts hielt. Sie war eben eine junge Frau, die sich vom Kuchen des Lebens das herausschnitt, was ihr gerade in den Sinn kam. Zu ihnen stieß, während ihres Klatsches ihre energische Schwimmtrainerin Miss White. Jedes mal, wenn ihr Name fiel, fingen die Schüler an zu kichern, denn Miss White zierte eine rabenschwarze Haut. Nur ihre Augen und ihre Zähne waren das Einzige, was man bei Dunkelheit von ihr sah. Natürlich, wenn sie vollkommen nackt wäre. Sie gingen gemeinsam in die Schwimmhalle. Kore ließ ihre dünnen Handschuhe während des Trainings an. Fragte sie jemand danach, dann hätte sie geantwortet, dass ihr das Medizinzentrum riet, diese vorübergehend zu tragen. Sie sollten den Heilungsprozess bei großflächigen Abschürfungen unterstützen. Schließlich erzählte sie ja Chausette von ihrem Unfall in der Unterführung und nahm an, dass ihr loses Mundwerk diese Geschichte bereits über den Campus verbreitete.

Miss White ließ ihr Team am Beckenrand Spalier stehen, nach dem sich jede Einzelne von ihnen mit kaltem Wasser an die Beckentemperatur gewöhnte.
„Hergehört", sagte sie streng zu den Mädels um Ruhe hineinzubringen.
„Heute ist Training für unseren Wettkampf. In vier Tagen werden wir in Cherson gewinnen. Gebt alles, was ihr könnt. Stampft sie in den Boden, Mädels."
„Jawohl, Miss White", riefen die vier Schwimmerinnen aus einem Mund.
„Brecht, wie immer, die Akademierekorde und werdet wie die Fische. Sorgt dafür, dass sich dieser Tag in das Gedächtnis eurer Gegner so einbrennt, dass sie schon dann Angstzustände kriegen, wenn sie nur ein Glas Wasser sehen …"

In diesem Augenblick traten die Turmspringer aus dem Umkleideraum in die Halle hinaus. Boris und Thamus waren darunter und gingen flockig an ihnen vorbei. Als Boris Chausette passierte, warf er ihr einen verliebten Blick und ein freundliches Lächeln zu, welches Chausette eiskalt ignorierte. Auch Thamus bedachte Kore mit einem begehrlichen Augenkontakt, den Kore aber aus gutem Grund nicht suchte. Nicht etwa, weil sie Angst davor hätte, ihm in die Pupillen zu sehen. Nein. Ihr Blick krallte sich an einer ganz anderen Sache bei ihm fest. Vielmehr sah sie auf seine Brust. Sie erstarrte sofort, als sie einen Anhänger mit genau dem Symbol vor dem Indreen sie warnte, darauf ruhen sah. In Kore gefroren die Nerven.

„Was hat das zu bedeuten?", murmelte sie haltlaut wie im Affekt, während Miss White ihre einpeitschende Ansprache hielt.

„Miss Berry? Gibt es irgendeinen Grund, warum sie mir ins Wort fallen müssen?", giftete sie streng zu Kore und blieb genau vor ihr stehen. Anstatt dem Anhänger, sah Kore nun direkt in die bebenden Pupillen ihrer Schwimmtrainerin hinein. Miss White war groß genug, um sich mit Kore Auge in Auge zu unterhalten.

„Äh, nichts, Miss White", stammelte sie peinlich berührt und fing sich wieder. „Entschuldigung."

„Kore, du bist eine gute Schwimmerin", bemerkte Miss White anerkennend, aber mit einem gewissen Hintersinn zu ihr. „Aber ich halte dich für unseren Schwachpunkt. Du trainierst zu wenig. Ich hätte es gerne gesehen, wenn du jeden Tag deine Bahnen hier ziehst."

„Das ich die letzten paar Mal gefehlt hab, tut mir leid", meinte Kore verstohlen. „Ich hatte da einen Unfall..."

„Ich versteh dich schon", grinste Miss White und bleckte dabei ihre tadellosen Zähne. „Die Burschen sind wirklich gut gebaut."

Miss White drehte sich zu den Turmspringern um. Sie sah ihnen mit einem wehmütigen Blick nach. Dann blickte sie wieder auf ihre Truppe. „Kein Wunder, wenn ihr eure Augen an diesen Adoniskörper weidet. Als ich in eurem Alter war, kriegte ich davon auch nie genug. Vergesst für einen Moment die Jungs und das Vergnügen. Hinterher ist noch genügend Zeit dafür. Macht euch startklar und schwimmt ein paar Runden für den Anfang", sagte Miss White und zog ihre Trillerpfeife hervor.

Sie blies kräftig hinein, dass es laut durch die Halle dröhnte. Mit einem Satz sprang die Staffel ins Schwimmbecken.

„Zunächst schwimmt jede von euch mal zehn Bahnen und dann stoppen wir die Zeit. Hinterher werden wir eine Probestaffel schwimmen."

Kore und Chausette schwammen, während ihrer Eingewöhnungsphase im Wasser, gleich auf. Sie nutzten die Zeit, miteinander ein paar Worte zu wechseln. Im Hintergrund sahen sie die Turmspringer, wie sie in ein extra tiefes Sprungbecken hinein stachen und dabei waghalsige Figuren in der Luft kreierten.

„Kore, was ist?", fragte Chausette neugierig. „Was hast du bei Thamus gesehen? Hat er dich etwa auch so angegafft?"

„Er trägt so ein komisches Ding um den Hals", antwortete Kore ihr unvorsichtig.

„Der Anhänger? Was ist damit?"

„Das Zeichen. Ich hab es schon mal gesehen."

Genau in diesem Augenblick wurde ihr wieder bewusst, Chausette nicht alles davon zu erzählen.

„Wo?", hakte Chausette interessiert nach.

„Ich weiß nicht genau", log Kore nun wissentlich und bremste ihre natürliche Offenheit aus. In ihr sprach eine mahnende Stimme, die sagte, dass sie das lieber für sich behalten sollte. Die Warnung Indreens und der Schwur stiegen ihr wieder durch den Kopf. Der Eid eines Kindes. Zu ihrem Glück wechselte Chausette ruckartig das Thema. Ihr schien die Sache mit Boris mehr unter den Nägeln zu brennen.

„Boris sah mich auch wieder so an", fuhr Chausette angewidert fort und lenkte damit zu Kores Erleichterung von dem Anhänger ab.

„Er liebt dich halt. Das ist normal so", tat Kore ihre Beobachtung als harmlos ab.

„Es ist nicht normal so. Er soll das lassen", widersprach Chausette energisch.

„Du kannst Liebesgefühle nicht einfach abstellen, Chausette. Menschen funktionieren nicht wie Maschinen. Wenn die Natur das wollte, hätte sie uns Druckpunkte oder Speichermodule verpasst."

„Was soll ich dann tun? Hm? Er raubt mir die Luft zum Atmen", fragte sie verzweifelt. „Ich steh das nicht mehr länger durch. Ich zähle praktisch schon jeden Tag bis zum Abschluss, um vor ihm endlich Ruhe zu haben. Er ist für mich die reinste Katastrophe."

Bei dem letzten Wort reifte in Kore eine verwegene Idee heran. Dies könnte die Gelegenheit sein, die sie sich schon den ganzen Morgen herbeisehnte.

„Ich hab da einen Plan, Chausette. Er funktioniert nur, wenn du mitspielst", sagte Kore daher zu ihr. Sollte ihr Einfall Erfolg haben, brächte sie den Knoten zwischen Chausette und Boris zum Platzen. Andernfalls müsste Chausette eben weiter ihre Tage bis zum Abschluss zählen.

„Ich bin ganz Ohr. Was soll ich tun?", fragte Chausette neugierig.

„Pass auf. Nach unserem Training stellst du dich an den Beckenrand beim Sprungturm und schaust Boris beim Springen zu. Du feuerst ihn an, wenn er springt. Den Rest lass mich nur machen."

„Okay. Nach unserem Trainings", kicherte Chausette. „Da bin ich aber gespannt, was du dir da ausgedacht hast."

„Das wirst du", dachte Kore bei sich. „Das wirst du ganz bestimmt."

Nach dem Einschwimmen und dem Zeitschwimmen ließ Miss White die Gruppe viermal die Staffel üben. Dann beendete sie das Training mit einem schrillen Pfiff aus ihrer Trillerpfeife und sagte mürrisch als Kommentar zum Schluss:„Dass mir das in Cherson schneller wird. Und jetzt ab mit euch in die Umkleidekabine."

Dann ging sie zur Halle hinaus und die Schwimmstaffel trocknete sich am Beckenrand mit dem Badesauger ab, einem Gerät, dass das Wasser in Sekundenschnelle von der Haut abzog. Dazu musste man sich nur auf ein Gitter stellen und alles Weitere geschehen lassen. Man spürte einen kurzen warmen, aber heftigen Luftzug unter sich und schwupp, war man restlos trocken. Anschließend ging Chausette an den Beckenrand zu den Turmspringern. Genau so, wie Kore es ihr anleitete. Sie sah zu Boris hoch, wie er hinter Thamus die Stahlleiter nach oben kletterte. Kore beobachtete die Beiden aus der Distanz genau. Erst jetzt zog sie ihre

Handschuhe von ihren Fingern. Sie musste darauf achten, beide gut im Blick zu behalten und selbst unbemerkt bleiben. Nur dann ging ihr kühnes Vorhaben auf.

In Boris stieg die Nervosität bis zum Siedepunkt, als er seine Herzallerliebste unten am Beckenrand stehen und ihm plötzlich zuwinken sah. Er fühlte sich wie verwandelt. Zu Höchstleistungen angespornt. Zum ersten Mal, seit er Chausette begegnete, zeigte sie so etwas wie Aufmerksamkeit für ihn. Etwas, wonach er nur so lechzte.

„Na Boris? Willst du zuerst springen?", fragte Thamus, weil auch er Chausette ebenso am Rand bemerkte. Thamus kannte, wie mittlerweile auch alle anderen Jungs der Schule, Boris Schwäche für dieses asiatische Mädchen.

„Ja. Einen dreifachen Salto springe ich", sagte Boris übereifrig.

„Einen dreifacher Salto? Das könnte ein bisschen knapp von hier oben aus werden. Nicht, dass du mir eine Bauchlandung machst. Das tut höllisch weh", fragte Thamus mit berechtigter Sorge. Er sah prüfend in die Tiefe.

„Keine Bange", wiegelte Boris selbstsicher seine Bedenken ab. „Das krieg ich schon hin."

Boris ging im Geiste seinen Sprung durch und konzentrierte sich. Dann nahm er genügend Anlauf für den Sprung und führte ihn bereits im Geiste durch. Er lief an und hüpfte mit einem gewaltigen Satz vom Rand der Plattform. Bewusst lenkte er seinen Sprung in Richtung von Chausette, damit sie seine Figur besser sah. Doch, als er unweigerlich bei seinem Salto ausführend nach unten blickte, da erschrak er fast zu Tode. Dort unten sah er plötzlich kein Wasser mehr im Becken. Es lag unter ihm wie ausgetrocknet da. Der schlimmste aller Albträume der Turmspringer. Er glaubte sich bereits, wie eine zermanschte Tomate, auf dem Boden der Thermikkacheln liegen zu sehen. Mit Todesangst im Nacken stürzte er mit einem grellen Schrei seinem grässlichen Ende entgegen. Er glaubte, sein Leben in Sekundenbruchteilen dahinrauschen zu sehen. Bei sich zischte in Millisekunden ein scheußlicher Gedanke nach dem Anderen durch das Hirn.

„Ich will noch nicht sterben", hätte er am Liebsten ausgerufen, als er von der Schwerkraft angezogen unbarmherzig in die Tiefe sauste. Unsanft schlug Boris auf der Wasseroberfläche auf, die er nur deshalb nicht wahrnahm, weil Kore ihn mit dem Illusionstrick auf seinem Kopf täuschte. Genau erfühlte die Fee seine größte Angst und übertrug sie in seine Wahrnehmung. Bei seinem Eintauchen gab es einen ungewöhnlich heftigen Wasserschub. Physikalisch gesehen passte er nicht zur Wasserverdrängung, die Boris normalerweise verursacht hätte. Kore half dabei mit ihrem Staub ordentlich nach, weil sie spürte, dass dies in Chausette die wirkungsvollste Reaktion darauf auslösen dürfte. Wie gewünscht machte der Schwall Chausette von oben bis unten pudelnass. Sie bekam gezielt die ganze Wucht der Attacke ab, die Kores geschickt eingesetzter Elementar erzeugte.

Schlagartig verschwand Chausettes aufgesetzte frohe Mine. Sie kochte nun vor Zorn über. Wütend ging sie nach dem Sprung ihres Verehrers zu ihm, ohne über das wirklich Geschehene nachzudenken. Boris hievte sich derweil wie ein vor Angst zitternder frierender Hund aus einem kalten Gewässer an den Beckenrand. Er hielt sich stöhnend seine Arme, die er sich bei dem Sprung empfindlich prellte.

„Du, du …", grollte Chausette wütend mit geballten Fäusten.

„Chausette, das wollte ich nicht", stammelte Boris verdattert und von Schmerzen geplagt. Vor lauter Schreck vergaß er seine qualvollen Prellungen. „Das musst du mir glauben. Ich könnte dich nie …Oh bitte."

Vom Sprungturm ertönte das schallende Gelächter von Thamus zu seinem Kameraden herab. Laut rief er verhöhnend zu seinem Kumpel abwärts:„Boris, der war gut. Da hast du deine Flamme ordentlich abgelöscht. Die kannst du dir von jetzt an in den Wind schießen."

„Ich wollte das nicht", zitterte Boris sich wiederholend und sah Chausette verzweifelt wie ein um Vergebung bettelnder Büßer an. Es trieb ihm eine tiefe Röte ins Gesicht. Am Liebsten wäre er vor Scham gestorben. Das Letzte, was er seinem Schatz antun wollte, glückte ihm mit seinem Imponiergehabe. Chausettes Gesicht entkrampfte sich langsam. Dann senkte sie ihre Hand, als sie seine Reue bemerkte und sah nun mitleidig auf Boris hinab. Sie kniete zu ihm nieder und sagte einsehend:„Ist schon Okay. Niemand ist vollkommen."

Dann lächelte sie ihn wohlmeinend an. Ihre Blicke trafen sich. Was sich in diesem Moment in ihnen abspielte, erfühlte Kore förmlich. Es übertrug sich deutlich in ihren Körper. Trotz ihrer Distanz zu ihnen. Chausette erhob sich nach einigen Sekunden, während Boris sich weiter, von der Prellung gezeichnet die Schulter hielt. Er verharrte an Ort und Stelle und sah ihr frierend nach, wie sie zum Badesauger ging und sich erneut von ihm abtrocknen ließ. Kore zog sich ihre Handschuhe wieder an und folgte ihr mit einigem Abstand. Sie achtete peinlichst darauf, sich bei der ganzen Prozedur im Hintergrund zu halten.

Dass Kores Plan perfekt funktionierte, die empfindsame Seele von Boris für Chausette sichtbar offenzulegen, machte sie ungemein stolz. Vielleicht brach sie so das Eis zwischen ihnen. Sie ahnte, dass ihre neuen Fähigkeiten zwar große Risiken, aber richtig angewandt auch die unglaublichsten Möglichkeiten wahr werden ließen. Außerdem fiel ihr auf, dass sich ihre Fähigkeit zur Empathie deutlich verstärkte. In ihr entstand während des Vorgangs der Eindruck, sich förmlich mit den Zielpersonen zu verschmelzen. Vielleicht meinte Ipsy das, als sie von dem Vorteil des Feendaseins sprach.

Während sich Chausette im Umkleideraum ihre seidigen Haare mit einem Kammföhn ordnete und Kore ihrerseits die Haare bürstete, fragte Chausette neugierig:„Was war dein Trick? Was hast du gemacht?"

„Ich hab gar nichts gemacht", antwortete Kore scheinheilig. „Ich hab mir nur gedacht, dass er durcheinandergerät, wenn du unten plötzlich erscheinst. Dass das passiert, hab ich wirklich nicht ahnen können. Es tut mir leid, wenn du …"

„Das ist schon in Ordnung", schnitt Chausette mit der Hand lachend ab. „Irgendwie finde ich ihn süß", meinte sie anerkennend und errötete ein wenig.

Kore sah ihr an, dass doch ein wenig Sympathie aus dem Ereignis für Boris hängen blieb. Wie sich alles Weitere entwickelte, stand in den Sternen und dies zeigte sich erst mit der Zeit. Für den Augenblick geschah bereits genug.

„Sag mal…", wandte Chausette neugierig ein. Ihr Blick wanderte über Kores gekürzte Haartracht und blieb an den Händen ihrer besten Freundin haften, während sie sich kämmte. „ …das ist mir eigentlich schon gestern aufgefallen, aber warum hast du da diesen Glitzerstaub an deinen Händen? Und jetzt trägst du sogar Handschuhe drüber? Das sieht irgendwie bescheuert aus. Dann sind da noch deine Haare. Die hast du doch sonst nie so stark gekürzt. Willst du dich verändern?"

„Ich … äh", Kore geriet in große Verlegenheit. Ihre beste Freundin zu belügen machte ihr gewiss keinen Spaß, aber ihr die Wahrheit anzuvertrauen und sich die fatalen Folgen auszumalen glich einem Horror. Andererseits klang die Wahrheit auch viel zu verrückt, als dass sie ihr das abnahm. Daher sagte Kore wie aus dem Handgelenk heraus, sodass es Chausette für einen Scherz halten musste:„Ich hab vorgestern erfahren, dass ich eine Fee bin und hab den Glitzerstaub auf den Händen im Traum bekommen. Die Haare habe ich wegen meiner Flügel gekürzt, damit sie mich beim Fliegen nicht stören."

Chausette schaute erst verblüfft drein, doch dann kicherte sie spitz mit vorgehaltener Hand. Kore sah ihr erleichtert an, dass sie ihre Antwort wie gewünscht schluckte. Sie lachte aus vollem Herzen:„Der war gut. Wirklich. Na klar und ich bin ein Naturgeist, der von den Elfen gesandt wurde, um das Böse zu vernichten."

„Dann sind wir ja Schwester so zu sagen", lachte Kore freudig und sprach ein wesentlich wichtigeres Thema an:„Na denn. Hab ich jetzt Hunger. Komm, gehen wir in die Mensa. Ich bin gespannt, was heute auf dem Menüplan steht."

Gut gelaunt machten sie sich tratschend auf den Weg zur Akademiekantine. Sie redeten dabei über dieses und jenes, was auf der Akademie alles passierte und fachsimpelten über gemeinsame Interessen.

Die Akademie unterhielt keinen Nanozubereiter, sondern eine eigene Küche. Ähnlich wie die Themenrestaurants an der Hauptachse, kreierten sie Mittagsgerichte, die den Lernfortschritt der Akademiestudenten begünstigten. Kore bestellte sich einen grünen Salat mit gegrilltem Gemüse. Die fettreiche Kost, die ihr die Nanotheke zu Hause in letzter Zeit feilbot, schlug ihr zu sehr auf den Magen. So war sie dankbar, wenigstens in der Akademie davor verschont zu bleiben.

Vor der Ballettstunde am Nachmittag besuchte Kore die Vorlesung über die Kosmologie von Dr. Miller. Einem Fach, das sie über alles liebte und das sie nach ihrem Abschluss auf der Akademie noch intensivierte. Der Auditor galt als einer der Besten seines Fachs und zog daher sogar aus anderen Städten des Planeten Bewunderer an, die nur für seine Vorträge nach Presson reisten. Sein heutiger Vortrag befasste sich mit den unabschätzbaren Möglichkeiten des Kosmos. Vor allem folgende Passage, welche sich mit der wissenschaftlichen Meinung, was sich jenseits des ewigen Raumes befand, faszinierte Kore.

Dr. Miller stand während seiner Präsentation mit seiner Dozentenkappe an dem vorgelagerten Pult des Auditorenraums und spielte, während seines Vortrages zur Veranschaulichung, Bildsequenzen und Filmanimationen zu dem Thema ein. Auditor zu sein verlangte hohe Konzentration. Nur wenigen Dozenten gelang es diese Kunst zur so einer prachtvollen Blüte zu bringen wie Dr. Miller.

„Die Wissenschaft fand vor gut vier Jahrhunderten bereits heraus, dass das All einem immer währenden Zyklus unterworfen ist. Im gegenwärtigen Prozess dehnt es sich nicht nur aus, es beschleunigt sogar noch sein Wachstum. Während die Materie mit dem Raum expandiert und durch die immense Anziehungskraft der schwarzen Löcher, so meine Theorie, dennoch wieder stark verdichtet zusammenfindet, scheint es als ob der Raumexpansion an sich keine Grenzen gesetzt sind. Wie Sie bereits wissen dürften, ist der Begriff des „Schwarzen Loches" irreführend. Hierbei handelt es sich nicht, wie man früher vermutete, um einen Tunnel zum nächsten Paralleluniversum. Nein. Vielmehr um eine so starke Verdichtung der Materie, die sogar das Licht anzieht. Licht, das wissen sie aus der Physik bereits, kann als Welle oder als Partikel angesehen werden. Seit der Enträtselung der Quantenmechanik wissen wir, dass Licht praktisch Beides ist. Auf das „Schwarze Loch" muss ich daher immer wieder in meinen Vorträgen zu sprechen kommen. Ein „Schwarzes Loch" kennt den Zeitbegriff nicht, wie er bei uns gilt. Damit Materie als solche definiert werden kann, braucht sie die Raumzeit. Also unseren Kosmos, in dem wir leben. Das „Schwarze Loch" aber besitzt einen Ereignishorizont. Das heißt, alle Materie, die die Schwelle zum Ereignishorizont überschreitet, gibt seine Information, also die Definition seiner selbst ab und verdichtet sich. Die Information, und das ist das Entscheidende, bleibt im Ereignishorizont erhalten. Sie wird dort praktisch gespeichert. Aus dieser Tatsache schlossen die Forscher vor etwa dreihundert Jahren bereits, dass es durchaus möglich sein könnte, dass diese Besonderheit des „Schwarzen Loches" auch auf den Rand des Universums zutrifft. Demnach wäre jede Information dort abgelegt, die auch unsere Raumzeit betrifft. Die Information aller Dinge hier auf dieser Erde wäre eine Art Energie, die praktisch immer im Universum verbleibt. Egal wie groß es ist. Und wenn es sogar nur ein Stecknadelkopf wäre. Die Information kann praktisch nicht verschwinden. Wohin sich das Universum weitet, ist aus diesem Grund unerheblich. Eine bekannte Theorie besagt, dass durch die zunehmende Verdichtung der „Schwarzen Löcher" sich dieser Effekt umkehren wird und dass wir dann vor einem neuen Zyklus stehen. Früher war die Urknalltheorie eine weit verbreitete Ansicht über den Ursprung des Kosmos. Dieser Gedanke entstammt dem Eindruck von der Geburt und dem Sterben. Von Anfang und Ende. Was man im Leben begegnet, so erscheint es dem Beobachter, hat einen Anfang und ein Ende. Jeder Tag beginnt und endet. Jede Nacht beginnt und endet. Jede Freundschaft beginnt und endet. Jeder Lebenszyklus beginnt und endet und so weiter. Also, so war die damalige These, muss dies auch für das Universum selbst gelten. Wie unten so oben. Wie oben so unten. Sie kennen die Spiegelgesetze in diesem Zusammenhang. Dennoch behaupte ich, dass genau darin ein Denkfehler verborgen liegt.

Was ist, wenn es einen Anfang als solchen gar nicht gibt? Könnte es denn sein, dass das Universum ohne einen Anfang und somit ohne ein Ende auskommt? Das würde heißen, dass das Universum schon immer existierte, wenn es auch seine Form im Laufe seiner Entwicklung verändert. In gewisserweise bleibt alles irgendwie immer vorhanden. Auch wenn man sich nicht die Ursachen dieser Wirkungsweise erklären kann. Für diese Annahme gibt es Indizien, an die man bei der Betrachtung dieser Theorie nicht vorbei kann. Sehen sie sich doch unser heutiges Universum genauer an. Es ist das Ergebnis einer Explosion, mag man auf den ersten Blick sagen. Die kosmische Hintergrundstrahlung belegt, dass das Universum zu seinem Beginn glühend heiß gewesen sein muss. Hitze aber bedeutet Chaos. Kühle ein hoch geordneter Zustand. Von was? Von Molekülen. Aber wenn es diese zu dem Zeitpunkt noch gar nicht gab, kann dann diese Theorie der Urknallexplosion so bestehen bleiben? Was ist denn expandiert? Der Raum. Die Materie gab es schon immer. Die Materie kann also gar nicht geknallt haben. Sie muss so stark verdichtet gewesen sein, dass die hohe Reibungswärme quantenmechanische Effekte auslöste. Aus dem Chaos, so heißt es in den alten Sagen, wurde die Welt erschaffen. So gesehen stimmt diese Theorie. Die Macht der Gravitation wird alle Materie im Universum wieder einfangen und den Effekt wiederholen. Immer und immer wieder. Dieser „Urknall", wenn sie so wollen, ereignet sich immer wieder. Seit ewiger Zeit. In Folge dessen ist die irrige Annahme, die Zeit sei erst mit dem Urknall entstanden, nicht mehr haltbar. So etwas wie Zeit gibt es im Universum nicht. Dies ist nur eine Erfindung der Menschheit um Abläufe zu koordinieren und einzuordnen. Zeit alleine kann ohne den Raum nicht existieren. Was aber das Wichtigste an dieser Erkenntnis ist, liegt auf der Hand. Denn wenn die Informationen am Rand des Kosmos abgelegt sind oder am Ereignishorizont des „Schwarzen Loches", sind diese bei einer Erneuerung des Zyklus verschwunden? Nein. Sie sind immer noch da. Aus dem Feuer entsteht zwar Neues, um wieder im Feuer unterzugehen, aber verloren, ist diese Information nicht. Im kosmischen Alltag ist das Werden und Vergehen ebenso normal wie auf unserem Planeten. Es muss so sein, um formbar zu bleiben. Einen perfekten Zustand gibt es nicht. Altes muss dem Neuen platzmachen, damit das Neue zu Altem werden kann. Und so weiter und so weiter. Aber, und das ist das Entscheidende, ist das Alte deswegen verschwunden? Nein. Das kann es gar nicht. Denn ohne das Alte kann das Neue nicht entstehen. Es verwebt sich mit ihm und lebt ihn ihm fort. Dass die Ausdehnung des Universums noch nicht an seine Grenzen gestoßen ist, beweist uns der Nachthimmel auf eindrucksvolle Weise. Wenn Licht auf etwas trifft, wird es reflektiert. Sie können dies am Deutlichsten bei unserem Mond sehen, der ja das Licht der Sonne reflektiert. Aber da das Licht, das die Sterne ausgesendet haben, noch nicht reflektiert worden ist, scheint es für das All weiteren Spielraum zur Ausdehnung zu geben. Bei der Expansion des Universums fällt vor allem auf, dass der Kosmos zu großer Unordnung strebt. Wobei ich jetzt zur uralten Frage des Zeitpfeils komme. Hat die Zeit eine Richtung? Wenn sie schon ohne Raum nicht existieren kann, kann man sagen, dass die

Raumzeit immer nur in einen bestimmten Zustand mündet? Die uralten Lehrsätze der Thermodynamik in diesem Zusammenhang dürften allen Zuhörern mittlerweile bekannt sein, weshalb ich hierauf nur kurz eingehen werde.

Um etwas in Unordnung zu bringen, muss etwas zuvor mit hohem Energieaufwand in Ordnung gebracht worden sein. Die Frage, was zu erst da war, das Huhn oder das Ei ist ihnen in diesem Beispiel ein Begriff. Die Antwort der Wissenschaft auf diese Frage trug daher zu einem völlig neuen Verständnis der Realität bei. Ein Huhn kann nur unter hohem Energieaufwand ein so hoch geordnetes Produkt wie das Ei herstellen. Ein Objekt, bei dem jedes Molekül und Atom genau an der richtigen Stelle sitzt, um ein Ei zu sein. Eine exakte Bauweise nach einer genetischen Anleitung, über Generationen unter hohem Energieaufwand weitergegeben. Aber um diese enorme Energiemenge zu erhalten, muss das Huhn andere hoch geordnete Objekte, wie Körner oder Würmer zerstören. Sie sehen daher, dass ohne eine Zerstörung kein Umwandlungsprozess der Energie in ein Ei und somit in eine neue Information erfolgt. Diese Eigenschaft des Kosmos lässt sich auf nahezu alle Vorgänge der Schöpfung anwenden. Wenn nicht sogar auf den legendären Urknall selbst. Dennoch möchte ich Ihnen an dieser Stelle nicht eine weitere Theorie vorenthalten, die besagt, dass sich unsere wahrgenommene Welt auf einer Bran befindet und sich durch Kollision mit einer anderen Dimensionsebene neu auflädt. Genauso gut könnte unser heutiges, dreidimensionales Universum aus einem Schwarzen Loch hervorgegangen sein, das zuvor in einem vierdimensionalen Universum existierte. Diese Theorie ist gar nicht so abwegig, wie sie sich zunächst anhört, weil sich damit zahlreiche Beobachtungen in unserem dreidimensionalen Kosmos erklären lassen.
Es bleibt festzustellen: Egal, wie der Anfang der Welt aussah, es muss etwas vorhanden gewesen sein. Es könnte durchaus ein Vorgängerkosmos existiert haben. Zwar kann niemand jenseits der Ausdehnung des Kosmos sehen. Aber was könnten wir dort erblicken, wenn es möglich wäre? Wahrscheinlich einen gleichen Raum und die Expansion dürfte nichts anderes sein als eine gigantische Lichtwelle jenes legendären Urknalls. Stellen Sie sich das vor. Sie sähen den Beginn eines neuen Zyklus unseres Universums, wenn sie auf der anderen Seite wären. Das müsste ein kolossaler Anblick sein, den ich nicht im Ansatz hier darstellen könnte. Wie das aussieht, das können sie sich am Besten in Ihrer Fantasie ausmalen. Selbst unser Mondteleskop kann dieses Kuriosum nicht ansatzweise erblicken, obwohl wir heute mit Fug und Recht behaupten können, dass unsere Technologie erst das ansatzweise Verstehen des Universums möglich machte. Es gibt mehrere Hypothesen, dass es weitere Universen, ähnlich der unseren gibt. Man kann ihre Entfernung zu einander sogar berechnen. Dorthin zu reisen dürfte aber mit den heutigen Mitteln noch nicht möglich sein. Ich will dies bewusst vorsichtig so ausdrücken, auch wenn ihnen ein Wort durch den Kopf geistert, das in der Vergangenheit ein Lieblingswort der Menschheit war. So komisch es klingt, damit sie verstehen was ich meine: Während früher viele Wissenschaftler das von mir angesprochene Wort „unmöglich" zu ihrer Lieblingsvokabel gemacht haben, be-

beweist unsere Forschung mittlerweile, dass es zumindest in unserem Universum dieses Wort nicht gibt. Theoretisch sind sogar Reisen durch die Zeit möglich. Unsere Spezies entwickelte nur noch nicht den Antrieb dafür. Ebenso ist es denkbar, dass die physikalischen und chemischen Gesetze wie sie hier auf der Erde vorherrschen, in anderen Teilen des Universums ganz andere sind. Kräfte, wie wir sie in unseren kühnsten Träumen nicht ausmalen können. Alles ist in diesem Kosmos in Bewegung. Von Stillstand keine Rede. Was für die Teilchenphysik, dem Allerkleinsten, gilt, gilt auch für die Kosmologie, dem Allergrößten, selbst. Und ihr meine lieben Zuhörer, dürft an diesem Wunderwerk teilnehmen. Mit eurem Körper und mit eurem Geist, der ebenso Teil dieses ewigen Werkes ist. Euer Leib, in dem eure Herzen schlagen dürfen, ermöglicht es, dieses Wunder zu erfahren. Er gehört zu einem ewig andauernden Prozess in einem Universum, das sich permanent weiter entwickelt. Uns wird die Ehre zuteil, es nicht nur zu erfahren. Nein. Sondern an dieser Sache aktiv mitwirken zu dürfen. Egal wie klein unsere Rolle auch scheinen mag. Wir tragen zu diesem Vorgang ebenso bei, wie die kleinsten Partikel des Alls. Betrachten sie daher ihr Leben als ein Geschenk des Universums an sie, das nicht verloren gehen kann. Im Universum geht nichts verloren. Es gibt keine Trennung, denn alles ist mit allem verbunden. Die Quantenmechanik beweist uns diese Tatsache immer wieder aufs Neue. Weit entfernte Partikel kommunizieren miteinander. Gleich einer Körperzelle. Das Gedächtnis des Alls ist ewig und zeigt nur die tiefe Liebe, aus der wir bei unserer Geburt entstiegen sind. Stark verkürzt ausgedrückt, wird unser Körper, also die Materie, wenn es Zeit wird, sich wieder mit dem „Schwarzen Loch" verbinden. Unser Geist aber, die Information unseres Lebens, wird am Ereignishorizont abgelegt und für ewig bestehen bleiben."

Zum Ballett traf sich Kore mit Chausette wieder. Ihre Staffelkameradinnen Esmeralda und Iona besuchten den Ballettunterricht nicht. Sie schrieben sich heute Nachmittag für das Fach „Instrumentale Musik" ein, wobei Esmeralda dort den Kontrabass und Iona die klassische Gitarre spielen lernte. Insgesamt besuchten zwölf Mädchen und zehn Jungen den Ballettunterricht, den Herr Willermeier hielt. Herr Willermeier gewann im letzten Jahr die Ballettmeisterschaften der vereinigten Städte und galt auf dem Gebiet des Tanzes als ein unschlagbares Ass. Hier in Presson lagen, nach Herr Willermeier, die idealen Verhältnisse für das Erlernen des Tanzes vor, bei dem Grazie und Eleganz, aber auch Koordination und Konzentration von immenser Wichtigkeit waren. Jeder einzelne Schritt musste passgenau sitzen. Jede Bewegung abgestimmt sein, damit die nächste Figur umso besser saß. Alles, was höchste Aufmerksamkeit und Einfühlsamkeit des Tänzers erfordert.

„Leute, …", begann Herr Willermeier immer mit seiner Ansprache, wenn er die Stunde einleitete und vor ihm die Tänzer und Tänzerinnen der Reihe nach standen.

„… wie ihr alle wisst, findet in nur wenigen Wochen der Schülerwettbewerb der vereinigten Städte statt und ich erwarte, dass wir eine grandiose Leistung dort abliefern. Daher bitte ich euch, auch in eurer freien Zeit gelegentlich das Tanzen zu üben. Die Stunden, die wir hier verbringen, reichen dafür bei weitem nicht …"

Während der Tanzlehrer seinen Vortrag über seine Erwartungen an das Ensemble hielt, musste Kore den Umstand zu ertragen, direkt neben Thamus zu stehen. Natürlich lächelte er sie permanent an und Kore wusste, dass er auf eine positive Erwiderung seiner Offerte lauerte. Sie ahnte schon viel früher, dass Thamus sich auf sie fixierte. Es ging ungewöhnlich schnell. Erst vor einem knappen Jahr kam Thamus von der Chersoner Akademie nach Presson. Der Vorbilderwettbewerb bei dem Thamus und Kore gewannen, begann just am ersten Tag seines Studienantritts. Er schrieb sich in genau die gleichen Fächer ein, die auch Kore besuchte. Nur bei der Mädchenstaffel, dachte sie gehässig, klappte dies nicht. Stattdessen war Thamus bei den Turmspringern, die zur gleichen Zeit wie die Mädchen trainierten. Fast, so schien es Kore, hing dieser Kerl an ihr dran wie eine Klette. Etwas, das ihr mittlerweile Angst machte. An Thamus Ausstrahlung ging wirklich kein Blick vorbei. Sogar die Dozenten waren von ihm und seiner smarten Art beeindruckt. Es gab viele Studentinnen, die am Liebsten an Kores Stelle wären. Denn gerade sie begehrte er. Für Kore erschien sein aufdringliches Verhalten ihr gegenüber schon seit langem verdächtig. Ihre Vermutung, dass etwas mit ihm nicht stimmte, erhielt mit dem Anhänger auf seiner Brust neue Nahrung. Es galt unbedingt, das Rätsel seiner Bedeutung zu lüften. Nur wie sie dabei vorgehen sollte, wusste sie noch nicht.

„He Kore", flüsterte Thamus in diesem Moment aus dem Mundwinkel leise zu ihr heraus. „Wie wäre es, wenn wir Zwei mal zusammen ausgehen?"
Normalerweise hätte Kore nein gesagt. Ihre Einstellung zu ihm veränderte sich nicht im Geringsten, aber sie dachte bei sich, dass sie vielleicht so doch etwas mehr über den mysteriösen Anhänger herausfand. Thamus schien genügend darüber zu wissen. Der Sache mochte sie unbedingt auf den Grund gehen, zumal ihre Feenfertigkeiten mit jedem Tag wuchsen. Ein Date mit ihm bot die ideale Gelegenheit dazu, ihn unverfänglich auszuhorchen. Daher antwortete sie ihm leise:„Und Wohin?"
Ein erfülltes Schillern glitt in diesem Moment über Thamus Gesicht. Kore sah diesen Blick natürlich nicht. Er wirkte, wie der Gesichtsausdruck eines Anglers, bei dem der ersehnte Fisch anbiss.

„In der Bar zum Stern? Heute Abend? Sieben Uhr?", fragte er aus dem Mundwinkel wispernd.

„Morgen Abend. Sieben Uhr", murmelte Kore zustimmend zurück. Sie wollte unbedingt vorher die Sache mit Ipsy besprochen haben. Nochmals ließ sie sich nicht mehr überrumpeln.

„Morgen Abend. Sieben Uhr. Alles klar", schloss Thamus eilig ab, als Willermeier auf sein Techtelmechtel mit seiner Herzensdame aufmerksam wurde.

„Ah, kleines Schwätzchen gehalten, Thamus? Wenn sie mit ihren Füßen so flink wären, wie mit ihrem Mundwerk, dann hätten wir die Meisterschaft beim Tanz in der Tasche."
Einige Mädchen in der Reihe kicherten vergnügt, worauf Thamus verschmitzt zurücklächeln musste.

„Genug palavert. Gut, dann zeigt mir mal, was ihr könnt", sagte Hr. Willermeier und leitete die Tanzstunde mit klassischer Musik ein.

Kore versuchte Thamus dennoch als Tanzpartner auszuweichen. Aber das war gar nicht so einfach. Denn die kurze Unterredung blieb auch von den übrigen Tänzern nicht unbemerkt. Man merkte, dass sie sich gezielt außen vorhielten, um Thamus Kore nicht streitig zu machen. Als Hr. Willermeier den neu hinzu gekommenen Tänzern der Truppe etwas von seinem Können zeigen wollte, bat er um eine freiwillige Tanzpartnerin. Kore stellte sich ihm prompt zur Verfügung. So demonstrierte der Ballettmeister mit Kore eine Reihe von Tanzfolgen der Extraklasse, was die Neulinge staunend aufnahmen. Sie ersparte sich dadurch den Rest der Stunde in Thamus Armen gelegen zu haben. Etwas das unter den Schülern geschwind die Runde gemacht und ihr peinliche Spekulationen ausgelöst hätte. Vor dieser Vorstellung fröstelte es ihr. Kore ertrug es nicht, wenn alle Schüler von ihr und Thamus als das Traumpaar schlechthin sprachen. Auch jetzt, nach ihrer vorgetäuschten Zusage nicht. Chausette brannte vor Neugier und fragte sie natürlich hinterher, was sie mit Thamus in der Stunde beredete. Aber sie log ihr vor, dass er sich nur erkundigte, wohin sie am Vortag so schnell verschwand. Kore war sich nachher nicht sicher, ob sie ihr diese Antwort so abnahm, wie sie sollte. Chausette sollte unter keinen Umständen in die sich anbahnende Sache hineingezogen werden. Sie wusste nicht, wie es bei ihrem Date ausging und ihre beste Freundin dabei in Gefahr zu wissen, war das Letzte, was ihr vorschwebte.

Als die große Sonnenuhr im Hof sich der Sechsuhrmarke näherte, ging Kore zu dem Sonnenzeiger, dem großen Obelisken in seiner Mitte. Dort standen bereits Esmeralda und Iona erregt beim Gespräch über ihre Abendplanung.

„Hi Kore", begrüßten sie sie freundlich.

„Hallo, ihr", antwortete Kore nachdenklich. Im Inneren blieb sie unschlüssig, ob sie die richtige Entscheidung mit Thamus traf. Ihr Unterbewusstsein arbeitete noch heftig daran.

„Gehst du heute Abend mit auf den Ideenmarkt?", fragte Iona neugierig. „Dort findet eine Modenschau mit selbst entworfenen Kleidern statt. Außerdem gibt es eine Kunstausstellung. Stell dir nur vor, aus der ganzen Welt tragen dort Akademiekunststudenten ihre Werke zusammen. Das wird sicher interessant."

„Tut mir leid, aber ich bin Müde", antwortete Kore abwürgend. Für diese Freizeitgestaltung besaß sie jetzt überhaupt keinen Kopf.

„Hey, so viel Lernen tut nicht gut. Außerdem muss man mal ausschalten", versuchte Esmeralda Kore zum Mitkommen zu bewegen. „Oh, übrigens hab ich da was gehört. Boris hat Chausette am Sprungbecken abgeduscht. Wie ist denn das passiert? Mann, das hätte ich wirklich zu gerne gesehen."

„Na ja, ich hab es auch nur am Rande mitbekommen", bemerkte Kore ausweichend, um das Ereignis nicht breiter zu treten. Darüber mochte sie sich keinesfalls weiter unterhalten. Ihren Freundinnen war es aber nicht danach.

„Ach wirklich?", plauderte Iona ungeniert weiter. „Chausette erzählte mir, dass es deine Idee war. Na ja. Böse scheint sie ja nicht darüber zu sein. Mir kommt es vor,

dass sie eine völlig neue Erfahrung gesammelt hat", antwortete Iona schmunzelnd. „Ich weiß noch, wie das bei mir und diesem Harry war. Ein toller Typ. Der pflückte mir eigenhändig Blumen. Aus dem Garten des Bürgermeisters. Nur um mir zu zeigen, wie gern er mich hat."

„Ja und dann ist er doch mit Louise ausgegangen", fügte Esmeralda an.

„Aber nur, weil ich dann doch mit Gordon weg war", setzte Iona schwärmerisch hinzu. „Das war auch wundervoll. Wir Zwei im Rifgensteingebirge. Auf dem höchsten Gipfel bei Nacht. Sternenklarer Himmel. Und warm war es an diesem Tag. Es war schön."

Kore sagte dazu nichts. Sie wollte vielmehr nach Hause und nicht mehr den Schilderungen der amourösen Seitensprünge ihrer Freundinnen beiwohnen, von denen es reichlich gab. Ihre Gesprächsthemen befassten sich oft damit. Außerdem ahnte sie schon, was das für sie bedeutete, wenn sie ihnen länger zuhörte. Dann schmetterten sie, wie immer, die gleiche Frage auf sie ein, die Kore scheute wie der Teufel das Weihwasser. In diesem Moment kam Chausette zu ihnen gestoßen, was Kores Situation nicht unbedingt besser machte.

„Hey ihr. Na, Kore. Lust mit zum Ideenmarkt mitzugehen?"

„Kore will lieber nach Hause", antwortete Iona für sie. „Sie fühlt sich müde."

Chausette blickte Kore erstaunt an. In ihr schien es zu tickern.

„Kore, so wird das nichts", meinte Chausette aufmunternd. „Du bist nicht mehr lange auf der Akademie. Wenn du noch nie einen Jungen vernascht hast, wird dir etwas fehlen. Komm doch mit uns mit. Dort auf dem Ideenmarkt findest du bestimmt jemanden, der dir gefällt. Lauter Künstlerjunggesellen. Das sollen sehr kreative Liebhaber sein. Da ist sogar eine Kolonie dort, die sich auf Kunstwerke für Freier spezialisierte. Romantisch finde ich."

Chausette glaubte tatsächlich, Kore etwas Gutes mit ihrem Ansinnen nach Zerstreuung zu tun. Aber das täuschte. Auch Kores aufgesetztes Lächeln änderte nichts daran, dass sie keinesfalls daran dachte, mit ihnen auf dem Ideenmarkt herumzubummeln. Und das, obwohl er zu der außerordentlichsten Einrichtung einer jeden Siedlung gehörte. Der Ideenmarkt war in einem jeden Ort eine Pflichteinrichtung. Dabei handelte es sich um kein Gebäude. Es war ein großer Platz, auf dem einmal wöchentlich jeder Bewohner die Möglichkeit hatte, seine Kunstfertigkeit nach außen hin zu präsentieren. Sehr beliebt waren vor allem die Modekreationen, die meist von den Kleiderkünstlern in Form einer Schau gezeigt wurden. Dann gab es noch die Musiker, die dort in aller Öffentlichkeit ihre Gabe vorführten. Es gab Stände an denen literarische Vorlesungen gemacht wurden. Eine Abteilung befasste sich mit der plastischen Kunst, zu der auch diese Ausstellung gehörte, die Iona und Esmeralda Kore nahe brachten.

„Tut mir leid. Ich muss mich auf Morgen vorbereiten. Ich fühle mich nicht gerade danach, da hinzugehen. Viel Spaß. Macht es gut", sagte Kore ausweichend und ging einfach davon, während ihre Freundinnen ihr ratlos nachstarrten. Sie waren von ihrer Flucht regelrecht überrascht.

„Was ist nur mit ihr los? Sie ist wirklich komisch heute. Seit ich sie kenne, kriegte sie noch nie einen Jungen ab und ich glaube sie sehnt sich auch nicht danach. Mit der stimmt doch was nicht", sagte Iona zu Chausette. „Jungs sind doch was Tolles. Mit denen kann man richtig Spaß haben."

„Oh nein. Ich glaube nicht, dass sie den Jungs ausweicht. Sie geht eben wegen einem Jungen nicht mit uns mit", grinste Chausette, wie wenn sie schon den Grund für Kores Reserviertheit erahnte. „Ich glaube, sie verheimlicht uns etwas. Vielleicht hat sie diesmal doch Ja zu ihm gesagt."

Kore war es egal, was ihre Freundinnen über sie gerade dachten. Hauptsache, sie fragten sie nicht nach ihrer Verabredung mit Thamus aus. Allein der Gedanke, dass die ganze Akademie darüber ins Tratschen geriet, war ihr unangenehm genug. Dennoch glaubte sie, dass es dieses Opfer wert sei. Nur so erfuhr sie relativ gefahrlos etwas über das geheimnisumwobene Symbol, vor dem sich Indreen so sehr fürchtete. Sie ging geradewegs nach Hause. Für sie begann jetzt erst der Unterricht. Daheim angekommen nahm sie sich erst einmal ein gehaltvolles Abendmahl aus der Nanotheke in der Küche. Heute bereitete er ihr eine üppige Fleischpastete zu, die vor Fett nur so triefte. Dazu servierte er fünf riesige saure Gurken mit ebensovielen Scheiben Vollkornbrot und einem ganzen Butterblock. Als Getränk kredenzte ihr der Apparat schon wieder Tee. Heute mit Minze. Die ganze Portion selbst war ihr viel zu viel. Wie schon tags zuvor. Sie aß daher nur einen kleinen Teil und ließ die Reste für ihre Eltern in der Küche stehen. Anschließend putzte sie sich die Zähne und legte sich hinterher in ihr Bett. Im Großen und Ganzen war sie mit dem Verlauf des heutigen Tages zufrieden. Allerdings gewann sie immer mehr den Eindruck, dass etwas mit der Nanotheke nicht stimmte. Solange sie das Gerät benutzte, gab der Nahrungszubereiter ihr abends noch nie ein solch opulentes und vor allem sehr energiereiches Essen aus. Es war auch möglich, dass es daran lag, dass sie wegen der kürzlichen Ereignisse fast nichts aß. Die Nanotheke glaubte einfach, ihr fehle die Energie. Vielleicht gab sich das in den nächsten Tagen von selbst wieder. Sie freute sich gewisserweise schon auf ihre Begegnung mit Ipsy und war gespannt, was sie diesmal von ihr lernte.

Kapitel 10

Feenkraft

Es dauerte gar nicht lange, dann war Kore eingeschlafen. Sie fand sich wieder auf der vertrauten grauen Ebene in ihrem Schlafanzug stehend. Vor ihr saß Ipsy entspannt in einem kleinen Ohrensessel und mit übereinandergeschlagenen Beinen. Ihre Augen studierten gerade die Seiten eines Buches und blickten erst auf, als sie Kore vor sich bemerkte. Sie schien auf sie bereits gewartet zu haben. Neben ihr befand sich ein zierliches Beistelltischchen, auf dem eine weiße Keramiktasse und eine Teekanne mit einem goldgelben Inhalt vor sich hin dampften. Zu Kores Nase drang ein intensives Zitronenaroma durch.

„Oh, da bist du ja", sagte sie mit einem Gesichtsausdruck der alle möglichen Spekulationen ihres Gemütszustandes zuließ. Schnell löste sie das Buch mit ihrem Staub auf.

„Ipsy", stieß Kore erleichtert aus. „Dir ist nichts passiert. Bin ich froh, dass es dir gut geht. Ich dachte schon, ich hätte dich …"

„Ach wegen der Sonne meinst du?", grinste sie schelmisch und winkte lässig ab. „Schnickschnack. Das war ausgezeichnet Kore. Du hast dir gleich das Schwerste herausgesucht und es funktioniert großartig. Ein Ding, das sich bewegt und leuchtet. Ein toller Einfall. Himmelskörper darzustellen liegt dir im Blut. Aber das ist es nicht, was mich daran störte. Ich habe mir in der Zwischenzeit überlegt, wie wir diese Misere am Besten abwenden."

„Misere? Was meinst du mit Misere?", fragte Kore irritiert. „Es hat doch alles ideal geklappt."

„Ha. Ist dir das wirklich nicht aufgefallen?", konterte Ipsy bissig mit einer Gegenfrage.

„Ähm, redest du etwa von meinem Illusionstrick im Schwimmbad?", riet Kore aufs Geratewohl. „Boris reagierte genauso wie ich erwartete. Na ja und den Wasserspritzer mit dem Elementar hab ich doch gut hingekriegt."

„Ja klar, nur warst du nicht weit davon entfernt, der Erde den Mond wegzunehmen. Den Verschwindibus kennst du noch nicht. Aber nur weil du ihn nicht kennst, heißt es lange nicht, dass du ihn nicht ausführen kannst."

„Was hätte ich dazu noch tun müssen?"

Ipsy fing entnervt an zu seufzen:„ Dafür ist es zu früh. Mir als deine Ausbilderin ist es anvertraut, dich in der richtigen Reihenfolge auf die Feenkräfte einzustellen. Du solltest dich daran halten nur das praktizieren, was du von mir gezeigt bekommen hast. Heute war es nur Licht und ein paar Spritzer Wasser. Doch was kommt Morgen dran? Vielleicht ein Vulkanausbruch? Oder sogar ein Erdbeben?"

„Was? Ich kann auch Erdbeben auslösen?", horchte Kore neugierig auf, doch Ipsy überging sie bewusst.

„Ich könnte mich darüber auslassen, dass du nicht auf meine Bitte gehört hast, keine Experimente mit deiner Kraft zu machen, weil sie nicht nur für dich, sondern auch für alle anderen äußerst gefährlich werden kann. Aber andererseits hast du begriffen, wie wir Feen arbeiten. Im Schwimmbad hast du das absolut richtig gemacht. Zuerst die Ängste deiner Versuchsperson ausloten und sie erst dann in die Illusion einflechten. Auch die Tricks saßen. Aber wir haben ein ernstes Problem. Du brauchst Übung. Übung und nochmals Übung. Nicht nur hier, sondern in deiner Wirklichkeit. Das geht aber nur dort, wo dich absolut niemand stört und dich auch keiner beobachten kann. Kennst du einen Ort, der für deine Feenübungen in deiner Welt geeignet wäre? Einen, der ruhig und einsam gelegen ist?"

„Wo keiner ist? Da fällt mir nur das Waisenhaus ein. Es ist leer und niemand steigt an der Station aus. Sie wollen den Haltepunkt zwar zur Jahreswende hin schließen, aber ..."

„Dass ist es", juchzte Ipsy euphorisch. „Da gehst du hin. Von heute an jeden Tag. Am besten nimmst du Godje mit, damit er dir bei Gelegenheit assistiert. Darüber hinaus kennt er den Ort ebenfalls bestens. Adalmus wird ihn dir sicher überlassen, wenn du ihn darum bittest."

„Ja. Das ist eine gute Idee. Aber wie soll ich meine Prüfungen auf der Akademie schaffen, wenn ich jetzt jeden Tag üben gehe?"

„Kore, ich möchte dich zwar nicht beängstigen, aber ich glaube, dass sich da in deiner Welt etwas sehr Beunruhigendes zusammenbraut. Alle Zeichen deuten darauf, dass es mit Neko zu tun hat. Erst die vermummte Gestalt, die ihn in die Babyklappe legte und dann dieser Thamus mit dem Anhänger, der mit dir ein Rendezvous in dieser Drogenspelunke begehen will. Dort, wo sich zufällig auch Neko aufhält. Mir ist das Ganze nicht geheuer. Wenn ich an meine früheren Schüler denke, kommt mir das Muster äußerst bekannt vor. Ich habe den Verdacht, dass auf dich sehr bald schon ein hartes Stück Arbeit wartet. Das kann ganz schnell gehen. Noch weißt du nicht, mit was du es zu tun hast. Du kannst dich praktisch nicht darauf einstellen. Am Besten ist es aber, wenn wir jetzt weiter machen, anstatt uns in Spekulationen zu ergießen."

„Was zeigst du mir heute?", fragte Kore neugierig.

„Den Minimalus und den Maximalus", sagte Ipsy lächelnd und flatterte vor Kores Nase umher. „Aufgepasst. Den Minimalus und den Maximalus kannst du nur auf dich und deine Kleider anwenden, die du am Leibe trägst. Du musst sie allerdings mit in deine Fantasie einbringen, damit sie mit dir schrumpfen und wachsen. Der Minimalus lässt dich innerhalb von Millisekunden auf jede beliebige Größe schrumpfen. Um den Minimalus aufzulösen und wieder normal groß zu werden, musst du den Maximalus ausführen."

„Wie funktioniert er?"

„Zähl einfach von Fünf bis Null und stell dir vor, wie groß du sein willst."

Kore prägte sich in ihrer Fantasie ein, so groß wie eine Libelle zu sein und begann laut rückwärtszuzählen:„Fünf, Vier, Drei ..."

„Im Geiste", fügte Ipsy hinzu, was Kore nun im Kopf tat. Feen besaßen für ihr Erschaffen ja keine Sprüche. Das begriff Kore mittlerweile. Kaum war sie bei der Null, glaubte sie wie ein gespanntes Gummiband zusammen zu fahren und ihren Pyjama zu verlieren. Sie fühlte sich wie eine Fliege, die sich unter einem Tuch verkroch. Mühsam wälzte sich Kore unter ihrem übergroßen Schlafanzug ans Licht und fuhr ihre Flügel aus. Mit einem kurzen Befehl in ihre Nervenbahnen erhob sich die Fee in die Luft und steuerte auf Ipsy zu. Ihre Ausbilderin wirkte nun ihrerseits wie eine Riesin.

„Sehr schön", lobte Ipsy ihren Versuch. „Aber das nächste Mal schließe in deiner Vorstellung deine Kleider mit ein. Sonst bleibst du nackt, wenn du dich wieder normal machst. Ein solches Missgeschick kannst du mit einer Kombination des Elementars und des Desingers korrigieren. Fliegen kannst du übrigens auch noch, wie du bereits herausgefunden hast", erklärte Ipsy anschaulich und hielt Kore ihren Finger hin, damit sie auf ihm landete. „Ich liebe diesen Trick, denn so können meine Schülerinnen empfinden, wie es mir geht, wenn ich sie unterrichten muss. Zum Fliegen brauchst du auch keinen Staub verwenden. Wenn du wieder normal groß werden willst, dann zähle von Null bis Fünf."

„Null, Eins …", fing Kore zu zählen an.

„Im Geiste", fügte Ipsy hinzu, sodass Kore nochmals im Geiste mit dem Zählen begann. Kaum erreichte sie die Fünf, wuchs sie auch wieder auf Normalgröße heran.

„Puh, der war ja wirklich ungewöhnlich", bemerkte Kore resümierend und zog sich ihren Pyjama wieder an. „Kann ich mich auch zu einem Riesen machen?"

„Nein, das lässt unsere Leichtbauweise nicht zu. Der Minimalus ist hervorragend geeignet unbemerkt als Fee zu operieren. Gerade, wenn du dich auf freier Fläche, wo es keine Deckung gibt, flugbereit machst, erweist er sich als sehr praktisch. Aber nun zum Abschluss noch ein weiteres Bonbon für dich, damit du auch schön was zum Üben hast. Den Elementar oder Dingtrick kennst du ja schon. Das war der heute im Schwimmbad und das mit dem Hydranten und der Laterne. Den hätte ich dir jetzt beigebracht und zugegeben die Beiden musst du in jedem Fall üben, bis sie dir flüssig von der Hand gehen. Könnte man so sagen. Es könnte lebensrettend für dich sein. Den Dingtrick aufzulösen, wie du bereits selbst herausgefunden hast, ist wie bei der Projektion. Nur, dass du die Augen dazu offen lässt. Er geht aber nur für Sachen oder Auslöser, die du selbst erschaffen hast. Für fremde Schöpfungen ist der Verschwindibus da, der noch nicht zu unserem Unterrichtsstoff gehört."

Ipsy machte nun eine kurze Pause und räusperte sich:„Ach ja, da gibt es etwas, was du dazu wissen musst. Der Dingtrick klappt nur mit Gegenständen, mit lebenden Organismen gar nicht. Um Pflanzen zu machen, müssen wir tiefer in die Kiste greifen und das überfordert dich im Augenblick. Du beherrscht noch nicht die Seelengabe."

„Was denn? Wir können sogar Seelen geben?", entfuhr es Kore ungläubig.

Ipsy schwirrte zu Kore heran und blickte ihr keck mit zugekniffenem Auge ins Gesicht.

„Sag mal, was glaubst du eigentlich wer wir sind? Hm? Wir sind Schicksal, Kore: Wir sind Feen. Das dürfte doch mittlerweile bei dir angekommen sein."

„Ja, aber das klingt so…"

„Anmaßend. Überheblich. Arrogant und all die anderen Worte, die sich die Menschen ausgedacht haben, wenn sie ihre Schöpferkraft in Abrede stellten", sagte Ipsy eingeschnappt.

„Deine Zeitgenossen sind einfach unmöglich, weil es ihnen an Vorstellungskraft fehlt. Die Seelengabe ist Grundlage einer jeden Schöpfung. Ich kann dir das anhand eines einfachen Beispiels demonstrieren."

Ipsy flog ein Stück von Kore weg und ließ aus ihren Fingern eine schillernde Wolke gleiten. Sie materialisierte einen majestätischen Adler, der angekettet auf einem Ständer saß. Kore verfolgte staunend Ipsy´s Vorführung. Seltsamerweise rührte sich der Vogel nicht und wirkte steif wie ein Brett.

„Wie du sehen kannst, ist das Tier eine Attrappe, weil ich ihn von vornherein als einen Dummy geschaffen habe. Sein Gefieder ist matt, der Körper nur Fassade."

„Er sieht traurig aus", bemerkte Kore.

„Genau. Seelenlos. Und jetzt…", sagte Ipsy und ließ einen weiteren Stoß aus ihren Fingern gleiten, der direkt in die Augen des Raubvogels traf.

Der Adler wachte wie aus einem Tiefschlaf auf. Er kreischte und zerrte alsbald an seiner Kette sodass es klirrte. Verzweifelt schlug er mit den Flügeln in der Hoffnung seine Fessel loszuwerden.

„Siehst du. Jetzt ist er das, wie er sein soll."

„Ich kann tatsächlich Leben erschaffen?"

„Du noch nicht, weil das nicht Gegenstand unseres Unterrichts ist. Wir machen am Besten mit etwas Einfacherem weiter. Es ist wichtig, dass du erst allmählich das Gefühl für die Feenkraft entwickelst. Wie willst du sonst die wirklich schweren Sachen beherrschen, wenn du nicht einmal die einfachsten Kniffe flüssig ausführen kannst? Das, was ich dir jetzt zeigen werde, gehört bereits zum Mittelgewicht. Ich rede vom Elektrikus."

Der von ihr erschaffene Adler machte sich mit lautem Geschrei bemerkbar. Er war immer noch wütend, weil er nicht einfach so davonfliegen konnte. Vergeblich zog er an seiner Fessel, die ihn ehern an die Stange band.

„Elektrikus?"

„Ja, oder Elektronikus, egal wie du ihn nennst. Andere nennen ihn den Mechanikus. Jedenfalls kannst du ihn auf alle Dinge anwenden die eine Mechanik oder eine Elektronik haben. Und das auch, wenn es bereits kaputt ist. Damit kriegst du die Dinge nicht nur wieder in Schuss, sondern kannst sie nach deinem Gutdünken umprogrammieren und Sachen machen, die einem die Haare zu Berge stehen lassen. Du kannst zum Beispiel Aufzüge rauf und runter fahren lassen, selbst wenn der Benutzer etwas anderes eingibt. Deine Nanotheke manipulieren. Aber du kannst die Apparaturen auch damit zerstören. Überlege dir sehr gut, wie du ihn einsetzt. Den Schaden ... Ach was sag ich da, das trifft ja auch auf alle anderen Tricks zu. Nun zum Praktischen. Um den Elektronikus wirken zu lassen, genügt eine Verbindung zu dem Gerät, ein Kabel, die Kontrolleinheit, was auch immer. Zeige mit deinem Finger da drauf. Du stellst dir dabei nur vor, was es tun soll und dann macht es das auch. Ich glaube, im Waisenhaus gibt es genügend solche Geräte, an denen du ausgiebig üben kannst. Da kannst du ihn gefahrlos ausprobieren."

Ipsy hielt inne und geriet ins Grübeln. Man merkte, dass ihr der lärmende Adler auf die Nerven ging. Sie ließ eine Wolke aus ihrer Hand auf ihn los, sodass er verschwand und es wieder merklich still wurde. „So. Ich finde, wir haben genug für heute gemacht. Diese Tricks übst du am besten im Wachzustand. Es wird jetzt Zeit, dass du zur Ruhe kommst."

„Eine Sache noch", warf Kore ein, um Klarheit über die Vorgänge von letzter Nacht zu bekommen. „Hab ich wirklich der Erde den Mond weggenommen oder doch nur sein Licht?"

„In diesem Fall war es zum Glück nur das Licht", sagte Ipsy beruhigend. „Aber wenn dir das nächste Mal eine Taschenlampe einfällt, die anstatt ihr eigenes Licht auszuknipsen...." Ipsy bremste sich. „Ich denke, du solltest im Augenblick nicht mehr als unbedingt nötig darüber wissen. Am Ende bringst du es noch fertig und nimmst den Mond tatsächlich weg. Halt dich am Besten immer an das, was ich dir zeige. Wir sind einfach noch nicht beim Verschwindibus. Der kommt erst später dran."

„Alles klar, Ipsy", atmete Kore tief durch und alsbald war es wieder schwarz um sie. Sie fühlte, wie sie wieder in den normalen Schlaf hineinglitt und den Rest der Nacht hindurchschlummerte bis Thomas sie am nächsten Morgen aus dem Reich der Träume holte.

Die Stimme ihres Lernassistenten weckte Kore sanft aus dem Schlummer.

„Guten Morgen Kore. Neun Uhr ist es jetzt", säuselte er freundlich und stellte ihr, wie immer, die gleiche Frage. „Willst du, dass ich dich abfrage?"

„Nein. Jetzt nicht. Ich hab für heute genug zu erledigen", sagte Kore gähnend zu ihm und sich den Schlaf aus den Augen reibend. Thomas verschwand gemäß seiner Programmierung gleich wieder. Kores schwummriger Blick auf die Plasmauhr bestätigte seine Zeitangabe. Noch mit Müdigkeit in den Augen trapste Kore in den Toilettenraum und ließ sich vom Nanohyg und dem Nanokos ihr Äußeres in Form bringen. Als sie an den Nanotex ging, überlegte sie sich gut was sie sich für Heute anzog. Normalerweise wäre die Schuluniform drangewesen. Aber auf die Akademie wollte Kore nicht gehen. Vielmehr dachte sie eher an etwas Robusteres. Wer wusste schon, was sie draußen beim Waisenhaus für Erfahrungen sammelte. Da war ein dünner Stoff nur unpassend. Zum ersten Mal wendete Kore ihre Kräfte nicht aus der Situation heraus an, sondern bewusst im Training. Ihre Wahl fiel auf eine lange beige Baumwollhose und ein cremeweißes Baumwollhemd mit einem Ausschnitt auf dem Rücken für ihre Flügel. Kore band sich ihre Haare zu einem Pferdeschwanz zusammen, damit sie ihr beim Fliegen nicht stören. Zufrieden sah sie sich nach dem Einkleiden im Spiegel an und stutzte als der Blick auf ihre Ohren fiel. Sie hatte sie nach oben wesentlich abgerundeter in Erinnerung als jetzt. Nun aber schienen sie sich nach oben immer mehr anzuspitzen. Damit man es nicht sofort bei ihr sah setzte sich zum Abschluss einen schwarze Kappe auf. Sie prüfte kurz die Handhabung ihrer Flügel, in dem sie sie ausfuhr und ein paar Zentimeter vom Fußboden abhob. Heute Handschuhe anzulegen, hielt Kore nicht für notwendig, da sie es mit keinem näher zu Tun bekam, den sie kannte. So gerüstet verließ sie ihr Zimmer. Wie immer beabsichtigte sie morgens in die Küche hinunterzugehen, um sich das Frühstück machen zu lassen. Eine gute Stärkung für den heutigen Tag konnte nicht schaden. Auf ihrem Weg nach unten kam sie unwillkürlich an der Tür des gemeinsamen Schlafraumes ihrer Eltern vorbei. Normalerweise wäre Kore achtlos, wie an jedem Morgen, an ihr vorübergegangen. Heute aber stand die Tür ein kleines Stückchen offen. Dies war in der Tat höchst seltsam, denn sonst schlossen ihre Eltern das Schlafzimmer immer ab.

Solange Kore in diesem Haus lebte, betrat sie noch nie das Schlafzimmer ihrer Eltern. Geschweige denn, dass sie einen Blick hinein riskierte. Instinktiv kam es ihr vor, als ob ihre Eltern darin etwas zu verheimlichen suchten. Sie unterdrückte aber bisher erfolgreich ihre Neugierde, das Zimmer eigenmächtig zu öffnen. Denn auch sie schätzte es nicht, wenn sich jemand an ihren Sachen vergriff. Sie traute sich in all der Zeit nie ihre Eltern zu fragen, warum sie die Tür immer absperrten, während sie ihre Tür unverschlossen ließ. Jedoch an diesem Tag war es ein Leichtes hineinzuspitzen. Nur eine Handbewegung und der ihr letzte unbekannte Raum des Hauses war erforscht. Überrascht und in Versuchung geraten blieb Kore auf dem Gang stehen und starrte auf die angelehnte Tür. In ihrem Kopf tickte es. Sie überlegte sich gründlich, ob sie heute ihrem Forschungseifer nachgeben und herausfinden sollte, was es mit der Geheimnistuerei ihrer Eltern auf sich hatte. Wenn es denn eine war. Außerdem blieb sie ja ohnehin nicht mehr lange hier. Also schadete ein kleiner Blick nichts. Kurzer Hand schupste sie die Tür auf, welche schwungvoll aufging und dessen Klinke leise gegen den Hochschrank dahinter stieß. Sie trat auf die Schwelle und sah hinein. Auf den ersten Blick erkannte sie nichts Ungewöhnliches in dem Zimmer. Ähnlich, wie ihr Zimmer, verfügte der Schlafraum ihrer Adoptiveltern über eine Ankleide und eine Toilette. Mit verschmitztem Lächeln blickte sie auf das Doppelbett mit eingebautem Liebesverstärker. Er wurde auch Illusionator genannt. Diese Erfindung verhalf den sexuellen Gelüsten zur absoluten Steigerung. Ein jedes Paar, das miteinander schlief, schwor auf so was und hatte es in ihrem Schlafzimmer als Standardausstattung. Solche Einrichtungsgegenstände waren für die Zeitepoche, in der Kore lebte, nichts Ungewöhnliches. Was die Sexualität unter den Geschlechtern anbelangte, ging man damit sehr freizügig um. So zogen die meisten Paare, was der Förderung des Liebeslebens anging, alle erdenklichen Register. Die Steuerung des Illusionators befand sich im Schlafzimmerschrank. Dort stellte man ihn nach den jeweiligen Vorlieben ein. Ähnlich ihres virtuellen

Schülerassistenten. Sie mochte daher erst gar nicht in die Schränke hinter der Tür sehen. Wie er genau funktionierte, war auch Kore nicht ganz klar, aber er erzeugte, ähnlich wie ihr Illusionstrick, in den Köpfen des Paars erotische Bilder. Deren Gehirne schütteten eine wahre Hormonflut an sexueller Befriedigung aus während die Schlafenden den Geschlechtsakt vollzogen. Es kam einem vor, als wäre man bei Bewusstsein. Doch während der Begattung sahen die Bettgenossen nur ihre entrückten Bilder und verloren jeglichen Sinn für die wirklichen Geschehnisse im Raum. Nicht umsonst wurde vor der unsachgemäßen Benutzung dieser Errungenschaft gewarnt, da diese Erfindung nicht nur Vorteile, sondern auch ungeahnte Risiken in sich barg. Kores Blick wanderte daher an den Schränken vorbei und blieb an einem alten Sekretär haften. Einem antiken Schreibtisch mit unzähligen kleinen Schubladen und einzeln abschließbaren Kästchen. So ein Mobiliar sah sie bisher noch nie und war von ihm sofort fasziniert. Hier drin befand sich bestimmt kein Sexspielzeug oder ähnliches. Das spürte sie sofort. Aber bevor sie es sich näher ansah, musste sie sicher sein, dass sich ihre Eltern garantiert nicht im Haus aufhielten. Sie mochte sich den Ärger gar nicht ausdenken, den sie sich bei ihrer Spionage einhandelte. Sperrten doch ihre Eltern sicher nicht ohne Grund das Zimmer ab. Vielleicht sollte Kore auch nicht mit dem Illusionator in Kontakt kommen, da man wusste, dass er vor allem vorpubertären Kindern nicht gut bekam.

Kore ging daher zuerst in die Küche. Wie sie bereits erwartete, hinterließen ihre Eltern eine elektronische Nachricht auf der Pinnwand. Der Briefumschlag mit der Sprachnachricht blinkte auf seinem Sichtfenster gelb auf. Kore übersah ihn bestimmt nicht. Sie glaubte den Inhalt bereits zu kennen, wollte ihn aber dennoch hören. Laut sagte sie daher: „Nachricht bitte."
Kurz darauf kam wieder der gewohnte O-Ton ihrer Eltern.
„Hallo, Liebes", sagte die Stimme ihrer Pflegemutter mit überbetonter Fürsorge. „Wir kommen heute später. Wie gestern. Viel Spaß auf der Akademie. Lern schön. Tschüss."
„Warum überrascht mich das nicht?", fragte sie sich ohne weiteren Kommentar, machte kehrt und eilte wieder zu dem Sekretär in dem Schlafzimmer ihrer Eltern hinauf.
„Das wäre eine willkommene Gelegenheit meinen Mechanikus auszuprobieren", sagte Kore zu sich selbst angespannt. Ihr Auge erfasste die kleinen Schlüssellöcher, mit denen die vielen Schubladen einzeln abgesperrt wurden. Eisenringe an den Frontblättern dienten zum Herausziehen. Gezielt probierte sie alle Schubladen mit der Hand durch. Alle waren verschlossen. Auch von einem Schlüssel erkannte sie auf den ersten Blick nichts. Ihn zu suchen hätte Stunden gedauert, wenn nicht gar, dass ihn Dora oder Edward mitnahmen. Ebenso besaß Kore keine Lust mit Haarnadeln oder Drähten an den einzelnen Schlössern herumzufingern. Das dauerte viel zu lange, geschweige denn, dass der ganze Aufwand der Mühe wert war. Normalerweise wäre ihre Erkundung, wenn sie keine Sachschä-

keine Sachschäden mit einem Brecheisen verursachen wollte, jetzt zu Ende gewesen. Wie gesagt, normalerweise.

„Perfekt", dachte Kore zufrieden bei sich, denn jetzt fand sie ihr erstes Übungsobjekt für heute. Es wurde Zeit die Feenkräfte sprechen zu lassen. Sie zeigte mit ihrem Finger auf die verschlossenen Schubladen und stellte sich vor sie zu entriegeln. Es klackte in den Schlössern. Doch das alleine genügte ihr nicht. Die Schubladen sollten von alleine aus ihren Schäften fahren. Genau diese Vorstellung legte Kore in ihren Staub und alsbald nach der Entladung aus ihren Händen schob sich ein jedes Schubfach wie von Geisterhand auf.

„Ja", juchzte Kore begeistert, ballte ihre Faust und schlug voller Genugtuung in die Luft. Der Trick klappte tadellos. Zufrieden begann sie wie Ipsy zu lachen.

Gespannt lugte Kore in die offenen Schubfächer. Sie sah darin mehrere Zettel aus Papier, was sehr ungewöhnlich für ihre Zeit war. Da man Nachrichten in diesen Tagen meist als elektronische Post abfasste und so etwas wie Papier nur für Ausnahmefälle verwendete, war sie von dieser altgedienten Konservierungsmethode überrascht. Gebräuchlicherweise benutzte man Papier für Dokumente, die vor elektronischer Löschung absolut sicher sein sollten. Aber diese Zettel hier waren keine Dokumente. Das stellte Kore schnell fest. Dazu falteten sie ihre Adoptiveltern viel zu oft in sich zusammen. Dokumente sollten ohne Falten sein. Sie nahm die Schriftstücke heraus und setzte sich auf einen kleinen Hocker, der sich unter dem Sekretär befand. Bei der Durchsicht fand sie darin Briefe an ihre Zieheltern, die Befehle enthielten. Sie erkannte das beim Querlesen an der hervorgehobenen Schrift. Sie ließen Kore aus einem anderen Grund noch heftiger erschaudern. Auf jedem von ihnen befand sich das Symbol, das sie am Tag von Nekos Ankunft im Waisenhaus und kürzlich auf Thamus Brust sah. Die Augen des Mädchens wurden immer größer, je näher sie ihren Fund untersuchte.

„Was bedeutet das?", fragte sie sich zitternd und holte sich alle weiteren Schriftstücke heraus, die sie in dem Sekretär fand. Wie gebannt las sie jede der Zeilen durch. Das Mehrfach. So unfassbar war für sie der Inhalt. Die Schrift, abgefasst in roter Tinte, wirkte auf sie, als sei es Blut. Dort wo der Verfasser stand, prangte das rätselhafte Siegel, ein Auge von dem sieben Strahlen ausgingen. Nur leuchteten diese Siegel ebenso blutrot wie die Tinte darauf.

Was Kore darin erfuhr, traf sie bis ins Mark. Mit allem hätte sie gerechnet. Wie Liebesbriefe aus der Jugend ihrer Eltern oder Dokumente über Vermögen und Besitz, aber das Geschriebene dort, raubte ihr den Atem. Ihre Adoption, ihre Aufnahme bei den Berrys ordnete jemand an, der mit dem Namen Kaimlakhan neben dem Siegel unterzeichnete. Die Zettel schienen offenbar datiert zu sein, aber sie verstand die darin verwendete Zeitrechnung nicht. In dem Schreiben tauchten unter anderem mehrere Wörter auf, die Kore nicht verstand. Es war die Rede von einem hohen Priester und einem Ritus, der die Zeit des Jaguars vorbereiten sollte. Dazu trugen die Berrys ihren Teil bei, in dem sie Kore bei sich auf-

aufnahmen. Dieser Kaimlakhan ordnete auch an, dass ihre Zieheltern mit ihr zu einem ganz bestimmten Zeitpunkt weit zu verreisen hatten. Sie trafen ihn offensichtlich ein paar Mal persönlich, denn in einigen Passagen wurde auf diese Unterredungen eingegangen. Ein Zeichen, dass gerade diese Anordnung einen sehr wichtigen Grund hatte. Welcher Grund das sein konnte, vermutete Kore nur. Ziemlich bald kristallisierte sich heraus, dass der Unterzeichner Kaimlakhan Dora und Edward bei ihren persönlichen Treffen stark unter Druck setzte. Drohungen sie den Göttern zu opfern tauchten hin und wieder in den Schreiben auf, auch wenn er es nicht so offenkundig ausdrückte. Bei den wenigen Zetteln, die kein Siegel enthielten, handelte es sich um die Antwortbriefe ihrer Zieheltern auf die Befehle des Kaimlakhan. Zum Teil bezogen sie sich auf diese persönlichen Treffen, von denen das letzte erst vor ein paar Wochen stattfand. Die letzte Nachricht las Kore mit großem Interesse. Kaimlakhan gab darin Anweisungen, wie sie mit Kore in den letzten Wochen vor der entscheidenden Zeremonie verfahren sollten. Ihr Verhalten sollte so unauffällig wie möglich sein. Am Besten ein ganz normales Familienleben zelebrieren. Möglichst wenig mit Kore sprechen. Wenn dann doch, dass sie vor allem über ihren bevorstehenden Abschluss an der Akademie redeten und wie es mit ihr als Kosmologin weiterging. Die Antworten ihrer Adoptiveltern klangen unterwürfig und voller Demut. Ihre Angst vor der bevorstehenden Strafe war zwischen den Zeilen regelrecht spürbar. Mehrfach waren diese Papierbogen korrigiert, denn es zeigte sich, dass dies nicht die Originalantworten, sondern lediglich Abschriften waren. Sie mussten panische Furcht vor dieser Person verspüren. Zu ihrem Glück tauchten hin und wieder einige Datumsangaben in der tompschen Zeitrechnung in den Antwortbriefen auf. Demnach war der Antrag beim Magistrat auf die Adoption von Kore genau einen Tag nach Nekos Ankunft im Waisenhaus gestellt. Weshalb, brachte sie trotz mehrfachem Durchlesen nicht in Erfahrung, aber diese Tatsache ließ nur einen Schluss zu. In ihr wuchs ein grässlicher Verdacht heran, dem sie sich nicht länger verwehrte.

„Dann war das alles geplant", raunte sie sich an den Kopf fassend. „Ich sollte adoptiert werden. Aber warum? Wegen Neko?"

Die Indizien ließen keine andere Erklärung für ihre Annahme zu. Miss Conners, Mildred und Michelle wurden ermordet. Indreen verschwand spurlos. Alle engeren Bezugspersonen, die Neko einmal kannte, wurden brutal aus dem Weg geräumt. Nur damit Neko zu ja keiner Person eine enge Beziehung oder Freundschaften aufbaute. Nicht einmal sollte. Hinter all dem schien dieser Kaimlakhan und der Orskult zu stecken. In Kore loderte das heftige Feuer des Zorns auf. Etwas, das den Feen eigen und einmal entfacht nicht mehr zu löschen war.

„Ich muss diesen Kerl finden", sagte Kore zu sich entschlossen. „Und vor allem Neko."

Gerade als Kore die Briefe wieder in die Schubladen zurücklegte, fiel ihr in einer eine glänzende Kette auf. Sie musste sie vorhin übersehen haben. Gespannt und vorsichtig zog sie daran. Es musste etwas Schweres am anderen Ende sein, denn sie hörte ein metallenes Schleifen aus dem Inneren der Schublade. An seinem Ende baumelte jenes verräterische Amulett, das sie bereits in der Schwimmhalle bei Thamus um den Hals sah. Nur war es etwas größer und schimmerte kupfern.

„Die also auch", grantelte Kore vor Wut. Den Anhänger aber nahm sie mit. Wer weiß, für was sie ihn noch brauchte. Die Briefe aber legte sie in die Fächer zurück, wobei sie acht gab, keine Fingerabdrücke von ihr zu hinterlassen. Die Erinnerung an das Waisenhaus ließ sie wieder an Holger und Karol denken, die sich einen ganzen Nachmittag über die Spurensuche und das Nehmen von Fingerabdrücken ausließen. Von Miss Conners lernte Kore, mit Wut umzugehen. Sie fühlte innerlich den Grand und erlaubte ihn jetzt da zu sein. Sie mochte ihren Zorn keinesfalls wegdrücken, da er dann nur schlimmer wurde. Mit einem kurzen Staubstoß aus ihrem Finger verschloss Kore die Schubladen wieder und ging zur Tür hinaus. Auch diese wurde von ihrem Staub verschlossen. Kore kam es vor, dass diese Fügung einfach nur ein Missgeschick ihrer Adoptiveltern war. Sie mussten keinesfalls mitkriegen, dass sie nun über sie Bescheid wusste.

In der Küche warf Kore verachtend ihren Blick auf die mittlerweile leere Pinnwand. Dem Kommunikationsmittel, mit dem ihre Eltern vorzugsweise in den letzten Tagen mit ihr zu reden gedachten.

„Die wollen doch bloß, dass ich endlich verschwinde", sagte Kore wütend, während sie ihr Frühstück aus der Nanotheke zog. Normalerweise hätte sie vor Zorn keinen Bissen hinunter gebracht, aber für ihr heutiges Vorhaben, das sie sich in den Kopf setzte, musste sie genügend Kraft besitzen. Wie schon Tags zuvor, bereitete ihr die Nanotheke erneut eine üppige Portion. Heute bestehend aus mehreren Scheiben gebratenen Speck mit dicken Bohnen, einem riesigen Eieromelette, das von der Größe her sogar über den Tellerrand hinausging. Diese Menge reichte gut und gerne für drei Personen. Nur der Kräutertee wirkte etwas unpassend dazu. Dass die Nanotheke ihr wiederum ein ungewöhnlich energiereiches Frühstück mit Tee kredenzte, bemerkte Kore in ihrem Frust nicht einmal.

„Die wollten mich gar nicht haben. Sie haben mich nie geliebt. So ein Mist und ich, ich …ach ich darf gar nicht daran denken", schimpfte das Mädchen außer sich und stopfte wütend das Frühstück in sich hinein. Fast wäre sie der Ansicht verfallen, dass sie nie den Sekretär hätte finden und öffnen sollen. Doch dazu war es jetzt zu spät. Das Wissen um der Wahrheit gab ihrem Leben unweigerlich eine neue Richtung. Die Fee hatte keine Lust mehr länger auf dem Besitz ihrer Zieheltern bleiben, für die sie nur noch Verachtung empfand. Auch wenn sie nur ihre Haut zu retten versuchten. In ihrem Zimmer befand sich nichts, was sie mitnehmen wollte. Die paar Dinge, die sie im Lauf ihrer gemeinsamen Reisen sammelte, konnten Dora und Edward ruhig behalten. Als noch nicht Volljährige hätte Kore jederzeit in ein Tompswaisenhaus zurückkehren und um Aufnahme bitten können. Keines der adoptieren Tompskinder war gezwungen bei seinen Adoptiveltern zu bleiben. Allerdings wäre dann ihr Studium auf der Akademie

unweigerlich zu Ende. Doch daran mochte Kore jetzt keinen Gedanken verschwenden. Ihre Feenkräfte zu vertiefen war ihr wichtiger. Mit unbändigem Zorn verließ sie daraufhin das Haus ihrer Zieheltern ohne sich noch einmal umzusehen. Zu viel Scheinheiligkeit lag über dem Ort. Das machte keine noch so schöne Erinnerung daran wett.
Sie marschierte geradewegs den Fußweg zur Hauptstraße hinunter. Während die aufgehende Sonne über die Hausdächer lugte, versuchte Kore ihren unermesslichen Ärger zu verdauen. Das war gar nicht so einfach, denn der fraß sich in ihrem Herzen fest und beherrschte ihr Denken vollends. Die friedliche Stimmung der Außenwelt an diesem sonnigen Morgen drang gar nicht bis zu ihrem Gemüt durch. Der aufgeladene Zorn war unbeschreiblich. All die Jahre spielte man ihr Theater vor und es diente allein dazu, sie von Neko fern zu halten. Ihr Gefühl im Waisenhaus betrog sie damals nicht. Es blieb ihr etwas zu tun. Erst jetzt erkannte sie genau, was es war. Die Hermesbrüder liefen ihr am diesem Morgen nicht über den Weg, obwohl Kore damit schon rechnete. Die waren doch ständig in ihrer Nähe, um sie bei der nächstbesten Gelegenheit in die Mangel zu nehmen. Den Brüdern wäre aber das Zusammentreffen heute mit ihr sicherlich nicht bekommen, denn Kore war über die Wahrheit ihrer Adoption derart außer sich, dass sie sich für den Fall eines erneuten Zusammentreffens bereits einen Schlachtplan zurechtlegte. Niemals sollten ihre Peiniger sie nochmals so eiskalt erwischen.

Sie erreichte ohne Zwischenfälle ihr erstes Ziel des heutigen Tages: Das Haus von Adalmus. Verträumt lag es im morgendlichen Dunst der Siedlung. Mit flottem Schritt näherte sich Kore seiner Tür und klopfte daran. Eine Türglocke erkannte sie bei ihm nicht. Er brachte offenbar keine an, da er nicht gerne Besuch von jemandem erwartete. Von drinnen kam keine Antwort.
„Adalmus", rief Kore zu ihm hinein und klopfte erneut. Diesesmal wesentlich lauter. „Adalmus, bitte mach auf. Ich bin es. Kore."
Doch es rührte sich immer noch nichts. Es blieb verdächtig still. Kore wurde leise und lauschte an der Tür. Und tatsächlich: Sie hörte ein leises Singen von der anderen Seite. Es kam aber nicht direkt aus dem Haus, sondern von seiner Rückseite. Für Kore wäre es kein Problem mit dem Mechanikus die Tür zu entriegeln, um in Adalmus Haus zu gelangen, doch das hielt die Fee für taktlos. Sie wollte auf andere Weise dem Gesang auf den Grund gehen. Um das Haus konnte Kore nicht herumgehen, denn ein hoher weißgetünchter Bretterzaun verhinderte in den Garten zu gelangen. Skeptisch musternd stand sie davor. Für eine Fee war auch er kein Hindernis. Vielmehr überlegte sie, ob sie den Minimalus einfach auf freier Flur anwenden oder hinter den breiten Haselnussstrauch schlüpfen sollte, der vor der hohen Gartenenfassung sein dichtes Laub ausbreitete. Nachdem sie sich kurz umsah, verschwand sie im Gebüsch und gab ihren Nerven den Befehl die Flügel auszufahren. Sie glitten wie geölt aus ihrem Rücken und spannten sich flugbereit auf. Wie gelernt hob die Fee vom Boden ab. Kaum in der Luft überkam ihr plötzlich, dass es nicht gut wäre, dass sie in

Normalgröße auftrat. Also zählte Kore im Geiste von Fünf bis Null rückwärts und stellte sich eine Libelle vor. Diesesmal bezog sie ihre Kleider mit ein. Es zog sie, kaum dass sie die Null erreichte, wie ein Gummiband auf Libellengröße zusammen. Erst dann flog sie auf das Dach des Hauses um sich von dort oben einen Überblick zu verschaffen. Sie wusste von Ipsy, dass es wichtig war, nicht einfach so irgendwo einzudringen. Die Fee setzte auf dem Dachfürst auf und spähte in den Garten des Arztes hinein. Neugierig besah sie die doch recht eigenartige Anpflanzung des Doktors.

Die meisten Gärten in Hailwood dienten als reine Wohlfühloasen. Sie besaßen malerische Teiche mit Zierfischen und Bepflanzungen, die sich gegenseitig an Harmonie zu übertrumpfen suchten. Dann gab es reine Kiesgärten deren Ziel nicht der Bewuchs, sondern die Gestaltung durch den reinen Stein war. Genau so einen Zen-Garten, wie ihn die Nachbarn von Kores Expflegeeltern unterhielten. Ein Ruheort, der zur Meditation und Findung der inneren Ruhe anhielt. Das aber fand sich in dem Garten von Adalmus nicht. Auf den ersten Blick wirkte er recht verwildert. Doch je näher Kore ihn in Augenschein nahm, umso deutlicher fiel ihr auf, dass es sich hierbei um Beete handelte, auf denen der Doktor ganz bestimmte Pflanzen anbaute. Das alleine blieb für sich schon ein Kuriosum. Gartenbau, den der Bewohner selbst betrieb. Zu Kores Zeit war es üblich einem Roboter die Gartenarbeit anzuvertrauen. Meist hegte und pflegte er den gesamten Außenbereich des Grundstücks. Wenn es speziell sogar gewünscht wurde, baute der Universalgärtner auch Feldfrüchte an. Hinterm Haus des Arztes wuchsen aber keine Feldfrüchte auf den Beeten. Das erkannte Kore sofort. Es handelte sich um Pflanzen, von denen Kore nur ganz wenige erkannte. Eine davon stach ihr sofort ins Auge. Die Tollkirsche. Kore beobachtete Adalmus aufmerksam vom Dach aus, wie er mit einer Harke die Erde seiner Beete auflockerte. Er bemerkte sie nicht. Sie gab ihren Flügeln wieder den Befehl zum Abheben und flog zu ihm hinunter. Sanft wie eine Libelle setzte die Fee auf dem Rasen auf und zählte im Geiste von Null bis Fünf. Unversehens verwandelte sie sich wieder in Normalgröße.

„Adalmus, was tust du da?", fragte sie ihn ohne Morgengruß.

Der Doktor schreckte von seiner Arbeit auf und drehte sich zu ihr um. „Oh, Kore. Wo kommst du so plötzlich her?"

„Vom Himmel. Hey, ich ruf mir da draußen die Seele aus dem Leib. Warum machst du nicht auf?"

„Entschuldige bitte. Ich bin ganz in Gedanken. Immer wenn ich meine Beete jäte, dann vergesse ich alles um mich herum."

„Was sind das für Gewächse, die du da hast? Sie sehen mir nicht danach aus, als ob es Zierpflanzen wären."

„Das stimmt Kore. Sie sind mein größter Schatz", sagte Adalmus stolz und stützte sich zufrieden auf sein Gartenwerkzeug.

„Links siehst du Heilpflanzen. In der Mitte sind Gewürzpflanzen und rechts toxische Pflanzen."

„Du baust giftige Pflanzen an? Warum das denn? Willst du jemanden töten?"

„Nein. Ganz und gar nicht. Weißt du, in der Natur gibt es nichts Sinnloses. Da hat alles seine Berechtigung. Auch die Giftpflanzen. Giftpflanzen sind eine alte Leidenschaft von mir. Ich hab mich als junger Mann intensiv mit ihnen befasst." Adalmus seufzte und glitt in die Erinnerung an seine Zeit auf der Akademie ab.

„Ach ja, ich werde demnächst an der Akademie zu diesem Thema ein paar Vorlesungen halten. Wenn du willst, kannst du gerne kommen."

„Äh, wie bitte? Du unterrichtest auf der Akademie? Ich dachte, du wärst im Ruhestand."

„Das bin ich auch. Aber seit ich dich kennengelernt habe, hab ich mich wieder an Elisabeth erinnert. Sie brachte mir bei, dass es keinen Zufall gibt. Das alles, was einem im Leben widerfährt, seinen Sinn hat. Auch wenn man ihn nicht sofort erkennt. Ich weiß genau, wie ich mit ihr bei unserem ersten Kennenlernen deswegen in Streit geraten bin."

„Was ist da passiert?"

„Sei mir bitte nicht böse, aber das will ich noch für mich behalten", sagte Adalmus. „Ich bin noch nicht soweit, dass ich dir davon erzählen könnte. Und du? Du siehst nicht so aus, als ob du heute zur Akademie möchtest."

„Das stimmt", antwortete Kore geknickt. „Ich bin momentan so wütend auf meine Eltern. Ich will lieber mein Können als Fee vertiefen. Das halte ich für sinnvoller. "

„Du wirst wissen, was du tust", sagte Adalmus anerkennend. „So war das auch bei mir damals. Weißt du, ich wollte eigentlich Nanotechniker werden, wurde aber dann doch Mediziner. Man weiß nie, wohin einen das Leben führt. Was haben deine Eltern angestellt?"

„Ich bin noch nicht soweit, darüber mit jemandem zu reden. Ich will das jetzt noch für mich behalten", entgegnete Kore mit einem flauen Gefühl im Magen. Der harte Brocken, den sie schlucken musste, blieb weiterhin unverdaut.

„Verstehe", schmunzelte der Arzt. „Da fällt mir ein, dass ich heute Morgen in der Mediazeitung gelesen habe, dass die Sonne für ein paar Sekunden kein Licht zur Erde schickte. Die Wissenschaftler stehen vor einem Rätsel und spekulieren über alle möglichen Zusammenhänge. Wir konnten das Phänomen nicht sehen, da es bei uns während des Aussetzers Nacht war. Für ein paar Sekunden blieb jedoch der Mond dunkel."

„Was sagst du da?", horchte Kore interessiert auf.

„Klingt verrückt. Ich weiß. Ich hab mir gedacht, dass dich das interessieren könnte."

Kore folgerte bei sich, dass Ipsy ihr nicht alles erzählte. Offenbar hatte ihre kleine Panne in der vorletzten Nacht eine stärkere Auswirkung auf die Außenwelt.

Adalmus schnupperte plötzlich mit der Nase in der Luft herum. Er trat näher an Kore heran.

„Was ist?", fragte Kore ihn überrascht.

„Dieser zimtige Duft irritiert mich. Er ist ganz schwach. Offenbar verströmst du ihn. Mir ist das bisher nicht bei dir aufgefallen. Benutzt du ein Parfüm mit Zimtnote?"

„Äh, nein", antwortete Kore ein wenig überrumpelt. Sie wollte sich nicht die Zeit nehmen darauf einzugehen und fuhr daher fort: „Ich wollte dich fragen, ob du mir Godje für heute ausleihen könntest. Er könnte mir bei meinen Übungen helfen."

„Natürlich kann ich das", sagte Adalmus. „Willst du vielleicht etwas frühstücken? Ich hab frischen Minztee aufgegossen und Brötchen gebacken."

„Nein, danke. Ich hatte schon Frühstück."

„Das dachte ich mir schon" lächelte Adalmus zufrieden und sah sich Kore von Kopf bis Fuß mit irgendeinem Hintergedanken an. „Irgendwie verblüffend diese Ähnlichkeit."

„Was meinst du?"

„Ich hab Elisabeth genauso in Erinnerung, wie du jetzt aussiehst. Fast könnte man meinen… aber das ist absurd. Ich denke, ich halte dich nicht mehr länger auf. Godje wird vor der Tür auf dich warten", sagte Adalmus.

„Ich danke dir", verabschiedete sich Kore mit einem tiefen Blick.

„Ich danke dir", antwortete Adalmus. „Wegen dir hab ich mich wieder daran erinnert, was mich meine Liebste lehrte. Ich hab es in all der Zeit nur vergessen."

Kore fuhr ihre Flügel aus und hob sich lautlos in den Himmel hinauf. Sie sah auf Adalmus hinab, der ihr lächelnd zum Abschied nachwinkte. Irgendwie, so kam es ihr vor, hatte er sich verändert. Es schien, als hätte Kores Erscheinen dazu beigetragen, sich wieder an seine freudigen Momente im Leben zu erinnern. Nach einer kurzen Abschiedsgeste wandte Kore den Minimalus an, flog über sein Haus und nahm Godje an der Haustüre in Empfang. Sie ahnte nicht, dass dies das letzte Mal war, dass Adalmus sie sah. Den heutigen Tag wollte Kore ausschließlich mit dem Üben ihrer Feenkräfte verbringen. Ihre berufliche Zukunft als Sternenforscherin war ihr mittlerweile egal. Das musste sie Adalmus nicht auf die Nase binden. Die ganze Welt schien sie zum Narren gehalten zu haben. All ihre Hoffnungen und Zukunftsträume zerstoben mit dem Erfahren der Wahrheit über ihre Adoption wie im Nichts. Wortlos ging Kore mit Godje zum Hypergleitbahnhof. Während der Fahrt arbeitete und tobte es in ihrem Geist. Ähnlich der Landschaft, die an ihr vorbeiflitzte. Nach nur einer Viertelstunde fuhr die Hyperbahn am Haltepunkt zum Gedenkmemorial ein. Godje war ob der Schweigsamkeit von Kore zwar sehr verwundert, verbat sich jedoch ein Wort dazu, solange sie nicht allein waren. Wenn sie das Ziel ihrer Reise erreichten, sagte sie sicher etwas. Er kannte eben das Mädchen gut genug um zu wissen, dass sie irgendwann von selbst mit der Sprache herausrückte. Solange wartete er. Das nahm sich der Emotionsroboter vor, denn Godje konnte bedeutend mehr als Dinge täuschend echt nachbilden. Er fühlte sich in Menschen ein. Etwas, dass trotz aller technischen Errungenschaften bisher noch keinem Roboterbauer gelang. Außer seinem Erfinder Adalmus.

Außer ihnen stieg niemand weiteres an der Haltestelle aus. Kore spielte schon mit dem Gedanken, nachdem sich der Zug wieder in Bewegung setzte, zum Waisenhaus zu fliegen anstatt zu laufen. Aber ihr war im Augenblick noch nicht danach. Sie wollte zu Fuß gehen, um ihren aufgestauten Ärger besser zu verarbeiten.

„Wenigstens sind wir ungestört", kommentierte Kore knorrig mit wachem Auge den Bahnsteig absuchend und stieg mit ihrem Freund den Abgang hinunter. Während sie das kurze Stück von der Bahnstation zum geschlossenen Waisenhaus zurücklegte, ging es mit den wüsten Spekulationen in ihrem Geist weiter. Es fiel ihr schwer sich auf den Weg zu konzentrieren, so dass sie des Öfteren an Zweigen hängen blieb oder über die Wurzeln stolperte. Kore hielt sich, im Gegensatz zu ihrem letzten Besuch nicht lange beim Eingang der ehemaligen Anstalt auf. Sie ließ ihn links liegen und marschierte schnurstracks um die Anstalt herum, bis sie direkt in den Hof gelangte. Kore hielt erst an, als sie den mittlerweile vor sich hin modernden Sandkasten erreichte. Godje war ihr in kurzem Abstand gefolgt und verhielt sich vollkommen ruhig, wie ein Diener. Sie seufzte schwer, als sie vor dem Ort stand, der ihrer Meinung nach, der Folgenreichste in ihrem bisherigen Leben war.

„Godje, ich habe immer gefühlt, dass es eine Verbindung zwischen mir und Neko gibt. Wenn ich bisher auch nicht wusste, welche. Ich glaube mein Schicksal verband sich von Anfang an mit dem Seinen", sagte sie zu ihrem Begleiter nachdenklich auf den Sandkasten starrend. Dann drehte sie sich zu Godje um, welcher hinter ihr wartete.

„Das ist aber nicht der Grund von deiner Schweigsamkeit und deiner üblen Laune heute Morgen, Kore", sagte Godje treffend.

„Das stimmt. Es hat keinen Sinn dir etwas vorzumachen", sagte Kore traurig. Einzelne Tränen verließen ihre Augen. Sie fing sie mit ihren glitzernden Händen auf und versuchte sich wieder zu fassen. Die Tropfen rannen ihr über die schillernden Hände, so dass sie wie die Tränen wirkten, die einst Neko vergoss. Es fiel ihr nicht leicht etwas zu sagen, denn der Schmerz der Wahrheit saß tief.

„Heute Morgen habe ich erfahren, dass meine Eltern mich nicht adoptiert haben, weil sie es wollten, sondern weil es jemand anordnete. Ein gewisser Kaimlakhan. Sagt dir der Name etwas?", schniefte Kore mit sich kämpfend zu Godje. Von ihm erhoffte sie eine ehrliche Antwort. Sie erwartete nur die Wahrheit, auch wenn es kein Licht in das Dunkel brachte. Wem konnte Kore überhaupt trauen? Wer spielte noch alles mit ihr Theater?

„Nein", gestand Godje aufrichtig. Godje wusste um die Bedeutung ihrer Frage. Eine Lüge oder eine ausweichende Antwort, wäre in diesem Augenblick sehr unklug gewesen.

„Er wies meine Adoptiveltern an, mich aus dem Waisenhaus zu holen. Ich sollte von Neko getrennt werden und mit ihm nicht mehr zusammenkommen. Nichts mehr von ihm sehen, nichts mehr von ihm hören. Ihn einfach vergessen. Auf mich sahen die es gar nicht ab. Neko war schon immer ihr Ziel. Aber warum tun sie Neko so etwas Schreckliches an? Er verlor jeden, den er liebte. Jeden, der ihm etwas bedeutete. Miss Conners und dein Herr liebten sich. Das war doch so offensichtlich. Neko hätte eine Familie, wenn es auch nicht seine eigenen Eltern wären. So etwas mit ansehen zu müssen, wie alles zerstört wird, was man liebt, ist einfach furchtbar. Kein Wunder, dass Neko wütend auf mich ist."

„Kore", seufzte Godje schwer. „Ich kann dich verstehen. Aber du kannst nichts dafür. Du darfst dir deswegen keine Vorwürfe machen, Neko im Stich gelassen zu haben. Als du adoptiert wurdest, wusste noch niemand, was mit Elisabeth und Adalmus passiert. Mein Herr war für den Jungen wie ein Vater, aber er wusste, dass er Neko nicht dazu brachte ihn auch als Vater zu akzeptieren. Dazu kannten sie sich einfach zu wenig. Alle Dinge brauchen ihre Zeit. Weißt du, Adalmus und Elisabeth hielten ihre Beziehung zu einander lange geheim und mein Herr fand selbst nicht mehr seit dem Tod meiner Herrin einen Halt. Nachts weinte er oft. Er schleppte sich seit dem Tod von Elisabeth nur noch durch das Leben und fand keine Freude mehr an ihm. Aber seit er dich kennenlernte, glaubt er wieder an eine Zukunft. Ich habe das gemerkt. Er singt und lacht sogar wieder. Das ist ein gutes Zeichen."

„Ja, aber warum gönnt Kaimlakhan Neko nicht ein wenig Liebe? Warum tut er alles, damit er nicht an sein Leben glauben kann?"

„Ich weiß es nicht, Kore. Aber...", wollte Godje sagen als boshafte Stimmen ihre Gedankengänge jäh unterbrachen.

Vom Tonfall erkannte Kore deren Besitzer gleich. Er gehörte zu den Hermesbrüdern, die am Eingang des rechteckigen Hofes erschienen, wie Phantome aus dem Nichts. Offenbar beschatteten sie Kore so geschickt, dass sie sich unbeobachtet glaubte. In ihren pechschwarz angemalten Gesichtern erkannte das Mädchen deutlich ihre finsteren Absichten, die sie schon lange gegen sie hegten. Der ruhige Moment im Eichenhain schien wie geschaffen für ihre Mordlust zu sein. Weit weg von der Zivilisation. Niemand würde das grausige Schreien hören, wenn die Klingen ihrer scharfen Messer Kores Leib durchstießen.

„So sieht man sich wieder", geiferten die drei Personen wie im Chor und fuchtelten bedrohlich mit ihren Klappmessern. Ein klirrendes Geräusch hallte durch die Luft. Das ratternde Klacken ihrer Messer wurde zwischen den Hauswänden wie bei einem Gebirgsecho hin und her geworfen.

„Ihr", bemerkte Kore mit aufkeimender Wut und sah ihren Widersachern verachtend entgegen. Aller Schmerz und Trauer in ihr verflog mit einem Mal. Nun aber stieg in Kore bebender Zorn empor. Gleich dem Magma in einem Vulkan vor dem Ausbruch. So etwas wie Angst, war nicht dabei. Wohl auch, weil sie um die veränderten Situation wusste, die dieses neuerliche Zusammentreffen mit sich brachte.

„Schickt euch etwa Kaimlakhan?", zischte sie wie ein Dampfkessel kurz vor dem Explodieren.

„Der hohe Priester", raunte ihr Wortführer fanatisiert. „Du kennst den Namen des hohen Priesters. Egal, woher du ihn weist, du wirst jetzt sowieso sterben.

Auch dich werden wir den Göttern opfern und mit deinem Blut unseren Sieg bezahlen. Die Zeit des Jaguars wird bald anbrechen und dein Geist wird in die Unterwelt eingehen", riefen sie selbstsicher. Kore traute ihren Augen kaum, als die Hermesbrüder sich die Kleider vom Leib rissen. Nur noch mit einem blutbesudelten Lendenschurz standen sie vor ihr. Ihre Selbstsicherheit wurde durch eine laute Gebetsformel untermalt, die sie unablässig von sich gaben. Ein Singsang drang aus ihren Kehlen, der sie wie in Trance auf das bevorstehende Opferritual einschwören sollte. Der Text der Beschwörungszeremonie war in einer Sprache abgefasst, von der Kore nicht auch nur ein Wort aufzulösen vermochte. Einige der Worte klangen so ähnlich wie in den Briefen, die sie bei ihren Eltern fand. Kore sah im grellen Licht der Mittagssonne um ihre Hälse die Amulette des grünen Auges mit den sieben Strahlen blitzen. Die Hermesbrüder steckten offenbar viel tiefer in der ganzen Sache drin.

„Warum wollt ihr mich denn töten?", fragte Kore provozierend, um auf ihre Motive zu kommen. „Etwa weil ich euch ein Geschäft vermasselt habe? Das glaubt ihr doch selbst nicht. Kaimlakhan hat das angeordnet. Nicht wahr? Ihr tut doch alles, was man euch befiehlt."

„Das Mädel ist gar nicht mal so dumm", lachten sie ihr Tötungsritual unterbrechend und standen nur noch wenige Meter von Kore entfernt. Sie stanken bestialisch nach verwestem Fleisch und klebrigem Blut.

„Wir sind die Novizen und die künftigen Priester des großen Tempels", grölten sie. „Wir werden durch dein Opfer in den hohen Zirkel aufsteigen."

„Ihr denkt nur an eure Karriere, aber nicht an das, was ihr anrichtet."

„Wehr dich nicht, dann tut es weniger weh."

Nur noch wenige Schritte trennten sie. Kore erkannte, dass es in ihren Herzen keine Liebe gab und jegliches weitere Wort reine Zeitverschwendung wäre. Sie musste jetzt handeln.

Die Fee war so aufgestachelt, dass sie am Liebsten ihre bis jetzt wohl gehütete Tarnung auffliegen und die Burschen mit einem Handstreich erlegt hätte. Dennoch kamen da die Grundsätze der Feen durch ihr Gedächtnis gedämmert. Sie besaß so viel Macht, dass es durchaus eine andere Möglichkeit der Konfliktbereinigung gab. Sie einfach so töten, wollte Kore nicht. Eher an eine Läuterung dachte sie. Eine Läuterung war schlimmer als der reine Tod. Etwas, dass sie diesen törichten Burschen nur zu gerne gönnte. In Windeseile fasste Kore ihren Plan, der sich wesentlich von der Absicht ihrer Gegner unterschied. Die drei Novizen sahen gerade noch, wie Kore ihre linke Hand zu ihnen ausstreckte und ein silberner Nebel rasant ihre Finger verließ. Er suchte seinen Weg scheinbar an ihren Widersachern vorbei, doch nur einen Wimpernschlag später schoss hinter ihnen eine gigantische Mauer in die Höhe. Sie riegelte den Hof vollständig ab. Kaum erreichte die Mauer den Giebel des Waisenhauses, knickte sie in den neu entstandenen Innenhof ein und schob sich vor die Sonne, wodurch eine gewaltige Halle entstand, in der es prompt mangels Licht stockdunkel wurde. Die Hermesbrüder schockierte die mysteriöse Kraft so sehr, dass sie ihre Messer in den Staub

den Staub fallen ließen. Der Singsang blieb förmlich in ihrem Hals stecken. Ihre letzten rituellen Worte hallten ausklingend durch den Raum, bis sie wie von einem Schwamm jäh aufgesaugt wurden. Dann herrschte absolute Stille. Unter ihnen. Über ihnen. Neben ihnen. Überall sahen sie nur gähnende Schwärze. Sie sahen sich nicht einmal mehr gegenseitig. Es gab keinen Fixpunkt mehr, an dem sie sich orientieren konnten. Weder wussten sie, wo unten oder oben war, noch hatten sie eine Ahnung, wo Kore steckte. Obwohl jeder Einzelne von ihnen einen Laut ausstieß, hörte ihn der andere nicht. Hilflos und allein stolperten die Brüder durch die Dunkelheit und spürten zum ersten Mal in ihrem Leben am eigenen Leibe, wie sich ein Blinder fühlte. Doch auf einmal tauchte ein kleiner schimmernder Punkt im Raum auf. Er vertrieb hell und freundlich die Dunkelheit. Zu ihm gesellten sich feiner Nebel und noch mehr glitzernde Punkte. Ein Haufen nach dem anderen glitzernder Punkte mit unterschiedlicher leuchtender Intensität breitete sich in der Schwärze aus. Die Hermesbrüder sahen zwischen Ihnen Gaswolken, riesige Galaxien, die sich um ihre eigene Achse drehten. Die Sterne wurden immer mehr, bis sich ein gigantisches Lichtermeer in dem Raum erstreckte. Sie sahen Quasare. Gigantische Lichtströme, die in verschiedenster Intensität pulsierten. Sie sahen gewaltige Planeten mit spektralen Farbtönen, die ihre Beschaffenheit erahnen ließen. Um sie wanderten die Monde, flog der Sternenstaub vorbei. Asteroidenbrocken kreisten in dieser unendlichen Schwerelosigkeit umher, wie ein freihängendes Mobile. Dann sahen sie die mächtige Sonne des Planetensystems, welche mit ihren grellen Strahlen die Planeten beschien. Erst durch ihr Licht, gewannen sie die Farben, die seit Jahrtausenden die Menschen in Faszination versetzten. Im Hintergrund leuchtete die Milchstraße, dessen Spiralarm an einem gigantischen Schwarzen Loch hing, das das Gebilde zusammenhielt. Zwischen diesem Gebilde trottete ein kleiner Junge mit einem großen Teddybären hindurch. Er zog ihn am Fuß hinter sich her. Der Knabe hielt direkt auf die drei Brüder zu, die wie beschämt aus einer anderen Dimension dastanden. Der Kleine hatte einen Schlafanzug an und rieb sich müde die Augen. Mit seinem Bären hinterließ er einen Sternenschweif im Weltraum. Zielgenau blieb er bei ihnen stehen und fragte mit seinen großen Augen und der bubenhaften Stimme den Wortführer der Brüder:„Du. Erzählst du mir eine Geschichte? Ich kann nicht schlafen."
Kore erschien lebhaft die Erinnerungen an ihre Zeit in dem Waisenhaus. Vor allem rief sie sich die Zeit ins Gedächtnis, als sie ebenso im Alter des Jungen war. Immer, wenn sie nachts nicht einschlief, trapste sie zu Indreen und bekam von ihm eine Gute-Nacht-Geschichte zu hören. Auch jetzt, als junge Frau, erinnerte sie sich noch gerne daran und sehnte sich in ihrem Herzen nach den Erlebnissen ihrer frühen Kindheit zurück. Eine Zeit, die nie wieder kam, aber die ihr zeigte, wie schnell und vergänglich ein Moment sein konnte. Indreen erzählte ihr gerne Geschichten. Es waren die verschiedensten Abenteuer, in dem Fabelwesen wie Einhörner, Drachen, Feen, Kobolde und mutige Helden darin vorkamen. Und genau so eine Geschichte forderte der Junge von den Hermesbrüdern ein. Sie sollten ihn in eine Welt entführen, die ebenso fantastisch und wunderschön wie das Universum mit seiner unendlichen Weite und Möglichkeiten war. Eine Welt,

in der andere Gesetze herrschten und die zeigte, was Recht und Unrecht und wer der eigentliche Herrscher des Diesseits ist. Aber die Brüder fühlten sich mit dem kleinen Buben überfordert.

Vieles lernten sie bei den Ors. Vor allem wie man Herzen aus Brustkörben schnitt und die ausblutenden Körper rituell behandelte. Wie man Drogen herstellte, die den Konsumenten in eine selbstvergessene Wahnvorstellung entführte. Wie man Mitmenschen erpresst, sie foltert und psychischen Terror auf sie ausübte, damit sie gefügig wurden. Wie ihre Opfer dazu gebracht wurden, dass sie ihnen bedingungslos gehorchten. Wie man Gehirnwäsche anwandte, um kritische Stimmen erst gar nicht entstehen zu lassen. Nie aber lernten sie zu bezaubern. Nie wurde ihnen beigebracht, wie man mit kleinen Kindern umging. Jene, die sich mit Vorliebe ihren Eltern öffneten, sich an sie drückten, wenn sie Angst bekamen, oder einfach nur schmusen wollten. Jene, die zwar untereinander mal heftig stritten, aber genauso schnell verziehen. Die auch mal teilten, selbst wenn es scheinbar nichts zu teilen gab. Jene, deren Augen man zu glänzen brachte, wenn man sie bei den Händen nahm, mit ihnen spielte und Liebe schenkte. Genau mit solchen, die die Hermesbrüder auch einmal waren, bevor man sie in das Orsinternat sperrte, damit sie erfuhren, was angehende Priesternovizen zu erlernen hatten.

„Eine Gutenachtgeschichte?", ächzte der Priesteranwärter außer nach Luft ringend. Bebend vor entfachter Mordlust schrie er stattdessen den Kleinen an. „Wie wäre es mit der, in der ich dich Tod machen werde", schrie er fanatisiert und griff nach dem Jungen mit seinen Händen. Wenn er sein Messer noch in der Hand hätte, hätte er ihn mit einem Strich die Kehle durchgeschnitten. Doch sein Versuch, den Kleinen zu erwürgen, scheiterte jäh. Seine Hände glitten durch seine milchige Erscheinung hindurch, wie wenn er ein Gespenst wäre. Nicht den geringsten Widerstand spürte er.

„Was bist du für ein Wesen? Ein Geist?", rief er mit beginnendem Grausen, als der Junge ungeachtet seiner blutgetränkten Worte weiterredete.

„Wie wäre es mit einer fantastischen Geschichte von dem mutigen weißen Ritter …", fing der Junge an ihn zu fragen. Urplötzlich materialisierte sich hinter ihnen ein hünenhafter gepanzerter Reiter mit einer Turnierlanze auf einem schnaubenden Pferd. Prächtig glänzte seine Rüstung in dem Licht der Sterne. Deren Abglanz bündelte sich wie ein Laser, dessen Strahlen auf die Hermesbrüder schossen.

„Halt, Bube", blaffte der Rittersmann dumpf unter seinem heruntergeklappten Visier hervor und richtete seine Lanze auf die Priesternovizen. Unversehens gab der Reiter seinem prächtig geschmückten Pferd die Sporen. Sein Umhang geriet in flatternde Wallung und jagte im brausenden Galopp auf das Trio zu. Alle drei bekamen panische Angst von der herandonnernden Attacke. Sie fühlten die mächtigen Erschütterungen der Pferdehufe einem Erdstoß gleich durch den Raum beben. Die aufkommende Angst ließ ihre Beine bewegen und sie fingen an wie ferngesteuert vor dem Angreifer davonzulaufen. Aber ihre Füße fassten in dem scheinbar endlosen Nichts keinen Tritt. Es kam ihnen vor, wie wenn sie auf der Stelle liefen. Keinen Widerstand fühlten sie unter sich. So, als ob sie in der Luft hingen. Mit Leichtigkeit erreichte sie der Turnierreiter und er hätte ihre Körper ohne Schwierigkeiten mit seiner schweren Lanze aufgespießt. Jedoch als die Lanze auf sie traf, durchfuhr die Erscheinung die Brüder wie eine Nebelschwade. Sie verschwand so schnell wie sie gekommen war. Kaum bemerkten die Drei den trügerischen Spuk, atmeten sie erleichtert auf. Zum Glück war der Reiter nicht real, dachten sie erlöst. Der Junge aber war immer noch da. Mittlerweile wich die Gier nach Blut aus den Köpfen der Brüder. Jetzt versuchten sie sich klar zu werden, was hier eigentlich vor sich ging. Die Ereignisse aber ließen ihnen keine Zeit, um einen überlegten Gedanken zu fassen.

Der Junge hörte nicht auf, mit ihnen zu reden:„Wie wäre es mit einer Geschichte von einem feuerspeienden Drachen? Mit glühenden Augen und schweren Schuppen."
Der Boden begann erneut zu beben. Ein rotglühender Spalt tat sich vor ihnen auf und sogleich kroch ein mächtiger Drache heraus, der mit seiner Größe den Giebel des Waisenhauses spielend überragt hätte. Mit flammend rotem Schuppenpanzer und riesigen Hörnern auf dem Kopf, schnaubte er bedrohlich. Er sah aus, wie wenn er direkt aus der Hölle emporgestiegen kam. Aus seiner Nase züngelten breite bläuliche Flammen. Seine gelben sehschlitzartigen Katzenaugen erfaßten die Novizen im Nu. Dabei stieß er laut einen schrillen Ton aus, der nicht so klang, als ob er sie freundlich begrüßte. Das Ungetüm stieß dabei kräftig durch die Nase, wodurch sogleich die blauen Flammen meterweit durch die Luft flirrten. Ein entsetzlicher Gestank von Feuer und Schwefel breitete sich von ihm aus. Regelrechte Funkenströme fielen auf die Hermesbrüder herab, wie ein Gewitterschauer. Er stampfte mit seinen mächtigen Klauen auf die drei Brüder zu. Erneut fühlten sie den Boden vibrieren. Wiederum ergriff die Angst ihre Herzen. Die nackte Furcht vor diesem Monster ließ sie wie vom Affen gebissen weiter in die gähnende Dunkelheit des Universums hinaushetzen. Wie beim Rittersmann glaubten sie, keinen Schritt vorwärtszukommen, obwohl sie diesmal versuchten mehrere Haken zu schlagen. Hinter ihnen sprang der überdimensionale Drache beharrlich auf sie zu. Er spannte sogar seine weiten Flügel auf und jagte sie im Fluge, wie wenn er sich auf Schlachtvieh stürzte. Dazu spie er unentwegt seinen alles vernichtenden Odem auf seine ausgespähten Opfer herab. In dem Augenblick, wo das Feuer, die Drei jämmerlich wie Streichhölzer verbrannt hätte, verschwand der Drache wieder, was erneut die Angst durch ihre Herzen jagen ließ. Zum ersten Mal nach langer Zeit erfühlten sie die Hilflosigkeit, die sie auch ihren Opfern zumuteten. Die erdrückende Ohnmacht vor einem übermächtigen Feind, der sie nicht nur jagte und quälte, sondern eiskalt liquidierte. Nur sie machten sich bislang einen Spaß daraus ihre Ausgelieferten zu peinigen und sie langsam und qualvoll sterben zu lassen. Jetzt sahen sie sich einem stärkeren Gegner gegenüber. Ein Feind, mit dem nicht zu verhandeln war und sich so absolut wie ein

absolut wie ein Naturgesetz verhielt. Benahmen sie sich denn bislang nicht auch wie ein Naturgesetz? Unumstößlich, herzlos und selbstvergessen?
Der kleine Junge fing wieder an zu reden:„Wie wäre es mit der Geschichte von dem wilden Wolf, der alles verschlingt."
Dabei drehte er seinen Teddybären nach unten, was aus seinem Inneren ein tiefes Brummen entlockte. Die panische Angst wich den Hermesbrüdern nur langsam aus den Körpern. Die Erfahrung aber, die sie aus diesen Erlebnissen machten, war die Logik des Bösen. Sie glaubten nun zu wissen, dass alles, was sie gerade erlebten, nur eine Illusion blieb und dass sie sich niemals wirklich in Gefahr befanden. Der weiße Ritter oder der feuerspeiende Drache hätte sie schon längst getötet. So musste auch der Wolf, den der Junge heraufbeschwor, nur ein weiteres Trugbild sein.

„Luder", riefen sie daher in die Dunkelheit zu Kore hinein. „Wir wissen nicht, wie du das machst, aber wir finden dich und dann werden wir dich aufspießen wie ein Schaschlik."

Ungeachtet dessen erschien in der Ferne ein riesiger Wolf in mitten der gähnenden Dunkelheit. Sein glänzendes Fell leuchtete silbern wie die Sterne in der Nacht. Die riesenhafte Erscheinung begann, von der Weite mit großem Tempo auf sie zu zu sprinten. Weit fletschte das Tier seine Zähne. Seine stechenden Augen liefen glutrot an und fixierten reißerisch seine Beute, welche er in den Hermesbrüdern sah. Ein lautes Knurren und Geheule ertönte durch die unheimliche Stille des künstlichen Kosmos. Sicher, dass auch dies ein Trugbild sein musste, sahen die Hermesbrüder dem Wolf trotz seiner drohenden Gebärden gelassen entgegen.

„Komm her, du Wolf du", riefen sie höhnisch. „Wir fürchten dich nicht. Wir zeigen es dir. Luder, du wirst uns nicht noch einmal reinlegen."
Sie lachten verachtend dem Raubtier entgegen und zeigten todesverachtend ihre angeschwollene Brust. Der Wolf machte überlange Sätze auf sie zu. Unweigerlich glaubten sie einen starken Windhauch zu spüren, der auf sie zu walzte. Er wurde immer stärker und stärker. Der Wolf riss sein mit scharfen Zähnen gespicktes Maul auf und wollte sie allesamt mit einem Happs in seinen ewigen Schlund reißen.
„Wir fürchten dich nicht ...", wiederholten sie, aber im Satz überrollte sie der wilde Bastard und zerfetzte ihre Körper in Einzelteile. Überall klebte ihr warmes Blut und nichts von den verbliebenen Resten schien noch an einen Menschen zu erinnern.

Kapitel 11

Phileas

Die Illusion löste sich auf, so schnell sie kam. Kore stand mit einem Gesichtszug der Genugtuung am Bahnsteig und besah sich die Hyperbahn mit der mit der blutverschmierten Spitze. Sein Sicherheitssystem mit der eingebauten Notbremsung reagierte nicht so schnell, weil Kore es mit dem Mechanikus bewusst verlangsamte. Godje surrte leise neben ihr. Inmitten einer Blutlache auf dem Bahnsteig lag eines der drei Amulette, die die Hermesbrüder bei sich trugen. Vom Lebenssaft eingefärbt, verlor es seine geheimnisvolle Faszination. Es sah jetzt nur noch aus, wie ein rostiges Stück Metall. Sie hob es an der Kette auf und starrte mit gemischten Gefühlen auf dieses verachtenswerte Symbol. Ein Symbol, das für sie Mord und unsägliches Leid bedeutete.

„Was ist passiert?", schrie der Zugbegleiter aufgeregt und kam über den Bahnsteig auf Kore zu gelaufen. Er zitterte am ganzen Körper. „Ihr da. Habt ihr gesehen, was da passiert ist?"

„Drei Leute haben sich vor den Zug geworfen", sagte Kore wie weggetreten. Sie sah wie gebannt auf das Amulett und vernahm dessen Stimme nur im Hintergrund. Blut tropfte herab und bespritze ihre Schuhe. Sie sah kurz auf und meinte scheinheilig: „Ich weiß auch nicht warum."

„Oh Scheiße. Selbstmörder", rief der Schaffner vor Schock erbleicht und verständigte über seinen Kommunikator die Bahnleitung:„Zentrale, wir haben hier drei Tote in der Station Presson/Memorial. Die haben sich auf die Anlage gestellt. Es gibt eine Zeugin. Schickt die Polizei her. Beeilt euch bitte."

Der Schaffner fluchte für Kore unhörbar vor sich hin. Aus der Bahn stiegen mittlerweile einige der Fahrgäste aus und besahen sich bestürzt die Blutreste, die der Aufprall sichtbar am Triebwagen hinterlies.

„Du bleibst bitte hier und sagst der Polizei, was du gesehen hast", sagte der Zugbegleiter zu Kore nachdem er seine Meldung absetzte. „Die Überwachungskamera hat das Ganze hoffentlich aufgezeichnet. Oh verdammt. Wegen denen werden wir die Strecke mindestens bis zum Abend sperren müssen. So was wird penibel untersucht."

Kore zuckte zusammen als sie das hörte. Eigentlich war dieser Vorgang der Untersuchung nichts Ungewöhnliches zu ihrer Zeit. Wie sie aus den Vorlesungen zum Rechtssystem auf der Akademie wusste, wurde gerade der Verdacht auf Suizid peinlich genau von den Behörden abgeklärt. Es kam in der Vergangenheit oft vor, dass unliebsame Personen in den Selbstmord getrieben wurden. Es blieb die bequemste Art für die Täter und besaß den Vorteil von der Gerichtsbarkeit nicht belangt zu werden. Hyperbahnunfälle gehörten zu den beliebtesten Methoden aus dem Leben zu scheiden, weil die Selbsttötung am Sichersten und von jemand

Fremden ausgeführt wurde. Um den Selbstmord durch die Hyperbahn zu erschweren, gab es ein Frühwarnsystem. Auf der gesamten Trasse der Hyperbahn befanden sich unzählige Sensoren. Sobald sich Unbefugte auf der Anlage bewegten, gaben sie Alarm und verlangsamten deutlich das Tempo des Zuges. Die einzige Schwachstelle des Sicherheitssystems waren die Bahnhöfe. Genau wie der, an dem sich Kore befand. Das hieß nun für sie, dass sie hier an dem Haltepunkt solange festgehalten wurde, wie die Untersuchung andauerte. Das nahm leicht mehrere Stunden in Anspruch. Könnte sie Neko heute Abend noch suchen? Bis die Polizei hier eintraf, dauerte es alleine schon zwei Stunden. Solange brauchte man, wenn man mit dem Polizeigleiter über das Gebirge flog oder es umging. Die Gleitertechnik lief umso reibungsloser, je näher der Gleiter über die Erdoberfläche glitt. Je mehr sich aber der Gleiter vom Erdkern entfernte, umso langsamer wurde er. Die Ermittler nahmen bestimmt nach ihrem Eintreffen am Unglücksort auch ihre Rolle in der Sache gründlich unter die Lupe. Hatte sie in der Vergangenheit etwas mit den Hermesbrüdern zu tun? Gab es für sie Gründe ihnen eine Falle zu stellen? Was tat Kore hier am ehemaligen Waisenhaus? Weshalb befand sie sich nicht auf der Akademie um zu Lernen? In Kore raste das Gehirn von den möglichen Folgen ihres Handelns. Eine in der Tat pikante Situation. Es war jetzt höchste Zeit sich eine Verteidigungsstrategie zu überlegen. Sicher, da sie ihre Aktionen in erster Linie über den Illusionstrick ausübte, gab es keine Spuren. Dennoch musste sie den Polizisten ein plausibles Szenario schildern, wie es dazu kam, dass sich die Hermesbrüder auf die Gleise stellten, obwohl es ein Warnsignal am Steig gab, das vor einem herannahenden Zug warnte.

Zur Selbsttötung besaß die Gesellschaft zu Kores Zeit ein gespaltenes Verhältnis. Der Rat verfügte aus diesem Grund, dass in jeder Siedlung Meditationszentren einzurichten waren. Es sollte Fragen des Lebens und der Spiritualität klären und helfen, mit seelischen Belastungen umzugehen. Die andere Sicht war es, dass man nicht gänzlich Selbstmorde verhinderte und niemanden zwingen durfte am Leben zu bleiben. Denn, so sagte der Rat, so wie ein jedes Individuum das Recht zu Leben hat, so besitzt es auch das Recht zu Sterben. Vor der tompschen Diktatur wertete man dies noch anders. Die meisten Gesellschaftssysteme der damaligen Zeit stellten einen Selbstmordversuch unter Strafe. Man verbrachte den Suizidgefährdeten in Sanatorien, wo er unter hohen medizinischen Aufwand therapiert wurde. Da die Gesundheitssysteme seinerzeit einen würdigen Tod nicht vorsahen, benutzte man dieses gesellschaftliche Tabu für Geschäftemacherei. Man ruinierte damit nicht nur den Sterbenden sondern auch deren Angehörige mit samt ihrer Nachkommenschaft.

Viel schneller als gedacht rauschten nach nur einer halben Stunde mit Blaulicht zwei Polizisten auf ihren Kraftfeldgleitern heran. Zu Kores Erleichterung waren es ihre Brüder Holger und Karol. Sie erkannte ihre Gleiter sofort wieder. Mit ihnen könnte sie wesentlich leichter über die Angelegenheit sprechen, als mit fremden Polizisten. Wie bei der Polizeiarbeit üblich, machten ihre Brüder zuerst Luftaufnahmen mit ihrer Bordkamera von dem Tatort und landeten danach mit ihren

ihren Gleitern direkt neben ihr auf dem Bahnsteig. Mit ernster Miene stieg Holger von seinem Gefährt herunter und ging lässigen Schrittes auf Kore zu. Er klappte das getönte Visier von seinem Helm hoch und grinste verdächtig als er sie sah. In seinem Gesicht spiegelte sich, dass er sich bereits eine Theorie der Vorgänge zusammenreimte. Kore begrüßte ihren Bruder mit einem verschmitzten Lächeln und leichtem Achselzucken.

„Mir scheint es, als ob das hier nicht besonders überraschend kommt", meinte er kombinierend, als er Kore so am Bahnsteig stehen sah. Seine Augen musterten seine Schwester von oben bis unten. „Auf die Akademie scheinst du heute nicht zu gehen. Ich nehme an, dass da heute nichts ist, was dir für deine Prüfungen hilft. Zum Waisenhaus wolltest du sicher nicht. Der Weg darunter wächst ja bereits zu und soweit ich weiß, lebt da unten niemand mehr. Ich nehme daher an, du warst auf dem Weg zum Memorial um der Toten des Mystischen Krieges zu gedenken. Stimmt´s?"

Noch ehe es Kore sich versah, antwortete ihr Mund mit Ja. Holger nickte verständnisvoll, während Karol den Schaffner befragte. Dieser gestikulierte hektisch mit seinen Armen und deutete auf Überwachungskameras, die in dem Haltepunkt installiert waren.

„Um die Leichen einwandfrei zu identifizieren...", fuhr Holger fort, „...müssen wir, mangels Teile ihre DNA nehmen. Machen wir es kurz: Wer waren die?"

„Die Hermesbrüder", antwortete Kore grimmig und starrte ihm recht ernst in die Pupillen. „Und sie trugen das da."

Unversehens reckte sie ihm das Symbol des sehenden Auges unter die Nase.

„Was?", raunte Holger.

Seine Augen weiteten sich. Er besah sich das Amulett mit großer Aufmerksamkeit. „Das Ding hatten die Hermesbrüder bei sich? Mann, das wird sie sicher interessieren", sagte er und funkte über seinen Kommunikator das Polizeirevier an: „Zentrale. Schickt mir eine Ablösung hierher zu den Selbstmördern. Ich muss unsere Zeugin zu ihnen bringen."

„Was gibt es für einen Grund, dass du sie zu ihnen bringen musst?", tönte es aus dem Funkgerät misstrauisch für Kore gut hörbar heraus.

„Wenn ich dir das sage, sind wir beide unseren Job los. Klar!!!", sagte Holger überdeutlich. Von der anderen Seite kam eine murrende Zustimmung zurück.

„Kore, du steigst am besten bei mir auf", sagte Holger und steckte seinen Kommunikator weg. „Karol wird Godje zu Adalmus zurückbringen. Das wird sie bestimmt interessieren."

„Wen interessieren?", fragte Kore misstrauisch. Mittlerweile wusste sie nicht mehr, ob ihre eigenen Brüder noch vertrauenswürdig waren. „Etwa Kaimlakhan?"

„Wer?", fragte Holger verdutzt und sah Kore irritiert an. Offenbar hörte er diesen Namen zum ersten Mal. „Kaimla... was? Den Namen kenne ich nicht. Nein, ich spreche vom Rat. Den Rat wird das interessieren. Ich bringe dich zu ihm. Setz dich bei mir rauf", sagte Holger und Kore nahm auf seinem Gleiter Platz. Ihr wurde es immer mulmiger. Was hatte der Rat mit dieser ganzen Sache zu schaffen? Gerieten sie und Neko etwa in einen Machtkampf hinein, ohne es auch nur zu erahnen? Eine reine familiäre Angelegenheit, die politische Brisanz bekam? Was auch immer dahinter steckte, Kore wusste, dass sie diese Gelegenheit nutzen sollte, ihr unvollständiges Wissen zu ergänzen. Dass ihre Kräfte ungeahnte Macht zuließen, machte das Mädchen selbstsicherer und sie wusste, dass sie ihre Fähigkeiten jederzeit einsetzen konnte, wenn es brenzlig wurde. Nur deshalb ging sie auf Holgers Aufforderung ein mit ihm zu kommen. Eines zeichnete sich bereits jetzt ab: Der mächtige Feind, dem sie sich gegenübersah, musste weder sichtbar noch anzufassen sein.

Holger schwang sich auf und startete mit einem Daumendruck auf dem Sicherheitsscanner seinen Gleiter. Der mächtige Vorwärtsschub der Maschine drückte Kore nach hinten. Hätte sie nicht der Jetback aufgefangen, wäre seine Schwester von dem fliegenden Vehikel hinunter gefallen wie ein Stein. So aber krallte sie sich an ihrem Bruder fest und genoss den Flug über den weiten Eichenhain, der vom Waisenhaus bis zum Fuß des Gebirges reichte. Ihr Bruder steuerte mit einem gleichmäßigen Tempo über das stark bewaldete Gebiet. Immer genau der Trasse entlang. Der Wind schlug Kore ins Gesicht und es kam ihr fast vor, als ob sie mit ihren Flügeln unterwegs wäre.

„Woher seid ihr so schnell gekommen?", fragte sie neugierig. „Ich dachte Gleiter können Höhen bis fünfhundert Meter über den Meeresspiegel nicht überschreiten und das Massiv ist viel höher. Habt ihr etwa den Tunnel benutzt?"

„Stimmt genau, Schwesterherz. Wegen des Unglücks wird der Zugverkehr vermutlich bis zum Abend gesperrt bleiben. Es wird dauern die Beweisaufnahmen zu machen und auszuwerten. Also bin ich mit Karol durch den Tunnel geflogen. Geht einfach schneller als drum herum zu fliegen", sagte Holger und erwähnte eine Warnung mit dem Stollen der Hypergleitbahn: „Nur wegen des Unglücks nahmen wir übrigens die Abkürzung durch den Berg. Also nicht nachmachen und mit dem Gleiter bei laufendem Betrieb durchfliegen. Es gab nicht wenige Wahnsinnige, die trotzdem versucht haben, schneller als der Zug da durchzukommen. Wir haben einige von ihnen von der Windschutzscheibe der Hyperbahnen kratzen müssen. Grässlicher Anblick. Die machten das alles nur, um einen möglichst realen Adrenalinkick zu kriegen, oder weil sie jemandem zeigen wollten, was ein ganzer Kerl ist. Einen Kick haben sie dann auch gekriegt. Aber vom Zug."

Nach wenigen Minuten Flugzeit erreichten sie die Tunneleinfahrt.

„Halt dich jetzt gut fest. Das macht einen Heidenspaß", krakelte Holger aus vollem Hals und jagte mit Vollgas hinein. Über ihnen sausten nur so die Lichtpunkte der Tunnelbeleuchtung hinweg, dass sie wie Geschosse wirkten. Wie Holger es voraussagte, erreichten sie nach knapp fünf Minuten den Ausgang. Doch anstatt der Trasse weiter entlang zu folgen bog Holger scharf nach links ab und folgte dem Ausläufer des Massivs bis sie auf ein großes freies Feld kamen. Über diesem wölbte sich eine bläulich schimmernde Kuppel. Sie war aber im Gegensatz zu der Kuppel beim Waisenhaus bedeutend kleiner. Vor ihr sahen sie einen breiten Kraftfeldsperrzaun, der sich um das weit sichtbare Gebilde schlang. Hinter diesem

Zaun, standen mehrere Wachtürme, auf denen breite Suchscheinwerfer montiert waren und sich die Landezonen für die Fluggleiter befanden. An dem Zugang der Anlage selbst sah Kore etliche Personen umherwuseln. Sie schienen zum Ratspersonal zu gehören. Ein Radar auf den Wachtürmen scannte zusätzlich die nähere Umgebung ab.

„Du meine Güte", entfuhr es Kore, als sie diesen Sicherheitsaufwand sah. „Vor wem hat der Rat so große Angst, dass er sich einmauert?"

„Ich gebe zu, es sieht auf den ersten Blick so aus, als ob er sich vor den Leuten fürchtet, doch ich kann dir versichern, dass genau das Gegenteil der Fall ist. Man kann eine Vorsprache beantragen. Der Rat behandelt alle Gespräche sehr vertraulich. Er lässt daher seine Besucher nur einzeln vor."

„Sag mal, Holger", fragte Kore ihn neugierig weiter aus. „Verlässt eigentlich der Rat nie die Kuppel?"

„Alle sechs auf einmal natürlich nicht. Fünf von ihnen bleiben immer hier, aber selbst wenn sie einen auswählen, in die Außenwelt zu gehen, dann hat das sehr wichtige Gründe. Es kommt nicht oft vor, das gebe ich zu. Soweit ich weiß, gab es in der nunmehr zweihundertvierzigjährigen Regierungszeit des Rates nur drei Fälle, dass einer von ihnen nach draußen gegangen ist. Der letzte Fall liegt schon siebenunddreißig Jahre zurück."

„Was sind das für Angelegenheiten? Ich dachte immer, der Rat scheut die Außenwelt, um sich nicht von ihr vereinnahmen zu lassen und um seine Neutralität zu wahren?", setzte Kore erpicht nach.

„Ich kann dir leider nicht mehr dazu sagen, Kore. Der Rat hält sich gegenüber seinen Ausflügen nach Draußen der Öffentlichkeit gegenüber sehr diskret. Es können aber keine politischen Gründe sein."

„Warum bist du dir da so sicher?", fragte Kore so direkt wie ein kleines Kind.

„Immer noch die kleine Schwester, die einem Löcher in den Bauch fragt? Das wirst du wohl nie verlernen. Ich weiß nicht, wie ich dir das sagen soll, aber am besten wäre es, du redest selber mit ihnen. Mach dir selber ein Bild. Es gibt Dinge, die man einfach fühlt, Kore. Für die gibt es keine Worte."

„Ist das Symbol auf dem Anhänger wirklich so ernst?", setzte Kore unvermittelt nach.

„Das wird dir der Rat selbst sagen", antwortete Holger zwar freundlich aber wortkarg. „Wir erhielten vor kurzem die Anweisung, jeden, den wir mit diesem Symbol aufgabeln zum Rat zu bringen. Er will sie persönlich verhören. Du darfst dich nicht von ihrer freundlichen Erscheinung täuschen lassen. Der Rat ist sich seine Rolle, die er spielt, immer bewusst und manchmal kommt es mir vor, sie wissen über dich mehr, als du selbst von dir. Ihm entgeht absolut nichts. Sie kannten sogar die Namen meiner Freunde, als ich und Karol zur Amtseinführung bei ihnen erschienen. Wir wurden damals mit in das Wachteam der Kuppel genommen. Und was sie noch alles kannten, es haute mich regelrecht von den Socken, wie viel sie über unser Privatleben wussten. Mir scheint es, als habe der Rat seine Augen und Ohren überall."

„Oh", entfuhr es Kore erschrocken, als Holger auch schon bei der Landezone einflog und sanft seinen Gleiter aufsetzte. In Kore huschten hässlichen Gedanken durch den Kopf. Wusste der Rat von ihren Fähigkeiten? Die Leute an der Landungszone erwarteten Holger und Kore bereits. Sie geleiteten die Beiden unversehens zu den Sicherheitsschleusen, die in das Innere der Anlage führten. Am Schleusentor zogen die Wachhabenden Holgers Ausweis durch eine Kontrolle. Ihn selber und Kore scannten sie die Netzhaut ab und gaben ihnen nach dem Okay der zentralen Datenbankverwaltung die Zutrittserlaubnis. Das Schleusensystem zum Rat fungierte als reine Sicherheitsmaßnahme. Man betrat den Innenraum erst, wenn sich das erste Tor schloss.

Kore glaubte ihren Augen nicht zu trauen, als sich das zweite Tor öffnete. Vor ihr breitete sich ein prächtiger Garten aus, welchen sie noch keinen in der Art sah. Der Stadtpark war schon eine Augenweide für sich. Jener besaß moderne Springbrunnen und einen gut gepflegten englischen Rasen. Hier aber unter der Kuppel erschien die Anlage zwar wilder, aber es kam Kore vor, dass alles doch irgendwie eine Ordnung in sich trug. Sie sah kleine Wäldchen in denen schiefe ungeschnittene Tannen und Fichten standen. Dann ungemähte Wiesen und sogar einen kleinen Bachlauf, der mit einem kleinen Wasserrad vor sich hinplätscherte. Sie glaubte sogar Vögel singen zu hören und einen lauen Wind zu fühlen, der an den Sommer erinnerte. Daneben flatterten Schmetterlinge durch die Luft und so kam es ihr alsbald vor, als sei sie nicht in einem begrenzten Gefängnis, das nur dazu diente, den Rat von der Außenwelt abzuschirmen. Es wirkte auf sie wie eine Oase in einer Welt, die nach Perfektion strebte. Hier schien es, als sei die Harmonie in der Ausgeglichenheit der Kräfte zu suchen. Mit weiten Augen ging sie mit Holger durch die gleichmäßig ausgeklügelte Anlage auf einem aus Lärchenbohlen gezimmerten Steg. Auf ihm fegte mit einem Reisigbesen ein langbärtiger Mann mit Halbglatze umher. Er trug ein weißes Leinengewand, das nicht wirkte, als habe es ein Nanoapparat gefertigt. Die Maschen waren dazu viel zu weit. Kore fiel vor allem sein freudiges Gesicht auf, das er bei dieser Arbeit aufsetzte. Die Arbeit selbst tat er mit einer Ruhe und Entspanntheit, die Kore zutiefst beeindruckte. Dazu pfiff er im Takt einer Musik, die Kore nicht kannte. Der Mann blinzelte freundlich die Besucher an, als sie ihn passierten. Er machte einen leichten Diener zum Willkommensgruß, den Kore erwiderte.

„Das ist Rohn", sagte Holger leise zu ihr. „Ich kann dir alle sechs schlecht beschreiben. Du lernst sie nur kennen, wenn du mit ihnen redest."

Sie hörte nur wenige Schritte später jene gepfiffene Melodie als eine liebliche Geigenmusik erklingen und je näher sie ihrem Ziel kamen, desto lauter wurde sie. Am Ende des Weges standen sie vor einer Wohnhöhle mit hölzernen Fensterrahmen, die sich einfach aber liebevoll mit Blumen und Schnitzereien schmückte. Vor dem Anwesen befand sich ein wilder Steingarten, der auch Brocken in sich trug, die Kore nicht kannte. Kore gewann den Eindruck, als ob die „Ordnung", die in der gesamten Anlage herrschte, kein Zufall war. Vielmehr schien es der Ausdruck eines Prinzips zu sein. Einzeln für sich gesehen, wirkte die Kulisse wild

Kulisse wild und chaotisch, doch wenn man sie zusammen nahm, ergab es ein geschlossenes Bild, in dem sich alles an seinem Platz einfügte.

Eine rothaarige Frau in lilafarbener Tunika pflegte hingebungsvoll mit einer Harke die Blumen im Garten vor der Höhle. Sie war bereits im reifen Alter und blickte lächelnd zu ihrem Besuch hoch. Unbeschwert stand sie von ihrer Arbeit auf und legte ihre Harke weg, mit der sie die Beete bearbeitete. Fast zeitgleich trat ein weiterer bärtiger Mann aus der Wohnhöhle heraus und breitete die Arme zur Begrüßung aus. Er verzog seine Mundwinkel zu einem glücklichen Lachen. Es war ein eigenartiges Lachen, das Kore vorkam, als ob die Person, die da vor ihr stand, mit ihrem Kommen bereits rechnete. Er sah Kore ergeben an, während die liebliche Geigenmusik aus dem Hintergrund seinen freundlichen Empfang untermalte.

„Willkommen, willkommen", begrüßte sie der Mann glücklich und Kore sah, dass auch von den anderen Bereichen der Anlage zwei ebenso gekleidete Männer mit dichten Bärten und zwei weitere Frauen, mit ähnlicher Kleidung wie die Blumenpflegerin zu ihnen traten. Sie besaßen unterschiedliche Altersstufen und wirkten für Kore wie eine kleine Familie, die auf einer inselhaften Scholle durch das Leben ging. Der Mann, der aus der Höhle trat, wandte sich zuerst an Holger und sagte zu ihm:„Danke für deine Mühe, Holger. Du kannst jetzt gehen. Dieses Gespräch müssen wir unter vierzehn Augen mit ihr führen."
Holger machte eine tiefe Verbeugung und ließ alle Sieben allein. Beim Hinausgehen wisperte er Kore zu:„Mach´s gut Schwester und hab keine Angst vor ihnen. Jeder der zu ihnen kam, ist immer wieder hinausgekommen."
Diese ironische Bemerkung beruhigte Kore nur wenig. In ihr herrschte ein angespanntes Gefühl auf das, was folgte. Mit allem rechnete sie bereits. Auch, dass der Rat ihr größtes Geheimnis in Erfahrung brachte.
„Seid ihr der Rat der Sechs?", fragte Kore ehrfürchtig. Sie ahnte es bereits, doch wollte sie es aus ihrem Munde hören.
„Ja, das sind wir", bestätigte der Mann und strich sich über seinen Bart, der schon mit einigen grauen Haaren durchsetzt war. „Mein Name ist Polites und das ist meine Geliebte Kassandra", stellte er stolz die Frau vor und zeigte mit seiner Hand auf die rothaarige Blumenpflegerin.
„Das ist Rohn, den du am Eingang schon gesehen hast", fuhr Polites fort. „Das Cryia, das Zitra und Esmil", stellte Polites seine Mitbewohner höflich vor. „Wir geben zu, dass unsere Namen nicht unbedingt einladend klingen, aber als wir in unser Amt eingeführt wurden, sollten sie möglichst nichtssagend sein. Auch wenn mein Name und der meiner Frau schon mit gewissen Klischees versehen ist. Aber an Namen sollte man kein Schicksal festmachen."
„Was ist das für eine wunderschöne Geigenmusik hier? Sie klingt so stimmungsvoll, so voller Hingabe", fragte Kore neugierig dazwischen.
„Oh, ja. Die Musik", sagte Polites verständnisvoll und schloss die Augen. Kore bemerkte, dass er mit seinem Geist in ihr eintauchte.
Er öffnete seine Augen bald wieder und fuhr fort:„Sag, Kore …",

„Du kennst meinen Namen?", unterbrach Kore erschrocken.

„Natürlich kennen wir ihn", bestätigte Polites nüchtern. „Wir kennen die Namen aller unserer Kinder. All die Namen derer, die in einem Tompswaisenhaus aufwuchsen. Unsere Kinder lagen uns schon immer sehr am Herzen."

„Und Neko…"

„Ich weiß, Kore, ich weiß", sagte Polites verständnisvoll. „Es wundert uns nicht, dass dich dein Herz nach ihm drückt. Wir wären auch froh darüber, dass er ein besseres Leben bekommen hätte, aber wir können niemanden dazu zwingen, glücklich zu sein. Wer nicht versteht mit seelischem Schmerz umzugehen, wird krank. Wenn ein Individuum nicht selbst erkennt, wie es stolz auf sich sein kann, dann ist alle Mühe von außen vergebens."

„Neko bekam nie eine richtige Chance. Er verlor jeden, den er liebte", sagte Kore betrübt.

„Das ist auch uns nicht verborgen geblieben", seufzte Polites bedauernd. Und mittlerweile fühlte Kore, was Holger meinte, dass man ihren Charakter spürte. Ihr kam es mittlerweile vor, als stünden vor ihr nicht Politiker, sondern ihre drei Väter und Mütter. Polites fuhr ruhig fort:„Kore, ich weiß, dass du viele Fragen an uns hast. So, wie uns viele die gleichen Fragen stellen, die uns hier besuchen kommen. Aber bevor wir dir sagen, was wir über Neko wissen, will ich dir die Geschichte von dem Geigenspieler erzählen, dessen Musik du hier hörst. Er liebte die Musik ebenso, wie wir dich und deine Brüder und Schwestern lieben. Höre sie dir an, bevor du mit uns weiter redest, denn sie erklärt eine Menge über uns und unser Denken. Wer das Licht sehen will, muss auch die Dunkelheit kennen", schloss Polites andächtig und übergab das Wort lächelnd an Cyria, die sogleich mit der Geschichte begann.

Es folgte eine uralte Prozedur, die der Rat immer hielt, wenn ein Besucher ihm zum ersten Mal begegnete.

„Es war einmal ein kleiner Junge, der Phileas hieß", begann Cyria mit der Erzählung. Sie sprach ruhig dabei, wie wenn sie aus einem Buch vorlas. „Er erkannte schon in frühen Jahren, dass ihm das Musizieren viel Freude bereitete. Es brachte sein Herz zum Singen. Seine Leidenschaft des Musizierens begann, als er eine Geige auf dem Dachboden seiner Eltern fand. Aus irgendeinem Grunde versteckte man sie hinter einem doppelten Boden. Sofort war er von diesem Instrument fasziniert und fing an, auf ihr zu spielen. Am Anfang war es für ihn ungewohnt, seine Hand entsprechend zu verdrehen, da diese Haltung unnatürlich war. Auch klangen die ersten Töne auf ihr noch nicht rein. Dennoch dämpften seine ersten Spielversuche seine Begeisterung nicht im Geringsten und er wollte das Spielen dieses Instruments erlernen. Was er zu diesem Zeitpunkt noch nicht wusste, war, dass diese Geige seinem Großvater gehörte. Dessen Lebensgeschichte verschwiegen ihm seine Eltern bis dahin sorgsam. Das nicht ohne Grund. Sein Opa lebte nur für seine Musik, kümmerte sich aber nicht für einen ausreichenden Verdienst zur Versorgung seiner Familie. Für ihn war es der größte Lohn, mit seiner Kunst ein Lächeln in die Gesichter der Menschen zu zaubern. Es hieß, dass seine Melodien die Seelen seiner Zuhörer vor Freude weinen ließen. Seine Musik berührte ihre Herzen und brachte unendliche Liebe in ihr Leben. Aber in der Familie und in der Zeit, in der Phileas aufwuchs, galt ein solches Talent als wertlos. Tatkräftiges Handeln musste sich immer in klingender Münze auszahlen. Eine brotlose Kunst, wie das Musizieren, sollte ihren Nachkommen für immer verwehrt bleiben. Um diese unselige Erinnerung an seinen Großvater für immer auszutilgen zogen Phileas Eltern alle Register. Daher sperrten sie das Instrument vor ihrem Kind weg. Nur, damit er nicht in die gleichen Fußspuren seines Großvaters geraten sollte. Dennoch sorgte das Schicksal dafür, dass er sein Instrument fand. Obwohl Phileas seinen Großvater nie kennenlernte, lag ihm das Geigenspiel im Blut. Der Junge kannte die harschen Ansichten seiner Eltern über Musiker. Er hielt es daher für klüger nicht seine Eltern in seinen Vorhaben einzuweihen. Für seinen Drang stahl er sich des Nachts heimlich fort und suchte einen Musiklehrer in seiner Nähe auf. Sein ganzes Taschengeld kratzte er zusammen, um ihn zu bezahlen. Das war zu jener Zeit sehr ungewöhnlich, weil die Heranwachsenden ihr Geld lieber für Markenkleider oder der neuesten technischen Errungenschaft der Unterhaltungsindustrie sparten. Schon bald erkannte der Musiklehrer die einzigartige Begabung des Jungen für dieses Instrument und wollte seine Eltern von seinem Talent überzeugen. Wenn sie ihn auf die Musikakademie schickten, dann könnte er in den großen Konzerthäusern der Welt spielen. Mit diesem Talent fand man sicher einen Musikproduzenten, der seine Gabe vermarktete. Phileas liebte die Geige und diese Liebe hörte man aus seiner Musik heraus. Immer wenn er auf ihr spielte, dann entschwand er der lauten Zeit, in der ihm das Schicksal zu Leben bestimmte. Er war da ganz für sich. Nur er und seine Musik, die ihn in die höchsten Sphären des Glücks hinein trug. Er wollte wahrlich ein Musiker werden. Mit ihr das Lächeln und die Liebe in die Welt hineintragen. Seine Eltern aber reagierten entsetzt, als der Musiklehrer das Gespräch mit ihnen suchte. Sie stellten ihren Sohn auf nicht gerade sanfte Art zur Rede. Sie reagierten auf die trotzigen Widerworte des Jungen erbost, weil er um alles in der Welt nicht von dem Instrument abließ. Ein Musiker war ein armer Mann in jenen Tagen, sagten sie ihm. Sie nahmen ihm die Geige weg und warfen das gute Stück in das Kaminfeuer. Er müsse etwas Anständiges lernen, dass aus ihm etwas Vernünftiges wird, predigten sie ihm, während Phileas mit ansah, wie die Flammen sein Instrument aufzehrten. Für ihn war es, als müsse er sterben. Seine Eltern schickten ihn stattdessen auf eine Militärakademie, damit er die Offizierslaufbahn einschlug. Denn Offiziere galten als hoch angesehen zu jener Zeit und sie verdienten vor allem gut."

Die Geschichte setzte nun Polites fort. Er tat dies im ruhigen Ton und ließ sich Zeit seinen Teil ordentlich darzustellen:„Obwohl der Junge alles andere sein wollte als ein Offizier, beugte er sich dem Diktat seiner Eltern. Den Schmerz, das Erbstück seines Großvaters, für immer verloren zu haben, überwandt Phileas nie ganz. Für ihn fühlte es sich an, als habe man die Verbindung zu seinen Vorfahren gekappt. In seinem Tagebuch kann man dazu lesen, dass er oft des Nachts in die

Sterne sah. Er betete zu seinem Großvater. Phileas glaubte, dass er von dort oben ihm zusah. Er wäre immer noch da und rief ihm zu, jetzt nicht aufzugeben. Einen wirklichen Tod gäbe es im Universum nicht, so dass auch die Verstorbenen immer da wären, selbst wenn sie schon aus dem physischen Körper gegangen sind. Ob dies wirklich so stimmt oder nicht, Kore, ist nicht von Belang. Wichtig ist nur, dass Phileas das glaubte. Er war felsenfest davon überzeugt, dass es an ihm lag diese Verbindung zu seinen Vorfahren wiederherzustellen. Sie halfen ihm dabei. Im Universum gibt es keine Trennung. Alles ist mit allem Verbunden. Auch über den Tod hinaus. Wo er konnte zweigte er in der Folgezeit Geld für eine neue Geige ab. Aber es würde seine Geige sein. Niemand könnte sie ihm mehr wegnehmen. Als er genügend beisammen hatte, kaufte er sich eine Neue und übte heimlich weiter. Von dem Instrument selbst ist heute nur bekannt, dass es sich um ein gewöhnliches Massenprodukt der damaligen Zeit handelte. Nach dem Dienst blieb ihm immer noch freie Zeit zum Musizieren und vor allem trat er in das Orchester der Akademie ein, in dem er mit Leidenschaft sein Instrument spielte. Auch wenn die Eltern ratloser denn je auf seinen Eigensinn reagierten. Sie sagten dazu nichts mehr, solange der Junge seine Aufgaben erledigte und gute Noten vorwies. Deswegen lebte Phileas seine Leidenschaft unbehelligt aus. Er lernte, sich mit seiner Welt zu arrangieren, die damals alles andere als ein friedlicher Ort war. Dieses Ereignis in seiner frühen Jugend sollte noch eine große Rolle im Laufe seines weiteren Lebens spielen, wie du bald hören wirst. Auch diese Zeit des Lernens der modernen Kriegsführung ging vorbei. Er wurde wegen seiner hervorragenden Leistungen zum Oberst befördert, als er die Akademie verließ. Diese in der militärischen Führung sehr hohe Einstufung verdankte er seinem Vater, der in der Hierarchie der Streitkräfte bereits dem Status eines Generals innehatte. Außerdem herrschte auf Grund eines kriegerischen Konfliktes akuter Offiziersmangel, so dass es viele Posten gab, die rasch neu zu besetzen waren. Seine Eltern verziehen ihm seinen Starrsinn das Spielen der Geige zu erlernen und beide Familienteile versöhnten sich wieder. Die Militärführung teilte ihm das Ressort Entwicklung und Forschung zu, das er gut zu leiten wusste. Seine Wissenschaftler waren fleißig. Sie machten ungeheure Sprünge in der Gewebemedizin und entwickelten sogar die ersten Nanowaffen, welche Phileas auf dem medizinischen und psychologischen Gebiet modifizierte. Dank der damals neu entwickelten Nanotechnik verheilten nun Schuss- oder Schnittwunden viel schneller als früher. Nicht nur Knochenbrüche waren nun innerhalb kürzester Zeit kurierbar, ja, es ließen sich sogar ganze Gewebeteile künstlich zu ersetzen, ohne dass für den Patienten eine Einschränkung der Bewegung verblieb. Für seine außergewöhnlichen Erfolge in auf diesem Gebiet wurde Phileas zum General befördert."

Dann setzte Zitra ein. Es schien, als kannte jeder der Ratsmitglieder die Geschichte von Phileas in und auswendig. Als ob sie sie schon oft erzählten. Aber sie taten es mit einer Überzeugung, die Kore in Erstaunen versetzte.

„Während dieser Zeit heiratete Phileas und er wurde Vater von drei Kindern. Seine Familie liebte er über alles und immer wenn er bei ihnen war, spielte er seine Musik auf der Geige vor. Seine Kinder fanden Gefallen daran und sie liebten ihren Vater dafür. Phileas Aufgabe beim Militär brachte es allerdings mit sich, dass er nur selten bei seiner Familie längere Zeit blieb. Es passierte oft, dass er von heute auf morgen die Forschungseinrichtungen der Armee aufsuchen musste. Sie befanden sich rund um den Globus verteilt. Meist waren seine Abreisen unangekündigt und es passierte durchaus, dass er dann monatelang von seiner Familie weg blieb. Seine Hoffnung ein normales Familienleben zu führen, erfüllte sich nicht. Es machte ihn traurig selten bei seiner Familie zu sein, weil ihm sein Beruf keine persönliche Freiheit ermöglichte. Zu gerne hätte er gesehen, wie sein Nachwuchs das Laufen erlernte. Das Sprechen, die ersten Worte wie Papa oder Mama aus ihren Mündern zu hören. Aber die Musik tröstete ihn in den einsamen Stunden, wenn er fern von seiner Frau und den Kindern weilte. Für ihn war es, als gingen ihm die wichtigsten Ereignisse seines Lebens verloren. Doch wenn er die Geige zur Hand nahm, träumte er davon und es war ihm als wäre er in diesem Augenblick bei ihnen. Eines Tages, als er bei seiner Familie weilte, kam ein plötzlicher Anruf einer Forschungsstation auf den Hawaiiinseln. Seine Forscher entwickelten etwas Bahnbrechendes, erklärten sie ihm. Phileas müsse sofort herkommen, da dies die Waffentechnologie revolutioniert, dessen Folgen bis dato beispiellos wären. Praktisch über Nacht reiste Phileas dorthin ab und ahnte nicht, dass am nächsten Tag der Präsident der Nordamerikanischen Union Sellerfield seine Kaserne besuchte. Der Präsident galt als schwach und nur als eine eingesetzte Marionette von Konzernen, die ihre ganz eigenen Ziele mit dem Land verfolgten. Jedoch zog er sich ihren Zorn zu, als er nach einem längeren Kuraufenthalt in den Rockey Bergen begann, ein gewisses Eigenleben zu entwickeln. Er setzte Gesetze durch, die den Interessen der damals mächtigen Wirtschaftsführer zuwiderliefen. Seinen Besuch kündigte man Phileas nicht an, da Sellerfield auf Grund seiner radikalen Gesetzgebung in weiten Teilen in der Bevölkerung als sehr unpopulär galt und damit das Land an den Rand der Anarchie brachte. So wurde es jedenfalls in den Medien seinerzeit verbreitet. Wie dem auch sei. Wie sich genau die politische Situation am Vorabend des Mystischen Krieges verhielt, wird wohl ein ewiges Rätsel unserer Geschichte bleiben. Sogar jetzt noch versuchen Historiker die Hintergründe des Konflikts zu rekonstruieren. Das ist gar nicht so einfach. Denn was ist Wahrheit und was ist Propaganda? Man weiß es nicht, aber letztlich spielt es für das Ergebnis keine Rolle. Leider kann uns Phileas Tagebuch nicht helfen Klarheit über diese Zeit zu bringen, denn über Politik verlor er bis zu diesem Augenblick keine einzige Zeile. Fest steht jedoch, dass zahllose Splittergruppen unterschiedlichster Couleur zu dieser Zeit nach der Macht drängten. Darunter gab es vor allem radikalreligiöse Gruppierungen, die neben sich keine andere Glaubensrichtung duldeten. Sie alle waren auf der ganzen Welt aktiv und verkündeten ihr Heil durch den einzig wahren Glauben, den sie repräsentierten. Wir allerdings sind der Ansicht, dass es jenen Glaubensfanatikern gar nicht um ihre Religion ging. Vielmehr steckte eine reine Macht- und Geldpolitik dahinter. Ihre religiösen Ansichten dienten nur als Schleier, mit denen sie ihre Ziele verdeckten. Deren Führer wussten, wie sie ihre Anhänger täuschten, dass sie dieses Spiel nicht durchschauten. Die Geschichte nimmt leider auch auf Verblendete keine Rücksicht."

Nun setzte Esmil ein. Sein Tonfall wurde andächtiger:„Man weiß nicht, wer es tat, aber die Kaserne, in der Phileas mit seiner Frau und seinen Kindern wohnte, wurde vollständig vernichtet, als sich der Präsident dort zu Besuch aufhielt. Er starb mit seiner Familie und allen Soldaten, die in der Kaserne ihren Dienst verrichteten. Der Anschlag auf die Heimatkaserne von Phileas gilt unter den Historikern als der offizielle Ausbruchszeitpunkt des „Mystischen Krieges." Es war der achte Tag im fünften Monat des Jahres 65 vor Tomps. Genau um 13.13 Uhr Ortszeit. Als Phileas nur kurz nach dem schrecklichen Attentat von dem grausigen Tod seiner Geliebten, seiner Kinder und seiner Kameraden erfuhr, befand sich das ganze Land in Aufruhr. Die Anarchie brach allen Ortes aus und jene Gruppen bemächtigten sich gefährlicher Waffen mit denen sie sich gegenseitig auszurotten versuchten. Nur zwanzig Minuten nach diesem Anschlag wurden die ersten Atombomben gezündet, die eine tödliche Strahlung verbreiteten. Phileas trauerte, während ein Orchester des Todes über die Welt fegte, um seine Familie. Und er, so wollte es das Schicksal, er war das Zünglein an der Waage, die über die Zukunft unserer Art entschied. Denn er bekam die Macht durch die Entdeckung seiner Wissenschaftler, all diesem Wahnsinn ein sofortiges Ende zu bereiten. Die Waffe, die seine Techniker entwickelten, war noch mächtiger, als jene Bomben, die alles Leben auf dem Planeten zu vernichten suchten. Diese Nuklearbomben wurden von Fanatikern geworfen, von Verblendeten mit verbohren Weltbildern, von Leuten, die nicht wahr haben wollten, dass ihre Ansichten bar jeglicher wissenschaftlicher Erkenntnis sind. Und Phileas wusste, wenn er diese neu entdeckte Waffe einsetzte, die seine Forscher gebrauchsfertig entwickelten, dass dann nichts mehr so wie früher war. Eine radikale Veränderung, wie es sie oft in der Menschheitsgeschichte gab. Ich glaube, dass niemand von uns ermessen kann, welche schwere Belastung auf seinen Schultern in diesem Augenblick ruhte."

Nun setzte Kassandra ein:„Er nahm seine Geige zur Hand, bevor er sich entschied, ob er bereit war, die neu entdeckte Waffe einzusetzen, dessen Folgen sich niemand auszumalen traute. Denn diese Alternative war mit vielen weiteren Toten verbunden. Und diese Melodie, die du da hörst, spielte er in jenen Minuten. Dabei entscheid er sich. Es ist historisch verbürgt, dass er das dreiminütige Stück zwischen der vierzigsten und dreiundvierzigsten Minute nach dem Ausbruch des Mystischen Krieges spielte. Was mag in seinem Kopf vorgegangen sein? Wer weiß das schon. Er hätte das Ende der Menschheit in Kauf nehmen können. Wer im Universum trauert schon um uns? Ein Stern geht auf, ein Stern geht unter. Na und? Bewies unsere Spezies nicht durch ihre Arroganz, dass ein Weiterleben ihrer selbst undenkbar war? Während er auf seiner Geige spielte, starben durch die tödliche Strahlung der Bomben zahllose Lebewesen. Mensch, Tier, Pflanzen.

Fruchtbare Erde wurde auf Jahrtausende hinaus unbrauchbar gemacht. In jeder Sekunde dieses Stückes sollen es allein über eine Million Tote Menschen gewesen sein. Wir wissen nur zu gut, dass die Geschichtsschreibung die grausigste Art der Erzählkunst ist, übergeht sie doch kaltschnäuzig die Gefühle, die das Leben erst zu dem machen, was es ist. Er wollte doch nur Musiker sein und das Schicksal zwang ihn, eine solche Entscheidung über Leben und Tod zu treffen. Sollte das Erbe seiner Ahnen für immer verloren sein? Das Universum sah ihm zu. Genau in diesem Moment. Phileas erkannte, dass das Schicksal sich seine Opfer und Täter nicht aussuchte. Derlei gab es nicht. Es gibt immer nur Handelnde. Das Universum ist, genauso wie er ist. Wäre er nicht an jener Stelle, hätte ein Anderer entscheiden müssen und ob dessen Entscheidung besser ausfiele, weiß niemand. Aber ein andrer war da nicht. Da war er. Nur er. Und er tat es. Er wusste, dass die Nachwelt über ihn einmal anders richtete, als sie es zu dieser Sekunde tat, als er sich entschied. Und so ordnete er an, die Waffe einzusetzen. Entscheidungen trifft man immer in dem Augenblick, der gerade passiert. Er wollte die Menschheit vor ihrer völligen Vernichtung bewahren. Egal ob man ihn dafür einmal verfluchte oder nicht. Er war bereit in diesen sauren Apfel zu beißen und seinen Namen auf immer und ewig mit diesem Ereignis zu verbinden. Die Waffe, die er zünden ließ, entfaltete weltweit ihre Wirkung. Sie tötete in nur wenigen Sekunden alle religiösen Fanatiker und auch deren Mitläufer. Egal, ob sie mit den Bombenwerfern etwas zu schaffen hatten oder nicht. Nach nur fünfundvierzig Minuten und einundzwanzig Sekunden war der Mystische Krieg zu Ende. Weil Tomps Waffe alle Religionsgemeinschaften praktisch auslöschte, kam der Mystische Krieg so zu seinem Namen. Wie diese Waffe im Einzelnen funktioniert, möchte ich dir ersparen. Sie verschonte nur die Kinder, die nicht von ihrer Umwelt religiös beeinflusst waren. Diese standen nun ohne ihre Eltern da. Man kann es sich nicht vorstellen, wie dieser Augenblick im ganzen Land aussah. Kleine Babys, die nicht mehr von ihren Eltern versorgt wurden. Die schreiend und strampelnd in der Wiege lagen. Nach wenigen Tagen breitete sich ein entsetzlicher Leichengeruch über das ganze Land aus. Die wenigen überlebenden Erwachsenen bargen im Akkord die Toten und verbrannten sie um die Seuchengefahr zu verringern. Ein unermessliches Grauen war es, das sich da weltweit abspielte. In den verseuchten Gebieten kam ohnehin jede Hilfe zu spät, wenn es denn eine gab. Phileas wusste von dem gefährlichen Fallout der radioaktiven Strahlen und dass sie sich mit der Atmosphäre vermischten. Trug der Wind sie um den ganzen Planeten, würde mit grässlichen Fehlgeburten zu rechnen sein. Von der Verseuchung der Lebensmittel ganz abgesehen. Deshalb ließ er die heute verbotenen LGA-Jets aufsteigen, die über die verstrahlten Regionen den Barrierist und den Absorber abwarfen. Diese Erfindung diente dazu, im Falle einer nuklearen Katastrophe schnell zu reagieren. Der Barrierist ist eine Erfindung, die das strahlenverseuchte Gebiet vom Unverseuchten abschirmt und der Absorber sollte die Belastung innerhalb der nächsten fünfzig Jahre abbauen. Es gab zwar für den Barrierist damals noch keine Erfindung, die ihn aufhob, aber, so glaubte Phileas, irgendwann werde der Tag kommen, an dem auch das gelänge."

Zum Schluss stimmte Rohn ein:„Was politisch nach dem Supergau geschah, wusste Phileas nicht. Er wusste aber, dass er schnell reagieren musste. Denn es dauerte nicht lange, bis sich Fraktionen bilden und erneut ein jahrhundertelanger Machtkampf zwischen den Blöcken entbrennt. Solche Kraftproben wollte Phileas um alles in der Welt verhindern. Schon gleich nach seinen ersten Anweisungen suchte er Verbündete und sicherte sich und seinen Alliierten vor allem die Versorgungsnetze des Planeten. Er ging bei seiner Errichtung der Alleinherrschaft in den nächsten Jahren nicht zimperlich vor und scheute nicht seine Gegner auszuschalten. Während dieser sehr turbulenten Zeit ließ er die zahllosen Waisen nicht aus den Augen. Phileas nahm sich ihrer an. Er wusste, dass sie die Zukunft unserer Spezies waren und dass nur durch eine ordentliche Ausbildung der innere Friede künftiger Generationen entsteht. Gerade in ihnen erkannte er eine loyale Anhängerschaft seines geplanten Regimes. Eine Grundvoraussetzung für die stabile Gemeinschaft der Zukunft. Dazu richtete er auf dem ganzen Planeten die Waisenhäuser ein, welche seinen Namen erhielten. Das nicht ohne Grund, schließlich blieb er bis zu seinem Tod euer aller Pate. Er ließ die Waisenhäuser mit der modernsten Technik der damaligen Zeit ausstatten. Kaum dass Phileas die Versorgungsfragen und das Waisenproblem anging, ließ er alle religiösen Symbole verbieten und vernichten. Hinter ihnen sah er einen Hauptgrund für den Selbstvernichtungstrieb der Menschen. Diese Glaubensgemeinschaften, so war es die Ansicht von Phileas, lehrten auf der Basis altertümlicher Vorstellungen, waren aber nicht zu scheu, sich modernster Technik zu bedienen, um ihre Ziele durchzusetzen. Gezielt ignorierten sie die Erkenntnisse, die zu der technischen Revolution führte. Jene Erkenntnisse hätten auch ein Umdenken in ihrer verbohrten Religion bewirken müssen. Aber sie taten es nicht. Hätte dies doch eine Aufgabe ihres Machtanspruches, der Pfründe und ihrer Existenzberechtigung bedeutet. Egal ob Gebäude oder nur Schriften, alles wurde auf seine Anordnung hin zerstört. Nicht wenige Kritiker warfen ihn schon damals vor, mit der vollständigen Zerstörung sämtlicher Kunst- und Kulturschätze die Menschheit beraubt zu haben. Phileas rechtfertigte sich für sein rigoroses Vorgehen nicht und erklärte dazu nur, dass er genau das beabsichtigte. Nach seiner Überzeugung ist alles Menschengemachte ersetzbar, nur der Mensch selber nicht. Im Laufe seines weiteren Lebens traf er viele Entscheidungen, die auch heute noch höchst umstritten sind. Auch wir können und wollen nicht über seine Politik richten, da Phileas für seinen Weg seine ganz eigenen Gründe anführte, die man erst dann versteht, wenn man in seinen Fußstapfen geht. Wir selbst übernahmen etwa sieben Jahre vor seinem Tod seine Amtsgeschäfte. Mit langer Hand bereitete er das nach ihm folgende Regierungssystem vor. Nicht ohne Grund. So schied Phileas ohne politischen Druck und ohne weitere Sorgen aus dem Leben. Der Geige blieb er sein ganzes Leben lang treu und er spielte auf ihr bis zu seinem Tod. Kurz bevor Phileas starb, verfasste er ein Testament. Er schrieb darin, dass er keine Ehren wolle. Kein Denkmal. Also nichts, was an ihn erinnerte. Er bedauerte seine weitreichende Entscheidung von damals nicht und wollte sie auch nicht rechtfertigen. Er tat dies, weil er es seinerzeit für richtig hielt. Einer Bewertung müsse er der Nachwelt überlassen. Die nachfolgenden Generationen ermahnte er, aus den Fehlern der Vergangenheit zu lernen und nicht stur einer Doktrin zu verfallen, die irgendein Übervater aufstellt. Erst wenn der Einzelne gelernt habe, sein eigenes Leben selbst zu organisieren und dem Ausbau seiner Talente folge leistet, wird es einen Despoten, egal welcher Couleur, nicht mehr geben, der über ihn gebieten kann. Die Zeiten ändern sich eben und mit ihnen muss sich auch die Weltvorstellung ändern. Daher begründete er weder eine Ideologie, noch gab er irgendeine Weltsicht weiter. Ich zitiere daraus:„Eure Vorfahren werden immer mit euch verbunden sein. Sie werden euch helfen, wenn ihr sich ihrer erinnert." Er setzte, wie schon gesagt, uns ein, auf dass wir an seiner Stelle regieren und durch Absprachen ein stabiles politisches System aufbauen, das die Zeiten überdauert. Wie du vielleicht schon weißt, Kore, sind wir Klone. Wir sollten im Sinne von Phileas, oder nennen wir ihn jetzt lieber General Tomps, ersetzbar sein. Wer uns tötet, hat noch lange nicht die Macht. Daher fürchten wir keine Anarchie, wenn man uns beseitigt. Die Magistrate der Städte verwalten sich unabhängig von uns. Wir koordinieren lediglich das Gefüge unter ihnen und lösen bei überregionalen Angelegenheiten die Probleme. Tomps Waffe, mit der er die Menschheit vor der vollständigen Vernichtung bewahrte, ist bei uns in den allerbesten Händen. Wir sterben lieber, bevor wir ihr Geheimnis verraten. Unsere Aufgabe ist es nach unserem Verständnis, eine Brücke zu einer freien Gesellschaft zu legen, die sich durch Bildung und Aufklärung einmal selbst regulieren kann. Irgendwann wird diese Entwicklung abgeschlossen sein, aber es wird wohl noch einige Zeit dauern. Noch etwas zur Phileas Einäscherung. Er selber wollte keine Grabstätte und es sollte all seine persönliche Habe vernichtet werden. Er verfügte, sich und seine Geige verbrennen zu lassen und seine Asche in alle Himmelsrichtungen zu verstreuen. Seinen letzten Wunsch hat man ihm erfüllt. Nur seine Tagebücher wurden damals vergessen. Man fand sie erst ein paar Jahre nach seinem Tod. Nach langem Abwägen entschlossen wir uns dazu, sie zu veröffentlichen, da wir der Meinung waren, dass es sich hierbei um historische Dokumente handelt. Sie sollten jeder künftigen Generation zugänglich sein, damit diese sich ein eigenes Bild von Phileas prägen kann. Heute spricht die Welt über ihn, wie wenn er ein großer Verbrecher wäre und wir seine Handlanger. Wir glauben, dass dies nicht von ungefähr kommt. Trotzdem gibt es nichts, wovor wir uns wirklich fürchten und wir nehmen sein Erbe an und stehen auch dazu."

„Aber dieses Zeichen fürchtet ihr ganz bestimmt", sagte Kore erbebend und hielt ihnen das Amulett mit dem strahlenden Auge hin, das sie vom Bahnsteig aufhob.

„Die Angst ist ein schlechter Ratgeber. Dieses Zeichen wurde geschaffen um Furcht zu verbreiten. Es symbolisiert die Vernichtung und die Knechtung jeglichen Lebens. Das ist das Zeichen der Ors. Sie sind sehr gefährlich. Vor allem für Leute, die mit ihrem Inneren im Unfrieden sind. Woher hast du es?", fragte Kassandra interessiert.

„Von einer Straßengang", antwortete Kore.

„Du redest von den Hermesbrüdern?", fragte Polites scheinheilig.

„Ihr kennt sie?", erkundigte Kore sich überrascht.

„Nun, wir sind gut informiert. Information ist alles Kore. Die DNA-Analyse zeigte es uns. Wegen des kleinen Unfalls wird die Bahn ihren Betrieb erst genau ab acht Uhr heute Abend wieder aufnehmen. Wir erfuhren die Analyse kurz vor deiner Ankunft. Dein Fund bestätigt einen schlimmen Verdacht, den wir schon lange hegen. Wir schleusten vor einiger Zeit einen Spion bei den Ors ein, der für uns Genaueres über ihre Pläne herausfinden sollte. Wir wollten erst seinen Bericht abwarten, ehe wir uns zu schärferen Maßnahmen gegen die Ors entschließen. Daher gingen wir das Problem noch nicht ernsthaft an und beobachten sie vorläufig nur. Das ist auch der Grund, weshalb wir darauf verzichtet haben, die Hermesbrüder verhaften zu lassen. Die Ors sollen nicht merken, dass wir sie bereits im Auge haben. Wer die Ors über den Tisch zieht, lebt gefährlich, Kore. Bislang scheinen sie uns zu unterwandern, wenn es ihnen nicht sogar schon gelungen ist. Wir vermuten, dass sie einen Weg fanden das Land unter der Kuppel zu betreten und dass dort die Brutstätten ihres Wahns liegen."

„Wer sind die Ors?", wollte es Kore nun genauer wissen.

„Wir wissen es selbst nicht genau", antwortete ihr Rohn und führte aus, was er über die Ors wusste. „Die Ors, so unsere Spekulation, sind eine Splittergruppe, die die Mentalnaniten überlebt haben. Das ist jene Waffe, die General Tomps einsetzte. Ihr System ist hierarchisch geordnet und scheint von einem fundamentalen Terror zusammengehalten zu werden. Es muss eine Art Priesterschaft geben, die alles beherrschend ist. Sie halten sich eine Kriegerkaste, die in ihren eigenen Internaten geschult wird. Da wir keinen exakten Einblick in ihre Organisation haben, können wir dir leider nichts Genaueres über sie sagen. Das Gebiet unter der Kuppel muss mittlerweile wieder bewohnbar sein, denn dort verlieren sich ihre Spuren. Wir können die Kuppel, wie wir dir schon gesagt haben, weder öffnen oder hineinsehen. Um herauszufinden wie es jetzt darunter aussieht, müssten wir jemanden ausfindig machen, der schon darunter war. Unser Spion konnte uns nicht wirklich darüber Auskunft geben, da er diesen Ort zuletzt als Kind betrat. Kinder haben dort so gut wie keinen Wert. Ich zweifle, dass er je die Stätten zu Gesicht bekam, die für uns interessant wären."

Kore dachte bei sich, als sie das hörte, dass sie doch jemanden kannte, der vor kurzem unter der Kuppel gewesen sein musste. In ihr kam der Impuls, mehr darüber zu erfahren. Sie fragte daher ungeniert weiter den Rat aus.

„Habt ihr denn nie versucht sie aufzuhalten? Ich meine, ihr müsstet sie doch schon viel früher bemerkt haben. So eine große Organisation bleibt doch nicht lange unbemerkt", setzte Kore unvermittelt nach.

„Oh je", seufzte Zitra. „Um dir diese Frage zu beantworten, müssen wir weiter ausholen. Weißt du in früherer Zeit wäre das kein großes Problem gewesen. Vor dem Mystischen Krieg, war die große Blütezeit der Telekommunikation. Man trat mit jedem rund um den Globus zu jeder Zeit in Kommunikation. Das stellte die damalige Gesellschaft vor große Probleme, auch wenn man aus Profitgier nur die

Vorteile öffentlich in den Vordergrund rückte. Vor allem durch die permanente Überwachung der Geheimdienste oder Konzernmagnaten, die etwas über potenzielle Gefährder oder Kundenverhalten für ihr Produktmanagement wissen wollten. Dann gab es da noch die Datensammler, die alles chronologisch aufgezeichnet und den Meistbietenden zugänglich gemacht haben. Mit anderen Worten, es entstand ein gläserner Mensch, der absolut keine Intimsphäre mehr besaß. Von allen einsehbar, vermarktbar und somit steuerbar. Es ist ein ungeschriebenes Gesetz, dass man mit Streuung falscher Informationen gezielt Menschen beeinflussen kann. Anhand der Überwachung stellte man nicht nur fest, was die Leute gerade machten und konsumierten. Nein, man beeinflusste sogar ihre Gesinnung. Das spielte beim letzten militärischen Konflikt eine gewichtige Rolle. Gerade während des Mystischen Krieges wurden über die damaligen Telekommunikationsmittel Störsignale ausgesendet, wodurch die weltweite Telekommunikation vollständig zusammenbrach. Auch das damalige Internet kollabierte durch seine eigene Unberechenbarkeit. Das muss man sich etwa so vorstellen, wie wenn eine Schlange ihren eigenen Schwanz schluckt und sich selbst auffrisst. Tomps wurde schnell klar, dass es zu einer derartigen Kommunikationskatastrophe wie vor dem Krieg nie mehr kommen sollte. Dies sollte aber nicht mehr im mörderischen Wildwuchs und in der absoluten Gläsernheit der Benutzer enden. Daher führte er das transkontinentale Fernnetz ein. Du wirst davon schon in Einführungsklasse auf der Akademie gehört haben."

Was Zitra meinte, wusste Kore auf Anhieb. Dieses System löste das bisherige Internet und den gesamten Telekommunikationssektor ab und war auch noch zu Kores Zeit die Basis aller Datenübermittlung. Das transkontinentale Fernnetz ist eine Verschaltung aus Datenleitungen und Knotenpunkten, die mit dem Hypergleitbahnsystem verknüpft sind. Vor Ort wurden die Daten an einen Sender geschickt, welcher die Nachrichten ausstrahlte, aber auch abgegebene Signale empfing. Für den Rat wäre es nicht schwierig sich in dieses System einzuklinken, aber ein tompsches Gesetz untersagte das Abhören des Datensystems.

„Phileas wusste, wie wichtig das Wort Vertrauen ist", führte Polites weiter aus. „Vertrauen erlangt man aber nicht dadurch, dass Datennetze ausgespäht und profitträchtig verwertet werden. Das wäre ungefähr so, als blätterten wir in deinem geheimen Tagebuch und missbrauchten deine intimsten Geheimnisse zur Sicherung unserer Macht. Auf Dauer kann man seine Aktionen niemandem verheimlichen und ein Abhören von unserer Seite hätte uns schon viel früher vom Tisch gefegt. Wer vertraut Staatsleuten, die um ihrer Machterhaltung willen keine Intimsphäre mehr kennen und die gesammelten Daten sogar gegen ihre eigenen Bürger verwenden? Vertrauen aufzubauen kostet viel Zeit. Es zu zerstören nicht einmal eine Sekunde."

„Dann habt ihr die Ors einfach so gewähren lassen. Wie seid ihr dann auf sie aufmerksam geworden?"

„Die Ritualmorde, Kore. Ein radikales System lebt von Symbolen und davon, dass Bildung einen untergeordneten Stellenwert besitzt. Massen sind umso leichter lenkbar, je uninformierter man sie hält. Das beweist vor allem, dass breite Teile der Bevölkerung unsere Weiterbildungsangebote nicht mehr wahrnehmen. Hinzu kommt, dass von unseren Kindern öfter jemand aufgegriffen wird, der dieses Amulett trägt. Die Träger wissen meist von seiner Bedeutung nichts. Ein Zeichen dafür, wie gut ihre Gehirnwäsche arbeitet. Wir mussten wegen mangelhafter Besuche bereits viele der Einrichtungen an der Hauptstraße schließen. Dir wird das sicher nicht entgangen sein. Interessanterweise kommt auch von Seiten der Bevölkerung kein Vorstoß das Bildungsangebot zu verbessern. Für uns ein Zeichen, dass die Ors ganze Arbeit geleistet haben. Außerdem lässt die immer mehr zurückgehende Zahl der gefundenen toten Babys darauf schließen, dass sie in deren Internaten verschleppt werden. Man bringt immer weniger Kinder zu uns in die Waisenhäuser des Planeten. Sie werden bei den Ors offenbar auf ihr System eingeschworen. Eine sehr gefährliche Entwicklung. Unser Spion, der ihre Szene recht gut kennt, hätte dir mehr dazu sagen können. Leider ist der Kontakt zu ihm abgerissen. Du kennst ihn übrigens auch."

„Indreen", entfuhr es Kore urplötzlich

„So ist es. Von ihm wissen wir, dass ein totalitäres Regime wie die Ors nach Aufmerksamkeit und Provokation dürstet. Daher wagen sie sich so deutlich aus der Deckung und wir glauben, dass da etwas ganz Großes im Gange ist."

„Indreen ist noch unter der Kuppel?"

„Wir vermuten es. Er könnte aber auch schon Tod sein. Die Ors gehen mit Abtrünnigen äußerst brutal ins Gericht. Unser Spion kannte die Gefahr und ist dieses Risiko eingegangen."

Kore traf diese Neuigkeit wie ein Schock. Sie musste irgendwie unter die Kuppel und ihn suchen. Dem Rat wollte sie keinesfalls ihre Feenkräfte verraten und sich für die gefährliche Mission anbieten. Am besten wäre es, wenn er nichts von ihrer Absicht wusste.

„Wie kommt es eigentlich, dass ihr Drogen zulasst?", fragte Kore weiter um bewusst nicht tiefer auf Indreens Schicksal einzugehen. Jetzt wo sie schon mal hier war und sie der Rat ungeniert über seine eigene dunkle Vergangenheit aufklärte, fielen ihr die Hemmungen sie direkt nach diesen Duldungen zu fragen.

Cryia räusperte sich und antwortete ungewöhnlich gelassen auf diese Frage: „Deine Frage wundert mich nicht. Du könntest im Gegenzug gleich die Prostitution verbieten und viele andere Dinge, für die die bisherigen Gesellschaftsformen keine eindeutigen Lösungen gefunden haben. Mit einem Verbot löst du kein Problem, du verschleppst es. Wenn man ein Problem nicht lösen kann, dann muss man es kanalisieren, um die Kontrolle nicht zu verlieren. Und genau das tun wir. Was wir nicht zulassen, ist, dass für diese Dinge geworben wird und dass man sie an jeder Ecke billig erhalten kann. Wir nahmen sonst zu diesen gesellschaftlichen Themen eine äußerst liberale Haltung ein. Um bei dem Beispiel Prostitution zu bleiben: Alle, die in diesem Milieu tätig sind, sind registriert und bekommen nur dann eine kostenlose medizinische Betreuung im Medizincenter. Ein tompsches Gesetz. Diejenigen, die sich nicht registrieren lassen und deswegen Probleme kriegen, müssen ihren Hang im Zivilrecht ausfechten. Du dürftest in Sachen Rechtskunde davon schon gehört haben."

Kore nickte bejahend dazu. Einer der häufigsten Streitereien im Zivilrecht war der Seitensprung im Eheleben. Die meisten Paare heirateten gerade deswegen nicht, weil sie der Meinung waren, dass eine emotionale Bindung keinen Ewigkeitscharakter besaß. Ein Versprechen kann nur für den Moment gegeben werden. Dann gab es aber die andere Art des Zusammenlebens. Die mit der zementierten Ehe, die nur vor dem Magistrat geschlossen wurde. Dabei verschmolzen die Eheleute rechtlich zu einer Person. Waren in früheren Zeiten nur zwischengeschlechtliche Ehen möglich, gab es nun auch gleichgeschlechtliche Ehen. Allerdings verursachte diese Art der Bindung mehr Probleme als Lösungen für die Justiz. Häufig musste sie die Klagegesuche von den einzelnen Eheleuten abweisen, die auf Durchsetzung von Scheidungsansprüchen pochten. Dass überhaupt die Möglichkeit einer Eheschließung von dem Rat aufrechterhalten wurde, begründete dieser mit einer ganz einfachen Logik: Die Menschen haben in ihrem Inneren ein Bedürfnis nach der Ewigkeit. Dies gilt auch für die Bindung zwischen zwei Menschen. Durch ein Ritual wollen sie ihre Verbundenheit vor allen Augen besiegeln und ihm so eine sakrale Bedeutung geben. Wenn sie dadurch ihr Glück bestätigt sahen, konnte dies nur Recht und Billig für die Gesellschaft sein. Nur glückliche Menschen bereichern ihre Umgebung. Daher versagte der Rat den Wunsch nach einem öffentlichen Zeremoniell nicht. Er förderte es im Gegenzug aber auch nicht.

„Bei den Drogen…", fuhr Cryia fort, „…ist es ähnlich. Drogen, die sofort zum Tode führen, werden gewöhnlich nicht verkauft, denn Drogendealer wollen sich ja ihre Kundschaft erhalten und sie nicht auslöschen. Jemand, der bewusst solche Drogen nimmt, dem muss man schon Freitodabsichten unterstellen und der darf sich dann nicht wundern, wenn er Erfolg damit hat. Jeder Drogenabhängige ist verpflichtet, sich registrieren zu lassen. Tut er das nicht, bekommt er eine kostenlose Entzugskur auf einer einsamen Pazifikinsel. Daher wissen wir über alle Konsumenten der Drogenszenerie bestens Bescheid. Dass es da zwischen den Gangs zu Spannungen bei dem Absatz der Substanzen kommt, konnten wir nie ganz verhindern. Verbote, Kore, machen neugierig. Wir können nicht alles unter Strafe stellen, weil dadurch erst recht das Interesse geweckt wird. Ein jedes Individuum ist für sein Leben zu einem gewissen Grad selbst verantwortlich. Wir greifen darin nicht ein, außer, wenn sich jemand der Kuppel nähert. Dann liefert er uns den Verdacht, dass er den Ors angehört."

„Und Neko? Er steckt mittendrin in diesem Sumpf."

„Das ist sein Schicksal", sagte Esmil wieder ohne ein Anzeichen von Anteilnahme und fuhr nüchtern fort, was nicht wie eine Rechtfertigung klang:„Nach der Schließung des Waisenhauses nahm sich zwar die Leiterin seiner an, doch nach ihrer Ermordung ist er weggelaufen. Wir brachten Neko zwar in ein anderes Waisenhaus, jedoch ist er ausgerissen."

„Warum? Ich meine, es gibt doch noch mehrere Tomps. Hat er Angst neue Freundschaften zu schließen?"
Esmil blickte daraufhin Kore lange an. Seine Mine verriet, das er wusste, dass Kore seinen weiteren Worten nicht folgen könnte:„Um das zu verstehen, hättest du in seinen Spuren laufen müssen. Der Junge ist traumatisiert. Seine Entscheidungen sind für jemanden, der seine Freiheiten ausleben kann, nicht nachzuvollziehen. Den Wert der Freiheit erkennen nur diejenigen, denen sie genommen wurde. Dir fehlt diese Erfahrung. Neko hat zu niemandem Vertrauen, Kore. Wir können keinen dazu zwingen, sein Glück zu suchen und jemandem zu vertrauen. Schon aus diesem Grund verzichteten wir bald darauf, ihn erneut mit Zwangsmitteln in ein Waisenhaus zurückzubringen. Dem Drang nach Freiheit hielt noch keine Mauer stand. Wir bedauern seine Entscheidung sehr. Wissen ist ein Privileg und keine Last. Im Waisenhaus hätte er lernen können, sich gegen die Dummheit zu wehren. Ungebildete sind ein leichtes Fressen für die Ors. Er hätte das Lesen und das Schreiben erlernt und das Tor zum Wissen aufgestoßen. Nun aber versinkt er in Depression und Lethargie, anstatt nach vorne zu blicken. Neko wird seine Vergangenheit nicht los. Er braucht in der Tat jemanden, zu dem er wieder Vertrauen schöpft und der ihm hilft, wieder an eine Zukunft zu glauben. Es muss jemand sein, den er kennt und den er liebt. Nur das hilft ihm jetzt noch, da herauszukommen. Der Junge hatte keine richtige Kindheit. Man muss sie ihm wieder geben, wenn er sich weiterentwickeln soll."

Esmil sah Kore nach seinen ausführenden Worten lächelnd an. Kore verstand die unterschwellige Botschaft, die er ihr andeutete.
„Ich weiß, wo ich ihn finden kann", sagte Kore schließlich nach einer kurzen Pause. „Ich hole ihn da raus."
„So ist es recht. Die Tomps müssen zusammenhalten. Das soll für immer gelten. Möge es auch Menschen geben, die sie wegen ihrer Herkunft schmähen, aber sind sie es doch, die wissen, was Nähe und Geborgenheit wert ist", bestätigte Kassandra.
„Ich habe noch etwas Dringendes zu tun. Ihr werdet verstehen, dass ich jetzt gehen muss", sagte Kore und wandte sich um zum Rückweg, als Polites zu ihr sagte:„Kore, sicher sind wir nicht die Beste aller Regierungen, die diese Welt je sah. Gerade weil sich die Welt ständig verändert, müssen auch wir uns mit ihr verändern. Tun wir das nicht, begehen wir die gleichen Fehler wie unsere Vorgänger und besiegeln unseren Untergang. Diese Welt sah viele Systeme, die nicht einen Funken Liebe in sich trugen. Aus diesem Grund mussten sie gehen. Die Ors regieren unter ihresgleichen mit Unterdrückung und Gewalt. Dies ist zwar eine sehr geradlinige Art des Machterhalts, aber im höchsten Maße instabil. Es geht nur gut, solange es einen Starken an der Spitze gibt und ein jeder schön brav sich ihrem Terror beugt. Einschüchterung gehört ebenso zu ihren Methoden wie die Gehirnwäsche. Irgendwann aber richtet sich ihre Gewalt gegen sie selbst. Wegen dem Tod der Hermesbrüder musst du kein schlechtes Gewissen haben und auch

wir wollen nicht darüber richten. Sie wählten ihr Schicksal und sind an ihm letztendlich zerbrochen."

Kore nahm seine erklärenden Worte nickend zur Kenntnis und verabschiedete sich freundlich von dem Rat. Eilig lief sie den Weg zurück. In ihrem Kopf erfasste sie bereits, was zu Geschehen hatte. Sie musste zu der Bar gehen und Neko da rausholen. Noch wusste sie nicht, wie sie es anstellte, aber vielleicht zeigte ihr das Schicksal den Weg dafür.

Nachdem Kore ging, sagte Polites nachdenklich zu Kassandra:„Vielleicht hätten wir ihr sagen sollen, was wir über sie wissen."

„Nein, es ist besser, wenn sie es nicht weiß", antwortete seine Frau verständnisvoll. „Die Menschheit ist einfach nicht reif dafür und auch wir sollten es für uns behalten. Ich denke unsere Kore wird vernünftig genug sein, es nicht an die große Glocke zu hängen."

„Ja, du hast Recht", stimmte Polites nickend zu. „Es gibt viele Dinge im Universum, die noch nicht erklärbar sind und die eine plausible Logik haben, welche sich dem menschlichen Verstand erst künftig erschließen wird. So wie früher mit dem Blitzeinschlag. Irgendwann, Kassandra, wird es soweit sein, dass sich auch dieses Rätsel entzaubert und für alle so selbstverständlich sein wird, wie die Kugelform der Erde.

Kapitel 12

Tabacot

Bei allem Eifer, den Kore an den Tag legte, um ihre Feenkräfte zu erlernen, wusste sie, dass es besser wäre, möglichst viel über die Ors zu erfahren. Die Unterredung beim Rat erwies sich zwar als sehr hilfreich für ihre Mission, aber er half Kore nicht, den Knoten wirklich aufzulösen. Und um sich zu schützen erst recht nicht. Diese Verantwortung lag ganz alleine bei ihr. Die Ors schliefen nicht und bereiteten mit Sicherheit den nächsten Schlag gegen sie vor. Der gescheiterte Mordanschlag sprach sich in ihren Reihen bestimmt schnell herum. Jetzt hieß es, sich auf ihre Stärken zu verlassen und entsprechend zu kontern. Aber was war jetzt zu tun? Sie stand nun ihrerseits vor der Wahl ihren nächsten Schachzug zu planen, als sie den Rat am Nachmittag verließ. Entweder Neko suchen oder einen Weg in die Kuppel hineinzufinden. Wenn sie dort Indreen ausfindig machte, könnte sie das Rätsel um den Jungen lösen und auch, warum es die Ors auf sie absahen. So verlockend es im Augenblick auch sein mochte, sich auf die Suche nach Neko zu begeben; gerade davon wollte Kore noch Abstand nehmen. Ihr Bruder konnte im Augenblick überall sein und sie verlöre nur zu viel Zeit ihn aufzustöbern. Außerdem hatte sie keine Ahnung, wie er auf sie reagierte, wenn sie sich gegenüber standen. Eines war ihr aber von vornherein klar. Es musste möglichst diskret ablaufen. Am besten wäre es, ihn erst zu suchen, wenn er sich abends in der Bar zum Stern aufhielt. Vorher nach ihm zu fahnden kam einer Suche nach der Nadel im Heuhaufen gleich, zumal sie nicht ahnte, wer noch von seinem gegenwärtigen Aufenthalt wusste.

Was aber die Erforschung der Kuppel anbelangte, da verhielt sich die Sache anders. Sie kannte sehr wohl jemanden, der wusste, was sich darunter befand und wie man hineinkam. Es waren sogar zwei ihr bestens bekannte Personen. Nämlich jene Zieheltern, die Kore in all der Zeit sorgsam von ihrem Bruder fernhielten. Sie erinnerte sich, dass in den Briefen des Sekretärs von dem Meditationszentrum neben dem Ideenmarkt die Rede war. Da gab es einige Passagen, die ihren Adoptiveltern befahlen, von dort ihre weiteren Weisungen für den Umgang mit ihr abzuholen. Vor dieser Enthüllung wusste Kore bereits, dass Dora und Edward öfters gemeinsam in das Meditationszentrum gingen. Sie erklärten ihrer Pflegetochter, dass sie sich Hilfe in ihren Lebensfragen von den Lehrern dort versprachen. Die Einrichtung eines Meditationszentrums war Pflicht in einer jeden größeren Ansiedlung auf dem Planeten. Neben der Akademie besaß sie die Aufgabe, den Bürgern Hilfestellung anzubieten, wenn sie sich mit ihrem Inneren im Konflikt befanden. Auch diente das Zentrum dazu Fragen des Lebens zu erörtern und zu klären. Meistens betrafen sie das eigene Seelenleben,

Seelenleben, Partnerschaften oder die Beziehung zu den übrigen Mitmenschen. Speziell für die Paarbeziehungen gab es eigene Lehrer. Die Einrichtung hatte nicht die Aufgabe alle Beziehungen um jeden Preis zu retten. Sie diente vor allem der Selbsterkenntnis aus der eine seelische Stärke erst erwuchs. Denn glücklich kann man nur sich selbst machen. Einen möglichen Weg dahin zeigte das Meditationszentrum auf. Kore selbst besuchte die Einrichtung schon einige Male. Damals ging es um grundsätzliche Fragen, die in ihr schon lange brannten. Warum wusste sie nichts von ihren Eltern? Welchen Sinn hatte ihr Dasein auf der Erde? Welche Bedeutung hatte das „Frausein" und welchen Bezug hatte ihre Seele zu ihrem weiblichen Körper? Gibt es ein Leben nach dem Tod? Wozu dienten die Lebenskrisen, mit denen sie es in ihrem Alltag zu tun bekam? Wie kann man seelischen Schmerz heilen? Wozu ist es wichtig, seine Abstammung zu kennen? Ist es erforderlich eine Paarbeziehung zu haben, um als ganzer Mensch zu gelten?

Für solche und noch viele weitere Fragen war diese Einrichtung gedacht. Im Meditationszentrum gab es Lehrer, die in Sitzungen mit den Klienten über diese Fragen sprachen. Solche Begegnungen zogen sich mehrere Stunden, ja sogar tagelang mit einer Fülle von Terminen hin. Der Rat ließ seinerzeit die Einrichtung erbauen, weil sich damit Krankheiten der Psyche und auch des Leibes deutlich reduzieren ließen. Viele der Zivilisationskrankheiten beruhen auf einem unharmonischen Seelenleben und äußern sich im Körper auf ihre Art und Weise. Um dem vorzubeugen, musste man den Bürgern eine Alternative zu einer kostenintensiven Behandlung im Medizinzentrum aufweisen und sie wurde gerne angenommen. Mit Religion hatte diese Einrichtung nichts zu tun, da man nicht leugnen konnte, was bereits da war. Es wurden nur Dinge angesprochen, die im Einzelfall auf den Suchenden zutrafen. Pauschale Verfahrensweisen gab es dort nicht. Was ihre Adoptiveltern dort genau besprachen, wusste Kore bis heute morgen noch nicht. Ab und an kam es vor, dass Kore sie vor der Einrichtung, meist aus der Ferne, sah. Einmal erinnerte sie sich daran, dass sie regelrecht erschrocken drein schauten als sie ihnen „Hallo" zurief. Vom Zeitpunkt her war es immer am späten Nachmittag. Es dürfte Kore daher nicht wundern, wenn sie wieder heute zur selben Zeit dort wären. Nach den Briefen könnte dieser Ort als möglicher Kontaktpunkt mit den Ors in Frage kommen. Dort musste Kore ihnen auflauern. Sie müsste nur noch rauskriegen, wer sie im Zentrum mit Informationen oder Anweisungen versorgte.

Von der Ratswache ließ sich Kore ein Gleitertaxi bestellen und an die Hauptstraße, nahe zum Zentrum bringen. Aus der Luft sah Presson zu dieser Zeit wie eine kleine geschäftige Stadt aus. Sie sah weitere Gleitertaxis kommen und gehen. Unten arbeiteten in den Parzellen die Gartenroboter an der Verschönerung der Grünanlagen. Die Straßen wurden von automatischen Kehrmaschinen gesäubert. Sie sah Techniker umherlaufen, die gerade den Fuhrpark warteten. Von oben sah

Fuhrpark warteten. Von oben sah das Meditationszentrum wie ein großes Omega aus. Nur an der Stelle, wo sich die Öffnung in sein Inneres befand, stand der gläserne Empfangstrakt. Hier musste man sich anmelden um einen Termin zu bekommen. Im Innenhof gab es einen kleinen Park mit hohen Bäumen und Blumenbeeten. In seiner Mitte plätscherte ein reich verzierter Springbrunnen mit Tiermotiven vor sich hin. Die Sonne senkte sich bereits zum Horizont, als Kore an der Hauptachse ausstieg. Ihr warmes Licht ließ die Farben der Bäume im Innenhof des Zentrums satt aufleuchten. Von hier aus waren es nur wenige Schritte bis zum Ideenmarkt, der sich direkt neben dem Meditationszentrum befand. Von außen sah man, dass sich in der Anlage gerade nur wenige Besucher aufhielten. Seine transparente Front ließ viel Licht in das Innere und machte sichtbar, wer gerade auf eine Sitzung wartete. Es hielten sich neben der Empfangsdame hinter dem Tresen nur drei weitere Personen darin auf. Hinter der wuchtigen Eingangshalle, öffnete sich auch schon der parkähnliche Innenhof. Von hier aus gesehen besaß er den Charakter eines Kreuzganges in einer Klosteranlage. Nur dass er kreisförmig, wie eine Rotunde, angelegt war. Von dort gingen in den Seiten die Zimmer ab, in denen die Mediatoren, so wie sich die Lehrer der Einrichtung selbst nannten, auf ihre Klienten warteten.

Als Kore vor dem Gebäude stand, schossen ihr mehrere Gedanken über ihr weiteres Vorgehen durch den Kopf. Es standen ihr mehrere Optionen offen. Wenn sie als Kore zum Empfang ging und nach ihren Eltern fragte, bekäme sie zwar die Bestätigung, dass sie hier wären, aber sie wäre dazu verdammt, auf sie zu warten. Es war möglich, dass die Rezeption eine Nachricht zum Mediator schickte und ihre Eltern von ihrem Auftauchen alarmierte. Dann könnten ihre Eltern in Panik geraten, wenn sie erführen, dass sie hier wäre, um sie zur Rede zu stellen. Kore wusste ja nicht, in wie weit sie sich in den Anschlag auf sie verstrickten. Schlimmstenfalls verständigten ihre Zieheltern die Ors und sie gab erneut die Zielscheibe für ein weiteres Attentat ab. Das erschien ihr zu riskant. Als Fee aber konnte sie auf die Größe von Ipsy schrumpfen und unerkannt von oben in den Innenhof eindringen. Dann aber wusste sie noch nicht, wo genau sich ihre Adoptiveltern in der Anlage aufhielten. Den ganzen Komplex abzusuchen, dauerte viel zu lange. Aber das Terminal des Empfangs müsste einen Belegungsplan und einen Terminkalender haben. Mit dem Elektronikus dürfte es doch ein Leichtes sein, an diese Informationen zu kommen. Man musste die Empfangsdame irgendwie ablenken. Am besten mit einer Illusion. Dann den Belegungsplan des Terminals mit Hilfe des Mechanikus aufrufen und sehen in welchem Raum sich Dora und Edward befanden.

Kore beobachtete durch die Glasfront die Situation im Empfang genauer. Im Moment schienen nicht viele der Mediatoren hier zu sein, da sich ansonsten keine Wartenden beim Empfang bildeten. Die Fee erkannte Dora und Edward unter ihnen nicht. Offenbar waren sie bereits bei ihrer Sitzung. Das hieß, sie hat-

hatte sich zu beeilen, um mitzukriegen, was sie dort besprachen. Sie musste schnell handeln und einen geeigneten Fleck für ihren Minimalus suchen. Das war gar nicht so einfach. Denn es gab ringsum kein passendes Versteck dafür. Heute Morgen bei Adalmus leistete der Haselnussstrauch für eine geschützte Verwandlung perfekte Dienste. Hier aber befand sich ein öffentlicher Platz und das Risiko war groß nicht unbemerkt zu bleiben. Selbst wenn sie eine für alle sichtbare Projektion zur Ablenkung machte, blieb dies kein Garant dafür, dass auch wirklich alle da hin sahen. Gerade auf dem Ideenmarkt herrschte ein ständiges Kommen und Gehen. Es konnte durchaus sein, dass sich gerade dort Akademiekameraden von ihr aufhielten. Dann wäre es mit der Anonymität schnell vorbei. Für die Fee eine denkbar schlechte Ausgangsbasis. Andererseits wenn sie keine Aufmerksamkeit erregte und niemand hinsah, dann dürfte das Risiko des Entdecktwerdens minimal sein. Unweit von ihr, auf dem Ideenmarkt, stand gerade eine kleine Zuschauergruppe vor einer Bühne, auf der ein geschminkter Clown mit Bällen jonglierte. Neben ihm spielte ein anderer Clown ein verdrehtes Musikstück auf einem Banjo und versuchte mit seinem Rhythmus den Jongleur zu unterstützen. Die Leute vor der Bühne sahen nicht zu ihr her und waren von dem Schauspiel abgelenkt. Der Clown musste sich für seinen Trick auf seine Bälle konzentrieren und nicht auf sie. Der Banjospieler hatte mit seiner verschobenen Musik zu tun. Zwei der Wartenden in der Empfangshalle, vergruben ihre Minen in ihren Telebrillen oder in Universalboards. Sie sahen ebenfalls nicht zu Kore hinüber. Die Rezeption des Zentrums selbst starrte gerade in das Terminal und plauderte dabei mit dem Dritten, der Kore dabei den Rücken zukehrte. Auf der Hauptachse selbst stand eine Kolonne der Gleitertaxis herrenlos herum. Ein Techniker war nicht zu sehen. Niemand kam oder flog ab.

„Jetzt oder nie", entschied sie sich kurzerhand. Kore hielt den Zeitpunkt für günstig. Sie war nur Millisekunden davor ihre Feenflügel auszufahren, den Minimalus und den Desinger anzuwenden, als ihr gerade die unpassendsten Worte in den Nacken fielen:„Hey Kore, schön dich hier zu sehen."

Die Fee schreckte auf und drehte sich zu den wohlmeinenden Stimmen um. Sie kamen von Esmeralda und Iona, die sie offenbar erspähten. Sie verbargen sich in der Zuschauergruppe beim Ideenmarkt und wurden auf sie aufmerksam. Insgeheim ärgerte es Kore, sie nicht bemerkt zu haben. Das kostete ihr weitere wertvolle Zeit, sie wieder loszuwerden.

„Na, willst du mit uns auf dem Ideenmarkt bummeln? Es kommen in den nächsten Stunden ein paar interessante Vorführungen", sagte Iona begeistert. „Der Nächste ist ein Feuerschlucker. Der jongliert sogar mit brennenden Kugeln."

„Äh…", meinte Kore überrascht, „ …ich dachte, ihr wärt schwimmen?"

„Das waren wir auch", sagte Esmeralda verschnupft. „Wir machten heute aber früher Schluss, um uns für den Wettbewerb zu schonen. Außerdem übten wir nicht die Staffel, weil eine aus unserem Team fehlte. Warum warst du nicht da und hast mit uns trainiert? Wenn wir ein gutes Team abgeben wollen, dann müssen wir uns schon gemeinsam ins Zeug legen. Miss White war nicht so glücklich darüber, dass du heute wieder gefehlt hast. Kore, was ist nur los mit dir? Du benimmst dich in letzter Zeit etwas seltsam."

„Ich hab im Augenblick ein paar dringende Privatsachen zu erledigen. Das zerrt an meinen Nerven", versuchte Kore zu erklären, ohne näher auf ihre Situation einzugehen. Sie wollte ihre Freundinnen nicht in die Sache hineinziehen und versuchte, sie auf andere Gedanken zu bringen. „Wo ist eigentlich Chausette?"

„Ach, die ist noch beim Duschen", kicherte Esmeralda verschmitzt. „Vielleicht war es auch gut, dass du heute nicht da warst", meinte sie grinsend.

„Warum?"

„Weißt du, Chausette ist richtig unaufmerksam seit das gestern mit Boris passiert ist. Sie ist heute gegen die Tür zur Schwimmhalle gelaufen. Das ist ihr noch nie passiert."

„Vielleicht lag es auch an Boris", warf Iona ein. „Der kam da ihr gerade entgegen. Ich glaube, sie mag ihn ja doch."

„Könnte sein", sagte Kore und überlegte sich, wie sie die Beiden sachte abschüttelte.

„Ich warte auf meine Eltern. Sie sind gerade in einer Sitzung da drinnen und müssten jederzeit rauskommen."

„So?", fragte Esmeralda erstaunt. „Die sind schon wieder hier? Wir sahen sie doch erst gestern Abend hier, als wir auf den Markt gingen. Dann hoffe ich, dass du für heute Geduld mitbringst. Zurzeit ist nur ein Mediator da."

„Was? Nur einer?", fragte Kore überrascht und war ganz Ohr. Vielleicht kamen ihre Freundinnen ja doch nicht so ungelegen in die Quere.

„Ja", antwortete Iona schwärmerisch. „Iljas Tabacot. Ich kenn den ziemlich gut. Ein süßer Kerl. Hat weder Haare auf dem Schädel noch im Schritt. Der legte mich bei meiner ersten Sitzung flach, als ich ihn gefragt habe, ob er mich nach allen Regeln der Kunst entjungfern kann. Meine Güte, dass war ein Erlebnis. Jetzt weiß ich auch, warum beim Ayurveda so viel Öl verwendet wird. Das mache ich jederzeit gerne wieder."

„Moment", horchte Kore interessiert auf. „Wisst ihr auch, wo er sein Zimmer hat?"

„Freilich. Gleich das erste Zimmer im Innenhof, rechts vom Eingang. Also wenn du ein erotisches Abenteuer suchst, ist er genau der richtige für dich. Hey das wär doch was. Lass dir doch heute...", Iona unterbrach sich, als sie von Esmeralda einen dezenten Stoß in die Seite bekam. Sie schwenkte schnell das Thema:„Ich glaub, du könntest doch hier solange mit uns auf deine Eltern warten. Der Clown da vorne ist ganz gut... „

Gerade als Esmeralda und Iona ihre Köpfe zu dem Clown umdrehten, packte Kore die Gelegenheit beim Schopf. Blitzschnell schrumpfte sie auf Ipsy´s Größe und fuhr ihre Flügel aus. Mit dem Staub präparierte sie ihre Kleider mit Adalmus

Chamälyonstoff und sauste wie eine Rakete in den Himmel. Esmeralda und Iona drehten sich wieder zu Kore, wo sie sie zuletzt vermuteten. Sie waren verwirrt, wohin Kore so schnell verschwand. Wie wenn sie sich in Luft auflöste. Ratlos blickten beide in die Gegend. Es wurde ihnen unheimlich.

„Kore?", hörte die Fee sie noch hinter sich rufen, doch da flog sie schon über ihre Köpfe hinweg. Gut getarnt dürfte sie niemand in der Höhe bemerken.

Verkleinert in der Luft war es schon schwieriger mit ihren Flügeln Kurs zu halten. Die Luftströmung erwies sich in der Höhe und auf dem flachen Land stärker, als es die Fee vermutete. Kore musste mit dem Staub kräftig nachhelfen um zügig voranzukommen. Zum Glück blieb es nur ein kurzes Stück, das sie zu bewältigen hatte. Von oben war es ein Leichtes in das Meditationszentrum zu gelangen. Durch den offenen Innenhof hinter das Empfangsportal führte ihre Flugroute. So kam sie ungesehen am Eingang vorbei und steuerte gleich direkt den Raum an, in dem Tabacot seine Sitzungen abhielt. Im Sturzflug erreichte sie den Rundgang in der Rotunde und wandte sich, wie von Iona beschrieben, zu ihrem Ziel. Sie näherte sich einer großen verschlossen Flügeltür. Das war normal, weil die Unterredungen dieser Art mit Diskretion abgehalten wurden und es Außenstehende nichts anging. Es wurden sehr vertrauliche Dinge gewechselt. Vermutlich ein Grund, warum die Ors gerade hier ihren Adoptiveltern Weisungen an die Hand gaben. Kore hielt in der Luft wie eine Libelle kurz innehaltend vor der Tür an. Für eine Fee stellte diese Tür kein besonderes Hindernis dar. Es quälte sie eine andere Frage. Die Tür jetzt in hohen Bogen auffliegen zu lassen, hielt sie für falsch. Das hätte nur die Aufmerksamkeit der Anwesenden heraufbeschworen. Also ließ sie rasch aus ihren Fingern den Staub des Mechanikus gleiten und den Mechanismus entriegeln. In einem zweiten Schritt schob sie einen Spaltbreit die Tür auf und zwängte sich durch die schmale Öffnung hindurch. Kaum dass sie in den Raum gelangte, fand sich ihre Vermutung bestätigt.

Dora und Edward saßen im Schneidersitz und in einem Kimono vor dem kahlgeschorenen Mediator. Die veränderte Kleidung sollte das Abstreifen ihrer vertrauten Welt bedeuten und das Öffnen in eine neue Sicht der Dinge erleichtern. Sie hatten auf einer Flechtmatte Platz genommen und vor ihnen dampfte in einer Tontasse heißer Tee. Deutlich sah man die Anspannung, die in ihren Köpern herrschte. Das Paar hielt sich einander verkrampft die Hände. Der psychische Druck der Ors verband die Beiden enger als es Kore zunächst vermutete. Für einen Mediator, wirkte Tabacot erstaunlich jung. Die jugendlichen Züge seines Gesichtes ließen allenfalls ein Alter von etwa fünfundzwanzig Jahren vermuten. Sein seidiges Gewand glänzte in hellem Weiß, was gut zu seinen funkelnden Augen passte, hinter denen ein scharfer Verstand lauerte. Genau lauschte er den Worten seiner Kunden, die ihn um die Beantwortung der Fragen des Lebens baten. Kore hatte bei ihrem ersten Besuch im Meditationszentrum einen anderen

im Meditationszentrum einen anderen Mediator, der ihr bei ihren Fragen half. Vor allem sein weiches rundes Gesicht blieb ihr noch gut in Erinnerung und dass er erstaunlich viel lachte. So wie ein kleines Baby. Tabacot kannte sie nicht. Um keinen Verdacht zu erregen, schloss sie unhörbar mit ihrem Staub wieder die Tür und setzte sich auf die Krempe einer ausgeschalteten Deckenleuchte. Die leicht im gelblichen Ton gehaltenen Wände des Raumes waren behängt mit farbenfrohen Bambusfächern, die Blumenmotive zeigten. Die Nachmittagssonne warf gerade ihre hellen Strahlen in den Raum hinein und ließen das Gewand Tabacots hell aufleuchten, während Doras und Edwards Kimono trüb und matt blieben. Die restliche Inneneinrichtung sog dieses weiche Licht auf und verströmte warme Farben. Diese Wärme passte gar nicht zu der kühlen Atmosphäre, die offensichtlich zwischen den Personen herrschte. Das erkannte Kore deutlich an ihren Gesichtern.

Zu Kores Bedauern befand sich das Gespräch bereits im vollen Gange. Vieles von dem bislang Gesagten blieb ihr für immer unbekannt. Umso wichtiger war es, jetzt genau aufzupassen. So eine Gelegenheit hinter die Fassade ihrer Gegner zu blicken, gab es nie wieder. Die eisige Miene des Mediators zeigte keinerlei Regung. Man sah ihm nicht an, was er gerade dachte. Dora und Edward hingegen stand regelrechte Panik ins Gesicht geschrieben. Sie durchlitten offenbar große Ängste, weil sie sich förmlich aneinander pressten. Kore vermutete, dass sie bereits von dem gescheiterten Anschlag der Hermesbrüder auf sie wussten. Der Verlauf des letzten Gesprächsteils, dem sie nun beiwohnte, bestätigte ihre Annahme.

„Iljas…", beteuerte Dora kurzatmig zu ihm",… wir sind keine Mörder. Wir sollten Kore nur so lange wie möglich hinhalten. Nicht aber sie töten."

Mit Iljas musste dieser Tabacot gemeint sein. Iona verwendete diesen Namen. Der Yogi nahm die Tasse mit dem dampfenden Tee in die Hand und nippte kurz daran. Bewusst, so bekam Kore den Eindruck, machte er dieses Prozedere, um seine Gesprächspartner noch mehr zu verunsichern. Er ließ ihre Worte unerwidert verstreichen und stellte konzentriert die Tasse wieder auf die tönerne Schale. Es machte ein leises Klick als sie aufsetzte. Es entstand eine lange Pause, die die eisige Atmosphäre in dem Zimmer weiter unterstrich. Wahrscheinlich verlief das bisherige Gespräch mit ähnlich langen Pausen. Der Mediator starrte mit einem milden Lächeln in Doras Augen, die sich nicht von ihrem verstörten Blick lösten. Für Kore kam es vor, als arbeitete dieser Yogi bewusst so, um seinen Gesprächspartnern seine Macht zu demonstrieren. Als nach einer Minute noch immer kein Wort fiel, ergriff Edward die Initiative.

„Dafür wurden wir nicht geschult. Es muss doch eine andere Möglichkeit geben. Nicht wir."

„Nein", sagte Tabacot kühl. „Eine andere Möglichkeit gibt es nicht. Programmiert die Maschine um…" Kore wurde auf einen kleinen Stick aufmerksam, der vor dem Mediator lag. Er entging zunächst ihrem Auge „… und gebt ihr so

217

gebt ihr so das Gift. Es wird ihrem Essen in einer unverdächtigen Dosis beigemengt. Sie wird ohne Schmerz ihrem Leben entschlafen. Keine Fingerabdrücke, keine Beweise. Außerdem wird bis dahin unser Sieg vollkommen sein. Ihr müsst nicht fürchten, dass die alte Ordnung euch für eure Tat zur Verantwortung zieht."

Kore wurde ganz schwummrig ums Herz. Die Ors planten die Nanotheke bei ihr Daheim zu manipulieren. Sie sollte, wenn sie nach Hause käme, sich damit vergiften. Das war also der heimtückische Plan. Der nächste Versuch sie umzubringen. Kore wusste noch von Holger und Karol über die Wirkungsweise der Gifte. Im Waisenhaus erklärten sie ihr, warum Giftmorde so schwer zu beweisen waren. Es blieb eine der beliebtesten Methoden unliebsame Personen diskret zu entsorgen. Pflanzliche Gifte, wie sie aus dem Schierling oder dem Eisenhut stammten, sind leicht zu gewinnen. Im Wald wuchsen einige dieser Pflanzen. Indreen zeigte Kore, vor welchen sie sich in Acht nehmen musste. Besonders vor dem Gift der Tollkirschen warnte sie der Pfleger eindringlich. Dieses Gift wirkt schnell und tödlich. Es verengt den Luftkanal und man erstickte in nur wenigen Sekunden daran. Sah Kore nicht so eine Pflanze auch heute Morgen bei Adalmus im Garten?

„Wir sind keine Mörder", wiederholte Dora zittrig. In ihren Augen sammelten sich Tränen. „Bei allem, was mir heilig ist, ich kann das nicht."

Iljas stand auf und legte ihren Kopf in seine Handflächen. Er sah ihr ganz fest in die Augen.

„Wer den Bund mit Blut besiegelt, kann nur mit Blut davon erlöst werden. Hast du das verstanden", hämmerte er ihr unmissverständlich in das entsetzte Gesicht. Dora wurde kreidebleich von seinen Worten.

Edward griff nach seinen Händen, doch Iljas stieß sie zurück und ließ Dora los.

„Ihr wollt doch nicht alles aufs Spiel setzen, wovon ihr geträumt habt", schleuderte Tabacot ihm entgegen.

„Dass eure Priester so versagt haben, ist nicht unsere Schuld", schrie Edward ihn außer sich an. „Ihr sagtet uns, sie würde Tod sein."

„Pläne ändern sich eben. Nun müsst ihr ran. Glaubt ihr etwa, ihr gehört nicht zum Universum? Glaubt ihr etwa, ihr würdet nur ein Beobachter sein und kein Akteur?", herrschte er sie an. „Es kommt einmal der Tag, an dem jeder gefragt wird, was er auf Erden tat. Es gewinnt nicht der, der sich am besten durchmogelt, sondern der, der sich seiner Angst stellt. Also, wovor fürchtet ihr euch? Ist Erlösung nicht der größte Lohn, den der Himmelsvogel euch geben kann? Wenn ihr die Sache zu Ende bringt, dann wird die Erlösung euer sein. Einen größeren Schatz gibt es nicht."

„Und das, in dem wir Kore töten", jappte Dora wimmernd und sprang erregt auf. „Wie viele müssen noch so sinnlos sterben? Sind denn die Toten des Mystischen Krieges nicht genug?"

Iljas setzte sich wieder ruhig hin und nippte, unbeirrt wie die Gelassenheit selbst, an seinem Tee. Dora sah ihn fragend an. Tränen liefen ihr die Wangen hinunter und verwischten ihre Schminke. Sie wartete aufgewühlt auf eine erlösende Antwort von ihm. Nun hielt Edward ihr tröstend den Kopf. Wieder vergingen einige Minuten des Schweigens. Tabacot hielt in sich gekehrt die Tasse mit dem heißen Tee und schien wie versteinert zu sein. Auch Edward rang mit sich nach Luft. Sein Gesicht trug den Ausdruck der Angst. Er schluckte wie ein Fisch, doch die Trockenheit in seiner Kehle gab nichts mehr zu Schlucken her.

„Ich habe verstanden", unterbrach Tabacot schließlich die Stille. „Eure Dienste werden nicht mehr benötigt. Eure Wahl war schlecht", sagte er kühl und den Tee wieder auf den Untersetzer stellend. Es machte leise: „Klick".

Der Mediator fuhr mit der flachen Hand über einen unscheinbaren Sensor im Boden. Er löste mit seiner Bewegung die Doppeltür zum Innenhof aus. Wie von Geisterhand öffnete sie sich.

„Geht jetzt", forderte er sie leise auf. „Ihr werdet nicht mehr gebraucht. Eure Zeit in eurem irdischen Leib wird nur noch eine Kurze sein."

Sein Blick war frostig und fest. Dora schüttelte ungläubig ihren Kopf.

„Nein, Nein", rief sie und fiel Tabacot um den Hals, doch dieser rührte sich kein bischen. Unbeeindruckt glitt ihr Flehen an ihm ab.

„Das könnt ihr uns nicht antun. Nach allem was wir für euch getan haben. Wir hielten sie über zehn Jahre von ihm fern. Opferten unsere Zeit für sie."

„Geht", herrschte Tabacot sie mit glühenden Augen an.

Edward erkannte schnell, dass es hier nichts mehr zu bestellen gab. Er packte Dora an der Hand und zog sie hoch. Dora schluchzte und eilte mit ihm in den Hof hinaus. Noch in der Ferne hörte Kore sie weinen und klagen. Den Stick mit den Informationen für das Nervengift ließen sie vor Iljas liegen. Sie rannten förmlich um ihr Leben. Geradewegs ins Ungewisse hinein. Einfach nur weg, soweit ihre Füße sie trugen.

Tabacot blieb regungslos sitzen und schenkte sich ungerührt einen weiteren Tee aus der Kanne in seine Tasse ein. Sollten sie nur Laufen. Ein Entkommen vor den Todesschwadronen der Ors war ohnehin nicht möglich. Die Welt war rund und die permanente Angst von den Ors aufgespürt und getötet zu werden, trugen sie von nun an immer in ihren Herzen. Es dampfte in der Schale von dem kochenden Tee, in die er starrte. Ein unberechenbarer Hexenkessel, der alles Mögliche enthielt.

„Eure Wahl war schlecht", wiederholte er grinsend und versuchte tief Luft zu holen. Doch der Hals schnürte sie ihm ab. Seine Muskeln dort schwollen sich urplötzlich an. Seine Pupillen weiteten sich. Er fasste sich panisch an den Hals und rang nach einem Tropfen Atemluft. Das Schicksal wollte sie ihm nicht gewähren, sorgte es doch dafür, dass Kore dieser Unterhaltung beigewohnt und ihren Staub auf den Stick und in die Kanne schickte. Was die Nanotheke in technischer Kleinstarbeit für die Ors besorgen sollte, erlegte Kore in Handum-

Handumdrehen mit ihrer Feenkraft. Der Elementar kombiniert mit dem Mechanikus, vermischte das für sie gedachte hochdosierte Gift mit dem Tee. Tabacot wurde schwarz vor Augen und kippte krachend auf den harten Holzboden. Mit den Händen panisch um sich schlagend warf er die Kanne um, sodass der heiße Tee über den Fußboden spritzte. Hilflos blieb er nach Luft röchelnd liegen. Kein Laut würde seinen Mund mehr verlassen. Kore flog von der Deckenleuchte zu dem Ors hinunter. Seine Augen quollen aus seinen Höhlen, als die Fee sich vor ihm in Normalgröße verwandelte. Kores Flügel glänzten in der warmen Abendsonne, als ob sie von den Göttern käme. Ihr Licht brach sich schillernd darin. Verachtend starrte sie auf den Yogi, der sein ganzes Leben sinnlos für einen aberwitzigen Wahn wegwarf. Für einen Glauben der keine Liebe in sich barg.

„Eure auch", zischte sie zu ihm wie eine Schlange und ging durch die Doppeltür zum Innenhof hinaus. Das Gift wirkte schnell Tabacots Adern und ließ sein Herz aufhören zu schlagen.

Kore empfand keine Freude oder Genugtuung über ihre Tat. Wenig später im Innenhof des Meditationszentrums versuchte sie sich über dieses Gefühl klar zu werden, das sie gerade durchfuhr. Was sie erzürnte, war die Akribie, mit der die Ors ihre Tötung vorantrieben. Kaum, dass sie den Hermesbrüdern entrann, griffen die Ors ihre unmittelbare Umgebung an, um sie zur Strecke bringen. Sie war sich sicher, dass dies nicht dabei blieb. Sie gaben so lange keine Ruhe, bis sie sie endlich töteten. Indreen hatte Recht, als er von den Todmachern sprach. Man musste seine Warnung wortwörtlich nehmen. Jetzt steckte sie mitten drin in der Sache und erreichte ihr eigentliches Ziel nicht, mehr über den Ort unter der Kuppel herauszufinden. Dora und Edward verschwanden längst aus dem Gebäude. Sie holte sie nicht mehr ein, um sie auszufragen. Trotz der Wut über ihre Zieheltern hielt sie ihnen zu Gute sich nicht als ihre Mörder angeboten zu haben. Der Tod Tabacots gab ihnen nur einen kurzen Vorsprung für ihre Flucht. Vielleicht reichte es immerhin um die Stadt zu verlassen. Mehr tat Kore für sie nicht. Dafür blieb ihr keine Zeit. Diese rannte Kore förmlich davon. In etwa einer halben Stunde öffnete die Bar zum Stern ihre Pforten und ermögliche es, ihren Bruder ausfindig zu machen. Ihr nächster Schritt musste ebenso gut überlegt sein. Am besten an einem ruhigen Ort außerhalb des Meditationszentrums. Sie beschloss daher ihre Gedanken im Stadtpark neu zu ordnen. Man sollte sie keinesfalls hier bei der Leiche des Yogis antreffen. Die Fee gab ihren Flügeln einen kurzen Impuls und sie erhob sich in die Luft. Dabei wandte Kore erneut den Minimalus auf Libellengröße an, um möglichst unentdeckt zu bleiben.

Kapitel 13

Der Weg des Löwen

Die „Bar zum Stern" war in ganz Presson für seine Extravaganz bekannt. Die Lokalität präsentierte sich mit buntem Lichtspiel an seiner ausladenden Fassade wie eine Jahrmarktbude. Über und über zierten Plasmakacheln das Gebäude, welche einzeln angesteuert und in den unterschiedlichsten Farben in der Nacht ausgeleuchtet wurden. Effektvoll stellte sich die Bar in der Dunkelheit mal in leuchtendem Rot, dann mal in knalligem Grün oder im schrillen Violett dar. So wirkte seine Beleuchtung wie eine weithin sichtbare Reklame, die die Besucher anlockte, wie die Motten das Licht. Auch war das Wort „Bar" für das auffälligste Gebäude im Vergnügungsviertel irreführend. Denn wer darin Zerstreuung suchte, hatte insgesamt zehn verschiede Ebenen zur Auswahl, die alle unterschiedlich groß und im bestimmten Ambiente dekoriert waren. Egal ob Pazifiklook mit strandartiger Einrichtung oder einer schnöden Großstadtlandschaft; für jeden Geschmack fand sich etwas. Hier eine Menschenseele zu erobern, mit der man sich den Rest des Abends genüsslich amüsierte, war tatsächlich nicht schwer. Ein jeder, der da hineinging, suchte den Anschluss und Spaß in der Gesellschaft. Egal mit wem. Aber hier jemanden ganz Bestimmten zu finden, ohne einen anderen danach fragen zu können, kam für Kore einer Herkulesaufgabe gleich. Es gestaltete sich wie die Suche nach der berühmten Nadel im Heuhaufen. Dagegen war die Sache im Meditationszentrum vorhin ein Klacks. Kore gönnte sich zunächst eine kurze Verschnaufpause im Stadtpark, um sich einen Schlachtplan für ihr weiteres Vorhaben zurechtzulegen. Aber ihre Gedankengänge fanden nicht so recht zusammen. Damit sie im Park niemand sah, nutzte sie eine der vielen Wolkenkratzerruinen darin zur Umkehrung des Minimalus. Sie suchte im abendlichen Dämmerlicht den Teich mit den blühenden Seerosen auf und beobachtete in sich gekehrt die vielen Libellen, die zwischen den Bepflanzungen hin und her irrten. Nur zu gut empfand sie den kleinen Tierchen nach, was es hieß, ein kleines zerbrechliches Wesen zu sein. Obwohl sie fremdartig und von bizarrer Schönheit waren, gehörten sie zu diesem Universum. Genau wie sie. Sich unter einen Baum beim Teich legend und ihre Seele baumeln lassend, versuchte sie sich zu sammeln und neue Kraft zu tanken. Erst als ihre Plasmabanduhr kurz vor sieben anzeigte, riss sich Kore von ihrer Zerstreuung los. Bald öffnete die Bar und gab den Weg zu ihrem Bruder frei. Ausgerechnet war es auch die Zeit, zu der Thamus sie zu dem vereinbarten Rendezvous erwartete. Am liebsten wäre es Kore, noch ein wenig zu warten, aber sie wusste, je länger sie ihren Feinden das Feld überlies, umso schwieriger wäre ihre selbstauferlegte Mission zu meistern. Also verlor die Fee keine Zeit und eilte aus den Park hinaus.

Noch auf der Hauptverkehrsachse nach Dails entlang gehend, tüftelte Kore an ihrem unausgereiften Plan herum. Mit Bedacht hielt sie sich einen kurzen Moment vom herrschaftlichen Eingang des Amüsiertempels zurück und versteckte sich hinter einer Hausecke. Das Risiko, von jemandem gesehen zu werden, der sie vielleicht kannte, war ihr einfach zu hoch. Nervös spitzte sie um die Ecke, um den mit rotem Teppich ausstaffierten Eingang zu fixieren. Vor ihm posierte ein stämmiger Türsteher mit kräftigen Armen. Er musterte jeden Einzelnen streng, der an ihm vorbei wollte. Kam jemand mit gepflegtem Aussehen, machte er einen unterwürfigen Diener und hielt dem Besucher die Tür auf. Leute, die er für nicht „angemessen" erachtete, wurden schroff abgewiesen.

„Da hab ich mir ein dickes Ei gelegt", grummelte sie mürrisch, während sie ihre Plasmauhr erneut begutachtete und den verabredeten Termin mit Thamus vor Augen sah. Sie fuhr schimpfend mit sich fort:„Wenn ich früher gewusst hätte, was ich heute vom Rat erfahren hab, dann hätte ich mir meine Verabredung mit Thamus sparen können. Der wird mir das garantiert nicht sagen, was mich jetzt interessiert. Wie komme ich da rein, ohne dass mich jemand sieht, der mich kennt? Schlimm genug, dass meine Staffel da öfters am Abend hingeht. Wie werde ich Esmeralda und Iona mein plötzliches Verschwinden vom Ideenmarkt heute Nachmittag erklären? Und erst Boris. Am Ende laufe ich noch Thamus selbst über den Weg. Keinen von denen kann ich jetzt gebrauchen. Ach, das ist gar nicht gut."

Kore überlegte hektisch hin und her und zog sich ihre Gedankengänge aus dem Stadtpark erneut hervor. Den Minimalustrick wie heute Nachmittag anzuwenden kam ihr zunächst in den Sinn und sich in Mückenform durch die Menschenansammlungen durch den Eingang zu pressen. Aber selbst wenn sie es schaffte, da ungesehen hineinzukommen, musste sie im ganzen Gebäude nach Neko suchen. So etwas wie einen Belegungsplan oder eine Anmeldung gab es da drinnen nicht. Dazu gab es neben den vielen Besuchern und den Lichteffekten noch die Gefahr, dass sie Jemand aus Unachtsamkeit erdrückte. Sie malte sich gut aus, wie sich eine Fliege fühlte, wenn plötzlich ein Cocktailglas auf sie herniedersauste. Ein Horror für eine kleine Fee so zu arbeiten. Dann dachte sie daran, sich nicht zu verwandeln. Als für den Abend fein gemachte Kore könnte sie immerhin am Eingang beim Türsteher durch Erfragen erfahren, ob Neko da wäre. Wenn er dort aushalf, dann müsste der Mann zumindest wissen, auf welcher Ebene sie ihn aufspürte. Und wenn sie ihn fand, dann gab es den allerschwierigsten Teil zu meistern. Vor allem aber durfte niemand bei ihrer Unterredung dabei sein, der sie kannte. Keinesfalls sollte Neko zum Gerede ihrer Kameraden verkommen oder sonst eine Aufmerksamkeit der Todmacher erwecken. Diskretion war das Gebot der Stunde. Obwohl sie ein ungutes Gefühl bei der Sache besaß, ihre Mission so verhalten anzugehen, formte sie ihren Chamäleonstoff mit Hilfe des Designers in eine dem Trend entsprechende Ausgehtracht mit weißen und violetten Punkten um. Eine solche, wie sie derzeit in Presson bei den meisten Mädchen Mode war. Dies stand ihr sicher gut für den Abend. Zufrieden begutachtete sie sich in einem mit dem Elementar gemachten Handspiegel, den sie nach ihrer Beschauung zu

Handspiegel, den sie nach ihrer Beschauung zu Boden legte. Um peinlichen Fragen bezüglich ihrer Hände zu entgehen, materialisierte sie sich zu guter Letzt ein paar weiße Lederhandschuhe, die sie hastig über ihre Finger zog.

So zurechtgemacht und sichtlich nervös trat sie aus ihrem Versteck hervor. Ihre Blicke suchten die nähere Umgebung ab, ehe sie sich dem belebten Eingang der Bar näherte. Die Luft schien rein zu sein. Vor dem kräftigen Türsteher warteten bereits etliche Besucher auf seine Erlaubnis hineingehen zu dürfen. Unter ihnen befand sich niemand, der sie kannte. Der Türsteher musterte die Leute streng. Es passierte durchaus, dass er den Zutritt verweigerte. Vor allem dann, wenn dieser alkoholisiert war oder sich unpassend kleidete, wurde er richtig grob. Doch als er Kore bemerkte, wandelte sich seine strenge Mimik zur einladenden Geste. Er trat zur Seite und hielt ihr zuvorkommend die Tür auf. Dabei machte er einen tiefen Diener.

„So ein hübsches Ding ist immer in der Bar zum Stern willkommen. Zumal heute Ladys Night ist", bemerkte er anerkennend. Sein Gesicht verformte sich zu einer lustigen Grimasse und er spitzte Kore lieblich in die Augen.

„Oh, danke", sagte Kore leicht angespannt und knüpfte an seinen aufmerksamen Worten ihre Mission an. „Sag mal, kennst du einen Jungen namens Neko?"

„Neko? Der Tomps?", raunte er mit seiner raubeinigen Stimme. Sein Tonfall verriet eine gewisse Abfälligkeit. Offenbar genoss Neko keinen hohen Ruf in der Bar. „Oh ja und ob ich den kenne. Der hilft hier öfters aus. Ebene Fünf, Vulkanlandschaft, ist der zweite Kellner heute Abend. Aber was willst du denn mit dem? Der ist viel zu jung für dich", sagte er mit einem freundlichen Gesicht und zwinkerte ihr begehrlich mit dem Auge zu. Kore ging darauf nicht ein. Normalerweise hätte sie verhalten zurückgelächelt, aber ihr war im Moment nicht nach einem Flirt. Und schon gar nicht mit dem stämmigen Rauswerfer.

„Danke", wiederholte Kore knapp und ging die Fassung bewahrend hinein. Eigentlich hasste sie einen derartigen Tanzschuppen wie die Bar zum Stern. Sie besuchte diesen Ort bisher nur einmal und wollte ihn eben wegen dieser Erfahrung nie mehr betreten. Chausette, Esmeralda und Iona drängten sie dennoch des Öfteren, mit ihnen nach der Akademie hier hinzugehen. Dort wäre der Bär los, versuchten sie sie zu überreden, bis Kore schließlich doch einmal nachgab, um nicht auf die Dauer im Abseits zu stehen. Jedoch bereute sie ihre Entscheidung schnell. Sie fühlte sich da drin unwohl. Es war ihr einfach zu laut und sie kam sich zwischen den Mengen eingezwängt wie eine Ölsardine vor. Daneben musste sie mit den kessen Anmachversuchen der männlichen Besucher fertig werden, deren Blicke nicht an Kore vorbei kamen. Was einen nicht verwunderte. Sie wirkte in der Menge, wie ein schillernder Brillant in der Auslage eines Juweliers. Von allen Seiten beglotzt und bestaunt. Ganz im Gegensatz dazu verhielt es sich mit ihren Freundinnen, die eine andere Meinung von dem Etablissement vertraten. Chausette zum Beispiel störte sich nicht daran, wenn die Männer ihr hinterher pfiffen. Kore kam es vor, dass ihre Freundin es regelrecht genoss, heiße Flirts zu genoss, heiße Flirts zu führen und in dem Gewühle von den Händen fremder Männer begrapscht zu werden. Esmeralda und Iona begleiteten sie oft dort hin, um es ihr gleich zu tun. Die ständig wechselnden Freundschaften ihrer Teamkameradinnen hatte sie schon aufgehört zu zählen. Verdutzt wurde Kore oft von ihnen befragt, warum sie sich nicht auch den Freuden des Lebens hingab. Vielleicht machte auch sie eine heiße Bekanntschaft, die ihr Leben auf den Kopf stellte. Kore dürfte das absolut nicht schwer fallen. Die Jungs spendierten gerade so adrette Persönlichkeiten wie ihr Drinks und andere Aufmerksamkeiten. Sie tanzten mit ihrer Angebeteten die ganze Nacht hindurch und brachten sie sogar nach Hause. In dunklen Winkeln zurückgezogen ließen sie sich Küsse schmecken und machten sogar noch etwas mehr. Bei ihnen bestimmte der regelrechte Rausch, ja die ausufernde Gier nach Spaß den Alltag. Den Moment genießend ohne Rücksichtnahme auf Raum und Zeit.

So hätte Kore sich auch nicht darüber wundern müssen, was sie sah, als sie in den Vorraum hinter dem Türsteher eintrat. Eigentlich war es nichts Ungewöhnliches, dass auch Chausette diesen Abend hier verbrachte. Kaum, dass sie ihren Fuß hineinsetzte, bemerkte sie das erstaunte Gesicht ihrer besten Freundin. Chausette erspähte sie sofort. Sie stand gerade mit Iona und Esmeralda im Foyer, um sich für den heutigen Abend abzusprechen. Chausette ließ sie stehen und ging in ihrem pinkfarbenen Ausgehkleid direkt auf sie zu.
„Kore, na so eine Überraschung", begrüßte Chausette sie freudestrahlend, kaum dass sich die Türe hinter ihr schloss und es kein Zurück mehr gab. „Dann wird das heute Abend richtig lustig werden. Du bist endlich auf den Geschmack gekommen. Zeit das Leben zu leben."
Beide Freundinnen gaben sich einen Begrüßungskuss, wobei Kore versuchte sich zu beherrschen und ihren aufkeimenden Ärger zu vertuschen, der sich in ihr abzeichnete.
„Jep", sagte Esmeralda herausfordernd. Heute Abend trug sie eine mit schwarzen Perlen bestickte Robe. „Na, Kore, wohin bist du so schnell heute Nachmittag verschwunden? Das war nicht nett von dir, dass du uns vor dem Meditationszentrum einfach so stehen gelassen hast."
„War keine Absicht", schoss es aus Kore geradelinig heraus ohne genau zu wissen, wie sie weiter darauf antworten sollte. Sie sollten nicht merken, dass sie noch im Geiste nach einer plausiblen Erklärung rang. „Ich musste mich für heute Abend vorbereiten. So ganz ohne Make-up und passende Kleidung hierherzugehen. Außerdem wollte ich euch überraschen."
Aus irgendeinem Grunde schluckte Esmeralda ihre Antwort, was Kore das Gefühl gab, dass sie einen ganz eigenen Verdacht zu ihrer Aktion hegte: „Wenn`s so ist. Es wird ja auch Zeit, dass du dir mal einen Prachtburschen angelst, der deinem Leben so richtig einheizt. So gut, wie du heute Abend aussiehst, dürfte dir das bestimmt nicht schwer fallen."
„Ja", sagte Iona, freudestrahlend und umarmte Kore mit ihrer kindlich naiven Art. Ihr Kostüm für heute Abend glich dem eines geschminkten Harlekins, wel-

welcher auf dem Ideenmarkt mit seiner Querflöte das Publikum unterhielt „Ich hab dir schon dein Verschwinden von vorhin verziehen. Außerdem sahen deine Eltern nicht besonders gut aus, als sie an uns vorbei gerannt sind. Du hättest sie sehen sollen. Die waren kreidebleich. So wie wenn der Tod hinter ihnen her wäre. Was ist denn da passiert?"

„Ich hab sie leider nicht gesprochen", antwortete Kore, ohne sich vorwerfen zu müssen, dass sie log. Denn das stimmte ja.

„Wie dem auch sei", fuhr Iona fort. „Kore. Vergiss jetzt deine Sorgen. Heute Abend ist Party angesagt. Staube deine Schüchternheit und Prüderie endlich ab. Man lebt nur einmal."

„Äh, danke", meinte Kore, wie aus der Pistole geschossen. Sie versuchte, ihr Gesicht nicht in eine angewiderte Grimasse zu verwandeln.

Alle vier Mädchen gerieten miteinander ins Tratschen. Kore versuchte wenigstens so auszusehen, als interessierte sie das, was sich ihre Freundinnen erzählten. Aber es war unübersehbar, dass sie in ihrem Kopf an etwas ganz anderes dachte.

„Prima, dann ist das Pressonschwimmteam komplett", jubilierte Iona, überstolz. „Wir, die Wasserhyänen werden es den Flusskojoten übermorgen in Cherson schon zeigen. Mann, freu ich mich schon darauf."

„Wasserhyänen? Flusskojoten?", fragte Kore skeptisch. „Wo hast du denn das aufgeschnappt?"

„Ja, das ist unser Spitzname: Die Wasserhyänen. Gefällt er dir?", fragte Esmeralda mit schaurigem Grinsen und bleckte ihre perlenweißen Zähne dabei.

„Äh, ich denke, das klingt unpassend. Warum nennen wir uns nicht …"

„….Olalalala", hörte es Kore da durch ihre Ohren schallen. Es war die Stimme, vor der sie sich am Allermeisten in Acht nehmen sollte.

„Wen haben wir denn da?", frohlockte sie unaufhörlich weiter.

„Thamus", sagte Chausette überschwänglich und winkte ihm zu. Dies tat sie aber mehr aus Höflichkeit, als aus purer Begeisterung.

Sie flüsterte Kore unterdrückt zu: „Warum hast du mir das mit deinem Date nicht gesagt?"

„Weil ich nicht geglaubt habe, dass ich komme", zischte Kore zurück.

„Ist doch egal. Mit Thamus hast du sicherlich viel Spaß heute Abend. Dem sein Knackarsch würde ich auch gerne zu packen kriegen. Genieß es", schob Chausette leise zurück. In Gewisserweise hörte sich da etwas Gönnerhaftes heraus.

„Hallo ihr feschen Mädels. So eine Freude euch hier zu sehen", sagte Thamus stolz und schritt in seinem edlen Sakko auf die vier Damen zu. Er zog sich fein für den heutigen Abend an und trug einen edlen dunklen Zwirn mit Krawatte. So wie es die High Society dieser Tage in Presson zu Tun pflegte.

„Kore, du siehst fantastisch aus", lobte Thamus sie mit seinem unübertroffenen Charme, obwohl Kore das nur wieder für einen der üblichen Worthülsen von ihm hielt. Ihr Verehrer wollte ihr die Hand küssen.

Kore war gerade nicht danach, ihm die Hand zu geben. Alles fing an, sich in ihrem Kopf zu drehen. Es schien genau das zu werden, was sie gar nicht vorhatte. Für so eine Prozedur hatte sie jetzt absolut keine Zeit. Einen ganzen Abend Abhängen mit ihren Akademiekameradinnen. Wie wenn das nicht genügte, mit einem lästigen Verehrer am Hals und als Krönung in einer lauten Diskothek, in welcher man zur späten Stunde kaum noch umherging, ohne über Beschwipste zu stolpern. Ihr Vorhaben, Neko an diesem Abend zu finden und ihn hier raus zu holen, rückte in weite Ferne.

„Kore, such dir eine Ebene hier aus in der wir zusammen gehen", schlug Thamus vollmundig vor. „Ihr alle seid heute meine Gäste. Vor allem du meine Königin."

In Kores Ohren war diese Aufdringlichkeit unerhört. Nicht nur das Thamus vor ihren Freundinnen so tat, als habe sie schon mit ihm eine tiefer gehende Bindung. Nein, er lud sich praktisch selbst ein, den ganzen Abend mit ihnen gemeinsam zu verbringen. Zudem kam auch noch Boris durch die Eingangstür und winkte Chausette zu, welche seine Begrüßung dieses Mal wesentlich leidenschaftlicher als sonst erwiderte. Offenbar wirkte ihr Trick im Hallenbad bestens. Thamus trat überstrotzend vor Freude auf Boris zu und begrüßte ihn mit mannigfaltigen Sprüchen. Diese kurze Ablenkung nutzte Chausette in dem sie Kore anstupste und zu ihr hinter vorgehaltener Hand zuflüsterte:„Thamus ist heute Abend richtig scharf auf dich. Du könntest doch jede Menge Spaß mit ihm haben. Wickle ihn um deinen Finger. Der frisst dir aus der Hand. Jungs tun für ein Mädchen alles, wenn sie in sie verknallt sind. Genieße es."

„Äh, ja. Das fehlte mir gerade noch", murmelte Kore verdattert. Ihr behagte es nicht, mit Thamus Scherze zu machen. Geschweige denn ihn um ihren Finger zu wickeln. Der Anhänger auf seiner Brust war für Kore Warnung genug und es sah ganz danach aus, als ob sie eher mit ihrem Leben spielte, als mit dem von Thamus.

„Chausette, ich hätte eine ungewöhnliche Bitte. Könntest du ...", weiter kam Kore nicht, denn da trat Thamus schon wieder an sie heran. Ihr Gedanke Chausette zu bitten, Thamus abzulenken, um zu verschwinden, zerschlug sich.

„Alles klar. Ich hab uns schon mal einen Tisch in der Vulkanlandschaft reserviert", sagte er lachend und klatschte voller Euphorie in die Hände.

„Scheiße. Ausgerechnet da", dachte wütend bei sich. Das Albtraumkarussell nahm nun richtig an Fahrt auf. Genau dort mochte sie lieber unbeobachtet bleiben.

„Hey Thamus", entrüstete sie sich scharf. „Sagtest du vorhin nicht, dass ich heute Abend die Ebene aussuchen dürfte?"

„Ja, aber genau dahin kommen die Bulls um ihre Livemusik zu spielen. Wäre doch zu Schade, wenn wir das verpassen. Nicht wahr, ihr Hübschen?", sagte Thamus kess und kniff schlitzohrig ein Auge zu.

„Was? Die Bulls kommen?", jappte Iona aufgeregt als sie das hörte. Sie hüpfte voller Vorfreude hin und her und trällerte dabei einen ihrer Ohrwürmer. Sie war ein begeisterter Fan von der einzigen Band aus Presson, die ihre Musik noch auf echten Instrumenten erklingen ließen. Die Bulls besaßen in der Szene weltweit einen unübertroffenen Kultstatus. Meist spielten sie auswärts. Heute Abend aber spielten sie wieder einmal in ihrer Heimatstadt. Sogar Chausette und Esmeralda teilten Ionas Begeisterung, in dem sie sich auf einen ihrer bekanntesten Songs mit einstimmten. Damit machten sie es Kore unmöglich Thamus zu widersprechen.

„Ich wusste doch, dass es euch gefällt", grinste Thamus zufrieden.

„Auch das noch", grummelte Kore unterdrückt. Alles schien schief zu gehen.

„Ja. Es wäre eine Schande, wenn wir uns das entgehen ließen. Kommt, gehen wir hinunter", sagte Thamus voller Freude und alle Sechs schlenderten schäkernd zum Fahrstuhl, mit dem man mühelos zwischen den Unterhaltungsebenen wechselte. Nach nur wenigen Sekunden standen sie in einer authentisch eingerichteten vulkanischen Landschaft. Sie sah weitläufig und groß aus, was allerdings täuschte. Die Decke und die Wände bestanden aus breiten Plasmakacheln, die den Raum unendlich wirken ließen, in dem sie einen Panoramablick simulierten. Man fühlte sich praktisch wie in einer Kraterlandschaft mit Vulkanschloten ausgesetzt, aus denen noch Feuer spie. Dazu beleuchtete man die Kacheln so, als ob es die Nacht oder den Tag simulieren sollte. Die Nachtbeleuchtung brachte sogar die Lava aus den Schloten glimmen und funkeln. Windmaschinen bliesen den typischen Geruch der Vulkanlandschaft durch den Raum, damit es sich äußerst realistisch anfühlte.

Die dortige Cocktailbar mit den Getränkebehältnissen war in einem gigantischen Lavabrocken eingearbeitet, während die Tische und Sitze aus Tuffstein behauen auf die Besucher warteten. Dort, wo die Bulls ihre Instrumente auspackten, befand sich eine breite aber mit Vulkansand bedachte Tanzfläche. Auf ihr tummelten sich bereits etliche Besucher, die die karge Atmosphäre genossen. Zum Tanzen zogen sich die Paare die Schuhe aus, um den warmen Sand auf der Tanzfläche durch ihre Zehen gleiten lassen zu können. Schäkernd und flirtend bahnte sich der Sechser seinen Weg quer über die Tanzebene. Bangend suchte Kore mit ihren Augen die Räumlichkeit ab. Sie flehte regelrecht, dass Neko ihr nicht über den Weg laufen mochte. Thamus hingegen quatschte neben ihr unentwegt auf sie ein. Was er ihr alles sagte, drang bis zu Kore nicht einmal durch. Geschweige denn, dass sie darauf einging. Er lobte ihr hübsches Kleid und ihr Aussehen, was Kore nur mit einem Anstandsnicken oder einem kurzem:„hm" quittierte. Innerlich war sie viel zu aufgewühlt, als dass sie ihm ihre Aufmerksamkeit auch nur hätte schenken können. Ganz anders verhielt es sich mit ihrer besten Freundin. Chausette turtelte mit Boris Hand in Hand durch die Menschensammlung. Sie redeten miteinander, wie wenn sie schon immer die besten Freunde wären.

„Toll", jubilierte Iona, als sie einen freien Tisch erreichten, der ihnen allen Platz bot. Prompt eilte auch schon ein Kellner herbei, um ihre Bestellung aufzunehmen.

Mit immer stärker werdendem Grausen sah Kore sich den Kellner genauer an. Zum Glück war es nicht Neko. Sie lachte erleichtert auf, als sie das feststellte. Thamus setze sich neben Kore und Boris nahm zwischen Chausette und Esmeralda platz.

„Also Kore, wo warst du denn heute? Wir haben dich auf der Akademie vermisst", fragte Thamus neugierig, nachdem alle ihre Bestellungen bei dem Kellner aufgaben.

„Ich war im Grünen", antwortet Kore möglichst unkonkret. Eigentlich hatte sie keine Lust auf seine Fragen zu antworten. Ihr Misstrauen saß tief und Thamus könnte durchaus etwas mit den Hermesbrüdern zu tun haben. Wenn nicht sogar er hinter dem Mordversuch an ihr steckte.

„Du warst im Park?", hakte Chausette hellhörig nach. „Wenn du faulenzt, dann schaffst du die Prüfung nicht. Heute war es jedenfalls sehr aufregend in der Akademie."

„So?", fragte Kore überrascht. Das interessierte sie dann doch. „Was ist denn passiert?"

„Ja, der Dekan rief alle Studenten bei der großen Uhr zusammen, um eine Ankündigung verlesen zu lassen."

„Und was gibt es Neues?"

„Sie verkündeten ein erstaunliches Naturphänomen, Kore", sagte Esmeralda. „Das hätte dich sicherlich auch interessiert. Genau heute Nacht geschieht ein astronomisches Wunder. Dr. Silius rief alle auf zur Sternwarte zu gehen, um einen Blick durch das Teleskop zu werfen. Alle Planeten unseres Sonnensystems stehen heute in Reih und Glied. Das kommt nur sehr selten vor. So alle paar tausend Jahre."

Kore ging der Kinnladen vor Schock hinunter. Nicht aber deswegen, weil sie nicht davon gewusst hätte. Sie wusste davon schon die ganze Zeit. Wurde dies doch in den Vorlesungen der letzten Wochen im Auditorensaal zur Kosmologie immer wieder erwähnt. Aber ihre persönlichen Ereignisse brachten sie davon ab, darüber im Zusammenhang mit ihrer selbst auferlegten Mission nachzudenken.

„Jetzt wird mir einiges klar", dachte sie kombinierend. „Der Tag des Jaguars", als auch schon ein Kellner mit ihrer Getränkebestellung kam. Er war wesentlich Kleiner, als der Andere und besaß eine Stimme, die eindeutig im Bruch stand.

„Bitte sehr", keifte er knurrend als er sein Tablett abstellte. Scharf fixierten seine lebhaften grünen Augen Kore, welche konsterniert da saß und ihn bebend ansah. Er schien zu merken, dass sie über sein plötzliches Erscheinen ebenso erschrak, wie er.

Es war Neko. Obwohl Kore ihn zuletzt bei Adalmus nur verschwommen gesehen und seine Stimme hörte, erkannte sie ihn sofort wieder. Seine Statur wirkte schmächtig. Weder kräftig noch gelenkig. Seine tiefschwarzen Haare, so wie Kore es von ihm im Waisenhaus kannte, blieben. Sie passten gar nicht zu der Farbe seiner Iris, die sich erst jetzt viel deutlicher als damals zeigte. Seine giftgrünen Augen, die sich zu schmalen Schlitzen verzogen, verrieten, dass er nichts anderes erwartete, Kore so wieder nach langer Zeit zu begegnen. Von vielen Freunden umgeben und zum Amüsieren hierher gekommen. Neben ihr saß der prahlende Thamus. Ein galanter Gentleman, der am liebsten Kore vor versammeltem Freundeskreis küsste, um zu bestätigen, dass dieses Mädel ausschließlich ihm gehörte und dass Andere gefälligst ihre Finger wegzustecken hätten. Daneben kicherten ihre schalkhaften hübschen Freundinnen, die ebenso Zerstreuung und Vergnügen wie sie suchten. Kein Wunder also, wenn sich ihr Bruder mit dem grässlichen Gefühl der Ausgestoßenheit nährte.

„Für mich den Michiganshake bitte", sagte Iona erwartungsvoll mit glänzenden Augen und deutete auf einen feinsäuberlich mit Zuckerrand und Kirsche dekoriert Cocktail.

„Sehr gerne", knurrte Neko mit unterdrückter Verbitterung und stellte Iona ihren mit einem Schirmchen versehenen Drink hin.

Während Neko mit griesgrämigem Gesichtsausdruck jedem weiteren Gast sein Getränk verabreichte, unterlies es Thamus nicht, auf Kore weiter einzureden. Seine Worte ließen keinen Zweifel, in welche Richtung seine Absichten zu deuten waren.

„Kore, wir könnten nach dem Schwimmturnier gemeinsam Cherson besichtigen. Sie haben dort ein Technologiemuseum. Das wird sicher interessant. Du stehst doch auf so was?"

Kore konnte ihm nicht antworten. Ja, sie hörte Thamus nicht einmal. Sie sah die Luft anhaltend Neko an, der sie keines weiteren Blickes würdigte. Der Moment wirkte wie eingefroren. Ganz trat sie, wie in Trance, weg und nahm um sich herum nichts mehr wahr. Nicht einmal die laute Musik der Bulls hörte sie spielen, obwohl diese gerade ihre ersten kraftvollen Stücke zum Besten gaben.

„He, Kore. Hörst du mich?", fragte Thamus irritiert und tippte sie auf die Schulter.

„Äh, was?", lächelte Kore erschrocken auf und sah wie aufgeweckt in die tief blauen Augen ihres Bewunderers. Sie sah unter seiner Krawatte den Anhänger hervor baumeln, den Kore auch bei den Hermesbrüdern vorfand. Ein unbeschreibliches Gefühl der Wut loderte urplötzlich in ihr auf. Musste es denn wirklich sein, dass sie den Weg des Schafes zu gehen verdammt war? Überall eingezwängt und nur Hindernisse, die dafür sorgten, nicht das tun zu können, was sie tun musste. Das Schicksal legte ihr mit Absicht wahrlich schwere Fesseln an. Ihr wäre es ein Leichtes mit ihrem Feenstaub einzugreifen. Aber zu welchem Preis? Mit welcher Wirkung? Mit welchem Ziel? Etwa dass alle Anwesenden wissen sollten, dass es Feen gibt und dass sich zufällig gerade eine unter ihnen befand? Half diese Tatsache zu Neko neuen Kontakt zu knüpfen? Mitnichten. Kore verstand mittlerweile, was Adalmus, Ipsy und zuletzt auch der Rat ihr heute Nachmittag zu erklären versuchte. Man muss sein Schicksal nicht suchen. Man wird von ihm ganz von alleine gefunden. Vielleicht war es gerade ihre Bestimmung dieses Martyrium zu durchleben. Eine Notwendigkeit, um zum Weg des Löwen zu finden. Durch den Schmerz in die Freude zu gelangen. Es musste einen anderen Weg geben, als den des Schafes. Der Zeitpunkt dafür schien einfach noch nicht gekommen zu sein.

„Haben sie noch einen Wunsch?", fügte Neko knorrig hinzu, nachdem er das letzte Getränk servierte.

„Nein, danke", sagte Thamus abweisend zu ihm und legte seine Hand um Kores Hüfte um sie näher an sich heranzuziehen, aber Kore streifte sie Haltung bewahrend mit einer leichten Handbewegung ab. Dies bekam Neko nicht mehr mit und er verschwand mit seinem Tablett im Menschengewühl, welche nach dem Takt der Musik tanzten. Diese Aktion von Thamus reichte, damit Kore ihren Bruder aus den Augen verlor.

„Ich muss mal wohin", sagte Kore plötzlich zu ihren Tischgenossen und versuchte mit adlerspitzen Augen den davoneilenden Kellner wieder zu entdecken. „Ich komme gleich wieder."

„Was ist?", glotzte Thamus erstaunt, als Kore sich unversehens an ihm vorbei zwängte.

„Sie muss mal", sagte Chausette beschwichtigend zu ihm und meinte grinsend:„Das musst du doch auch ab und zu. Oder?"

Kore schlängelte sich, so gut es ging, durch die immer mehr mit Besuchern voller werdenden Gänge der Unterhaltungsebene. Dass die Bulls hier waren sprach sich in der Stadt schnell herum. Daher hielten sich heute nun mehr Leute hier auf als sonst. Kore hielt direkt auf die Richtung zu, in der Neko verschwand. In den nun ständig wechselnden Lichtverhältnissen der Beleuchtungsanlage war es schwierig, den Überblick zu behalten. Mit großen Augen und auf Zehenspitzen gehend suchte sie das Gewühle nach ihrem Bruder ab. Das war gar nicht so einfach, da sie in den lockeren Sand der Tanzfläche einsank. Nur ihrer Körpergröße verdankte sie es, dass sie über die meisten Köpfe hinwegsah. Er musste doch irgendwo abgeblieben sein.

„Wo ist er hin?", murmelte sie verzweifelt und sah sich hektisch nach ihm um. Sie erreichte das Bedienpult der Lichtanlage, dass auf einer breiten Stufenplattform über der Tanzfläche stand „Jetzt oder nie. Wer weiß, ob ich heute Abend noch mal so eine Gelegenheit kriege."

Beim Versuch sich einen besseren Überblick zu verschaffen, trat sie auf die Plattform. Sie konzentrierte ihre Sicht auf die tanzende Menge und nicht in die Richtung in der sie ging. Just rauschte sie dabei mit einer wesentlich kleineren Person zusammen und traf voll ins Schwarze.

„Pass doch auf", harschte Neko sie wütend an. Er tauchte für Kore wie aus dem Nichts auf. Vielleicht lag es aber nur daran, dass Neko sich nicht sonderlich auffällig kleidete. Die Kellner trugen hier unten im Gegensatz zu den Gästen, eine sehr neutrale Kluft. Nekos Blick äußerste sich alles andere als versöhnlich.

„Neko. Ich bin so froh dich zu sehen. Ich hab dich gesucht", keuchte Kore erleichtert. Ihr fiel ein Stein vom Herzen, dass sie ihr Ziel schneller fand, als sie es glaubte.

„Ha. Gesucht hast du mich? Über den Haufen gerannt, würde ich sagen. All die Jahre hast du nicht nach mir gesucht", fauchte er sie wütend an.

„Neko. Das mit Elisabeth, ich meine ...", versuchte Kore ihm zu erklären, aber Neko ließ es nicht soweit kommen.

„Was weißt du denn schon davon? Ich hab dich nicht mal bei ihrer Einäscherung gesehen. Deine Akademie war dir wichtiger, als sie", klagte er mit Tränen in den Augen. „Ich hatte mein ganzes Leben lang keine richtigen Freunde. Alle wurden getötet oder zogen weg. So wie du."

„Neko, hör mir bitte zu …", rang Kore nach Luft und schrie so verzweifelt, dass es sogar noch die Musiklautstärke der Band übertönte:„Meine Eltern … ich meine, die Ors stecken dahinter."

Mit einem Schlag hörte die Musik zu spielen auf. In der Unterhaltungsebene wurde es plötzlich totenstill. Man hätte mit Leichtigkeit eine Stecknadel fallen hören können. Alle Anwesenden richteten ihre Blicke und Ohren auf Kore, welche dieses Wort aussprach, das sich hier unten absolut verbat. Geschweige daran es auch nur zu denken.

„Eine Verschwörung? Dass ich nicht lache", sagte Neko verächtlich laut, sodass es auch ein jeder hörte. „Eine Verschwörung, die dich von mir trennen sollte?"
Das Menschengewühl teilte sich in diesem Augenblick und machte Thamus platz. Er steuerte hastend, mit seinen Händen den Weg durch die Menge bahnend, direkt auf Kore zu. In der jungen Fee raste das Herz vor Anspannung. Sie rechnete mit allem, aber nicht damit, dass der Name ihrer Widersacher eine solche Reaktion unter den Anwesenden auslöste. Es half nichts. Sie musste aufs Ganze gehen, ehe Thamus sie erreichte. Eine andere Wahl gab es nicht mehr.

„Dieses Zeichen", sagte Kore deutlicher und holte den Anhänger mit dem sehenden Auge hervor „… habe ich im Schlafzimmer meiner Eltern gefunden. Sie hatten mit mir um die ganze Welt zu reisen, damit ich nie von Elisabeths Ermordung erfuhr. Ich hab sie ebenso sehr geliebt, wie ich dich liebe. Das musst du mir glauben."
Kore drückte es die Tränen bei diesen Worten aus den Augen. „Sie war für mich wie eine Mutter."

Ein dumpfes Raunen durchwanderte die Besucher, kaum dass sie das Symbol erspähten. Kore fuhr aber unbeeindruckt weiter:„Und ich habe Briefe entdeckt, die ein gewisser Kaimlakhan verfasste. Darin ordnete er an, dass ich adoptiert werden sollte. Meine Eltern wollten mich nicht wirklich haben. Sie wollten mich von dir trennen."

„Warum sollte ich dir das glauben?", fragte Neko noch nicht vollkommen überzeugt. Thamus kam bei Kore an und ergriff pfeilschnell ihre linke Hand. Aber diesmal handelte es sich nicht um den Griff eines Gentlemans. Er verdrehte sie regelrecht in ihren Rücken. Kore Gesicht lief rot vor Schmerzen an. Sie schrie spitz auf. Mit glühendem Blick stierte Thamus ihr nun direkt in die Augen und sagte mit nicht mehr so galanter Zurückhaltung:„Lass uns doch mal in vier Augen darüber reden, was du da gerade in den Mund genommen hast."
Just in jenem Moment verfinsterte sich Nekos Mine. Sein unermesslicher Zorn entlud sich mit einem gezielten Tritt vor Thamus Schienbein, was dessen Griff prompt von Kores Arm löste.

„Lass meine Schwester in Ruhe, du Bastard", brüllte er aufgebracht. „Das geht nur uns was an. Das ist reine Familiensache."
Vor Schmerzen aufjaulend hielt sich Thamus seinen pochenden Fuß. Er zuckte in sich zusammen. Kore nutzte sofort die Gelegenheit, um sich blitzschnell ihre Handschuhe von den Fingern zu ziehen.

„Niemand vergreift sich an sie. Wir Tomps müssen zusammenhalten", blaffte Neko ihn wütend an und er nickte zu Kore mit dem Kopf zu einem Notausgang auf der Ebene. Kore verstand sofort, was Neko ihr damit andeutete. Ihr Bruder kannte die Bar wie seine Westentasche und natürlich auch das Bedienelement der Lichtanlage auf der Unterhaltungsebene. Gezielt stürzte er sich darauf und unterbrach die Stromversorgung mit einer Handbewegung. Unversehens gingen alle Lichter aus und verwandelte den Ort in eine gähnende Finsternis. Doch die umherstehenden Gäste dachten nicht daran, die Beiden einfach so gehen zu lassen und begannen in der Dunkelheit wie wild nach ihnen zu suchen. Geistesgegenwärtig erhob sich Kore mit ihren Flügeln zur Decke und wandte ihren Minimalus an. Sie wusste, es blieb nur eine Frage der Zeit, bis die Ors die Anlage wieder einschalteten. Deshalb verstärkte sie Nekos Ablenkungsmanöver mit ihrem Staub und ließ den Strom im ganzen Gebäude ausfallen. In der rabenschwarzen Dunkelheit, die über alle Insassen hereinbrach, entflammte sich bald ein unbeschreiblicher Tumult. Keiner wusste mehr, was wo und wer was war. Kore selbst hörte in der Schwärze Thamus jammern und mit seinem Gleichgewicht kämpfen. Sie sah gerade noch die Notausstiegstüre auf Grund seiner fluoreszierten Beschriftung gehen. Neko musste durch die Tür gegangen sein. Mehrere Hände unter ihr schienen nach ihr zu greifen. Sie fühlte starke Luftzüge an ihren Füßen. Libellengroß schwirrte die Fee über die hastenden Köpfe hinweg und hörte sie unter sich zusammenschlagen. Die Luftzüge ihrer fuchtelnden Arme verursachten für die Fee kleine Luftturbulenzen beim Fliegen. Dank des leuchtenden Schriftzuges des Ausgangs fand sie dennoch bis zur Tür, durch die Neko flüchtete. Sich durch einen schmalen Spalt in die Freiheit quetschend folgte die Fee im Treppenhaus dahinter einem schwachen Leuchtschimmer, der von oben matt auf sie herabfiel. Kurz bevor sie den Hinterausgang der Bar erreichte verwandelte sie sich wieder in Normalgröße und fuhr sie ihre Flügel ein. Neko durfte sie unter keinen Umständen als Fee zu Gesicht bekommen. Die letzten Schritte hinaus ins Freie lief sie daher auf ihren eigenen Füßen. Draußen sah sie erleichtert Neko neben den Recyclingcontainern stehen. Er blickte hektisch umher. Anscheinend suchte er etwas. Über ihnen funkelten bereits die Sterne des nächtlichen Himmels. Von der Sonne des vergangenen Tages gab es in der Ferne nur noch ein schwaches rötliches Glimmen zu sehen. Aus der Tiefe der Bar drangen zu ihnen die ersten polternden Laute der Ors empor.

In der Vulkanebene ging mittlerweile das Flutlicht der wieder an. Thamus verkeilte sich hoffnungslos mit seinen Handlangern in einer übergroßen Menschensalami und versuchte sich krampfhaft aus dem Gewirr von zahllosen

Armen und Beinen zu befreien. Sie alle griffen in der Dunkelheit vergeblich nach Kore, ohne sie auch wirklich zu fassen zu kriegen. Es blieb ihnen ein Rätsel, wie sie ihnen überhaupt entwischen konnte.

„Ihnen nach, ihr Stümper. Dort zum Notausgang", herrschte Thamus sie wütend an. „Wir dürfen sie nicht entkommen lassen."

Seine Handlanger entknoteten sich nur spärlich aus dem Menschengewühle. Nur einigen Männern gelang dies relativ zügig, welche wie fanatisiert den Notausstieg hinauf in den Hinterhof stürmten. Wegen der Massenpanik in der Dunkelheit verkrochen sich Esmeralda und Iona unter dem Tisch. Sie bekamen gar nicht mit, weswegen der Tumult hier unten eigentlich ausbrach und dachten sich auch nichts dabei, dass Thamus seiner Flamme nachlief. Schmunzelnd blickten sie auf Chausette und Boris, als sich der düstere Raum wieder mit Licht füllte, wie sie sich neben ihnen hingebungsvoll auf den Mund küssten. Sie ließen sich von ihren Beobachtern dabei nicht stören.

„Wozu ein Stromausfall doch gut sein kann", kicherte Iona vergnügt.

„Er lässt wahre Wunder im Dunkeln wirken", lachte Esmeralda zustimmend und beide Mädchen schoben sich hoch, um das frisch verliebte Paar dort unten alleine bei ihrem Liebesspiel zu lassen.

Neko schaute sich um. Im dämmrigen Licht der beginnenden Nacht war der Versorgungs- und Rettungsausstieg auf der Rückseite der pompösen Fassade der Bar nur schlecht zu überblicken. Überall standen im Hinterhof Container herum, die verschiedene Utensilien für die zehn Unterhaltungsebenen enthielten. Auch wurden hier die Abfälle wiederverwertet, die der Geschäftsbetrieb mit sich brachte. Neko lernte in den vergangenen Jahren die Wesenszüge der Ors ausgiebig kennen und wusste in welch großer Gefahr sie sich jetzt befanden. Mehr konnte er für Kore nicht tun, als zu hoffen, dass sein schnelles Lichtabschalten ihr eine Fluchtmöglichkeit bot. Umso erleichterter war er, als Kore nur wenig später hinter ihm aus dem Ausstieg ins Freie trat. Sie schaffte es erstaunlich schnell nach oben.

„Du bist flink", lobte er sie mit einem kurzen Blick, was Kore anerkennend mit einem Blinzeln erwiderte. Er wusste nur zu gut, dass sie beide zu Fuß nicht weit kamen. Die ganze Gegend wimmelte nur von den Ors. Die holen sie im Handumdrehen ein.

„Wir müssen sofort weg hier. Mit denen ist nicht zu spaßen. Wir brauchen etwas zur Flucht. So was wie einen Gleiter."

Kore überlegte ebenso fieberhaft wie er, wie es mit ihrer Flucht weiter ging. Dass ihre Feenkräfte gefragt waren, wusste sie gleich. Sie wusste aber auch, dass sie Neko nicht ihr Geheimnis preisgeben durfte. Ihr fiel urplötzlich der Polizeigleiter von Holger ein, auf dem sie heute zum Rat flog. Als Neko den Kopf von ihr abwandte, um sich erneut nach einer Fluchtmöglichkeit umzusehen, wandte sie mit ihrer Vorstellungskraft und den Fingern, den Elementar an und deutete an eine freie Stelle. Sie spürte flugs, wie geballte Energie ihre Finger verließ und sich an genau jenem Platz ein Gleiter der Polizei materialisierte.

„Glück muss man haben. Man sieht vor lauter Bäumen den Wald nicht mehr", juchzte Neko erfreut, kaum dass sein Blick den Gleiter erfasste. Er schöpfte keinen Verdacht, woher der Gleiter so urplötzlich kam und glaubte, ihn einfach übersehen zu haben.

„Ich fliege", sagte Neko entschlossen und schwang sich behände auf das Vehikel.

„Kannst du das denn?", fragte Kore verunsichert, aber die lauten Stimmen, die hinter ihnen aus dem Notausgang des Tanzlokals kamen, ließen keine Zeit für lange Frage und Antwortspiele. Schnell sprang sie mit auf, als auch Neko schon den Fusionsmotor aktivierte und beide wie eine Transportdrohne in die Höhe stiegen.

„Wir haben Glück. Auch noch ein Polizeigleiter. Der hier wurde nicht mal abgesperrt. Jetzt ignorieren uns so gar die Verkehrsüberwachungsdrohnen. Kore, das war der reinste Wahnsinn, was du da vorhin getan hast", sagte Neko kurzerhand und gab ordentlich Gas. Sie sausten im Tiefflug über die Dächer von Dails hinweg. „Du musst mich wirklich lieb haben, wenn du in die Höhle des Löwen kommst und auch noch laut seinen Namen brüllst. Vor allem den Namen von Kaimlakhan hinauszuposaunen, das ist schon mehr als mutig. Diese Höhle, in der ich bis vor kurzem gearbeitet hab, ist voll von den Anhängern der Ors. Thamus ist ein großer Macker bei denen. Er ist da so was wie ein Offizier."

„Du kennst die Ors und Kaimlakhan?", horchte Kore überrascht auf.

„Und ob ich die kenne. Die stecken hinter den Morden an Elisabeth und den anderen. Ich hab das so nach und nach rausgekriegt", bestätigte Neko mit einem schelmischen Grinsen.

„Aber warum hast du dann hier gearbeitet, wo es vor ihnen nur so wimmelt?"

„Auf mich hatten die es nie abgesehen. Sie hielten mich immer nur, während sie ihren Opfern das Herz herausschnitten und mich mit ihrem Blut besprizten. Ich musste immer das ganze Ritual mit ansehen. Mir krümmten sie aber nie ein Haar, bis du heute gekommen bist. Jetzt aber hast du auch wie ich kein Zuhause mehr. Wer sich mit den Ors anlegt, lebt gefährlich in Presson. Der findet sich mit herausgeschnittenem Herz im Wald wieder. Und die Ors werden stärker. Jeden Tag. Immer mehr Menschen der Stadt verschwinden und sie tauchen nach einer Weile wieder auf. Umgepolt und auf Linie der Ors getrimmt. Der Rat wartete viel zu lange, um ihnen das Handwerk zu legen. Selbst wenn er jetzt die Mentalnaniten einsetzt, dann erholt sich die menschliche Population nicht mehr davon. Wir wären für immer zum Aussterben verdammt. Es sieht nicht gut für uns aus."

„Was ist mit Chausette, Iona und Esmeralda? Sind die etwa auch von den Ors umgepolt worden?", fragte Kore entsetzt.

„Nein, deine drei Freundinnen wissen von gar nichts. Die sind so leichtgläubig und leben in ihrer eigenen verbohrten Weltanschauung. Wie in einem Elfenbeinturm. Die merken doch nicht einmal, wenn man ihnen das Kissen unter den Hintern wegzieht. Solche wie die sind für die Ors nicht gefährlich. Die wollen nur Spaß und sich nicht mit Politik abtun. Denen ist eigentlich egal, wer regiert und woher ihr Wohlstand kommt. Hauptsache, sie haben einen Job und es kommt ihnen nichts in die Quere, was ihren Lebensstandard mindert. Ich sehe sie oft, wenn sie reinkommen. Dann schmeißen sie sich an alle möglichen Typen ran, die irgendwie nach Geld aussehen oder gesunde Kinder machen. Vor allem deine Chausette."

„Hey, sie ist meine beste Freundin", merkte Kore empört dazwischen auf. „Und außerdem glaube ich, dass sie ihre Einstellung geändert hat."

„Ich sag dir nur, was ich sehe. Du aber bist nie hier hergekommen. Und das, obwohl ich hier schon über zwei Jahre gekellnert hab."

„Einmal war ich da", gestand Kore ein. „Das ist aber schon mehr als zwei Jahre her. Mir gefiel es gar nicht. Ich mag solche Orte nicht. Es ist mir zu laut und zu eng da drin. Die ganzen Lichteffekte tun meinen Augen weh. Außerdem ist die Luft da drin recht stickig."

„Kann ich verstehen. Ich hab damals einen Job gesucht und den wollte niemand machen. Also bin ich in der Bar untergekommen. Scheußlich war es für mich auch. Aber ich habe davon gelebt. Ganze zwei Jahre."

Ein immer zahlreicher werdendes Surren glitt hinter ihnen durch die Luft. Vom Geräusch her glich es einem Bienenschwarm, nur wesentlich gedämpfter. Neko blickte in den Rückspiegel und sah gleich die Ursache der sich aufbauenden Geräuschentwicklung.

„Wir scheuchen einen ganzen Pulk Orshornissen auf. Ich werde versuchen sie abzuhängen", urteilte Neko mit einem kurzen Blick über die Schulter und drückte die Maschine zu einem der engen Fußwege hinunter, die die Wohngegenden durchschnitten. Schnell und leise sausten die Geschwister knapp über der Erdoberfläche den schmalen Asphaltweg entlang, bis er genau im Stadtpark beim Seerosenteich endete. Und zwar an der Stelle, an der Kore vor vielen Jahren zum ersten Mal den Libellen begegnete. Das Wasser aufwühlend scheuchte Neko den Gleiter nur eine Handbreit über den Tümpel, bis er am anderen Ufer die Wolkenkratzerruine erreichte, vor der Dora sie seinerzeit als kleines Mädchen warnte. Neko flog mit rasantem Tempo direkt in das Gebäude hinein und zog ihr Gefährt in der unheimlichen Schwärze senkrecht nach oben. Neko rief Kore noch zu:„Festhalten."
Kore klammerte sich fest an seinem Leib und hoffte, dass Neko schon wusste, was er tat. Kurz darauf hörte sie hinter sich etwas krachen.
Sie wagte kaum einen Blick zu riskieren, doch Neko kommentierte das Geschehen mit:„Der war für Elisabeth."
Wäre es Kore möglich gewesen sich umzudrehen, dann hätte sie die Havarie eines ihrer Verfolger im ehemaligen Fahrstuhlschacht des Wolkenkratzers erlebt. Dieser folgte ihnen direkt in die Ruine hinein und rechnete überhaupt nicht mit dem steil nach oben gehenden Schacht. Da das Gebäude schon lange nicht mehr über ein Dach verfügte und wirkte, als habe man ihm den Kopf abgerissen, gelangten die Geschwister ungehindert ins Freie. Neko stellte den Gleiter auf dem abgetrennten Stockwerk wieder waagrecht und versuchte sich einen Überblick zu verschaffen.

„Woher wusstest du das?", fragte Kore nicht unbeeindruckt von seinem waghalsigen Flugmanöver.
„Da hab ich gewohnt. Bis ich in der Bar angefangen hab zu kellnern."
„Du hast in der Ruine gewohnt? Warum?"
Neko antwortete ihr nicht darauf. Ihre Hetzer wurden in der Zwischenzeit nicht weniger. Im fahlen Mondlicht machten sie mehrere Silhouetten in der Ferne aus, die den Nachthimmel nach ihnen mit Suchscheinwerfern ableuchteten. Ihre Verfolger durchkämmten förmlich damit das Firmament. Deutlich sahen sie die Lichtsäulen, wie sie sich in der Dunkelheit verloren. Für Neko war es daher zu riskant einfach geradewegs weiterzufliegen. Unter ihnen brannte die Laternenkette der Hauptverkehrsachse, wodurch sie von ihrem Standort aus wirkte wie ein riesiges X. Um nicht mit den Lichtstrahlen ihrer Jäger zu kollidieren ging Neko erneut in den Sturzflug mit dem Gleiter nieder. Er hielt wiederum dicht über dem Erdboden fliegend und die Deckung der Bäume des Stadtpark nutzend, auf die Hauptachse zu. Passgenau sauste er in die Unterführung hinein, die Kore jeden Morgen benutzte, wenn sie zu Fuß zur Akademie ging. Heute Abend war sie zu ihrem Glück menschenleer, was aber vielleicht an der Reflektionsleuchte lag, die nun seit Neuestem da unten brannte. Sie verlieh dem ansonsten düsteren Ort ein warmes und freundliches Licht.

„Mist. Können die ihre Dinger nicht wo anders hinmachen?", schimpfte Neko unterdrückt und hielt mit dem Gleiter direkt unter der Leuchtquelle an. Er schlug mit dem Ellbogen dagegen, so dass ihr Glühen alsbald erlosch.
„Die Dunkelheit ist jetzt unser Verbündeter. Solange sie nicht wissen, wo sie uns suchen müssen, haben wir eine Chance ihnen zu entkommen", wisperte er zu seiner Schwester. „Licht können wir jetzt gar nicht gebrauchen."
Über ihnen hörten sie nur ein paar Sekunden später das Surren eines Gleiters, der von einem ihrer Verfolger stammen musste. Zu ihm gesellte sich noch ein Weiterer.
„Scht", deutete er zu Kore, damit sie still blieb. „Ganz leise."
Das zweite Surren hielt über ihnen an, während das erste an Ort und Stelle verharrte. Schon bald hörten die Geschwister die Stimmen ihrer Verfolger. Demnach musste es sich um richtige Rowdys handeln, da ihre zügellose Wortwahl kein Blatt vor den Mund nahm:„Wie in Luft aufgelöst. Der Racker weiß damit umzugehen. Wo haben die den vermaledeiten Gleiter her?"
„Jeder Polizeigleiter ist registriert und auf unserem Teleding abrufbar", bemerkte der Zweite ratlos. „Nur der nicht. Wir könnten ihn abschalten, wenn er auf der Liste wäre. Es ist, als gäbe es ihn nicht. Er wird nicht mal von unserem Radar oder den Drohnen angezeigt."
„Wirklich eigenartig. Ein nicht registrierter Polizeigleiter. So was kennt man von denen gar nicht. Die spicken doch sonst immer alles mit Sensoren voll."
Kore biss sich auf die Lippen. Ihre Idee den Gleiter selbst zu machen, verschaffte ihnen einen ungemeinen Vorteil.

„Commander", hörten sie wenig später von Oben. Offenbar kommunizierte der eine Ors mit seinem Vorgesetzten. „Adler hier. Die Hauptstraße ist sauber. Die sind verschwunden."

„Sucht sie. Sie müssen dort irgendwo sein", kam als Antwort zurück. Kore erkannte Thamus Stimme sofort wieder. „Keiner sah den gesuchten Gleiter aus der Stadt fliegen. Mit diesem Biest hab ich noch ein Hühnchen zu rupfen."

„Was ist mit dem Jungen?"

„Mir geht es nur um das Mädchen. Krümmt dem Burschen aber kein Haar, sonst bekommt ihr es mit Kaimlakhan zu tun."

„Muss sie ganz bleiben?"

„Wenn ihr sie verletzt, ist es nicht weiter tragisch. Am Leben muss sie nur bleiben. Ich will mich höchst persönlich um sie kümmern."

„Alles klar. Ende und Aus."

Das Gespräch brach dann abrupt ab und sie hörten nur mehr die Stimmen der beiden Ors.

„Der Chef ist richtig sauer auf die Kleine. Normalerweise hat der Commander für so junge Hühner nicht viel übrig."

„Die Kleine ist gut. Hast du schon mal eine so Große Kleine gesehen? Wie ein Püppchen wirkt sie mir nicht gerade. Bin mir ziemlich sicher, dass die im Bett abgeht wie ein Zäpfchen."

„Da wär ich aber vorsichtig. Wegen der warfen sich die drei Hermeses vor den Hyperzug. Die hat bestimmt auch den guten alten Tabacot aus dem Weg geräumt."

„Das hübsche Ding ist ein Killer? Wow, die ist ja richtig gefährlich."

„Sag ich doch. Außerdem hat der Chef eine Prämie ausgelobt, wenn wir sie fangen."

„Goldene Federn aus der Hand des hohen Obermotz. Wir werden die angesehensten Krieger sein, die es je gab."

„Wenn wir sie geschnappt haben, könnten wir mit ihr noch etwas Spaß haben. Der Chef wollte sie ja nur lebend. Wenn es stimmt, was ich gehört hab, ist sie noch Jungfrau."

„Au ja. Was für ein Spaß. He. He…"

Ein Surren bewegte sich über ihnen langsam weiter, während das andere weiter an Ort und Stelle verharrte. Es näherte sich dem Aufgang der Unterführung. „Die müssen hier irgendwo sein. Mal überlegen, wo würde ich mich verstecken, wenn ich…"

Länger hörte Neko ihnen nicht mehr zu. Er jagte den Fusionsmotor des Gleiters hoch und schoss wie eine Kanonenkugel durch den Aufgang aus der Unterführung hinaus. Kore wagte den Blick nach hinten, als sie raketenartig aus der Dunkelheit hervorbrachen. Einer der beiden erreichte nämlich fast den Abgang zur Unterführung. Blitzschnell erfasste sie mit dem Auge die Situation. Die Straßenlaternen machten genug Licht, um ihre Verfolger zu erkennen. Sie hielt ihre Hand in ihre Richtung. Feiner Staub verließ ihre Finger, der sich prompt in den Gleiter ihres Verfolgers hineinfraß. Sein Gefährt geriet außer Kontrolle und machte einen machte einen Überschlag. Prompt stieß er hinterrücks mit dem zweiten Verfolger zusammen, der sich noch hinter ihm aufhielt. Es gab eine kleine Explosion ihrer Fusionsmotoren, wodurch ein heißer Feuerball in den Nachthimmel stieg. Ihre unmittelbare Umgebung erstrahlte für den Bruchteil einer Sekunde taghell.

Dies mochte für einen kurzen Moment helfen, doch der ohrenbetäubende Knall und der grelle Lichtblitz setzte ein deutliches Signal. Schon bald klebten an ihnen weitere Ors mit ihren Gleitern. Gleich einer Hundemeute, die ihre Beute zu Tode hetzt.
„Sieh an", bemerkte Neko mit einem erneuten Blick in den Spiegel. „Die können nicht genug von uns bekommen. Thamus scheint alles von denen mobilisiert zu haben, was fliegen kann. Eigenartig. Warum wollen die nur dir ans Leder?"
„Ich weiß nicht", log Kore zunächst und versuchte so zu tun, als wüsste sie von nichts. „Vielleicht wegen der Hermesbrüder, von denen die zwei da gerade sprachen?"
„Ah, ja die Brüder", sagte Neko abfällig. „Hab davon gehört. Sie wurden von der Hyperbahn überfahren. Es gab nur einen Zeugen von dem Unglück und das warst du. Natürlich hattest du nichts mit der Sache da zu tun. Du bist nur zum Rat der Sechs zum Verhör gebeten worden", ironisierte Neko schnippisch.
„Das weißt du auch?", entfuhr es Kore überrascht.
„Hey, ich hab meine Informationsquellen. In den Kreisen der Ors spricht sich so was schnell rum und ich hab meine Ohren auch nicht immer bei meinem Kopf. Kein Wunder, wenn die so verärgert auf dich reagieren. Aber das mit Tabacot war mir neu. Hattest du etwas damit zu tun?"
„Nicht wirklich", entgegnete Kore mehr schlecht als recht. Die Situation das jetzt auszudiskutieren erschien ihr nicht gerade günstig.
„Weißt du, was ich glaube? Dieser Thamus wurde auf dich angesetzt. Der wollte dich heute Abend in eine Falle locken und ich hab ihm die Show vermasselt. Sie werden an dir Rache nehmen. Das sagte Thamus laut und deutlich. Du steckst schon wieder ordentlich in der Klemme. Also muss ich dir noch mal das Leben retten."
„Warum schützt dich eigentlich der Hohe Priester? Das passt doch alles nicht zusammen?"
„Weiß nicht. Ich hab es nie rausgekriegt."
Ihr Gespräch wurde von Luft zerfetzenden Geschossen unterbrochen, die in ihre Richtung nachjagten. Ihr pfeifender Laut verlor sich in der Stille der Nacht.
„Jetzt sie schießen sie sogar auf uns", bemerkte Neko erstaunlich gelassen, während die Kugeln an ihren Köpfen vorbei sausten. „Argh. Wenn wir doch so was wie einen Booster oder ein Rückraketensilo hätten. Dann könnte ich sie abschießen wie die Fliegen."
Kore durchdachte nun gut, ob sie Nekos Wunsch in die Wirklichkeit umsetzte. Jetzt ein Rückraketensilo zu machen, hätte sie bestimmt enttarnt. Auch ihre Treiber so auszuschalten, wie sie es vorhin mit den beiden Ors bei der Unterführung machte, war viel zu riskant. So viele glückliche Zufälle für sie gab es nicht.

nicht. Aber sich absolut nicht gegen ihre Verfolger zu wehren, gefiel ihr auch nicht. Mit ihren Feenkräften die Jagd sofort zu beenden, wäre ein Klacks für sie. Aber das bliebe von Neko und den übrigen Einwohnern der Stadt nicht unbemerkt. Ganz zu schweigen, dass jemand nur deshalb umkam, weil er sich am falschen Ort zur falschen Zeit befand. Dieses Risiko war Kores Sache nicht. Also blieb ihr nichts anderes übrig, als die Sache erneut nach Feenart anzupacken.

„Neko, ich hab eine bessere Idee", rief sie in sein Ohr. „Flieg zum Tunnel nach Cherson. Du weißt schon, der der durch den Berg führt."

„Hopp oder Top was? Einmal zerschmetterter Gleiter mit Fleischbeilage. Unsere Spezialität des Hauses. Bitte sehr", bemerkte Neko trocken wie ein Kellner. Er zog mit dem Gleiter eine enge Kurve und folgte der Hypertrasse durch die Stadt bis zum Bergmassiv. Ihre Verfolger hingen an ihnen wie die Kletten. Sie kannten keine Furcht, auch wenn sich abzuzeichnen drohte, was beide Geschwister planten. Sie erreichten nur eine Minute später die Tunneleinfahrt der Hyperbahn durch den Berg.

„Gut so. Jetzt flieg durch den Tunnel hindurch", sagte Kore zu ihm.

„Soll ich diesen Irrwitz wirklich machen? Alle fünf Minuten kommt eine Bahn durch. Wenn eine hinausfährt, dann fährt auch eine rein. Der Tunnel ist so eng, da passen wir nicht einmal nebeneinander durch. Kore, das ist verrückt."

„Tu es. Vertrau mir", sagte seine Beifahrerin bittend und Neko lenkte mit großen Bauchschmerzen ihren Gleiter in die enge Röhre, während ihnen der Tross ihrer Verfolger ebenso unerschrocken nacheilte. Nur ein kleiner Teil versuchte einen anderen Weg über das Massiv zu nehmen, was aber angesichts der Antriebstechnik der Maschinen und der Höhe wesentlich langsamer von statten ging.

Nekos Herz tobte vor Angst. Nur zu gut fühlte er die Enge des Tunnels auf sich wirken. Er drückte das Gas zur Beschleunigung des Gleiters fast durch. Die Tunnelleuchten über ihnen flitzten vorbei, wie die Geschosse, mit der ihre Verfolger sie zu erledigen suchten. Neko dachte, die Bahn käme ihnen in jedem Augenblick entgegen und sie zerschmettern wie ein rohes Ei auf dem Kopfsteinpflaster.

„Hab keine Angst wegen des Zuges", beruhigte Kore ihren Bruder. Sie fühlte deutlich seine Anspannung. „Wegen dem Selbstmord der Hermesbrüder wird die Bahn den Verkehr erst ab acht Uhr wieder aufnehmen."

„Woher weißt du das denn so genau?", fragte Neko voller Unbehagen.

„Vom Rat. Sie sagten mir, dass die Betriebsstörung so lange andauern wird."

„Ha. Ha. Du bist gut. Selbst wenn wir durchkommen, es ist noch nicht einmal Acht. Die hinter uns werden uns sowieso gleich haben, wenn wir draußen sind."

„Mit Sicherheit nicht", murmelte Kore gehässig. Neko hörte das nicht. Mit ihrem geübten Blick über die Schulter fixierte sie ihre Verfolger. Offenbar wussten auch sie von der Betriebsstörung und rechneten keinesfalls damit, dass ihnen eine Bahn in die Quere kam. Eine für Feen günstige Konstellation zu Handeln.

„Perfekt. Jetzt so bleiben", stellte Kore zufrieden fest und streckte ihre linke Hand nach hinten aus. In wenigen Millisekunden stellte sie sich in ihrem Geiste eine Hypergleitbahn vor, die in Höchstgeschwindigkeit über die Trasse brauste. Sie konzentrierte die Kraft in ihrer Hand und spürte die Energieentladung des Staubes in ihr. Ihr Auge erfasste den schillernden Staub, der sich in eine bewegende Hypergleitbahn materialisierte. Sie schoss mit Maximalgeschwindigkeit auf ihre Jäger zu, welche noch vergeblich abzubremsen versuchten. Sie wurden jäh von dem Zug erfasst und von ihm zerschmettert, wie von einem Kometen.

Die nachfolgenden Explosionen entwickelten sich so stark, dass der Zugverkehr nach Cherson wiederum eingestellt werden musste. Neko bekam von dem Vorfall hinter ihnen gar nichts mit und düste mit Vollgas auf der anderen Seite des Tunnels hinaus. Er hörte wohl den großen Knall, konzentrierte aber sich lieber auf den Flug. Sie folgten der Trasse weiter und gelangten zum vertrauten Ort ihrer Kindheit. Vom Polizeigleiter, mit dem die Geschwister über die Baumwipfel schossen, war er gut auszumachen. Deutlich sahen sie die leuchtende blaue Kuppel. Nebendran das zentrale Gedenkmemorial des Mystischen Krieges und abseits an einem zugewachsenen Weg gelegen, das ehemalige Waisenhaus. Zu dieser nächtlichen Stunde lag es einsam im Eichenwald und ließ in Neko wehmütig die Erinnerung wieder lebendig werden. Er lenkte ihr Gefährt zu dem Gemäuer.

„Einmal zerfleischte Ors am Metallspieß, bitte sehr. Das hätte sogar Elisabeth gemundet", kommentierte Neko grinsend und hielt über den mittlerweile verwaisten Innenhof der Anstalt an. Von oben blickte er mit seiner Schwester auf den ehemaligen Spielplatz ihrer Kindheit. Der Sandkasten lag zerborsten im Schein des aufgegangenen Mondes. Neko seufzte bei seinem Anblick.

„Weißt du...", sagte er nach einer kurzen Pause zu Kore. „...man ist nicht hier, um ewig Kind zu bleiben."

„Ja", meinte Kore.

„Elisabeth sagte mir einmal, dass selbst die Orte nie dauerhaft sind und immer ihre Bedeutung verändern. Ich hab meine Bedeutung verändert. Du hast deine Bedeutung verändert. Gemein ist ihnen nur der Ursprung. Warum brauchen wir einander?"

„Weil der Ursprung mehr ist, als nur eine Bedeutung. Er ist der Schoß aus dem die Wurzel erwächst. Ein Ast kann ohne einen Stamm keine Blätter tragen. Ohne Wurzel findet ein Stamm keinen Halt."

„Du meinst, der Ursprung ist der Halt unseres Lebens? Dann sollten wir heute Nacht nicht hier bleiben. Die Ors werden uns sicher suchen und das Heim wäre einer ihrer ersten Anlaufpunkte."

„Stimmt. Weißt du was? Flieg ans Meer. Richtung Süden", schlug Kore vor. „Dort dürften wir besser aufgehoben sein als hier."

So setzte Neko mit Kore ihren Flug in die beginnende Nacht fort. Schweigend überflogen sie den ausgedehnten Eichenwald. Sogar so weit, dass man selbst die große Kuppel aus dem Krieg nur noch als schwaches bläuliches Schimmern am Horizont erkannte. Schließlich erreichten sie die schroffe Felsklippe der Meeresküste. Von hier aus fiel das Festland steil in die tosende See hinein. Von unten hörte man deutlich die scharfe Brandung der Wellen auf den vorgelagerten Felsen. Neko steuerte den Gleiter zu einer nackten Felsplatte über dem Meer und setzte ihn dort sanft auf.

„Puh, das war wirklich knapp", sagte er erleichtert als er den Kontakt zum Boden spürte. Mit einem Satz sprang er von ihrem Fluchtvehikel ab und starrte auf das Meer hinaus. „Was ist da im Tunnel überhaupt passiert? Ich hab nur eine Explosion hinter mir gehört."

„Ja", sagte Kore verstellt und stieg ebenfalls ab. „Ich auch. Aber ich hab mich nicht getraut umzusehen. Vielleicht sind sie miteinander kollidiert. Der Tunnel ist ja so eng."

„Das könnte sein. Die Ors hatten noch nie viel Erfahrung mit der Gleiterfliegerei. Eigentlich machen sie sich nicht viel aus dem neuen Zeug", lachte Neko erlöst auf und drehte sich erleichtert zu Kore um. Freudestrahlend sah er ihr mit seinen leuchtend grünen Augen ins Gesicht. Obwohl die Lichtverhältnisse bereits dürftig waren, erkannte Kore deutlich seine geheimnisvolle Irisfarbe.

„Ich hätte nie gedacht, dich je wieder zu sehen", sagte Neko überglücklich. Sein Antlitz füllte sich mit grenzenloser Freude.

„All die vielen Jahre. All die ganze Zeit. Ich hab mich so nach dir gesehnt. Hast du mich denn nicht vermisst?", fragte er sie nach einer ehrlichen Antwort. Dies erfühlte man überdeutlich in diesem Augenblick. Kore wusste, dass das Wenigste, was Neko jetzt brauchte, eine Lüge war. Sie musste ihm die Wahrheit sagen. Auch wenn sie ihm wehtat.

„Neko", sagte sie verständnisvoll. Es fiel ihr nicht leicht, zu sprechen. In diesem Moment kam es ihr vor, als stecke ein Kloß im Hals, der ihr die Luft zum Atmen raubte. Sie machte ganz unwillkürlich eine Pause.

„Ich … ich … meine Eltern … ich meine … es tut mir leid. Ich will dich nicht anlügen. Ich hab an dich gedacht, aber da war so viel. Ich meine …"

Neko ersparte ihr diese Antwort nicht. Sein Blick in ihre Augen verlangte nach einer aufrichtigen Beantwortung seiner Frage. Kore musste da durch, auch wenn sie diese Worte nicht gerne in den Mund nahm.

„… ich hab dich vergessen", sagte Kore betreten und senkte verschämt den Blick. „Da war so viel, vielleicht war ich auch zu bequem, ich weiß es einfach nicht. Vielleicht war es auch die Zeit. Ich glaubte, dass du in guten Händen bist und du mich nicht mehr brauchst. Ich wusste ja nichts vom Tod unser Mutter."

Neko blieb stumm stehen und ließ ihre Worte auf sich wirken. Kore ahnte nur was in ihm vorging.

„Nichts ist, um zu bleiben", sagte er plötzlich.

„Was?"

„Das hat Elisabeth immer gesagt. Sie sagte auch: Wir werden älter, um zu reifen, bis wir zu den Sternen gehen. Sie ist dort oben und sieht uns zu", sagte Neko und deutete auf einen hellen Punkt im Nachthimmel. „Ich weiß, dass sie sich mit uns freut. Genau so wie ich mich freue dich wiederzusehen. Sie sagte, jeder gute Gedanke macht die Welt fröhlicher und lässt sie leuchten wie einen Stern in der Nacht. Ich vermisse sie sehr."

„Warum hast du mich eigentlich nie besucht? Du wusstest doch, wo ich wohne", fragte Kore ihren Bruder. „Du weißt doch, dass ich dich liebe."

Neko wurde sehr traurig ob ihrer deutlichen Worte. „Genau deswegen."

„Was?", glaubte Kore nicht recht zu hören. „Du hast mich nie besucht, weil du mich liebst?"

„Mir war es lieber, du lebst glücklich und mich vergessend, als mich suchend und sterbend. Einen jeden, den ich liebte, wurde das Herz herausgeschnitten. Ich wollte, dass dir das erspart bleibt. Ich wollte dich vergessen, weil du nicht meinetwegen leiden sollst. Elisabeth hätte es auch nicht gewollt. Ich kann kaum glauben, dass du deine eigene Zukunft wegen deiner Liebe zu mir aufs Spiel gesetzt hast. Du kannst dich in Presson nicht mehr sehen lassen. Die Ors sind überall. Warum tust du das und ruinierst dein eigenes Leben? Du hättest Karriere machen und eine gute Zukunft leben können."

„Du hast mir das Leben gerettet", sagte Kore. „Ich stand in deiner Schuld."

„Na und? Du hast ja auch mich vor einer Tracht Prügel gerettet. Wir sind längst quitt", entgegnete Neko schnippisch und ging einen Schritt auf sie zu.

„Ich möchte dir Danke sagen", antwortete Kore verlegen.

Über Nekos Gesicht glitt ein leuchtendes Strahlen. Es vertrieb seine Sorgen, die er sich wegen Kore machte. „Du magst mich immer noch, obwohl du wegen mir mit einem Bein im Grab stehst?"

„Ja. Du bist noch immer mein Bruder."

„Und du bist noch immer meine Schwester", antwortete Neko zufrieden und beide umarmten sich mit Wonne. Die tosenden Wellenbrecher und der laue Wind untermalte ihr Gefühl, dass beide auf dem Felsplateau empfingen.

„Niemand soll uns je wieder auseinander bringen. Die Ors sollen sich hüten", sagte Kore, als sie ihren Bruder an sich drückte. „Meine Eltern sollten mich adoptieren. Ich glaube, die Ors wollten mich absichtlich von dir trennen."

„Warum sollten sie das wollen? Was verfolgen sie damit?", fragte Neko ratlos seine Schwester. Er sah zu ihr hoch, da Kore immer noch einen Kopf größer wie er war.

„Ich weiß es nicht, Neko. Ich weiß es nicht", antwortete Kore ratlos. „Vielleicht können wir es ja gemeinsam herausfinden", fügte Kore zuversichtlich an. Sie lächelte ihm mutmachend zu.

Beide setzten sich auf dem karstigen Fels nieder. Die vom Wind und Wetter geschliffenen Steine der Gegend trugen zu dieser Stunde die Wärme der Sonne des vergangenen Tages in sich. Es fror ihnen nicht. Neko legte seinen Kopf wieder in Kores Schoß. So, wie er es in den frühen Tagen seiner Kindheit gerne tat. Nach so langer Zeit fühlte er sich wieder geborgen und unheimlich glücklich. Ein Gefühl,

Ein Gefühl, das er zuletzt bei Miss Conners auf dem Bauernhof verspürte. Die Zeit schien ihnen unendlich auf dem Fels zu werden.

„Weißt du Kore, wovon ich manchmal träume?", fragte Neko verschmust zu seiner Schwester, während sie ihm liebevoll durch die Haare strich.

„Von was?"

„Von einem Märchenschloss, mit schneeweißen Türmen und blauen Dächern. Von so einem Schloss, von dem du mir manchmal erzählt hast, wenn du mit mir beim Sandkasten warst. Mit bunten Bildern und edlen Wandteppichen. Mit Mosaiken und kunstvoll verzierten Brunnen. Mit prunkvollen Sälen und marmornen Fußböden. Darin bin ich ein Prinz und du bist eine Prinzessin. Wir spielen gemeinsam darin verstecken. Weist du noch, wie wir uns ausgemalt haben, dass der Wald ein großer Ballsaal wäre und seine Baumstämme die Säulen sind, die sein Dach tragen?"

„Daran kannst du dich noch erinnern?", fragte Kore erstaunt und dachte darüber nach. Ihr fielen die Szenen wieder ein, wie sie ihrem Bruder die Geschichten nacherzählte, die sie von Indreen in der vergangenen Nacht hörte.

„Darin liegen wir zwei in einem weißen Himmelbett und ich habe meinen Kopf auf deinen Schoß. Du kraulst mir die Haare …", fuhr Neko begeistert fort" … so wie jetzt und ich schmiege mich an deinen Beinen. Davon hab ich fast jede Nacht geträumt. Das ist so wundervoll. Die Erinnerung daran war das Einzige, was mich glücklich machte, wenn ich nachts wach gelegen bin."

Neko schloss die Augen und seufzte. In ihm schüttelten sich alle schreckliche Erlebnisse der vergangenen Jahre wie gelöste Fesseln ab. Die Fee fühlte regelrecht seine Erleichterung. Kore griff seinen Traum auf und fackelte nicht lange. Der Feenstaub verließ sogleich ihre Finger. Jener schoss auf einen Klippenvorsprung zu und darauf erschien genau jenes Schloss von dem Neko und sie einst träumten. Zufrieden mit ihrem Werk geriet Kore in Verzückung.

„He Neko, sieh mal", sagte Kore zu ihrem Bruder. „Da drüben."
Neko öffnete die Augen und blickte erstaunt auf den majestätischen Bau. Er war noch schöner, als er es sich in seiner kühnsten Vorstellung ausmalte.

„Das gibt's ja nicht. Warum sahen wir das nicht vorhin?"

„Weiß nicht", log Kore verstellt. „Lass uns doch mal hingehen und es uns ansehen. Vielleicht ist hier eine Versuchsfläche für Nanotekten. Ich hab gehört, dass sie öfters Experimente mit ihren Nanozips machen und auf freien Flächen ihre Möglichkeiten spielen lassen."

Sie erhoben sich vom harten Boden und sahen entrückt nach dem stattlichen Gebäude. Beide liefen wie verspielte Kinder auf das prächtige Schloss zu, dessen schmiedeeisernes Tor weit geöffnet da stand. Unzählige, brennende Fackeln erleuchteten den Hof in einem warmen Licht und gaben ihm einen einladenden Charakter. Sie rannten durch die prunkvoll gestalteten Gänge, wandelten durch die aufwendig geschmückten Säle und erfreuten sich ob der Kunstfertigkeit, der in diesem einzigartigen Prachtbau steckte. Neko spielte mit Kore Verstecken darin. So wie früher im Waisenhaus. Er holte an diesem Abend das nach, was ihm als

Kind zu erleben bislang vergönnt blieb. Erschöpft und glücklich nahmen beide nach ihrem Spiel in einem breiten Himmelbett platz, das genauso war, wie Neko es sich vorstellte. Es war mit edlen weißen Vorhängen bedacht, die von dem lauen Nachtwind an diesem Tag bewegt wurden. Von draußen erstrahlte hell der werdende Vollmond durch den breiten Balkon auf sie herein. Sein silbernes Licht legte sich geisterhaft auf dem polierten weißen Marmorfußboden und brachte auch ihn zum Leuchten. Nur noch ein Tag, dann war auch er vollkommen.

„Kore", sagte Neko zu ihr. „Ich bin so glücklich."
Er sah ihr in die kristallklaren Augen.

„Elisabeth erzählte mir viel über den Mond. Sie sagte, dass er der kleine Bruder der Sonne ist."

„Warum das? Ich dachte, er wäre der Bruder der Erde?"
Neko schmunzelte. „Das könnte man wirklich glauben, aber nur der Mond und die Sonne geben der Erde den Halt, damit diese Leben hervorbringen kann."

„Er ist wunderschön", sagte Kore das silberne Mondlicht betrachtend. Sie fing an darin ihre Gedanken zu verlieren und wollte zu Neko etwas sagen, doch dieser legte seinen Zeigefinger auf ihren Mund.

„Das Universum ist still", sagte er. „Lass uns lieber den Moment genießen."

Kore nickte lächelnd und Neko in ihren Armen haltend, als er zufrieden und wonnig einschlief. Sie dachte bei sich, dass ihr Plan ihn zu finden zwar gelungen, aber nicht ohne Folgen blieb. Sie stieß durch die Ereignisse dieses Tages nicht nur all ihre Freunde auf der Akademie vor den Kopf, sondern machte sich auch erbitterte Feinde. Vor allem Chausette fragte sich, woher Kore diese Namen wusste und was Thamus damit zu schaffen hatte. Befanden sich ihre Freundinnen am Ende auch in großer Gefahr? Oder steckten sie etwa alle mit den Ors unter einer Decke und Neko wusste nur nichts davon? Wem konnte Kore überhaupt noch trauen? Nur eins wusste Kore bestimmt, als sie müde die Augen schloss und sich mit Neko ins Bett hineinkuschelte: Sie musste endlich einen Weg finden unter die Kuppel zu gelangen um Indreen aufzuspüren. Wenn es so wäre, dass die Ors eine Möglichkeit fanden dort hineinzukommen, dann ließ sich auch dort erfahren, was sie als Nächstes planten. Aber wie sollte sie das herausfinden, ohne Neko allein zu lassen? Sie wusste keine Antwort. Ihre bisher erlernten Feenkräfte reichten dazu nicht aus. Vielleicht half Ipsy ihr in diesem Punkt weiter.

Kapitel 14

Im Doppel

Kore fielen die Augen zu und alsbald fand sie sich auf dem Trainingsgelände von Ipsy wieder. Wie bei ihrem letzten Besuch saß ihre Ausbilderin in einem Ohrensessel und trug ihre zierliche Brille auf der Nase. Diesesmal hielt hielt sie in ihren Händen kein Buch, sondern einen tönernen Untersetzer mit samt Teetasse. Schwärmerisch roch sie daran, was mit einem leichten Seufzen über ihren Lippen einherging. Doch dann bemerkte sie die Anwesenheit ihrer Schülerin. Schlagartig änderte sie ihre Mimik.

„So, so", brummte sie streng und blickte zu Kore auf, als diese vor ihr stand. Mit ihrem Staub löste sie ruckzuck ihre Teetasse mit samt dem Untersetzer auf.

„Hallo Ipsy", sagte Kore und machte sich innerlich auf eine Gardinenpredigt gefasst, zumal sie glaubte, die erste Maxime der Feen verletzt zu haben.

„Du musst keine Angst haben. Ich bin nicht wütend auf dich", sagte Ipsy gleich zu Anfang. „Du musstest etwas unternehmen. Du konntest gar nicht anders. Was die Sache mit den Hermesbrüdern angeht, da hat dieser Rat ganz recht. Die wählten ihr Schicksal selbst und zerbrachen an ihm. An uns. Auch eure Verfolger traten in die gleichen Fußstapfen und wurden letztlich Opfer ihrer eigenen Idiotie. Ich bin sehr zufrieden mit dir. Alles lief wie am Schnürchen. Alleine deine Idee, wie du die Hermesbrüder die Irre geführt und direkt auf die Trasse gelotst hast, war so genial ...", sagte Ipsy begeistert, sodass sie ihre Hand zu einer Faust ballte und in die Luft schlug. Sie versuchte, sich wieder von der Euphorie zu fangen. „Oh Mann. Das war einfach klasse. Das war Feenhaft."

„Danke", grinste Kore zurück.

„Auch hast du gelernt, wie du deine Feenkräfte kombinierst. Es ist nämlich nicht zwingend, dass du deine Tricks strikt getrennt ausführen musst. Zu deiner Entscheidung im Meditationszentrum gibt es aber noch etwas zu sagen", wandte Ipsy mit ernster Mine ein. „Du hättest diesen Tabacot nicht unbedingt vergiften müssen."

„Wie bitte? Er wollte mich töten lassen. Von meinen eigenen Adoptiveltern."

„Bei dem hätte ich den Apokalypto angewandt", schob Ipsy zornig nach.

„Apo... was?", fragte Kore irritiert.

Ipsy fing sich wieder und musste durchtrieben kichern. „Oh, mein Fehler. Den kannst du ja noch nicht. Um wieder auf die Sache zurückzukommen..."

„Was ist dieser Apo... das was du in den Mund genommen hast?" Kore blieb hartnäckig an der Frage hängen und scheute sich nicht davor Ipsy zu unterbrechen.

„Ein weiterer Trick aus dem Feenfundus. Keine Angst. Den lernst du schon noch", antwortete sie geduldig. „So eine Hinterhältigkeit kann nur so beantwor-

beantwortet werden. Doch bei allem Verständnis für deine Situation, Hass ist ein schlechter Ratgeber. Wir müssen die Sache weiter systematisch verfolgen. Du hast Neko gefunden. So weit so gut, aber das Schlimmste ist noch nicht überstanden und du weißt das. Die Ors haben bestimmt weitere schreckliche Dinge vor und ich glaube, dass dies mit der Sternenkonstellation von heute Nacht zu tun hat. Du musst herausfinden, was sie planen und dazu musst du unter die Kuppel."

„Aber wie? Der Rat sagte, dass er noch keine Möglichkeit gefunden hat, die Barriere zu durchbrechen. Meine Adoptiveltern hätten da bestimmt helfen können. Dora und Edward sind sicher schon über alle Berge. Die könnte ich nie finden", sagte Kore ratlos.

„Die brauchst du auch nicht. Übrigens wird der Rat auch keine Möglichkeit finden unter die Kuppel zu gelangen. Dazu hält er sich viel zu stark an seine Wissenschaft. Der Rat ist der Meinung, dass alles im Universum erklärbar ist. Die Ors hingegen arbeiten mit der Mystik und die zieht in Bereichen Register von der der Rat nur träumen kann. Auf dieser Ebene entwickelten sie sicher eine Methode, die Barriere zu überwinden."

„Woher weißt du das?"

„Ich kann eins und eins zusammenzählen, Kore. In eurem Land ist so etwas wie eine Religion und Mystizismen verboten. Bei den Ors nicht. Also liegt darin der Schlüssel des Geheimnisses. Aber Schnickschnack. Uns soll das nicht stören, denn für uns Feen ist so was wie die Kuppel ein Kinkerlitzchen. Wenn du den Teleport verwendest, dann erst recht."

„Den was?"

„Teleport", wiederholte Ipsy nachdrücklich. „Du kannst damit deinen Standort um einige Meter an einen gewünschten Punkt verändern, ohne dass du dich bewegen musst. Wie das genau funktioniert, darfst du mich nicht fragen, da ich dir unsere Fähigkeiten nicht bis zum I-Tüpfelchen aufschlüsseln kann."

„Schon gut. Und was muss ich tun?"

„Also, du zeigst mit deiner gewählten Hand in die Richtung, zu der du teleportiert werden willst. Dann stellst du dir vor, wie du dich auflöst und an diesem Punkt wieder zusammensetzt. Probier es mal. Keine Angst, der ist völlig ungefährlich, solange du auf keinen Stein oder ein anderes Objekt zeigst, der dick genug ist. Sonst könnte es passieren, dass du darin eingebacken wirst. Das ist ein hässlicher Anblick Kore, wenn es dir mal passiert. Also nicht machen. Das sind Tricks, bei denen du dich selbst ernsthaft verletzen könntest. Deshalb lernst du sie erst jetzt von mir."

„Also gut", sagte Kore und deutete vor sich. Sie stellte sich vor, wie sie sich zerbröselte und wieder zusammenfügte. Alsbald fühlte sie jene Energie in ihrem Finger und transferierte sich nur ein Wimpernschlag später an der gewünschten Stelle. Fasziniert wiederholte sie den Teleport solange, bis er ihr gut von der Hand ging. Er war in der Tat leicht zu beherrschen.

„Du siehst, der geht noch ziemlich einfach. Aber das alles reicht nicht für deinen nächsten Schachzug", sagte Ipsy, die sie wohlwollend bei der Übung beo-

beobachtete. „Daher wird es jetzt Zeit, dir einen wirklich folgenreichen Feenkniff zu zeigen. Der gehört schon zur Meisterklasse. Ein gefährlicher, aber höchst wirksamer Dreh, der gut überlegt eingesetzt werden will. Sein Problem liegt nicht an der Ausführung, sondern an der Nachwirkung. Die kann verheerend sein und dein ganzes soziales Gefüge zerstören."

„Was ist es für einer?"

„Der Double."

„Double?"

„Ja, du weißt, dass du Neko nicht allein lassen kannst. Also brauchst du einen Ersatz für dich. Gäbe es denn einen besseren Ersatz als dich?"

„Hä?", fragte Kore verständnislos nach.

„Du kopierst dich. Das kann der Double. Aber die Gefahr liegt darin, dass du zweimal existierst und ihm eine Seele verleihst. Dein Double wird behaupten, die Echte zu sein. Das könnte zu einem Problem werden. Vor allem dann, wenn derjenige, für den das Double bestimmt ist, dich und den Doppelgänger gleichzeitig zu sehen kriegt. Daher ist er sehr gefährlich. In deinem Fall wird er aber von Nutzen sein."

„Ich habe Neko versprochen, ihn nicht im Stich zu lassen. Ich bräche mein Wort, wenn ich einfach so verschwinde."

„Nein, das tust du auch nicht. Dein Double bist du. Er verhält sich genau so und denkt genau so. Wenn du in die Kuppel gehst, kannst du Neko nicht mitnehmen. Er gerät in große Gefahr, zumal auch du nicht weißt, mit was du es zu tun kriegst. Aber du musst dahin und das weißt du. Dein Ex-Pfleger Indreen könnte der Schlüssel zur Lösung deines Rätsels sein. Die Ors haben irgendetwas vor, was die Ordnung dieses Planeten zerstören wird. Es klingt nicht gut, wie ich das aus dem Wissen deines Unterbewusstseins beurteilen kann."

„Du hast recht Ipsy", gab Kore zerknirscht zu. Sie hätte so gerne bei Neko bleiben wollen, aber die schweren Umstände zwang sie dazu, den Alleingang zu unternehmen.

„Um den Double bei dir auszuführen spreize all Finger deiner beiden Hände und halte sie auf dich. Dann denke an deinen Körper und deinen Geist. Nur so bekommst du eine haargenaue Kopie von dir. Aber jetzt kommt das eigentlich Schwierige daran. Wenn du es so machst, wie ich es dir vorhin erklärt habe, dann wird das kein lebendes Objekt sondern ein Dummy. Um ihm Leben einzuhauchen brauchst du Liebe."

„Liebe?"

„Liebe ist die Grundlage aller Schöpfung", führte Ipsy wie eine Lehrerin aus. „Das Leben ist nicht nur fließende Energie sondern eine Gabe der reinen Liebe. Der Lebende bekommt von der Liebe die Wahl, was er in seinem Sein erkennt. Er kann sein Geschenk, also sein Leben, dankbar annehmen oder es Verneinen. Letzteres hemmt aber den Energiefluss und es staut sich unverwandelt darin auf. Die Folge ist, dass der noch Lebende seine Schöpferkraft verliert und verbittert aus seinem Körper sowie seinem irdischen Leben gehen wird. Er wird sein Geschenk, also das Leben, nicht auskosten. Die Seele ist das, was man die Summe

Summe der gesammelten emotionalen Erfahrungen nennen kann. Somit haben die Lebensverneinenden eine arme Seele. Also, da wir Feen zu den lebensbejahenden Wesen zählen, was auch unsere Fähigkeit zur Fröhlichkeit und dem Erschaffen erklärt, können wir auch die Energie im Fluss halten und sie in unsere Schöpfungen einfließen lassen. Wenn du dich selbst wirklich liebst, dann dürfte der Double kein Problem für dich sein."

„Das heißt also, ich kann meine Liebe zu mir in meinen Dummy übertragen. Wie soll das aussehen?"

Ipsy fing an, zu kichern.

„Gibt es da einen besonderen Kniff?"

Ipsy musste wieder kichern. Diesesmal wesentlich ausgelassener. Für Kore wurde es allmählich zu bunt. Dieses Spiel hatte sie doch schon mal.

„Hey, wenn ich den Double lernen soll, dann muss ich nicht nur die Theorie kennen. Ich wäre für praktische Ratschläge dankbar", wandte sie drängelnd ein.

„Da spricht die Technikerin in dir. Doch ich sage dir, wenn du dich der Seele nähern willst, dann wirst du damit nicht weit kommen. Steig runter vom Roß der Formeln und Gleichungen. Seelen unterliegen nicht der Mathematik. Das Ganze ist schließlich mehr als die Summe seiner Teile. Liebe, Kore, das ist der Schlüssel zum Leben. Die Liebe dazu. Wenn du von ganzem Herzen liebst und diese Liebe in deine Schöpfung, also deinen Staub hinein legst, dann wirst du sie zum Leben erwecken. Nur dann berührt sie das Herz eines jeden, mit dem deine Schöpfung Kontakt knüpft. Das Double kannst du auflösen, wenn du auf es zeigts und dir vorstellst, wie er zerfällt. Es ist zwar etwas grausig anzusehen, aber die einzige Möglichkeit es wieder los zu werden. Dieser Trick geht auch mit anderen Personen, von denen du eine Kopie machen willst. Was du noch wissen solltest, du kannst nur ein durch den Feentrick erschaffenes Double auflösen. Bereits bestehende Originale bleiben erhalten. Aber wie gesagt sei vorsichtig, wenn du den Double einsetzt. Der Schaden, der dabei entstehen kann, kann irreparabel werden."

„Kann ich ihn hier testen?", fragte Kore.

„Natürlich. Dafür ist meine Umgebung ja da. Ist vollkommen gefahrlos", sagte Ipsy ohne Bedenken.

Kore spreizte daraufhin ihre Finger, hielt sie auf Ipsy und prägte sich Ipsy in ihren Gedanken gut ein.

„Äh, ich dachte eigentlich an ein Double von dir …", wollte Ipsy sagen, als auch schon eine exakte Kopie von ihr entstand. Sie hatte ebenso eine Brille auf ihrer Nase sitzen.

„Na gibt´s denn so was?", fragte die Doppelgängerin entsetzt „Ein Zwilling lehrt meine Schülerin? Weg mit dir."

Schon wollte die Doppelgängerin mit ihrem Finger ansetzen, als Ipsy sich vor ihm stellte und sagte: „Versuchs doch."

Die zweite Ipsy versuchte vergeblich ihr Können als Fee anzuwenden, leider ohne jeglichen Erfolg. Sie fing laut zu schimpfen an.

„Dein zweites Ich hat nicht die Fähigkeiten einer echten Fee. Es ist ohne Kräfte. Also Kore. Ein Double ist eine Kopie ohne die speziellen Fähigkeiten einer Fee. Auch wenn sie wie eine Fee aussieht."
Ipsy seufzte und ließ einen kurzen Staubstrahl auf ihr Double los mit dem sie es in einzelne Atome pulverisierte.
„Soviel dazu. Aber jetzt musst du etwas schlafen. Du hast heute viel zu tun. Neko darf nicht merken, dass du weg bist. Also spute dich. Außerdem musst du früh aufstehen", fügte Ipsy hinzu und schnippte mit dem Finger. Alsbald wurde es um Kore dunkel, sodass sie ihre Augen aufriss.

Sie wurde neben Neko wach, welcher genüsslich im siebten Himmel neben ihr schlummerte. So entspannt schlief er in seinem ganzen Leben noch nicht. Fühlte er sich doch wohl und sicher bei seiner Schwester. Seine Arme hielten Kores Bauch umklammert, sodass es ihr schwer fiel, sich aus seiner Umarmung zu lösen. Neko vermisste ihre Berührung so sehr und schien alle verlorene Zeit mit ihr auf einmal nachholen zu wollen. Sachte löste Kore seine Hände von ihren Hüften. Leise schob sie sich unter ihnen hindurch und erhob sie sich aus dem Nachtlager. Ein trauriger Blick entwich ihrem Antlitz auf Neko. In ihr haderte es. So viel Mühe kostete es sie, ihn wieder zu sehen und jetzt musste sie ihn erneut allein lassen.

„Es tut mir leid. Ich muss es tun", sagte sie still und spreizte ihre Finger. Wie Ipsy es ihr vorhin zeigte, lenkte sie ihre Energie auf ihren Körper. Die Energie entlud sich und hüllte Kore vollends ein. Der Staub schuf eine perfekte Kopie, die sich ihr direkt gegenüber materialisierte. Im fahlen Licht des Mondes wirkte ihr zweites Ich so gespenstisch, dass die echte Kore fast erschrak. Das Silberlicht verfing sich in den verwuselten Haaren und riss schemenhaft ihre Umrisse an die Wand. Ihr milchig wirkender Gesichtsausdruck blickte erstaunt auf ihr Original, dessen Gesicht sie im Gegenlicht des Mondes nur schwerlich definierte. Die Doppelgängerin fragte sie verunsichert:„Bist du ich?"

„Ja", antwortete Kore leise und fügte flüsternd hinzu. „Du musst bei Neko bleiben und ihn mit deinem Leben beschützen. Ich versuche so schnell wie möglich wieder hier zu sein. Ich kann euch leider nicht weiter schützen. Wenn ich es versuchen wollte, könnte es euch Beide in Gefahr bringen. Das ist mir zu riskant. Außerdem wäre es besser, wenn er noch nicht von unseren Fähigkeiten weis."

Die Doppelgängerin nickte ohne Widerworte und legte sich zu Neko ins Bett. Sie nahm sich seine Hände und schlang sie so um ihren Körper, wie wenn ihr Original nie aufgestanden wäre. Dennoch verbarg Kores Kopie eine gewisse Unruhe nicht. Das, was sich vor ihren Augen abspielte, musste von ihr erst noch begriffen und verarbeitet werden. Eilig ging die Fee auf den Balkon ihres Schlafgemachs nach draußen und stieg auf die Brüstung. Die Nacht heute war klar und gut für den Flug geeignet. Man konnte gut die Sterne am Firmament leuchten sehen. Nur eine leichte salzige Meeresprise lag in der Luft. Kore atmete tief durch und nahm sie wahr. So schön sich dieser Moment auch darstellte, die dra-

dramatischen Ereignisse verdarben es ihr, ihn zu genießen. Ein kurzer Impuls in Kores Rücken ließ ihre Flügel aus den Schlitzen gleiten. Flugbereit entfalteten sie sich und nahmen ihre weiteren Befehle aus dem Gehirn entgegen. So erhob sie sich leicht wie eine Feder vom Balkon und suchte ihr Ziel, das in der Ferne leicht bläulich am Horizont leuchtete. Die große Kuppel. Genau dorthin wollte sie möglichst schnell und unauffällig. Die Dunkelheit der Nacht und der Chamälionstoff von Adalmus halfen ihr sich gut zu tarnen. Mit Hilfe Ihres Staubs beschleunigte Kore ihren Flug und entfernte sich rasch vom prächtigen Schloss auf der Klippe. Sie hoffte, dass in diesem kurzen Zeitfenster, in dem sie ihren Bruder zurücklies, keine Gefahr drohte. Das ungute Gefühl bei der Sache blieb in ihr zurück, doch sie musste das Risiko eingehen, um den entscheidenden Mosaikstein dieses Rätsels zu finden. Sie hoffte, dass Indreen noch am Leben war und er die Pläne der Ors in Erfahrung brachte.

Neko fühlte sich glücklich. In ihm strahlte und jubelte es. Die Zeit gönnte ihm, seine Liebste in die Arme zu nehmen. Er liebte alles an ihr. Ihren etwas zimtigen Körpergeruch, dem er schon als kleiner Junge erlag. Ihrem strahlenden Lächeln mit den perlweisen Zähnen. Ihren verwuselten Haaren, welche lange blonde Strähnen in sich trugen. Ihre liebliche Stimme, mit der sie ihm Aufmerksamkeit schenkte. Die samtweiche Haut, auf der er so gerne lag und liebkoste. Außerdem waren ihre Augen so glänzend blau und tief wie ein Gebirgssee. Für Neko war es, wie an einem heißen Sommertag darin hineinzuspringen und sich im kühlen Nass zu erfrischen. Dass Kore so schnell in die Höhe wuchs, störte den Jungen nicht im Geringsten. Auch war es ihm einerlei, welche gesellschaftlichen Umstände Kores Weiblichkeit in Bezug auf ihn als männlichen Vertreter mit sich brachte. Für ihn zählte nur, dass sie war. Er liebte sie als das, was sie war. Mit all ihren Ecken und Kanten. Es brach ihm das Herz, als sie damals von ihm ging. Gleich dem Eindruck jung sterben zu müssen. Für Neko war es das erste Mal in seinem Leben die Erfahrung zu machen, verlassen zu werden. Es sollte nicht das einzige Gefühl dieser Art bleiben. Er liebte auch Elisabeth, doch das war nicht dasselbe, was er für Kore empfand. Miss Conners versuchte ihn immer wieder aufzurichten und ihn so zu erziehen, dass er mit seiner Außenwelt nicht in Konflikt geriet. Leicht war das nicht, zumal keine weiteren Kinder mehr in die Einrichtung kamen und er keine Erfahrungen im Umgang mit Jüngeren sammelte. Nachdem Holger und Karol an ihrem achtzehnten Geburtstag dem Heim Lebewohl sagten, fasste Miss Conners einen Entschluss und bat den Rat, das Waisenhaus zu schließen. Sie bot sich Neko als Vormund an und adoptierte ihn. Der Rat entsprach ihrem Wunsch, machte aber Miss Conners zur Auflage für den Jungen einen Vater zu suchen. Wer oder wie das ihre Pflegemutter regelte, verstand Neko nie ganz, aber jetzt erhielt er öfter einmal Besuch von einem Mann, der sich ihm als Arzt vorstellte. Nie vergaß Neko den Tag, an dem sie das Waisenhaus für immer verließen. In der Empfangshalle verabschiedeten sich Mildred und Michelle von ihm, die schon praktisch auf gepackten Koffern saßen. Es flossen reichlich Tränen und tiefe Umarmungen. Die beiden

Erzieherinnen wünschten Neko viel Glück auf seinem weiteren Weg durchs Leben. Mildred wollte erst einmal einen ausgedehnten Urlaub in De las Casas verbringen, während Michelle als Pflegerin in Cherson eine neue Stelle antrat. Miss Conners zog mit Neko auf einen Hof außerhalb von Presson, den sie vom städtischen Magistrat zugewiesen bekam. Dort besuchte sie auch der Arzt öfter. Neko fühlte sich nach seinem Umzug auf den Hof unwohl. Das Waisenhaus war seine vertraute Heimat. Sein Spielgrund war der große Eichenwald. Jetzt lebte er in einer Kulturlandschaft, auf der ringsum Basislebensmittel zur Zubereitung in Nanotekmaschinen angebaut wurden. Die Umgebung wirkte auf ihn einfach zu eintönig. Einmal riss Neko aus, um über das Rifgensteingebirge zum Heim zurückzukehren. Doch als er nach einigen Stunden Fußmarsch am bereits verplombten Eingang der Einrichtung ankam, wartete davor auch schon Miss Conners auf ihn.

Wortlos schüttelte sie mit dem Kopf über sein stupides Verhalten und zeigte ihm den Spruch seines Gründers über der Tür.
„Ewig dauert ein Zustand nicht an", sagte sie ihm. „Er muss sich wandeln um wachsen zu können. Solange du mit der Vergangenheit haderst, liegst du mit ihr im Krieg und sie hindert dich daran, zu wachsen. Verwandle die Vergangenheit in Freude, in dem du sie würdigst und annimmst."
„Ich kann sie nicht lieben", sagte Neko trotzig mit Tränen in den Augen. „Sie tut mir weh."
„Schmerz gibt es nur, weil du nicht loslassen willst. Er ist der Bote, der darauf wartet, dass du seine Nachricht annimmst. Solange du ihn nicht hören willst, wird er dir wehtun. Öffne dich ihm, damit er gehen kann. Warum kehrst du zu einem Ort zurück, der sich bereits verändert hat? Warum willst du nicht die Freude, die er dir gab, würdigen und annehmen? Ist es nicht besser so, dass du dich an den schönen Zeiten erfreust, als dass du deine Enttäuschung des Verlustes in den Vordergrund stellst? Orte geben keine wahre Freude, weil Freude ein Ausdruck des Moments ist. Freude kann nur von einem selbst aus tiefsten Herzen gegeben werden und bindet sich an keinen Ort. Außerdem bietet jede Veränderung eine neue Perspektive. Es hilft dir zu wachsen und zu reifen. Auch in der tiefsten Krise, steckt ein neuer Weg. Solange du am Schmerz festhältst, bleibt er dir versperrt. Komm mit mir. Du wirst es schon noch sehen."
Dann nahm sie ihn bei der Hand und ging mit ihm zu ihrem Hof zurück. Elisabeth schaffte sich nur wenig später eine Kuh, ein Pferd und ein paar Hühner an. Außerdem unterrichtete sie Neko privat weiter, damit er das Lesen und Schreiben erlernte.
„Wenn du willst, kannst du später Agrarwirtschafter werden", sagte Elisabeth damals zu ihm, als er es traurig fand, nicht wie seine Schwester Kore auf der Akademie studieren zu dürfen. „Dafür ist kein Akademiebesuch notwendig. Wenn du bereits auf einem Hof gelebt und dort gearbeitet hast, kannst du dich beim Nanotekkonzern anstellen lassen. Die suchen immer Leute, die etwas von der

der Felderwirtschaft verstehen. Hier arbeitest du in der Natur, lernst mit Tieren umzugehen und verwurzelst dich mit dem Land und seiner Seele."

Nur allmählich fand Neko Gefallen an dem Landleben. Er genoss es im warmen Sommerwind über die Wirtschaftswege der Felder zu radeln, auf denen ansonsten die Roboterhelfer des Landwirtschaftskombinats unterwegs waren. Als Elisabeth einen kleinen Beagle mit auf den Hof brachte, war Neko hin und weg von dem Tier. Gemeinsam verbrachten sie viele Stunden mit Spielen. Er setzte ihn in seinen Fahrradkorb radelte mit ihm bis zu den Windkraftanlagen am Rifgensteinmassiv. Dort sah er sich abends im Sommer mit seinem Hund den Sonnenuntergang an, bis Miss Conners ihm durch ein Funksignal aufforderte, wieder zum Hof zurückzukommen. Der Kontakt zu anderen Kindern fehlte Neko nicht. Auf dem Land durfte nur mit Ausnahmegenehmigung des Rates jemand dauerhaft wohnen. Es war praktisch ein Privileg für besondere Verdienste. Miss Conners besaß als Erzieherin das Privileg, Neko unterrichten zu dürfen und musste ihn nicht in die nächste Siedlung zur Grundausbildung schicken. Immer öfter kam der Doktor, so wie Neko ihn bald nannte, zu ihnen auf den Hof. Für Neko war Adalmus kein richtiger Vater. Obwohl er mit ihm mehrere Worte am Mittagstisch oder beim Abendbrot wechselte, schloss er ihn nie in sein Herz. Neko merkte einfach, dass der Arzt nicht richtig zu ihrem Leben auf dem Land passte. Er bewahrte sich die städtische Art der Enge. Und so gab er sich auch. Was Elisabeth an ihn so besonders fand, wusste er nicht. Des Öfteren, wenn sich seine Pflegemutter mit dem Arzt unbeobachtet glaubte, hörte er sie mit einander über eine gemeinsame Zukunft reden. Elisabeth mochte weiterhin eine lose Beziehung zu ihm führen und eine gewisse Distanz zu Adalmus halten. Neko merkte bald, dass seine Pflegemutter nur für die Erfüllung der Auflagen des Rates Adalmus als seinen Pflegevater ausgab. Elisabeth arbeitete mit allen möglichen Tricks, um hier mit ihm auf dem Hof zu bleiben. Ebenso wie sich er an das Heim kettete, so wollte seine Pflegemutter den Hof nicht hergeben. Sie richtete sich hier gut ein und fühlte sich mit Neko wohl. Adalmus aber besaß große Sehnsucht nach ihr und gestand ihr auch sie lieb gewonnen zu haben. Oft fühlte er sich einsam und suchte wieder eine vertraute Hand an seiner Seite. Neko beobachtete den Arzt oft, wie er gemeinsam mit Elisabeth auf der Veranda auf der Schaukel saß. Sie kuschelten aneinander. Die eigenartige Auslebung ihrer Beziehung zu einander verwunderte Neko dann doch. Und so blieb diese Distanz bis zu jenem Tag erhalten, an dem ihm auch diese Zukunft genommen wurde.

In Neko brannte sich dieser Tag in das Gedächtnis ein, wie ein Wundmal. Er radelte gerade einen Feldweg mit seinem mittlerweile dreijährigen Hund entlang. Der Beagle saß im Korb am Lenkrad und genoss mit heraushängender Zunge die rasante Fahrt. Es war ein sonniger Tag. Ein klarer Himmel in azurblauer Farbe. Auf den Feldern schossen gerade die Ähren der Getreidepflanzen nur so in die Höhe. Neko liebte es, durch die Felder zu gehen und mit seinen Händen über die Ähren zu streichen. Normalerweise fuhren auf den Bewirtschaftungswegen nur die Nutzfahrzeuge oder Erntemaschinen des Kombinats umher. Doch diesesmal näherte sich ihm von hinten lautlos eine mysteriöse schwarze Gleiterlimousine. Als er das Gefährt hinter sich bemerkte, hielt er mit seinem Rad an und machte ihm Platz, da er vermutete, dass sie ihn nur passieren wollte. Doch als die Limousine neben ihn unverhofft anhielt und das schwarzgetönte Seitenfenster heruntergelassen wurde, erschrak er von dem hässlichen Anblick der Insassen. Schwarzgesichter. Es sollte nicht das letzte Mal sein, dass Neko sie sah. Von diesem Tag an blieb dieses Bild sein dauerhafter Begleiter. Schwarzgemalte Gesichter. Bleckende Zungen und gelb gefärbte Zähne. Perlweise Augäpfel, die ihn fies dreinlachend entgegen sahen. Rasch packten sie ihn am Kragen und zogen ihn zu sich in die Limousine hinein. Sie rissen und schnitten dem Jungen die Kleider vom Leib bis er vollkommen nackt war. So sehr Neko auch strampelte und sich dagegen wehrte, sie hielten ihn fest. Neko sah nichts, denn die Schwarzgesichter zogen die Scheibe wieder hoch, so dass kein Sonnenlicht in den Wagen drang. Er hörte neben ihrem Atem nur das laute Gejaule seines Hundes, das schlagartig verstummte. Irgendetwas Warmes flatschte kurz darauf auf seine nackte Haut. Neko wusste nicht, was das war. Es wurde bald klebrig und stank nach Blut. Man wischte ihm irgendetwas Weiches mit einer Flüssigkeit ins Gesicht, die in seinem Gesicht haften blieb. Neko ahnte schlimmes in der Dunkelheit. Es musste der Kadaver seines geliebten Hundes sein, den die Schwarzgesichter wie ein Schwein bei der Schlachtung der Länge nach aufschnitten. Die Schwarzgesichter, wie er sie bald nannte, verschmierten das mittlerweile gerinnende Blut auf seinem Körper. Sie behandelten ihn wie einen Opferstein in ihren Tempel, von dem Neko bis zu diesem Zeitpunkt noch nichts wusste. Er fing an zu weinen. Hilflos brüllte er sich die Seele aus dem Leib. Von den Schwarzgesichtern kam nur boshaftes Lachen. Es schien sie nur um zu mehr zu freuen, wenn Neko sich vor Verzweiflung windete und um sich zu schlagen versuchte. Doch damit nicht genug. Keine Perversion war diesen Mördern zu wieder. Weidlich nutzten sie die hilflose Lage Nekos aus, ihren Gewalt- und Triebfantasien freien Lauf zu lassen.

Achtlos wie einen abgenagten Knochen, warfen die Schwarzgesichter den missbrauchten Hundeleichnam aus der fahrenden Limousine in die Felder. Es klebte und stank auf Nekos Gesicht von Substanzen, von denen er nur vermutete, was es sein konnte. Er schrie sich die Lunge aus dem Leib, bis einer der Schwarzgesichter ihm einen Knebel in den Mund steckte. Der Wagen musste ein Ziel ansteuern, wo sein Geschrei nur störte. Mit hohem Tempo brauste der Wagen auf den Hof seiner Pflegemutter. Elisabeth kam von dem Geräusch des Wagens angelockt aus dem Kuhstall gelaufen. Sie trug einen Milcheimer in der Hand, mit dem Ertrag des heutigen Tages darin. Sein Inhalt war noch warm. Die unheilvolle Limousine kam mitten im Hof zum stehen. Elisabeth stellte ihren Eimer ab und ging auf das mysteriöse Fahrzeug zu.

„Hallo?", hörte Neko sie rufen. Er konnte sie nicht warnen. Die Schwarzgesichter hielten ihn so fest, dass er sich nicht auch nur einen Millimeter bewegte. Es war das letzte Wort, das er von ihr hörte. Er wusste nicht, dass es sich auch um das erste Wort handelte, das Miss Conners am Anfang ihres irdischen Lebens von sich gab. Sein durch den Knebel gedämpftes Weinen drang nicht aus dem Gefährt nach draußen. Offenbar musste die Limousine wie eine Membran beschaffen sein, die zwar Geräusche rein, aber nicht nach außen trug. Elisabeth hörte ihn nicht. Es ging alles ganz schnell. Die Vordertüren wurden aufgestoßen und die Männer sprangen nach draußen. Nur ein kurzer Schrei folgte und Neko hörte einen Körper zu Boden gehen. Die Schwarzgesichter stießen unversehens die Hintertür auf und warfen den blutverschmierten nackten Jungen in den rostroten Staub des Gehöfts. Am Boden liegend und mit Dreck in den Mund blickte er in die entsetzen Augen seiner Ziehmutter die ihr eigenes Blut spukte. Sie röchelte noch ein letztes Mal um ihr Leben kämpfend. Es schien so, als wollte sie ihre unendliche Liebe zu ihm, bevor sie diese Welt verließ, noch ein einziges Mal zeigen. Die Schwarzgesichter holten den großen schweren Ambos für die Hufeisenreparatur des Pferdes aus dem Stall. Sie packten Elisabeth da drauf und rissen ihr Hemd auf. Neko wurde aus dem Dreck gehoben zu seiner Ziehmutter gebracht. Mit gezielten Schnitt brachen sie ihren Brustkorb auf rissen ihr Herz aus dem Leib. Es zuckte kurz und blutete dann aus. Neko weinte. Er spürte den Staub nicht mehr, als ihn die Schwarzgesichter erneut da hinein warfen. Jener tränkte und färbte sich mittlerweile vom Blut Elisabeths. Die Männer ergötzten sich an seiner Hilflosigkeit. Sie lachten und berauschten sich an ihrer Blutorgie. Sie führten das Pferd und die Kuh aus dem Stall und töteten sie mit ihren spitzen Waffen. Ihr Blut spritzten sie über Neko hinweg. Neko stank nach verwesendem Blut und fiel vom Schmerz gebeutelt in eine erlösende Ohnmacht.

Als Neko wieder zu sich kam, befand er sich in einem weißgekachelten Raum. Es brannte nur ein schwaches Licht neben ihm, das das Zimmer nicht vollständig ausleuchtete. Das Bett in dem er lag, war sauber und bequem. Es klebte kein frisches Blut mehr auf seiner Haut und der modrige Geruch entschwand seiner Nase. Wo er sich befand, wusste er nicht. Zunächst wollte er das auch nicht wissen. Zu schrecklich wirkte das Erlebnis in ihm nach. Eine Tür bemerkte er in der Wand, da an dieser Stelle weißes Licht durch die schmalen Spalten schimmerte. Sie ging unversehens auf und in ihr stand der Arzt, den Elisabeth Adalmus nannte. Neko sah sofort, dass er gerötete Augen hatte. Irgendetwas sagte ihm, dass die vergangenen Schreckensmomente keine Einbildung waren. Adalmus näherte sich ihm und setzte sich an sein Bett. Er nahm ihn tröstend in die Arme und legte seinen Kopf an seine Brust. Neko wehrte sich nicht. Der Mann strich ihm über den Kopf. Er fühlte sein Herz unruhig schlagen. Seine Tränen auf die Haare tropfen. So hielt er ihn und so erinnerte er sich später an ihn. Der weinende Arzt, der ihm doch so ein guter Vater sein wollte.

„Nichts ist um zu bleiben", sagte er zu ihm tröstend. „Es wandelt sich immer wieder neu."

Daran musste Neko denken als er neben seiner Schwester wach wurde. Seine Augen suchten die schlummernde Kore. Sie lag noch bei ihm. Ein Lächeln glitt über sein Gesicht und ließ es vor Freude strahlen wie der Mond in der Nacht. Er genoss diesen Augenblick. Wer wusste schon, wie lange er andauerte. Umso intensiver nahm er ihn wahr. Er strich über ihre seidigen Haare. Fühlte, wie seine Finger durch ihre feinen Strähnen glitten. Atmete tief ihren zimtigen Körpergeruch ein. Genoss ihre Nähe. Fühlte die tiefe Liebe zu ihr. Im fahlen Mondlicht fuhr er ihr über den zarten Rücken. Besah die zwei seltsamen Schlitze, die darin eingebettet lagen. Offenbar handelte es sich um Narben. Er leckte mit seiner Zunge über sie. Wollte sie schmecken, wollte ihren salzigen Eindruck in sich wissen. Kore drehte sich ihm verschlafen mit dem Oberkörper zu. Sie gab Neko den Blick auf ihre Brüste frei. Neko fuhr sachte mit seiner Hand über sie und legte seinen Kopf zwischen ihnen. Er spürte ihren Atem. Sein Kopf ging mit ihrem Brustkorb auf und ab. Hörte ihr Herz schlagen. Sein liebevolles Pochen erfüllte ihn mit unsäglicher Freude. Befand es sich doch dort am richtigen Fleck und ermöglichte die Versorgung eines beseelten Körpers mit Energie und Wärme. Einen Körper mit Herz und Seele, der ihm so viel Liebe gab. Tiefe Dankbarkeit empfand er für dieses Organ und seiner Trägerin. Sie hielt ihn fest. So wie Adalmus ihn einst im Medizinzentrum hielt, bevor ihn die Polizei zu der Ermordung seiner Ziehmutter vernahm. Er glaubte damals nie wieder glücklich zu werden. Doch heute Nacht, nach so langer Zeit, gönnte ihm das Leben diesen einzigartigen Zeitpunkt. Es war ein wundervoller Augenblick. Wie in jenen Glücksmomenten seines Lebens, bevor sie ihm genommen wurden.

So wehrte er sich auch nicht, als die Tür zu ihrem Gemach aufgestoßen und ihn die Schwarzgesichter aus dem Bett zerrten. Sie rissen ihm die Kleider vom Leib, während Kore aus dem Schlaf aufgeschreckt sich verzweifelt gegen ihre Häscher mit Händen und Füßen zu wehren suchte. Sie war zu schwach, als dass sie ihnen ernsthaft etwas entgegensetzte. Neko sah hilflos dabei zu, wie seine Schwester missbraucht, ihr Brustkorb aufgebrochen und ihr Herz herausgerissen wurde. Seinen Leib bespritzten sie mit ihrem Blut. Tiefe Trauer mischte sich in sein Herz. Dann schleppten sie ihn zu einer schwarzen Gleiterlimousine, die bereits im Hof des Schlosses auf sie wartete. Bei allen Tränen, die er in diesen Moment des Schmerzes vergoss: Diese kurze Zeit der Erfahrung des Glücklichseins und der gegebenen Liebe konnten sie ihm nie mehr nehmen. Er bewahrte sie immer in seinem Herzen. Sogar über die Zeit seines irdischen Lebens hinaus.

Kapitel 15

Kaimlakhan

Je näher Kore im Schutze der Nacht der blau schimmernden Kraftfeldkuppel kam, um so angespannter wurde sie. War das Gebiet tatsächlich, wie es der Rat vermutete, bereits wieder bewohnbar? Miss Conners impfte den Waisenkindern eindringlich ein, sich von ihr fern zu halten. Zur Abschreckung zeigte sie ihnen Bilder von strahlengeschädigten Körpern, was Kore Nächte lang nicht ruhig schlafen ließ. Aus einer Vorlesung über den Mystischen Krieg auf der Akademie wusste sie, dass einst an diesem Ort eine Nuklearbombe niederging. Neben ihrer tödlichen Zerstörungskraft durch den sogenannten „Fallout", verseuchte sich die unmittelbare Umgebung mit Radioaktivität. Ebenso löste der Einschlag ein starkes Erdbeben aus, das für die Entstehung des Rifgensteingebirge sorgte. Nach dem Ende des Konfliktes, warf man an dieser Stelle den „Absorber" und den „Barieristen" ab. Beide Erfindungen dienten dazu die Radioaktivität zu binden und sie von der Umgebung abzuschirmen. Als sie das schwache bläuliche Schimmern des Kraftfeldes erreichte, sah die Fee wieder die Bilder und die Mahnungen ihrer Erzieher vor ihrem inneren Auge. Vorsichtig bemühte sie sich durch das Kraftfeld zu sehen, was angesichts des schimmernden Blaus ihren Augen schmerzte. Die Schutzhülle erinnerte sie an Gletschereis. Richtig hindurchsehen konnte man nicht. Dahinter wirkte es verschwommen und unklar. Also flog sie dicht über der Kuppelwand entlang nach oben. Es wäre besser den Teleport in luftiger Höhe anzuwenden, da sie sicher gehen musste, nicht zufällig am Erdboden entdeckt oder in einem nicht sichtbaren Objekt eingebacken zu werden. Als sie die richtige Stelle gefunden zu haben glaubte, zeigte sie mit ihrer linken Hand auf die Kuppelwand und ließ sich im Geiste zerbröseln. Sie schloss die Augen dabei. Es ging ihr leichter von der Hand, wie gedacht. Außer einem kurzen Ziehen spürte Kore fast nichts. Sich auf der anderen Seite wiederfindend, entfuhr ihr ein freudiges Juchzen. Begeistert versuchte sie von Innen das bläuliche Kraftfeld mit ihren Händen zu greifen, das prompt ihre Hände zurückstieß. Kore hatte es geschafft. Mit der Fähigkeit des Teleports ausgestattet, dürfte es kaum noch einen Ort auf der Erdoberfläche geben, der vor ihr verborgen blieb. Innerhalb von wenigen Millisekunden verlegte sie ihren Standpunkt, ohne mit dem Kraftfeld der Barriere zu kollidieren. Kaum, dass sie ihr Blickfeld von der Kuppelwand abwandte, erkannte sie schnell, dass der Rat sich in seiner Annahme nicht irrte. Sie spürte nichts von einer krankmachenden Strahlung. Die Luft roch hier ebenso rein und klar wie im Eichenhain. Ohne weitere Zeit zu verlieren, tarnte sie sich mit ihrem Chamäleonstoff. Er nahm die Dunkelheit der Nacht an und verwischte ihre Silhouette bis zur Unkenntlichkeit. So gesichert flog die Fee zur Erdoberfläche hinunter. Sie hielt über einem dichten Fichtenwald an, der auf dem sandigen Boden und der stillen Luft unter der Kuppel bestens gedieh. Kore sah in der Dunkelheit nicht durch das dichte Gehölz bis auf den Waldboden hinunter. Wo darunter Pfade oder Straßen verliefen, war schwer zu sagen. Wenn die Ors hier eine Siedlung errichteten, dann führten garantiert Wege zu ihr. Wo sollte sie mit ihrer Suche beginnen?

Dank der schimmernden Kuppelwand wusste sie immerhin, wo die unbekannte Welt endete. In ihre Flügel Energie legend, sauste sie über die dichten Baumkronen des Waldes hinweg. Es war kaum zu glauben, dass dieser Ort vor gut zweihundert Jahren noch als hochgradig verseucht galt. Der Absorber, von dem der Rat erzählte, schien in der Zwischenzeit ganze Arbeit geleistet zu haben. Wenn es stimmte, was sie über den Mystischen Krieg erfuhr, dann musste es hier einen gigantischen Einschlagskrater geben. Die Kuppel stülpte sich über diesen schaurigen Ort wie eine Käseglocke. In diesem Krater könnte sie bestimmt fündig werden. Nach kurzem Flug, erkannte sie in der Ferne, dass der dichte Fichtenwald sich nicht mehr fortsetzte, sondern abrupt endete. Je näher sie dem Waldrand kam, umso mehr tat sich vor ihrem Auge ein weiteres spektakuläres Bild auf. Sie fand den Krater und hielt in ihrem Flug an seinem Rand zur Orientierung an. Vor ihr lag ein großer See, der durch Dämme in unterschiedlich große Parzellen aufteilte. Sie sah bestellte Felder und sogar eine gepflasterte Straße, auf der entzündete Fackeln brannten. Neugierig betrachtete sie im schwachen Licht der Kuppel die blühende Kulturlandschaft, die die Ors im Schutz der Barriere errichteten. Hinter dem See erhoben sich schemenhaft weitere Silhouetten in die Höhe. Sie erinnerten an Gebäude. Dazwischen loderten kleinere Flammen, die vermutlich von Fackeln stammten.

„Na endlich. Eine Siedlung. Dort muss Indreen sein", zischte Kore durch ihre Zähne. Sie schöpfte Hoffnung. Kore gab ihren Flügeln einen weiteren Impuls und glitt über den Kraterrand hinweg. Sich dicht über der Wasseroberfläche haltend querte sie den See. Auf seiner ruhigen Oberfläche spiegelte sich schwach die blaue Farbe des Kraftfeldes über ihr. Unter ihr bemerkte die Fee kleine Fische, die die Ors zur Ernährung ihrer Bevölkerung in diesem Teich züchteten. An seinem Ufer standen wohl gewachsene Haine mit unzähligen Obstbäumen. Soweit sie es in der Finsternis ausmachte, lagen neben an bestellte Felder mit Getreide, Salat und Rüben. An ihnen führten Straßen und Wege vorbei, die Kore zunächst nicht bemerkte. Auf einer von ihnen fuhr ein ganzer Konvoi mit schwarzen Gleiterlimousinen. Lautlos wie Kore schwebten sie durch die Nacht. Er näherte sich den geheimnisvollen Bauwerken, die Kore für die Siedlung hielt.

Der Fee kam diese Welt bereits jetzt so fremd und bizarr vor. An den Straßenrändern sah sie Schreine, sah sie Fliegen um verdorbenes Fleisch surren. Geopfert weste es dort vor sich hin. Ein übler Geruch stieg ihr durch die Nase, so dass sie sie angeekelt zuhielt. Kore wusste, dass höchste Eile geboten war. So reizvoll eine nähere Erkundung dieses Ortes auch wäre, das Zeitfenster in dem sie Neko schutzlos im Schloss lassen musste, sollte so klein wie möglich bleiben. Sie folgte den geheimnisvollen Fahrzeugen, was von der Luft aus ein Kinderspiel war.

Schon bald erreichte die Kolonne die ersten Gebäude. Es waren Hütten aus primitiven Lehmziegeln. Sie trugen strohgedeckte Dächer und hatten niedrige Holztüren. Kore wandte ihren Minimalus an, um sich diesen Ort gefahrlos näher anzusehen. War Indreen vielleicht hier drin?

„Wer wohnt nur in so was?", fragte sie sich neugierig und schwirrte vorsichtig an eine Öffnung heran, die wie ein Fenster aussah. Sie spitzte aufmerksam hinein. Im dämmrigen Licht einer Ölfunzel kauerten in seinem Inneren kleine Buben dicht gedrängt auf dem Boden. Sie schliefen offenbar. Der Älteste von ihnen mochte höchstens zehn Jahre alt sein. Man gab den Kindern einige Tierfelle als Decke gegen die Nachtkühle. Eine kleine Feuerstelle in der Hütte strahlte immerhin so viel Licht ab, dass Kore das unschwer erkannte. Auch sah Kore, dass an den Wänden bedrohlich wirkende Fresken angebracht waren, die Zweikämpfe mit Waffen und Opferrituale darstellten. Reichlich Blut floss auf ihnen, so dass es der Fee dämmerte, welche Funktion diese Hütte besaß.

„Das muss eine Schule oder so was sein", schlussfolgerte sie. Kore flog über das Dach der niedrigen Hütte und über eine hohe Mauer auf der anderen Seite hinweg. Sie schaute in die nächste Hütte. Auch diese Behausung sah ähnlich aus wie bei den Buben, nur erkannte Kore darin ein wach liegendes Mädchen, in dessen Gesicht sich der Feuerschein einer Feuerstelle verfing. An den Wänden befanden sich ebenfalls gemalte Szenen. Sie zeigten arbeitende Menschen und wie in der Hütte der Buben, blutige Opferritualdarstellungen. Das kleine Mädchen mochte etwa acht oder neun Jahre sein. Ihre fettigen Haare wirkten dreckig und hingen zerzaust von ihrem Kopf. Lustlos starrte sie in das vor sich hin glimmende Feuer. Kein lebendiges Leuchten lag mehr in ihren Augen. Man trieb es ihr aus. Deutlich sah Kore an ihren Füßen blaue Flecken und Kratzer, die nicht von der Feldarbeit stammen konnten. Unschwer identifizierte sie Hacken, Rechen und andere Gartengeräte in der Hütte, die angelehnt an den Wänden lagerten.

„Hier sind die Mädchen untergebracht", dachte sie bei sich. „Sie lassen sie auf den Feldern arbeiten. Das ist also die Ausbildung für ihre Kinder. Wenn es überhaupt ihre Kinder sind. Hier bin ich absolut falsch. Wenn ich wissen will, was die Ors vorhaben, muss ich wo anders suchen."

Kore verließ die Hütte und folgte der Straße weiter in das Innere der Siedlung. Vor sich sah sie wieder die Wagenkolonne, der sie anfangs folgte. Die Wagen hielten an einem Platz an, auf dem seltsame Männer in prächtigen Federschmuck patrouillierten. Sie trugen schmale Lanzen bei sich, deren Spitzen verdächtig glühten. Kore versuchte nahe genug an sie heranzukommen, um ihr Gespräch zu belauschen. Auf dem Platz stand eine Schenke, vor der sich eine Menschentraube bildete. Den Passanten wurde dort ein für Kore unbekanntes Getränk gratis ausgeschenkt. Es befand sich in Tonkrügen, die ein Jaguarmotiv zierte. Unter ihnen herrschte eine ausgelassene Stimmung, die noch durch Gesänge untermalt wurde. Kore merkte gleich, dass die Feiernden wesentlich älter als die Lanzenmänner waren. Weiter fiel auf, dass auch sie ebenfalls mit Tiermotiven bestickte Gewänder trugen.

„Der Tag des Jaguars ist nah", lachte einer der Lanzenmänner zufrieden zu den Insassen der Limousine. Kore versuchte in den Wagen hineinzuspitzen, was aber angesichts der getönten Scheibe nicht gelang. „Wir haben allen Grund zu feiern. Heute Nacht wird zu Ehren der Götter Musik gemacht."

„Für den Erfolg werden wir fürstlich bezahlen", tönte es aus dem Wagen. „Ihr habt doch sicher genügend Blut für die Götter?"

„Natürlich", antwortete die Patrouille. „Der Hohe Priester erwartet bereits die Ankunft des großen Jaguars. Des großen Vollstreckers. Ich hörte, er sei bereits auf dem Weg hierher."

„Oh nein", schoss es Kore durch den Kopf. „Ich muss mich beeilen Indreen zu finden."

Ohne das weitere Gespräch zu verfolgen, folgte sie der Straße weiter immer tiefer in den Ort hinein. Eine mächtige Stadt war es, wie sich bald herausstellen sollte. Mit breiten Straßen, Kanälen, Alleen und viel prächtiger als das eher schmucklose Presson. Für die Gebäude verwendete man hier massiven Stein, deren mächtige Fassaden sich über und über mit bemalten Ornamenten schmückten. Von überall her drangen weitere fremdartige Gerüche durch ihre Nase, die vor allem nach verbranntem Baumharz schmeckten. Die Stadt, so fand Kore es bald heraus, teilte sich offenbar in mehrere Bezirke. Da gab es lebhafte Plätze, wo gehandelt wurde. Sogar mit lebenden Tiere. Das Gegacker von Hühnern erschallte durch die kühle Nachtluft. Auch standen Buden mit Skulpturen und Dingen herum, die Kore noch nie zuvor sah. Sie hörte Musik von ihr unbekannten Instrumenten und schwere Trommeln, die im Rhythmus schlugen. Die Menschen dort in den Gassen schienen alle die Ankunft des Jaguars zu feiern. Junge Männer und Frauen saßen beieinander. Sie klopften im Takt mit ihren Füßen zu der Melodie und manche tanzten ausgelassen dazu. Sie sangen zu den Stücken in einer Sprache, die für Kore sehr exotisch anmutete. Ebenso sahen ihre Kleider anders aus, als sie es von den Einwohnern der Stadt Presson her gewohnt war. Diese hier waren stark geweitet und mit Ornamenten aus bunten Fäden durchsetzt, die verschiedene Tiere darstellten. Überall tauchte immer wieder der geheimnisvolle Jaguar auf. Er schien auf allen Kleidern der Einwohner in irgendeiner Form vertreten zu sein.

Es gab weitere Wohngegenden mit niedrigen Hütten. Deren Bauweise erinnerte Kore an die Wohnhöhle des Rates. Sie verfügten zwar ebenso über kleine Gärten, aber es standen Schreine darin, die für Kore unbekannte Bildnisse beherbergten. Wie sie es schon an den Schreinen außerhalb der Stadt bemerkte, lag auch hier auf einer Art Opferaltar blutendes Fleisch. Es verweste und stank vor sich hin. Vor einigen Altären lagen sogar ganze Tierkadaver. Kore erblickte getötete Schafe, Ziegen und sogar geschlachtete Kühe. Der Anblick schüttelte sie durch und durch. Verständnislos sauste sie an diesen Kultstätten mit angewiderter Mine vorüber. Lieber wandte sie sich jetzt dem Zentrum der Stadt zu. Oder das, was sie für das Zentrum hielt. Dieser Bezirk wurde von etlichen Stufenpyramiden mit unterschiedlichen Größen und Aufbauten geprägt. In ihrer Mitte stand die Mächtigste. Auf dessen Spitze befand sich neben einem blutverkrusteten und reich verzierten Stein, ein breiter Schrein mit einer weiteren angsteinflößenden Statuette. Die Fee lugte vorsichtig in die heilige Stätte hinein. Kore traute sich nicht länger, als ein paar Sekunden das entrückte Bildnis anzusehen. Was genau in ihr die Furcht einflößte, ließ sich nicht so recht auszudrücken. War es die strenge Kühle in dessen Antlitz oder die starre Haltung? Sie wusste es nicht. Vielleicht lag es auch an der unersättlichen Gier, die aus ihr hinausbrach und die den Durst des Götzenbildes nach Blut sichtbar machte. Diese Figur gierte förmlich nach dem blutigen Stein. Es schien so, als wollte das Monster, das die Statue offensichtlich verkörperte, den Stein ablecken und sich an dem verklebten Blut laben. Was aber Kore noch mehr verblüffte, waren zwei mächtige Säulen die sich von der Pyramide links und rechts in den Himmel hinauf erhoben. Auf ihrer Oberfläche gravierte man kunstvolle Zeichen und Reliefs ein, die sie nicht verstand. Das verwendete Material funkelte und schillerte in allen erdenklichen Farben wie ein Prisma. Es musste eine Art Kristall sein. Vor dem Schrein kniete ein rätselhafter Mann in demütiger Haltung. Er stank fürchterlich nach Verwesung. Seinen Torso hüllte er nur in einen einen zerrissenen Lendenschurz. Fettiger Glanz lag über seinen dunklen Haaren. Ein Zeichen dafür, dass er es nicht wusch. Vor allem sein tiefschwarz geschminktes Gesicht erschauderte Kore so sehr, dass sie fast die vielen Narben seines Leibes übersah. Seine Finger schienen zu bluten. Der Mann ruhte in sich. So, als meditierte er. Da er seine Augen geschlossen hielt und er sich auch sonst nicht bewegte, beschloss Kore ihn in Ruhe zu lassen.

Kore flog von der großen Pyramide herab und besah sich die anderen Schreine auf den umherliegenden Gebäuden. In ihnen standen weitere Bildnisse, die offenbar Gottheiten darstellten. Auch ihre grausigen Fratzen lechzten gierig nach Blut. Allein von dem furchtbaren Anblick lief der Fee ein eiskalter Schauer über den Rücken, so dass sie lieber wieder in die Stadt zurückflog, um der abstoßenden Szenerie auf den Stufenpyramiden zu entgehen. Unter ihr, auf dem Plätzen zwischen den Tempeln gingen weiter mit bunten Federn geschmückte Männer mit den glühenden Lanzen umher. Sie mussten hier so etwas wie die Polizei sein. Wo sollte sie nach Indreen suchen? Sie besaß nicht die geringste Ahnung. Glaubte sie zunächst, dass es sich um eine kleine Siedlung handelte, so stellte sie nun fest, dass der Ort um ein vielfaches größer als Presson und dichter besiedelt war. In diesem Gewirr eine ganz bestimmte Person zu finden ohne jemanden danach fragen zu können, glich einem Ding der Unmöglichkeit. Auch bezweifelte sie Erfolg zu haben, wenn sie sich gut getarnt unter die Einheimischen begab. Sie beherrschte weder deren Sprache noch deren Gepflogenheiten. Die Gefahr einen Alarm auszulösen war einfach zu groß. Hinzu kam, dass sie es dann mit einer Horde unberechenbarer Lanzenmänner aufnehmen musste. Sie kannte ja nicht einmal die Wirkungsweise ihrer Waffen und konnte sie schlecht einschätzen. Kore beschloss daher, die Stadt weiter im Geheimen zu untersuchen.

Unweit der Pyramiden stieß sie auf einen weiteren, durch eine hohe Mauer abgetrennten Bereich der Stadt. Es gab nur einen Eingang, den ein gutes Dutzend der Federmänner kontrollierte. Der Eingang selbst bildete das Maul einer hässlichen Steinfratze. Unter den gierigen Augen lugten lange spitze Zähne aus dem Kiefer. Kore flog auf die Mauerkrone des abgetrennten Bereichs und setzte sich dort nieder. Sie atmete erst einmal tief durch. Der lange Erkundungsflug machte sie müde. Sie spitze ihre Ohren, weil sie plötzlich etwas anderes zu hören glaubte, als Musik. Tatsächlich drang zwischen den rhythmischen Tönen der Stadtmusiker ein leises Wehklagen bis zu ihr durch. Es kam aus diesem hoch gesicherten Bereich.

„Das dürfte interessant sein", dachte die Fee bei sich. Ihre Neugier erfüllte sie wieder mit neuer Kraft. Sie näherte sich den klagenden Lauten und sah alsbald in diesem Teil des Bezirks ein von weiteren Federmännern gut bewachtes Gebäude, das, im Gegensatz zu den anderen Bauten der Stadt ungeschmückt und mit Gitterstäben an den Fenstern versehend stand. Ringsum leuchteten zahllose Feuerschalen die Umgebung aus. Auch stolzierte ein ganzer Trupp Federmänner um das Haus herum. Kore merkte sofort, dass sich hier drin etwas sehr Wichtiges befinden musste. Lautlos näherte sie sich dem eigenartigen Bau von oben. Auf dem Dach befand sich niemand. Wahrscheinlich rechneten sie nicht mit einem Angriff oder einem Eindringen aus der Luft. Die Ors machten trotz all ihrer Überlegenheit und Bewaffnung ihre Rechnung nicht mit einer kleinen, gut getarnten Fee. Vorsichtig flog sie zu einem der vergitterten Fenster und schlüpfte zwischen den Stäben hindurch. Sie gelangte in einen breiten Raum hinein, den weitere Gitterstäbe in kleinere Parzellen unterteilten. Es gab nur ein spärliches Mobiliar in den Zellen. Als Schlafstelle diente ein Strohsack. Für die Notdurft stand ein Eimer bereit. Ansonsten gab es Bänke auf denen überall nackte, blau angemalte Männer und Frauen unterschiedlichsten Alters saßen. Die Meisten von ihnen klagten schrecklich in der von Kore geläufigen Sprache. Andere hielten sich einander fest, denn die schreckliche Angst in ihren Gesichtern, war unübersehbar. Kore flog bewegt durch die beunruhigte Menge der Eingesperrten hindurch. Sie fühlte förmlich deren Verzweiflung. Weitere Federmänner gingen schweigsam mit ihren Lanzen durch die Korridore und beobachteten die Insassen genau. Von dem herzzerreißenden Gezeter ließen sie sich nicht im Geringsten berühren. Im Gegenteil, Kore beobachtete sogar, wie sie den Eingeschlossen mit ihren Lanzen auf die Finger hauten, wenn diese auch nur versuchten an den Gitterstäben zu rütteln.

Fliegend verharrte die Fee in dem Raum und versuchte irgendetwas Hilfreiches von den Eingesperrten aufzuschnappen. Warum befanden sie sich hier drin? Wer brachte sie dahin? Was hatte man mit ihnen vor? In jeder einzelnen Nervenzelle zerrte es an ihr. Von überall strömte das Grauen auf sie zu. Irgendetwas stimmte da nicht. Warum fühlte sie das nur so intensiv? Schließlich ertrug die Fee die schlimme Bitternis des Gefängnisses nicht mehr. Überall sah sie die Verzweiflung, die entsetzliche Lähmung in deren Gesichtern liegen. Welche Möglichkeiten hatte sie? Was konnte sie überhaupt tun? Selbst wenn sie die Türen der Gefangenen öffnete, wäre es keinesfalls sicher, dass diesen eine Flucht gelänge. Dazu liefen zu viele Wachen in der Stadt umher. Das blaue Kraftfeld verhinderte ein Entkommen. Außerdem war sie alleine und konnte nicht überall gleichzeitig auftauchen. Kore merkte, wie hilflos sie sich eigentlich im Angesicht dieses Grauens fühlte. Es gab nur eine Lösung. Um diesen Knoten aufzulösen hatte man das Problem an der richtigen Stelle anzufassen. Hier, in dem Gefängnis fand sich die Lösung nicht. Es musste etwas mit der großen Pyramide zu tun haben. Dorthin wollte Kore wieder zurück. Die Fee suchte sich gerade einen Ausgang, als sie in einer Zelle trotz der blauen Farbe, jemanden wieder erkannte, den sie als Kind sehr liebte.

„Indreen. Endlich", murmelte Kore leise und schwirrte voller Hoffnung zu der Gestalt, die eingeknickt auf einer der harten Bänke ruhte. Sie flog zu seinen Händen, die auf seinen Augen ruhten. Unschwer sah Kore die verwischende blaue Farbe im Gesicht und die Tränen. Er schien still zu weinen. In Kores Kopf ratterte es wie in einem Uhrwerk. Wie sollte sie mit Indreen Kontakt aufnehmen, ohne ihre Anwesenheit zu offenbaren? Und das, obwohl Indreen sie schon seit vielen Jahren weder sah, geschweige denn ihre Stimme hörte. Doch wusste sie, wenn es eine Person gab, die ihr jetzt das fehlende Puzzleteil für das Rätsel gab, dann war er es. Sie musste es versuchen und hoffen, dass Indreen nicht verrückt wurde, wenn er plötzlich ihre Stimme hörte. Vorsichtig näherte sie sich seinem Ohr.

„Indreen", flüsterte sie vorsichtig hinein.

Indreen rührte sich nicht. Kore rief nun lauter, doch es kam nicht durch sein Trommelfell. Die Fee war zu klein, als das ihre Stimme genügend Kraft besaß, es zum Schwingen zu bringen. Sie musste ihn anders auf sich aufmerksam machen. Unschwer erkannte Kore, dass sich Indreen im Geiste mit sich selbst beschäftigte. Wenn es ihr nur irgendwie gelänge, sich darin einzuklinken. Doch halt. Ihr gelang es ja schon einmal. In der Schwimmhalle mit Boris. Warum nicht auch hier?

Indreen sah gähnende Schwärze. Hoffnungslos und auf den Tod wartend, saß er bereits seit Stunden hier in der Zelle. Die Nacht brach schon herein und er wusste, dass seine Zeit bald ablief. Er legte seine Hand auf die Augen, in der Hoffnung wenigstens für ein paar Sekunden der Tristesse seiner Gefangenschaft zu entkommen. Und doch. Da war es plötzlich wieder. Das Licht in seinem Angsttraum. Es strahlte hell durch die Dunkelheit und erfüllte ihn mit Freude. Er wusste nicht, dass Kore diese Illusion in seinem Gehirn erzeugte. Als Anlehnung an den Unterricht von Miss Conners über die Sonne. In diesem Licht tauchte Kores Gesicht auf. Sie redete mit ihm.

„Indreen", sagte das Licht. „Ich brauche deine Hilfe."

„Kore. Es muss ein Traum sein", schluckte er aufgeschreckt. Seine Hände zuckten. Er nahm sie von den Augen und sah die blaue Farbe auf seinen Fingern. Beinahe schleuderte er mit seiner Bewegung Kore weg, wenn es ihr nicht gelungen wäre, sich an seinem Ohr fest zu halten. Die Illusion der strahlenden Sonne blieb erhalten. Wie ein Kugelblitz schwebte sie im Raum.

„Indreen hab keine Angst", setzte Kore in ihrer Illusion rasch nach. „Ich weiß, du kannst mich nicht wirklich sehen. Aber ich bin hier. Dir das zu erklären, dauert zu lange. Was ist hier los, Indreen?"

„Kore? Das muss eine Halluzination sein. Das Licht. Es redet mit mir", sagte er verwundert und wischte sich wiederum die Tränen aus den Augen. Die Erinnerungen an seine vergangenen Tage im Waisenhaus erschienen lebhaft vor ihm.

„Nein. Indreen ich bin hier. Ich kann mich dir nicht zeigen, sonst sehen mich die Federmänner."

„Ich hab dich schon immer in meinen Träumen gesehen. Du bist Licht, zu dem ich wollte. Ich musste nie zu dir. Indem, dass ich dich sah, hast du mich schon erreicht. Wie konnte ich nur so dumm sein, das nicht zu bemerken."

„Von was redest du?"

„Du bist das Licht in meinem Alptraum."

„Indreen, ich hab nicht viel Zeit. Es ist etwas Schlimmes im Gang. Ich weiß es ganz genau. Du musst mir sagen, was die Ors vorhaben."

„Ja. Es ist wahr. Du hast nicht viel Zeit. Du musst weg von hier. Schnell", sagte er flüsternd zu ihr. Er sah sich vorsichtig um. Die Federmänner schienen keine Notiz von ihm zu nehmen. „Sie dürfen dich nicht auch noch kriegen. Dann waren all meine Opfer umsonst."

„Ich gehe nicht, bevor du mir gesagt hast, was ich wissen will", bat Kore ihren Erzieher flehentlich. „Sag mir, was hier geschieht."

„Ich habe mich dem Rat angeboten, mich wieder bei den Ors einzuschleusen. Ich verbrachte hier meine Kindheit. Meine Eltern waren Ors. Ich arbeitete auf ihren Feldern, bin in ihr Internat gegangen und lernte ihre Götter und Geschichten kennen. Diesen sogenannten Göttern habe auch ich geopfert. Sie schenken nur Leben und Erfolg, wenn man sie bezahlt. Mit Blut. Ich lernte, wie Böse die Welt außerhalb der Kuppel ist. Voll mit Ungläubigen und den Anhängern des abtrünnigen Generals. Demjenigen, der den Göttern gefrevelt und sie verboten hat. Alle Ungläubigen müssen für die Götter geopfert werden, auf dass der Weg für sie auf Erden bereitet werde. Ich sollte dazu in die Außenwelt gehen, in der Akademie von Presson einen geheimen Zirkel gründen und die Ungläubigen von dort aus nach und nach unterwandern. Jedoch wurden wir entdeckt. Dir das jetzt zu schildern würde viel zu lange dauern, aber seither habe ich diesen furchtbaren Alptraum in einem Meer aus Blut zu ertrinken. Ich wurde zum Rat gebracht und von ihm verhört. Der Rat sagte, dass wir noch Kinder seien, die nicht wissen, was sie tun. Er ließ mich frei und schickte mich auf eine Therapie wegen meiner furchtbaren Träume. Als es mir wieder etwas besser ging, durfte ich die Akademie weiter besuchen, obwohl ein Ausschluß die gewöhnliche Strafe für einen Verrat wäre. Ich machte meinen Abschluss, aber vergessen habe ich diese Milde des Rates nie. Warum sollten jene Ungläubige mit ihren Feinden Gnade haben? Wie konnte jemand böse sein, der sogar seinem Feind die Chance auf ein neues Leben gewährt? Nicht so wie unsere Götter, die ein Versagen nicht tolerieren. Der Rat hätte mich verbannen können. Tat es aber nicht. Das gab mir Respekt und ich

Respekt und ich verstieß unsere Götter. Schmerzlich wurde mir bewusst, dass ich ein Teil des Bösen war. Dass wir alle zu bequem sind, unsere eigene Sicht der Welt zu erstellen und es lieber Fremden überlassen. Von Leuten, die in meinem Leben nur ein Werkzeug ihres Hasses sahen. Dabei kann man die Welt doch auch lieben. Sie bringt nicht nur böse Dinge hervor, sondern auch Sachen, die wunderschön sind. Alleine dafür liebe ich sie. Ich wollte mich beim Rat für seine Gnade bedanken, aber sie sagten mir, wenn ich meine Dankbarkeit zeigen wolle, dann sollte ich Waisenkinder groß ziehen und am Wunder des werdenden Lebens teilhaben. Ich wäre nicht begütert, aber ist nicht der Reichtum durch meine Erlebnisse mit den Kindern unermesslich? Brächte ich nicht so am besten mein Talent zum Geschichtenerzählen ein, das in mir bislang schlummerte? Und so bin ich ins Waisenhaus gegangen und da war noch meine wundervolle Michelle, die mich groß ansah, als ich plötzlich mit ihr den Dienst dort antrat. Alle dachten, ich wäre in sie verliebt. Ich mochte sie. Das stimmt, aber ich wusste, dass sie für ihren Beruf lebt, in dem sie ihre Aufgabe genau wie ich verstand. Ich sah meine Bestimmung darin, meine Dankbarkeit der Gnade des Rates zu zeigen. Lange Zeit blieb es mir ein Rätsel, weshalb mich meine ehemaligen Gefährten so lange unbehelligt ließen. Aber nun weiß ich, dass ich ein Teil ihres niederträchtigen Planes bin. An dem Tag, an dem du und ich das Zeichen der Ors sahen, wusste ich sofort, dass da etwas Furchtbares auf uns zukommt. Ich ging sofort zum Rat und berichtete davon. Sie waren von meiner Beobachtung sehr beunruhigt und konnten sich nicht vorstellen, was die Ors mit ihrer Aktion verfolgten. Es wäre dem Rat leicht gefallen, den Jungen zu beseitigen, jedoch folgte er der Einschätzung der Heimleiterin. Miss Conners stellte sich schützend vor Neko, die den Jungen wie jedes andere Kind auch Groß ziehen wollte. Der Rat verfügte daher, dass Neko von nun an unter Beobachtung stand. Der Rat stimmte ihr nur zu, weil er es auch bei dir tat. Genau wie du, hat Neko das Recht auf ein Leben. Es ihm allein deswegen zu verweigern, weil ihn unsere Feinde schickten, hätte gegen die Philosophie von Tomps verstoßen. Ich bat dem Rat um Erlaubnis, mich bei den Ors einzuschleusen. Ich wollte herausfinden, was es mit Neko auf sich hat. Ich konnte die Herkunft Nekos nicht einfach ignorieren, weil ich die Ors nur zu gut kannte. Der Rat warnte mich, dass ich mein Leben riskiere, wenn die Ors meine wahren Absichten durchschauen. Sie wussten von meinem Verrat. Die Ors verlangten von mir sicher einen Beweis meiner Abkehr. Ich ging dieses Risiko ein, sah ich doch darin eine Möglichkeit mein Wissen über die Ors einzubringen. Ich bereue meine Entscheidung nicht, obwohl ich viele schreckliche Verbrechen beging, um ihr Vertrauen zu erlangen. Und was ich über Neko herausfand, ist mehr als furchtbar. Die Zeit des Jaguars wird bald anbrechen. Presson, ach die ganze Welt da draußen ist in großer Gefahr. Nichts wird sie mehr stoppen. Vor etwa siebenunddreißig Jahren erbeuteten die Ors eine Technologie, die sie dem armen Jungen irgendwo einpflanzten. Ich weiß nicht, woher sie sie haben, aber die Ors werden damit ungeheure Macht aus dem All holen. Sie werden den Weltenzerstörer, den großen Jaguar, wie sie ihn nennen, zum Leben erwecken. Und Neko. Du musst ihn unbedingt finden."

„Ich habe Neko bereits gefunden", sagte Kore um Indreen beruhigen. „Mein Double bewacht ihn."

„Er wird nie wirklich sicher sein. Egal was geschieht, du musst ihn beschützen. Bringe ihn am besten weit weg von der Kuppel und weiche ihm nicht mehr von der Seite. Das ist sehr wichtig. Er darf den Ors nicht in die Hände fallen. Dann ist alles aus und wir sind verloren. Dann waren all meine Mühen umsonst."

„Warum? Was haben sie mit ihm vor?"

„Weil er der Jaguar ist. Er selbst weiß es nicht. Noch nicht. Seine Verwandlung ist von langer Hand vorbereitet. Sie brachten Neko zum Waisenhaus, um ihn läutern zu lassen. Er durfte keine Liebe erfahren und wenn dann musste er den Schmerz durchleiden, indem er sie verlor. Er sollte von allen schönen Gefühlen durch den Verlust gereinigt werden. Ein Weltenzerstörer kennt keine Liebe. Nur Leid und Schmerz. Aus dieser Erfahrung heraus wird er die Angst säen, die die Ors triumphieren lässt. Das ist die Basis ihrer zerstörerischen Technik."

„Dann hatte ich also Recht. Sie wollten in Neko den Hass schüren", sagte Kore nachdenklich.

„Ja", wiederholte Indreen eindringlich. „Du musst wieder zu ihm und bei ihm bleiben. Beschütze ihn so gut du kannst und bring ihn vor allem weit weg. Er vertraut dir, Kore. Ich weiß das."

„Was wird aus dir?"

„Mir?", fragte Indreen gedrückt. Innerlich schloss er mit seinem Leben bereits ab. Er wusste, was ihn erwartete, wohnte er doch als Priesternovize oft den Opferritualen am Fuße der Stufentempel bei. Indreen ging ein Risiko ein, aus dem es kein Entkommen mehr gab. Von Anfang an war er sich seines drohenden Schicksals bewusst.

„Das spielt keine Rolle, Kore. Ich und meine Kameraden sind eigentlich schon Tod und wir wissen das. Wenn es soweit ist, werden ich und meine Freunde hier zu den Tempeln gebracht und den Göttern geopfert. Alles nur, damit die Götter gnädig gestimmt sind und der Plan gelingt alle Ungläubigen außerhalb der Kuppel zu vernichten. Die Götter der Ors dürsten nach Blut. Die Orsreligion ist einfach und simpel. Alles muss bezahlt werden. Auch die Götter für ihre Wohltaten, die sie den Menschen bringen. Und die Götter bezahlt man mit dem Leben. Also mit Blut. Ich werde zum Adlermann. Und das schon sehr bald. Wenn die Ors erst einmal Neko in ihre Gewalt gebracht und ihn zum großen Tempel geführt haben, wird die große Reinigung beginnen. Blut für den Kampf gegen den Rat und allen, die mit ihm sympathisieren. Wir werden hier drin nur so lange überleben, wie Neko nicht in ihren Händen ist."

„Ich verstehe", sagte Kore knapp und ging kurz in sich.

In ihr rumpelte der Kopf. Ratterte der Verstand. Große Macht besaß sie und sie wusste, sie könnte Indreen und alle Gefangenen retten, aber dies hielt die Ors nicht davon ab, sich in der Zwischenzeit Nekos zu bemächtigen. Sie musste eine schnelle Entscheidung treffen. Indreen retten oder Neko den Ors überlassen. Wenn es so war, dann gab es für Kore nur die Chance, die ihr Indreen aufzeigte: Neko zu holen und den Rat der Sechs vor den Plänen der Ors zu warnen. Sie hoffte inständig, dass ihr Double in der Zwischenzeit gut auf ihn Acht gab. Die Fee verlor keine Zeit mehr und löste die Illusion in Indreens Gehirn auf. Sie flog so schnell sie konnte aus dem Gefängnis hinaus und zum Rand der Kuppel zurück. Zum Verabschieden bei ihrem Pfleger reichte die Zeit nicht.

Indreen schlug wieder seine Hände vors Gesicht. Er glaubte nicht mehr an eine Rettung und wusste auch, dass er den Tod verdiente. Denn für das, was die Ors von ihm verlangten, gab es keine Entschuldigung. Um wieder unter seinem Volk wandeln zu dürfen, wurde Indreen zwei Jahre lang eingesperrt. Er musste sich langwierigen Prozessionen und reinigenden Ritualen in der Dunkelheit seines Kerkers unterziehen. Schließlich wurde er vor die Priesterschaft geführt. Sie bestimmten, dass er zur Sühne alle opfern sollte, die den Weltenzerstörer im Waisenhaus betreuten. Und Indreen tat es. Der Rat wusste von den Opfern, die Indreen zu Tun auferlegt wurden. Er unterband aus diesem Grund die Morduntersuchungen an den Angestellten des Waisenhauses. Die Ermordung schlug für die Ors mehrere Fliegen mit einer Klappe. Zum einen reinigte sie den Weltenzerstörer und zum anderen prüfte es Indreen. Dafür erhielt er im Laufe seines Aufenthaltes unter der Kuppel genügend Informationen über die Pläne der Ors. Als sich der Tag des Jaguars näherte, wollte Indreen zum Rat zurückkehren. Das war sehr riskant, denn trotz all seiner Opferbereitschaft, ließen die Ors ihn nie aus den Augen. Er wurde entdeckt, als er versuchte die Kuppel zu passieren. Als Verräter gab es für ihn keine Gnade. Man brachte ihn sofort in das Haus der Adlermänner, wusch ihn und bemalte ihn blau. Von da an wusste der Pfleger um seine Opferung und dass es kein Entkommen mehr gab. Er ging den Weg, den so viele andere auch vor ihm gingen. Indreen schloss wieder die Augen und legte seine Hände auf sie. Innerlich sah er sich auf dem Nachen seines Albtraumes stehen. Das Meer aus Blut packte sein Boot gleich einer ehernen Hand und zog es nach unten in die Tiefe. Indreen ließ sein Schwert in das blutende Meer fallen und fasste mit seinen Händen verzweifelt nach dem warmen Licht am Horizont. Tränen verließen seine Augen. So sehr er sich auch mühte, seine Finger konnten es einfach nicht zu fassen kriegen. So gerne wäre er dort bei ihm und jetzt blieb ihm nur noch die Erinnerung daran, es aus der Ferne gesehen zu haben. Als die letzten Strahlen seine Augen erreichten, erkannte er jedoch, dass es nie darum ging zu diesem Licht zu gelangen. Indem er sich ihm öffnete, kam es zu ihm. Es hatte die Ferne zu ihm schon längst überwunden und lag praktisch vor seinem Herzen. Und jetzt öffnete er die Tür und ließ es zu ihm hinein. Sein Leuchten erfüllte alsbald sein Innerstes mit tiefer Freude und unendlicher Freiheit. Tiefer Friede breitete sich in ihm aus. Obwohl er es nie erreichte, erreichte seine Wirkung ihn. Es ging nur darum, nach ihm zu streben, sich ihm mit seinem Herzen zu öffnen und es in sich aufzunehmen. Seine wärmenden Strahlen schenkten ihm unendliche Liebe und segensreiche Kraft für seinen letzten Weg in die Ewigkeit. Er nahm es mit sich, als über ihn die blutenden Wogen zusammenschlugen und ihn aufzehrten. Egal wie tief und unergründlich das blutende Meer in seiner Tiefe auch sein mochte, er fühlte diese Wärme dort unten weiter in sich. Dort strahlte es auf ewig weiter. Niemand, das wusste er, konnte es ihm mehr nehmen. Niemand. Er fing zu lachen an. Erst leiser. Dann lauter. Wie erlöst rief durch das Gefängnis, so laut dass es sogar die Wärter vor der Tür hörten:„Verloren habt ihr doch, weil ich mich nicht verloren habe."

In dem Moment, als Kore die Kuppelwand erreichte und den Teleport anwandte, stiegen zwei Federmänner zu dem vernarbten Priester mit dem geschwärzten Gesicht empor. Er kniete noch immer meditierend auf der zentralen Pyramide vor dem schaurigen Götzenbild. Durch Drogen in Trance versetzt, suchte sein Geist die Nähe zu den Göttern.
„Kaimlakhan. Höchster unter allen Dienern", grüßten sie ihn stolz. „Wir haben ihn."
„Das Mädchen?", fragte er sie wie weggetreten.
„Geopfert."
„Habt ihr dafür gesorgt, dass der Vollstrecker sie auch geopfert gesehen hat?"
„Ja."
„Ist ihr Blut über ihn verspritzt worden?"
„Ja."
„Dann ist es soweit. Lasst nun die Zeremonie beginnen. Der Weltenrichter ist gereinigt", hauchte Kaimlakhan berauscht und erhob sich schwankend. Langsam, eher schleichend gleich einer Katze, näherte sich der Hohe Priester dem Schrein des blutleckenden Gottes. Er machte eine tiefe Verbeugung vor dem schaurigen Bildnis und nahm den geweihten Obsidiandolch, welcher auf seine Bestimmung wartete, die pochenden Herzen der Blutopfer bei lebendigem Leibe herauszuschneiden. Fanatisiert wog er ihn in seiner Hand und gab seinen Lakaien ein Zeichen. Alsbald ertönten die Fanfaren der Tempeldiener, sodass Indreen und seine Mitgefangenen wussten, dass es nun Zeit für sie war, zu ihren Ahnen zu gehen.

Kore holte alles heraus, was ihre Flügel hergaben. Sie half sogar mit ihrem Feenstaub nach, wodurch ihr Schub so gewaltig anstieg, dass er sogar die Baumwipfel des Eichenwaldes in Schwingung versetzte. Es riss ihnen vereinzelt Laub aus den Zweigen. Sie kannte nur grob die Richtung, aus der ursprünglich kam. Zum Meer musste sie, das wusste sie noch. Es durfte nicht so schwierig sein, ein so auffälliges Gebäude wie das Schloss an der Küste wieder zu finden. Außerdem diente ihr die Bahntrasse als Orientierung. Die Sonne ging gerade auf, als sie endlich den Prunkbau am Meer erreichte. In ihr pochte laut das Herz vor Aufregung. Hoffentlich kam sie nicht zu spät. Sie steuerte ihren Flug direkt auf das Schlafzimmer mit dem mächtigen Balkon zu, von dem aus sie vor wenigen Stunden startete. Seine Glastür lag noch weit geöffnet da. Der laue Seewind ließ die seidigen Vorhänge aufwallen. So, als wolle er ihn von seiner Aufhängung wegtragen. Ohne Abzubremsen sauste sie zur Balkontüre in das Schlafzimmer hinein.

„Neko, Neko", rief sie aufgeregt, kaum dass sie auf dem marmornen Fußboden darin aufsetzte. Aber Neko befand sich nicht mehr im Schloss. Sie kam zu spät. Stattdessen färbte sich das zuvor reinweiße Bett tiefrot. Still und leise tropfte Blut auf den kalten Fußboden und Kore ahnte bereits Schreckliches. Mit Fassungslosigkeit erblickte sie die Leiche ihrer Doppelgängerin, deren Augen leblos in den Raum hinein starrten. Der Brustkorb aufgebrochen. Nur unweit lag das Herz ihres toten Körpers auf dem Boden, wo es ausblutete. Ihre Mörder schnitten es bei lebendigem Leibe heraus.

„Nein", raunte sie erzitternd. „Nein."

Die Fee fasste sich krampfhaft an ihren Kopf. Ratlosigkeit durchfuhr sie. Sie dachte an Indreen, welcher in diesem Augenblick den Göttern geopfert wurde. Auch für ihn kam nun jede Hilfe zu spät. Kore machte sich schwere Vorwürfe. Wäre sie doch nur bei ihm geblieben, schoss es ihr durch den Kopf. Doch dazu war es jetzt zu spät. Kore besaß keine Ahnung, was sie jetzt tun sollte. Das alles überforderte sie. Die Zeit rann ihr davon, ohne wirksam eingegriffen zu haben. Tränen der Wut stiegen ihn ihr hoch, die aus ihren Augen wie ein Sturzbach rannen. Der unselige Schmerz, den sie empfand, ließ sich nicht in Worte kleiden. Sie liebte Indreen und Neko. Nur zu gut erinnerte sie sich daran, wie der Pfleger ihr immer die abenteuerlichsten Geschichten erzählte. Er nahm sie immer auf seinen Schoß, hielt sie fest, wenn sie sich an ihm anschmiegte, um ihm zu lauschen. Und nun fühlte sie sich, als ob sie mit ihm stürbe. Und Neko? Wer Neko hatte, wusste sie. Aber sie wusste auch, dass der Rat irgendwie gewarnt werden müsste. Ihr war es, als flöge sie den Ereignissen hinterher, ohne sie je einzuholen. Als streite sie gegen ein gesichtsloses Etwas, das ihr immer einen Schritt voraus war. Sie hatte rasch eine Entscheidung treffen. Je länger sie zögerte, umso schlimmer fielen die Konsequenzen aus. Entweder sie flog jetzt zurück in die Tempelstadt oder nach Presson. Das waren ihre einzigen Alternativen. Sie wusste, dass sie eine Entscheidung traf, die eine weitreichende Folge nach sich zog. Egal wie sie sich entschied, immer gab es Opfer. Immer litt irgendwer darunter. Wenn sie nach Presson flog, wäre Neko bereits zum Weltenzerstörer mutiert und mit seinem Werk beginnen. Auch wenn Kore noch nicht ahnte, wie das aussah. Sie könnte in jedem Falle den Rat warnen und jener setzte seine Waffe ein, welche schon einmal General Tomps verwendete. Eine ungeheure Todeswelle walzte sich dann erneut über den Globus und Kore trug dafür eine Mitverantwortung. Flöge sie aber zur Kuppel zurück, dann sah sie mit an, wie Neko zum Weltenzerstörer wurde und über den Planeten Tod und Verderben brachte. Damit wäre die Herrschaft für die Ors frei und die alte Ordnung auf dem Planeten für immer zerstört. Als Einzige bliebe sie übrig. Allein auf einem Planeten, dessen Herrschaft auf Unterdrückung und Aberglauben beruhte. Einer Herrschaft, die alte Traditionen hoch hielt und sich zu fein dazu war, die widersprüchlichen neuen Erkenntnisse der eigenen Entwicklung darin einfließen zu lassen. Wie sollte das funktionieren? Einerseits an Götter glauben, die Blut sehen wollten, um Leben zu spenden, doch andererseits eine Forschung betreiben, die im Widerspruch zu ihrer Religion stand? Ohne die

die im Widerspruch zu ihrer Religion stand? Ohne die Ungläubigen hätte es nie jenen Weltenzerstörer gegeben, der sie jetzt vernichtete.

Allmählich begriff Kore, in welcher verfahrenen Situation General Tomps vor vielen Jahren stand, als ihn die Ereignisse zu einer Entscheidung nötigten. Obwohl er viele Leben auf dem Gewissen hatte, auch jene die nicht zu den Fanatikern gehörten, entschied er sich dennoch für ein Überleben der Menschheit. Er sah keine Zukunft für die Menschheit in einer verseuchten Welt und wollte wenigstens den künftigen Generationen ihre Chance auf ein Leben geben. Etwas, das jene Fanatiker, die die Finger auf den Knöpfen der Nuklearwaffen hatten, keinem einzigen irdischen Geschöpf zugestanden. Im Nachhinein lässt sich eine jede Entscheidung verurteilen, da man durch nachträglich bekannt gewordene Fakten eines Besseren belehrt wurde. Aber ist es nicht generell wichtig überhaupt eine Entscheidung zu fällen, die etwas in Gang setzt, egal ob jene später von den Nachfahren als falsch abgestempelt wird? Selbst wenn die Entscheidung falsch wäre, ließ sie sich immer noch korrigieren. Aber gar keine Entscheidung zu treffen, führte erst recht nicht zu einer Entwicklung. Im Gegenteil, man verlor mehr wertvolle Zeit und das machte den Schaden nur umso größer. Und war es nicht so, dass es in der Geschichte des Universums immer eines Crashs bedurfte, um eine Weiterentwicklung oder ein Umdenken ihrer selbst in Gang zu setzen? Aus dem Unfall heraus entstand Neues. So wie das Sonnensystem einst entstand, als der Arm der Spiralgalaxie mit einem anderen Arm der Nachbargalaxie kollidierte. Entstand das Leben auf der Erde nicht auch erst durch einen Crash der Protoerde mit einem marsgroßen Brocken, der ihre Bahn kreuzte? Ohne diesen Unfall gäbe es kein Leben, wie wir es heute kennen, gäbe es keinen Mond, der verhindert, dass die Erde torkelt und der dafür verantwortlich ist, dass es die Jahreszeiten sowie Ebbe und Flut gibt. Die Erde wäre ansonsten ein lebloser Eispanzer im unendlichen Weltall geblieben. Erst bedurfte es eines Unfalls und war selbst die Menschheitsgeschichte nicht voll von solchen Beispielen, bei denen erst eine Katastrophe zu einer Weiterentwicklung ihrer selbst führte? Kore mochte sie nicht alle aufzählen.

„Herrje", dachte sie angespannt. „Was soll ich nur tun? Was soll ich nur tun?" Verzweifelt lief sie auf den Balkon zurück. Ihr Blick fiel auf den klaren Nachthimmel, dessen Dunkelheit von den ersten Sonnenstrahlen bereits vertrieben wurde. Von dort oben strahlten die letzten Sternenlichter der vergehenden Nacht zu ihr. Ausgesandt vor langer Zeit. Noch bevor sie geboren wurde. Sie trugen die Informationen der Vergangenheit in sich. Sie sahen auf ihrem weiten Weg durch das All viele Welten kommen und gehen. Waren von so manchem schwarzen Loch abgelenkt und verzerrt worden. Trotz aller Widrigkeiten gelangte das Licht jetzt zu ihr. Nur damit es ihr in diesem Moment in die Augen fiel. Nicht früher oder später. Der uralte Strahl, der vom Anbeginn der Zeit und seinem langen Weg durch den Raum erzählte, erfüllte ihr Herz mit unendlicher Liebe. Der Kraft, die das Leben schenkt. Die Energie der Schöpfung. Plötzlich fiel ihr die Erzählung des Rates von General Tomps wieder ein. Betete der General nicht auch zu den

der General nicht auch zu den Sternen, weil er an sie glaubte. Öffnete er sich nicht dem Universum? Aber wie tat er das? Obwohl Kore ihre Ahnen nicht kannte, wusste sie, dass sie ihr in diesem Moment zusahen. Tomps nahm damals seine Geige auf um sich dem Universum zu öffnen. Er spielte auf ihr, um seinen Vorfahren nahe zu sein. Obwohl es viele Tote während dieses Solostücks gab, ob durch zauderndes Handeln oder nicht, verstand Kore nun sein sonderbares Verhalten. Phileas fragte sein Herz. Fragte sie nicht auch ihr Herz, als sie sich die Illusion überlegte, mit der sie Boris den Schrecken auf dem Sprungturm einjagte? Klinkte sie sich nicht auch so in Indreens Alptraum ein? Ihr Herz zeigte genau deren zu überwindenden Ängste. Phileas war aus Fleisch und Blut. Er tat dies aus reiner Liebe und musste sich frei machen von dem unsäglichen Schmerz, der ihn durchlöcherte. Wurden doch seine Liebsten Opfer dieses Wahnsinns. Eine Entscheidung aus Hass oder Wut zu fällen, hätte mit der totalen Vernichtung geendet. Nur deshalb hielt auch sie kurz inne und tat das, was sie am Liebsten machte. Sie materialisierte mit ihrem Finger eine Musikanlage und legte ein entspannendes Stück auf, das sie beruhigte. Die friedlichen Klänge drangen in ihr Ohr. Sie wanderte mit ihrem Geist in die Musik hinein und verdrängte ihre Vorstellung von den grausigen Szenen, die sich gerade unter der Kuppel abspielten. Sie funktionierte mit ihrem Staub ihr Kleid für den Balletttanz um und fing an, sich im Takt der Musik zu bewegen. Auch wenn es ihr zunächst schwer fiel, sich zu konzentrieren, versuchte sie sich zu fangen. Und während sie tanzte, wurde ihr immer klarer, dass es nie darum ging, das Böse zu bekämpfen, weil es so etwas wie das Böse nicht gibt. Es gibt nur das, was da ist. Die Geschichte ihrer Art langte an einem Punkt der Erneuerung an und dachte ihr die entscheidende Rolle zu, die Richtung zu bestimmen. Sie alleine könnte es nie tun. Ihre Kräfte dienten nicht dazu ganze Völker zu lenken. Aber die Ors entfesselten eine Kraft, die dazu in der Lage war, eine andere Art der Erneuerung voranzutreiben. Sie aber besaß die Macht, sie umzulenken. Das allein blieb ihre Aufgabe.

„Neko", murmelte sie kombinierend mit einem Geistesblitz. „Weshalb ermordeten sie mein Double so, dass er es sah? Warum schnitten sie ihr das Herz heraus? Neko sollte durch meine Opferung überzeugt werden, dass ich Tod bin. Ich muss Neko nur zeigen, dass ich noch lebe. Das ist es. Damit werde ich die Macht der Ors über ihn brechen. Wenn er merkt, dass ich lebe, werde ich ihn aufhalten und der Plan wäre gescheitert."

Mit einem Male fällte sie ihre Entscheidung und sprang rasch auf die Brüstung des Balkons. Mithilfe ihres Staubes flog Kore zur Kuppel zurück. Der beginnende Morgen begleitete sie auf ihrer Mission. Ihr war es, als gab ihr die unsichtbare Kraft aus dem All, den ersehnten Halt, das Ganze durchzustehen. Sie wusste nicht, was sie am großen Tempel erwartete, wenn sie Neko gegenübertrat. Ihr Bruder war der Dreh und Angelpunkt im teuflischen Plan der Ors. Ihn zu kontrollieren, hieß die Macht zu besitzen. Und gerade darum ging es in diesem Kampf. Um nichts anderes.

Kapitel 16

Feenmacht

Über das Gesicht von Kaimlakhan blitzte der Augenblick des Wohlgefallens. Nah wähnte er sich am Ziel. All die vielen Jahre arbeiteten er und seine Vorfahren auf diesen ersehnten Moment hin. Es galt den Boden für die Rückkehr der Götter zu bereiten. Keine Mühen scheuten sie und planten alles bis ins Kleinste. Der Hohepriester wusste um die Macht der Gedanken. Er wusste von deren unheimlichen Schöpferkraft. Jene ließen aus dem Nichts ganze Welten entstehen und untergehen.

Alles, so lehrten es ihm seine Vorfahren, besteht aus Energie. Materie, Gedanken, ja sogar der Raum, der zwischen ihnen schwamm, war voll davon. Es kam nur darauf an, wie man sie ausrichtete. Der Götterwohlgefallen musste erkauft werden. Mit der wertvollsten Form der Energie. Der Energie des Lebens. Mit Blut. Die Götter verlangten nach Blut, da aus ihm die Schöpfung quoll. Die Gotteslästerer außerhalb der Kuppel vergaßen nicht nur die Macht der Gedanken. Sie vergaßen, wer dafür sorgte, dass Leben und somit Schöpfung möglich wurde. Zerstörten doch ihre Ahnen einst die Tempel der Altreligion und schändeten ihre Götterbilder. Die Zeit der Genugtuung begann von heute an. Ihre Untaten würden mit dem Blut vergolten, aus dem neues Leben erwuchs. Ein neuer Zyklus. Nachdem der Letzte aus dem Verlies der Adlermenschen von den steilen Stufen der großen Pyramiden hinab zu dem dort jubelnden Volk gestoßen und dessen Blut über die steinernen Tritte verspritzt war, gab Kaimlakhan mit Handzeichen den Befehl den Leib des Auserwählten Neko zu bringen. Er, der Geläuterte, war bereit dafür die Macht der Götter zu empfangen und ihren Zorn über die Ungläubigen zu bringen. Kaimlakhan wusste, nur durch die Kraft der Gedanken ließ sich Materie in eine Vergeltungswaffe modellieren. Neko besaß für ihren Plan genau die richtigen Voraussetzungen. Um dies zu erreichen, unterwarfen die Priester Nekos Leben von Anfang an einem strengen Ritual. Schon bei seiner Zeugung wurde peinlichst auf die genaue Umsetzung des uralten Zeremoniells geachtet. Die Eltern des Auserwählten mussten von Anbeginn ihres Lebens sich auf die Schöpfung des Weltenzerstörers vorbereiten. Sie wurden unzählige Male rituell gereinigt. Sie durchlitten zahllose Pein und Erniedrigungen während ihres entbehrungsreichen Lebens. Am Tag ihrer Zusammenkunft wurde sein Zeugungsakt bereits unter Aufsicht der Priester vollzogen. Der Samen des Weltenzerstörers konnte nicht an irgendeinem Tag gepflanzt werden. Es musste genau am Tag zur Sommersonnenwende geschehen. Während der Prozedur hatten seine Eltern Beschwörungsformeln aufzusagen. Unter Aufsicht der Priester. Sie begleiteten den Geschlechtsakt mit immer wiederkehrenden Mantras. Kaum dass der Samen in Nekos Mutter gelangte, köpften die bereitstehenden Tempeldiener seinen Vater mit einem Schwerthieb. Den abgeschlagenen Schädel stellte die Priester anschlie-

stellte die Priester anschließend dem jubelnden Volk zur Schau und spießten ihn auf einem Pfahl, den man verwesend noch jahrelang am Haupttempel sah. Sein Leib wurde von der Spitze der Pyramide gestoßen, sodass sein Blut sich über die steilen steinernen Stufen ergoss. Das Volk wischte es mit Tüchern auf. Sie nagelten die getränkten Stoffe über ihre Hauseingänge an. Es sollte Glück bringen.

In den nächsten neun Monaten wurde Nekos Mutter allerhand abverlangt. Man brachte sie des Nachts außerhalb der Kuppel und zwang sie in den Mond zu sehen. Dabei hatte sie tiefe Atemzüge nehmen. Tagsüber kam sie in den Tempelbezirk, wo sie sich auf die Opfersteine der einzelnen Gottheiten legte und den Weiheritualen beiwohnte. Nekos Mutter brachte den Jungen nach genau neun Monaten zur Welt. Allerdings nicht auf natürliche Art. Kaum, dass der Zeitpunkt gemäß des Sonnenkalenders eintrat, schlitzten die Priester ihren Bauch mit einem Obsidiandolch auf und entnahmen Neko unter rituellen Beschwörungsformeln. Anschließend opferten sie Nekos Mutter den Göttern und stießen sie die Stufen der Pyramide hinab. Unten auf dem Platz vor dem Tempel warteten damals geschwärzte und von Selbstgeißelung zermarterte Priester wie Kaimlakhan einer war. Sie häuteten ihren Leichnam, zerhackten ihn feinsäuberlich und türmten ihre Knochen zu einem Stoß auf. Anschließend verbrannten sie ihre Gebeine durch ein geweihtes Feuer. Die Priester trennten den Schädel seiner Mutter, wie bei dem geheiligten Ritual üblich, von ihrem Rumpf ab, entnahmen Gehirn und Augen und spießten ihn letzten Endes an den Schläfen auf. Neko selbst wurde nach seiner gewaltsamen Geburt im Sonnentempel dem Volk gezeigt. Die Gläubigen machten dem Kind ihre Aufwartung und brachten ihm Opfer dar. Meist töteten sie Rinder, Schweine und Ziegen. Deren Blut verspritzten sie auf den heiligen Steinen vor den Schreinen der einzelnen Gottheiten. Mit Blut sollte der Auserwählte noch nicht in Berührung kommen. Dies sollte erst viel später geschehen. Nach genau drei weiteren Monaten brachte ein auserwählter Novize Neko zum Waisenhaus und schob ihn durch die Klappe. Kaum, dass der Priesteranwärter seine Mission erfüllte, opferte man ihn den Göttern. Von da an verfolgten die Ors genau Nekos weitere Entwicklung. Sie wussten immer genau, wo er sich aufhielt, was er tat und vor allem, was er dachte. Es galt seine Gedanken in eine ganz bestimmte Richtung zu lenken. Es kam darauf an, zu welchen Personen er große Gefühle hegte, da diese den Göttern als Opfer darzubringen waren. Dass Neko gerade im Waisenhaus zu Presson seine Bleibe fand, besaß einen guten Grund. Gerade dieses Heim eignete sich hervorragend für die Aufzucht des Weltenzerstörers. Im Verhältnis zu den anderen Häusern beherbergte es nur noch wenige Kinder und verfügte kaum über Personal. Die Ors verhinderten schon mehrere Jahre zuvor konsequent, dass in dieses Waisenhaus neue Kinder gelangten. Umso überraschter reagierten sie, als plötzlich die kleine Kore dort auftauchte. Woher kam dieses Mädchen so plötzlich? Keiner ihrer Spione beobachtete ihre Ankunft. Die Priester erkannten darin eine Gefahr für ihren weiteren Plan. Um ihn nicht zu gefährden, musste das Mädchen so schnell wie möglich dem Waisenhaus entrissen werden. Am Besten noch ehe Neko dort zum rituell vorgesehenen Zeitpunkt an-

Neko dort zum rituell vorgesehenen Zeitpunkt ankam. Man dachte zunächst an einen tragischen Unfall im Eichenhain, aber sehr bald stellten die Ors fest, dass der Rat das Kind scharf bewachen ließ. Die Ankunft des seltsamen Mädchens sensibilisierte auch ihre Gegenpartei. Daher ersannen die Ors einen viel gewiefteren Eingriff, um Kore elegant los zu werden. Ihre Adoption. Geschickt setzten sie für diesen Zweck die Berrys mit jenem Antrag beim Magistrat an. Unverdächtiger ging es kaum. Kore bekam eine Familie, eine gute Ausbildung und ein intaktes soziales Umfeld. Etwas, was dem Rat ungemein wichtig für den Werdegang ihrer Kinder war. Der Weltenzerstörer hingegen sammelte eine weitere negative Erfahrung des Verlassenwerdens und des Neides. Wäre Kore bis zur Vollendung ihres achtzehnten Lebensjahres im Waisenhaus geblieben, begleitete sie Neko bis zu seinem vierzehnten Geburtstag. Dies galt es zu verhindern.

Die Ors wussten nicht, dass Indreen den Rat von den seltsamen Eigenschaften des Mädchens berichtete. Der Rat ordnete daraufhin auf Empfehlung von Miss Conners an, ihren Roboterassistenten Godje auf Kore zur Beobachtung anzusetzen. Adalmus, sein Erbauer, versicherte damals dem Rat, dass Godje die besten Eigenschaften eines Personenschützers mitbrachte. Damals ahnte der Rat noch nicht, dass er genau mit dieser Maßnahme, ihren frühen Tod verhinderte. Die künstliche Intelligenz sollte das Mädchen keinen Moment aus den Augen lassen. Zusätzlich ließ der Rat vom All aus mit seinem Spionagesatelliten die ganze Gegend überwachen. Da das Waisenhaus fern von jeder Siedlung lag, war es ein Leichtes verdächtige Personen auszumachen. Kore sollte ganz normal erzogen werden und wie jedes andere Kind auch eine Chance, ungeachtet ihrer rätselhaften Herkunft, auf ein gutes Leben erhalten. Und da Kore sich prächtig entwickelte, glaubte der Rat, dass von ihr keinerlei Bedrohung ausging. So stimmte er auch ihrer Adoption zu, da die Berrys nach den Unterlagen des Magistrats ein tadelloses Betragen und lückenlosen Lebenslauf vorwiesen. Somit war Kore nach acht Jahren als Problem für Kaimlakhan ohne Aufsehen beseitigt und man entledigte sich nun bequem der Erzieher von Neko. Der Weltenzerstörer wurde nach dem gewaltsamen Tod seiner Ziehmutter in die Reihen der zur Orsreligion konvertierten Bewohner von Presson gedrängt. Dort schlug er sich durch, ohne auch nur einen wahren Freund in dem Milieu zu finden. Das Vorhaben Neko jeglicher zwischenmenschlichen Beziehung zu berauben, schien tatsächlich aufzugehen. Bis zu dem Tag, an dem er Kore wieder traf.

Dies versetzte die Priesterschaft zunächst in helle Aufregung. Nekos Empfindung schwankte bedrohlich zwischen Liebe und Hass. Doch da sie Nekos Gefühle für Kore eher zum Hass tendieren sahen, glaubten sie keine ernste Gefahr für ihren Plan auszumachen. Im Gegenteil, gerade weil Neko sich scheußlich und grässlich fühlte, schien alles wie geplant zu funktionieren. Jedoch entschlossen sich die Priester nichts den Zufall zu überlassen. Da Neko von drei Priesternovizen, den Hermesbrüdern, überwacht wurde, befahlen die Priester ihnen, Kore bei nächst-

nächstbester Gelegenheit zu töten. Dass ihr Plan nach mehreren vergeblichen Attentatsversuchen auf so tragische Weise fehlschlug und alle drei Priesteranwärter dabei umkamen, war für ihren Plan noch nicht riskant. Selbst als ihr Priester Tabacot vergiftet und Kores Adoptiveltern ihr Heil in der Flucht suchten, drohte keine ernsthafte Gefahr ihres Vorhabens. Erst als Kore wenige Stunden vor dem entscheidenden Zeremoniell in der Diskothek aufs Ganze ging und ihrem Bruder die Wahrheit erzählte, wurde es brisant. Nekos Werte stiegen in den roten Bereich. Kore musste unverzüglich beseitigt werden. Ihre Versuche, die Geschwister noch in Presson abzufangen, gelangen zwar nicht, dennoch spürten die Häscher Neko wenig später auf. Ihr Versteck wurde dieses Mal durch eine Übermacht gestürmt. Keinesfalls durften sie entkommen. Obendrein lag Kore mit Weltenzerstörer in dem Schlafgemach wie auf einem Präsentierteller. So war es für die Ors ein Leichtes Nekos Schwester in seinem Beisein zu schänden, ihr das Herz herauszuschneiden und es für die Götter zu opfern. Kore würde ihnen nicht noch einmal gefährlich werden. Auch schafften sie es, den Auserwählten weitere seelische Pein zu bereiten und ihm den letzten Lebenswillen zu nehmen. Als Nekos Werte wieder in den grünen Bereich hinein fiel, war der Weltenzerstörer bereit für den Empfang der Macht aus dem All.

Auf dem großen Platz vor der Pyramide versammelten sich die Einwohner der Stadt, um an diesem denkwürdigen Tag der Ankunft der Zeit des Jaguars beizuwohnen. Es galt die Götter gnädig für den bevorstehenden Krieg zu stimmen. Sie knieten demütig vor der Pyramide ihres nach Blut dürstenden Gottes. Sein Hohepriester stand erhaben auf seiner Spitze und hielt triumphal eine Rede, nachdem die Federmänner Neko gefesselt zum Opferstein trugen. Neben dem Opferaltar stand eine große Adlerfigur auf dessen Rücken eine Schale aus Stein eingelassen war. In ihr lagen die blutenden Herzen der Geopferten, die nun zu Adlern wurden. Fanfaren begleiteten die Predigt des Hohepriesters während er sprach. Durch einen Stimmenverstärker an seinem, mit Lebenssaft besudeltem Schurz, schickte er seine beschwörerischen Worte in die Menge. Auch auf seinem nackten Oberkörper klebte das frische Blut der Geopferten.
„Volk von Ors. Nachdem die Götter gesättigt sind, ist es Zeit, ihre Herrschaft auf dieser Welt wieder zu vervollkommnen. Nach so langer Zeit der Verdammnis, nach so langer Zeit der Ketzerei. Heute ist der Tag des Jaguars angebrochen. Der Tag, an dem die Götter Rache an den Heiden außerhalb der Kuppel nehmen. Der schlimmste Albtraum wird unsere Feinde endgültig vernichten und sie in den Rachen der Unterwelt stoßen. Der Auserwählte dort trägt alles in sich, um das Werk ihres Zorns zu vollenden. Er wurde geläutert und für die Zeremonie gereinigt. In dem, dass alle Herzen geopfert wurden, die seine Seele mit Freude erfüllten, wird er den Göttern ein würdiger Vollstrecker ihres Willens sein. In ihm wird in wenigen Augenblicken die Macht aufgesogen, die wir aus der Oberwelt vom Himmelsvogel zu uns holen, um die Feinde der Götter für immer zu vernichten."

Ein lautes Jubeln ertönte von dem Volk vor der Pyramide. Es erhob sich und stimmte rituelle Gesänge an, die den anbrechenden Tag des Jaguars willkommen hießen. Dem großen Augenblick sahen sie mit Wohlgefallen entgegen. In nicht wenigen Gesichtern standen die Tränen der Freude.

„Die Götter werden wieder über diesen Ort herrschen", fuhr Kaimlakhan begeistert fort. „So wie sie es einst vor langer Zeit taten. Sie kehren mit ihrer ganzen Macht zurück. Sie werden uns Glück und Wohlstand bringen und diese Barbaren für immer in den Schlund der Unterwelt jagen."

Dann winkte Kaimlakhan die Tempeldiener zu sich. Sie führten Neko mit. Der Junge weinte still. Leise Tränen verließen seine Augen. Kaimlakhan trat auf ihn zu und grinste fanatisiert. Er hob seinen Kopf an, strich mit der Hand über seine Wangen und fing seine Tränen auf. Er roch an ihnen und meinte:„Du bist bereit."

„Wofür?", fragte der Junge.

„Dein Leib muss es nicht wissen."

„Mein Geist fragt dich danach."

„Nein. Das ist nicht dein Geist, der mich das fragt. Es ist der letzte Rest, der dich noch an diese Welt bindet. Diesen will ich dir entreißen, damit du eins wirst mit den Göttern. Eins mit ihrer Kraft. Jetzt, mit dem finalen Stoß."

Er gab ein Zeichen und die Diener drückten Neko in die Knie. Frisches Blut durchtränkte seine Hose und gerann auf seiner Haut.

„Reißt ihr mir jetzt auch das Herz raus?"

„Nein, dir nicht. Dein Leib braucht das Herz noch. Blut steht für das Leben", lachte der Hohepriester.

„Steht nicht die Liebe dafür?", fragte Neko wieder.

„Liebe ist eine große Macht. Das ist wahr."

„Warum schenkt ihr dann keine Liebe?"

„Weil Liebe nicht blutet."

„Das verstehe ich nicht."

Kaimlakhan gab unbeeindruckt ein Handzeichen und ein Federmann legte einen Hebel um, sodass von der Spitze der beiden Säulen ein mächtiger Strahl in den Himmel schoss.

„Das musst du nicht verstehen. Dein Herz ist die Seele der Götter. Die Verbindung zu ihrer Kraft. Der Rest deines schäbigen Leibes ist nur Schale eines Eis. Es schlüpft ein neuer Geist aus ihm. Er verbindet sich mit der Macht des Himmels und wird die Rache der Götter erfüllen."

Der blaue Strahl traf auf das Kraftfeld. Doch anstatt davon abzuprallen, löste er die Barriere auf und setzte sich mit Überlichtgeschwindigkeit weiter in das All fort. Sein Ziel war ein unerforschtes Planetensystem. Zwischen den Säulen kauerte Neko und starrte willenlos auf die triumphierende Volksmasse hinab. Von dort unten kamen Freudengesänge und ausgelassenes Gejohle. Dazu erklang eine rhythmische Musik. Sie stammten von Instrumenten, die Neko so noch nie sah. Ihre fremdartigen Töne galten nicht ihm, sondern dem, was aus ihm gemacht werden sollte. In Neko erstarb jede Freude. Trauer und Wut über den Verlust seiner geseiner geliebten Schwester vermengte sich in seinem Gesicht zu einer hässlichen Fratze. Er sah keinen Sinn mehr in seinem Leben. Sein Dasein fühlte sich nun leer und einsam an. Nur sterben wollte er und seinen Leib verlassen. Zurück zu seinen Vorfahren. Wer immer sie auch sein mochten. Er dachte an Elisabeth und an Kore. Sie warteten bereits auf ihn. Bei ihnen zu sein, das war das Einzige, was er sich jetzt wünschte. Kaimlakhan trat zurück und alsbald traten aus den beiden Säulen zwei gebündelte Strahlen in grellem Rot und Blau hinaus. Sie konzentrierten sich direkt auf Nekos Kopf. Kaum dass sie Neko erreichten, wuchs er in Sekundenschnelle in alle Richtungen auseinander. Sein Körper verformte sich zu einem Giganten mit überdimensionalem Schädel und blitzenden Augen. Ein Ungeheuer mit panzerartigem pechschwarzen Fell und scharfen Klauen. Seine Hände wurden zu Pranken und seine Füße zu gigantischen Hinterläufen. Nekos Schädel bildete sich zu dem eines Jaguars heraus, dessen funkelnde grüne Augen nur Wut und ungebändigtem Hass widerspiegelten. Mit fanatischer Freude sah der Hohepriester zu, wie Neko immer größer wurde und rasch in die Höhe wuchs. An ihn trat in diesem Augenblick einer der Tempeldiener und flüsterte ihm etwas ins Ohr.

„Presson ist gefallen", juchzte er spitz und hörte vom Diener eine weitere Nachricht:„Ihr habt sie? Das ist ja fantastisch. Dann begebe ich mich nun zum Rat. Sie haben noch ein Bonbon für mich."

Er schritt im Jubel der tosenden Massen die Stufen zu seinem Volk hinunter und ließ sich zu seiner bereitgestellten Gleiterlimousine bringen. Presson stand zu diesem Zeitpunkt bereits in Flammen. Es gab keinen mehr, der es löschte. Seine Bewohner, sofern sie nicht von den Ors bereits unterwandert oder gefangen wurden, befanden sich auf der Flucht. Das Feuer sollte den Ort von dem Ungeist General Tomps reinigen. In den Stunden zuvor besiegte die eingeschleuste Untergrundarmee unter der Führung von Thamus die Ordnungskräfte der Stadt und stürmte den Sitz des Rates. Es gab einen kurzen aber heftigen Kampf. Gleich nachdem Kore mit Neko in das Schloss floh, mobilisierte Thamus befehlsgemäß die getarnten Orskrieger und griff die Polizei von Presson an. Von ihrer Basis, der Bar zum Stern, begannen sie Bezirk um Bezirk zu besetzen. Niemals rechneten die Verteidiger der Stadt mit einem so starken Angreifer wie der Orsarmee, die über eine fast ebenso gute Logistik wie sie verfügte. Der Rat der Sechs befand sich nun in Gefangenschaft der Besatzer. Thamus Krieger drangen ebenso in die Akademie ein und waren gerade dabei auch dort ihre reinigenden Bandsätze zu legen. In der Akademie sahen sie den Ausgangsort jener lasterhaften Lehre, die die göttliche Autorität in Frage stellte und als solcher musste der Ort vernichtet werden. Von seinem Hauptquartier in Presson meldete sich ihr Kommandeur mit der Siegesbotschaft an den Hohepriester. Die Wenigen in der Stadt, die die Ors noch nicht „überzeugten", ließ Thamus in diesem ehemaligen Unterhaltungstempel auf den einzelnen Unterhaltungsebenen internieren. Er wartete die weitere Entscheidung des Hohepriesters ab, was mit ihnen geschehen sollte. Aber man musste kein Hellseher sein, um zu wissen, dass sich ihr Schicksal als Opfermaterial für die Siegesfeier besiegelte. Das Einzige, was Kaimlakhan jetzt noch von seinem vollstän-

vollständigen Sieg abhielt, blieb der Zugang zur Waffe des Generals. Der einzigen Sache, die die Ors aufhalten könnte. Der Rat sah bewusst von dem Einsatz der Mentalnaniten ab, da er nicht wusste, wie viele der Erdenbürger schon zu den Ors überliefen. Im ungünstigsten Szenario hätte es die Ausrottung der gesamten Menschheit bedeutet. Ein Risiko, das der Rat keinesfalls einging. Lieber akzeptierte er die Machtübernahme der Ors und bewahrte sich die Hoffnung, dass sich eines Tages eine andere Strömung in deren Gesellschaft etablierte. Denn es gab kein hundertprozentiges System, was bereits schon vor über fünfhundert Jahren mathematisch bewiesen wurde. Neko sollte nach den Plänen der Ors die übrigen Städte auf dem Planeten zerstören, bevor diese mit ihren Sicherheitskräften versuchten die Ors von der Machtübernahme abzuhalten. Es war von Anfang an Nekos Aufgabe, dieser Vollstrecker zu sein.

Der Hohepriester fuhr sogleich zur Ratskuppel, um die Gefangenen verhören. Der Rat sollte aber in seiner Gegenwart stur bleiben. Sie sagten trotzig zu den Siegern, dass sie sich lieber zu Tode foltern lassen, bevor sie ihnen das Geheimnis der Mentalnaniten offenbarten. Kore traf trotz aller Kraft erst bei der Pyramide ein, als der Umwandlungsprozess von Neko kurz vor seiner Vollendung stand. Neko wuchs mittlerweile übergigantisch an und überbot sogar die Größe der zentralen Pyramide bereits um das Doppelte. Aus seiner Kehle drang keine Stimme mehr. Es ertönte anstatt dessen ein erbebendes Grollen. Vermischt mit Hass und Zerstörungswut.

„Neko", rief Kore entsetzt. Sie schwirrte verstört zu seinem Kopf und sah in eines seiner monströsen grünen Katzenaugen.

„Was haben sie nur mit dir gemacht? Oh nein", stöhnte die Fee entsetzt.
Es glich einem Wahnsinn, was Kore nun tat. Sie suchte seine Aufmerksamkeit zu gewinnen. Dazu steuerte sie Nekos Nase und setzte sich sanft wie ein Schmetterling auf sie. Eilig verwandelte Kore den Chamälyonstoff in ihr buntes Abendkleid zurück, damit Neko sie bemerkte. Die Pupillen des Monsterjaguars fixierten die kleine Fee auf seiner Nasenspitze. Er rümpfte sie, so dass Kore von seinen Bewegungen hin und her geworfen wurde, doch sie hielt sich krampfhaft an seinen riesigen Schnurrhaaren fest. Ein fauchender Laut wurde hörbar.

„Kore?", fragte er donnernd. „Ich muss träumen."

„Nein. Neko. Ich bin wirklich. Sie wollten dich täuschen. Schon wieder", rief Kore so laut, was ihre Lungen hergaben. Wegen seiner enormen Größe, nahm der Jaguar die kleine Fee nur als Pipsstimme wahr. Doch seine gigantischen Ohren, die über ein brillantes Gehör verfügten, fingen auch dieses kleine Geräusch mühelos auf. Die Fee wusste, wenn sie jetzt Neko die volle Wahrheit mit dem Doppelgänger gesagt hätte, dann wäre seine Antwort anders ausgefallen.

„Neko, was haben sie aus dir gemacht?", fragte ihn die kleine Fee.

„Ich weiß nicht", brummte der Riese, als ihn ein unheimlicher Schmerz durchzuckte.

„Au, mein Kopf. Es tut so weh, ich muss …", weiter kam Neko nicht. Eine andere, ihm unbekannte Kraft versuchte die Kontrolle über ihn zu erlangen. Er schlug nach Kore mit seiner Tatze. Der Fee gelang es, in letzter Sekunde, mit ihren Flügeln auszuweichen.

„Neko, was tust du?", schrie sie entsetzt.

„Ich … ich", stöhnte Neko versuchend bei Sinnen zu bleiben, doch er schlug erneut zu. Jetzt war er nicht mehr der Junge, den Kore einst so liebte. Die rätselhafte Macht übernahm ihn vollends.

Diesmal traf die Pranke Kore mit voller Wucht, die sie in den beginnenden Morgen hinein auf die beackerten Felder der Ors schleuderte. Sie fühlte noch, wie sie direkt in einer Bewässerungsgrube aufschlug. Dort verlor die Fee kurz ihre Besinnung und fand sich prompt in ihrem Geiste auf dem Übungsgelände der Feen wieder. Ipsy erwartete sie bereits sehnlichst und verlor keine Zeit mit Begrüßungsfloskeln.

„Ah, da bist du ja", grüßte sie ihre Schülerin knapp. „Du hast nicht viel Zeit. Zum Glück kann ich dir einen Tipp geben, wie du jetzt vorgehen kannst. Ich hab über die ganzen Informationen gebrütet, die du in deinem Unterbewusstsein eingelagert hast und sie miteinander kombiniert. Du musst die Kontrolle über Neko bekommen. Die Ors installierten offenbar irgendetwas in ihm, um ihn ihren Willen aufzuzwingen. Anders lässt sich sein absonderliches Verhalten nicht erklären. Finde das Ding und zerstöre es."

„Was soll das sein?"

„Irgendso ein Mechanismus, Modul oder so was. Jedenfalls etwas, das durch ein kleines Loch von etwa fünf Millimeter Größe passt."

„Fünf Millimeter?", wiederholte Kore überrascht. „Woher weißt du das so genau?"

„Mildred sagte, als sie Neko ins Heim brachten, dass auf seinem Schädel eine Punktnarbe ist. Sie hatte genau diese Größe."

„Und wo soll die genau sein?", fragte Kore.

„Ich glaube, sie sagte da etwas vom Hinterkopf. Wenn nicht da des Rätsels Lösung versteckt liegt. Die Orsmachthaber belügen ihr eigenes Volk. Sie kochen auch nur mit Wasser. Von wegen göttliche Macht und so. Hier ist mein Plan. Fliege in sein Ohr. Wende dort zuerst den Minimalus auf Größe einer Bakterie und dann den Aquarius an. So kannst du durch die Zellwände, direkt in seine Blutbahn eindringen und zu seinen Hinterkopf schwimmen. Dort muss es so etwas wie ein Implantat, eine Art Steuerung für Neko geben."

„Moment mal. Sagtest du gerade Aquarius?", wandte Kore verwundert ein.

„Ja", kicherte Ipsy. „Ein toller Trick. Lässt dich unbeschadet in jeder Flüssigkeit schwimmen. Sogar in Säure, wenn es sein muss."

„Den kenne ich aber gar nicht. Das hast du mir noch nicht gezeigt. Was ist das überhaupt?"

„Huch, mein Fehler", schreckte Ipsy verlegen auf. Sie fing sich rasch wieder:„Aber das macht nichts. Dann bringe ich dir ihn eben jetzt bei. Du bist ein Naturtalent. Den schaffst du schon auf Anhieb", sagte Ipsy beruhigend und räusperte sich. „Also wie schon gesagt, mit dem Aquarius kannst du in jeder

Flüssigkeit atmen. Du wirst ihn brauchen, wenn du in die Blutbahn von Neko eindringst. Dazu ist kein Staub nötig. Halte deine beiden Hände an die linke und an die rechte Schläfe. Jetzt stelle dir ein Lebewesen vor, dass keine Lunge hat, sondern Kiemen. Also keinen Wal oder so. Du weist schon. Das sind Säuger. Du brauchst einen Fisch wie eine Sprotte oder einen Hai und schon wachsen dir Kiemen am Hals. Du wirst sie wieder los, wenn du deine Hände an die Schläfen legst und dir ein Lebewesen mit Lunge vorstellst."

„Gut. Ich werde es versuchen", sagte Kore entschlossen.

„Leider reicht die Zeit nicht, um ihn hier auszuprobieren. Ach ja und was noch zu beachten ist: Ziehe deine Flügel ein, bevor du den Aquarius anwendest."

„Warum?"

„Nässe vertragen unsere Flügel nicht besonders. Sie verhindert unseren Flug."

„Oh. Ich bin gerade in eine Wassergrube hineingefallen."

„Ein Grund mehr, dass du jetzt sofort zurück auf's Feld gehst. Wie du sie trocknen kannst, das weißt du ja. Ich kann dir jetzt leider nicht mehr helfen, aber ich drücke dir die Daumen", sagte Ipsy aufmunternd und schob hinterher: „Vergiss nicht: Wir sind Schicksal, wir sind Feen."

Ihre Ausbilderin nebelte Kore mit ihrem schillernden Staub ein, was sie aus ihrer Besinnungslosigkeit holte. Gleich nachdem Kore zu sich kam, bemerkte sie eine kurze Erschütterung des Bodens. Benommen rappelte sich die Fee aus der schlammigen Grube heraus. Sie musste sich erst einmal kräftig schütteln und sich orientieren. Der feuchte Morast dämpfte ihren harten Aufprall, jedoch deckte er sie ordentlich mit Dreck ein. Kore verlor auf dieses Detail keine Zeit. Ihre Augen suchten nach ihrem Bruder, was auf Grund seiner nunmehrigen Größe keine Mühe bereitete. Der gigantische Jaguar lugte deutlich zwischen den Pyramiden hervor. Neko´s Verwandlung schloss sich ab. Mit mächtigen Sätzen machte er sich gerade auf allen Vieren in Richtung Cherson davon. Kore versuchte trotz ihres Handicaps die Flügel aufzuspannen und vom Erdboden abzuheben. Doch anstatt das vertraute Surren hinter ihrem Rücken zu vernehmen, blieben ihre Schwingen still. Sie hingen kraftlos von ihrem Leib herab, wie vier nasse Waschlappen. Die tückische Grube, in der sie vom Prankenhieb getroffen hinein fiel, durchfeuchteten ihre Anhängsel gründlich. An ein Abheben vom Boden war nicht zu denken.

„Mist", schimpfte sie zornig. „Gerade jetzt, wo ich sie dringend brauche. Zum Trocknen hab ich keine Zeit. Dann eben anders."

Das war einer der Vorteile als Fee. Auf Grund ihrer Findigkeit, gelang es ihnen immer wieder Mängel auszugleichen. Kore materialisierte sich kurzerhand mit ihrem Staub einen Polizeigleiter und schwang sich auf das Gefährt. Mittels Mechanikus gab sie seiner Elektronik die gewünschten Befehle, woraufhin sie die Verfolgung von Neko aufnahm. Der aufkommende Fahrtwind trocknete ihre Flügel wie von selbst.

Auf der großen Pyramide des Tempelbezirks öffneten sich in diesem Augenblick zwischen dem Götzenbild und dem blutigen Altarstein zwei schwarze Löcher. Sie schienen regelrecht im Raum zu schweben. Eines davon umrandete sich in gleißendem Azurblau, dass Andere in tiefstem Feuerrot. Aus dem blauen Loch trat ein stattlicher Mann mit goldgelockter Haartracht heraus, dessen prächtiges Gewand sich im luftigen Blau des Himmels hielt. So, als würden Wolken als seine Faser dienen. Seine elfenhafte Erscheinung ließ ihn in einem majestätischen Licht erstrahlen. Deutlich stachen zwei transparente Flügelpaare auf seinem Rücken hervor, die ein anderes Muster zierte als Kores Flügel. Auf seinen feinen Haaren ruhte eine eher schmucklose Krone, die an einen goldenen Ring erinnerte. Sein gepflegtes Äußeres war der krasse Gegensatz zu dem anderen Wesen, das aus dem roten Loch stieg. Die Beschreibung dafür mit „hässlich" wäre eine Untertreibung gewesen. Schmutzig und stinkig wirkte es in seinem gepanzerten Torso. Zwei Mächtige Hörner wuchsen aus seinem verformten Schädel, der an dem eines Ochsen erinnerte, als an ein menschliches Wesen. Besonders deutlich stachen seine rotglühenden Pupillen aus den Augenhöhlen hervor. Sie passten gut zu seinem sehr muskulösem und ungewöhnlich kräftigen Körper. Allein von seinem Anblick versetzte es seinen Feinden in Angst und Schrecken versetzt.

„König Laikos, Herrscher des Himmels. So sieht man sich wieder", wetterte der Dämonenfürst zornig zum Feenkönig. Seine Stimme klang bebend und dumpf.

„König Malitides, Herrscher der Unterwelt. Die Ehre ist ganz meinerseits", erwiderte der Feenmonarch gehässig.

„Die Tinte auf dem Waffenstillstandvertrag zwischen unseren Völkern ist kaum trocken und da müssen wir uns wieder auf dem Schlachtfeld begegnen", herrschte ihn der Dämonenfürst erzürnt an. Doch der Elfenkönig keilte wütend zurück:„Rück sofort unsere Energie wieder heraus, die ihr gestohlen habt oder der Waffenstillstandsvertrag mit euch ist hinfällig."

„Päh, von wegen gestohlen. Wir wurden von euch bestohlen. Wer glaubt schon solch hochnäsigen Schmeißfliegen wie ihr es seid", erwiderte der Dämon aufgestachelt und drohte mit seiner gepanzerten Faust auf der spitzige Dornen ruhten. „Nach so langer Zeit des Kampfes rangen wir uns zu einem Waffenstillstand durch und nun steht unser mühsam ausgehandelter Vertrag auf der Kippe. Soll dass das Ende unserer beiden Völker sein?"

„Unsere beiden Völker sind unsterblich. Das ist ja der Grund unseres Waffenstillstandes. Wir konnten uns gegenseitig nicht besiegen. Aber wir werden nicht zusehen, wie ihr unsere mühsam aufgebauten Errungenschaften durch einen weiteren hinterhältigen Diebstahl zerstört", schrie König Laikos ungehalten.

„Wir haben keine Macht mehr Krieg mit euch zu führen…", schnaubte der Dämonenkönig zurück. „…weil ihr sie uns geraubt habt. Wir werden uns aber wehren, so gut wir können. So leicht werdet ihr uns nicht besiegen. Ein bisschen Kraft ist noch da."

Er streckte seine Hand aus und schickte glühend rote Funken auf König Laikos zu. Doch der wusste dem zu trotzen, in dem er mit dem Teleport auswich.

„Und wir, wir haben auch keine Macht mehr, um gegen euch zu kämpfen. Aber ein bisschen ist für euch noch da", bemerkte der Feenkönig und ließ seinerseits auf König Malitides einen blauen Funkenstrom regnen. Malitides beantwortete seine Attacke mit einem roten Aufglühen seines Körpers. Es zischte verdächtig, als die Funken auf seinen Körper trafen.

„Nichts ist mehr so wie früher. Wir haben kaum noch Macht. Dann heißt das, wenn ich es verstanden habe, dass jemand uns Beiden unsere Kraft genommen hat", schlussfolgerte Malitides bitter.

„Ja, dieser Jemand ist hier an diesem Ort. Darum bin ich hergekommen. Die Spur führt hierher. Ich bin hier, um unsere Macht wiederzuholen", erklärte König Laikos.

„Genau wie ich", sagte der Dämon.

Der Elfenkönig blickte den Dämonenfürsten nun ein wenig entspannter an. Er merkte, dass vor ihm nicht der Dieb seiner Feenkräfte stand.

„Wenn ihr es nicht seid, wer steckt dann dahinter? Welcher Schurke? Wer?", fragte König Laikos und ahnte nicht, dass die Federmänner der Ors die Beiden bereits ins Visier nahmen. Geschickt umstellten sie sie lautlos, um im nächsten Moment über sie herzufallen. Mit ihren glühenden Lanzen betäubten sie die zwei außerirdischen Könige und verschleppten sie in ihren mittlerweile geleerten Kerkertrakt. Dort warfen sie die Bewusstlosen in eine Zelle. Die beiden ehemaligen Könige, deren Völker, die Feen und die Dämonen, sich seit Urzeiten auf Atres gegenseitig bekämpften, saßen nun auf engstem Raum, wie in einer Besenkammer zusammen. Machtlos, wehrlos und fast ihrer Kräfte beraubt.

Kore fiel es schwer mit ihrem Gleiter dem monströsen Jaguar zu folgen. Obwohl sie mit ihrem Feenstaub nachhalf, verschwand Neko aus ihrer Sichtweite. Seine mächtigen Sätze legten innerhalb weniger Sekunden Distanzen zurück, für die man zu Fuß ganze Tage brauchte. Die Fee erkannte dennoch deutlich seine Spuren, die er in der Landschaft hinterließ. Sie zeugten von seiner zerstörerischen Kraft und der ungeheuren Energie in ihm. Alle Hindernisse auf seinem Weg wurden einem Tornado gleich hinweggefegt. Ebenso sah sie die tiefen Abdrücke seiner Läufe in den Wäldern und den Feldern, die er bereits passierte. Durch das hohe Tempo ihres Gefährts trockneten sogar ihre Flügel wie von selbst. Ähnlich, wie beim Badesauger in ihrer Schwimmhalle. Sie flatterten von dem Fahrtwind mitgenommen wie Fahnen. Der Jaguar erreichte in diesem Moment sein erstes Ziel: die Stadt Cherson. Sofort begann er mit seinem Zerstörungswerk. Er haute dort mit seinen mächtigen Pfoten die Siedlung in Stücke. Sogar am Fusionskraftwerk verging er sich, was zu einem gigantischen Feuerball führte. Er kam Kore aus der Ferne wie der Aufgang einer zweiten Sonne vor. Obwohl im direkten Umfeld nahezu alles restlos verbrannte, blieb der Jaguar von der enormen Hitze unbehelligt. Offenbar machte ihn die ominöse Macht aus dem All unempfindlich. Dann fiel er über die dortige Akademie und dem Magistrat her. Blindlings richtete sich seine Wut auf alles, was irgendwie nach Zivilisation aussah. Sogar die Schüsse der Ordnungskräfte aus ihren Fusionspistolen perlten an ihm ab, wie die Wassertropfen von einem Lotusblatt. Während Neko über den Ort fegte, wie ein Strafgericht, erreichte Kore Cherson. Ohne auch nur zu zögern, steuerte die Fee mit ihrem Gleiter in sein gigantisches Ohr hinein. Kaum dass Kore in den Gehörgang des Weltenzerstörers eindrang, führte sie wie von Ipsy geraten den Minimalus und den Aquarius aus. Er ging ihr viel leichter von der Hand, als sie vermutete. In wenigen Sekunden wuchsen ihr am Hals links und rechts zwei Kiemen. Rasch drang Kore durch das Innenohr in Nekos Blutbahn ein. Durch die heftigen Kopfbewegungen des Jaguars, während seines Zerstörungswerks, hatte die Fee alle Mühe ihren Kurs zu halten.

Sein erstaunlich klares Blut, bestand zum größten Teil aus Wasser. So fand sie trotz der zahllosen Blutkörperchen, die wie Konfetti durch die Adern flossen, den Weg hindurch. Allerdings blieb sie nicht lange allein. Denn kaum, dass sie in die Blutbahn des Jaguars eindrang, attackierten sie seine Antikörper. Sie sahen in ihr einen Eindringling. Die tückischen Abwehrzellen wirkten wie eine dünne Alufolie und versuchten Kores Leib zu umwickeln. So hetzten sie Kore durch die Blutbahn der Gehirnwindung nach, wie die Hunde einem Hasen bei der Treibjagd. Kore dachte bei sich, dass es sich nun bezahlt machte, als Sportfach das Schwimmen ausgewählt zu haben. Ohne ihr intensives Training für die Mädchenstaffel wäre die Verfolgungsjagd in Nekos Versorgungskanälen sehr schnell zu Ende. Obwohl die Fee sich mühte durch die roten Blutkörperchen zu gelangen, hefteten sich immer mehr der Antikörper an ihre Beine. Erst jetzt bemerkte sie, dass sie ja noch ihre Flügel ausgefahren hatte. In all der Hektik vergas sie sie. Sofort gab Kore ihnen den erforderlichen Impuls zum Einziehen, um den Antikörpern keine zusätzliche Haftungsmöglichkeit zu bieten. Außerdem erwiesen sich die Flügel im Blutkanal eher lästig. Zu allem Unglück sammelten sich immer mehr Fresszellen in den Adern an, um Kore den Weg abzuschneiden. Ihrem Staub verdankte die Fee, sie auf Abstand zu halten und letztlich den Teil seines Hirns zu erreichen, in dem Ipsy das Implantat der Ors vermutete. Anhand einer ungewöhnlichen Struktur in der Blutbahn und einem Stück Metall, wusste sie, dass sie sich am Ziel wähnte.
Kore handelte schnell. Der von ihr nun angewandte Mechanikus zerbröselte das Gerät gezielt in lauter einzelne Atome und machte es für immer unschädlich. Kaum dass sie Neko von der Kontrolle der Ors befreite, hielt der Jaguar in seinem zerstörerischen Tun inne. Wie aus einem Trauma erwacht, schüttelte er sich, um anschließend regungslos inmitten der Trümmer der Stadt Cherson zu verharren. Während auf ihn die Abwehrwaffen der Verteidiger einprasselten, versuchte Neko wieder zu sich selbst zu finden. Alles kam ihm so nach und nach wieder aus der Erinnerung zurück. Vor seinem geistigen Auge erschien die achtjährige Kore, wie sie seinen Kopf aus ihrem Schoß zur Seite in den Sand legte und mit Miss Conners in das Waisenhaus zurückging, um nie wieder zu kommen. Er fühlte erneut den grässlichen Schmerz des Verlassenwerdens in sich. Dann sah er sich auf der Spitze der Pyramide in der Tempelstadt als kleiner Junge im Blut der Geopferten kniend, auf der er später zum Jaguar mutierte.

„Du bist der Auserwählte", hörte er den Hohepriester beschwörerisch auf ihn einreden. „Du wirst den Willen der Götter vollenden."

„Was mach ich hier?", grollte er benommen und suchte mit seiner Riesenpranke nach seinen Kopf zu fassen, was aber auf Grund seiner Anatomie nicht wirklich gelang. „Wo bin ich? Wer bin ich?"

Als Kore seine Worte hörte, die wie ein Donnerhall durch seine Gehirnwindungen dröhnten, sah sie zu, so schnell wie möglich wieder aus dem Labyrinth seines Hirns nach draußen zu gelangen, ehe etwas noch Schrecklicheres geschah. Sie wusste, wenn Neko wieder zu sich kam, dann würde er sich grauenhafte Fragen stellen. Vor allem aber erinnerte er sich daran, was ihm von den Ors widerfuhr und dass man ihm alles nahm, was ihm einst Kraft und Freude in seinem früheren Leben gab. Dies mündete unweigerlich in einem Rachefeldzug, dessen Ende sie sich nicht auszudenken traute.

„Kaimlakhan", fauchte er aufschäumend. „Die Schwarzgesichter."
Weitere Szenen aus seinem früheren Leben tauchten urplötzlich wieder auf. Er spürte feuchten Dreck auf seiner Zunge. Schmieriger Morast wie er auf dem Hof von Elisabeth üblich war. Nur dass diese Schmiere nicht aus Wasser sondern von ihrem Blut kam. Er sah sie in diesen grausigen Moment wieder deutlich vor sich. Ein Augenblick, so lebendig wie eh und je. Die Schwarzgesichter holten den großen Amboss aus der Schäune und hievten seine bereits blutende Ziehmutter darauf. Sie hoben ihre Brust heraus, wie bei den zahllosen Opferlämmern, die der Hohepriester vor wenigen Stunden für die Götter auf Pyramide opferte. Dann zogen sie seinen Kopf aus dem Dreck, damit er sie noch einmal lebend sah, ehe sie ihr das Herz herausschnitten. Leidend, qualvoll endend. Aber Neko sah trotz der Gewissheit ihres Todes kein Leiden in ihren Augen. Ein Lächeln lag trotz allem auf ihren Lippen. Ein Lächeln der tiefen Liebe. Auch wenn sie noch so sehr unter Schmerzen litt, schien ihr Blick ihm zu sagen, dass sie keine Sekunde bereute, sich je seiner angenommen zu haben. Sogar jetzt noch, im tiefsten Schmerz schien sie ihm Trost geben zu wollen und sich für die gemeinsam verbrachte Zeit zu bedanken. Als sich der Glanz aus ihren Augen verlor, rannen Tränen der seelischen Folter aus seinen Augen. Aufgebrochen wie ein erlegtes Wild, geschändet blieb ihr gemarterter Körper im Schmutz zurück. Ihr Gesicht nun bleich, ausdruckslos und leer. Der Lebensenergie beraubt. Neko spürte die Hand von Adalmus wieder, die ihn hielt als Elisabeth eingeäschert und deren Asche gemäß ihrem letzten Willen anstatt im Park der ewigen Ruhe, in einen Fluss verstreut wurde.

„Sie wollte es so", sagte der Arzt damals zu ihm. „Auf Erden ist alles flüchtig. Nichts ist da um zu bleiben. Was bleibt, ist allein der Wandel."

Er erinnerte sich an das Wiedersehen mit Kore vor wenigen Tagen. Sie rettete ihn vor den Hermesbrüdern und begab sich selbst in Lebensgefahr mit ihrer Suche nach ihm. Sogar bis in die Bar zum Stern wagte sie sich hinein. In die Höhle des Löwen. Auch erinnerte er sich an die haarsträubende Flucht mit dem Gleiter, das prächtige Schloss und an die gemeinsame Nacht, die sie darin verbrachten. Gerade im glücklichsten Moment seines Lebens rissen die Schergen der Ors seine über alles geliebte Schwester aus ihrem Leben. Vor seinen Augen musste er wiederum jenes Opferritual mit ansehen, das auch schon Elisabeth auf dem Hof widerfuhr. Er sah die vielen geschwärzten Gesichter, wie sie gierig an ihrem Blut leckten. Wie sie ihn aus dem Bett rissen und ihn entblößten. Ihn besudelten und schändeten. Wie sie seinen geliebten Hund in der Limousine vor seinen Augen der Länge nach aufschlitzten und seine Innereien auf seinem Leib verteilten. Er wurde immer von Zweien gehalten. Nur damit er aus nächster Nähe sah, wie seine Pflegemutter, seine Schwester und sein geliebter Hund ermordet wurden. Panisch versuchten sich ihre wehrlosen Opfer, aus der Umklammerung zu befreien. Doch schon war ein weiterer Priester zur Stelle und schnitt mit seinem grün aufblitzenden Obsidiandolch ihr Herz aus dem Leib. Überall sah er das Blut spritzen, das den Stoff seines Traums tränkte. Ihr Herz brachte er zu ihm und spritze das Blut über seinen Leib.

„Du bist der Auserwählte. Blut für die Götter", schallte es erneut, laut und deutlich. Das Echo der Worte des Hohepriesters. Nekos Mine verfinsterte sich deutlich. Der Jaguar fletschte die Zähne.

„Kaimlakhan", schnaubte er lauter, sodass es durch die Luft fetzte. „Dafür wird er bezahlen."

Der Jaguar machte mit einem Satz kehrt und spurtete den weiten Weg wieder zurück zu den Pyramiden. Neko sah rot. Unbändiger Zorn erfüllte ihn. Kore spürte das deutlich in seiner aufgewühlten Hirnaktivität, da sich die Fließgeschwindigkeit seines Blutes deutlich erhöhte. Durch die Erschütterung seines Kopfes beim Lauf wurde Kore in seiner Blutbahn hin und her geworfen, wie eine Kugel beim Billard. Die Antikörper in seinem Blutkreislauf verstärkten sich mittlerweile und hefteten sich Kore erneut an die Fersen. Die Fee erinnerte sich in ihrer Not an die Sonden des Medizinzentrums, die den Patienten in die Blutbahn geschickt wurden, um Plaqueablagerungen aufzuspüren. Sie umgab sich mit einer gläsernen Hülle, so dass ihre Verfolger sie bald wie gekleistertes Papier umwickelten. Neko setzte sich mit einem einzigen Sprung über die Stadt der Ors hinweg. An ihr hatte er nicht das geringste Interesse. Sein Ziel war nicht die Tempelstadt. Es musste der Richtige bluten. Der Jaguar wusste genau, wo sich Kaimlakhan mit seinen Handlangern gerade aufhielt. Zu der Kuppel, unter der der Rat residierte. Das hörte er noch, ehe er zum Monster wurde. Mit einem mächtigen Sprung überwand er das Rifgensteinmassiv und schnellte sich direkt vor die Kuppel der Regenten. Beim Bremsen riss er den Boden auf, so dass es staubte. Der Jaguar beugte seinen gigantischen Kopf zur Schutzkuppel hinab. Seine grünfunkelnden Augen mit der schlitzartigen Iris durchleuchteten das Innere der Residenz. Dank der Transparenz der Barriere sah Neko mit seinem scharfen Blick deutlich den Rat, den die Federmänner an Pfähle vor ihrer Wohnhöhle fesselten. Vor ihnen stand das gesuchte Objekt mit seinen Schergen, an dem er seine Rache nahm. Der Hohepriester bemerkte die schweren Erschütterungen der Erde mit Verwirrung. Sie kamen so

Erschütterungen der Erde mit Verwirrung. Sie kamen so plötzlich, dass er erschrocken zusammenfuhr.

„Was ist das für ein Beben?", fragte mit beginnender Verunsicherung seine Begleiter, aber diese gaben ihm ebenfalls vor Unwissenheit keine Antwort darauf. So etwas sah ihr Plan nicht vor. Folglich gab es auch nichts, was sie hätten tun können. Kaimlakhan wandte sich suchend mit seinen Augen nach der Quelle der Erschütterung um. Er sah zu erst in den Himmel, doch anstatt seiner morgendlichen Bläue, blickte er erschrocken in Nekos gigantische Pupillen. Sie erglühten vor Zorn. Ihre Blicke trafen sich. Der Hohepriester erstarrte. Der Jaguar handelte. Kaum dass er ihn erspähte, schlug er seine riesigen Pranken auf die Barriere. Der ganze Boden vibrierte. Polites blieb vollkommen ruhig und sagte nur einen einzigen Satz zu Kaimlakhan. Jener stand nun wie versteinert da und bekam das Scheitern ihrer Heimtücke Schlag um Schlag zu spüren. Er ahnte bereits, was ihm blühte.

„Wer das Schwert bringt, wird durch das Schwert fallen", zitierte Polites gefasst auf seinen bevorstehenden Tod eine alte Herrscherregel.

Nur mit Mühe hielten sich die Federmänner auf den Beinen. Selbst Kaimlakhan suchte nach Halt, verlor dennoch das Gleichgewicht und fiel auf die Knie.

„Schnell. Stellt ihn ruhig", herrschte Kaimlakhan seine Paladine an. „Ihr wisst doch, wie das geht. Er soll damit aufhören."

„Herr, wir haben über den Weltenrichter keine Kontrolle", sagten sie hilflos. „Er reagiert auf nichts mehr. Das Implantat. Es muss kaputt sein."

„Kaputt?", fragte Kaimlakhan fassungslos und fiel von einer erneuten Erschütterung in den Staub zurück. Diesesmal landete sein Gesicht im Staub. Sein Mund fraß Dreck. Neko boxte unablässig weiter mit seinen Pranken auf die Barriere ein. Sein ganzer all die Jahre aufgestauter Zorn entlud sich hemmungslos. Die Barriere selbst hielt seinen Schlägen ehern stand, weil sie auf der Kraftfeldtechnologie basierte. Dies galt aber nicht für den Untergrund. Er bekam immer tiefere Risse. Kaimlakhan rappelte sich aus dem Staub und spukte nun seinerseits Erde aus.

„Wie kann das sein? Wie kann das sein?", schrie der Hohepriester ratlos. Er fing panisch an, zu stottern. Der Schock saß tief, dass der lang ausgetüftelte Plan eine solch tragische Wendung nahm. Alles sah er dahinrinnen, wie schmelzende Schokolade in der Sonne. Kassandra sagte gefasst zu dem immer mehr aus der Fassung geratenen Hohepriester:„Wenn ihr Angst vor dem Tod habt, dann habt ihr mit eurem Amt nicht euer Leben verbunden. Wollt ihr für euer Tun nicht verantwortlich sein? Wir wissen, dass wir ersetzbar sind und halten nicht an uns fest. Nur wer loslassen kann, ist wirklich frei. Ihr und eure Priester aber glaubt unersetzbar zu sein. Das ist die Quelle eurer Furcht und deshalb müsst ihr sie erfahren. Genau aus diesem Grund ist eure Weltanschauung dazu verdammt zu vergehen. Wir fürchten im Gegensatz zu euch den Tod nicht, weil wir wissen, dass es auch nach uns es eine Zeit geben wird. Ein Zyklus geht zu Ende, damit ein Neuer beginnen kann. Die Zeit benötigt uns nicht mehr."

Neko machte nun einen kräftigen Satz und sprang mit seinen starken Hinterläufen auf die Kuppel, um sie endlich zu knacken. Es wollte nicht in seinen Schädel, dass er hier keinen Erfolg mit seinen ungeheuren Kräften hatte. Die Barriere hielt auch diesem enormen Druck stand, sank aber dafür Zentimeter um Zentimeter im Boden ein. Der Jaguar hüpfte regelrecht darauf herum.

„Nein, nein. Wir müssen raus hier", schrie Kaimlakhan hektisch, aber der Ausgang der Kuppel lag bereits verschüttet unter der Erde. Hektisch lief er in dem bebenden Garten hin und her. Die Machtlosigkeit stand dem Hohepriester in seinem kohlrabenschwarzen Gesicht geschrieben. Ein Entkommen vor dem entfesselten Vollstrecker gab es nicht mehr. Er war hier gefangen. Wahrscheinlich für immer. Immer tiefer drückte sich die Kuppel in die Erde hinein. Die Wut des Jaguars war unermesslich auf jenen der ihm alles nahm, für das es sich zu Leben lohnte. Mit jedem Schlag versank die Kuppel tiefer und tiefer in die Erde. Eine gähnende Dunkelheit machte sich bald mangels Tageslicht breit. Cryia fragte im Zwielicht verständnislos zu Kaimlakhan, der nun von sich aus vor Verzweiflung auf die Knie gefallen war:„Wer herrscht, erntet immer die Früchte seines Handelns. Ihr habt eurer Schicksal ebenso gewählt, wie wir das Unsere. Warum schreit ihr hier herum? Also ertragt eure Wahl."

Nur wenige Augenblicke später verschwand die eherne Kuppel gänzlich in der Erdkruste. Neko brach mit seinen riesigen Pranken ein Teil des Rifgensteinmassivs ab und schmetterte es auf das Loch, in das er die Kuppel drückte. Für alle Zeiten sollte sie unter dem Bruchstück begraben bleiben. Erst nach und nach beruhigte sich der Jaguar wieder. Er blieb schwer schnaubend neben dem versetzten Berg sitzen. Entsetzt über die unermessliche Kraft seines gigantischen Körpers starrte Neko fassungslos auf ihn. Er kehrte nie mehr wieder in den Leib eines Jungen zurück. Sein Geist war gefangen in der Hülle eines Titanen. Eines Monsters. Nie mehr könnte er in den Arm genommen werden. Weder könnte er noch in den Wäldern verstecken spielen, geschweige denn, dass er seinen Kopf in den Schoß eines geliebten Menschen legte. Dem Jaguar rannen die Tränen aus den Augen von dieser Vorstellung. Sie fielen groß und schwer zu Boden.

„Ich bin das nicht", schrie Neko aufheulend und warf sich weinend vor das von ihm versetzte Bergmassiv.

„Oh, Kore. Wenn du noch da wärst", schniefte der Jaguar in seiner tiefen Trauer. Er sah sie wieder tot vor sich auf dem marmornen Fußboden des Schlosses liegen. Mit bleichem ausdruckslosen Gesicht und der blutender Brust. „Ich will nicht mehr leben. Ich will bei dir sein. Warum töteten sie mich nicht auch? Dann wären wir wenigstens wieder zusammen."

Der Jaguar sah in den unendlich wirkenden Himmel hinauf. Die Sterne verschwanden zu dieser Zeit bereits hinter dem azurblauen Horizont. Das Morgenlicht der Sonne nahm ihren Platz ein. Mit ihren saftroten Strahlen wärmte sie den mächtigen Jaguar und koste sein Fell. Er spürte ihre lieblichen Strahlen, die über ihn streichelten. So, als wollte sie ihn trösten. Es erinnerte ihn an seine Schwester.

„Meine kleine Sonne", hörte Neko aus seiner Erinnerung Elisabeth über Kore sagen. Der Jaguar sah zu dem mächtigen Zentralgestirn auf und lächelte ihm zu. „Menschen können wie die Sterne sein", sagte Elisabeth einmal zu ihm. „Sie verstrahlen ihre Energie bis sie ausbrennen, um vielleicht eines Tages zu einem schwarzen Loch zu werden. Manche halten ihre Energie zurück. Vielleicht aus Angst. Vielleicht aus Scham oder weil man ihnen einredet, dass sie keine Macht hätten. Eine Sonne fragt nicht danach, ob sie strahlen kann. Sie tut es einfach. Doch im Gegensatz zur Sonne, können wir unsere Energie lenken und erschaffen uns so die eigene Wahrheit, in der wir zuhause sind. In welcher Wahrheit willst du zuhause sein? Du hast immer die Wahl. Jeden Tag aufs Neue."

Erst jetzt gelang es Kore sich aus Nekos Blutbahn zu befreien. Sie landete wieder in seinem Gehörgang und suchte sich einen Weg nach Draußen. Sie spannte ihre Flügel auf, die sich alsbald mit Leben füllten. Zum Glück reichte die Zeit, sie wieder flugtauglich zu machen. Nach einem kurzen Impuls flog sie aus dem behaarten Ohr hinaus. Neko sah gerade in die aufgehende Sonne. Sie nahm in seinen Augen verschiedene Farben an. Mal ein blasses Grün. Mal ein helles Blau. Wie geblendet war er von ihrer Schönheit. Er träumte und glaubte darin das Gesicht seiner geliebten Schwester zu sehen.

„Kore", raunte es wehmütig aus seinem Maul. Ein geflügeltes Insekt brach aus dem gleißenden Licht hervor und hielt direkt auf die Schnauze des Jaguars zu. Wiederum setzte sich die Fee wie ein kleiner Schmetterling auf seine Nase.

„Neko", piepste das kleine Wesen auf seiner Nasenspitze. „Hör auf zu weinen. Ich bin immer noch da."

„Ich weiß. Dort im Himmel muss es viel schöner sein als hier. Nimm mich mit. Ich will mit dir fliegen."

„Das kommt überhaupt nicht in Frage. Wir haben hier noch was zu tun", herrschte ihn die kleine Fee grantig an.

„Kore?", murmelte er ungläubig und stierte das geflügelte Wesen näher an. „Ich glaubte, du wärst Tod. Hast du dich verwandelt? Wurdest du wiedergeboren?"

„Nein. Nein. Da gibt es so vieles, was ich dir erklären muss", entgegnete sie. „Ich konnte es dir leider nicht früher sagen."

Der zornige Blick des Jaguars verschwand. Ein Hoffnungsschimmer glitt dem Riesen über seine gestrauchelte Seele.

„Das ist nicht nötig. Ich freue mich, dass du wieder da bist."

„Ich muss dir etwas gestehen…", begann die Fee wahrhaftig zu sprechen und flog auf den riesigen Brocken, unter dem der Jaguar die Kuppel des Rates für immer versenkte. Nekos riesige Augen folgten dem engelsgleichen Wesen.

„Ich bin eine Fee", gestand sie und sah ihm in seine schlitzartigen Katzenaugen. „Ich erschuf einen Doppelgänger von mir, damit ich die Ors ausspionieren konnte und damit du nicht allein warst. Ich ahnte leider nicht, dass sie uns so schnell finden und dass sie mein zweites Ich so bestialisch ermorden."

„Der Polizeigleiter im Hof der Bar?"

„Den hab ich gemacht."

„Die Explosion im Tunnel?"

„Das war ich."

„Das Schloss?"

„Ja, das auch."

„Die Ors. Du hast ihre Macht über mich gebrochen."

„Ja. Es dauerte eine Weile, bis ich das Implantat in deinem Hirn fand. Du hast es mir nicht gerade leicht gemacht."

Ein Lächeln glitt über Nekos gequältes Gesicht. Ein wohlgemeintes Lächeln nach langer Zeit. Er schnurrte erleichtert.

„Mir saß eine Fee auf der Nase. Mir, einem Weltenzerstörer", stellte Neko nüchtern fest. „Können wir beide überhaupt Freunde sein?"

„Wir sind keine Freunde", sagte die Fee zu ihm und lachte. „Wir sind Geschwister. Ich fühlte von Anfang an, als ich dich im Waisenhaus zum ersten Mal gesehen habe, dass uns beide irgendetwas verbindet. Ich wusste nicht, was es war, aber vielleicht war es unser gemeinsames Schicksal. Wir sollten einander begegnen."

„Das könnte sein", brummte der übermächtige Jaguar zustimmend, aber es schien so, als ob ihn ein ganz anderer Gedanke im Kopf verfolgte.

„Oh Kore", fuhr Neko traurig fort. „Ich will wieder ein Junge werden. Ich will so gerne wieder meinen Kopf in deinen Schoß legen. Das alles fehlt mir so, wenn ich so riesig bleibe. Wenn du eine Fee bist, dann kannst du mich bestimmt wieder zurückverwandeln."

„Ich weiß leider nicht, wie das geht", gestand Kore hilflos und zuckte bedauernd mit den Schultern. „Vielleicht kann Ipsy dir helfen. Sie brachte mir bei, mich meiner Macht bewusst zu werden und eine Fee zu sein."

„Ich werde doch nicht für immer ein Monster bleiben?", fragte Neko erschaudert.

„Ich weiß nicht. Aber egal, wer du bist und wie du aussiehst, du wirst für mich immer mein Bruder bleiben", sagte Kore wohlmeinend.

„Und du bist noch immer meine Schwester. Allein dass du lebst, macht mich wieder froh", fügte Neko schnurrend hinzu. Seine Mine erhellte sich.

Kore flog auf Nekos Nasenrücken und umarmte ihn. Neko verzog seinen Mund zu einem erleichterten Lächeln. Tränen der Rührung verließen seine großen Augen und er sagte sehnsüchtig:„Ich wünschte, ich könnte dich wieder so umarmen wie früher. Aber ich will dich ja nicht erdrücken. Du bist so zerbrechlich, wie eine Pusteblume. Ganz zu schweigen, dass ich jetzt welche mit meinen riesigen Pfoten pflücken kann."

„Das wünsche ich mir auch, dass wir das eines Tages wieder gemeinsam tun können", sagte Kore und schmiegte sich an Nekos Nasenrücken. Sie spürte seinen erleichterten Atem. Allein sich wiedergefunden zu haben, erfüllte sie mit unendlicher Freude.

„Vielleicht könnten wir euch helfen …", hörten Kore und Neko zwei Stimmen sagen, wie sie unterschiedlicher nicht ausfielen. Die eine wirkte majestätisch und erhaben, während die andere tief und unheimlich durch die Luft erschallte. Sie gehörten dem finsteren Dämonenfürsten und der elfenhaften Gestalt mit den großen Feenflügeln, die die Lanzenmänner eine Stunde zuvor in ihr Verlies sperrten.

„Cera", sagte das edle Feenwesen und flog auf Kore zu. „Endlich. Nach so langer Zeit."
Kore drehte ihren Kopf in ihre Richtung und glaubte einen Traum auf sich zu fliegen zu sehen. Die Fee wusste sofort, dass nicht nur einer aus ihrem Volk auf sie zuflog. Es musste eine Person sein, zu der sie eine tiefe seelische Beziehung besaß. Sie löste sich von Nekos Nasenrücken und flog diesem wohl bekannten Wesen entgegen. Je näher sie ihm kam, umso mehr stieg ihre Anspannung an.
„Wer bist du?", fragte sie ihn neugierig. „Ich fühle zwar, dass wir uns kennen müssen, aber ich kann dich nicht einordnen. Du bist wie ich. Nur deine Ohren sind anders als meine."
Aber der Elf antwortete ihr nicht. Er umarmte sie stattdessen inniglich, ohne sie weiter ausreden zu lassen. Tränen wichen auch ihm aus seinen Augäpfeln.
„Mein Kind", raunte er und Kore wusste nun, dass es ihr Vater war. Beide flogen zu den mächtigen Läufen des Jaguars hinab. Neko folgte ihnen aufmerksam mit seinen gigantischen Augen.
„Es tut mir so leid. Das Orakel entschied darüber, dass du hier herzukommen hattest. Wir konnten uns deinem vorherbestimmten Schicksal nicht widersetzen. Ich und deine Mutter vermissen dich so sehr. Unsere Wünsche waren immer bei dir, Cera. Du musstest diese Aufgabe alleine bewältigen. Du hast eine starke Seele."
„Woher weißt du das?"
„Um das zu verstehen, müsstest du mit mir kommen. Aber darüber will ich noch nicht mit dir sprechen."
Er ließ sie los und sah sich seine Tochter voller Stolz von oben bis unten an. Seine Augen verrieten, dass er in Schwärmen geriet.
„Du sieht wunderschön aus. Und groß bist du geworden. Wie deine Mutter. Sie kann leider nicht hier sein. Die verbliebene Energie reichte nur aus, um mich hierher zu bringen."
„Vater. War das etwa meine Bestimmung? Der Spruch der Seherin?"
„Ich denke ja. Lange dachten deine Mutter und ich über den Orakelspruch nach, nachdem du hier her geschickt wurdest. Wir wussten einfach nicht, was mit dem Feind gemeint sein könnte, den du besiegst. Die Seherin ließ dich an den Ort deiner Bestimmung verschwinden, entfernte dir deine Flügel und passte die flachen Ohren an. Wir fragten sie zwar, was mit dir passieren wird. Sie sagte aber, dass alles so geschieht, wie es geschehen soll und wir uns keine Sorgen um dich

machen müssten. Wir beide sähen dich eines Tages wieder. Sie tröstete uns und sagte, du wärst in guten Händen, so wie alle Kinder des Schicksals nie verloren sind und irgendwann heimkehren werden."

König Malitides räusperte sich. Der Dämonenfürst hielt sich bislang bestimmt im Hintergrund und setze die Rede des Feenkönigs fort:„Aber den Feind, den du besiegt hast, der war viel mächtiger, als die Ors oder Kaimlakhan", und wandte sich dem Feenkönig, seinem ehemaligen Gegner zu. „Es war der Feind in unseren Herzen."
Der Dämonenkönig stampfte mit seinen schweren Füßen zu Kore und sah sie wohlwollend an. Er schien sich unendlich mit ihr zu freuen. Obwohl seine hässliche Fratze äußerst unansehnlich und wenig einladend wirkte, übersah man nicht sein Erstrahlen vor Glück und Freude.

„Hätten diese Menschlein nicht unsere Macht an sich gerissen, wären wir beide nie zusammen eingekerkert worden. Wir hätten nie zusammengearbeitet, um uns aus ihrem Verlies zu befreien. Ich konnte mit meinen Händen ihre Zellengitter soweit verbiegen, dass dein Vater durchpasste und er unsere Wächter mit einer Illusion vertrieb. Du hast den Bann, der auf dem Jaguar lag, gebrochen und es ermöglicht unsere Macht wieder zu erlangen. Unsere Völker führten seit Jahrtausenden erbittert Krieg gegeneinander. Jetzt endlich kann wahrer Frieden Einzug halten."
Kore sah fragend ihren Vater an:„Cera. Ist mein richtiger Name?"

„Das ist der Name, den wir dir bei deiner Geburt gegeben haben", sagte ihr Vater stolz.

„Mein Name ist nicht Cera, Vater", sagte Kore eindringlich. „Ich heiße Kore. Das ist der Name meines Schicksals."

„Das ist wahr. Kore ist der Name deines Schicksals. Cera ist der, den wir als Eltern dir gaben. Eine Fee verleiht einem Namen Würde. Nicht umgekehrt. Aber nun zu deinem Bruder. Obwohl er nicht den gleichen Ursprung mit dir teilt, suchte ihn deine Seele. Du gibst ihm das, was er braucht um zu reifen. Er gibt dir das, was dir zur Reife fehlt. Ihr helft euch beide gegenseitig und bringt so Freude in die Welt. Durch euch leuchtet das Universum. Ich glaube sogar sagen zu können, dass Neko´s Seele noch viele Zyklen durchlaufen wird, ehe auch er heimkehren kann. Wir beide können ihn von seiner gegenwärtigen Last befreien. Er bekam fast unsere gesamte Kraft ab, die einst in der Macht unserer beiden Völker lag", sagte König Laikos ehrsinnig und zwinkerte dem König Malitides zu.

„Wir werden sie wieder nach Hause bringen", bestätigte Malitides und wandte sich an den Jaguar. „Dort, wo sie für euch keinen Schaden mehr anrichten kann. Ich nehme an, mein Junge, das du diese Macht in dir an uns freiwillig zurückgeben willst. Wenn du sie uns verweigerst, werden wir dir nicht helfen können."

„Nichts lieber als das", schnurrte der Jaguar. „Was nützt die größte Macht, wenn sie keine Liebe in sich tragen kann."

„Ein wahres Wort", sagte Laikos und streckte mit Malitides seine Hände zu Neko aus.

Aus dem Jaguar lösten sich rote und blaue Partikel, die ihren Weg in die Hände der beiden Fürsten suchten. Der Partikelstrom wurde immer mächtiger, bis sich regelrecht blaue und rote Strahlen bildeten, die sich je nach Zielort auseinander wandten. Je mehr der Strahl an Intensität zunahm, umso mehr begannen Malitides und Laikos aufzuleuchten. Neko schrumpfte wie in Zeitraffer auf seine ursprüngliche Form zurück. Seine Pranken verwandelten sich wieder in Hände und seine Hinterläufe in Füße. Er schwand, bis er wieder seine ursprüngliche Gestalt annahm. Die eines schmächtigen Jungen im pubertären Alter. Große Erleichterung strahlte über sein Gesicht, als er seinen ihm wohl vertrauten Körper besah. Kaum dass er wieder seine Größe erreichte, kehrte das Lachen in ihn zurück. Es entfuhr ihm aus vollem Halse. Neko lief auf Kore zu und drückte sie fest an sich.

„Ich hab dich lieb", wisperte Neko ihr mit unendlicher Freude in den Augen zu.
„Ich weiß", antwortete Kore gerührt. „Ich weiß. Ich liebe dich auch."
Kore legte ihren Kopf auf den seinen.
„Bleiben wir jetzt zusammen?", fragte Neko voller Hoffnung.
„Ja. Das ist unser gemeinsames Schicksal", sagte Kore zuversichtlich.
„Wir können uns einander viel geben."
Zufrieden betrachteten der Feenfürst und der Dämonenkönig ihr Werk.
„Aber damit nicht genug. Wir werden den Planeten von den Ors und ihrem teuflischen Wissen reinigen. Dann sind auch wir vor ihnen sicher", sagte König Malitides und zwinkerte seinerseits König Laikos zu. Beide richteten Ihre Hände in den Himmel und den ganzen Globus umspann alsbald eine rotblaue Energie, die in alle Köpfe der Bewohner eindrang und jegliche Erinnerung und Verquickung an die Kultur der Ors auslöschte.
König Laikos ging auf Cera zu. Anhand seines traurigen Blicks ahnte Kore, was nun zu geschehen hatte. Die Ergriffenheit stand ihm tief ins Gesicht geschrieben.
„Cera, obwohl ich weiß, wie du dich entscheiden wirst, muss ich dich jetzt fragen: Wenn du willst, kannst du jetzt mit mir kommen. Zurück in deine Heimat. Zu deinem Volk. Du wirst unsterblich dort sein und ewig leben."
„Vater", sagte Kore wahrhaftig und sah ihm tief in die Augen. „Ich habe meinen Platz gefunden. Er ist hier. Bei meinem Bruder. Mein Leben mag zwar nur kurz und vergänglich erscheinen, jedoch ist für mich jeder Moment der Freude wie eine Ewigkeit."
„Dann erfüllt sich der Spruch der Seherin gänzlich. Ich kann dir gar nicht sagen, wie stolz ich auf dich bin", sagte König Laikos anerkennend. „Deine Seele hat sich dazu entschieden heimzukehren."
Zufrieden nickte er seiner Tochter zu. Er ließ Staub aus seinen Fingern gleiten und formte aus ihm ein goldenes herzförmiges Medaillon mit einer silbernen Kette, das man öffnen konnte.
„Hier. Das ist mein Geschenk für dich", sagte König Laikos. „Dunkelelfenkunst. Verbrennungssicher für uns Feen. Wenn du es aufmachst …"

Er öffnete es. Aus ihm erklang eine verspielte Melodie, während ihr Vater weitersprach:„... dann kannst du durch den Spiegel darin in deine Heimat sehen und mit mir und deiner Mutter Kontakt aufnehmen."

„Danke Vater", sagte Kore und nahm mit leuchtenden Augen das Schmuckstück an. Sie wog es verträumt in ihrer Hand und hängte sich um den Hals. König Laikos seufzte traurig. Er umarmte sein Kind zum Abschied zärtlich und ging mit dem Dämonenfürsten seiner Wege. Die Rührung stand Kores Vater immer noch tief im Gesicht geschrieben, als die ehemaligen Feinde ein Dimensionsloch öffneten und gemeinsam hindurch gingen. So schnell wie der Elfenfürst und der Dämonenkönig kamen, verschwanden sie wieder in ihre Welt.

„Was soll nun werden?", fragte Neko verunsichert seine Schwester, nachdem sich das Dimensionsloch schloss.

„Das wird uns die Zukunft zeigen", antwortete Kore ihm bestimmt. „Die Menschen werden wieder einen neuen Anfang finden. Wie in früheren Zeiten auch. Sie werden schon zu recht kommen. Mich brauchen sie dabei nicht. Irgendwie geht es immer weiter. Aber eines musst du mir unbedingt versprechen."

„Ich verspreche dir alles, was du willst", sagte Neko überglücklich. Er sah Kore mit einem Blick an, der verriet, dass er ihr grenzenlos vertraute.

„Und zwar, dass du keinem sagst, wer ich bin. Dass ich eine Fee bin, muss unter uns bleiben", bat Kore ihren Bruder eindringlich.

„Versprochen. Der Jaguar wird schweigen wie ein Grab", lachte Neko aus ganzem Herzen und sah Kore mit einer schmunzelnden Grimasse an, die Kore ebenso scherzend erwiderte. Sie kuschelten sich zärtlich aneinander und lachten vergnügt dabei. Ihr beider Geheimnis blieb sicher. Dieses Vertrauen zueinander erschütterten Kore und Neko gewiss nicht, denn, wie schon das Motto der Waisenkinder lautete:„Die Tomps müssen zusammenhalten."

Fortsetzung Kore Tomps - Das Geheimnis der schwarzen Fee -